表紙に寄せて

この表紙の「港風景」の絵画は、「日展」で活躍し、日展審査員までを務められた 朝比奈文雄先生 の力の入った作品です。

有名作家の作品が並ぶ絵画展にて、いっぺんに気に入り購入しました。

私は海の近い町で生まれ、育ちましたので、海が大好きです。

海は、万物の生命の源であります。そんなコバルトブルーに染まったヨーロッパの海岸の朝の風景でしょうか。カモメが群れをなして海面に飛翔し、海岸に添った通りには、教会の尖塔を中心に賑やかな街並みが続き、遠くには少し高い建物の先に、逞しい山塊が画面を引き締めております。

私も、大好きな海のある海岸風景を油絵で描いてみたいと思いました。

目次

第一部　短編著作集

第二部　城文学会　掲載著作集

第一部　短編著作集

海と少年

少年は孤独でした。幼児の頃、大病をし、二年間寝たきりになったのです。そのせいか人見知りが激しく、一人で本を読んだりしているのが好きだったのでした。もう一つの彼の楽しみといえば、海をぽつんと眺める事でした。家から三十分程歩くと上り坂の砂道があり、その先に日本海が見えました。季節は五月で爽やかな潮風が少年の頬を新鮮になぶるのです。

空は澄んで晴れ渡り、海はコバルト色に輝き、銀の砂子を散りばめた無限の波涛が遥か沖合から押し寄せて来て、少年の眼を強く打ちました。海辺には少年の他、人影は見当たりません。どうしてか彼は太古の時代より、存在してきた海というもの、全ての生物の源の海の情景を見ていると、面白くもない高等学校で教師に叱られた事や、その他諸々の辛いことを一時、忘れ去ってしまいます。海が恋人だったのでした。

三日に一度は海を眺めていないと尻の辺りがむずむずして落ち着かなくなります。

それがこうじたのか、海に自分のボートを浮かべたくなりました。

少年はとうとう念願のボートを買いました。それはよく遊園地の池などで二本のオールで水を掻く、ごく平凡なボートです。

町のマリンスポーツ店で見つけたのです。

価格は中古で六万三千円しました。

その為に彼は部活で遅くなると家の者に言い、町のガソリンスタンドでアルバイトをこつこつとしました。塗料の剥げ掛かったボートを、マリンスポーツ店の髭づらの気の良い店主は、丁重に真っ白に塗ってくれました。

「君、このボートに名前を付けようじゃないか。そうだな、ええっと、古典ギリシャ物語の一つであるオデッセアはどうだろう。世界の海を旅した英雄さ」

少年は店主が白くまばゆいばかりに塗ってくれるのを見ながら、心が踊ったのでした。

彼の眼が嬉しさでいっぱいになるのを店主は満足げに見ていました。

白い船体の横腹に紅い塗料で「オデッセア一号」と真新しく描いてくれました。

塗料が乾いた頃、おまけに海辺まで四輪駆動車の後ろに牽引して運んでくれました。

「君、無理をするんじゃないよ、海はとてつもなく女神のように優しいけれど、時には獲物に飢えたヒグマのような凶暴さで襲ってくる。くれぐれも気をつけてな。それと俺が懇意にしている好風亭という浜茶屋があるから、経営者は田代と言うんだが、ボートを引き揚げる時は、そこの店主に頼みな。よく言っとくから」

彼が指さした方に、赤い旗を潮風にはためかせている浜茶屋が古ぼけて見えました。

店主は、ぽんと少年の肩を軽く叩きながら、笑顔を浮かべて去って行きました。

彼は晴れて一人の輝かしい船主となりました。六月初旬の日曜日の午後は未だ海水浴客もいず、波も荒れていなく穏やかでした。海辺の丘には、三台の商用車らしい車が停車しているだけだったのです。

きっと日曜日も働かざるをえない疲れた商社マンがしばし海を眺め、眠くなり、シートを倒して寝転んでいるのでしょう。

少年はいよいよオデッセア一号の処女航海に出発しました。あまり泳ぎは得意ではなかったので、万が一に備えて沖に出る事はせず、まず岸に沿ってゆっくりとオールを漕ぎました。心地好く海面を滑り、改めて心の底から自然に笑みが湧いて来ました。

未だ慣れていないせいで、時折オールの動きがぎこちなく、冷たい飛沫が少年の顔や体を濡らしました。それも心地良かったのです。潮風を胸一杯に満たし、オデッセア一号は彼を乗せて至福の時を過ごしました。漕ぎ疲れて、彼はスタート地点に戻り、波打ち際に寄せ、店頭に赤い旗をはためかせている好風亭の店主の所まで砂に足を取られながら走って行きました。赤銅色をした田代さんは偉丈夫で見るからに海の男に見えました。

彼は無口そうでしたが、遠慮がちに声を掛けると、嫌がらずにボートを砂浜に引き揚げるのを手伝ってくれました。

シーズンオフでしたが好風亭は四月から営業しており、喫茶店も兼ねていました。

サーファー達がたまに訪れるのでしょう。

田代さんは少年に熱いレモンティを勧め、自分も入れて二人して海を眺めながら飲みましだ。彼は少年の腕の三倍もあるような腕っぷしを白いTシャツから見せ、「君も好きか、海が。海はいいよな」

ぼつんと一言いい、眼を細めて海をじっと眺めていました。横顔が何か悟り切った哲学者のように思えました。少年は海に魅せられた男がここに一人、同じようにいたと思いました。

　彼はやがて昼の海にあきたらなくなり、夜の海を船出したくなったのでした。

　田代さんに無理に頼んで、好風亭の営業時間は午後八時まででしたが、七時頃、手伝ってもらって波打ち際まで押してもらいました。

「夜の海は気をつけてな、思わぬ潮の流れがあるから岸に沿って漕いで来い。八時には店じまいするから、それまでにな」

　少年は少しオールさばきもうまくなっていました。オデッセア一号は軽やかに黒い海面を滑りました。夜光虫が無数にきらきらと真珠のようにきらめき、沖合遠くに一隻のイカ釣り漁船でしょうか、球船のライトを暗い海に　照りはえらせていました。夜空には限りなき星達が無限に光を放っています。少年は急に、なぜか海と交わりたくなりました。生命の母たる海に己をそそぎたくなったのでした。オールを置き、立ち上がるとオデッセア一号は少し揺れました。

　彼はズボンとパンツを下げ、己自身を清々しい潮風にさらしながら激しく淫したのでした。

　すぐに胸が高なり、やがて絶頂が来て、海に流れました。少年はこれで自分は海を愛し、愛され交わったと確信したのでした。

　腰を下ろすと甘美な喜びが自然に涌いて来ました。持参してきた懐中電灯で腕時計を見ると、八時五分過ぎでした。

　言い知れぬ満足感を抱きながら、好風亭に向かって急いで又、オールを滑らせました。

　田代さんはカンテラを下げ波打ち際で待っていてくれました。

「遅いじゃないか、心配したぜ」少し不機嫌に言い、それでもボートを引き揚げるのを手伝ってくれました。夜の海は何事もなかったように、静かな潮騒の響きで満たされていたのでした。

　季節は九月中旬に入っていました。七、八月の海辺の喧騒は嘘のように消え、海は又、静けさを取り戻していました。

　海水浴客が騒ぎ立てている時は、少年は海に出掛けませんでした。むやみにはしゃぎ回っている連中には、とてもついていけなかったからです。自分だけの海にしていたかったのです。土曜日の午後、面白くもない学校から引けると早速彼は海へと走りました。

　けれども今日の海は荒れていて、とてもボートを出せるような状態ではありませんでした。田代さんも今日はやめとけと決めつけるように言いました。

そこで少し砂浜を歩いてみる事にしました。砂の上でスニーカーを脱ぎ、素足で歩く事も好きだったのです。ざらざらとした感触が心地良い。

しばらく歩くと砂が盛り上がって丘のようになっており、そこに一人の和服を着た大柄な男が座り込んでいて、眼を細めて海を眺めているのに出会いました。少年は、あ、河馬《かば》先生だとすぐに判りました。中学時代の社会科の先生で、どこもかしこも大柄で、そう、作家の松本清張氏を大柄にしたような太い唇と眼鏡をしていました。三十代半ばだったでしょうか。やぼったかったが優しく授業をしてくれ、怒る事もなく、とても良い先生でした。皆に慕われていました。相談したい事があると、いつもにこにこと適切なアドバイスをしてくれました。でもその風貌から、河馬先生と少し揶揄されて呼ばれていたのでした。

その河馬先生、先生が恋をして振られた事は少年の従兄弟の一人から聞かされていました。

「あの先生は、俺の姉を嫁に貰いたいと言って来た。でも大学を出たばかりの姉は、嫌だと言い、東京へ就職してしまった」

少年は従兄弟の姉を時折、中学時代から見ていました。彼女は、愛くるしい顔をしており、年を経るにつれて優しい観音様のような、たおやかで上品な顔付きになっていったのです。肢体も優雅な感じを与えていました。

高校時代の美術の先生などは、ぜひモデルになってくれと懇願したそうです。

中学時代から河馬先生に可愛いがられ、又、彼女の名が涼子と言う、その美しい少女も河馬先生を何かと慕っていたようでした。

涼子は高校時代も、大学に入学してからも、何か悩み事などあると河馬先生に相談していたようです。いつ頃から、河馬先生が涼子を嫁に貰いたいと思ったのか、推測する他はありませんが、或る時、彼女の両親に結婚させてもらえないかと申し出たそうです。

それを告げられた彼女は、顔色を変え、さっさと逃げるように東京へ就職してしまったのでした。河馬先生は今、少年の目前にて、強い朝風に大柄な体をなぶらせながら、海を凝然と放心したように見つめていました。

未だ結婚もしないで一人身を通しているそうです。少年は河馬先生の孤独さが何となく判るような気がしました。

彼は河馬先生に見つからないように、砂の丘を迂回して歩き始めました。振り返ると先生は、ただ、他の何ものをも拒絶するように、荒れた海を眺めているのが認められました。

　十月に入りました。今日の海は波が立っていました。田代さんはオデッセア一号の船出は止めとけと言いました。少年はまた、スニーカーで歩き続ける事にしたのでした。すると前に河馬先生が座り込んでいた丘より、もっと海寄りの波打ち際に、黒いコートを着た小太りの中年男が座っているのを発見しました。

　好奇心が働いて、より近づいてみると全身がびっしょりと濡れそぼって、ぶるぶると小刻みに体を震わせていました。男の横に茶色いボストンバッグがぽつんと置かれていました。

　又、黒い靴がきちんと海を向いて揃えられていました。男にそっと近づいみました。

　すると警察にでも追われているかのようにして、ぎょっとして振り向きました。

　髪はべっとりと額に張り付き、眼は哀しみの色を浮かべて、赤く充血していました。

　相手が少年だと判りますと気を許したのか、意外に明るい声で、

「やあ、今日は、俺、死にに来たんだ。でも馬鹿だよね。海に入ってもどうしても泳いでしまうんだ、死ねないんだよ、馬鹿だ、阿呆だ」

　声の調子が何だかとても陽気で、今にも笑いだしそうでした。そして又、ぶるぶると震えながら海を見続けました。少年はなぜか、この人をこのままにしては置けないと、本能的に思い、急いで好風亭に戻り田代さんから灯油と新聞紙を貰い、又、座り込んでいる男の元へ戻ってきました。

　田代さんは近頃、色んな変な人物が居る世の中になったから気をつけれよ、とぶっきら棒に言いました。その辺に打ち上げられている流木を何本か拾い、新聞紙に灯油を染み込ませて焚火を作りました。男は少年の行動が自分の為にしてくれているのだと素直に感謝して燃え盛って来た火に近づき手をかざしました。相変らず、ぶるぶると全身を震わせていました。それからぽつりぽつりと、誰でもよい、話したくて話したくて仕方ない風に語り出したのでした。

「東京の商社に働いていたけれど、競馬で一度大金を手にしてから、やみつきとなり、それからサラ金に手を出し、自分の家まで取られた。妻子はいたけれど愛想をつかして実家に帰ってしまった。

　会社にも変な連中が押しかけて来て、いられなくなり、退職した。

自分の実家はこの地にあったけれど、父母とも亡くなり、姉が一人居たが仙台に嫁に行き、次第に音信不通になり、親戚もあったが恥ずかしくて顔も出せない」などと、一気にぶちまけるように喋りました。そして、「気が付いたらこの海辺に立っていて、どうせ死ぬならこの故郷の海でと思った。

ところがこのざまさ。海にずんずん入っていったら自然に泳ぎ始め、そう、これでも高校時代は水泳クラブの選手だったんだ、泳げる事が俺を救ったんだ。故郷の懐かしい泳ぎ慣れた海に浸かっているうちに段々と、よし、もう一度何が何でも生きてやろうと思えてきて引き返して来てしまった。この海が俺を助けてくれたような気がする」

男の声は次第に淡々としたものになりました。濡れた服も少しは乾き始めたようでした。

「本当に有難うよ、坊ちゃん。名前も聞かないし、俺も言わない。もう一回東京に帰ってから出直してみるよ、日払いのバイトでもして何とか立ち直ってみる」

少年は坊ちゃんと呼ばれて少し顔が赤くなりました。そして少し不満だったのでした。

立ち上がると、「もう二度と会えないけれど焚火をしてくれた恩は一生、この胸にしまって置くよ」と言い、少し胸を張って茶色いボストンバッグを持つと、歩きにくそうに砂浜を一歩一歩踏みしめ、やがて消えて行きました。

或る日、少年は又、海の荒い波打ち際を歩き続けていました。するとガラスビンが砂浜に打ち上げられているのが眼に入りました。手に取って見るとコルク栓がしっかりとしてあり、中に紙らしき物が入っているのが認められました。

好風亭に戻って田代さんから栓抜きを借り、極めて慎重にコルクを抜き取りました。

数枚の和紙に何か書かれておりまして、しっかりと密閉されていましたのか、保存状態は良く文字は万年筆で書かれていましたようで、きれいな文字が並んでいました。

「拝啓、岡田敏夫様、私、山口愛子です。つたない文章で申しわけありません。この御手紙を、もしかして奇跡が起きたら読んでもらえるのではないかと心を込めて書きました。貴方様、いえ敏夫様とは幼なじみで、そして同じ村で、一緒によく海辺近くのグミ林で互いにグミを取って口に含み、甘酸っぱい味に顔を見合わせて笑ったりしましたね。そして或る時でしたか、グミの実の取り合いになった時、急に敏夫様は私に覆い被さって来て燃えるような唇で私の頬に口を付けようとなさいました。

私は反射的に自分で思わぬ力で敏夫様のお腹を蹴ってしまい、そしたら敏夫様はうずくまってうんうん唸り始めました。

私はその時どうしたら良いのか判らずに、唯、悲しく、でも一方で妙にうれしい気持ちで泣きながら、家に逃げ帰ってしまいました。それから一週間程は道ですれ違っても互いに声も掛ける事も出来ず、気まずい思いをしておりました。

でもしばらくすると敏夫様は、『この前は御免ね、もう二度としないから』と赤い顔をして、はにかみながら謝って下さいました。私の心の中はもう、すっかり敏夫様を許していたのですけれど。

それから私達は以前のように笑い合いながらグミ林でグミを取り、暮れなずむ海を二人して草の上に座りながらいつまでも眺めていましたね。私はその時とても幸福でした。

でも私は体つきがふっくらとしてきて、自分でも恥ずかしい程、胸がふくらんできました。敏夫様はそんな私をまぶしく見えたのでしょうか、私も敏夫様が段々と体付きも立派になり髭まで生えていらっしゃるのを、妙に意識し、村中の道でお会いしても互いに頭だけ下げるような仲になってしまいました。私は夜、床の中で敏夫様の事を思うと、なぜかとても切なくて泣いてしまうのでした。

その内に疫病神のように敏夫様に召集令状がふいと舞い込み、貴方様は出征して行きました。私がもんぺ姿で庭先で枝豆の豆もぎをしていた時、敏夫様はそっといつの間にか横に立っていて、その時はもう出征服姿でしたね。

『愛ちゃん、さいなら、僕はもう、この村には戻って来れないかもしれない』と哀しそうな声で呟きました。私は息が詰まったようになって何も挨拶も出来ず、ああ、敏夫様、行ってしまうのね、と心の中で思いながら一言も喋る事が出来ませんでした。本当に御免なさい。翌日敏夫様が遠い入営地へ行く為、朝七時のバスで出発する事を人づてに聞きました。

私は家にあった一番気に入っている着物を着、バスの通り道にたたずんでいました。

手にはグミの枝をしっかりと持っておりました。やがて砂煙を上げてバスが見え、私は立ちふさがるように道際に走りより思い切りグミの枝を振り続けました。

すると敏夫様は、バスの窓から私に気付いてくれて、手をちぎれるように振って下さいました。私はバスを追って走り続け、大声で敏夫様、敏夫様、必ず帰って来て、必ずと気違いのようになって叫んでいました。

敏夫様も何か叫んでくれましたが、良くは聞こえませんでした。

私は次の瞬間、何かにつまずいて倒れ込んでしまいました。見上げるとバスはもう遠くへ走り去って行ってしまいました。

私は本当に敏夫様が好きだったのです。噂では敏夫様の部隊は遠い南の島に連れていかれたとの事。もう親しくお話するすべもありません。でも私は奇跡を信じています。この手紙が敏夫様の居る南の島に流れついて読んでいただける事を。

いつかあなた様が再び故郷に戻って来て、私を強く抱きしめてくれる日が来る事を信じています。いつまでも待っています。

愛する敏夫様へ　海の神様を信じている愛子より」

少年はその手紙を又、丁重にビンに入れてコルクの栓をしっかりとして海に流しました。

見る間にビンは波間に浮き沈みしながら消えていきました。

季節は瞬く間に八月に入りました。

少年は又、海へ出掛けて行ったのです。

真夏の海は、何もかもコバルトブルーに染まっていました。いつものように好風亭へ行くと、田代さんに一言、挨拶をしました。

海辺には、海水浴を楽しむ子供を連れた家族連れ、そして紺の水着を着た、又、黄色い水着をぴっちりと身に着けた、若い男女のカップルの方々が大勢おりました。

そう、子供さん達は浮き輪を手にして、波間をゆらゆらと漂っていたのです。

色とりどりのパラソルがまるで、バラの花のごとくに海辺に、いかにも涼しそうに開いておりました。

すると、誰かが、「あ、子供が溺れている、早く助けてあげてー」と叫びました。

すぐさま、浜の監視に当っておりましたライフセーバーの数人が海へ飛び込んだのでした。

数分後、何とか無事に一人の子供が助けられたのです。周囲を、大勢の海水浴の人達が取り囲んで互いに顔を見合わせて、ほっとした表情をしておりました。

少年も、その間からそっと覗いてみました。見れば、六、七歳でしょうか、とても可愛い幼な児だったのです。

ライフセーバーの方々の懸命な人工呼吸などの処置で、数分後、息をふき返しました。大量の海水を飲んでいたのでした。

やがて、丘の方より、一台の救急車と救助隊員の皆さん、そして青白き頬をした青年医師の方々がやって来たのでした。その医師は、聴診器を持って、とても、丁寧に診察をしていました。

「うん、大丈夫だな、でも大学病院で詳しく検査をした方が良い」と言いました。とても清潔な白衣を着ていました。

すると一人の、とても可憐な少女が、飛び出してきました。

「ああ、健太、健太」と叫びながら。

そうです、彼女の名は石田陽子と言い、その子供の母親だったのでした。

やがて、その幼な子と陽子さんは、医師と救助隊員と共に救急車に乗り込んで、一路、この街の大学病院へと向かったのでした。

少年は、ああ、そうかと思いました。

石田陽子さんは中学時代、不良仲間と付き合い始め、ついに高校へは行かず、この街のコンビニエンスストアにてアルバイトを始めたのでした。勉強はさっぱりでしたし、少し心がひねくれていたのでした。でもその美少女振りから、同級生の男の子達にとても人気があったのです。少年も少し心を寄せてしまった時がありました。

同世代の男の子にとりまして、成績は悪くても、不良がかった女の子に、心を引かれてしまう事があったのでした。

しかし、本当に残念な事には、街の不良達と親しくなってしまったのでした。

そして、その不良の中の一人と、一夜を共にしてしまい、健太という名の子供を産んでしまいました。勿論、私生児です。

その事は、少年の一人の親しき友より、聞いておりました。

それは、世間から見れば、許されるべき事ではなかったのでしたが。

でも、こうも少年は一方で思ったのです。

自分にはとても考えられない事でした・・・。そう、真夏の太陽の下で、自分の本能の赴くまま行動をしてしまう、その思いに、何故か共感してしまう心が片隅に、心の片隅にあったのでした。

街の人達は、陽子さんを非難したのでしたが。少年には全くそのような大胆さは持ち合わせていませんでしたので、とても憧れてしまう所があったわけでした。そう、自分の心の赴くまま、燃え盛る、太陽の熱い砂の上で行動をする事に。

そんな考えは、勿論悪い事には違いはありませんでしたが。

どうしてか、石田陽子さんのそんな大胆さに、魅了されてしまうのでした。

その事は、田代さんに話をしますと、

「そうか、それは仕方がないんだよ、許される事ではないが、一方、自分の唯、唯、赴くままになってしまうのは。君には、まったく考えられはしないだろうよ」と、彼は、そう言うと訳もなく笑い出していたのでした。それにつられて少年も笑い始めておりました。

夏の日の忘れ難き思い出の一つではありましたが。

幾日かしまして、少年は再び広々とした大海原へオデッセア一号の船出をしていたのでした。

やはり、心地好い潮風が少年の全身を心地好くなぶったのでした。そうして日々は過ぎ去って行ったのでした。

さて、話は田代さんの過去の事になったのでした。

季節はいつの間にか初秋に入っておりました。いつものように、少年はオデッセア一号の船出の為に好風亭に行きました。田代さんに朝の挨拶をしました。

すると、今日の田代さんはどことなく、いつもの逞しさはなく、うなだれておりました。そして彼の青いテーブルの前には、数本の赤いバラの入れられた花瓶があったのでした。

そして、写真の入った額が置かれてあったのです。写っている方を見ますと、まるで、黄色や赤いバラのような感じの女性が写っておりました。

少年は、その可憐な女性、真紅のドレスを身にまといました方を思わず見つめておりました。

田代さんは、ボトルよりウイスキーでしょうか、一口、二口、啜《すす》っておりました。

少年に気付くと、田代さんは熱い紅茶を入れてくれました。

「おう、君か、元気そうじゃないか・・・」といいながら何となくうなだれていたのでした。

「少し俺の話を聞いてくれるかい。実は今日は俺の家内の命日なんだよ。大切な」と言いながら、その写真に何か言葉を掛けていたのでした。そして開け放たれた、好風亭の海側の戸向うをじっと、凝視をしました。初秋の海は少しばかり、波立ってきておりました。

丁度、寒さが少しおして来ていたのでした。そして又、ゆっくりとグラスを空けるのです。いやに、今日の田代さんはしんみりとしておりました。少年はその心の中を、理解をし始めていました。

「そうだ、田代さんは、今、哀しみの中にいるのだな」と。その心の中が判るにつれて、少年の胸の中にも、田代さんの心情が判り始めてまいりました。

そしてぽつりぽつりと話を始めたのです。

「俺の妻は、百合子という名さ。東京の或る商社に勤めていた頃、丁度事務をしていた、百合子と知り合ったのさ。彼女は秋田県の出身で、とても肌が白く、あでやかな肢体をしていた。一遍に魅了されてしまった。これでも心の中は、女性に対する思いは人より強くもあり、弱くもあったのだよ」

田代さんは今、とても妻に対して申し訳ない気分でいっぱいになっていました事を知り始めていたのでした。

そして、こう言い始めました。

「当時、その商社は外国相手に色んな商品を販売していた。都内でも大手の貿易会社の一つだったんだ。アジアのみならず、遥か遠い、ヨーロッパ、アフリカ、中東のサウジアラビア、エジプト辺りや地中海辺りまで、飛行機を乗り継いで販売に力を入れていた。勿論、フランス、イタリアも商談の相手国だったよ。そう、販売の商品は日本の玩具や、得意とするエレクトロニクス、そして秋田で収穫されるお米や、又、豊かな果実だったよ。又、青森で収穫される、リンゴだったよ。秋田は、八郎潟の白い、白いお米、そう開拓された、ともて旨い米だった。そう、百合子のように、あでやかな、白い肌と深紅の良く似合うドレスのごときだったんだよ。勿論、リンゴは青森に決まっていたが」

ここで、田代さんは又、ウイスキーを一口、二口啜りました。彼の心は、今日は、哀愁の中にいたのでした。

そして、又、じっと海を眺めたのです。

海は、少しずつ荒れ始めてきました。

やはり、日本海側、特有の冬の、初冬の雰囲気の中に包まれ始めていたのでした。少年は、唯、唯、一緒になって海を凝視し続けておりました。

しばらくしますと、田代さんは、喋り疲れたのか、それともアルコールのせいか、眠りの中に入って行ったのでした。

少年は、ヨットパーカーをそっと田代さんの全身に掛け、ゆっくりと外に出ました。

相変らず、海は白波を立てて荒れていたのでした。

少年は、田代さんの心の内を次第に理解する事が出来ました。そして、歩き始めますと、背後より、潮騒の響きが、耳に聞こえてくるばかりだったのです。

田代さんの心情を考えて、自分も何だか悲しみの中に入っていたのでした。

少年は再び、ザラザラとした砂に足を取られて歩き始めました。

少年には、田代さんの心の内が、今ハッキリと理解する事が出来たのでした。

海は相変わらず荒れて来ていたのです。

そう、その潮騒の響きが、百合子さんを深く思います心と共鳴してくるばかりだったのでした。田代さんの心の中にあると少年は思いました。

幾日か過ぎまして、少年は、荒れた、初冬の海へと一路向かっておりました。

そして、好風亭へ行きました。田代さんはまったく何事もなかったようにして、パイプをくわえて、海を眺めておりました。

「やあ、君か、元気そうじゃないか。今日は見ての通り、海は荒れているからオデッセア一号の船出はやめときなさい」と言いました。少年も、そうですね、とても船出はできそうもありませんと、率直に思いました。

そして、彼は、スニーカーでザラザラとした砂浜をゆっくりと歩き始めたのです。十五分程歩きますと、何やら、海辺に近い所に、掘立小屋のような物が見えました。流木を寄せ集めたのでしょうか、いかにも粗末な作りに見えました。

恐る恐る入り口らしきブルーの縄暖簾をそっと開けて覗いてみました。すると、中には襤褸《ぼろ》雑巾をまとった、六十歳位の老人がおりました。

「あれ、君は誰だね、まあ、そんな事はいいさ。とにかく中に入りなさい」と快活に言ったのでした。

室内は薄暗いでしたが、天井からは、蛍光燈が下がっていたのです。

そして、隅には、オーディオらしき物までありました。なおも見ますと、多数の本が、本棚に山積みされていたのでした。

そして、きわめて簡素な台所さえ見えました。何やら水道の蛇口まで見えました。

そして、海まで一本の長い長いパイプが認められました。

「すみません、一体、貴方はどなたですか、初めて海で会ったのですが」

するとその老人は、

「俺か、俺の名は村田一郎と言うのさ。この街で、廃品回収業をしながら生計を立てているんだよ」と言い、豪快にアハハ、アハハと高笑いしました。少年は、思わず、そうですかと答える他はありませんでした。

「君、これから熱い紅茶を入れるから飲みなさい」と言いました。

「オジさん、ああ、そうですか」と答えるだけでしたが、ついで一言、「この紅茶はとてもうまいです」と言うばかりでした。

「そうだろう、この紅茶は、海から海水を汲んで、浄化して真水に変えたからね」と言いました。少年はそれで納得が行きました。長いパイプは海水を真水に変える浄化装置だったのでした。その味は、少年の心の中に、何故か心に染みるように感じられたのです。

「君、まあ、ゆっくりして行きなさい」と茶色っぽいテーブルと椅子を指さしたのです。言われるがまま、そっと座りました。

どうやら、悪い人ではないと思いました。

天上からは軽快なラテン音楽のごとき曲が流れていたのでした。

「俺は、この街の市役所の許可を得て、街中のビールや、その他の空き缶を回収して生活をしているのさ」と又、又、高笑いをしました。

「君、随分と若いじゃないか、うらやましいな。この俺にも君みたいな若い時があったんだが」としんみりとした口調で言いました。

「君、人生とはあぶくみたいなものさ。一時、この世にお世話になっているようなもんだよ」

と言いました。


少年は、その意味が未だ判りませんでした。でも、その言葉はとても大切な事のようにも思えてくるのでした。

しばらく、その老人と過ごしました。

耳に、快い潮騒の響きがさわさわと聞こえてきました。

二十分程、老人の喋る事を聞きますと辺りはすっかり黄昏が近づいていたのです。

「もう、オジさん、遅くなったので帰ります」と言うと、

「そうか、そうか、又、いつでもおいでよ、待っているからね」と優しい言葉をささやいてくれたのでした。

少年は、オジさんの事を「海の仙人」と名付けました。まったくそのようにしか見えなかったからです。「そうか、一つ握手しようよ」と言い、とても太い指と手を差し出したのでした。少年は、言われるがまま、ただ、握手をしました。何故かとても、温かい感触が、彼の手に伝わってくるのでした。

村田さんの人生を知りつくしたような思いが、手の平に残ってくるばかりでした。

少年は、再び、すっかり夕暮れが近づいてきました中を帰る事にしたのです。

そして、振り返ってみますと、例の掘立小屋が見えて、オジさんが、手を振っているのが見えました。

少年は、好風亭に行きまして、田代さんに今日、あった

事を報告して帰る事としたのです。

田代さんは「そうか、その老人は俺も知っているよ。決して悪い人ではないよ」と言いました。


日々は夢のように過ぎていきました。

初秋から初冬へと季節は移り変わって行ったのでした。少年は、再び海へと向かいました。今日の海は、やはり冬に入りはじめましたので、一面に白波が立っています。

これではとても「オデッセア一号」の船出など出来ないと彼は思いました。

好風亭の田代さんも「今日は船出はとても駄目だから、ゆっくりと俺と喋ったり、熱い紅茶を飲もうじゃないか」と言いました。少年はその通りだと思いまして、しばらく田代さんと、世の中の事について語り合ったり、又、これからの冬のシーズンをどう過ごしたら良いかなどを紅茶をごくりと飲みながら、しばし話をしました。

例の「海の仙人」の話をしたのは勿論です。田代さんは「海の仙人の生き方は、多分間違ってはいないと思うよ。俺も、その村田一郎さんという人と、時々会って人生というものをどう生きたらいいのか時々話し合った事があるのだよ。俺は彼に共感する所が沢山あったので、とても親しい友達になったんだよ」と、さも愉快そうに言ったのでした。そうする内に少年は、再び田代さんに挨拶をして、荒れた海辺を少し歩いてみる事にしました。ザラザラとした砂の感触が、スニーカーの靴の中に感じられました。

そして、流木に座りました。

沖合からは、段々と荒れてきました白浪が限りなく打ち寄せていたのでした。

ボンヤリと海を眺めていると、丘の向こうより、何やら中年の小さいオバさんが、厚い外套を着、手には茶色いボストンバッグとセカンドバッグを持ってゆっくりと歩いて来るのが認められました。

昼は毒々しい程に、紅色に染まり、何か、普通のオバさんではないと少年は思いました。急いで帰ろうと思いましたが、足が少し引きつって、すぐには歩く事が出来ませんでした。

でも何となく本能的にそんなに妙な、変な女の人ではないと思いました。

少年は田代さんより学びました、一種の人を見分ける方法がその時、役に立ったのです。少しは成長したような気がしました。

オバさんは少年を見つけると、

「御免なさいね、私、生まれ故郷のこの街に、再び東京へ戻る前に来てみたかったのよ。何と言っても、懐かしき故郷の海を見てみたかったわ」

少年は、その言葉を聞き、ようやく安心したのでした。

これは田代さんの一種の教えの一つでもあったのでした。


オバさんは、セカンドバックより何やら七色でしょうか、八色でしょうか、色とりどりの大小の布切れを出して、そっと海へ流し始めたのでした。それは、何とも目に鮮やかな物だったのです。よく見ますと星型の布切れもありましたし、三角形の布切れもあったのでした。少年の目には、あまりにも目に染みるように鮮やかな物に見えて来て、いささか刺激的に思っていました。

さて、じっと海を見つめていました、オバさんは、何やらポツリポツリと喋り始めたのです。

「あら、随分とお若いのね。少しばかりこのオバさんのぐちめいた話を聞いて下さいね」と哀しみのこもった声で呟き始めたのでした。

「私、そんな中学の成績ではなかったし、とても高校へは進学は出来ないと思ったので、中学を出たら、すぐに上京したのよ。体だけは自身があったわ。同級生には馬鹿にされていたし、仕方がないのでこの体を生かして都内で何とか生活しようと思ったのよ。これでも若い時は、人もうらやむ立派な肢体をしていたのよ。今はすっかり老いさらばえてしまっているけれど」と又、悲しみのこもった声で、呟いたのでした。

少年は、彼女は、悪い女の人ではないと、直感的に思いました。

そして、その中年の女性はこんな事を言いました。

「私、この街の海産物店の一人娘で、家はとても貧しかったので、仕方なく・・この若い頃でしたわ、そのふくよかな体を生かして何とか、東京は上野界隈の、と或る劇場で踊り子として、とにかく生きて行こうと思ったのよ。これでも体だけは自信があったからよ。私の劇場での名前は、メリー川崎と言ったわ。辺りの商店主のオヤジさんや、仕事帰りのサラリーマンの方々の前で、きらめく、金銀の舞台衣装をまとって、場内のアナウンスに従って、踊りまくったわ。そう、日々の仕事に疲れた方々の眼と心を慰める為に、力の限り舞台いっぱいに踊りまくったのよ」と言いました。

「上野錦糸町の皆様、良くいらっしゃいました。存分に御覧下さい」

上からは、キラキラとしましたイルミネーションが場内を輝かせたのです。

アナウンスの人が、「場内の皆様、踊り子のお肌と身体には絶対に触れないで下さいませ。万が一、触れますと、軽犯罪法にて、逮捕されてしまう事がありますので」と、観客に注意をしたのでした。

少年にとっていささか刺激的な話だったのでした。

「仕方がないのよ、才能もない、でも体だけは自信があった私には生きる為に仕方がなかったのよ」と呟いたのでした。

その声の響きは哀愁に彩られていたのでした。

彼女がセカンドバックより、何か海に流しました。良く見ますと菱形をしておりました。それは、前に一度、図鑑で調べましたバタフライだと、少年は思ったのです。

そう、華やかなる、オバさんの人生の、一番良かった時を、彩っておりました時だと、判って来るのでした。

少年は、それを見つめるのも恥ずかしかったのです。見る間に、その星形と言うか菱形の物は、海へ流れまして、浮き沈みしながら、波間に消えて行きました。

オバさんは、それを過ぎし日をしみじみと思いだすように、じっと見つめておりました。

彼女は、又、自分に言い聞かせるように、又、少年に聞いてもらいたいように、喋り始めました。

「私、上京をして、しばらく、銀座の有楽町のガード下にある蕎麦屋さんで働いていたのよ。朝八時からね。昼食を急いで食べて、近くで働いているサラリーマンの方々や、商店主の人の良い叔父さん、叔母さん、それに、従業員の若い方に次から次へと、店の主人の指示通り、海老入り蕎麦や、卵の三つ入った、丼ぶり物をお出ししていたの。そう、住込みだったのよ。この店の二階に、少し汚い小部屋を与えられて生活をしていたの。

最初は、この店の主人は『中々良く働くねえ、気に入ったよ。末永く勤めてくださいね』と、親切に言ってくれていたわ。勿論、奥様と、小学校、中学校へ通う子供さんがいたの。

一か月程すると、奥様が友達と、二泊三日の予定で、福島の温泉旅行に出かけてしまった時があったわ。私が、夜七時半に部屋にいると、その留三と言う男は、本性を現して、『お前さん、桑田吉子さん、一つ、今夜は、俺と楽しもうじゃないか』と卑猥な、嫌らしい事を言って、私にのしかかって来たの。『嫌、嫌だ』と叫んだわ。もうこれ以上は、貴方には言えない事をし始めたのよ。御免なさいね。こんな事いうなんて」

そして、オバさんは一息つきました。少年は、そうだったのかと、唯、唯、その話を聞いているだけでした。いささか、内容が恥ずかしい事でしたので、黙って聞いている他はありませんでした。

「私、『もう、この店で働くのは絶対嫌よ。嫌だわ』と叫んでいたのよ。そして、すぐさま、部屋の衣服を置いてあるクローゼットから、上京して来た時の服を着て、夜の銀座通りへ飛び出していったの。あてもなく、彷徨い歩いている内に、何やら顎の尖った若者が近づいてきて、『お姉さん、どうだね、うちの店で働かないかね。給料をはずむから』と優しい言葉を掛けてきたの。仕方なかったので、言われるがままついて行くと、上野のと或る劇場だったわ。そう、要するに、派手な衣装を着て、一日、三回公演をする場所だったのよ。哀しいけれど、その時の私には、生きる為に、それをする他なかったのよ」と言い、涙ぐみ始めました。

少年は、それをじっと見つめていました。

話の内容は、大体、理解する事が出来たのです。オバさんの、とてもつらい気持ちは、何となく、判りました。人には言えない事でしたが。田代さんにだけは、言おうと思うのでした。こんな事は、やはり、田代さんに、言う他ないと思いました。

辺りを見ますと、黄昏が迫って来たので、少年は、もう自分の家へ戻ろうと思いました。

「オバさん、じゃあ、僕帰りますので、どうぞこれからも御元気で生活をして下さい」と一言、彼女に告げてスニーカーで、ザラザラとした砂を踏みしめて帰る事にしたのでした。その前に、好風亭の田代さんに、「今日は、一人のオバさんの、なんとも説明のしようもない、人生の過去の事を聞きました。決して悪いオバさんではなかったのです」と言いました。

田代さんは、「そうか、そういう人生もこの広い世の中にはあるもんだよ。君は少し、少しずつそんな話を聞いて成長をして行くのさ」と、海の男らしく、逞しい二の腕を見せながら、豪快に笑い出していたのでした。

振り返りますと、荒れた海辺には、一人、ぽつんとオバさんが、たたずみ、しみじみと自分の過去の事を思い出しながら、大小の流木の上にじっと座り込んで海を見つめているばかりでした。

次第に薄墨を流したような、闇がひたひたと近づいて来ておりました。

「オバさん、どうぞこれからの人生を心ゆくまで穏やかに、過ごして下さい」と、祈っていたのでした。

背後より、少しうるさいような、日本海よりの潮騒が聞こえてくるばかりだったのでした。

オバさんのように、つらい人生の日々があるのだと思い、唯、唯、彼女のこれからの幸せを願っていたのでした。

そう、人生とは、そんなに甘くはないのだと、心の底に、残り始めていたのでした。

少年は、自分ながら、少しずつ成長をして行っているかなと実感をしておりました。そうそう、海の仙人にもこの事はいつか話そうと思いました。

耳の底には羽音、虫の羽音のごとき響きが聞こえてくるばかりだったのでした。とても、オデッセア一号の船出は、中止する他はないと思いました。

やがて来る、早春の爽やかな日に、又、ゆっくりと浮かべてみようと思ったのです。

瞬く間に季節は移り替わりまして、早春の海が訪れようとしておりました。少年はあのオバさん、元気でその後、生活をしているのかと思いました。

彼女の過酷とも言うべき人生は、やはり今の人生経験の少ない少年にとりまして、一つの勉強にもなったようでした。


しばらくしまして、ようやく本格的な春がやってきて、水仙や、芝桜、アーモンドが、各家の庭や少年の住んでいる庭のあちらこちらに咲き誇る季節へとなりました。

彼は、丁度良い、穏やかな爽やかさに充ちた日の海を、田代さんに手伝ってもらいながら、オデッセア一号の輝かしき船出をしたのでした。そう、今日の海は、コバルトブルーに染まり絶好の日和でした。軽やかにオデッセア一号は海面を滑らかに、航行をしたのでした。しばらく、海面をゆっくりと浮き沈みしながら進んで行きました。遠く、遥か海の果てには、日本でも有数な大きさの佐渡ヶ島が、緑豊かな木々を生い茂らせまして、雄大に夢幻のごとくに、ポツンと浮かんでおりました。

目をこらして、浜辺を見ますと、まず好風亭の店頭に、赤い旗が、折からの海風を充分に受けましてハタハタとはためいておりました。

しばらく、少年は、オデッセア一号をゆっくりと、慎重に、航行させていたのでした。すると、少し荒い波が押寄せてきました。未だ、本格的には船の操作には慣れてはいなかった彼は、船上に立ちまして、何とか乗り切ろうとしました。

しかし、船体が次の瞬間には揺れてしまいまして、冷たい海の中へともんどり打って、まるで吸い込まれるように、冷たい海底近くまで行ってしまったのでした。

すると、何と不思議な事には、余り冷たさは感じられないで、むしろ快楽に近いような気分になっていたのでした。

周囲を少し気の遠くなりました眼で追いますとユラユラとワカメ類の群生しております、まるで森のごとくの林と、きらびやかな何かお城のごとき物が目に入りました。

　そして、鯛や平目、鱚などの魚がゆっくりと泳いでおりました。

　又、そのお城らしき中には、華やかなる、銀、金や、頭には王冠、まるでエメラルドの宝石や、オパールの宝石をした、何やら、お姫様のごとき、ふくよかな肢体を、ぴったりと、銀の砂子のような衣装を身にまといました若い女性が、手まねきをして、少年を迎え入れてくれたのでした。

「あら、良くいらっしゃいました。見れば随分と、お若い方ね、十五、六、七位でいらっしゃるのでしょう」と、紅色の頬笑みを浮かべ、そのお城のごとき中に、柔らかき白き指と手で、少年の手を握りしめて誘い入れたのでした。

　彼は、何も言う事なぞ出来ずにそのお城のごとき中に入ったのでした。

「ああ、そうか、いつか教科書で覚えた、竜宮城なのか」と少しばかり薄れてまいりました頭の中で、うっすらと考えている他はありませんでした。

　すこしすると山のごとき、チョコレートやクッキー、ショートケーキを、「さあ、どうぞ、おめし上がり下さいね」とハスキーな魅惑的なる声で、耳元にささやいてくれたのでした。

　その声に、とても抗う事なぞ出来ずにひたすら、うっとりと快楽に近い感覚を覚えているのみだったのでした。

　相変わらず、いろんな魚達が少年の周囲を舞い踊っておりました。

　そう、こうしている内に時間は、瞬く間に過ぎ去って行ったのでした。

　そして、ふと気付くと何やら逞しき、まるでイタリア女優さんのごとき、ソフィアローレンによく似た女性に助け上げられておりました。そう、逞しき手にてエンジン音の響きます、船上にいたのでした。

　いささか、海水を飲んでおりましたので、彼女の手によって、とてもうまく、吐かせてもらいました。そう、蘇生をしたのです。その女船長さんは、「まあ、良かったわ。元気になって。しばらくそのままにしていてね」と、優しく少年を支えてくれたのでした。軽やかなるエンジン音が、船上の機関室より聞こえてくるばかりだったのでした。

　そうこうしている内に、次第に、黄昏がせまって来たのでした。

　少年は、ソフィアローレンのような女船長さんに一言、挨拶をして、再び「オデッセア一号」を、その方の手助けで操作をして、好風亭の田代さんの元へ帰る事としたのでした。

船は軽やかに航行をして、無事に砂浜というか浜茶屋に戻る事が出来ました。そう、その救助してくれました、女船長さんに一言、「有り難う御座いました」と、お礼をして帰りました。

何でも、その女船長さんは、例の宮城沖の大震災で、被災をしてしまい、この山形県の隣の県で、家族ともども生計を立てているそうでした。

そうそう、そのソフィアローレンにとても良く似た女船長さんは、少年と別れます時に、逞しい二の腕を出して、「又、いつかお会いしましょうね」と言い、手を振って下さいました。

そして、潜水服に身を包み、海中へと、今日の稼ぎをする為に勢い良く身を投じたのでした。あの、とんでもない大震災で、生計を立てる術を失い、この日本海側の佐渡ヶ島が遥か沖に見えます県にて、家族全員、生活をされていらっしゃったのでした。そんな人たちが、宮城のみならず、福島県でも大勢いらっしゃる事は、家のラジオとテレビで、少年は知っておりました。まったく、そんなとんでもない事は、二度と起きてはならないと思います。

まして、当時、原子力発電所が被害を受け、自然災害と人災とも言うべき想像をしてしまうのも嫌な事は日本中の皆さまにとって、また恐ろしい事だったという他はなかったのでした。

それは、この日本の国には、原子力発電所など必要とは、まったくしないという事を意味していたのでした。

今は、唯、救助をしてくれました、女船長さんに、頭を下げる他なかったのでした。

その日は、助けてくれた事を感謝して、又、「オデッセア一号」を海から引き揚げ、田代さんに手伝ってもらいながらでしたが。好風亭前の砂浜に、しっかりと、ロープで固定をして帰りました。そう、スニーカーでザラザラとした、砂を踏みしめて。

辺りはすっかり薄墨を流したような闇がひたひたと近づいてきておりました。少年の長い一日は、こうしてようやく終わったのでした。

時は十一月になりまた。波の静かな時はオデッセア一号で船出する事もありましたが、季節はそれを許しませんでした。

或る日曜日、船を出す事もかなわず、少年は又、人気のない砂浜を歩き続けていました。すると河馬先生が座り込んでいた砂の丘に、一人の堀の深い美少女が膝を抱えて座っているのに気付きました。たった一人で海を眺めている少女なんて、今まで少年の経験では一度もありませんでした。だからその美少女が珍しかったのでした。彼女は清潔そうな長い亜麻色の長い髪を潮風になびかせ、なぜか祈るように波の荒れた海を一心に見つめておりました。

傍らに青いサーフボードがありました。

少年はマリンスポーツ店の店主や田代さんとの付き合いが深まるにつれて、幾分、人並みに社交的な気質に変わりつつありました。彼女は瞳の大きな、今まで美しい物しか見てこなかったような眼をしているように思われました。少年は思い切って声を掛けてみました。

「御免、どうしたの、とても寂しそうじゃないか。何かあったのかなあ」

彼は自分でもおもいがけなく、すらすらと言葉が出てしまいました。彼女はちらっと彼を見、しばらく黙っていましたが、彼が別に不良でも悪い人間でもないと思ってくれたのか、哀しい程清らかな声の響きで、ゆっくりと噛みしめるように話してくれました。

その美少女の恋人が二週間程前に一人で荒れた海に出てそのまま帰らず、三日後に青いサーフボードだけが浜辺に打ち上げられたとのことでした。

彼女は長い髪をかきあげながら、一言、「辛いわ、とても」と、またしても美しい哀しい声で、それだけ言って、激しく白波の押し寄せてくる、潮風の強い海を又、一心に見つめていました。

少年は自分も海を見つめながら、生まれて初めて、強く強く海を憎み始めていました。

移動図書館

私は、夏の暑さが耐え難い時に、中学の仲間と共に大型のリヤカーに積んだ本のいっぱい入った棚を一生懸命に引いておりました。日本海側の山形県の隣であります、一地方都市にての出来事でした。

引率の村上先生の指導で、力一杯押したり、引いたりしていたのです。

額より、汗が絶え間なく滲み出ていました。国語や植物図鑑、昆虫図鑑などが、ずっしりと入っておりました。

しばらくしますと、この街の特徴である一本の橋の上におりました。

丁度、橋の畔にて、中年の男性が西瓜売りをしておりました。

私達は冷たく冷えた、その果実を夢中で食べていたのです。口の周りは赤く染まっていました。人の目など、気にしないで。

村上先生も、そんな生徒達を大目にみて、優しい、頬笑みを浮かべておりました。

何と、先生は、この中学校でも指折りの美しき肢体を、向日葵の絵の浴衣で包んだ、女先生だったのです。

私はこの先生に、秘かに憧れていたのでした。しばらく、街の中心部までひたすらリヤカーを引いていました。

もう、黄昏が近づいてきましたので帰る事にしたのです。

家に帰る前に、街のはずれにあります「ひなげしの湯」という銭湯で一汗流す事にしました。勿論、村上先生は女湯へ入って行ったのは、言うまでもありません。

私は女先生の入浴姿を頭に思い描いて、何となく心の中が燃えて来て仕方がありませんでした。

同級生の川上君や、加藤君らと一緒に入りました。銭湯は、仕事を終えた人達でいっぱいだったのです。

私達は、何とか湯船に浸かる事が出来ました。

すると、松田君や川上君が、

「あれ、お前、男の大事な所に俺達より立派な毛がふさふさと生い茂っているじゃないか。変な野郎だな」などとはやし立てるのでした。私は、どうやら年齢より、他の生徒達より成長が早かったらしいのです。

それとも村上先生の入浴姿を思い、人知れず心の中が弾んでいたのでしょうか。二十分ほど入りまして、私達はようやく、脱衣所の所に戻りました。

　そして大きな鏡の前にて、冷たい牛乳をごくりと飲み干していました。

　すぐ近くには体重計がありました。

　計りますと、三十七キロほどありました。

　川上君や加藤君は、ガキ大将らしく、六十五キロもあったのです。

　しかしながら、男の象徴であります所は人一倍と言うか、一段と成長が早かったのでした。私は己の大事な所を、必死で隠すのに大変だったのでした。

　そうこうしている内に大分遅くなって来ましたので、もう帰る事にしました。

　又、可憐な美しき肢体を、大胆にユカタで包んだ、村上先生の指導により、各自の家に戻る事にしました。

　外はもうどっぷりと暗くなっていたのです。
　五、六分でしょうか、銭湯から出て歩いた所にて、ふっと目が覚めました。
　私は長い長い夢を実は見ていたのでした。心の中には、ただ村上先生への憧れが残っているばかりだったのでした。

私の或る日の夢

私は、夏の日、不思議な夢を見ました。

月に一回、本の仕入れの為に上京していたのでした。そう、新幹線にて、山形県の隣の、遥か果てに佐渡島が雄大に望めます、一地方都市より出発して行きました。

車内は大勢の人達で、席はすべて埋まっております。冷房もほど良く効いておりまして、汗も引いてまいりました。やがて車内販売の女性がワゴン車を、軽やかに引いて現れました。

ふと、見ますと、何と、高校時代に同じ美術部に属しておりました、涼子さんと言う、勉強はさっぱり出来ませんでしたが、スポーツ万能の美少女だったのです。

思わぬ再会に、私は彼女のふくよかな胸元と、すらりとした足を包み込んでおります白い制服姿を見つめる他、ありませんでした。そして、少し不良がかっていたのです。

一体に、男というものは、えてして、そんな女性に憧れる傾向があるものです。

私は、唯、あっけに取られておりました。

でもしばらくすると、心も落ち着いてきまして、冷たいオレンジジュースとミカンを買い求めておりました。

涼子さんは、紅色の頬をして、

「あら、吉田哲郎さんじゃないの、本当に久し振りだわ」とハスキーな声で、呟きまして、私の心を一気に魅了してしまうような、謎のような、微笑を浮かべておりました。

そしてじっと見つめ返して来たのでした。

喉に心持良く、オレンジジュースは染み渡ってきました。ミカンもうまかったのです。そして以前会っていた時の話になります。そうそう、水泳部にも所属しておりまして、五キロばかり離れた所にあります海水浴場で、見事なクロール泳ぎをしていたのでした。白いビキニの目にもあでやかな、水着を着て。

私は水泳がまるっきり苦手で、せいぜい、犬掻きをしているばかりでした。

涼子さんは、そんな私を見ると、何と、周囲の家族連れや中年男女や、又、派手なバミューダや紺の水着姿とは違い、はち切れんばかりの肢体を、ぴったりとうまく着こなした、若い女性や男性連中をしり目に、いつの間にやらビキニの水着を脱ぎ捨てておりました。

そして、「哲郎さん、少しばかり、泳ぎ方をお教えしますわ」と、又してもハスキーな声で、私の耳元にささやいてくれたのでした。全身に、彼女の優しさと思いやりが、感じられて来て仕方がありませんでした。

心根にじわりと染み渡って行くのみでした。私は唯、再会の嬉しさで胸がいっぱいになっておりました。

そして気が付きますと、相変わらず、新幹線の車内にいたのでした。

しばらくしますと、私は誰かに、全身を、柔らかく、揺すられておりました。

そして気づきました。

何と私は楓や紅葉、楡の木々にうっそうと包まれました、深い森の奥のような、自宅におりました。

そう、私の妻に、起こされていたのでした。

私は、夢を見ていたわけです。

そして、現実と知るばかりでした。又、再び、夢を見る事を、願いながら。

夕焼けとんびの唄

私は中学時代、仲良しの村川君、吉田君らと連れ立って、歩いて二十分程の学校まで一つの橋を渡り、登校しておりました。

その橋の名は何と朝臭橋と言いました。当時は未だ、橋の下を「こやし」を積んだ、何隻もの小船が行き交っていたのでした。朝臭橋はその名の通り、鼻をつまんで通らなければならない、橋だったのでした。

途中、日本でも有数な大河がとうとうと流れております信濃川を右に見ながら、市の或る児童養護施設に立ち寄る事をつねにしておりました。

その名は「若草寮」と言いました。

そう、両親に捨てられた子供たちが自立するまで育てられている県の施設だったのでした。

そこに、とても元気の良い、同級生の男の子がおりました。その名は、松岡健君と言います。

松岡君は、収容されております児童の中でも人一倍元気が良く、不幸な身の上である事なぞ、みじんも感じさせない性格だったのでした。

まるで腕は丸太棒のごとく太く、顔はニキビだらけの、大きな顔で、とてもにこにこと愛嬌があり、私たちのクラスで誰にでも愛されます、好人物だったのでした。

要するに、ガキ大将的存在だったのです。何故か、私は松岡君とはとても気が合いました。

私が、同級生の誰かに苛められておりますと、すぐさま駆け付けてくれて追い払ってくれたのでした。とても頼もしい同級生だったのでした。

私は、事あるごとに頼っていたのが、現実だったのです。

そして、中学の授業が無事に終わりますと、村川君、吉田君、一番頼りになります松岡君らと仲良く下校するのでした。

各自の家に帰り、松岡君は、市立の児童養護施設「若草寮」へとです。

やはり、つんと鼻を突きます、朝臭橋を渡りまして無事に着く事を願いながら。

途中、陸橋の下の、昼なお薄暗きトンネルをくぐって。

松岡君は、常日頃、中学を出て一生懸命働き、通信制の高校を出たら、この街のバスの運転手になるのだよと言っておりました。少し歩くと、彼は図太い声で大好きな歌手で、民謡の得意とする三橋美智也の「夕焼けとんび」を唄い出すのでした。
「夕焼け空が、まっかっかー、
とんびがくるりと輪をかいたー、ホーイのホイー、
そこから東京がー、見えるかいー、
見えたらここまでー、降りてきなー、
火傷をせぬうちー、早くコヨー、ホーイホイ」と。
その声は、何処となく、松岡君の青春の哀愁のこもった、また、どことなく、屈託した感情が充分に現れていたのでした。
私達も、いつしか唄い出していたのです。
「夕焼け空が、まっかっかー、
とんびがくるりと、輪をかいたー、ホーイのホイ」

瞬く間に年月は夢のごとく過ぎ去り、親友の皆さんは、己を信じる道へと進んで行ったのでした。

私も、市内の高校を出て上京して、と或る商事会社に勤めて、しばらくすると、懐かしい故郷に久しぶりに帰りました。

そしてデパートへ行く為に、市営のバスに乗り込みました。ふと気づくと運転手さんはまぎれもなく松岡君だったのです。

私達は再会を喜び合い、私は心より、ああ良かった、良かったと思うのみでした。
私と彼は、心の中でいつまでも、いつまでも「夕焼けとんび」を唄っていたのでした。
松岡君は、見事に「とんび」のごとくに、大空に飛び立ったのです。

居酒屋「赤蜻蛉」

私は、はや今年も終わろうとしております十二月三十一日の夜、寂しさに耐え切れなく、バイトが終わりますと、と或る居酒屋、そう「赤蜻蛉」にて、飲めないビールをコップ半分程、喉に流し込んでおりました。

店主は茂さんと言います。体はまるで牛のごとく、逞しかったのでした。

カウンターは黒光りしております。天井からは、オレンジ色のランプが、ぼんやりと灯っていました。

お客は、私以外、誰もおりませんでした。

奥の大型テレビには、年末恒例の、紅白歌合戦が始まっておりました。

小林幸子さんを始めとしまして、次々と歌手の皆さんが登場して、それは華やかな風景でした。当時の私は、屈託した気持ちで心の中がしめられておりました。

茂さんは、「まあ、ゆっくりして行きなよ」と優しく言ってくれました。ふとカウンターの上を見ますと、一枚の写真に、中年女性がふくよかな感じをたたえて写っておりました。

「あの、哲郎さん、今日はこいつの命日なんだよ」

そう、茂さんの奥様だったのです。

茂さんは、いつもの茂さんとは違い、どことなく、しんみりとした表情をしておりました。眼には一筋の涙さえ、浮かべていたのです。

その時、思いました。ああ、茂さんにも、とても切ない思い出があったのだと。その思いは、当時の私の心と共通するものがあったのでした。

申し遅れましたが、私の故郷は、富山県にほど近い、日本海側の一地方都市でした。上京をして、都内の証券会社に、昼間は勤めて、夕方より、都内の私立大学、第二部に通っておりました。

そう、一種の苦学生と言ったところです。

その時、私と茂さんは、同じ哀しみの中にいたのだと思います。

しばらくしますと、茂さんは、

「なあ、哲郎さん、人間、頑張るばかりが良いのではないと思うよ。肩の荷を降ろして、のんびりと生活をした方が、気が楽になるからね」と又しんみりとした口調で呟いたのでした。

私は、ああ、そうなのかも知れないと思いました。そして、茂さんの奥様に向かって、唯、唯、手を合わせていたのでした。

テレビには、相変らず紅白歌合戦が写し出されておりました。

大分遅くなりましたので、もう帰る事としました。今夜の彼の背中は、いやに小さく見えていたのでした。

私たちは、再会の約束をして、潔く、別れる事にしたのです。

茂さんは、私の肩をぽんと叩いて、

「有難うよ、俺の家内の為に手を合わせてくれて」と、気を取り直したように、いつもの彼になりました。

私は、その思いやりに、心の中が、いつしか、ほのぼのとした感覚に充たされておりました。

外に出ますと、少しばかり牡丹雪がちらついていました。

少し歩いて振り向きますと、

居酒屋「赤蜻蛉」のほのかな明かりが、まるで夢幻の世界のごとくに、灯っているばかりだったのでした。

年賀状配達の日

私は、高校一年生の時、仲良しの川上君に誘われ、年賀状の配達のアルバイトをしました。家人は、何もこの年の暮れにする事なぞないと止めたのでしたが、ステレオセットがどうしても欲しくなりました。

手持ちの小遣いでは足りなかったのでした。当時は未だ、自転車での配達だったのです。担当の地域は、そう、日本海側の遥か海の果てには日本でも有数の自給自足の出来ます、佐渡ヶ島が雄大に望める、山手の高級住宅だったのでした。

最初の三日間は、ベテランの吉本さんが、手を取り教えてくれました。

何とか覚える事が出来ました。

十二月の三十日にもなり、手が軍手をしてもかじかんでまいりました。

そして、元旦の朝は、荷台に年賀状の束をいっぱいに入れて、いよいよ出発したのでした。天空より、限りなく、牡丹雪が降り続き、とても配達には大変だったのです。

ペダルを踏んでも、中々進みません。

でも、しばらくしますと、足の運びも軽やかになりました。

ぶ厚い、外套を身にまとい、吐く息も白くなっていたのでした。

川上君と私は、仲良く出発しました。

その前に、この街の中央郵便局の職員の方々より、盛大な拍手で見送られていたのでした。あ、そうそう、途中、坂の途中にあります、小さな郵便局の局長夫妻の心づくしのアンコや、温かい味噌汁、お餅をいただく事が出来ました。

小太りの奥様は、私達の手を柔らかく、握りまして、「寒い中、本当にご苦労ね。頑張ってください」などと、優しいほほ笑みを浮かべて見送ってくれました。

三十件程の年賀状の束を黒いカバンに入れて。

しばらく自転車を漕ぎますと、次々と、いかにも高級な感じの建物が眼の前に、現れたのでした。

その一軒に、配達を終えまして帰ろうとしますと、家の奥より、亜麻色の長い髪の、二十位でしょうか、美少女が現れたのです。

「まあ、本当に、正月早々、ご苦労さまですわ。これ、ほんの私の気持ですのよ」と、言いながら、マイルドセブンを二個、手の平に入れてくれたのでした。

私は、彼女の優しい心根に、ただ、ただ、「有難うご座います」と答えるのみでした。そして、失礼にも、差出人の名前を見てしまいました。そこには高村哲郎という名が記されていたのでした。

「私、実はこの方と、二月に結婚するのよ」と、言ったのでした。

私は率直に受取りまして、彼女の幸せを祈りました。

そして、配達を終えて、大分遅くなりましたので、川上君と帰宅する事としました。

その前に、黄昏が直近に近づいております荒波が打ち寄せる海へ行きまして、流木に座り、煙草を一本吸いました。

もちろん、ゴホゴホとむせてしまいました。

でも、その味の中には、一種の失恋に似た感情が入っていたのでした。

ほろ苦き、返らぬ青春が入っていたのでした。そして、再び唯、彼女の幸せを願うのみだったのでした。

樋掃除

私は若かりし頃、日本海側の遥か果てに、佐渡ヶ島が望める所で、樋掃除のアルバイトをしておりました。

季節は、もう七月に入っており、額より汗がしたたり落ちていました。

スタッフは、四十代のリーダー松本さん、以下、木下さん、川上さんなど七人でした。

電話が入りまして、この街の山手にあります、高級住宅からでした。

私は一人で、バイクに乗りまして、大型ブラッシ、掃除機、竹の長いちり取りなどを後ろの荷台に積んでいました。

十分程しますと、と或る白亜の、上品な住宅に着いたのでした。

呼び鈴を押しますと、紅色のブラウスをうまく着こなしました、一人の中年女性が頬笑みを浮かべて迎えてくれました。


「あら、随分とお若い方ね、本当によく来て下さいましたね。私、残念ながら一人暮らしなのよ。だから毎日が退屈で仕方がないの。実はね、家の前の楡の木より、葉っぱが、樋につまって雨が降りますと流れなくなるのよ。だから取り除いて下さいね。仕事に掛かるまえに、冷たいレモネードを飲んで下さい」

彼女はブルーの椅子と白いテーブルに座ってねと言いました。

私は、遠慮なくいただく事にしました。喉に心持良く染み通って行きました。

私は松本さんより、以前、聞いた話を思い出していました。何でも一週間前、その住宅におじゃました時、仕事が終わりますと、何と奥にあります、清潔なベッドの中に手を引いて誘いまして、抱いてくれたとの事。

まさかと思いましたが、一方、心の何処かで期待もしてくるのでした。

胸が弾んでくるのを押えようもありません。私は、飲み終えますと、すぐに仕事にかかりました。

なるほど、樋には枯草がいっぱい詰っておりまして、これでは役に立ちません。

ものの十五分程で終わりましたが、山川さんといいます、女性は、

「私、毎日が訳もなく過ぎて行って本当に寂しいの」とハスキーな声で言い、別に期待した事なぞ起りませんでした。

「あの、夫は、昨年交通事故でこの世を去ってしまいました。子供もいないし、毎日が意味もなく過ぎて行ってしまうのよ」と、声を詰まらせて言ったのでした。

「そうですか、それは切ない事ですね。人生っていったい何があるか判りませんね」と言うばかりだったのでした。

　私は、二十五歳になっており、市内の短大に通っている、ほんの若造に過ぎなかったのです。そして十分程、話をして夕暮れが近づいてまいりましたので、もう帰る事としました。

「そう、又来てくださいね、これ、ほんの僅かですけれど、どうぞ受取って下さい」と包みに入れて渡してくれたのでした。

　中に過分な、お金が入っていたのです。

　彼女は、柔らかい手で握らせてくれました。手のひらには、何だか温かいものが残っていて、唯、唯、「おばさん、いや、失礼、お姉さん」などと、心にもない事を言っていたのでした。帰りのバイクに乗りまして、しばらく走りますと、とんでもない事を言ってしまったのかな、などと思い始めていたのです。

　そして、ふと思いました。

　彼女は実は、私が中学時代に好きだった、同じクラスのブラスバンド部に所属しておりました、石田さんという、勉強はさっぱりでしたが、美少女の方だったのに、ようやく気付いたのでした。いやそうではなく、とても似ているだけだったのでした。

　おばさんの面影が懐かしき思い出を、蘇らせてくれたのでした。

花火見物

私は日本海側の山形県の隣にあります、遥か沖合には日本でも有数の大きな島、佐渡ヶ島が、緑豊かに浮かんでおります、一地方都市にて、生を受けました。

年頃となり、折りからの大戦に協力させられてしまいました。この街より、約三十キロばかり離れた所にあります、陸軍連隊に入営してしまったのでした。

やがて、遠い南の島へ出撃せよとの、軍の命により、とある、椰子の実がたわわに実る場所に行きました。

幸い、アメリカ軍の攻撃も受ける事はなかったのでした。島の住民の方々は、とても親切で、私達を大事にしてくれたのです。

そう、彼らはとても日本が好きだったのです。本当の日本人は争いなど好まず、平和な心の持ち主だった事を。

その事は当っていましたし、だが違っていたのかも知れません。偶然が我々の命を救ったのでした。やがてこの島に、何隻もの、大きな日本の駆逐艦がきまして、何とか、うまく命からがら脱出する事が出来ました。敵の潜水艦がうろうろしているのに帰国出来ましたのは、正にこれも奇跡的に運が良かったとしか言い様がありません。

呉の港に入港し、私は兵隊服のまま招集解除の命を受け、列車を乗り継ぎ、四日目にやっと新潟郊外の自宅に帰る事が出来たのでした。

一面田畑が広がった故郷は、未だ空襲も受ける事もなく、静かな風情でした。

家は代々農業をやっており、私が帰った時、留守を守っている未だ若い妻が、もんぺ姿で畑の枝豆を手入れしていました。

私は疲れ切った体で倒れそうになりながら歩き続け、遠くに妻の姿を見ると急に息が詰まったようになり、涙が出そうになったのでした。

妻は腰をかがめていましたが、ひょいと人の気配で身を起こし、やつれた私を認めますと、

「あんた、あんたじゃないかね、よう帰ってきなさった」

と掠れた声で叫び、よろめきながら歩いてくる私に向かって、小走りに走って来ました。私達はじゃがいも畑の真ん中で互いにぶつかり合うように抱き合ったのでした。

無理もない、昭和十八年十月十日に軍部から召集令状を受取り、故郷を後にしたのですから。私達は昭和十七年

二月の宵に結婚し、束の間の新婚生活を送り、やがて妻のお腹には私達の子供が成長しつつありました。「貴方、赤ちゃんが出来ました。真一と名付けました、早く見てやって下さい」

私は疲れで目眩を感じながら、母屋に妻に抱き抱えられながら入りました。奥から年老いた父と母が飛び出して来ました。父は私を上から下までくいいるように見つめ続け、やがて瞼を濡らして、「よう帰ったのう、日本がこんな状態ではお前の帰国はかなわんだろうと、いつも思とった。早よう、見てやってくれや、お前の子だぞ、男の子だ」

私の子供、真一は家の土間から見える六畳の間に、おくるみに静かに眠っていました。

目頭が熱くなりました。つやつやとした顔色をし、無心に眠っていました。私は急に無性に水が飲みたくなり、妻に水を持って来るように言いました。湯飲みに入れられた井戸水の甘露な水は、私の喉を鳴らしました。生きていて良かったと思いました。その夜は蛙の鳴き声を聞きながら、一家でちゃぶ台を囲み、夕食をとりました。

白い飯が出てきて私はむしゃぶるように食べました。かぼちゃと茄子の煮しめが出、目玉焼きが出ました。今、帝国日本国中が食糧難で困っているのに、幸い家が農家だから食事には困らなかったのでした。私の眼は安堵の色を浮かべている妻や父母を見、自然に涙がこぼれて来ました。

真一が眼を覚まし、妻が豊かな白い右の乳房を出し、お乳を含ませてやっていました。

これが平和なんだ、これが平和なんだと、私は牛が反芻するように何回も頭の中で、痺れるような喜びを感じました。その夜は久しぶりに妻と枕を並べて、こんこんと深く眠りました。

二、三日すると私は元気を取り戻し、妻の畑仕事を手伝ったりしました。

夏の青い空を見上げると、戦争が起きているなんて信じられませんでした。

だが新聞やラジオからは、かんばしくない戦況の模様が連日のように伝えられていました、どこどこの島で玉砕があったとか。

しかし皇国臣民、一丸となって鬼畜米英を撃破せよ、敵など恐れるに足りずといったアナウンサーのかん高い声で埋めつくされていました。

私はこの戦争は負けるなと、頭の片隅にうすうす感じていました。食料品、日用品は配給制になり、航空燃料にする為、松やにを取るようにという回覧板が回るようになりました。

私は真一を抱き、頬ずりをしました。

この子が大きくなるまで、何としてでも家庭を守っていかねばと固く決心しました。

近頃、新潟市内のご婦人達が時たま、米と交換してくれと、帯や着物を持って我が家を訪ねて来るようになりました。一様にやつれた青白い顔をしていました。私は困った時はお互い様、着物なぞいらないからお米を持って行きなさいと言う時もありまた。

私はそれから戦局が激しさを増す中でも比較的平穏に暮らして来ました。

ある日、錆びた自転車に乗って村の役場の職員がやって来ました。人のよさそうな六十歳位の、頭の禿げ上がったその人は、私に封書を届けに来たのでした。それは再度の召集令状だったのでした。

職員は気の毒そうに私の顔を見、力なく又、ぎこぎこと自転車に乗りながら帰って行きました。

文面はなるべく人目につかぬように新潟市の陸軍司令部に六月二十三日、午前十時までに出頭せよとの赤紙でした。私は悲しかったです。

今度こそは生きて帰れぬかもしれないと思いました。

六月九日の夜、私は激しく妻を抱き、翌日の六時には朝食の後、真一を激しく抱きしめました。私は国民服を着、僅かな所持品をかばんに詰め、家を後にしました。振り返ると妻が真一を抱き、父母が並んで立ちつくしていました。

一家して泣いているようでした。

私は新潟市の陸軍司令部に出頭すると、今度、お前は広島に御国の為に滅私奉公せよと命ぜられ、何も判らぬまま、列車を乗り継ぎ、途中、敵機のグラマンの射撃に合いながらも無事広島にたどり着きました。

その日は昭和二十年、六月三十日の昼過ぎでした。私が向かったのは広島中心部から四キロ程離れた所にある南管区戦闘訓練所でした。学校のグランドのような所の隅に、ひしゃげたような粗末な建物があり、近づいて看板を読むと、「対戦車攻撃作戦本部」と薄汚れた墨で書いてありました。

集められた召集兵は三十代とおぼしき青白い顔ばかりの連中でした。二十名位いました。

それが自爆作戦の訓練所だったと知ったのは、数日経って我々がグランドの中央に集合させられた時でした。ちょび髭を立てて現れた訓練所の所長は六十歳代で、木造の粗末な指揮台に登ると、「貴様等、皇国臣民は一丸となって敵、上陸作戦を阻止する為、粉骨砕身、必ずや天皇陛下御為に尽くし切る事を望む。以上奮闘を祈る」と絶叫口調で言いました。いかにも余裕がないというような喋り方でした。それから我々は将校に連れられて、グランドの右端にある地下壕に連れて行かれました。

そこには戸板の上に束になったダイナマイトが積んであり、横に木箱が重なっていました。

将校は我々と同年代風に見え、神経質な目付きをしていました。彼はこのダイナマイトを横にある木箱に詰めて爆雷を作るようにとヒステリックに命じました。私は四十センチ立方位の箱を手に取ってその中にダイナマイトを十五本程立てて詰め、ヒモの付いた雷管を取りつけて箱にフタをしてビスで打ちつけました。

他の者も黙々と作業を続けていました。

この爆雷は箱のヒモ引くと爆発する急造爆雷でした。十五個程仕上がった時、将校は皆を整列させ訓示を垂れました。

「今から貴様らに敵戦車の撃破訓練を命ず。皇国の為に、この爆雷を敵戦車の下で爆破するのである。よいか、何事もかしこくも天皇陛下の御為である」と、怒鳴りました。

夢中で作業に熱中していましたが、何と五十メートル先に十メートル置き位に蛸壺と呼んでいる、人が一人、入れる穴が掘ってありました。

我々はその穴に入って敵戦車を迎え撃つという、自爆作戦だったのでした。

私は隣にいた眼鏡を掛けた戦友に話し掛けました。

「いやー、酷いな、我々は必ず死ぬ訓練をこれからやるわけだ、こんな事で日本は戦争に勝つ事が出来るだろうかね」

「いや、無理だよ、もう我々はお仕舞だね、悲しいもんだ」

そんな囁きが目ざとい将校の耳に入ってしまい、つかつかと小走りに彼は我々二人の前にやって来まして、「貴様等、恥を知れ、それで皇国を守る気概はあるのか」といきなり往復ビンタを食らわして来ました。何回も繰り返しました。狐眼になった若い将校は息をぜいぜいとさせ、殴り続けました。私は何度も倒れそうになり、その都度、「申し訳ありませんでした、自分はこれから心を入れ替えます。お許し下さい」と頬を青く腫らしながら言い続けました。

私の話し相手になった眼鏡をした人は眼鏡をすっとばし、何度も倒れ、やっと起き上がって私が言ったような事を言いました。

翌日から私達はうだるような暑さの中で蛸壺に爆雷を抱えて飛び込む練習を何度も何度も繰り返しました。夜は泥のように眠りました。

何日たっても頬の腫れが引かず、なかなか治りませんでした。粗末な食事を噛む事も出来ず、飲み込みました。

昭和二十年八月六日、朝八時頃から私達は将校の号令の元、又、何度も何度も蛸壺に爆雷を抱えて飛び込む訓練をやっていました。

とても暑い日でした。ふと飛行機音が聞こえ、見上げると真っ青な上空を一機のB 29 が翼を銀色に輝かせながら、ゆっくりと広島の中心部へ飛んで行くのが見えました。

蛸壺に入ろうとした何回目かの時、何か巨大な太陽のようなものが爆発したかのような閃光が体全体に覆い被さって来ました。

眼も開けていられず、私は穴の中で目眩を起こしてうずくまっていました。

十五分もそうしていたでしょうか、蛸壺からそっと顔を出し、あたりを見渡すといやに静まり返り、そして太陽は何か灰色の雲のようなもので覆われ、それが見渡す限り視界全体に広がっていました。一体、何が起こったのか、わかりませんでした。広島中心部の方を見ると赤々と街全体が燃え上がり、そして上空には巨大な黒っぽい雲がもくもくと上昇していました。

まるで化け物のような雲でした。

私達、蛸壺に入っていた全員は立ち上がり、但、茫然と広島の街の方を立ちすくんで見ていました。「何が起こったんや。ほら巨大な雲が段々とキノコの形に成っていくんでねいかい」

そう、人類史上、原子爆弾なる、残酷きわまりない、核兵器が初めて使用されてしまったのでした。

唯、唯、目を覆う他なかったのでした。

その後、私は、戦友達と、何とか列車を乗り継いで、懐かしい故郷へ帰る事が出来ました。

故郷は戦後の混乱の中にありましたが、未だ、未だ米は充分に収穫されていたのでした。この事は、他県の方々よりは恵まれていたのは事実だったのです。

家には、妻と子供、又、父母が、

「よう帰ってきたのう、本当に良かった、良かった」と言いながら、全員が瞼をとめどもなく濡らして迎えてくれたのでした。

真一は、妻の胸にしっかりと抱き抱えられていて、すやすやと寝っておりました。

歳月は、瞬く間に、過ぎ去って行きました。日本は、平和憲法であります第九条を守り抜く、穏やかな国へとなっていたのでした。

しばらくしますと、暑い日がやって来ました。そう、この山形県の隣の県に、じりじりとした季節が、やってきたのです。八月と言えば、日本で最長の長さの信濃川の、万代橋の、やすらぎ提辺りより、何百、何千発の花火が、見事に夜空に、打ち上げられるのです。

　私は、クーラーボックスに、冷たいオレンジジュースなどを詰め込みまして、妻と二人で河の畔へと出発をしたのでした。

　本音を言いますと、あの花火の華やかな炸裂音は、戦争中の例の広島の事を思い出してしまいまして、聞きたくはなかったのでした。

　しかしながら、その見事なる花火大会を、夏の夜の心の慰めとして見物をしたくなっていたのは事実でした。

　夕暮れが近づいており、辺りはすっかりと薄墨色に染められていたのでした。

　桟敷は、多数の、幾千人でしょうか、この花火大会を楽しもうという市民で埋め尽くされていたのでした。

　そして七時半頃より、次々と花火が打ち上げられ始めました。

　そう、菊の花のような、大輪の花火や、空飛ぶ円盤のごとき見事な、見ごたえのあります花火が次々と、夜空を染めつくしていたのでした。

　一大ページェントが始まったのです。

　この祭花火が終わりますと、当地には秋の気配が、音もなく、忍び寄ってくるのでした。

　どこからか、鈴虫の音が軽やかに聞こえてまいりました。

　いや、未だ、未だ残暑の香りがしていたのです。

　私達、夫婦は、見物席を見つけるのに苦労をしておりました。ブルーシートを、見物の方々は、すでに広げていたのでした。勿論、当たり前の事でしたが。

　花火大会のフィナーレは、万代橋の両側を彩ります、キラキラと盛大に輝きます、ナイアガラでした。

　しかし、それはラストの事でしたのは勿論でした。

　私達は、ひたすら、うろうろとしておりました。すると、何と一見暴走族風の、頭を茶髪にしました若者達が、「叔父さん達、ここに座りなよ、遠慮なんかしないでいいんだよ」と声を掛けてくれたのでした。中には、亜麻色の長い髪をした若い女性もいたのです。

　その言葉に甘えて、私達は、ゆっくりとブルーシートを広げて座る事が出来ました。そうこうする内に、再び、菊の花のかたちをしました花火が、まるで夢幻の世界のごとく、見事に夜空を染めたのです。

　そして、バラの花のごとく、そう赤い色の花火が、見事に開いたのでした。

又、シュル、シュルと何発かの、まるでロケットが打ち上げられるような、白色の、何十発もの花火が、目にも鮮やかに、私達の頭上に輝き渡ったのでした。

私達は、持参をしてきましたクーラーボックスより、冷たいオレンジジュースを、ゆっくりと飲み干しました。喉に、とても心持良く感じられました。

しかしながら、一方、私は例の戦争の記憶が蘇ってくるのを押さえ切れませんでした。これは仕方のない事ではありましたが。

私達は、充分に花火大会を楽しんでおりました。

すると、畔の端の所に、きわめて一見、真面目そうな若者の一団が何やら声を張り上げ始めたのです。

その内容は、私にとっては聞くに堪えないような言葉だったのでした。

まったく、人は見かけに寄らないものです。

「さて、見物の皆様、今日は広島にて、原爆が投下された日です。それを祝って、皆で拍手をしましょうね」などと言って、何と、トレーナーより、いかにも薄汚い、青白い、尻を川に向かって出し続け始めました。すでに、暴走族風の胸に金色のペンダントをぶら下げました若者が、

「このバチ当りども、何という事を言うんだ」と、声を張り上げて、その尻を出している若者を、牛のごとき腕で、手で殴り始めたのでした。

そして、仲間の一団も、女性を含め、一勢に立ち上がって、一見、真面目で秀才に見える、尻を出している、例の若者達に、こらしめの、鉄拳を加えていたのでした。

すると、そのやられている連中は、

「申し訳ありません。何でも言う事を聞きます。貴方方の仲間に入りますから、どうぞお許しください。もう、二度と言いませんのでどうぞお許し下さい」と、うっすらと涙など浮かべながら、土下座をするのでした。

もしかして、信濃川に放り込まれるかと思ったのかも知れません。

「叔父さん達、阿呆なとんでもない奴をこらしめてやったから、安心してゆっくりと花火大会を楽しみなよ」と、武骨な顔に似合わずに、にこにこと、笑を浮かべて、

「さあ、俺達のブルーシートの上に座りなよ。ちっとも遠慮なんかしないでさ」

その言葉には見かけによらず、とても心の中は真面目で常識的な心がいっぱいあったのでした。

きっと勉強など出来なくとも、心の中はとても誠実だったのです。

唯、少しばかり不良っぽいところがありまして、世間から白い目で見られていたのだと思いました。

私と妻は、心の中で、

「ああ、この人達は本当は清い心の持ち主なんだな」と思いました。

私達は、それから大空に、華やかに次々と打ち上げられる、白菊や大輪の向日葵などを象った花火を十分に楽しんだのでした。ラストは、もちろん万代橋のアーチ型を彩ります、ナイアガラの滝は見事な風景だったのでした。

でも一方、耳の底には、あのとんでもない戦争の記憶が蘇って来るのを押さえ切れなかったのは、事実でした。

しかしながら、もう日本は平和憲法であります、もう二度と戦争なぞしないという第九条で守られているのだなとも思いました。少しばかり、もうろうとした耳に華やかな花火の音が聞こえてくるばかりでした。それは穏やかな潮騒のさわさわとしました響きとも取れるのでした。

何とも説明しようのない不思議な感覚だったのでした。まるで、それは南の島に打ち寄せます、波のごとくにも思えました。

土の唄

私は、春未だ浅き頃、作業服に着替えて春泥の田に向かいました。

そして、鍬を振り上げて大地に打ち込みました。新鮮な褐色の田に。

泥がめくれまして、まるで今朝食べました、肉厚のステーキのごとくに目にも鮮やかな、田がめくれました。

午前中、何度も何度も、そんな作業を繰り返しやっておりました。しばらくすると汗が額よりとめどもなくしたたり落ちてまいります。ここらで一休みしようと田の畦道で、持参をして来ました冷たい水の一杯入った水筒の口を開けて、喉にごくごくと流し込んでいました。眼を細めますと、越後の山々が緑に染まり、雄大に見えていました。

そう、青い山脈が。

しばらく、やれやれようやく春の野菜や果実を植える事が出来るなと、一人、心の中で満足していたのでした。

ちなみに私の名は権爺と言います。

勿論、本名ではなく本当の名は松本吉和と言いました。町の人々はでも、通称権さんと一種の尊敬の念を込めて呼んでいたのでした。どうやら、少しばかり恐れられていたのかも知れません。でも私の心の中はそんな大それた事なぞ、一度たりとも思った事はありません。そして懐より一本、マイルドセブンを取り出して、ゆらり、ゆらりと吹かしていました。そうこうする内に、昼食時ともなりまして田打ちは終わり、引き揚げる事としました。しかし、その時バイクの音がして田の畦道を駆け抜ける音がしたのでした。

よく目をこらして見ますと、ひとりの十八、九の若者がカーブを曲がり切れずに、もんどり打ちまして春泥の中に投げ出されていたのです。若者の全身は泥まみれになっていました。やれやれどうも最近、こんな不良がかった連中が田を荒らして行くわいと、舌打ちをしました。そして近寄り助け起こすと、意外に何処となくひ弱な青白い頬をした若者だったのです。

きっと悪い仲間がいて、誘われて不良がかった生活をしているのだろうと思いました。

そんな若者が、この日本海側の山形県の隣の県には最近、増えてきたのでした。

私は、そんな仲間との付き合いはもうやめて春野菜のトマトやブロッコリー、苺の苗植えでも、この俺と一緒にやろうよと、言いました。するとその若者は、素直にうなづいたのでした。

そんな作業を一か月程しますと、すべての苗植えも無事に終わったのです。

「もう、不良仲間と一緒になるのを止めて、この叔父さんとしばらく生活しようよ」と、言いました。彼は「はい、そうします、もう変な連中と付き合うのはやめます」と、率直に従ったのでした。

叔父さん、ぼく真面目になって上京して、職業を身に付けて生活して行きますと、言ってくれました。

私は、若者がこれからの人生、まともに生きて行ってくれと心から思うのみでした。

そして若者は、春の終わりに旅立って行ったのです。

私は畦道に、どっかと座りまして、再び少し休んでから田打ちをしておりました。

眼には、鮮やかな、越後の青き山脈が、遥かに眺められて染みてくるばかりでした。

（「文學界」同人誌賞受賞作品）

逃げる男

私は書店で外売のかたわら、四月になると学校への教科書の納入の仕事をしている。

小学校二校、中学校一校へ教科書を運び込んでいる。教科書は前年の十一月頃から入荷し始め、それを店の倉庫に保管している。

今年度の三月末になると、二百個余り入荷している教科書を学校別に区分けをし始める。

小学校は一年生から六年生まで学年別に分け、それを学校に運び込んで、今度はクラス別に分ける。中学校も同様だ。そのクラス別に分けるのが大変で、店は騒然として来る。

おまけに教科書は段ボールに入ってくるが、一個、二十キロ程あるのでなかなか持ち上げたり、開いたりするのが、体力のない者にとって苦痛となる。納入の時は総勢十二名程で各学校へ納入する。私はその教科書作業の主任をまかされ、皆の指揮をとっている。

小学校は街のど真ん中にあるので、ドーナツ現象で生徒の数は減り、一年生は二クラスだったり、二年生は一クラスだったりするので比較的楽な仕事になる。しかし中学校は二校の小学校が合同されるので、一学年六クラスとか、二学年七クラスとなったりして大変だ。店は総勢二十七名だが、三月末になると看護学校やら大学の納入時期とぶつかるので、中々小、中学校まで手が回らない時がある。

そんな時は予備校生などを使って何とか対応する。作業は汗だくの毎日となる。

毎年、各学校に同じ司書が居ればいいのだが、三月末に転属の配置転換の命が出ていて、初めて教科書の書類上の仕事をする司書や代理の何も判らぬ先生がすると大変だ。

納入指示書や転校生、転入生の処理の仕方がまるっきり判らなくて、いちいち私の方で教えながら作業をしなければならないので、煩わしい事、おびただしい。

私は教育委員会提出の書類を持参して、H小学校へ行き、「あのう、ここの所に学校印が欲しいのですが、早く押していただけませんか」などと催促する。期限が迫っているのだ。H小学校の司書は四十歳位の女性で、人のよさそうな人だ。「あら、ごめんなさい、少し待ってね。校長の許可を貰って来るから」と、ぎしぎしと音を立てる木造の学校の廊下を走って行く。私は人気のない図書室でしばらく待つことになる。見渡すと図書室は小学校用の伝記物や図鑑類、物語の本がぎっしり詰まっていて、一人で管理するのは大変なようだ。やがて彼女が「御免、御免」と言いながら額にうっすらと汗をして帰ってくる。私は印が正しく押されているかどうか、確認してぴょこんとおじぎをして学校を出る。

しかし、必要事項が書かれていないのに車の中で気づいて私は又、慌てて学校へ走る。その司書の名前は藤田さんといって「あら、そうだわ、又、しくじっちゃったわね、御免、御免」と又、ぎしぎしと音を立てて司書室を飛び出すと校長室へ走って行く。

この司書の先生が一番、私をてこずらせる。

必然的に何回もH校に通う事になる。

藤田さんという司書はうりざね顔をしていて、眼が澄んでいた。二十五歳の未だ結婚していない私にとっては彼女の仕種が可愛らしく思える事もある。又、書類の間違いに気づくと、本当にすまなそうな顔をして私の顔を見る。学校へ何度も往復していると、お茶をなぜか、ぎこちない風に出してくれ「御免なさいね、私が悪いんだから許してね」と言ってくれる。お茶を私に出してくれる時、時々手が震える時がある。藤田さんはまるで世慣れしていない少女のように、変に顔を火照らせて赤くなっている。

四月の始めに「あのう今月の二十日限りで今度A小学校へ転勤するのよ、A小学校では貴方は担当ではないでしょう。来てくれないでしょうね。残念だわ、あなたが教科書係をやってくれると本当に助かるわ、残念ね」と本当に悲しそうな表情を顔いっぱいに表して少し頬を染めるのだ。少し以前より、私が学校へ行くと化粧が、特に唇が濃くなっていたり、長めのスカートを履いていたのが、いつの間にかミニスカートになっていて、アールデコのような模様の入ったパンティストキングになって行く。藤田さんが椅子に座っていると、太股まで剥き出しになり、眼のやり場に困ってしまう。私はお茶をすすりながら、ちらちらと太股の方に眼が自然に行ってしまう。

藤田さんは何杯目かのお茶を出してくれ、「ねぇ、A小学校にも時々来てよ、児童書の注文をするから」彼女はまるで幼い女子が何かを訴えるような可憐な眼をして私に迫るように言ってくる。そしてなぜか自分のハンドバックの中身を洗いざらい見せてくれるのだった。口紅や運転免許証、紺のハンカチ、小銭入れ、何やら判らない化粧品の数々。

私はどうして藤田さんが、このような行為をするのかまるっきり判らなかった。

運転免許証を見ると年齢四十二歳と出ている。左手の薬指にはリングがはめられていたのであきらかに結婚していた。

後日、考えてみるに、私に対して何らかの愛情を持っていて、あらいざらい自分を私に見せてくれたとしか考えられなかった。

当時の私は傲慢で少し我儘だった。

自分で言うのもおかしいが、女のような手をして顔は役者くずれのような雰囲気を持っているような気がする。

女性たちも私の中学時代から手紙をくれたり、つき合って欲しいといったような文面でラブレターまがいの内容だった。そっと私に手渡すものあり、下駄箱に手紙が入っている事もあった。二十五歳になった今も女性達は、じっと私を見つめていたり、時には居酒屋で頭の禿げ上がったおじさんにでさえ、見つめられる事もあった。そんな時、私は自分が何か、妙な顔つきをしていて見つめられるのだと思ってみたりしたが。又、男の友人と食堂に入りハンバーグ定食を頼んだりした時、私の食べ残しのハンバーグを、いとも簡単に食べてやるさと言って、その友人は私の食べ残しを口の中に入れるのだった。彼の頬が妙に赤みがさしていた。又、私は映画館の薄暗がりの中で隣にいた若者に手を握られたような事が、恥ずかしながらあった。

ラブレターをもらった女性たちとつき合う事もあったが、二、三か月もすると彼女らは私の前から急に去って行くのだった。

私が彼女たちを愛するのではなく、ただ、肉を愛しているのだとばれたり、優柔不断で自分では何も彼女らをリードしていく資格がないと悟ったのかもしれない。

とにかく当時の私はある面では過剰に傲慢だったのだ。私は変に白い肌をしていて整った顔立ちをしていた。藤田さんが私を好きなのは明らかだった。その後、店に遠慮がちに藤田さんから電話があり、児童書の注文があるから今日でもA学校へ来ないかと誘いの伝言があった。教科書の仕事も一段落したので私は彼女の新しい赴任先のA小学校に出かけていった。当時の私は人を愛するより愛される事がほとんどだったような気がする。

私は児童書のいろんなカタログを持ってA小学校へ出かけて行った。

彼女は私を見ると、じっと顔を見つめ瞼がうるんでくる。私は手提げカバンからカタログ取り出すと藤田さんに説明し出した。

「えーとこれが動物図鑑、こちらが六年生用のカタログ・・・」

藤田さんはどこか、うわのそらで私の説明を聞いているようで、未だじっと私の顔を見つめるのだ。ようやく、「昆虫図鑑の本がこの学校では不足しているので、注文するわ」と、変にかすれたような声で言った。私が帰り支度をすると、彼女は慌てたように自分のセカンドバックからハンガリーから来る交響楽団の入場券を見せ、「あの、もし良かったら二人で行きませんか」と言った。私はとっさに旦那さんの事、大丈夫なのと聞いてみた。

「大丈夫よ、会社人間で、夜は一時過ぎにならないと帰って来ないのよ」と言った。

藤田さんは相変わらず、ミニスカートで椅子に座ると太股があらわになる。

わたしは少しおたおたしながら入場券を一枚受取ると、「いいですね、私はクラシックが大好きで、アパートでも寝起きの一時間位前からラジオのバロック音楽を聞いています。夜、寝る時はCDのモーツアルトの色んな曲を聞いていますよ」と、さも真面目そうな顔をして言った。私達は五月二十日の演奏会に行く事を約束した。

藤田さんはなおも私の顔を見て、本当に涙をうっすらと浮かべていた。私はどうしたら良いのか判らず、ただその場に立っていた。彼女はハンカチで涙をふき終わると、「ありがとう、音楽会に行ってくれるようになって」と、一安心したように大きな息をした。私は帰りの車の中で、藤田さんは私を誘う目的で図鑑を注文してくれたような気がした。

五月二十日の夕方五時半に私は一寸と洒落た、皮の肘当ての付いたブラウン色のジャケットを着て、藤田さんと待ち合わせの喫茶店に出向いた。開場は六時で開演は六時半だった。指定席の券だったので開場に少々遅れても大丈夫だった。

喫茶店に入ると窓側の席に藤田さんが座っていて、ぱっと薔薇の花が咲いたような素敵な薄桃色のビロードのようなドレスを着ていた。美しかった。「御免、御免、少し遅れちゃったね」私が頭を下げると、彼女は「もったいないわ、そんな事を言われて。来てくれただけでも嬉しいわ」と言った。

未だ時間があるから食事して行こうと言うと、うんと素直に頷いた。私達は近くの少し高級な中華料理店に入り、八宝菜ライスを頼んだ。私は昼食を早めに取ったのでお腹が急にすいて来た。私は大きなスプーンで食べ始めたが、藤田さんはぼそぼそと食べている。

私は早いうちに皆、たいらげたが彼女は半分残して「もう御腹いっぱいだわ、やめとくわ」と言って口をぬぐった。そして私を又、じっと見て、涙ぐみそうな顔をしていた。

私達はそれからR会館に向かい、六時十分には席に座っていた。

やがてハンガリー交響楽団の演奏が始まり、軽やかなポロネーズの曲がまず私達の耳に響いた。会場は暗くなった。曲が流れてる内に左隣に座っている藤田さんの手が私の左手を軽く握った。柔らかい暖かい手だった。

私は彼女がするがままに手を握らせていた。

新しい曲が終わる都度、盛大な拍手が会場をにぎわしたが、私たちはじっと手を握りあったままだった。演奏会も終わり、会場もざわついて帰り支度を始めていた。

私達は立ち上がり、手をつないだまま出口に向かった。私は彼女が結婚していても、このように大胆に行動することに少し驚いた。

喫茶店でお茶でも飲もうかと私が言うと、素直に、こくんと頷いた。アデンという名の喫茶店が帰りの道筋にあり、入ると店内は薄暗かったが各テーブルにはろうそくの火が明々と燃えていた。私達は一番、奥のテーブルに座り、ミルクティを頼んだ。藤田さんの眼が私を見ながらうるんでいた。ろうそくの明かりが益々彼女を美しく見せていた。

「感激したわ、今夜の事は一生忘れないわ」

私はハンガリーの演奏会の雰囲気が忘れられないのか、それとも私と一緒に音楽を聞いた事が忘れられないのか判断に迷った。

熱いミルクティを互いに飲み、腕時計見るともう十時半だった。それから私達は外に出、私は彼女を途中まで送って行くと言った。

藤田さんは又、こくんと頷くと一緒に歩き出した。夜の清々しいとばりが二人を隠してくれた。市内はすっかり静まりかえり、時折タクシーが通り過ぎるばかりだった。各家の明かりは既に消えていて、闇に包まれていた。私は藤田さんが先導するままに手をつなぎ、橋を渡り、路地を曲がり、歩いた。

「あと五分で私の家に着くわ、もうここまででいいから別れましょう」と強く手を握り、そして離した。私は彼女が急にいとしくなって或る家の塀に押しつけると、頬に口づけした。すると彼女は私のなすがままにして、急に気を失って足もとから崩れ落ちた。

私は慌てて、彼女の両頬を二、三度叩くと、ようやく立ち上がってくれ、下を向いて何かに耐えているようだった。眼はうつろで宙を舞っているようだった。

私が大丈夫かと聞くと、軽くうなずいて、

「大丈夫、もう大丈夫よ、貴方、どうぞ帰ってちょうだい、人に見られると困るから」と言い、軽く手を振ると酔った人のようにふらふらと歩き出した。私ははらはらしながら藤田さんを見送った。私は彼女の夫に悪い事をしているなと思ったが若気のいたりなのか、傲慢なのか、すぐに忘れてしまうのだった。

私はぐうたらで、だらしのない人間なのだが、年一回開催される県の美術展の油絵だけは毎年出している。題材はその時によって人物画だったり、風景画、静物画だった。

私は彼女が私の行為でふらふらになって帰って行った日から何日かしてA小学校を又、訪れた。藤田さんが心配だったからだ。

図書室で藤田さんは私の顔を見ると恥ずかしそうな顔をして、そしてまたしても泣きそうな表情をうかべるのだった。

「ねぇ、川上さん、貴方のアパートを教えて、お願い」と哀願した。私の名は川上と言うのだった。私はそれを聞くと何だか、これから深い仲になって行くのではないかと、一瞬思ったが、理性より感情の方が優って、私、川上謙太郎のアパートの住所を教えてしまった。

貴方の趣味は何ですかと聞くので「油絵を描くことさ」と答えた。私が「今度の美術展に静物画を描くため葡萄が必要なんだ、良い形の巨峰を選ばなければ」と言うと、「そう、私が見つけてやるわ、形の良い葡萄ね、巨峰ね」と何か決心したかのように頷いた。

私が又、児童書のパンフレットなどをカバンから取り出したが、

「今日は注文はないわ。それより以前発注した本、入荷したらすぐに届けてね、きっとすぐにね」と言うと、又、涙顔になって私をじっと見つめるのだった。

三日後、私が古ぼけた、一階は六畳の間に簡単な台所、風呂があり、二階は六畳半の自分のアパートに帰ると、玄関先に市内のデパートのマークの入ったビニール袋があった。

開けてみると見事な房の付いた巨峰が入っていた。藤田さんがわざわざ届けてくれたのに違いはなかった。デパートから買ったのだから、さぞかし高かっただろうと思った。

私は二階をアトリエにしていたので早速、皿に盛りつけて二階に運んだ。他に燭台や林檎、バナナなどを組み合わせて形を整えた。

一階の六畳は寝室にしていてベッドが置かれていたが、二階にも絵を描き疲れた時に一休みするためのベッドがあった。

私は美術展に何回も出しているが、落ちたり、かろうじて入選したりしていた。

形の整えられた果実達は照明の具合でいかようにでも描く事が出来た。私はライトを当てて具合を見た。すると巨峰だけは、どの方面からライトを当てても美しく瑞々しく見えるのだった。私は房から一個もぎ、口の中に入れた。すると甘みが強すぎる位の感じで、口の中一杯に広がって行った。

今までにこんな旨い果実を食べてみた事がないような気がした。よし、精魂込めて静物画を描いてみようと思った。

日曜日、私が朝からアトリエで絵を描いていると、とんとんと玄関の戸を叩く者がいる。

筆を休めて階下に降りてドアのところに行き、開けると藤田さんがドア越しに立っていた。私は人目に付くとまずいので急いで彼女を室内に入れた。すると藤田さんは私に抱きつき、そのままじっとしていた。

「この前は葡萄、有り難う、今、二階で描いているよ」と私は彼女の耳元にささやいた。

するとと益々強く私を抱きしめるのだった。

「絵、見てみる」と言うとこくんと頷いて、私を抱きしめるのを止めた。

私は二階に案内し、絵を見せた。

「わあ、素敵に出来上がっているわ。嬉しい、少しでも貴方の役に立ったかと思うと」

絵は未だ色彩を重ねている段階で、出来上がってはいなかったが。私は彼女をこれからどう扱ったら良いのか、途方にくれたような気持ちになった。

藤田さんは急に涙を溢れさせると、

「今日は貴方を犯してやる、犯してやる」と言い、ベッドに私を抱きしめて倒れ込んだ。それからの彼女は私の絵の具だらけの服を脱がせ、自分も全裸になると、私を下にして白い尻を振り立ててきた。

私は快楽の渦に埋もれてしまい、ただ、下半身の気持ちの良さがいつまでも続いた。

私達はそれから、日曜日になると逢瀬を重ね、まるでゲームのように快楽を味わい続けた。私はとんでもない事をしているような気持ちと、単なる浮気なのさという気持ちの中でただよい続けていたようだった。

彼女の私に対する性の形は多彩で手慣れた様子だった。そんな或る日、彼女から手紙が来て、内容は夫と今、別れてアパートに引っ越したところだ、ぜひ遊びにおいで下さいと、丁寧な筆ずかいで書かれてあった。

略図まで書かれてある。私は、これはまずい、彼女は本気で私を愛しているのだと悟った。私の一種の苦悩はそこから始まった。

けれども今まで通り、理性より感情の方が優って、正直に言うと、あの快楽は忘れがたかった。性の経験はせいぜい時折、ソープランドへ行って解消していたが、藤田さんの行為は大胆で忘れがたかったのだ。

私は彼女から電話番号を聞いていたので、或る日、日曜日、これからうかがってよろしいでしょうかと電話した。「いいわよ、ぜひおいでください」と弾んだ声が電話の向こうから聞こえてくる。

私は性の誘惑には勝てず、車をメモした住所に向かって走らせた。清々しい晴天だった。

彼女のアパートはK町の奥まった「センシャ」という名の二階の12号室だった。

私が呼び出しのボタンを押すと勢い良くドアが開き、藤田さんが顔を出した。

喜びに満ちた顔をしていた。早速、私を室内に呼び込むと一度、外の左右を見渡し、ドアを閉め鍵を掛けた。そして急に私に抱きついて長い口づけをした。彼女は舌を私の口の中に入れ、舐め回した。私は慣れてはいないので、彼女にされるがままになっていた。

二人は抱き合ったまま、くるくると右回りに回った。午後の三時ごろだったので、日は高く、アパートの前に植えられていたポプラの並木から木漏れ日が、ゆっくりと回る私達を包んでいた。一階に未だ引っ越し荷物のダンボールが何点かあり、ぐるぐる回る彼女の肩越しに見えていた。藤田さんは長い口づけが終わると私の手を取って、二階の白いレースの掛かったベッドに誘った。私は誘いにはもう勝てなかった。二人は全裸になり、抱き合ったままベッドに倒れ込んだ。木漏れ日が又、点々と私達を包んだ。彼女は口を巧みに使い、私自身を口に含んだ。私はたまらなくなり絶頂気が来て、藤田さんの口の中に放出してしまった。彼女は私の物をごくりと飲み込むと「ああ、いいわ、いいわ」と喜悦の声を出した。私自身は、放出した後もきつ立していて「あら、未だぴんぴんとしているわね、すごい、すごいわ」と驚いたように言い、私の体の上に乗って又、私を犯し続けた。

ああーと喜悦の声を二人して出した。

そんな行為が続いていくうちに私は二回目の快楽がやってきて、又、あたまが痺れるようになり放出した。私自身が萎え、しぼんでしまうと藤田さんは僕の乳首を舐めたりした。

もう私自身はきつ立しなくなっていた。

私は負けては恥とばかり、彼女のふくよかな桃のような乳房に触ったり、舌で乳首を転がしたりした。やがて二人は疲れ果て、ベッドに二人して寝た。又、木漏れ日がちらちらと全裸の私達を彩った。

私がそろそろ帰ろうかと言うと、藤田さんは又、唇を求めてきた。

私は衣服を着、帰り支度をすると彼女は、じゃあまたねと快楽に満足したような声を出した。別れる時、玄関で握手をした。

藤田さんの手は熱かった。

二、三日すると藤田さんから手紙が届き、貴方の物を飲んでから、私、貴方と本当に一体になったような気がしたわ。これからも付き合ってねと達筆で書かれてあった。

その後、夜、十時過ぎ、藤田さんから電話があり「貴方、良い知らせよ、貴方の赤ちゃんが出来たらしいの、嬉しいわ、一人で育てるから」と朗らかに言い、弾んだ声を出した。私はその言葉を聞くと、急に背中に氷を当てられたように背筋が寒くなった。

「どうしょう、どうしょう、本当だったら困ってしまう」と私は狼狽した。さんざん快楽を味わったばかりだったので、私は罪を犯したような気になった。藤田さんは閉経は未だだったのか。私は避妊具をつけなかった事に後悔した。又、二、三日すると電話があり、

「貴方、子供が出来たなんて驚いたでしょう、嘘よ、嘘。出来ればいいなあと思っただけよ、安心して。あははは」と勝ち誇ったような声が電話機の奥から聞こえてくる。

私は完全に藤田さんに翻弄されていた。

又、一週間もして私は恐る恐る、彼女のアパートを訪ねると、いつになく、藤田さんが深刻な顔をしている。「夫が別れるに当たって裁判を起こすと言っているの。貴方の会社の名前も出すと言っているわ」

そして又、困ったわ、困ったわ、と彼女は私に抱きつこうとするので、

「もう、私達別れよう、私は悩んでしまうばかりだ。お願いだ、本当に別れよう」と言い、飛び離れた。

「別れるなんて嫌だ、どうして逃げるの、もう私を愛していないの」と彼女は泣きだした。

私は逃げるように部屋からドアを開け、車を急発進させた。私の胸に彼女の夫の事が、何時までも心残りしていて「ああ、困った、困った」とため息ばかり付いていた。

裁判で店の名前が出れば、私は今の会社に勤めてはいられないだろう、一時の快楽に負けてしまった事を悔やんだ。又、彼女に子供が出来ちゃったのよと言われるのも恐ろしかった。私は三日後、意を決して藤田さんのアパー

トを訪ねた。事前に電話で午後三時頃行くからと言っておいた。仕事が一段落する時だからだった。ドアを叩き、出て来た彼女の顔を見ると泣き明かしたような少しやつれた顔をしていた。居間に上がって良いかと聞いた。

居間のテーブルに座ると私は「お願いだ、私も切ないけれど、このままじゃ、どうしょうもない。貴方はご主人の所に帰ったほうが良い、お願いだ」と私は板の間に恥ずかしげもなく土下座をして、何度も何度も別れてくれ、別れてくれとおうむ返しに繰り返した。

藤田さんは呆れたように私を見下ろし、

「そんなの、嫌だ、嫌だ」と眼に大粒の涙を流して叫んだ。私はとっさに、

「実は私には結婚相手がいるんだ、だから別れてくれ」と嘘を言った。「え、そんなのないわ、一体誰なの、相手は誰なの」と泣き続けた。私はこれもとっさに、

「会社の女の子なんだ、もう結婚の約束もしているんだ、名前は風間敏子と言うんだ」と実際に会社に勤めている女の子の名前を言った。私は先天的な大うそつきなのだろうか。

藤田さんに信じ込ませようと、盛んに声高に言った。彼女は言い募る私を哀れげに見下した様な顔をし、つきものが落ちたように泣きやんだ。「そう、そうなの、会社に将来を決めた人がいるの、でも私、苦しいわ、貴方と別れるなんて」彼女は鼻をぐすぐすいわせ、涙とともにハンカチでかんだ。

私は土下座から立ち上がると「御免、御免ね」彼女の肩に手を置き、何度も言った。

そして慌てて逃げるようにドアを開け、車でアパートを離れた。それから私は沈黙を守り、どうか藤田さんから連絡が来ないようにと、祈り続けた。そして私は滑稽にも罰あたりが救われる宗教書はないかと店の中を捜し回り、親鸞上人の歎異鈔をめくった。

「善人なおもって往生を遂ぐ、いわんや悪人をや。しかるを世の人つねにいわく、悪人なお往生す。いかにいわんや善人をや」と書かれてある。私は救われた気がした。

なんとか困った時の神頼みというような気持ちになり、落ち着いて来た。

三週間後、藤田さんから電話があり、ぜひアパートに来てくれという。私は正直、彼女に又、会う事が恐ろしかった。

私は今、教科書の件で忙しいからいけないと又、嘘を言った。私は本当に悪人だった。

藤田さんが積極的だったにしろ、性の快楽に負けて、私は卑怯な行動をしてしまったのだから。私は結局、藤田さ

んを心から愛していたのではなく、肉を欲していたからだった。

一週間程すると、又、彼女から電話があり、今度の日曜日、午後二時頃、私のアパートを訪れるから必ず居て下さいという伝言だった。

電話の奥の声は沈んで元気のない様子だった。震え上がるような気持ちで一週間を過ごした。そしてまたしても親鸞聖人様の歎異抄を繰り返し読んだ。人は哀れな男よと言うかもしれないが。

日曜日、正確に藤田さんは午後二時にやって来た。私は恐る恐るドアを開け、居間に通した。彼女は手になにやら大きな箱を持っていた。そしてじっと私を見据えると、

「私、貴方から別れ話を持ち出されてから、お腹が常に痛くなり、病院で検査をしてもらったけれど、何も異常はなく、精神的なものでしょうと安定剤を渡されたわ。それから貴方を忘れる為に、木刀をえい、やーと何度も何度も振り下ろし、汗だくになるまで木刀を離さなかったわ。それと京都に行って三十三間堂へ行き、私と似た仏様はないかと捜したけれどよく判らなかった」

そして彼女は大きな箱を私に渡し、これは京のお土産といった。開けて見るとガラスケースに入った可憐な京人形が現れた。

「貴方、この京人形を私だと思ってね、お願い」

と言い、私に抱きついてきた。

「逢瀬を重ねるのも今は苦しいわ、でも好きなのよ、愛しているわ」と唇を求めてきた。

「別れたりしたくないわ、でも貴方にはもう、好きな大事な人がいるのね、もうあきらめるわ」と涙ぐんだ。

私は彼女が意外に冷静なのに一安心した。私達は長い口づけをし、やがて彼女は帰ると言い、思い切るように涙して外へ飛び出していった。私も弾かれるように外に出ると赤い軽自動車に乗って藤田さんが出発する所だった。何と声を掛けて良いのか判らず、私は彼女の車を見送った。

居間にはガラスケースの中の京人形がぽつんと置かれていた。真っ白な顔に薄い、上品な紅色が細い唇に引かれ、見事な緑の黒髪を頭部に結っている。右手には扇子を持ち日本舞踏のポーズを取っていた。きちんとしたえんじ色の和服を着こなし、白いお化粧をした首は少し斜めに構えていて、愛しいほどに可憐な風情だった。

私はそれを机の上に置き、眺めた。私はそれが藤田さんの分身のように思えてきて、卑怯未練の自分がなさけなく、胸の中に突き刺さった。

三日後、私はその京人形を二階のアトリエに運び、絵に

してみようと思った。ガラスケースを持ち、階段を二、三歩上がると私はうかつにも階段を踏み外してしまい、倒れ掛かった。ガラスケースも階段の壁に激しくぶつかり、たおやかな細い曲線をえがいていた首が折れてしまった。

私は打ち落としてしまった首をボンドで付けようとしたが、首にはぎざぎざがたくさん、無残な形をしていて接着するのは無理だった。

海を見に行く

土曜日のひどく蒸し暑い晩、電話が掛かって来た。受話器を取ると若い女性の声がした。

「岩本武司さんのお宅ですか」

そうですと答えると、少しお待ち下さい、本人に替わりますからと言う。

やがて粘り着くような掠れた中年男の声がした。

「夜分、御免。俺、更科だよ、更科健だよ。懐かしいなーあ、まさか忘れていないだろう」

「ああ、健さんか。二十年振りかな、いやそれ以上か」

夕食の後の洗い物をしていた妻の背中が、一瞬、ぴくっと引きつるように動いた。

更科とひとしきり話し込み、受話器を置くと敏子が振り向き、手を拭きながら私の眼の奥を探るように見つめた。

立ちつくしている敏子を椅子に座らせ、電話の内容を話した。

「更科、今、病院にいる。糖尿病や肝硬変が悪化して酷く悪いらしい。今の電話も視神経がやられているから看護師さんに掛けてもらったそうだ。

それから迷惑だろうが、なるべく早く病院に来てもらいたい、頼みたい事があるからと言っていた。何か切羽詰まったような様子だから、とにかく明日行ってみるよ」

敏子は私から眼を逸らし、

「私は行かないわ」と、ぽつんと言った。

七月半ばのじわじわと体を包んでくるような、むし暑い油染みたような晩だった。

翌日、私は都内の下町にあるR病院へ、滲み出る額の汗を拭きながら出掛けた。

晴れているのに遠雷が一つ、二つ聞こえた。

R病院は、低い軒の立て込んだ商店街の中に埋もれるように立っていた。

古ぼけた五階建ての茶色い建物だった。

薄汚れたスリッパの束から摘み出すように一足取り出し、ぎしぎしと奇妙に歪んだ響きを立てる板張りの薄暗い廊下を通り、内科病棟へのエレベーターに乗る。

ナースステーションの看護師さんに更科の病室を確認した。

冷房の利きが悪く、澱んだ蒸し暑さの中に、消毒液の匂いが強く立ちこめている。

高い天窓の空は曇り始め、一つ光が走った。

五畳程の個室の開け放たれたドアの向こうに、黄色い土くれのような老人が仰向けにベッドに横たわっていた。私と同じ五十四歳のはずなのに・・。

健さん、大丈夫か、と声を掛けると焦点の定まらぬ両眼を此方に向け、細い左手をゆらゆらとゆっくりと上げた。

「君は岩本君か、有り難う、有り難う。眼をやられてね、君を見られなくて残念だ。手を握らせてくれ」私は近づき左手を握った。

水気も温かみもない、薄い手の平だった。

その時、ふいに高校時代に彼の家で、手を握られそうになった事を思い出した。その時は確か、女の手のように柔らかかった。

昔の、男でもぞくっと心の底をかき回されるような凄みのある美貌と、偉丈夫さはきれいに消えていた。

遊び人風だった黒いリーゼントの髪も胡麻塩頭に近かった。男女と社会の修羅場を何度も潜って来たに違いない、つやのある精悍な顔は幾重もの皺と乾いたコーク色で覆われている。ただ、西洋人のように高い鼻は変わらない。両眼は白濁し、それでも見据えるように、私に向けられていた。

「俺、君と会う事もなくなってから流れ流れて、このザマだ。肝臓も腎臓もすっかり、いかれちまったらしい」

彼は握りしめている手を、小刻みに震わせ始めた。

「あの、岩本君、お願いだ、俺を故郷の海に連れてってもらいたい。この世におさらばする前に、日本海の風に吹かれてみたくなったんだ。親兄弟、親戚には縁を切られてしまっている。友達もいない。お前しかいないんだよ」

彼の手には病人とは思えぬ程の力が加わってきた。

「ああ、T町か、随分と変わったろうな、俺もたまには、帰ろうとは思っていたが。考えてみるよ、明日返事するから少し待ってくれ」

私は更科の急な願い事に戸惑った。

「それよりお前、身体、大丈夫なのか。国へ帰っても眼が見えなきゃ、つまらないだろう」

「いや、潮風に吹かれれば、それでいいんだよ、海を感じる事が出来れば・・。本当にお願いする」

声に哀切な響きが滲みでていた。

私は更科に、会わなくなってから今まで、どんな人生を歩んで来たかなどと、やぼな事は聞かなかった。

急な呼び出しと強引な願い事で、まごついたが、不思議に不快な気持ちにはならなかった。

別れ際、「明日電話するよ。でもお前、ナースステーションに行けるのか」と言うと、

「ああ、又、看護師さんに頼んでみる。これでも昔は色男だったからな。お前からの電話ならば、這ってでも出るよ」

彼は、にやっと笑おうとしたが、コーク色の皮膚が少し歪んだだけだった。

私が病室から出ようとすると、

「敏子さん、元気か」と遠慮がちに聞いてきた。私は一瞬息が詰まるような気がした。

「ああ、元気にやってる。もう二十三年も一緒さ」

「そうか、良かった。俺は嬉しいよ」

私がそっとベッドに戻り、顔を覗き込むと眼ヤニの溜まった目尻に、うっすらと涙が滲んでいた。

病室の窓が急に暗くなり、激しく雨の粒がガラス戸を叩き付けるように打ち始めた。

ナースステーションへ行き、同級生だったと名乗り、彼の容体を聞いた。

肝硬変の末期に入っていて状態は極めて悪く、T町までの旅に耐えられるかどうかは、保証の限りでは、と言われてしまう。

それに生活保護を受けているから、民生委員に聞かなければとも。

私は雨が止むまで、一階の小さな喫茶店でアイスティを飲む事にした。

中庭の向日葵が雨に打たれながら瑞々しく黄色い色彩を踊らせていた。すると脳裏に遠く高校時代の、更科との夏の日の事が鮮明に蘇ってきた。

夏の盛りの午後、私は西日のきつい部屋で、七、八人のクラブ員と石膏デッサンを額に汗を滲ませながら悪戦苦闘していた。

私の斜め横で更科がシーザ像に取り組んでいる。窓の外には落ちかけている柿の熟したような大きな太陽と、金色にまぶされた海と砂浜が、熱気をはらんで浮かんでいる。

そして双子岩や夫婦岩と呼ばれている大小の岩が、逆光の中で黒光りしていた。

左手の高台には海の安全を祈る御堂が朱色に染まってぎらぎらとしている。

私達の故郷は、日本海の海岸線に、出来の悪い山芋のように連なっていた。

海辺にごく近い学校の部屋で、高校三年の夏休み中の

部活だった。

当時の私達の心の中は、まるでバーミリオンやコバルトブルーのような明るい色彩に満ちていた。ある者は芸大に合格するものと信じていた。又、誰かはイタリアに留学し、名を上げたいと思っていた。

将来は海のように輝いていた。私はというと、ただ漠然と将来、画家に成れればいいと思っていた。

アグリッパの鼻の辺りが、どうしても旨く線が引けず、消しゴムの代わりの食パンを千切っては丸めて、デッサン用紙の木炭の拭き取りを繰り返していた。

「岩本、少し貸して見ろよ」

いつの間にか更科が後ろに立っていた。

私から木炭をもぎ取ると、まるで方程式の答えを軽々と解き明かすように的確な線を引いていき、見る間にアグリッパの額から鼻は美しく完成した。

彼の手早さと正確さに、ぽかんとしている私に、端正な顔を一瞬ほころばせて頷き、何事もなかったように、自分の席に戻って行く。

私は更科の横顔をそっと盗み見る。

常に冷静で感情を波だたせない彫りの深い顔をしていた。浅黒い顔に無精髭が浮き出て、どきどきするほど男っぽかった。

人と話す時、眼を少し細めて、世の中の事全てをすでに経験してしまって、今はもう倦怠感しか感じないという風な表情をする。

私たちは、更科に憧れ、歩き方から一挙手一投足まで真似をした。

太宰治や坂口安吾の文庫本を持ち歩いていれば、さっそく買ってきた。「汚れちまった悲しみに」と、低い声で彼がうそぶけば、誰の詩かも判らずに流行言葉になる。

又、女性の事など、まるで無知な私達を尻目に、町の居酒屋で涙を浮かべた美女の隣で悠然と煙草をふかして、そっぽを向いていたとか、この町一番の海産物問屋の奥さんと夜更けの海を歩いていた、などの噂が常に付きまとっていた。何て素敵な不良だろうか。

他の同級生たちには、いつも小鼻をひくひくと蠢かして軽蔑の表情を浮かべていたが、私に対しては少し違った。

私がただ茫洋として何の主義主張も持ち合わせてなく、お人好しで御しやすいと思ったのかもしれない。

板張りの廊下をばたばたと響かせて、敏子が部屋に駆け込んで来た。

皆の視線が注がれた。

「ごめんなさい。友達が来ていて、遅れちゃった」

敏子はそう言うと、額に汗の玉を浮かべながら、ぺろっと舌を出して照れ臭そうに笑った。ショートカットで丸い愛嬌のある顔は、何処か不二家のペコちゃんに似ていた。

でも、真面目な顔付きをして、絵に向かっている姿は凛々しかった。

「何だあ、未だみんな、デッサンやっているの？　私はもう、油絵やるわ」

彼女はずけずけと言い、部屋の奥の棚から自分の描き掛けの十二号のキャンバスを手にして、イーゼルを立てかけ始める。

だが、更科健は、まるで無関心のように眼を細めて自分のデッサンに向かっている。

男の部員は誰もがペコちゃんこと敏子を好ましく思っている。勿論、私もその一人だった。他に伸子や茂子などいたが、彼女が一番だった。明るく、屈託のない性格は、うじうじと油染みた高校生活の青臭い感情とは違い、何処か春の澄み切った青空のように感じられた。ペコちゃんは静物画を描いていた。

デッサンに飽きた私がそっと彼女の背後から覗くと、細長い花器と燭台、レモン、二個のリンゴがバランス良く描かれている。

落ち着いた、茶系統の色でまとめられ、ほとばしるような才能は感じられなかったが、見る者を何か安堵させるような絵だった。

私が後ろにいるのに気づくと、振り向き、

「駄目よ、見ないで、恥ずかしいもん」

と又、愛らしく舌を出した。

私は気の利いた言葉も掛けられず、ただ「素敵な絵だね」と、ぼそっと言い、又、席に戻った。素敵なのは彼女の白い花の香りのするような清々しい、うなじだった事に気づいて赤面した。

五時を過ぎると誰もが飽きてきて、ごく自然に海へ泳ぎに行くことになる。

私達は体の何処か、うずうずして来て急いでイーゼルを片づける。

皆はいつものように水着を用意して来ていて、更衣室で着替えると、熱気を帯びた若い体を我先にと、海をめがけて駈けていく。

準備体操も、もどかしく、鉄砲玉みたいに白い波に弾けて飛び込み、潮に身を任せる。

何もかもが無意味で自由になるような、紺碧の大空と真っ赤な太陽と海水が、体と心に爽やかに染み透る。皆は解き放たれた、しなやかな獣のように泳ぎまくっている。

泳ぎ疲れて砂浜に身を投げ出すと、熱い砂の感触が全身に心地好く広がって行く。

眼を上げて海を見ると、次々に部員たちが夕陽を背にして、体から海水をきらめかせながら引き上げて来る。

ペコちゃんが海から上がって来るのが見えた。濃紺のスクール水着がぴったりと体に張りつき、胸や腰が露になる。私は胸のふくらみを見ただけで胸がどきんとした。

髪からはぽたぽたと海水が彼女の肩に降りかかり、海女のように野性的だ。

私はそのしずくを全部、ごくごくと飲んでしまいたいような衝動にかられた。

私は単純に、まるで生まれたばかりのビーナスみたいに美しいと思った。そして何時までも彼女を見ていたいと思った。

時には誰かが小型プレイヤーを持ち込み、フォークダンスが始まる。運よくペコちゃんと手を握り合った時など、濡れた髪から甘い香りが鼻をくすぐるようで、気持ちはまるで宙に浮いていた。

更科は皆がフォークダンスに夢中になっている時も、麦藁帽子を斜めに被り、岩の上に寝転びながら、悠然と煙草を口にくわえ、けだるそうに海を見つめていた。

皆を小馬鹿にしたような態度が、夏の暮れなずむ潮風の中で一段と大人っぽく感じられた。

その反面、夕陽の影のような黒々とした想いが、ぽつんと寂しげに更科の全身から漂っていた。

或る日、私は更科の家に行った。

ポールアンカのレコードを借りに行った時だったかもしれない。

家は山手を少し奥に入った、町のはずれにあった。小さな平凡な家だった。

才気ばしった学校での様子とは違い、呆気ないほどの部屋だった。

粗末な勉強机と本棚と汗臭いベッドがあるだけで、仮住まいのような冷え冷えとした空気が漂っている。両親は町に一軒あるダンスホールに行っているという。

黄ばんだ畳の上に向かい合って私達は座り込んだ。

他愛無い事を話している内に、ふいに「俺の本当の母さん、見せてやろうか」と言った。

彼は引き出しから、一枚の古ぼけた写真を見せた。そこには丸顔で太って、眼のくりくりとした愛嬌のある顔をした、若い女性がいた。「優しそうな人だね」

「ああ、そうだよ、いい母さんだった」

いつも余裕のある落ち着いた更科の顔が、その時は妙に真剣に眼の奥が青く輝いているように見えた。

「今の馬鹿ブスの継母とは大違いさ、そんな女と一緒になった親父も大馬鹿野郎だ」

急に私を斜めに見て、乾いた笑い声を立てた。そして、

「俺、高校を出たらもう、この家には帰らない。芸大を受けてみる、お前、一緒に受けないか」

と私の眼を探るように見た。

そして妙に私の顔を正面から見据えるようにした。少し顔が紅潮していた。

更科の手が、膝の上に置いてある私の手の甲に触り、そして握りしめようとした。

若い女の手のように柔らかくって、変に生暖かく思えた。私は、反射的にじゃけんに振り払ってしまった。

「馬鹿野郎、冗談だよ、冗談。本気になんかするなよ」

彼は照れくさそうに、大声で笑った。

けれども笑いながら顔は歪んでいた。

私は帰り道、暗い海の果てに漁火が蛍のように瞬くのを見ながら、複雑な思いを背中に背負わされたような気持ちで歩いた。

私の右手には更科の生暖かい、女の吐息でも含まれているような感触がいつまでも残っていた。もし、あのまま私がされるが儘、いや、私のほうから握り返していたとしたら、どうなっていただろうか。そう考えると、私の頭の片隅に、彼に憧れている自分に気付き、体が熱くなって来る。

未だ舗装されていない、海辺の道を手探りするように歩き、時々運動靴に当たってくる小石を蹴飛ばした。

少しばかり心が落ち着いてきて、あの時、邪険に彼の手を振り払ったのは、私には更科に愛されているという喜びよりも、一種の嫌悪感のようなものが、優ったのだと。

更科の心は明かりの届かない海の底のようだと思った。

女性の誰もが更科に魅せられていた。

ペコちゃんも、そうだった。二学期に入った頃だ。「岩本君、貴方、更科君と友達でしょう、悪いけど、これ、お願い」

ああ、と私は二階の水飲み場の所で、白い封筒を受け取った。

俯いているペコちゃんの側に居るのが、いたたまれなくなった。更科への嫉妬と彼女への思いが混じり合い、思わず、空を見上げて息を一つした。

秋の空は何処までも涼しげに深く澄んでいた。下校時に更科に白い封筒を渡すと、無表情に尻のポケットに押

し込んだ。

　そして何事も無かったかのように、ぶっきら棒に言った。「来週、隣町の映画館にプレスリーのブルーハワイが来るから一緒に行かないか」

　時々、ペコちゃんが校庭の大きな楡の木の下のベンチに、ぽつんとうなだれて足をぶらぶらさせているようになった。

　部活にも、さっぱり顔を見せなくなった。

　彼女は就職組だから、卒業まではどんどん出てきても良いのに。

「ペコちゃん、どうした、何か最近、元気ないね」

　私は下校時、虚ろな顔で力なく歩いている彼女に追いつくと思い切って声を掛けた。

「岩本君、別になんでも無いの。この前は有り難う。ただ、更科君に相手にされていないだけ」

　ペロッと可愛い舌を出し、丸い愛嬌のある顔が変に歪み、「ご免、急ぐから」と、小走りに駈けて行ってしまった。

　取り残された私の心の中に、更科は未だペコちゃんには手を出していないと、ほっとした気持ちが自然に湧いてくるのを押さえられなかった。だが、ペコちゃんが好きなのは更科で、私ではないという現実にすぐに悩まされるのだった。

　春になった。更科は東京芸術大学、油絵科を受けて失敗した。私は三流どころの美術大学の教職課程に入った。

　ペコちゃんこと敏子は、都内の小さな商事会社にタイピストとして勤め始めた。

　地元にこれといった勤め先が無いため、ほとんどの同級生たちは関東や、関西へ流れていく。時折、私達三人は、都内のビヤホールや居酒屋で会った。大抵、更科が電話してきて、じゃあ、三人で会おうという事になる。

　更科は相変わらず、無頼の生活を送っているらしく、髪はリーゼントで全身黒ずくめのサングラス姿でふらりと現れる。

　ペコちゃんは、未だ来ていない。

「おい、岩本、油絵描いているか、デッサンしっかりやれよな。俺、もう一度、芸大受けてみる」

　サングラスの下の眼の色は判らないが、いかにも自信ありげに低く言った。

「生活、大丈夫かい、家から仕送り受けていないそうじゃないか」

「俺の事なら心配するなよ、喫茶店のボーイをしたり、それに貢いでくれる女が何人も居るし、結構楽しくやってるよ。もっとも女なんて、心底愛せないが」

そう言い、薄笑いを浮かべた。

背後から弾んだ声がし、振り向くとペコちゃんが肩で息をしていた。

「御免、遅くなって」

遅れるのは高校時代から変わらない。

黒のタイトスカートから奇麗な足が伸びていて、会う都度、大人びて眩しくなる。

私とペコちゃんが高校時代のたわいのない話をしたり、互いの近況を報告していても、更科は無関心そうに煙草ばかり吹かしている。そして、ふっと急用を思い出したかのように立ち上がった。

「俺、帰るわ。後はお前達二人でよろしくな」

後ろも振り返らずに足早に立ち去ってしまう。ペコちゃんは彼の後ろ姿を眼で追いながら、自分の瞳の中に切ない想いを宿らせる。

取り残された私達二人は、後は少し喋って、駅で別れる。彼女に話したい事が沢山あるのに、何も話せない。きらめくネオンが、急に鬱陶しくなる。

何度か更科のアパートを訪ねた。或る蒸し暑い晩、ノックをして返事がなかったが、ノブに触れると開いた。玄関口に女物の茶色い靴がきちんと揃えられていて、奥にペコちゃんが俯いて畳に倒れ込んでいるように見えた。

私は、慌てて見てはならないものを見てしまったと思い、ドアを閉めようとした。

「いいじゃないか、寄ってけよ」

と更科が声高に言い、私の腕を取って中に入れようとした。しかし、と玄関先で躊躇していると、ペコちゃんが出てきた。

「御免なさい、私、帰るから」

彼女は私を無視するように履物をもどかしげに履くと、急いで出ていった。

横顔は涙に濡れ、唇をかみしめていた。

ペコちゃんがその時、とても奇麗で一人前の成熟した女性に見えた。

「更科、お前、ペコちゃんを大事にしてやれよ」

「いや、いいんだ。あいつ、俺の事、本気になって世話やこうとする。そうゆうのって、辛いんだよな。今夜なんか、とても旨い煮物を作ってくれた。のろまで鈍い女だけれど、一生懸命尽くそうとする。ところで岩本、敏子の事、好きなんだろう。お前にくれてやるよ、未だ寝ていないから大事にしな。もっとも俺、本当は女が嫌いなんだ」

更科は平然と、そう言った。私は急に体の芯から怒りがこみ上げてきた。

ペコちゃんが、とても哀れに思えた。

男と女、そんな事は関係ない、人間としての怒りを感じた。

おい、待てよ、の声を後にドアを強く閉めた。自分が侮辱されたような気がした。二度と更科の顔など見たくないと思った。

その後、一度だけ彼から電話が来て、返事もしないでいると一方的に喋り、切れた。

その後の更科の事は一緒に上京し、ある商社に勤めている同級生の山本から、ビヤホールで途切れ途切れ聞いている。

たまに会う山本は、すっかりやり手の商社マンらしく、派手なネクタイに額を油っぽくテカテカにさせながら、勢い良く喋る。

「更科なあ、あいつ、アナーキストのグループに入って地下組織の運動をやっているらしい。何でも世の中を俺たちが変えてやるって。もし、革命が成就したなら、真っ先に国会議事堂のてっぺんに立ち、旗を振るのが夢だと。いつも過激なんだよなあ、彼のやる事は」

山本はビールをごくりと飲みながら、さも軽蔑したように言った。

「そうか、この社会を変えようとしているのか、俺だって時々そう思うよ」

山本はへーと、一瞬、私の方を見て眼を丸くした。その頃の学生運動や社会の変革運動は随分と下火になっていたが、より過激になっていた。更科は彼なりに、色んな事で悩み、或る夢を見ていたのかも知れない。

しばらくして、ペコちゃんと私は、互いに呼び出し合うようになった。その場に更科がいない事が二人の約束事になった。

或る時、ペコちゃんは瞳を潤ませながら言った。

「あの人、私と一緒になっても、すぐ何処かへ飛んで行くだけだわ。嫌われているのね。私、いつも側にいてくれる人でないと辛い」

その時の彼女の横顔は、まるでか細い女の子が誰かに苛められて、夕暮れの海辺で泣いているような感じだった。

懸命に彼女は、彼の事を忘れようとしている。心の中で大声を出しながら忘れようとしている。私はペコちゃんの側になるべく居てやりたいと、痛切に思った。

会うにつれ、更科の事は互いに触れなくなった。

二年後、私達は故郷でささやかな式を挙げた。更科にも招待状を出したが、「受取人、住所不明」の付箋が付いて戻って来た。

私は大学を卒業すると中学の美術教師となり、転勤を繰り返しながら東京で相変わらず学生に教えている。


私はワゴン車のハンドルを握りながら、後部に声を掛けた。

「おい、健さん、大丈夫か、少しスピード落とそうか」

「いや、構わないから、もっと早く着くようにスピードを上げてくれ」

座席をたたんでベッドにした上に、彼が寝ていて、敏子が付き添っている。

都内を朝早く出発したので、休憩を入れながらも、夕方には何とか着くだろう。

気の進まなそうな敏子を説き伏せ、レンタカーのワゴン車を借りて、更科の頼み通りに故郷への道をひたすら走っている。

出発する時、医師から冷房には気をつける事、薬は必ず定時に飲ませる事、急変したら、迷わず近くの病院へ駆け込むなどをアドバイスされていた。

込み合っている都心を抜け、高速道路に入ると、意外に空いていて、快適だ。


故郷への長いトンネルを何回か抜けている内に、あれから、世の中にただウロウロしているうちに、そんなに経ってしまったのかと、視界の先に眩しく光っているトンネルの出口を見つめ続ける。

その間に人生色んな事があった。

父が出稼ぎ先で亡くなり、二人姉弟の姉は千葉へ嫁に行き、滅多に便りも寄越さなかった。残された母は一人で細々と農業をしていたが、十年前に東京に引き取り、五年前に病を得て亡くなっている。

僅かばかりの土地や家屋はきれいに売り払い、墓も移した。

それからは切れた凧みたいに、故郷とはぷっつりと縁がなくなった。

新聞に、住んでいた場所が原子力発電所の計画地になっているような話が、たまに小さく載っている事があった。

いわば故郷は、私や敏子の心の中に生きているばかりで、それも年々薄れて行く。

更科の故郷の海にもう一度行ってみたい、と言う言葉に、私が強く引かれたのは、私も実はあの海の輝きをもう一度、感じてみたかったのかもしれない。

バックミラーを見ると、更科は敏子の膝に頭を乗せていた。

　とても安心しきって居るようだった。

　低く押さえたラジオからは、全国高校野球大会の熱っぽい実況中継が発散されている。

　車は高速道路を出、陽炎がゆらめく田の中の国道を走り続けた。

　見渡す限り、太陽に炙られてオレンジ色に燃え盛っている。

　国道の両側には所々、コンビニエンスストアやパチンコ店、モーテルなどが、ぎらぎらと極彩色に光っている。

　至る所で田が潰され、工場になっていたり、荒れ地になっている。

「俺達の町はどんな風に変化しているだろうか」

　おびえのようなものが頭の中を掠めた。

　ぬらぬらと照り輝いている黄色い標識に、右に曲がればシーサイドラインという文字が見える。

　私は国道を右折し、海の方向へ走らせ続けた。ここから五キロ程走った場所に私達の故郷があるはずだ。

　走るにつれて鯨岩とか弁慶岩などの奇岩が見え、海はじっとりと熱を帯び、重たげにうねっている。

　突然「貴方、健ちゃんが変よ、息が荒いの」と背後から甲高い声がした。

　慌ててパーキングライトのスイッチを入れ、車を左側に寄せて停車させた。

　更科の様子を恐る恐る伺うと、額が熱く、息が不規則になっている。

「健さん、もうすぐだ、元気だせよ」

「ああ、そうか、もうすぐか、少し寒気がする」

　更科は喘ぎながらやっと声を出した。

　暑いのに体の芯が寒くなった。

「あの、ペコちゃん、いや、敏子さん、御免、変な事聞くけど、俺の事、少しでも好きで、いや、人間として一緒になろうと思った事があったろうか」

　更科が突然、掠れた声で敏子に問いかけた。敏子は彼の手を握りながら、今にも泣き出しそうな目で私を食い入るように見つめた。私は自然に頷き、彼女に返事をするよう促した。

「ええ、昔、そんな風に思ったわ、確かに思ったわ」

　更科は眼の見えぬ、どす黒い顔を肩で息をしながら、笑おうとした。

「有り難う、それだけ聞けばもう満足だよ」

　やっと、絞り出すように声を出した。

　私は、更科からの最後の電話で、「ペコちゃんは俺の母親とそっくりなんだ。健気で、優しくって、いい母親だった。俺みたいな人間が彼女を汚すなんて出来ない。それに俺、どうも女を本気には愛せない人間らしい」と今までになく、急に生真面目な声で喋っていたのを確かに覚えていた。

彼は母を聖母のように思い、一方、女を愛せない自分にずっといらだって来たのだろうか。彼は又、こうも言った。

「岩本君、岩本、お前の手も握らせてくれ」

更科は私の手を握った。いや、握る前に私の手の甲を静かにさすり、

「君は相変わらず、すべすべしてるねえ」

と小声で言った。

彼のこの行為は同性間の性愛に属しているものなのか、ただの友愛みたいなものなのか、判らなかった。

それから私の手を弱々しく握った。

もし、性愛に属しているものなら、コークス色の末期の老人めいた人間になっても、未だ若い頃と同じなんだなという思いが、私をより、呆れさせ、うんざりさせ、そして一種の懐かしさを感じさせた。

燃えたぎっている海には、ウインドサーフィンの赤や黄色の原色が五つ、風を受けて軽やかに走り続けている。

幸い、十五分程すると更科の呼吸は次第に落ち着き、脈も規則正しく打つようになった。だが、油断ならない。

再び車を走らせ、T町への町道に入った。私が敏子と共に以前帰った時は、確か砂ぼこりのする道だった。今は舗装されている。

左手の半分ハゲ山になった小高い山や丘の様子に見覚えがあった。もうすぐ、我が町、T町があるはずだ。しかし、車を走らせるにつれ、辺りの風景は変化し始めた。

牛の背山と呼ばれてた小山は、半分、削り取られて赤茶けた肌が剥き出しになっている。道の両側に続いていた赤松林も今はない。

この辺に宮川さんの茅葺の家があったはずだ、右手には郵便局があるはずだと眼をこらしても皆目見当たらない。

自分が今、何処にいるのかさえ分からなくなった。一番海辺近くにあった村田爺さんの家も、そして懐かしい我が家の跡さえない。

ただ、眼の前の小高い丘には見覚えがあった。丘を越えれば学校があるはずだ。御堂もあるはずだ。私は車を止め、一散に走った。

だが、眼前には、巨大な機械力で成し遂げたのだろうか、波打ち際より山手の奥深くまで砂浜を、岩を、丘を

ざっくりと削り取り、入り江が広がっていた。

勿論、学校も御堂もない。

その入り江はよく見ると、夥しい浮遊物で満たされている。すぐ足元近くの一メートル四方に限ってみても、発泡スチロールの固まり、インスタントラーメンのカップ、洗剤のカラ、避妊具、絡まった釣り糸などが、ひしめき合っていた。

日本海の荒波が連れて来た都会の、いや、文明の大層な贈り物だった。

ふと、二十メートル程離れた場所に枠を派手な黄色で塗りたくった大きな看板がある事に気づいた。近づいて見ると「原子力発電所建設見取図、ＢＷＢ」などと記されてある。

故郷は変わり果てていた。

私は引き返し、更科に声を掛けた。

「ついに来たよ、生まれ故郷の海が見えるよ」

干からびたような耳の窪みに、力を込めて報告した。

「そうか、海か。悪いけど俺を背負って波打ち際まで連れてってくれ」

見えぬ眼が一瞬大きく見開かれたような気がした。敏子が眼を潤ませ、彼の背をさすり続けている。

私は更科を、そっと割れ物を扱うように背負うとゆっくり、ゆっくり歩き始めた。

私はごみで充満している所までは連れていく事は出来ず、手前の僅かばかりの叢に彼を降ろした。

「健さん、懐かしい海だよ、相変らず、きれいに青く澄んでいる。学校も御堂も岩も金色に何もかも変わらずに輝いているよ」

「そうか、変わらないか、岩本君、有り難う。波の音がする、いい感じだ」と言い、祈るように手を合わせた。

更科の病んだ瞳の奥に、ごみ一つない、神々しいほどの真っ白な砂浜と真っ青な海が輝き写っているに違いない。

実際、遠くの波頭がキラリと輝く瞬間は、高校生時代の懐かしい、部活後の海辺の光景と、まったく変わりはなかった。

私達は、更科の背をずっと支え続けていた。

夢の丸太小屋

冬が間近かにせまり、夕暮れも早かった。

友達の柴田君とは僕は東京の大学で知り合った。今日の午後からは憲法原論という面白くないゼミナールを一緒に受けていた。

席も隣同士で、時々彼から消しゴムを借りたり、半分、こっくりをかきそうになってくる僕の二の腕を軽くつねったりしてくれた。

柴田君は童顔で丸い顔をしていて、いつもにこにこし、愛嬌のある顔をしていた。性格もいたって正直でつき合っていて気持ちが良かった。

退屈な授業が終わると、古びた校舎に西日が当たり、何の変哲もない夕方がやってくる。

僕達はノートと教科書と筆入れをかばんに詰め込むと、そそくさと校舎を後にした。

大学界隈は勤め帰りのサラリーマンや、夕食の買い物にいそしんでいる主婦らしき女性たちであふれていた。


やがて三月となり、卒業の季節がやってきて、僕は生まれ故郷である日本海側にあるＮ市に帰る事になった。

福島出身の柴田君は東京に残り、或る商事会社に勤める事になった。互いの安否は、たまの電話や手紙で知る事ができた。

僕の就職先は好きな本がふんだんに読めるのではないかと思い、Ｎ市の中心部にある老舗の書店に勤めはじめた。その頃、Ｎ市の郊外に広い駐車場付きの大型書店が次々開店し始め、僕の勤めた書店は売り上げも減り、それに連れて毎月の給料も年二回のボーナスもあまり良くなかった。外商をまかされ、客の注文した本や雑誌を車で配達する役目を担っていた。

すぐに代金を払ってくれるお客もいれば、何ヵ月も滞納しているお客もいた。

郊外の大型書店に押されて一人、二人とお客が減っていく。僕は段々と暇になり、店の主人に発破をかけられたが、生来の暢気癖で新しいお客を積極的に開拓しようという気持ちが欠けていた。店を出るとお客に届けなければならない週刊誌を、公園の駐車場などに車を止め、シートを倒したりして読み、時間を潰していた。さすがに配達しなければならない単行本などを、その日の内に読んで届けるなどという事は出来なかった。

初夏のそんな頃、柴田君から支店回りの都合で六月の四、五日にN 市に来るから、その時に旧交を温めたいとの葉書が舞い込んだ。

僕は懐かしい柴田君の顔を思い浮かべ、N 市への訪問を喜んだ。丁度、四日、五日は土日で休みだった。柴田君は土曜日もやっている支店回りをするそうだった。

だが僕はたいした給料も、もらっていなかったので、大層な歓迎はしてやれる自信はなかった。でも出来るだけ大いに歓迎してやりたいとも思った。

柴田君とはN市の駅の噴水の所で六月の五日の日曜日、十一時に会う約束をしていた。

やがてその日がやってきて駅の噴水の飛沫のかかりそうな所で、二年ぶりに会う事が出来た。僕達は互いに握手をした。

彼は大学時代と変わらぬ丸い顔をして、にこにこしている好青年ぶりで互いの健康を確かめあった。あまり観光名所のあるN市ではなかったので、さて何処を案内しようかと思案した。まず昼飯を食べる事にし、N市でも一番の繁華街をぶらぶらと歩き、N市でも一、二番と呼ばれている魚の美味しい「更級」という日本料理店に入った。

店は家族連れなどで混んでいたが、間もなく入口近くの三畳程の日本間が空き、そこに二人は腰を落ち着けた。

僕はその店に入った時、カウンターの向こうで忙しく働いている板前の一人を偶然、まぎれもなく見つけた。

その男は以前と変わりなく頭がごま塩で小柄な体をして、熱心に魚を焼いている。

彼だ、と僕はとっさに身を隠すようにし、吉田だ、確かに吉田だと思った。こんなよい店に勤めていたのか。

眼を合わせないように盗み見した。

以前、会った時のように顔色の黄色い、生気のない、のっぺりとした顔をし、大きなほくろが右側の鼻の横にぽつんとついている。

やっと捜し出したというのが僕の本心だった。なけなしの三十万円を借り逃げし、何処かに逃げてしまった、あの吉田だ。

吉田は僕を見れば驚き、慌てるだろう。

彼は店内を見渡す余裕もないらしく、忙しそうに働いていた。僕はトイレに行く為に、もう一度カウンター超しに彼を盗み見た。

鼻のほくろがひくひくと、うごめいていた。

僕が初めて吉田と知り合ったのは、大学を卒業してN市に帰り、書店に勤め始めた頃だった。書店の近くに「和幸」というささやかな割烹店があり、外商に出かけるのが午後からだったので、昼食によく通っていた。

四十代の背の低い小柄な主人と、見習いらしい若者が調理に専念していた。

それとお客相手に料理を運んだり、注文を聞いたりする太った中年女性が一人いる。

主人は大きなほくろが鼻の横にぽつんと付いていて、いささか目立った。

何回か昼食に通い、いつしか一番奥のカウンター席に座るのが習慣になっていた。

焼き魚定食や鳥の唐揚げをよく食べた。

主人は職人にありがちな無口な方ではなく、陽気にカウンター超しにお客とはよく喋った。

僕も何回か通っている内に、親しくなり、時には互いに軽口を叩いたりする間柄となった。

あの喫茶店が潰れたとか、あそこの洋品店が改装し、繁盛しているといったような他愛もない話もしたし、この町内のごみ収集所にカラスが来て困っている、市の方で何とかして欲しいものだなどと、互いに遠慮なく会話した。注文を取りに来る女性が主人のおかみさんである事も話の中で知った。

「夫婦で割烹店をやっているなんて仲がよく、いいですね」と主人に言うと、

「いやぁ、そうでもないですよ、しょっちゅう喧嘩ばかりしていますよ」と苦笑いした。

主人の名も吉田という事も知っていたし、この小さな割烹店も家賃を払いながら借りている店舗だと言った。

「だから苦しいんですよ、貴方みたいなお馴染みさんがもっと増えないと家賃を払う事もままならないですよ。せいぜい、ひいきにして下さいよ」

束の間、暗い眼をして、癖になっているのか鼻をひくひくうごめかし、それに連れてほくろも動いた。

「うん、僕もこの店にもあんたにも親しみを感じているから毎日でも寄るよ」

僕も主人とつまらぬ冗談話でもしていると、ままならぬ浮世の事も忘れられて楽しかった。

値段も手頃だった。カウンターの奥の壁に値段表が達筆で書かれてあり、湯豆腐が二百円、もずくが二百五十円、昼の日替わり定食が四百五十円などと、僕にとっては手頃で気楽な割烹店だった。僕と吉田さんは次第に仲よくなっていき、「和幸」が店じまいすると二人でスナックや夜中の一時頃まで開けている居酒屋などで一杯飲む事もあった。

或るスナックに入り、ちびりちびりとウイスキーの水割りを飲んでいた時、

「山崎さん、貴方は、女の人と寝たことがありますか」

と突然、言い出した。酒焼けしててらてらとした顔で、僕を斜めに探るような細い眼をし、鼻のほくろをぴくぴくさせながら問うてきた。言い忘れたが僕の名は山崎敏夫と言う。僕は酔ったぼんやりとした顔をして、

「いや、ないです。僕はそちらの方面の事はまったく奥手です。実はまだ童貞です」

と言った。僕はこれも恥ずかしい話だが、毎夜自分の寝室で昼間店から持ち出してきた週刊誌の巻頭にあるヌード写真でマスターベーションしていた。女を知る事が大人になる事なのかわかりませんでした。僕の世界観が一変してしまう事になるかもしれない。僕は女を知らないことが次第に重荷になり、早く経験してみたくなったが、残念ながら相手になってくれるような女性は周囲に一人もいなかった。マスターベーションで女性のふくよかな桃のような乳房や、下半身の茂みの中を週刊誌のグラビアを見ながら、やがて絶頂がきて快感が放出されると、一抹の寂しさが僕を包んでくれる。家族に、特に僕の下着を洗ってくれる母に、気づかれないように、下半身に溜まっていた物を馬鹿丁寧にティッシュでふき取り、ばれないようにしていた。

快感が一瞬遠のくと、一層ぼくはみじめな気持ちになってパンツを引き上げるのだった。

大学時代もさっぱりもてず、N市に来てからも女性には縁がなかった。

僕はおむすびを逆さにしたような神経質な顔をし、背も低く、小太りでおまけにすでに髪の毛も後退して額の面積がばか広く、要するにもてるタイプではなかった。

恥ずかしながら、僕はいまだ童貞で、いささかあきらめに近いような心境で毎日を過ごしていた。吉田さんは又、鼻をひくひくさせながら、

「じゃあ、今夜あたり、ソープランドに行きましょう」「でもエイズが心配だよ、もし感染したら大変な事になるよ」

「心配するなって、コンドームをつけてくれるから大丈夫だよ、私も女房に内緒でひと月に一回くらいはソープランドに行ってるよ」

吉田さんは自信に満ちた口調で、ソープランドの経営者になったような口調をした。

お金で女性を買うなんて事は悪いに決まっているが、我が資本主義社会、いや社会主義の国家だって娼婦はいるに違いない。

道徳の見地から見たら許される事ではないかもしれないが、僕は女性の胸や腰つきや、あらゆる所を見られ、触る事ができるという誘惑には勝てなかった。

男は普段でも妙齢な女性を見ると、歩いているときも電車に乗っている時も眼についたその女性の裸体姿をつい想像してしまう動物らしい。いや、そんな事は僕だけの現象だろうか。

僕は決心した。

今日こそは童貞を捨てる日かもしれないと。

僕と吉田さんはスナックを出ると夜風に吹かれながら、ぶらぶらと歩き、

「君、未だ酔っているかな、酔っているとあそこが立たないからな」

「いあ、大丈夫です、今夜はあまり飲まなかったから、多分大丈夫だと思います」

僕の声は少し震えて吉田さんに聞こえたかもしれない。やがて繁華街の裏道に、県の条例でここだけはソープランドの存在が許されている場所が見えてきた。僕は胸がどきどきしてくる。「スチワーデス」とか「銀河」「プレイボーイ」などのぎらぎらしたネオンが眩しくこちらの眼を打ってくる。

一軒、一軒の店の前には、にやけたような男が立っていて、

「さぁ、一時間八千円だよ、良い子が揃っているよ、どうぞ」と呼びかけて来る。

「よう、大将、大統領、寄っていきなよ、働くばかりが能じゃないよ」と威勢よくがなりたてる者もいる。

吉田さんはまるで通い慣れた風で「ジュン」という店に入った。

店の前にいた男が「へい、毎度いらっしゃい、せいぜい楽しんで行ってください」いんぎん無礼な口調で歓迎してくれた。玄関を入ったカウンターの所で一時間八千円だと言われ、お金を払った。

まず応接間に通され、しばらく待つ事になった。けばけばしい造花がテーブルの上に飾られ、スポーツ新聞や煙草や灰皿が置かれ、大型テレビがお笑い番組をやっていた。

僕は次第にぼーと頭の芯が痺れてくるような気がして、首を二、三回ぐるぐる回してみた。玄関で小さな木札を渡され、十八番と記されてあるのを、じっとりと右手に握りしめ、うわの空になっていた。

吉田さんは平然と新聞を読み、備えつけのポットからお茶を飲んだりしていた。

僕は急に逃げ出したいような気持になった。童貞を捨てるんだ、今こそ童貞を捨てるんだと言う呪文のような、じわっとする声が鼓膜から聞こえて来て、かろうじて僕を押しとどめた。やがて十八番さん、どうぞと頬に傷のあ

る中年の男に呼ばれた。

　僕は反射的に飛び上がるように立ち上がり、吉田さんの方をべそをかいたような顔をして見た。彼は新聞を読む手を休めて、にやりと笑いながらウインクして見せた。

　これは励ましの行動なのかと少し気が落ち着いたが、また頭の芯が痒れるように真っ白になった。すぐに吉田さんが「はい、十九番の方どうぞ」と呼ばれた。薄暗い廊下に出ると、カーリーヘアーの頭のもじゃもじゃした、ピンクの浴衣を着た女性が僕の前に座り込み、三つ指をついて迎えてくれた。そして、

「かえでと申します。どうぞごゆっくりなさって下さい」

と優しい声を出し、立ち上がると僕の腕を組んで歩き出した。廊下の左右には「萩の間」とか「カサブランカ」などの表札が張り付けてある。やがて「かえでの間」という表札の出ている部屋に入った。言い忘れたが、その部屋に入る前「おトイレに行かなくていいですか」と聞かれ、「そうですね、行って来ます」と言い、トイレに案内してもらった。

　僕はビールのお陰でちんちんから多量のおしっこを勢いよく出した。窓から月が真ん丸く見えた。僕は体がぶるぶると震えた。

　一種の武者震いのようだった。


　かえでさんの部屋は暗いピンク色の照明で、何だかぼんやりしているような感じだった。

　部屋は八畳位で半分に仕切られたように一方に湯殿があり、一方は鏡付のベッドがあった。僕は震える声で「俺、未だ童貞なんだ、よろしく頼むよ」

と先手を打った。

「まあ、そうなの、私の口開けに嬉しいわ」

　盗み見るように彼女の顔を見ると25歳くらいの優しい顔立ちの女性だ。

　僕は裸になるように言われ、ジャケットを取ってもらい、ハンガーに掛けてもらった。

　モーツアルトらしき曲がバックグランドに流れていた。僕は裸になってと言われ、衣服を脱いで全裸になった。かえでさんと言う女性も浴衣を脱いで全裸になった。

　形の良い胸もお尻の丸みもすべてが眩しかった。彼女はまず、湯船にお湯を張り、手で温度を調整するように何度もかき回した。

　僕は自分が立派になるかどうか夢見心地で不安になった。かえでさんは弾んだ声で湯船に一緒に入ろうと言い、僕は足が地に付かない状態で湯船に入った。

　気持ちの良い湯加減で沈みそうになった。

　かえでさんも入ってきて胸に触っていいわよと言った。

僕が震える手で触るとマシュマロのような気がした。それから彼女は僕自身を触り、少し手を動かした。するとアラビヤのランプではないが、段々と大きくなっていく、僕は雰囲気に少し慣れて来たようだ。

　彼女は僕の後ろに回り抱きついて来た。ぴったりと二つの乳房が背中に感じられ、天国にいるような気がした。やがて「上がりましょう」と、これ又優しい声で言われ、馬鹿丁寧に僕自身を石鹸で念入りに洗ってくれた。後で考えると悪い病気に罹かっていないか確かめる為にした行為のように思われる。それからベッドに上がり、後は夢中の時間が過ぎた。

　僕はすぐに興奮してコンドームの中にあっという間に果ててしまった。

「あら、早いのね、でも初めてだものね」

　と慰めてくれ、僕とベッドの上で一緒に寝た。

「貴方は何処の生まれ」と聞いて来たのでN市だと答えると
「あら、私はW市の生まれよ、隣同士の県ね」と言う。「私はねぇ、此処で稼いだら田舎に帰って小料理屋をやるのが夢なの。「あら、足の爪が伸びているわねぇ、切ってあげましょうか。ああそうか、夜切ると親の死に目に会えないと言うわね。止めとくわ」

　やがて規定の時間が来て、僕は衣服を着、かえでさんに又、腕を組まれて裏口から出た。

「又、来てね、今度は指名してよ」

「ああ、いいよ、優しい人だから今度は指名するよ」

　彼女は正座して三つ指をついて送ってくれた。

　僕は安易に簡単に童貞を失ってしまった。

　何だ、こんな事だったのかと思った。

　吉田さんが裏玄関の外で待っていてくれ、僕の顔を見るとにやりとした。

　例の鼻のほくろがぴくぴく動いた。

「どうだった、良かったかな」

「いやぁ、あっという間で物足りなかったです」

　僕は照れくさそうに言った。

　それから僕達はさっぱりしたような気持ちになって、夜風に吹かれながら互いの家に帰った。


「和幸」に通い始めて半年した頃、朝十時に書店に電話があり、吉田さんからだった。

　何かせっぱつまったような声で、ぜひ一度話があるから外で聞いてもらいたいので、お願いしますと言った。僕は明日の九時頃ならば店を外商と偽って外に抜け出す事ができるので、近くにあるビルの二階の『レモン』という喫茶店で落ち合う事にした。

一体、何の話だろう、僕は性急な吉田さんの口調に何か不吉な事なのだろうかと想像したりした。翌日、僕はちょうど九時に『レモン』に行ったが彼はまだ来ていなく、一番奥の席でウエートレスにコーヒーを頼んだ。

奥の席に座ったのは吉田さんが内密な話らしいのでわざとそうした。

僕はスポーツ紙を広げて待っていた。

九時十分ほどすると吉田さんは割烹着姿で現れ、遅れてすまなかったと頭を律儀に下げ、

「忙しいところ、ごめんなさい。どうしても話を聞いて貰いたかったので」

とせわしなく言い、ウエートレスにアメリカンを頼んだ。

「嫌な話だから、先に言ってしまおうと思います。実は店の経営がうまくいってなく、今月の家賃も払えない状態なんです。どうか今日か明日中に三十万円を貸して貰えませんか、苦しいです、本当に」

彼は僕の眼を探るように真剣に見ながら、例の鼻の横に付いている、ほくろをひくひくと動かした。頬が硬直しているように見えた。

僕は金の貸し借りについては、割合厳しく、N市に来てからは貯金して働くようになっていたので躊躇した。

やがてアメリカンをウエートレスが運んできて、吉田さんの前に置いた。彼は一口すると、嫌な事を早めに言ってしまった安堵感からか、いつもの吉田さんの顔になり、しかし僕の眼を油断なく、うかがうようにしていた。

又、鼻の横のほくろがひくひくと動いた。

僕が困惑したように黙っていると、又、切羽詰まったような顔をした。

「お願いです、銀行もお金を貸してはくれなく、本当に苦しいんです。三十万あれば何とか今月は未だ店は続けられます。貴方しか頼むところはないんです」

とアメリカンをすする都度に言った。

僕はどちらかというと随分とお人よしのところがあった。大学時代も親しい友達に頼まれると何かと、断り切れないところがあった。

そんな性格が災いして、同級生にお金を貸してやり、ネコババされた事が何度かあった。

それは二千円とか三千円とかの少額の金額だったので、何となく催促しにくく、その内にあきらめてしまうのだった。

N市に帰ってからはお金の貸し借りについてはシビアになろうと決めていたのだった。

なおも「和幸」の主人は何度も頭を下げるのだった。僕

は当時、独身であまり酒も煙草も飲まなかったし、パチンコなどの賭け事などもしていなかったので、銀行に百万程の預金があった。なじみの吉田さんの血走ったような眼をみていると、又、僕の甘ちゃん振りが復活してしまった。

ソープランドも紹介してくれたのだし。結局、僕は、「いいよ、そんなに頭を下げなくとも」

そして勿体つけて、

「僕も苦しいけれど三十万位なら何とかなります。明日の今位の時間に、この喫茶店で渡すよ」

すると吉田さんは途端に真剣な顔から柔らかな表情になり、肩の荷を下ろした風になった。体全体が弛緩したようになった。

それからの吉田さんはリラックスした様子になり、良い事ずくめの事を言い始めた。

「いつかお礼はさしてもらいます。そうですね、近郊の山懐の一つに丸太小屋を建て、貴方を真っ先に招待して、星空の下で酒を酌み交わしたり、炉端で近くの川で獲れたばかりの鮎か何かを焼いて食べさせてやりたい」などど、口から出任せなのか、僕を気持ちよさそうな気分にさせる甘い言葉を言う。

僕は俄かには信じられなかった。

人一倍お人好しの方なので、もしかすると三十万を貸す事で実現する事になるかもしれないと思ってしまった。僕は吉田さんの甘いささやきに酔っていたのかもしれない。僕はその日の仕事の途中で銀行に寄り、三十万円を下ろした。自分にとってはたかが三十万円、されど三十万円だった。

翌日、又、九時に『レモン』で封筒に入れたお金を先に待っていた吉田さんに渡した。彼は祈るように両手で封筒を丁寧に受け取った。吉田さんは少し涙ぐんだような顔をし、

「すいませんです、本当にすいません。これで何とか店は当分続けられそうです」くどい程、僕に頭を何度も下げた。

それから簡単な借用書を書き「三十万円はお借りし、何日にはお返しします。山崎様。吉田誠」と記されていた。例のほくろがひくひくと動いた。

「是非、山の丸太小屋、実現できるように頑張ります。人柄のよい山崎さんを招待したいのです」

と真面目くさった顔をして言った。そして伝票をふんだくるように手に取り、「この位のお礼はさせてくださいよ」と早口で言った。僕はその日は外商に出かけなければならない時間なので席を立ち、二人は外に出た。別れる時、又、吉田さんは丁寧に僕に向かって頭を下げた。

僕はそれから車にその日の内に配達しなければならない定期購読や単行本を段ボール箱に詰め込んで店を後にした。運転しながら「丸太小屋か、夢の丸太小屋か」と口の中で呟き、本当に吉田さんがそんな事をできるかとも思った。大げさな事だが話半分に聞いておく事にした。でもそんな一種の夢みたいな事は、少しばかり頬をゆるめさせた。

だが翌日、僕が昼食を食べようと「和幸」へ行くとシャッターが閉まっており、なんと『貸店舗、割烹向き、連絡は岡田不動産』という張り紙が張られているではないか。僕は又、騙されてしまったんだ。学生時代と違って少額ではなく、三十万円もふんだくられてしまったんだ。

僕はがっかりしてしまった。同時に僕の甘ちゃん気取りを思い知らされ、反省した。

それから一ヵ月経ても吉田さんから手紙も電話もなかった。

僕はしつこい、ねちねちした性質の人間ではなかったので、次第に、まあ仕方ない、三十万円は吉田に嫌でもプレゼントしたとあきらめたと思うようになった。

だが、頭の一部では、いつか吉田が現れて丸太小屋で酒を酌み交わし、炉端で川魚を食べさせてくれる時があるのではないかと、またしても甘ちゃん振りを発揮するのだった。

僕は「和幸」に代わるべき食堂を新たに開拓しなければならなかったので、一町内先や二町内先の店を探したりした。それはトンカツ屋だったり、ラーメン屋だったりした。その日の気分で僕は食堂を決めていた。

そんなある日、二町内先の「翁寿司」という寿司屋に入った。店頭に出ている看板には「日替わり寿司定食　五百三十円」と書かれてある。

外観の建物も小奇麗だし、僕は躊躇なくその店に入った。カウンターと椅子席が四つほどある小さな店だった。

僕は空いている椅子席に座った。頼んだ日替わり寿司定食が運ばれてくるまでの間、新聞を読んだり、週刊誌を開いたりしていた。

やがて中年のおかみさんが日替わり寿司定食を運んで来たので食べ始めた。

ふと、店のカウンター越しの奥を見るとなんと吉田の奥さんが忙しそうに皿洗いをしているではないか。ひっつめ髪をし、痩せて疲れたような渋茶色の顔色をしていた。

僕は思わず他のお客さんがいるのもかまわず、カウンター越しに、「吉田さん、僕ですよ、山崎ですよ」と奥に向かって声を掛けた。

吉田の奥さんは驚いて手を休めて、僕の方を見つめた。彼女はせわしなくエプロンを取ると、すぐに僕の横に立って頭を下げ、か細いちいさな声で

「すいません、ご無沙汰しております。借りたお金も返せなくて」

奥さんの体全身から、酷く疲れたような、印象を受けた。

「いまの仕事、二時過ぎに一段落しますから、この町内の上の方に『セロ』という名の喫茶店がありますから、そこで待っていてくれませんか」

彼女はなぜか一回り縮んで見え、又、か細い声で言った。そして、「御連絡も差し上げないで申し訳ございません」と何度も頭を下げた。

僕は吉田一家の暮らし向きが良くないと感じながら、一方、「ああ、いいですよ、その『セロ』という喫茶店で待っています」と幾分、冷たい口振りで言った。

僕は二時までの間、二軒のお客に単行本を届けると『セロ』という喫茶店でコーヒーを飲んでいた。彼女は少し遅れて二時半頃に割烹着を脱ぎ、地味な赤茶けたようなセーター姿で現れ、奥にいた僕を見つけて少し息を弾ませながら、「すいません、遅れちゃって」と言いながら前に座った。ウエートレスが水を運んで来ると、一口ごくりとの飲み、息を整え、「コーヒー」と小さな声で言った。

奥さんは両手を握りしめ、小さな体をなおも縮めるように背ぼんこになり、

「すいません、借りたお金も返せずに。生活が苦しくって仕方がないんです。内の主人はサラ金まで手を出し、逃げ回っているような状態です。二人の子供も里の親に預けています。今、主人は引っ越しのアルバイトをしたり、土木作業員をして何とか一日一日、生活をしています。すいません、騙すような事をしてしまって」

彼女は血の気のない顔を歪めながら頭を下げ、しきりに言い訳をした。

僕は奥さんのあまりにも悲しそうな顔を見て、何の文句もつけられず、黙ってコーヒーをすすっている他なかった。

話が本当なら、返金してもらえるような状態ではないと感じた。

僕は彼女の泣き言めいた話を聞いている内に又、甘ちゃんぶりが出、一瞬、三十万円はいいですよ、貴方にあげますよと言いそうになった。余りにも哀れっぽく感じたからだった。奥さんの愚痴ともつかぬ言い訳を堂々と巡りのように聞き、少しあきあきしてしまった。

三十分程すると奥さんは、又、仕事がありますからと席を立ち、「すいません、余裕ができたら必ず三十万はお返

ししますから」と、又、何度も頭を下げた。

僕は、「いいですよ、そちらに余裕ができるまで気長に待ちますよ。何処かへ訴えるような事はしませんから」

彼女はそそくさと伝票を手に取って帰ろうとした。

「奥さんその伝票置いていってください、僕が払いますから」

「いいえ、貴方に払わせる事なんてできません」

彼女は又、ぺこんと頭を下げ、逃げるようにレジの所に向かった。そして又、僕に向かって深々と頭を下げた。


僕は柴田君と夕食を食べようと入った割烹店で吉田を見つけてから、急に居心地の悪い気になった。カウンター越しに又、吉田を盗み見ると、相変わらず一心に仕事をしている。

今度は魚をさばいている。鼻の横のほくろがひくひくと、まるで生き物のように動いた。

下手に声でもかけたら逆上して、まずい事になるのじゃないかと思ったりした。いたって僕は小心者なのだ。何しろ向こうは良く研がれた刺身包丁を持っているのだ。危ない、危ない。僕は何も悪いことをしていないのに。

柴田君と食事を済ませるとそそくさと、カウンターのほうを見ないで店を出た。


夢の丸太小屋か、そんなことは金輪際、実現しないと思いながら、心の中で夢の丸太小屋を牛のように反芻しながら呟いた。

市内でも一流の店に勤めているから、もしかするとその内にお金は返して貰えるかもしれない、と又しても甘い考えになった。

そして心の片隅に、まあいいか、何とか吉田も元気に働いているようだし、と思いながら柴田君と夜風の染みる町中を歩いた。

とびっきり熱いコーヒーでも飲みたくなった。

僕はそれから吉田の勤めている店には二度と行かなくなった。僕は臆病なため逃げているような気持になったが、夢の丸太小屋はあきらめるよりしょうがないと思った。

原爆と花火

隣の蛸壺にいた一緒に往復ピンタを浴びた彼が叫んだ。青筋を立てた将校が顔を青白くさせ、皆を整列させた。その内に灰色の霧のような大気が街の方から押し寄せて来て我々を包んだ。

「貴様等、落ち着け、何か広島の方で敵方の特殊爆弾が炸裂したらしい。詳しいことは判らぬが今日はこれで訓練は中止する。追ってこれからの事は明日改めて命令する」

若い将校の体が小刻みに震え、語尾も震えてかすんで聞こえた。私達は寝泊りしている兵舎に戻り、まんじりとせず互いに口も開かず、押し黙ったまま粗末な二段ベッドに座り込んだ。その夜は中々寝つけなかった。

翌日、六時に起床のラッパが鳴り響き、私達は朝の点呼にグランドに集合した。

将校が一言、訓示を垂れた。

「我々は食事後、ただちに広島市街に向けて出発する。大変な被害が出ている模様だ。今朝から我々は特別救護隊として出発する。今は国難の一大事だ。一致結束して救助に当たれ」

将校の語尾は又、少し震えていた。

私達は薩摩芋の入った雑炊と麦茶一杯の朝食を済ますと、隊を組んで出発した。

街の方を見ると未だあちこちに火の手が上がり、相変わらず不気味なきのこ雲が上空に高く存在していた。

我々の腰には小さな麦飯が二個と水筒が括り付けられ、左腕には「特別救護隊」の腕章がはめられていた。

街に近づくに連れ、霞の掛かった灰色の大気が段々と濃く漂い始めた。各家は中心部に近づくに連れ、倒壊の数が増え始めた。

鬼火のような火炎があちこちに燻り続けている。辺りは一段と薄暗くなっていく。

私達は未だ倒れていない有明小学校の体育館に行き当たり、入り込んだ。入口に第二救護所と看板に書かれてあった。

中は地獄絵図そっくりだった。

被災者達は、ムシロにごろごろと転がり半裸体になって、背中と言わず胸も顔も焼け爛れ、風船のように顔が丸くなっている者もいる。何人かは頭が丸坊主になっていた。

白衣を着た医者達三人と看護婦達が五名居た。しかし彼等もどうして良いのか判らないらしく、何かの軟膏のような物を申し訳程度に塗っていたが、何の役にも立たないように見えた。私達は事の重大さに一気に身に寒気が走った。真夏なのに、体ががたがたと震えた。

被災者の誰もが、「水をくれ、水をくれ」と弱々しく叫んでいた。私は水筒を腰から外し、眼が少し飛び出し、上半身が血だらけに剝がれている若者か年配の人なのか判らぬ一人の男性に水を与えた。ごくごくと旨そうに飲み、苦しい息の下から、「どなたか存じ上げませんが有難う御座います、旨かったです。本当に旨かったです」と何度も起き上がりそうになりながら頭を下げてくれた。


医者達はどうして良いか判らず、途方にくれているようだった。私達も途方にくれていた。外に出ると、戸板で運ばれてくる怪我人が続々とこの体育館に集合して来ていた。

ほとんど全裸で、体から血を流していない者は一人も居なかった。私達はなおも中心街を進んだ。亡霊のように焼け爛れた両腕を突き出して、男女の区別なく、ただふらふらと歩き回っている者。防火用水には幾重にも死体が固まっていた。地面には折れ曲がった自転車、家の窓枠、垂れ下がった電柱の電線、黒焦げの消防車。そこを何処へ行くともなしに行列を作っている半裸の血まみれの男女。

一様に髪の毛が抜け落ちて禿を曝している行き倒れの死体。私達は手分けをして戸板を探し出し、生きている被災者を乗せて体育館に運んだ。運ぶ途中、街全体が死臭に包まれ、息が次第に詰まってくる。

二人組で戸板を運んでいる最中、足に何かが当たり躓いた。見ると片側の上半身が焼け爛れた女の死体に、不思議にもおくるみの幼児が、かろうじて右の乳房の形を残している乳首に、懸命にかん高く泣きながらむしゃぶり付いていた。私はこの世に地獄があれば正にここが地獄だと、心底思った。

戸板でそれからも何人も体育館に運んだ。

一人の半裸の男は戸板に乗せる時、ずるりと赤茶けた背中が剝け、私達は思わず眼をそむけた。何人、いや何十人、私達は運んだだろう。私も妙に次第に疲れてきて、体育館の、呻き、泣き叫ぶ被災者の中で腰を下ろした。

眼をつぶっても中々休んだ気持ちにはなれない。他の隊員達も精魂疲れ果てた様子で床に腰を下ろしている。ふと体育館の外を見ると灰色の鉛筆のような雨が激しく降りだし、急に暗くなった。私は頭が急にむずむずして、前髪に触るとずるりと、一ヵ所がむしり取られた。

ぞっとした。私もこの体育館に担ぎ込まれた被災者達と同じ様に丸坊主になってしまうのだろうか、一段と寒さで体が震え、両手で自分を強く抱きしめ続けた。

それから私は少しでも体力をつけねばと腰の握り飯を二個食べた。水は体育館の外にある井戸の水を飲んだが、変に生ぬるい水であった。体育館に戻り、島根出身だと言う岡田さんと少し話をした。彼は、

「いやぁ、酷い。酷いの一言で何も言えないね。どうしてこんな事になってしまったんだろうか。一体帝国日本は何をやっているんだろう。本土決戦となれば、君も俺も戦車攻撃で命を落とす事になる。それにこの広島の惨状だ。もう嫌になった。一刻も早く戦争を終わらせねば。お偉い軍部の連中は何を考えているのだろう」

と深いため息をついていた。

それは私も同じだった。

「おい、岡田さん、君の頭も少し禿て来たようだよ」

「え、本当か、えらいこっちゃ」

彼は恐る恐る頭に触って見た。

「ああ、いかん、これはいかん、俺も髪の毛が抜けている。ぱげになって来ておるね」と悲しそうに呟いた。彼は丁度、つむじの辺りがごっそりと抜けている。私達は互いに頭を見合って、その形の変化に少し笑い、そして恐ろしく切なくなり、黙り込んでしまった。

体育館の隅で私達は、一夜を過ごす事になったが、その前に引率して来た将校が一列に整列させて、訓示を垂れた。

「貴様ら、見ただろう、この街は全滅してしまった。我々の隊も何も手助けもならぬ状況に相なった。よってただ今から解散する他はない。すまぬが各自それぞれの手立てで国に帰れ」

と涙声を出した。私はこの将校が泣いているのを初めて見た。私達は帰れと言われても、一体どうやって帰れば良いのか判らなかった。しかし申し訳ないが、この地獄の街から一歩でも外に出たかった。

頭の中は故郷の青々とした田んぼや畑や、妻や子供の真一、年老いた父母の姿が浮かんだ。何としても帰らねばならぬと思った。

私達は死臭ただよう体育館で、互いに住所氏名を紙切れに書き付け、いつか戦友会をやろうと誓いあった。そして互いに握手をし、抱き合い、別れを惜しんだ。

私は元来た道を歩き、例の蛸壺作戦の司令部に着いた。腰には体育館で炊き出しの婦人会から貰ったにぎり飯をぶら下げていた。

幸い、ここから四キロ程の山陽本線で、列車が動いているとの情報を、司令部の事務室当直の将校に聞いたので、出発する事にした。

ふと事務室の隅に眼をやると、そこには米俵が幾つも重ねられていたし、棚には多量の牛缶があった。何と言う事だ、一般国民は食うや食わずの生活をし、まして広島市街は死体の街と化しているのに、この司令部には山と食料が備蓄されているのだ。あきれるよりも情けなかった。

私はS駅からすし詰めの蒸気機関車に乗り、大阪で乗り換え、何とか新潟行の北陸本線に乗った。車中は体が非常にだるくなり、参ってしまった。髪の毛も半分抜け落ちていた。列車の中では何でも広島に落ちた特殊爆弾が今度は長崎に落ち、次は新潟が目標になっている事などが人から人へと伝染するように囁かれていた。私は心が、体が又、寒くて寒くてがたがたして来て、どうしょうもなかった。

「一体、新潟は無事だろうか。優しい妻と真一と父母に再び会えるのを楽しみに、それだけを願っているのに」

と真剣に思った。

「神様、仏様、もしいらっしゃるならば新潟を助けて下さい。そして早くこんな阿鼻叫喚の戦争が終わりますよう、お願いします」

と祈り続けた。

八月十五日、やっと長い長い、巨大な犠牲者を出した戦争が終わった。

私は何とか新潟に帰り、懐かしい妻子や父母と再会した。新潟には特殊爆弾は運よく落ちなかった。髪の毛の抜けるのも治まり、次第に月日を経るに連れて又、少しずつ生えて来るようになった。けれども体のだるさは消えず、少し歩くと疲れがどっと来て、寝ついてしまうような状態がしばらく続いた。

おかげで野良仕事もさっぱりだ。

広島に落ちた爆弾は原子爆弾と言い、たった一発で十四万人の人命を奪った恐ろしい兵器だったと知った。一年ほどのらりくらりしていたが、体のだるさも治まり、畑仕事も時たま出来るようになった。だが大学病院で診断を受けると、普通より白血球が減っており、白血症だから無理はしないようにとの事だった。見た目は健康そうでも、あの灰色の大気を吸ったり浴びたせいか、時々ひどく手首が痛んだり、頭痛、目眩が起きたりする。

そんな日々が続き、寝たり起きたりの生活になってしまう事もあった。

そんな中で父は脳卒中で死に、母も父の死の四年後に脳梗塞になり、五年余り寝込んで亡くなった。私も健康とは言えず、国の認定で、軽いけれども原爆症の認定が受けられて、被爆者手帳を持っている。

一人息子の真一も二十歳になったが、農業はやりたくないと言い、新潟市内の商事会社に勤め、やがて結婚して、市内の中心部に建て売りの住宅を購入して一家を構えた。

私と妻は細々と農業をやっていたが、国の減反政策などで、段々とやる気をなくしていった。そして七十歳になり、互いに体もしんどくなっていった。

真一達はそんな私達老夫婦をみかねて、孫の子守でもしたらどうかと、同居を勧めてくれた。冬の雪下ろしも出来なくなり、もう耐え切れず、田畑も処分して、息子一家と同居するようになった。

今は孫の勇太郎を膝の上に乗せて可愛がるのが日常となった。体の調子の良い時は町内の老人クラブにも出て、ゲートボールなどを楽しんだりする事もあった。まずは、平凡で平和な生活をしていると言っていいだろう。

私は老妻と共に、年に一度の花火の会場に向かっていた。

日本一長い信濃川の河口で午後七時十五分より例年の如く、一発目の大輪の菊の花のような花火が上がり、それからは速射砲のごとく、不況の日本経済どこ吹く風、とばかり派手に打ち上げまくるはずだ。私達はひどく年を取っていた為、互いに寄り添い、庇いあって、よろよろと花火大会会場である川辺りに向かって、頼りなく歩き続けていた。

だらしなく腰までズボンを下げて、地面を掃除している市の清掃局の協力者の若者達や、日本古来の粋なゆかた姿に、手にうちわ、桐の下駄を履き、からからと高らかに響かせている女性達。タンクトップ姿で夜も近いのにサングラスをかけている、髪の長い性別不明の連中。ずり落ちそうな肩にジュースかビールが入っているだろう大きなクーラーを背負い、丸めたマットを抱き抱えた者達が一目散に、体全体を高揚させながら、川辺りに向かって行進していく。

彼らは私達老夫婦などまるで関心がない風に押し退け、こづき、足早に歩いて行く。私達はこの世に存在する事を忘れられて、ひたすらこづかれ、押され、小さくなっている。川辺りに近づくにつれて、益々人々が膨張し、私達は押され、足を踏まれる回数が多くなる。現代は年寄り受難の時代だと、私はそっと呟く。

商事会社に勤めている息子の真一は、相変わらず残業で一緒に参加出来ない。嫁の清子も看護師で、今夜は夜勤で仕事大変らしく、参加できない。

　やっと川の堤の上に出るために、亀の如く十数段の階段をよろよろと登ると、既に堤から川岸までのなだらかなスロープは、見渡す限り足もとから何万人も人々が、びっしりと座り込んでいた。花火の打ち上げの前の興奮した熱気が、川面にも、アーチ形の万代橋にも対岸の高層ビル街、暮れなんとする薄墨の天空にもみなぎっている。

　けれども良く眼を凝らして見ると、大入りになっている中に、ぽつりぽつりとシートの空き地が見られる。多分、それは、一人か二人の場所取りを立てて、領土の確保をしている、どこかの団体なのだろう。現に手前のシートに若い男が一人寝転んでふて腐れている。

　私と老妻はこの厳しい現場を見て、自分たちのささやかな領土を確保する事に絶望して、茫然と手を取り合いながら唯、おろおろと立ち尽くしていた。体中から、力の抜けた冷汗がじんわりと滲む。

「じっちゃん達よ、良かったら俺たちの横にきなよ、遠慮するなよ」

　突然、足元のひとかたまりの集団から、張りのある若者の声がした。眼を細めて見ると、十人ばかりの髪の毛を茶か金色に染めた若い連中が座り込んでいて、何人かが手招きをしている。私達は地獄に仏様にお会いしたような気持になり、思わず手を合わせて、この好意に甘える事にした。

　若者達は自分の前に置いたクーラーボックスをどけてくれ、二人分の我が領土を分割、与えた。私達はその領土にやれやれ助かったわいと腰を下ろした。

　有り難う、有り難うと私達は改めて茶髪と金髪の集団に礼を言った。良く見ると八人の日焼けした二十歳前後の男達と、これも若い女性が一人の可愛らしい男の子を囲んで座り込んでいた。彼らは一様に背中に赤い太い文字で、「ご意見無用、疾風組」と書かれてある黒い半纏を着ていた。一番年かさの男は角刈りで、眼光鋭く、口髭をたくわえていた。

　多分、この集団のボスらしく、どうやら暴走族の一味らしかった。

　中には頭にそりをいれている者もいたが、一様に何か純な感じを不思議にも発散させている。女性達は肩まで垂れる茶髪で、歌麿の浮世絵に出て来るような、なよなよとした柳腰をくねらせて男連中に缶ビールやつまみの世話をしたり、男の子を抱いたり、あやしている。

「じっちゃん達よ、ビールを飲みなよ」

　一番近くに座り込んでいる、焼きとおもろこしみたいに日焼けし、首に金色のペンダントをぶら下げた若者が、缶ビールを勧めてくれた。夕飯を町で軽く済ませてきたが、ビールまで考えが及ばず、忘れて来たので、有り難くちょうだいし、一口飲むと、ようやく祭り気分になるのだった。

暴走族風、茶髪金髪若者集団は、てんでにじっちゃん達は何処から来たのかとか、俺たちの食い物でも飲み物でも遠慮なくやってくれ、俺たちは〇町から来たけど、この近くで旨いラーメン屋は何処か、などと話しかけてきた。話を続けているうちに、この連中、強面の外見と違って、案外優しいところのある若者たちだという事が分かった。

突然、どんと腹に響く発射音がすると、シュルシュルと一筋の光が、向こう岸の暗がりから天空に向かって、一直線に打ち上がり、すぐに真ん中が黄色く、縁が赤い、巨大な菊の花が咲いた。その瞬間、夜空の四方八方にズドンと炸裂音が響き渡った。

大地もぐらりと揺れたような気がした。

川辺りを埋めつくした群衆から、一斉に熱気の籠った歓声が沸き上がった。

本当は、私はこのズドンという炸裂音は好きではなかった。若かりし頃、美しい南の島で米軍の爆撃で逃げ惑った記憶が蘇ってくるのだった。

時間は丁度、午後七時十五分。

たちまち、宇宙船、しだれ柳、ピカピカの王冠、精子のような尾ひれのついたもの、金色の落下傘、又、大輪の菊の花。次はお目当てのスターマインが休む間もなく連続して打ち上げられた。

ふと前を見ると、二十畳程のビニールシート上はがらがらで、膝を抱えた一人の若者が人待ち顔で後ろを盛んに振り返っている。

場所取りを強制されて、随分と早くから座り込んでいたのだろう。

又、ズドンと腹に応える三尺玉に近いような大輪の菊の花が開いた。闇を増した天空の黒いキャンパスは、原色の乱舞で無数に彩られている。

突然、後方から声高にふざけ合うようなざわめきがしたかと思うと、派手なシャツをだらしなく羽織ったり、継ぎはぎだらけのジーパンを履いた若者たち、良く見ると胸元もあらわな若い女性達も混じっている一団が、私達の席の前のぽっかりと空いている場所にどっと雪崩れ込んできた。てんでに缶ビールを持ち、もう大分、出来上がっている連中ばかりだ。

彼らは花火なぞ、まるで関心がないらしく、獣のようにじゃれあったり、下卑た歓声を周囲に遠慮する事もなく、爆発させている。

一人のアロハシャツの若者が立ち上がり、「○大学の名誉を讃えて三、三、七拍子、それー」と両手を振り回したり、尻を振ったりしてポーズを取っている。

良く見ると○大学のマークの付いたTシャツを着ている者も何人かいる。

私は何と騒々しくて、ただ、若さをふざける為に使っている若者達だろうかと、あきれ果てた。茶髪達の一団も腹に据えかねたのか、

「このど阿呆、静かにせい。てめえら、しばいたろうか」

と、ドスのきいた声で威嚇し始めた。二、三人の若者が怒鳴りつけられた手前、対抗上、立ち上がったが、そりを入れたボスや、若き茶髪、金髪暴力団風一団を認めると慌てて腰を下ろした。

一時、おとなしくなるのだが、少し経つと又、何人かが立ち上がってビールの一気飲みをしたり、「ダンス部の栄光を讃えて、そーれ」と立ち上がったりする。

その都度、茶髪金髪一団は、

「引っ込め、今度しやがると、ぶち殺すぞー」

などと物騒な怒鳴り声を張り上げるのだった。私達老夫婦は両陣営の若者軍団の激しい応酬に挟まれ、次第に疲れ、我が身の不運を嘆き始めていた。夜空には、奇麗な、しだれ柳の花火が優しくたなびいているのに。

少し両陣営の応酬が下火になった頃、又、○大学の、間抜け面をしたTシャツの若者がよろよろと立ち上がり、叫び始めた。

「皆さん、今日は広島に原爆が投下された日です。謹んで犠牲者の冥福を祈り、一同、黙祷・・・」

彼はもっともらしく両手をぴったりと膝に付け、頭を下げたかと思うと、次の瞬間、こんな事、やっていられるかとばかり、いきなりズボンを下ろして、白い尻を出した。

周りの若者達がどっと笑った。

私は急に言い様もない怒りと哀しみが体中に充満した。こんな、原爆を投下された日に、花火大会にのこのこ見物に出かけてしまった自分自身にも腹を立てている事にも気づいた。

「それだけは、ふざけて言うべき事じゃないんだ、それだけは…」

私は夜目にも白い、そのぶよぶよした尻に立ち向かって行った。

私の後ろから、「貴方、やめてー、怪我をするわー」と言う、老婆の悲鳴が聞こえたように思ったが、何、構う事はない、たとえ死んでも、大怪我しても、この若者に一刀、注意をしなければと、ただ、それだけの思いだった。

気がつくと、私は跳ね飛ばされたのか、青いシートの上

に転がっていた。

　耳の奥に茶髪金髪の一団の、「じっちゃん、大丈夫か、この馬鹿野郎ども、半殺しにしてやる」との怒鳴り声と、老妻のおろおろした泣き声、人が殴り倒される響き、若い女性の悲鳴、「許して下さい。俺、もう大学辞めて貴方の組に入りますから」と言う、泣き声が切れ切れに聞こえて来た。天空には大輪の花火が紅から藍色に変化して咲き乱れつつあった。

　不思議にも、発射音も炸裂音も聞こえず、花火は無心におおらかに夜空にあった。

　本当に奇麗だなと、私は薄れゆく意識の底に思い続けていた。

＊参考図書　「平和への祈り」

愛の疾走

戸田村は山奥の又、その山奥の深い森に包まれていた。戸数二十五軒でおもに農業、林業、養蚕、炭焼き、狩猟等で生計を立てていた。時代は太平洋戦争が始まる四か月前だった。

村の稲荷神社は上代山の山麓にあり、今日は続々と村人達が宮籠りに向かっている。神社では先に到着した炭焼きの忠五郎や軍蔵が御神酒で顔をてらてらさせながら、一杯やっていた。

「のう、軍蔵や、今年の徴兵検査の若者は清治と九兵衛だったな。清治は十八歳になった頃、両親が熊に襲われて死に、それでも一人で生活してきた。二十歳になった彼は逞しくなったな。甲種合格は間違いなしじゃ。一方の九兵衛は炭焼きの時、火を被り、醜いあばた面になっているが、これも体格が良いので甲種合格だろう」

「そうなんだて、こうして徴兵逃れの祈願を始めたのは二人がこの村では大切な労働力になっていたからじゃ」

と忠五郎は煮しめのこんにゃくをほおばりながら言った。

「そうよなぁ、清治は立派な熊狩りの名人で一人で良くやっているわい。それに男でも惚れ惚れするようなりりしい顔をしている。

村の女共の人気者じゃ。むざむざ戦死でもされたら女共はひどく泣くだろうな。

一方の九兵衛も良く両親の手伝いをして、あばた面を除けばこれも立派な男じゃ。とにかく二人を戦争で死なせるのは罪なことらて」

「そうよ、御国はむごいことをされる。一月前には庄吉が白木の箱で帰ってきた。一体、御国は何人、人を殺せば満足するのじゃろう」

お宮には次第に人数が増え、てんでに本尊様に手を合わせ、徴兵逃れの祈願をしてから、握り飯や漬物をだしにして御神酒で一杯やりだした。さほど大きくないお宮は人いきれでむんむんしだした。

この村では兵隊検査に該当する若者が出るとこうして徴兵逃れの宮参りの習慣になっていた。

軍蔵が二合ほどの御神酒を飲み干した頃、

「ところで忠五郎、養蚕業の田代の一人娘の民が清治と好きあっているらしいと聞いているが本当だろうか」

「うん確からしいぜ、あのきれいな器量と優しい心根を持っている民が、逞しい清治と時々森の中で会っているのを見た人間がいるわい。ほんに似合いの二人じゃが、徴兵でもされたら、民が可哀相だて」

お宮の中では煙草の煙と人々のざわめきで以前より、さらにむんむんしてきた。

軍蔵は「今度の戦争は長引きそうじゃな、若いもんが次々と徴兵されていくようじゃあ、村には女、年寄りしかいなくなるわい」と又、酒をあおった。

「そうよ、村は段々と寂しくなるわい、男女がいなくなれば、子供は出来んしなあ」と忠五郎が深い溜息をついた。

清治は鉄砲の名人で、熊や猪を間違いなく射止め、熊や猪は解体し、毛皮は五里ほど離れた町へ売りに行き、肉は戸田村の住民に安く売っていた。又、親譲りの森での生活を身に付けて、少々の病は或る種の薬草を煎じて飲むと二、三日後にはけろりと治った。

又、傷を負った時、或る葉っぱや汁を塗りつけるとやがて傷はふさがり、きれいになった。木の実や苔が安全かどうかもすぐに判る。

また、森に自生している芋なども自由に取れた。そして簡素な、かやぶきの家など一日あれば作ってしまう。

清治はまさに森がはぐくんだ民だった。一人でも森で自活していける自信はあった。九兵衛は幼なじみだ。顔は炭焼きの窯から炭を出す時、転んで火を被り、酷い火傷を負った。あばた面になったが、そんな九兵衛を清治はわけへだてなく付き合ってくれた。又、この村には幼なじみの民も十八歳で清治、九兵衛共々、仲良くつき合ってくれた。民は瞳がきらきらといつも輝いて、この村では一番の器量よしだ。彼女はふくよかな敏捷な肢体を持ち、走ることにかけては並みの男でもかなわなかった。

民は両親と養蚕業の一人娘として生活していた。両親は民が清治と付き合っている事はうすうす知っていた。清治がとても立派な男だと思っている。どんな形であれ、一緒にさせてやりたかった。戦争が長引き、清治が兵隊にでも取られるようになったら、民は酷く悲しむだろう。

時々、民と清治と久兵衛は共に村を流れる小川で、鮒を釣ったり水浴びをしたりした。そんな時、民が衣服を着たまま水浴びをすると体の線が露わになり、彼ら二人はただ、女神にでも出会ったような風情で見惚れていた。民のほうからすれば、二人とも小さい頃からの付き合いで兄弟のようなものだったので恥ずかしいような気持ちはなかった。

木洩れ日がちらちらと民の肢体を一層輝かせていた。あばた面の九兵衛は幸福だった。

清治も民も幼い頃のように一緒に遊んだりしてくれて、

わけへだてなく付き合ってくれた。それが嬉しく感謝していた。

　そんな三人の楽しい日々も長くは続かなかった。徴兵検査の日が清治と九兵衛にやって来たのだった。村人達は二人の徴兵検査の日取りが決まると、表向きには「武運長久の祈願祭」と称していたが、その内容は「徴兵逃れ祈願」をお宮に籠って祈った。

　村人はいつものようにちくわや大根を煮たもの、馬鈴薯をふかしたもの、白いご飯でにぎり飯を持参して一心に祈った。徴兵検査は二キロ離れた小学校を会場にして行われたが、はなはだ屈辱的な格好をさせられた。

　清治と九兵衛は検査官の前で全裸にさせられ、四つんばいになって痔の検査を受け、性病検査の為に男根をぎゅうと握られた。

　検査官は清治と久兵衛の検査が終わると二人の肩を強く叩き、これみよがしに「いい体しとる、立派な合格じゃ」と怒鳴るように笑った。二人は国家に尽くそうという気持ちの前に自分の肉体が、一人前として認められたという思いを持っただけだった。

　人を殺し、殺されに行く軍隊生活は内心、面には出せないが嫌いな事、おびただしかった。

　清治、九兵衛、民と今まで通り平凡でも仲良く生きていたかった。

　とくに民は、清治が兵隊に行く事がとても哀しかった。二人は愛し合っていたのだ。

　久兵衛は内心、心穏やかではなかったが、二人が愛し合う事については、割って入ろうとは思わなかった。こんなにもわけへだてなく二人は、醜い自分に付き合ってくれた気持ちのほうが優っていた。

　久兵衛の家は代々、炭焼きの仕事をなりわいにして、親は二人とも元気だった。

　しかし一人息子だったので以前は徴兵にならなかったが、今回は戦争の拡大と共に、国は容赦しなかった。戦争はこんな山奥の小さな村まで押し寄せて来たのだった。

　二人に召集令状が来たのは、太平洋戦争に突入した頃だった。ぎいぎいと油の切れた自転車で陰気な郵便配達員がやってきて赤紙を二人にごわごわした手で渡して又、ぎいぎいと自転車を軋ませながらゆっくりと帰っていった。一ヵ月後に県庁所在地に出頭せよとの事だった。久兵衛の両親は、その配達員をまるで幽霊のように感じていた。清治はその令状を破いて捨てたかった。

　民と別れるのが辛かったせいだ。

　三日後、民は清治を若衆宿に誘った。若衆宿は村の若者が大人になる為の宿で、酒の飲み方や大人に対する対応の仕方や、年寄りを敬う事を学んだりする所だ。

「清治、若衆宿に来なせ、今夜は月夜になりそうだ。夜の十時に来なせ」

民は真剣な面持ちで清治に告げた。

何か深い思いが民の周囲に漂っていた。

無口な清治は「うん」と言ったまま、民のいつもと違った、つぶらな瞳を見た。

あまりの真摯な眼の力に圧倒されそうになった。遅い夕食をすますと、清治は月明りの中、若衆宿に向かった。満月は村の家々をくまなく青白く照らしていた。村のはずれにある若衆宿は、中からかんぬきが掛かっていた。

「民、民はいるか」と清治が低く呟くと、すぐにかんぬきが外され、民が抱きついてきた。しばらく清治に抱きついたまま泣いていたが、

「戦争へ行ってしまうんだべ、そんなの嫌だ、民の事、思って行かんでくれ」

民は清治から身を離すと衣服を脱ぎ始めた。

「おらが清治にやれるもんはこれしかない、抱いてくれ、さあ思い切り抱いてくれ」

彼女は天窓から漏れてくる月明りに、体のすみずみまで照らされ、全裸のまま清治を誘った。彼は荒々しく自分も衣服も脱ぎ捨てると、民を抱いた。彼女の体は燃えるように熱かった。形の良い乳房も、下腹部の柔らかい茂みも清治のものだった。十畳程の内部には布団が敷かれてあり、二人とも倒れ込んだ。

彼の手が民の体を触る度、喜悦の声が遠慮なく漏れた。二人は上になり、下になりしながら喜びをあらわにしていった。

やがて民は下になり、清治を静かに受け入れて行った。愛が夢中の時を経て二人は、汗ばんだ身を離すと互いに仰向けに寝転んだ。

月の光が民の腕や下腹部を優しく曲線を描いた。

「戦争に行く事、民は死ぬほど辛いわ、村の人達が徴兵逃れの祈願をしてくれているが、御国は決して許してくれないわ。それにお宮籠りも弾避け祈願に変わってきているし、清治さんが死んだら民も生きていられない」

民の眼からきらっと光るものがこぼれた。

「死ぬとは限らないさ、民の為にも生きて帰ってくるよ」

清治は優しく言った。

「でも判らない、戦争に行かないで」

夜が明けると二人は身繕いを整え、もう一度強く抱き合ってから別れた。二人は時々、若衆宿で逢瀬を重ねた。

九兵衛は炭作りに精を出していた。

村一番の働き者で通っていた。顔は酷いあばた面で、初

めて見た人は驚きでのけぞる程だが、心根は優しかった。

清治や民が仲良く付き合ってくれているのが嬉しかった。鏡を見る都度、あばたの面が酷く感じられたが、心だけは純真にしていようとつねづね思っていた。月の夜、彼は若衆宿に私物の忘れ物をしたので、見回りを兼ねて取りに行った。月明りの夜、彼は懐中電灯を持って若衆宿に向かった。

初夏の夜だったので、頬をなでる風も心地好かった。まず若衆宿の周囲を見回り、特に異常はなかった。しかし、かすかに人の声が聞こえて来るような気がした。空耳かと思い、首を二、三度振ってみたが、やはり人の声がかすかに聞こえてくる。

それもあえぎのような息づかいと、今まで聞いた事のないような、泣いている若い女性の声が途切れ途切れに聞こえて来る。

明らかに中に誰かいる。久兵衛は胸がどきどきしてきた。まさか泥棒が入ったにしては様子が違う。羽目板の節穴から恐る恐る覗くと、月光に照らされて二人の男女がむつみ合っていた。彼は声も出さずに息が詰まった。男の逞しい腕が、背中が汗にひかり、組敷かれたような女の胸も下半身も濡れていた。

清治と民だと気付いた時、目まいがするような感覚がした。清治と民が愛し合っている事は、以前より判っていたが、この美しい獣のような行為は久兵衛にとって夢の中の驚きのような気がした。清治が民のふくよかな乳房を優しく握り、民があえぎの声を上げていた。二人は上になり下になり、互いを慈しむように月光の中で愛し合っていた。

久兵衛はただ茫然とかかしのように身動きも出来ず、男と女の営みとはこういうものかと思うばかりだった。彼は懐中電灯を消し、ゆっくりと若衆宿から立ち去った。瞼の裏には、今、見た光景がまざまざと残っていた。清治と民のからみ合った姿を、美しいと思った。そして俺のような酷いあばた面の男では、とうてい民には相手にされないものだと思うと、哀しみのような思いが自然に湧いてきた。二人は久兵衛と昼間はわけへだてなく付き合ってくれたが、時折、悲哀のような思いが頭の中を駆け巡るのを感じていた。

俺は女も知らないで、戦争で死んでいくのかと思うと、いてもたってもいられないような焦りを感じた。九兵衛はすっかり無口になり、元気さえも無くしていった。

太平洋戦争はますます激しさを増し、県庁の所在地へ出頭する日がちかづいてきた。

九兵衛は一大決心をして、自分の炭焼き小屋に民を誘った。民は相変わらず凛々しく美しかった。小屋に入ると民に向かって「お願いだ、俺は女を知らないで戦争で死ぬかも知れない。その前にどうか、あつかましいがこの俺と寝てもらえないか」と泣き出しそうになりながら真剣に頼んだ。民の顔が一瞬、脅えたような顔になり、「私はもう、清治のものだ、そげんなことは出来ないわ」とくるりきびすを返して帰ろうとした。

九兵衛は泣き出しそうになりながら、急いで民の後を追った。彼は途中で炭俵に躓いて倒れ込み、丁度、民の足首を掴んだ。

「民さん、お願いだ、俺は顔に風呂敷を被ってしてもよいから、一生に一度だけ愛してくれ」民の足が一瞬止まり、しばらく九兵衛に足首を掴ませながら考えていた。

やがて、「いいわ、一回だけ愛してあげる」と民は微笑んだ。

「風呂敷なんて要らないわ、久兵衛さんはとても働き者だし、真面目だから、それに心もとてもきれいだから」

民はまだ中身の入っていない炭俵を床に敷き、衣服を脱いで横たわった。久兵衛が夢中になって自分も服を脱ぎ、民に抱きついていった。抱いたり、抱かれたりしている最中、九兵衛は泣いていた。こんな喜びに満ちていたことは今までの人生で無かったからだった。事が終わっても久兵衛はうっすらと涙を静かに流していた。顔には炭の一部が付いてあばた面を隠していた。これでたとえ、戦死しても良い程嬉しかった。又、彼は清治に民の為にも戦争に行くのを止めてもらいたいと思うようになった。若衆宿での節穴から見た彼らの営みは神のように美しかった。そんな二人を戦争という悲劇から離してやりたかった。

ある日、久兵衛は清治に民と一緒に逃げろと言った。

「二人とも逃げるんだ、細工は俺がしておく。この戦争は我にも良く判らないが、むざむざと死にいく事はないと思っている。俺たち村の民には関係ないと感じているんだ」

清治は愛する民と別れてしまうのは、切ない事だし、白木の箱に入って帰って来るのも嫌だった。二人は自由でありたかった。

一ヵ月後、県庁所在地に出頭する日がやってきた。九兵衛は支度を整え、出頭の準備をした。彼は清治と民を呼び出し「いいか、もし清治に憲兵隊が来たらその前に民と一緒に若衆宿に籠れ。宿は床の間の左端の畳を剥ぐってみろ、きっと逃げられるから。俺はこれから出頭する。生きて帰れぬかもしれぬわ」と、うっすらと瞼を濡らした。それから二人は互いに抱き合って別れを惜しんだ。清治と民は千人針を手渡した。彼は大切な宝物を授かったように、おしいただき、風呂敷に包んだ。

民は出来るだけ、一分、一秒でもぎりぎりまで両親と離れたくなかった。清治と共に逃げる直前まで愛する父、母と共にいたかった。この戦争が終わるまで、戸田村まで帰って来ることはないだろう。一年になるのか、三年になるのか分からないが、しばしの別れになる。母は民を抱きしめて「清治と仲良くしていれや、また、会える日を楽しみに、楽しみにしてるからな」と言い、涙をこぼした。

父は肩をすぼめながら民を見つめていた。

そして「俺たちの事は心配するな、しばらくは憲兵隊に訊問されたり、嫌がらせをされるかもしれないが、気にかける事はない。清治と思いどおりに生きていれ。又、会えるのを楽しみにしてるわ」と涙声で言った。

村では「武運長久」の幟が立ち、角田九兵衛君、出征おめでとうの幟がなびいていた。

彼は何度も何度も、村人達におじぎをして頭を下げた。松田清治の幟も立っていたが、その場に彼の姿はなく、九兵衛の言ったとおり若衆宿に民と籠っていた。内からかんぬきを掛け、握り飯を用意して籠った。村人達は清治がいない事に気づき、騒ぎ始めた。一人が若衆宿に入るのを見たと言った。一斉に宿に向かって集まり始めた。どんどん戸を叩いても返事はなかった。

二時間もすると九兵衛は憲兵隊、三十人も引き連れて舞い戻って来た。出頭しないのは誠に国をないがしろにし、国民の義務を放棄したと見なされ、無理にでも連行させる為だった。九兵衛が案内役として同乗してきたサイドカーが一台、カーキ色の帽子に赤い帯をつけ、将校が乗っていた。軍用トラックには、やはりカーキ色の兵隊達が銃剣を装備して待機していた。

将校が甲高い声で

「此の村に松田清治はおらんか、彼は出頭せず、非国民だ。誰か見たものはおらんか」と叫んだ。

村人達は若衆宿の前に集まっていて、宮本という炭焼きが清治と民が三十分ほど前に若衆宿に入るのを見たと言った。

「清治、出てこい、さもなくば火をつけるぞ、五分間だけ待ってやる」

将校は叫び、懐中時計を見た。だが五分を過ぎても中からなんの返事もない。若衆宿の中からかんぬきが掛かっている。憲兵隊の一人が扉を開けようとするがうまくいかない。窓という窓は内側から閉まっていたので中の様子も分からなかった。

九兵衛が火を放ちますと名乗りでた。

「よし、お前にまかせる」

と将校はいらいらしながら言った。九兵衛は灯油を宿の周囲に、満遍なく、ゆっくりと撒き、マッチで火を付けた。

　瞬く間に黒煙を上げて宿は燃え盛り、赤い火柱に変わっていった。一時間半もするとすべてが焼け落ちた。憲兵隊が焼け跡に入り、清治と民の遺体を丹念に捜し回ったが、どこにも見当たらなかった。ただ、人が這ってやっと入れるような穴が、左側の畳の下にあった。隊員が這って進んで行くと、十五メートル先に水の枯れた古井戸があり、縄梯子が下がっていた。清治と民はそこから逃げたのだった。トンネルを掘ってくれたのは紛れもなく九兵衛だった。

　村人たちの忠五郎と軍蔵は古井戸から清治と民が逃げたのを目撃したが、

「のう、軍蔵や、二人は潔く逃がしてやろうや」

「そうだて、それがいい。何も死にに行くことはない。逃げるが一番だて」

　清治と民は自由を求めて走りに走った。国家権力から逃げるために。九兵衛の為にも二人は疾風のように疾走した。森は深く、二人は自由に生活できるだけの力は持っていた。

　二人は走りながら森の匂いに全身が包まれていくのを実感した。清治と民のその後は、誰も知らなかった。誰が若衆宿に横穴を掘ったかは、誰も分からなかった。

　九兵衛はその後南方に送られ、消息不明となった。

居酒屋「葦」

私は一月五日、雪の降りしきる新潟駅から上野行、二十三時十分発の夜行列車、銀河に乗り込みました。手には笹団子とスルメのぎっしりと詰まった旅行カバンを持っていました。

列車内には正月早々、出張をおおせつかった中年のサラリーマン、両手にみやげ物をしっかりと握りしめている帰省していた若い女性、老妻の手をそっと引いていたわる老紳士、駐屯地へ帰る自衛官達がいます。

それらの客に混じって私も銀色に輝くレール上をひた走りに走りました。

私は寝つけないまま、窓のカーテンを引きあけて流れ続ける夜の風景を眺めています。時折、民家のボーとした灯りが蛍のように飛んでいきました。雪は降ったり止んだりしています。

時々、小さな駅に停車しました。

それぞれの駅にはたった一人、駅員さんが分厚いコート姿で立ち尽くしていて、手に持ったオレンジ色のカンテラを一様に振って安全を確認していました。吐く息が白く、ポッカリと浮かび上がって見えました。駅員さんの顔は時々、オレンジ色になりました。

長いトンネルを抜けた頃、少しばかりウトウトとし、気がつくと雪のない風景が広がっています。

山のすそ野も飛び去る民家も、まだ明けきれぬ青々とした静けさに満ちていました。

一年前は今回と反対に、東京から新潟へ、こんな風に揺られていたのですが、その時の心の中、半分はとても屈託した気持で占められており、明け方の風景など見る余裕はありませんでした。

けれども今回は違っています。故郷へ帰る以上に心が弾んでいるのですから。

上野から乗り継ぎ、私はほぼ一年振りでA駅に立っていました。

空は雲の一片も見当たらず晴れわたっていましたが、吹き抜ける風は身を切るように感じられます。

駅前商店街の所々に門松があり、初売りの威勢の良い掛け声がこだまのように飛び交っています。

誇らしげに晴れ着の袖をひるがえしながら娘達が連れ立って通り過ぎて行きます。

何か華やかでかぐわしい情景です。

たった一年しかたっていないのに、駅前商店街はだいぶ変化していました。

喫茶店の名前が変わっていたり、車道にはみ出して果実類を売っていた八百屋は、洒落たショーケースを置く店になっていました。洋品店も若者相手のブティックになり、隣の食堂も間口が改装され、瀟洒なレストランになっています。

又、年代物の古ぼけたビルは建て直され、大きなガラス張りのビルに変化していました。

私の田舎と比べると、東京の街は短期的に、まるで巨大なシャベルでもって建物と土地をギシギシと削り取り、次々と風景を変えていっているようです。

しかし、左手のガード下にそってしばらく歩いていくと風景の変化はそれでも次第にゆるやかになります。

コンクリートと金属で固められた建物は少なくなり、ねずみ色に光っている瓦屋根の民家がところどころに現れてきました。

小遣銭稼ぎにやっている田村煙草店のオバさんは店先でコタツに入り、いい気持でうつらうつらしているのがガラス越しに見えています。

魚金さんの店頭では昨年と変わらず、何本もの荒巻がつるされ、鉢巻をしたオヤジさんがホースでごしごしとまな板を洗っています。

そして川上文具店の隣になつかしい居酒屋「葦」の赤提灯が揺れて見えました。

相変わらず古ぼけたままで少しも変ってはいません。

私は少しずつ足早になっていたのか息が弾みます。

「葦」の主人、茂雄さんの元気な顔が早く見たかったせいです。

新潟からわずか二時間ほどで東京に行ける時代になりました。しかし、私は或る忘れがたい思い出をもう一度味わいたくて、わざと夜行列車に乗って来ました。

一年前、私はA駅近くの安アパートを借り、或る私立大学に通っておりました。

残念ながら頭の出来のせいで国立に受かることはできませんでした。授業の時間以外は新聞配達やビルの清掃などのアルバイトでほとんどついやされていました。

今どき信じてもらえないかもしれませんが苦学生といったところです。他の大学生のように今日はコンパだ、麻雀だ、ドライブだといった、ごく当たり前の学生生活とは残念ながら無縁でした。

学友にはつき合いの悪い人間としてみられ、ガールフレンドも何も出来ません。

楽しみといえばアルバイトで疲れ果てた身体を引きずり、自分のアパート近くにある居酒屋「葦」でビールを一杯飲む事でした。

「葦」と染め抜かれた洗いざらしのノレンをくぐり、格子戸を開けると店内は十五坪ほどで天井から昔風のランプが幾つも下がっています。

テーブルが二つと二畳ほどの座敷が二つあり、あとは頑丈な造りのカウンターが黒光りしています。

主人の茂雄さんは常連客から普通、シゲさん、シゲさんと親しく呼ばれていました。

年は五十才前後でしょうか。固太りの牛のような体格をしていてちょっとした貫禄です。

眉は濃く、鼻も口も人並みはずれて堂々としているのですが眼だけは羊のようです。

笑うと顔全体の筋肉がゆらいでとても愛嬌のある表情になります。木の根っこみたいな指を器用に忙しく動かし、焼き鳥を仕上げている風情は大人がままごとをやっているようにも見えました。

客が「オレ、本当に今の会社、嫌だ。あのバカ課長がいる限り、絶対に浮かばれないもんね。畜生、早く死なねえかな」とか又、「うちの山の神ったら、料理は下手だし、結婚以来、一度たりとも亭主を立てるって事ねえんだから」などと神仏に救いを求めるように話しかけても細い眼をますます細めて、そして口元をゆったりとほころばすだけです。

忙しい時間帯だけアルバイトのオバさんが来ていましたが、あとはシゲさんが一人で黙々と仕込みから後かたづけまでをやっていたようです。

私はいつも汗とほこりにまみれた体を近くの亀の湯で洗い流し、頭に手ぬぐいを乗せたままカウンターにすわります。そして湯上りの一杯を頼みます。

私はほとんど常連でした。そして「葦」のお客では一番若い客だったようです。

シゲさんは店が空いている時など「バイトの帰りか。ちょっと疲れた顔してる。茶碗蒸し一つサービスしとこ」と低い、ぶっきら棒な言葉で話しかけてくれ、そして黙ってビールを継いでくれました。

店が立て込んでいる時でも私の目の前に注文などしない揚げ出し豆腐や、ホタテのバター焼き、酢の物などをその日により黙って置いてくれるのです。

そんなシゲさんに私は甘え、故郷の事、バイトのつらさなどをよく話したものです。

シゲさんは忙しく手を動かしながら一方的に話す私に

対して黙ってうなずいて聞いてくれます。

そして勘定を払う時に「でもね、男があんまりグチっぽくなるのはいただけない。誰だってつらい時はつらいのさ」と肩をポンと叩いてくれる。

私はシゲさんを頼もしい親父のような、兄のような気持ちで見ていたのかもしれません。


私の故郷、新潟には大学の入学金をやっと用意してくれた祖母と母がわずかばかりの水田と畑で生計を立てています。私が高校二年の時、働き者だった父が交通事故で亡くなり、家は急につっかえ棒が外されたようになってしまいました。

「俊一、俺みたいに一生、田んぼの中をはいずり回っているより、大学を出てサラリーマンになれや」と口癖のように言っていた父の言葉を守り、祖母と母は私を大学へだけは何とか入学させてくれたのです。

私の家はいつも潮風にさらわれている海岸線にありました。わずか三十戸ばかりの村の半分は漁業で、あとは海にまぢかに迫った山の中腹まで耕された段々畑や水田でやっと息をしていました。

漁も近年は不漁続きで全く困っています。

たまに国道の改修工事で現金収入があるくらいで、これといった景気のよい話などこれからも無いでしょう。

潮風のきつい夕暮れ時など、海に向かって立っている村の墓地辺りをカラスの奴が幾羽も群れて泣き騒いでいるのを聞くと、我が村ながらわびしいと思います。

祖母と母は私を大学へ行かせる事だけが、何だか自分たちの生きがいのようになっていたようです。

昔、この村の海面上に限りなくひしめいていたイワシみたいに、世の中には大学生が掃いて捨てるほどあふれていたのですが。

しかし、それだからこそ人並みに世間から後れを取らないように二人は私を考えていてくれたのでしょう。

田畑の一部を売って作ってくれた私立大学の入学金は、祖母と母が半年間は優に暮らしていけるだけの金額でした。だから私は仕送りなど要求するつもりもありませんでした。当時の私の心の中は大学を卒業して一流会社に入り、早く一人前になって、二人を東京見物に呼び寄せてやりたい一心でした。

古くさい、センチメンタルな人間と思われるかもしれませんが、当時の私のささやかな望みだったのです。

新聞配達で、郵便受けに差し込む一部、一部が、ビル清掃のモップ一ふき、一ふきが、又、製本工場での一束、一束が二人を東京へ連れてくる準備のように思われました。

当時の私の顔には気むずかしく、みけんに何本も筋がクッキリと入っていたはずです。

或る夕方、私がバイト先での失敗で上司にひどくおこられた事や、体が最近だるい事などを胸一杯、腹いっぱいにつめ込んで又、「葦」へ出向いた時の事です。すでに私はいっぱしの疲れた中年男のような気分でいたのです。

秋も深まり、横町を吹き抜けてゆく風もうすら寒く感じられる日でした。

珍しく「葦」は臨時休業の札が下がっています。でも中にシゲさんはいるらしく、薄暗くボンヤリと明かりがついていました。私は躊躇しましたが、そっと格子戸に触れてみました。

カギはかかっていません。カウンター上のランプにだけ明かりがポツンとついて、シゲさん一人がうずくまるように背中を見せてすわっていました。

シゲさんの前には酒ビンが置かれ、コップが二つありました。そして一つのコップの前に何か写真の入った小さな額が彼と向かい合うようにして置かれてあります。

今日のシゲさんの背中は孤独が息をしているようでした。私が入ってきたのも気がつかないで二つのコップに交互に酒をついでいました。

私が声をかけるといつものシゲさんらしくどっしりしたところもなく、一瞬あわてたように振り向きました。

その顔は酷く酔って、まるで鐘馗様のようです。しかもうっすらと眼が濡れています。

「よう、俊ちゃんか、少しつき合いなよ」とシゲさんは涙もろい年よりのように鈍い手振りをし、私にも酒をすすめました。

「たまには反対に、俺のつまらぬグチでも俊ちゃんにだらしなく聞いてもらおうかな。今日は、こいつの命日なんだよ」シゲさんはそう言って前に置かれた額を手に取りました。

写真が入っていて一人のやさしそうな女性が写っていました。

「こいつよ、俺がほれてたカミさんだ。昔、俺が或る大手の商社員だった頃、さんざん苦労をかけてしまった。

体が弱くって子供もあきらめかけていたんだ。しかし、結婚して十年もしてからやっと子供が出来たことが判った。こいつ、どうしても生みたいって言ってね。俺も実際欲しかった。そんな頃、会社の命令で海外出張をすることになった。この取引が成功すれば昇進間違いなしといったところだ。妻はとても不安がってね。そばにいてくれって言うんだ。しかし俺は出掛けた。出掛けることが男らしい立派なことだと信じていたよ。そして何ヶ月かして帰国したが、すでに親子共々亡くなっていたよ。後でね、葬式が終わって何もかも片付いてしまった時、病院で最後までつきそってくれたあいつの女友達から妻が俺の名を呼びながら息をひきとったたって聞かされたよ。俺は予定通り昇進し、立派な椅子に座る事が出来た。しかし何だかむなしくなってきてね、酒びたりの毎日になった。そして会社を辞めちまった。たとえ助からないにしても、そばにいてやるべきだってね。人によっては、だからこそ、どこまでも出世するよう努力すべきだと言うかもしれない。しかし俺はそんなには強くはないな。いや俺はそんなに悪くなれないと思った。世の中、金とか地位ばかりじゃないよな」

シゲさんはそのような意味の事をつぶやき続けた。

そして「今日はとにかく、一年に一回、あいつと俺達の間の赤ん坊にわびる日なんだ」とかすれたような声でそう言うと写真の前のコップに又、酒をそそぎました。

コップ一杯になった酒がカウンターに一すじこぼれてかすかに光りながら流れていきます。

写真の中の額が広く、目のクリッとした女性はほほえんでシゲさんをジッと見守っているようです。

やがて重さんはカウンターにうっぷして寝込んでしまいました。そして少年のような顔で、軽いいびきを立てています。

私は座敷に放り投げてあった。シゲさんがいつも着ている半てんを手にして、そっと小山のような彼の背中にかけました。

私はそれから、静かに外に出ました。

見上げると東京の寒空に星が信じられないほど散りばめられていました。

その後も「葦」へは出入りしていましたが、シゲさんは何事もなかった顔で相変わらず無口なまま、手を忙しく動かしています。

私もいつかシゲさんのあの夜の酔態を忘れかけていました。

私はしばらく学業とアルバイトを何とか両立させていましたが、四年生になった時の事です。

体の無理がたたったのか高熱が何日も続きました。

単なる風邪だと思っていました。

しかし、熱が引いても片足が何だかおかしいのです。

左足の膝が曲がらなくなり、すり足でしか歩けません。

医者に聞くと「こりゃあ、慢性になりつつあるリュウマチだぜ。無理して働いたせいかもしれんよ。まあ気長に根気よく治すほかないなあ」とあっさり言いました。家には病気の事は黙っていて、元気にやっているという葉書をたまに出していました。

その当時はとにかく早く一人前にならねばという気持ちで張りつめていました。

本当の事を書くのがためらわれました。私は相当な見栄っ張りだったのです。

やがて就職シーズンがきて学友たちは次々と内定し、喜色満面な表情をしています。

私は成績の方はまあまあなので給料の高そうなちょっとした会社を受けてみました。

しかし、筆記試験に受かっても左足が不自由なことが判ると会社の試験担当者は眉を露骨にしわ寄せて「君ねー、ちょっともう一度検討させてもらうわ。成績の方はまあ、いいんだけど、どうも弱ったな」と言い、頭をわざとらしくゴシゴシとかきます。

やがてアパートの郵便受けには採用取り消しが入っています。そんなことが三回、四回と続き、段々給料の安い会社になっていきます。

そして履歴書を書くことが次第におっくうとなり、八回目を書いた時は、ほとんどヤケを起こしかけていました。

その時の私の心の中は小さくとも立派な会社があるということに全然、関心がなかったようです。

いっそ履歴書を何百枚もコピーして街中にばらまこうかとか、近所のネコをけとばしたくなったり、十二回目には誰でもいい、通りすがりの人を急に殴りつけたくなったりしました。

また、だれか私を雇ってくれませんかと、どす黒く濁った私の心を看板にしてサンドイッチマンみたいに歩きたくなりました。

アルバイトをする気力もなくなり、一日中布団をかぶって寝ている日が多くなってしまいました。

なけなしの金でやっと買った机や本棚などもきれいに売り払い、部屋は寝具だけのまったく寒々とした風景になりました。

そして正月に帰郷する金さえもなくなったのです。

えい、家族なんてない方がいいや、なんて捨てばちな気持ちがわいてきました。半面、潮風に吹かれながら田畑で汗を流している祖母や母の顔が嫌でも浮かびます。

十二月三十一日の年越しの夜は流石に私もたまらなくなりました。

外はみぞれ混じりの強風で、たてつけの悪い窓がガタガタと激しく震えています。

私は地震であわてて外に飛び出すようにして、薄汚れたコートをはおり、暗い町を野良犬のように歩き始めていました。

静まり返り、暗く濡れそぼった家並みの先にユラユラと「葦」の赤提灯が揺れて鮮やかに見えます。

私はまるで吸い寄せられるように格子戸を開けていました。

シゲさんはカウンターの中で頬杖をつきながらテレビを見ています。画面は紅白歌合戦の華やかなパレードが始まった所でした。

今夜は私一人だけがお客でした。

カウンターの前に残った最後の金を投げ出すように置き、少し酒を飲ませてくれと、一人前の苦労人のようにつぶやいたのです。

シゲさんは黙って私のコップに酒をついでくれました。そして何を言っているのか自分でも良く判らない繰り言を聞いてくれました。

シゲさんは何か考えながら焼鳥を作っています。

テレビは今年、新人賞を取った若者が得意満面な表情で舞台いっぱいを飛び跳ねて歌っています。

シゲさんは私の前に焼鳥の皿を置き、テレビのボリュームを絞りました。

そしてかしこまったように椅子にすわると私を見すえるように話しかけてきました。

「俊ちゃん、あんたも、それに国のおばちゃん達も互いに少し無理してんじゃないかい。将来の事を考えて無理してでも大学に上げたい気持ちも、東京で早く一人前になって東京見物でもさせてやりたい気持ちも良く判るよ。

しかし、人間、もっと単純に考えた方がいい時もある。親と子が本当に思い合う気持ちさえあれば、あとのことは別にたいした事じゃない。特に親の気持ちなんてものは、たとえひどく出来が悪くたって、出世しなくっても丈夫でいてさえくれればそれでいいと、本当は心の中で願っているんだ。あんた、なるべく早く帰んな。このままじゃあ、かえって親不幸になっちまあ。つまらぬ見栄なんて捨てちまうんだ。どこの世界に親が子を、子が親を思わない話なんてあるんだね。もしそう思わないんだったら、それは人間じゃないさ。もっともその人間じゃない奴も最近はうじゃうじゃいるけどね。そんな奴ら、俺はご免だね」と一人の人間の生死に立ち合っているようなしゃべり方をしました。

テレビでは今年最後で引退する或る演歌歌手が涙にくれながら振袖を引きずって舞台に立ちつくしています。テレビ歌手が泣くのはいいかげんな演出だと信じていましたが、今回は本気で泣いているようでした。シゲさんは奥に引っ込むと何かゴソゴソとしていましたが、やがて一枚の封筒を私の胸ポケットに乱暴にねじ込みました。

そして「今夜は随分と演歌っぽい事、言っちゃったな」と急に照れくさそうな顔をしました。

そして何事もなかったように横を向いてテレビに眼をうつしました。

テレビの曲に合わせて低く、軽く歌い出しました。

私はそっと立ち上がり、シゲさんに一礼して外に出ました。どこかの家から談笑がかすかに聞こえて、暗い街を通り過ぎていきます。

封筒の中身は一万円札が二枚入っていました。

翌日、一月一日に、私はアパートのわずかな荷物を整理し、大家さんにあいさつしてその日の夜行列車に乗り込みました。

手にはシゲさんのお陰で東京土産のカステラを持つ事が出来ました。

そして明け方の吹雪の舞う中、私は降り積もった雪をキュウ、キュウと踏みしめてわが家に帰り着きました。

家ではシゲさんの言う通り、私の話を黙って聞くと祖母も母も私を包み込むようなうるんだ眼でうなずいてくれました。そのことで背中に張りついていた重みがスーッと、とれました。

私はそのまま東京へは戻らず、村から十キロ程離れているN市の、理解ある小さな印刷会社に勤めて、平凡でも確かな生活を送っています。

ガールフレンドも一人、ようやく出来ました。

陽子といいます。笑顔の良いやさしい子で、私にはもったいないのです。

それからシゲさんには、御礼の手紙を出しましたが、借りた金はじかに手渡そうと考えました。

居酒屋「葦」の格子戸を開けるとシゲさんが仕込みの真最中で湯気の中に浮かんでいます。

私に気づくと眼を輝かせて大きく笑いました。

お金を返しに来たと言うと「そんな昔の事、忘れっちまった」と乱暴に言いながら、それでもほおを緩めています。

笹団子とスルメは受け取ってくれましたが、二万円はどうしても受け取ってはくれません。

そこで、私はその金はいつかシゲさんのような遣い方をしようと心に決めました。

そして私はシゲさんに新潟へ遊びにきて欲しいと、しつこい程頼みました。

「新潟に親戚が一つできちまった」と又、大きく笑い、うなずきました。

それから私とシゲさんはいろんな事を話し合い、ゆっくりと二人でビールを飲みました。

とてもうまいビールだと思いました。

やがて外に出て、少し歩き、振り向くと灰色の風景の中で赤提灯がかすかにゆれて見えていました。

佐渡流人記

戸坂真一郎は、ひどく投げやりな気持ちで毎日を過ごしていた。江戸よりこの佐渡に流されてから、もう一年余りたっている。

今夜も相川の花街にある縄暖簾『吉野』の二階のすすけた四畳半で、したたか酒を飲み続けていた。

畳は何年も取り替えていないらしく、黄色くけば立っていた。机屏風の破れには反古紙がべたべたと佗しげに張り付けられている。

食べ散らかした雁鍋の周辺には、空になった安徳利が七本以上も転がっていた。夜五つはとうに過ぎていた。真一郎はその安徳利のようにゴロゴロと転がったり、じっとうつぶせになったりした。

「何んで、よりによってこの俺が、こんな離れ島に流されなければならないのか」

近頃では目付きさえも斜めにひん曲がっているような気がしている。

真一郎は、彼にとって何十回目かの自問を性懲りもなくつぶやき続けて、頭をがっくりと垂れ、枯れ木のように畳に倒れ込んだ。

彼がうとうとと、ふて寝のように眠りかけた時、ふすまがなめらかに開いた。

「まあ、また真一郎様、夜具もかけないで寝込んでしまって。風邪を引きますよ。本当にもう、子供みたいなんだから」と、おとよが、まるで姉が弟をさとすような口調の、澄んだ声をして入ってきた。真一郎は伏せになったまま、酔って赤らんだ顔を少し上げると、おとよの顔を見た。

彼女の瞳が、いたずらっぽく笑っていた。手には炭の入った手桶を持ち、柔らかく中腰になると、消えかかっている火鉢に手早く移した。

おとよは『吉野』で働いている何人かの住込み女中の一人だった。うりざね顔で、新雪のように色が白く、目鼻立ちの整った顔をしていた。

真一郎は、女中たちの中では、おとよを一層好ましく思い続けていた。眼を伏せた時の様子や、耳たぶの柔らかい丸みを帯びた感じが、江戸にいる、婚約者だった久美によく似ていた。

そう気付いてから、彼はよくこの『吉野』へ通い続けている。真一郎は女に対して、世辞の一つも言えない性分なので、ろくにおとよと口もきかぬ内に、いつも店じまいする時刻になってしまう。彼は何とかおとよと、親しく口をききたかった。

今夜は一つの決心をして縄をくぐった。酒の量をいつもより増し、意識のもうろうとなった所で、おとよに話しかけようと思った。

赤い顔をした真一郎は、改めて座り直すと、恋する若者の常として、幾分、口ごもりながら、貴女のような好ましい女性が、何故こんな安縄暖簾で働いているのか、というような意味の事を、思い切って聞いてみた。

真一郎の言葉を聞いたおとよの白いうなじが、みるみる内にうっすらと紅色に反応した。

「まあ、からかい半分ですか。そんな事、気軽に言うもんじゃ、ありません」

おとよはそう言いながらも、顔はうれしそうにほころんでいる。

「きれいだなんて言われると恥ずかしい。もう私は二十五歳。この『吉野』では一番の年増です。店には、おけいちゃんや、お玉ちゃんのように若くて、きれいな娘もいるのに」と逆に問いかけてきた。

「いや、おとよさんが、私の初恋の人によく似ているんだ」と、真一郎は口ごもりながら、あわてて答えた。自分ながら、何故か素直に言葉が出てしまった。

「本当、嘘でもうれしいわ。でも・・・」

おとよは、刹那、暗い海の底を覗き込むような影のある顔をした。

「貴方にきらわれるかもしれないけれど、これでも夫がいたのよ」

彼女は手元を休めて、遠い昔を無理に思い出すかのように、眼を細めて語り出した。

「甚吾間歩の鉱夫だった藤吉という名の夫は、五年前に落盤事故で死んでしまった。酒飲みだったけど、いい人だったわ・・・。二人の間に長助っていう子供が授かったけれど、今は山の里に預けてあります。藤吉の両親が早く亡くなり、私の兄の弥平が面倒を見ているわ。本当に恥ずかしい程の貧乏暮らしでね、ロクなこともしてやれないわ。特に今年は不作だった。できれば長助と一緒に暮らしたいけれど、こうして働きに出るしかないの。でも、長助が何とか一人前になるまで、私、この『吉野』で頑張っていくつもり」

彼女は寂しい顔をして、涙ぐんだ横顔を、真一郎に見せていたが、やがてしんみりとした感情を振り払うように、急に立ち上がった。

「さあ、お腹が空いた頃でしょう、内所へ行ってお茶漬けでも持ってくるわ」と素早い動作で部屋から出て行った。

取り残された真一郎は、部屋の隅にある行燈の火が隙間風にか細く揺らめくのを、うつろな目でぼんやりと見ていた。

一年前に長崎から江戸に帰り、すぐさま、佐渡に流されようとは、まさか夢にも思わなかった。長崎で蘭医を学び、いずれは幕府の御典医への道が約束されていたはずだった真一郎の未来は、ある事件で、無残にも打ち砕かれてしまった。

それは、父が自分の家の侍長屋の一部屋を、友人の丸岡源右衛門に貸したことから始まった。丸岡が、幕府の公金を着服した嫌疑（それも政敵のでっち上げらしいが）で捕まり、真一郎一家にも、お咎めが及んだ。俺のような将来ある男が何で、と真一郎は暗くよどんだ牢の中で丸岡氏を恨み、世の中を恨んで呻吟した。やがて父は八丈島に送られ、母は牢で病死した。そして真一郎は佐渡へ流されることになった。

父の友人が世話をしてくれた婚約者の久美とのことも、勿論、破談となった。

真一郎は九月になると、汚れた動物のような扱いで、目籠に押し込められ、江戸から上州、国境を超え、長岡、佐渡への出航場所、出雲崎へと希望のない旅を続けた。目籠の隙間より見える出雲崎は、海岸に添って一本の紐のように古ぼけた街並みがつづいていた。

家々の屋根には、こぶし大や子どもの頭程の大小の石が、不規則に置かれていた。

冬場は大層、海からの風が強いだろうと、彼は江戸とは違った風景を感じ取った。

町全体は侘しく、しかし純朴な土地柄に見受けられた。出雲崎では四日ばかり風待ちをし、船に乗せられた。海は重く、ねっとりとした輝きに満ちていた。

一行は小木という小さな港に着いた。港内には一艘の和船と、二、三の漁船がもやってあるばかりで、静寂な落ち着いた港町のようだった。

すぐに西海岸に沿って進み、河原田村という所から峠を越えて相川町に入った。町は荒い海に沿って帯のように伸びていた。

さすが幕府の天領地だけあって、目籠の中からでも、人のざわめきが大きく聞こえていた。真一郎は諏訪町という所に、一軒の家を持つことを許され、行動は比較的自由だった。ただし、二里以上は出歩きまかりならぬという奉行所からのお達しが出ていた。時折町人たちを診たり、薬草の見分け方を教えたりして、ささやかな日銭を得ていた。又、近所の子供たちに寺子屋まがいに、読み書きを教えたりしていたので、酒も何とか飲む余裕はあった。真一郎にとって飲む酒は、特別うまいとは感じたことはなかったが、飲まずにはいられなかった。

俺はどうせ世捨て人よ、と何かの拍子にひどく不機嫌になり、一日中かび臭い布団にくるまってふて寝してしまう日もある。屈託した気分が重石となって、背中に一日中張りついているようだった。夜は海岸に出て、陰鬱な気持ちで夜釣りをした。ピチピチとしたアイナメやコハダもよく釣れたが面白くなかった。

丸岡源右衛門の件さえなければ、今頃俺は、小普請医師から御典医への席が約束され、誰彼なく、憧れと尊敬の目で見られたのだ。ゆったりとした上等な羽織を着、広々とした邸宅で、美しい妻と共に安楽に暮らせるはずだった。真一郎は、またきりのない愚痴を暗い海に向かって投げ続ける。

墨を流したような海の果てに、チカチカと魚があちこちに浮いて見えて、彼はそれを空虚な目で見続けていた。

釣りをしない時は、こうしておとよのいる『吉野』で相変わらず酒を飲んでいる。春の盛りの頃、町の料理屋の店先などに、竹の筒に入れられた、カンゾウという名の黄色い可憐な花が、風に揺れているのが認められた。この『吉野』の店先にも、春先に飾られていた。真一郎は、その花に見とれてしまうような、心の余裕は、まるでなかった。

この頃、小木という港町に限らず、佐渡の至る所で米問屋や、酒屋の打ち壊しが続発していた。例年にない不作なのに、百姓達はお年貢一俵に、二升ずつの口米を取られていた。百姓達の労苦をよそに、米商人たちは不当に米価をつり上げていた。真一郎は己の耳にも、聞くともなく聞こえてくるそんな世情の騒ぎに背を向けて、まったく心を寄せることもなかった。俺は俺よ、勝手に騒げと、寒々とした口調でうそぶいていた。

おとよがふんわりと湯気の立っている茶漬けを運んできた。真一郎は黙って茶漬けを食べ、お茶をすすって布団の上にまた、腑抜けた猫のようにゴロリと横になる。

おとよは手際よく行燈の油をつぎ足し、お茶を入れ替えながら、

「真一郎様は立派なお医者だから、こんなところに流されてしまって、きっと面白くないでしょうね。でも、大工の与兵衛さんも、魚屋の作次さんも町の人達みんな喜んでいるわ。新しい医学でもって診てもらえるから安心

して生活できるって。町の人達も、お米が高くって、生活がとても苦しい。だから、なおさら真一郎様が安い費用で診てくれるから助かるのよ」

といかにもうれしそうに弾んだ声で言った。真一郎は、そうか、そういう生き方もあるのかも知れないと、一瞬思ったが、何故か今夜は、おとよに何もかも甘えてしまいたいような気持ちにとらわれてしまった。

「俺の望みはもっと大きい。本当は町の連中なんか、どうでもいい。俺はね、殿様や旗本や、もっと高貴な人達を診る為に、長崎へ勉強しに行ってきた。それをこんな佐渡くんだりで、遊び半分のような事をしているなんて、実に馬鹿馬鹿しいと思っている。一体、俺の一生をどうしてくれるんだ」

真一郎は、まるで手のかかるわがままな子供のように声を荒げてわめき始めた。おとよはお茶を入れる手を止めると、悲しげな潤んだ眼で彼を見つめた。

「真一郎様、そんな事言うもんじゃない。どれ程町の人達が喜び、有難がっているか、判らないでしょうね。もっと率直に受け取ってください。誰だってそれぞれ辛くって、やりきれない事があるのよ」と哀切な声で言った。

彼はヨロヨロと起き上がると今にも泣き出しそうにしているおとよの顔を、酔いの十分に回った赤ら顔で、なめるように見つめた。

「実によく久美に似ている。いや、久美以上に優しい、きれいな女だ」と心の中でつぶやいた。

そして衝動的におとよが欲しくなり、まるで野獣のようにに抱きついていった。おとよは不意を突かれて、真一郎の腕の中でもがき、酒浸りの体から発散し続けている不快な匂いを存分に味わった。

真一郎はおとよと揉み合いのような事をしている内に、彼女から思いもかけぬ強さで撥ねのけられて下に転がされた。

「嫌、嫌だわ。愚痴ばかり言っている真一郎様って」と、おとよは両手で顔をおおいながら小走りに部屋から出て行ってしまった。空しく一人残されてしまった彼の耳に、地の底から響いてくるような海鳴りが、重く聞こえてきた。天候の具合で、意外に大きく聞こえてくることがある。

おとよを永遠に失ってしまったような、寂寥とした思いが体中を駆け巡り始めた。己の身も心も氷のように思え、冷たくなっていくような感覚で、そしてうなだれた。

真一郎は又、冷えた徳利から、わびしい残り酒を飲み、身を投げ出して倒れ込んだ。

すべてを忘れて眠ろうと思った。だが、寝つくどころか、おとよに対する悔恨の情が自然に湧いてきて、目がさえて困った。己を切なく哀れにさえ感じた。

朝から止むことなく、みぞれが降り続いていた。

真一郎は寒々とした部屋の一隅で、火鉢一つに、つぎはぎだらけの夜具を引っ被って、合巻本を読んでいた。『吉野』へはしばらく行ってはいない。おとよの前で醜態を演じた事が、頭の隅にこびりついていて、顔を出すような心境にはなれなかった。

合巻本を読んでいるのに、さっぱり身が入らず、時々目頭を押さえたりした。彼は考える事にも疲れて、夜具の中で物憂くしていた。突然、引きつるような若い女の声が戸外から聞こえてきた。

「この辺りに戸坂真一郎様という医師の方はおいでにならないでしょうか」と悲哀の混じった身震いするような声で、隣に住む蒔絵師の安蔵に聞いている。

その声には聞き覚えがあり、彼は衝動的に夜具をはねのけ、外に飛び出していった。

寒気の濃い、夕暮れのように薄暗い通りにおとよが全身を濡らして、何か強く訴えるような眼付きで立ち尽くしていた。

真一郎は思わず、おとよの粉雪のように冷え切った手を取り、自分の家に入れた。

「長坊が、長坊がひどい熱で死にそうな息をしているそうです。兄が山奥から一時も休まずに、知らせてくれたんです。長坊にもしもの事があったら、私、生きていけません。真一郎様、お願いです。どうか一度診てやってください。どうか助けてください」

おとよは痛々しい程の血の気の全く失せた、青白い顔で喘ぐようにやっと言った。その場に崩れ落ちるようにしゃがみ込み、濡れそぼった子ネズミのように震え続けていた。

我が子を一途に思い続けている情愛が、おとよの全身から暖かく立ち込めているような気がした。真一郎はその姿を美しいとさえ感じた。彼はふと戸口に蓑笠姿の一人の男がうなだれて、濡れるがままに悄然と立ち尽くしているのに初めて気がついた。

男は蓑笠を乱暴に脱ぐと、ごめんなすってと、しゃがれたような小声を真一郎にかけ、遠慮がちに土間に入ってきた。五十がらみの、髪も髭も区別のつかぬ、労苦に刻まれたしわを持った百姓風の男だった。

「先生、俺、こいつの兄の弥平と言います。長坊の様子がどうも尋常じゃないんで、急いでおとよに知らせに参りやした。ひどい熱で苦しがっておりやす。私らのような山奥の小さな村、医者なんざあ、一度だって来てくれた事はねえです。思い余って役人に頼み込んでも、彼等、年貢ばかりを取り立てるのに熱心で、村の事なんぞ、何一つ思いやってくれねえ。先生、一つ村へ来て、長坊を診てやっておくんなさい。どうか、よろしくお願い致しやす」

弥平と名乗る男は、充血した眼をしばたたかせながら、一気に鬱憤をぶちまけるように言った。なおも、

「私らの村は土地が悪く、作物は出来不出来の激しい所。今年の不作は特にひでえ。皆で一揆を起こそうという話もあるくらいですて。その上、病人はほったらかしの情けねえ村だ。しかし、爺様や婆様のように、年取ってからの病人は仕方ねえが、長坊はこれからの人間、どうか先生、助けてやっておくんなせい」

弥平の大地にたたきつけるような、ぶっきら棒な言い方に、かえって農民の武骨な誠実さが溢れていた。

彼はできればおとよの村へ行って、長坊を診てやりたかった。だが、奉行所からのきついお達しで、二里以上は出歩くことはできない。

真一郎が幾分口ごもりながら言うと、弥平は赤い眼に、明らかな失望の色をありありと浮かべた。やがて、「先生、半日、いや、一日待っておくんなせい」と言い捨て、そばでうずくまっているおとよの手をひったくるように乱暴に取ると、みぞれが降り続いている外へ飛び出していった。入口のところで、おとよが振り向きざまに真一郎の方を見て、かき消すようにいなくなった。彼女の眼には哀切な輝きが充満して、今にもこぼれ落ちそうだった。真一郎は、おとよ達の去った方向を唯、放心して見つめていた。さっきより一段と寒気の増した通りには、白い、雪片のようなものが舞い始め、人通りもなく、深閑としていた。真一郎は一昼夜、まんじりともせずに過ごしてしまった。多少、無理をしてでも、おとよの村へ出向いて良かったのではないか。奉行所へは後で事情を話せば、わずかなお咎めくらいで済んだのではなかっただろうか。そんな後悔めいた思いが頭を巡り、なかなか寝つく事が出来なかった。

翌朝早く、入口の戸が乱暴にたたかれ、弥平が訪ねてきた。彼の体全体は疲れているようだったが、眼には誇らしげな光が十分に宿っていた。

「先生、やっと奉行所から許しが出やした。俺、あれから急いで村へ帰り、名主の数右衛門や、百姓代表の徳治、仙太らと一緒に相川の奉行所へ行き、役人たちと掛け合いました。俺達がいかなる罪であろうが、みんな受け合いますすけ、どうか先生様を俺たちの村へやってくれっ

て頼みやした。役人どももよく考えたんでしょう、やっと今回限りとして許しが出やした。きっとこの件が、まわりまわって江戸へ知れ、佐渡では百姓たちを手荒く扱っているとでも思われでもしたら立つ瀬を失い、己達が不利になると思ったんでしょう。俺達、いざとなれば、筵を立てて、百姓一揆くらい、やりかねねえですからね」

真一郎は医師である自分がまず一緒になって奉行所へ頼み込むべきではなかったかと、密かに己を恥じた。

表に出てみると、みぞれもすっかり止み、重たげな雲間より、薄日がうっすらと射していた。

弥平が持ってきた奉行所の許可文によると、奉行所の許しが出た日数は三日間だった。

おとよは村に帰っていて、長坊につきっきりで看病しているという。真一郎は、一刻も早く長坊の元へ行ってやらねばと決心した。彼はすぐに身支度をした。

薬箱は弥平が当たり前のように肩にかけて持ってくれた。未だ人気のない鍛冶屋町を抜けて番屋町に入る頃、三人の菅笠、蓑姿の男たちと落ち合った。

六十歳をとうに過ぎていると思われる、所々銀色になっている顎鬚と、落ち着きのある柔和な眼を持った男が名主の数右衛門だった。又、頬骨の張った眉の太い男が徳治で、頼りなさそうな細い眼をした若い男が仙太だった。

数右衛門が真一郎に、低い、貫禄のある声で、今回のことで礼を言い、徳治、仙太は黙って頭を下げた。

半時も歩くと、又、風が出て、白いものがちらつき始めた。

弥平を先頭にして、数右衛門、真一郎、仙太、徳治の順で黙々と歩き続けた。

海からの冷たい、強い風で雪は横殴りになったり、渦を巻いたりして、体にまとわりついた。どんなわずかな隙間からも雪の粒が入り込んできて、肌をピリピリと射した。また、地吹雪は移動していく一行を天からも地からも、四方八方から巻き込むように攻めたてた。

真一郎は顔面にまんべんなく張りついてくる粉雪を、懸命に手でこすり、かろうじて見えている数右衛門の背を眼で追うのがやっとだった。

町をはずれ、海岸べりに差し掛かると、風は一段と凄みを増し、立っているのさえ、おぼつかないような気がしてきた。海は遠雷が束ねて落ちたような海鳴りが吠え立てていて、何も見えなかった。

時には、四人は真一郎を前後左右から取り囲むように歩いてくれ、少しでも押し寄せて張りつこうとする冷気を防ごうとしてくれる。

やがて海岸から離れて小高い丘の方に向かい、真一郎が以前、相川町へ送られてきたときと同じ峠を越えた。地上のもののありとあらゆるものを吹き上げ、天空と一体となって荒れ続けている雪を含んだ烈風も、幾分勢いが衰えてきた。進むにつれ、足元が積もりに積もった雪でおぼつかなくなってきた。真一郎は何度も足元が滑り、数右衛門や仙太の手を煩わした。ひどく歩きにくい個所は、徳治が背負ってくれた。徳治の背は広く、逞しかった。

道の曲がり角に来ると、数右衛門は時折しゃがみ込み、雪の少し盛り上がった個所を丁寧に払いのける動作をした。よく見ると、赤や青や白い前掛けをした、小さな可愛い地蔵様が何体も、ぽっかりと柔和な顔を覗かせている。数右衛門はその地蔵様の前に膝をつき、手を合わせ、しばらく何やらつぶやき続けていた。弥平が歩きながら教えてくれたところによると、この島の人達は、自分の子どもが何か悪い病にかかると、その病気がはやく、無事に治癒することを祈って、自ら地蔵様を刻むのだということ。信仰心の厚い島であることは確かだった。

その後も道の所々に埋もれている地蔵様達に、ほんのわずかな時間、皆は祈りを捧げたりした。今、現在、村で苦しんでいる長坊の事は勿論、早く元気になるよう、真っ先に祈願されたに違いなかった。真一郎は赤い前掛けが雪の中に雪椿のように見えている個所にさしかかると、ごく自然に手を合わせるようになった。いろんな色の前掛けは、地蔵様を刻んだそれぞれの人達の、熱い思いが込められているようだった。

峠を幾度も越え、また、強風吹き荒れる海岸線に出て、沢根村という所に着いた。数右衛門が一軒の大きな民家に入っていき、やがて一行は中に招き入れられた。

ひっつめ髪の女達が、真一郎たちに熱い茶を出してくれたり、

「ほんに苦労なこって、気いつけて行きなされや」

と、新しい菅笠に取り換えてくれたりした。

この民家は柱の造りも立派で、数右衛門と同じ名主の家であるらしかった。大きな畳の部屋が薄暗く、奥まで続いていた。女達は近所の者達で、真一郎が子供の病気のために診療に向かう一行である事をいち早く聞きつけ、接待しようとしているのだった。

女たちの身なりは貧しかったが、表情、動作から十分な思いやりの真情が吐露されているように見えた。真一郎はふと、ここにも人々は黙々と飾ることなく生活し、毎日を送っているのだなと思った。

一行は又、海岸線からはずれて、おとよ達の村への山道に入った。数右衛門が真一郎と並んで歩くようになっ

た。

「ありがたいこってす、貴方様のような御医者が、私らのような村に来ていただけるなんて。何十年も一度だって来てくれたことはねえです。よっぽどひどい病人が出やすと、村の者、総出で戸板に乗せ、何時間もかけて町まで運びやしたが、大抵、手遅れでやした。私ら、唯、諦めるほかないんでしたわ」と言った。数右衛門は相当の年なのに、慣れた足取りで、雪の降り積もった山道を歩いていた。医師が村や山間部に居ないのは、結局、生活が成り立たないせいなのだろうか。それとも医療という行為を、単に商売としか考えていないのか。真一郎は世の中には医師の診療を過剰なほど受けられる場所と、そうでない場所がある事を知った。人間は病気に罹ることにおいては、誰しも平等なのに、診療は不公平なのだった。

疲労気味の皆の心を和らげるためか、数右衛門は唄い出した。

『佐渡の金山、入ったら最後、利助も甚太も出て来れぬー　お偉いお方にゃ、判らずじまい、カラスがお山に舞うばかり――』と、塩辛声を出した。

そうだ、佐渡には江戸から送られてきた無宿人たちが大勢いるのだ。彼らは水替人足として佐渡金山、地底深く、過酷な労働を強いられている。己は、彼らに比べればまるで遊んでいるようなものだと真一郎は思った。

ひとしきり、寂びた声で歌っていた数右衛門は咳ばらいを一つすると、真一郎に語り出した。

「百姓は生かさず殺さずの、全く嫌な世の中ですわ。金山の地底で難儀しているのが江戸からの水替人足ならば、私ら、地上にいるだけの話で、よく似ています。春になったら、江戸から来る巡検使達に私らの訴状を提出しようかと思っておりやす。巡検使と言えば、民百姓の政治に対する意見を聞くために設けられた制度、誰に遠慮が要りましょうや。不作のありのままを訴え出て、口米を止めさせてもらうつもりですて」

数右衛門はそう言いながらも、わずかな不安の表情を浮かべた。

「しかし、風の噂では、江戸幕府の一部に、徒党の禁止令を定めようという動きがあるそうで・・・。何でも俺達百姓が、何かを訴え出ようとする寄り合いをしただけでも取り締まっていく定めとか。全く嫌な世の中になったもんですて」

数右衛門は舌打ちを一度して、暗い表情を浮かべた。

一行は山道を、互いに白い息をあえぎ、あえぎ吐きながら黙々と、ひたすら歩き続けた。

夕刻が近づきつつあり、一気に闇が押し寄せてきそうだった。やがて吹雪の途切れ途切れの先に、深い谷間が形成されていて、その底にこびりつくように、二十軒ほどの寄せ木を集めたような農家の家々が、黒々として見えてきた。どの家も、すっぽり雪に埋もれ、侘しげに、ようやく息をしているように感じられた。真一郎が目を凝らすと、消し炭のような赤々としたものが離れたり合流したりしている。谷間への下り道を歩き続けると、前方に多数の松明が大きく見え始め、人々の蠢くのが判別できた。

真一郎一行は、誰ともなく、もどかしげに速足となった。松明の一団は、まるで雪人形のようだった。おとよや村人達が、ずっと以前から吹雪の中かにたたずんで待っていてくれたのであった。松明に照らし出されている人々は、ロクな身なりはしていなかった。

だが、狡猾さも卑屈さも感ぜられず、ごく自然に、朴訥に生活しているように見受けられた。年老いた人も、若い男も女も、そして頬を真っ赤にしている子供達も、真一郎の手を次々に握りしめた。中には手を合わせて拝んでいる人さえもいた。

真一郎は、まるで神か仏のように思われているようだった。眼が引込み、髪も乱れ、精魂尽き果てたような顔をしたおとよが、真一郎にすがりつくように近づいてきた。

「真一郎様、よう来てくれたねえ。疲れていなさるでしょうが、どうか早く長坊を、長坊を診てやってください」

おとよは急に両手を自分の顔に押し付けると、泣き出した。彼が一刻も早くと思い、おとよを促すと、彼女は決心したように涙をぬぐい、彼の手を強く引いて、一軒の庇のかしがった農家へと導いた。人々も後ろからついて来た。入口の右手には馬小屋があり、優しい眼をした褐色で足首の太い馬が一頭、静かに枯れ草を食んでいた。家の中の十畳ほどの土間には囲炉裏があり、盛んに木や枝のはぜる音がして暖かかった。土間を囲むように、右手に農具などが置いてある部屋と穀物が置いてある部屋があった。

おとよは左手の手前の部屋を、もどかしげに案内した。三畳の板の間に藁が敷かれ、五歳位の男の子が寝ていた。板の間はこの部屋しかなく、隣の奥の部屋は土間に直接藁がしかれていた。おとよが、

「長坊、お医者様が来てくださった。もう大丈夫だよ」

と、今にも泣きだしそうな声を出した。

間近に寄ってみると、赤い顔をして、ひどく荒い息を切なそうに繰り返している。眼が充血して兎のようだった。喉も赤く腫れあがっている。急いで着ているものを

脱がせ、体を見ると全身に発疹が出て、燃えるように熱かった。

真一郎は、これは典型的な麻疹の症状だと直ぐに判断した。長崎で勉強していた頃、よくこの症例の患者を診ていたし、先輩医師からも聞いていていた。

ここ一、二年は、どうやら三十年ぶりの流行らしい。医書によると、大体三十年周期のはやり病で、不思議にも一度掛かると、生涯この病気とは縁がなくなると書いてある。肺の方に毒素が回らなければ、苦しそうな息遣いの割には、助かる率の多い病だった。

真一郎は安心させる為、見守っている村人達にも、そう心配することはないと、落ち着いた声で告げた。

おとよは、今まで小刻みに身をぶるぶると震わせていたが、真一郎の言葉を聞くと、

「本当ですか、真一郎様、本当に助かるんですか」

と言いながら、急に気が抜けたようになって、土間に座り込んでしまった。おとよの眼に深い安堵の思いが宿った。

真一郎は、薬箱より升麻葛根を取り出し、それを熱く煎じて長坊に飲ませ、様子を見ることにした。

板の間を取り囲むようにしている数右衛門や弥平、徳治、仙太、村人達の目にも平静な思いが次第に戻って来つつあった。

人にうつる可能性があるので、なるべく近寄らない事と、空気の流れを良くし、眼を痛めているので、できるだけ部屋を暗くするよう指示した。村人たちは静かに引き上げて行った。数右衛門は帰り際に真一郎の肩を軽くたたき、長坊とおとよをよろしく頼むといったような瞬きをした。弥平は囲炉裏の火を大きくしようと盛んに枯れ枝をくべていた。

真一郎は長坊が寝ている板の間のすぐ隣部屋（四畳ばかりの土間だったが、たっぷりと藁が敷き詰められていた）に移り、時々長坊の様子を見ることにした。

升麻葛根は麻疹の特効薬だったが、本当のところ、医者や薬など、病人の回復を助ける、単なる補助役に過ぎないものだと真一郎は思うことがある。

結局は人体が病にかかり、そして治っていくのは、本人の体がもっている自己治癒力にかかっているのかも知れない。弥平が熱い雑炊を、木の椀に入れて持って来てくれた。

彼は囲炉裏の近くに藁を敷き、腰を下ろして暫く火の面倒を見ていたが、やがて首を前に垂れ始めて動かなくなった。今夜は寝ずの番をしようとしているらしかったが、眠りの力の方が優った。

夜が更けるにつれて寒気は増していった。

真一郎は分厚い夜具を与えられていたが、頭から引っ被っても、肩口や足元からしみ通って来るような冷えだった。時々、雪が断続的に屋根から滑り落ちて来て、ズシンと響いた。

真一郎の寝ている部屋の上方に、障子を張り付けただけの小さな明り取りがあった。時々雪下ろしの稲妻が走って、一瞬、明るく輝いた。

それ以外は、囲炉裏で時々枝がはぜる音と、馬の吐息が聞こえるばかりだった。

おとよは長坊の部屋の入り口近くの土間に、藁を敷いて寝ていた。真一郎がそっと近寄って寝顔を見ると、かすかな囲炉裏火に照らされた顔は、やつれてはいたが、すべてを何かに任せきってしまったような穏やかな表情をしていた。長坊を診たが、呼吸も静まり、熱も薬のせいか、わずかに引いたようだった。彼は自分が掛けていた夜具の一枚をおとよにそっと掛けて、床に入った。

次の日の早朝、真一郎は床の中でうつらうつらしていると、急に肩を強くゆすられた。

「真一郎様、長坊が、長坊が、見てください。熱が引いて、食欲も出てきました」

おとよが目を潤ませながら、うるさいほど真一郎に抱きつくようにして、彼の体を揺さぶっているのだった。

早速、長坊のそばに行ってみると、すっかり落ち着いた表情をして、真一郎とおとよを見、眼をいたずらっぽくキョロキョロさせていた。弥平も起きて来て、長坊の様子をのぞき込むと、ヒゲ面の顔を急に歪ませ、眼を濡らした。

おとよが囲炉裏にかけていたおかゆを、ふうふうと冷ましながら、長坊の口に入れてやると、おいしそうに飲み込んだ。真一郎が額に手を当てると、熱も大分引き、喉の腫れも、眼の充血もとれていた。体を診ても、少しばかり腹の一部に発疹が残っているだけだった。真一郎はもう殆ど安心してよい状態だと思った。

「長坊、良かったね。もう少しおとなしく寝ていればすぐに元気になる。お母さんが直してくれたんだよ。早く良くなって、お母さんの手助けをしなくては・・・」

長坊は真一郎とおとよ、弥平を小さな眼で恥かしそうに見ながら、コクリとうなずいた。おとよは長坊を食い入るように見つめ、そして目頭を押さえ続けた。

外を見ると重たげな雪雲が切れて、薄日がさしてきた。弥平は何かを急に思い出したかのように出て行った。真一郎はおとよと囲炉裏を囲み、香のもので、おかゆを食べ始めた。おとよは疲れてはいたが、どこかすがすがしい顔をしていた。時々真一郎を恥じらいのこもった笑顔で見つめたりした。

「真一郎様って良い方だわ。こんな山奥まで来てくれたんだもの…」

おとよがそう言って、一層彼を見つめた。真一郎は恥ずかしいような気持になった。それは自分の心の内に、長坊の為ばかりではなく、おとよに惹かれ、また会いたかった気持ちがあったからだった。

乱暴に入り口の引き戸が明けられると、弥平を先頭に数右衛門、徳治、仙太、村人達が入ってきた。各自の手には、焼き立ての香ばしい匂いのする川魚や、干し肉、煮付けのゼンマイ、湯気の立っている白い飯などがあった。おそらく、普段、村人達は粟や稗しか食べてはいないのだろう。そう思うと真一郎は自然と頭が下がった。数右衛門たちは、長坊のすっかり元気になった顔を見ると、真一郎に向かって口々に礼の言葉を何度も言った
真一郎は、それから村の各家を診療のために巡った。寝たきりになっている老人や両目のつぶれかかったおかみさん、足に瘤のできた若い木こりなどを診察し、これからどのように生活していったらよいか、又、どんな薬草を処方して飲んだり、張ったりしたらよいかなどを教えた。

与蔵という中年男は、昨年踵頭を挫傷し、それが脱疽にまでなりかけて、ひどく痛がっていた。心臓・血管にまで毒素が回っていて、体全体の働きが弱まり始めていた。真一郎は、とりあえず痛み止めの薬を投与し、幹部の手当をしたが、予断は許されなかった。その他、自分の知識ではどうにも判断する事のできない病を持っている人たちもいた。その人達には、唯、慰めの言葉しか掛けてやれない。だが人々は、皆、一様に、まるで村への道すがら見うけた地蔵様を拝むように彼に手を合わせてくれる。真一郎は恥ずかしい気がした。長崎で、蘭医をもっと深く学んでいたならば、今以上に適切な指導ができ、この村の人達を救ってやれたはずだと・・・。

診療を続けていく内に、真一郎は心の中が次第に熱くなっていった。自分はおとよにも、弥平、数右衛門、徳治など、この村の人たち全員に迎えられ、頼りにされ、誰よりも大切に思われていることに、言い知れぬ、胸の中が燃えるような喜びで満たされ始めた。

私は信頼されているんだ、心底おとよにも他の村人達にも。名もなき人達との付き合いが、彼に生涯感じた事のない不思議な充実感を与えてくれた。十分に空が暮れてから、おとよの家に戻り、熱い雑炊をいただいた。

囲炉裏を囲んで、おとよ、弥平、真一郎が座り込んで

いた。長坊は前日に比べて格段に回復し、床の中で起き上がって食事を摂るようになった。時々おとよ達の方を見て、照れくさそうな目付きをする。真一郎は、この分ではあと二、三日もすれば外を走り回るようになるかもしれないと思った。

彼は雑炊を食べ終わると、急に眠気がさして来て夢うつつのような気分になってきた。しばらくすると、頭の中で何やらざわめきがしてきた。人々のかん高い声や微かな笛の音、太鼓の弾ける音がしていた。真一郎は何か夢を見ているのだと、うすぼんやりした頭で感じていた。やがて彼は肩を軽くゆすられて、眼を開けた。

「真一郎様、早く起きて、村人たちが貴方に見せたいものがあるって、大勢来ているのよ」

おとよが目を輝かせながら言った。真一郎が外に出ると、家の前に二つの大きなかがり火が、パチパチと弾けて置かれていた。数右衛門、徳治、仙太等、大勢の村人がざわめいていた。彼が昼間、診療した人の顔も見えている。村人たちの顔は一様にかがり火に染められて、ウキウキするような活気があふれていた。

やがて紺の法被を着た若者二人が、大きな太鼓に乗った。竹を組んだ台を担いできて、かがり火の前に置いた大きな太鼓には、青々とした竹の葉のついた枝が巻かれ、白い紙が何枚か付いていていた。

すると見物している村人の中から鬼の格好をした一人が二本のバチを持って飛び出し、太鼓の一面を打った、さらにもう一人の鬼も現れ、太鼓のもう一方の面を打ち始めた。段々と激しく早バチとなり、村人たちの顔には浮き立つような喜びの色が浮かんだ。片方の鬼は、空色の仮面に黒い頭だったし、もう一方は紅色の仮面に白い頭をしていた。両の鬼達はかがり火に充分に照らされ、小気味良く打ち続けていた。すると闇の中から、二頭の獅子が躍り出て、鬼に太鼓を打たせまいと、盛んに邪魔をし始める。鬼たちは負けまいとして獅子に飛び掛かったり、また、太鼓を打ったりした。二頭の獅子には、それぞれ二人ずつが扮し、一人は頭を、もう一人は尾を振り続けていた。

いつの間にかおとよが真一郎に寄り添うようにそばに来ていた。

「この鬼さん達は、本当は春の例祭に踊るんだけど、真一郎様にお礼する為に踊っているのよ。本当の意味は、いっぱい作物ができるようにとか、悪いことのないようにお祓いすることにあるの。でも、こんなにみんなが生き生きとして、嬉しそうにしているのって、久しぶりだわ」

おとよの声も、いくらか弾んで、真一郎には聞こえた。

しばらく彼女は、ごく自然に真一郎に寄り添っていた。わずかに触れているおとよの肩が、とても暖かく感じられた。彼はこのような時が長く続いてくれることを願っているのに気づいた。

「あ、悪いわ、長坊を一人にしてきたわ」

おとよが叫ぶように、急にそう言い、真一郎から弾けるように離れると、小走りに家の中に入っていった。

鬼たちと獅子たちの舞いは勇壮な太鼓の響きと共につづいていた。村人たちは楽しそうに、ある者は鬼の身振りをし、また、ある者は獅子の身振りを繰り返している。弥平も数右衛門も手でシナを作っていた。かがり火は次々と足され、火の粉が辺りに振りまかれた。それが雪に映え、それが赤い砂子のように見えた。真一郎は寒さもあまり感じなかった。いつしかごく自然に手拍子を打っていた。

村人達の温かい気持ちが判り、自分の心も率直に温められていくような気がした。

真一郎は夜具にくるまって寝こんでいた。夜中にキリリと空気を切り裂くような鋭い音がしたので、思わず目覚めてしまった。村人たちは既に夜半前にすべて引き上げ、静かな夜のはずだった。彼は部屋の上の方についている小さな明り取りの障子戸を開けて伸び上がり、外をのぞいてみた。

薄氷のような青さの月が出ていて、とても明るい。見渡す限りの家々も、森も、遠くの山々も凍てつき、輝き渡っていた。降り積もった雪は白い感じでは決してなく、何処までも青く、すべてが凍りついて静まり返っている。時間が全く停止しているような気がした非現実的な、不思議な光景だった。また、カーンというような鋭い、しびれるような響きが雪の村を、田畑を走り抜けていった。おとよも起きて来て、真一郎の背中に甘えるようにもたれかかった。

「一冬に一度か二度、雪がこんなふうに音を立てるの。村の人達は、雪の神さまが山からやって来たって言ってるわ。特に今夜のような寒い月の夜など、雪の神さまが山から村へ来なさって通り過ぎ、また山へお帰りになる・・・・でも珍しいわ。一晩にこんな風に何度もおいでなさるなんて。きっと真一郎様がこの村に来てくれたおかげよ」

おとよは柔らかい、ささやくような声でそう言うと、暫く真一郎の背に持たれかかって、じっとしていた。おとよの温もりが着物を通して感じられた。

やがて思い切ったように、

「真一郎様、私を温めて…」と、小さな声で言った。

真一郎とおとよの手が触れ、ごく自然に手を繋いだ。囲炉裏のそばの弥平はぐっすりと寝入っているようだった。くべられた小枝は熾火となって、か細く燃え続けていた。真一郎とおとよは一つ布団の中で体を寄せ合い、互いの胸の鼓動を聞いた。

明り取りからほのかに漏れてくる白夜のため息に、二人はいつしか包まれていった。二人の胸の温もりは、真一郎はおとよに、おとよは真一郎に、この世に生きている喜びを与え続けた。又、鋭い、しびれるような音が通り過ぎて行き、ビクッとおとよは真一郎の暖かい胸にすがりついていった。

三日目の朝が明けた。おとよはとうに起きていて、台所に入っていた。何やらトントンと刻む音がした。真一郎は未だ夜具にすっぽりとくるまっていた。囲炉裏は盛んに燃えていたが、弥平の姿はなかった。

彼は、ずっと以前からおとよの家に一緒に住み続けていたような錯覚にとらわれてしまった。

どこにでもあるような、平凡な農家の一日の始まり。家の中の囲炉裏に火がはじけ、台所から聞こえてくるおとよの動きのよい水仕事。そこには、これといった異彩を放つものは何も無かったが、心暖まる落ち着きがあった。真一郎はふと、このままおとよの家に住むことができたら、どんなにか嬉しかろうと思った。彼はようやく起きて、顔を洗い、口をすすいだ。

それから寝ている長坊の額に手を当て、脈を診た。熱もなく、脈も正常だった。もう少しで歩き回ることもできるだろうと思った。彼が起きた事に気付いたおとよが近づいてきて、

「真一郎様、おはようございます」と気恥ずかしそうに、うつむいてしまった。そして、

「今すぐ、朝食の準備をしますから」と弾んだ声で言い、又、台所へ戻って行った。

弥平が兎を一匹下げて帰って来た。

「真一郎様、こいつで昼間、一杯やりましょう。俺が腕によりをかけて料理しますから」と、楽しそうに言った。

真一郎はもう、今日中にはこの村を去らなければならないのだ。弥平はお別れのご御馳走の為に早起きして、兎狩りに行き、帰って来たのだった。おとよは長坊に重湯を飲ませた。

それから三人は熱いカユをすすり始めた。カユの湯気が三人を柔らかく包んでいた。

外が急に騒がしくなってきた。何人もの村人がおとよの家にやって来て、口々に与蔵の容体がおかしいと告げ

た。彼はすぐに薬箱を持つと、村人達と共に与蔵の家へ急いだ。雪道に何度も足を取られ、転びそうになった。与蔵の家は、周辺の農家と比べてひどくかしがっていた。入口の横に立てかけてある農具も手入れが満足にされていないらしく傷んでいた。きっと、与蔵が足を痛めてから農作業も滞っていたに違いない。

与蔵は、所々綿のはみ出した夜具にくるまり、ぜいぜいと笛を吹くような息をして苦しんでいた。ザンバラ髪で、眼を充血させたおかみさんが寄り添っている。そばに、顔をススで汚し、火がついたように泣いている二人の子供たちや数右衛門らがいた。

数右衛門が、

「真一郎様、どうでしょうかね。こいつは村一番の働き者だったんだが、屋根の雪下ろしをやっていて落ちてけがをしてからは、サッパリになってしまった。何とか助けてやれないもんで・・」と言った。

真一郎が腹を診ると、すっかり水が溜まり、毒素が体中を巡ってしまっていた。脱疽になる前に下肢を切断していれば助かったかもしれない。しかし、自分にはその経験もないので、どうしてやることもできない。できることは、少しでも彼の痛みを和らげてやることしかなかった。

畿那皮を処方したりはしたが、与蔵はうわごとを言いながら苦しむばかりだった。真一郎は与蔵の手を握り、祈るほかはなかった。彼は呻き続ける与蔵を診ながら、己の無力さを悟った。医者として最後まで見届けるのが義務のような気がした。

与蔵は途切れ途切れに、

「助けてくれ。リン、リンはいるか。直次とタマを頼む。いや、俺は生きてえ、春の苗を植えるまでは。何とか、先生、助けてくれ。リンはどうした」

等の声を弱々しい声で呟いていた。

口笛を吹いているようなうめき声も次第に間隔があいて行った。一晩中、真一郎は見守っていた。おとよが彼の背に夜具を掛けて、そっとそばに寄り添った。翌朝、与蔵は家族と大勢の村人たちに見守られながら死んだ。りんというかみさんは、涙も乾いた顔で、ヒィーと引きつるような叫び声をあげてすがりついた。

奉行所の許可日数は三日間だった。一日延びてしまったので、今日中にはどうしても帰らねばならなかった。日延べした理由を真剣に申し立てれば、何とか許してもらえるはずだと思った。相川までは又、弥平や仙太が付き添ってくれることになった。

真一郎は又、菅笠に蓑を身にまとった。雪の降りしきる中を村はずれまで、おとよ、村人達が大勢見送りに来てくれ、頭を下げた。とりわけ与蔵のおかみさんのリンは、深々と下げてくれた。

「先生、また来てくれるね」

「どうかもう一度お願い致しやす」

片眼の多七や腹部に腫れ物のある新助、不自由な体を杖で支えて来た、おしち婆さんらが、口々に叫ぶように言った。

おとよは黙って真一郎の目を見、離したくないように彼の手を強く握った。真一郎はおとよに、また相川で会えたら良いのだがと言った。彼女はこらえるように唇をかみしめ、目を潤ませて、何度もうなずいた。少し歩いた所で振り返ると、谷間の村は既に吹雪にかき消されていて、人影は見えなかった。山からの風の唸り声だけがゴウゴウと辺りに満ちているばかりだった。

相川の真一郎の粗末な家は、いらだった顔つきの役人たちに取り囲まれていた。

「戸坂真一郎、やっと帰って来たか。奉行所の命に依り縄をかける。約束の三日を守れず、日延べし事、不届き千万、神妙にせい。なお、弥平、仙太、お前ら徒党を組んで不穏な動きをしているとの事、許せぬわ。戸坂共々、引き立てい」

屈強な役人達が真一郎を縛り上げ、そのまま奉行所へ連行された。牢には別々に入れられた。

真一郎はやがて牢屋見回り与力に呼び出された。

「戸坂真一郎、この度の貴様の振る舞い、お上としては許し難い。村人達の言うがまま、勝手に日延べし事、人気取りであったろう。近頃、春に江戸より参る巡検使につまらぬ不満を訴え出ようとする村民の動きがある。元はと言えば、貴様は幕府に対する不届きが十分にあったため、佐渡へ流されたはず。さて、もしかすると、村民と一緒になって一揆などを起こそうとしているのではないか。もうここには置けぬわ。再度、江戸伝馬町、牢送りになり、吟味致す事になろう。その後は又、より遠島送りかも知れんな」

与力は冷たい口調でそう言うと、馬鹿な奴よ、という目付きをした。真一郎は急病人のため、医者として帰る事が出来なかったことを子細に申し立てたが、役人たちは一切、聞く耳は持たなかった。

真一郎は、雪や風の治まる時まで牢に繋がれ、再び江戸に送られることになった。弥平や仙太も牢に繋がれているのだろうが、互いに知る由もなかった。頭の中を、おとよや長坊、数右衛門、徳治らの顔が次から次へと駆け巡った。できる事ならば、再び会いたい、別れの言葉の一つも言いたいと、ひたすら祈るように願い続けた。思い出だけが、彼の楽しみとなった。

ある時見回り牢番に、一緒に捕らえられた弥平や仙太の事を聞いてみた。小心で実直そうなその牢番はどう返答してよいものか、しばらく考え込んでいたが、

「これくらいならば、お前に言ってもよいだろう。二人は所払いになって、二ヵ月は村へ帰れないことになっている。百姓が一寸した寄り合いを開いただけで、捕まるご時勢じゃ。所払いくらいで済んだのは儲けものだ。ところで、お前が病人の為とはいいながら、日数を重ねたこと、百姓の動きに戦々恐々となっている奉行所が黙っている筈はない。だが、考えてみればお前も可哀想じゃな。役人は、とかく規則、規則と対面ばかり大事にする。己の立場をよほど守りたいのじゃ。俺に力があれば、すぐにでも許してやるのだが」

と、憐れみとあきらめの入り混じった顔をした。

やがて牢に差し込む日差しも暖かくなり、小鳥の弾けるような囀りが聞こえるようになった。

ある日、

「戸坂真一郎、いよいよ出発じゃ。身辺の整理をして出ませい」と、牢見回り与力の冷たい声が響いた。

真一郎は手を縛られ、目籠に乗せられた。それから人足に担がれ、前後二人ずつの役人に固められて相川を出発し、峠を越え始めた。目籠はゴザですっぽりと包まれ、前後の小さな穴しか視界はない。峠の所々に地蔵様が顔を覗かせているだろう。真一郎は心の中でただ無心に頭を下げていた。また、雪にすっぽり埋もれていた地蔵様が思い出され、おとよにも思えてきた。峠を下り、やがて沢根村に入った。おとよ達の村への懐かしい場所だった。

村を通り過ぎようとしたとき、真一郎の耳に、あの懐かしい鬼太鼓の微かな響きが聞こえ、それがだんだんと大きくなってきた。急に目籠がつんのめるように止まると、役人たちが何かあわて始めた。

「お願げえです。戸坂様に一言、お別れの言葉をかけさせてくだせえ」

「真一郎様、おとよです。どうぞご返事を」

「先生、お懐かしゅう。私ら鬼太鼓で先生をお送りするしかねえ」

真一郎は骨太な弥平の声を、そして泣き叫ぶようなおとよの声を聞き、塩辛声の数右衛門の声を聞いた。

真一郎は、

「籠を、籠を村人たちの方に向けてください。もう二度

と会えない人達です」

と、必死の思いで叫んだ。役人たちは一箇所に集まり、相談していたが、やがて目籠の向きはそっと変えられた。

真一郎の眼に、およよ達が一かたまりになって頭を下げているのが目籠の狭い穴からやっと見えた。村人達の真ん中に、鬼太鼓が見え、弥平がバチで打ち続けていた。

およよは『吉野』で働いていた時と同じ、紺の着物姿で、唯、茫然として、頬を濡らして立っていた。手にはかんぞうの花を一輪、持っていた。およよは目籠に近づき、

「真一郎様、御達者で」

と、やっと言い、彼の眼だけが見えている穴の中へ、花をそっと差し入れた。そのつややかで可憐な黄色い花は真一郎の膝へ落ちた。彼は後手に縛られていたので、花さえ手にする事は出来なかった。

「およよさん、ありがとう。生きていたら又、会おう」

とようやく言った。

目籠は又、持ち上げられ動き始めた。真一郎は、身も世もなくなり、あらん限りの声で、

「およよ―、長坊―、弥平―、みんな、みんな、ありがと―」

と叫んでいた。

鬼太鼓が又、盛んに打ち下ろされ、乱れ打ちになった。


およよ達の声にならない叫びが聞こえ、段々と遠くなっていった。

そうだ、あの鬼太鼓の響きは、私の新しい出発を、皆が祝ってくれている気持なのだ、新しい土地で勇気を持って生活しろと言ってくれてるのだ、と彼は思い込もうとした。だが、真一郎は急に涙が、とめどもなくあふれてきて、膝の上で揺れている、かんぞうの花の清楚な花弁を濡らし続けた。

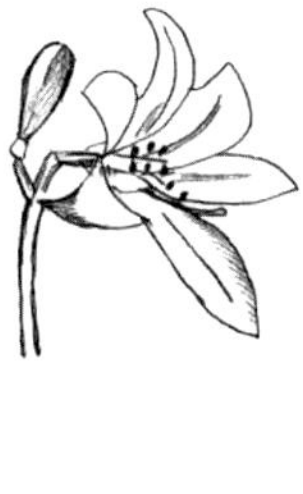

第二部　城文学会掲載著作集

鳩

十一月末の土曜日、夜遅く電話が掛かってきた。

私は風呂からあがったばかりでバスローブ姿のまま受話機を取った。

「今晩は、三輪徳治さんのお宅ですか？」

幾分酔っている男の声である。

「ハイ、三輪徳治ですが」

「そうかーなつかしいな、俺、佐伯だよ、小学校三年生まで一緒だった住吉町の佐伯健だ。夜分、悪いと思ったけど、もう明日の昼には九州へ行かなきゃならないんだ」

私はあっと思い、二十年前の記憶がよみがえってきた。私の町内から五分も歩くと住吉町があり、そこに佐伯健は住んでいた。

一緒に小学校へ通い、そして三年生の半ば、ふいに転校していったのだ。

顔は確か小ネズミのように頼りなく、左まぶたの下に大きなほくろがあった。

「本当に健ちゃんか？いやーなつかしいね、今、どこから電話しているんだ」

「うん、S町の護岸工事現場からさ。打ち上げ式で仲間と一杯やってるんだ」

S町はここから三十キロばかり離れている漁港の町だった。

「俺、東京に本社のあるR建設会社の技師なんだ。きのうまでは秋田のダム現場にいて、今日は生れ故郷近くの工事現場にやってきたわけ。要するに規定通りに工事がうまくいっているかどうかの確認作業だよ。四十才前はあちらこちら飛び回わる生活だ」

佐伯健は小学校時代と違って言葉の調子が随分と力強く感じられた。

昔は消え入るような話し方だった。

「徳さんは子供さん何人？」

「俺は娘が一人だ」

「そうか、俺はまだ一人もんだよ。何しろこんな生活していると落ち着く事が出来ないんだ。ところで街の様子はどう？相変らず徳さんは笹団子屋さんやっているんでしょう。県内でも有名な笹団子屋だからね。笹の香りのプンプンするうまい味だった。」

「ああ、しかし昔の下町風情が段々とすたれてきてね、東京風に街並みを作り変えた上町にお客を吸い取られてしまい、俺の町内は閑古鳥があちこちに巣を作って鳴いている。笹団子もさっぱりで何とか細々と食いつないでいるよ。日曜日なんか近頃は店仕舞いしているんだ」

「そうか、でもなつかしいなー」

佐伯健は酔いも手伝っていかにも声が弾んでいた。

私達は互いに近況を話し、そして明日の朝、駅で会う約束した。

目印に私は笹団子の入った手提げを持つ事にしていた。

受話機を置くと私は身震いを一つし、寝床にもぐり込んだ。

外は日本海からの季節風が吹きつけて口笛のように電線が鳴っている。

妻と娘は遅い風呂に一緒に入っていて時折、風の音に混ってくぐもった笑い声が響いてくる。

父母はとうに奥で寝入っていた。

私は手足を縮めたりしたが、体が中々暖まってこず、しばらく寝つけなかった。

いや、体が冷えていたせいばかりではなく、明日、佐伯健に会うためだという一種の興奮が私を寝入らせなかったのかもしれない。


二十年ほど前、私が小学校へ上ったばかりの頃の街はいかにもノンビリとした風情があった。

街は何本もの堀が運河のように張りめぐらされ、両岸には若い女の長い髪のような青々とした柳並木が続いていた。

そして官庁街や銀行通りに近い上町と法被姿の職人達や粋な芸者姿をひんぱんに眼にする事が出来る花柳界に近い下町とがあった。

私の家は下町の中心にある。

春、柳の新芽がほのかに匂う頃、自動車などめったに通らない私の家の前を薄桃色の振袖姿で金銀の丸帯をし、白いパラソルを手にした芸者さんがゆっくりと通り過ぎて行く。

子供心にそれを何故かこの世のものとも思われず、夢のようにみとれていたものだ。

夏には堀の通りを西瓜売りの伸びのあるかけ声や、アイスキャンディ売りの、チリン、チリンという鐘の音が軽やかに響いている。

しかし、この街は日本海が真近く、十一月に入ると季節風が強く吹き始め、年が明けて三月までは、どんよりとした重苦しい雲がすべてのものを包み込んでしまう。

雪が絶え間なく降り続け、人々は寡黙になり、じっと耐えてひたすら春を待つ。

他県人よりも何事においても我慢強く、内に秘めたものを大事にしている気風は、冬の季節が影響しているのかもしれない。

私の家は代々笹団子屋で風味の良さからか、みやげに他県の人がよく買いにくる繁盛していた店であった。

職人も十人程居て、朝早くから上新粉とヨモギを威勢よくこね回す音が私の寝床まで響いてきたものだ。

そしてすがすがしい笹をゆでている匂いが家中に立ちこめていた。

起き出して仕事場に行ってみると大きな蒸し器からすでに出来上った笹団子が何十もさおにつるされ、つややかに湯気を立ち昇らせて朝の光に輝いていた。

私の父は戦争の後、しばらく傾きかけていた店を、日本海の対岸で起きた他国の戦争で株や相場をうまくあやつり、ひともうけして立ち直らせた。

そして県内のあちこちに支店さえ持つようになっていた。

だから私は下町でもぜいたくが許され、何不自由なく育てられていた。

私の家の通りには古道具屋、呉服屋、三味線屋などが軒を並べていて人通りも多かったが、裏通りの住吉町へ抜ける細い小路に入るとそこは朝のほんの一時しか陽の入らない陰気な場所だった。

小路の両側は長屋が連なり、ガス管や水道管が奇妙に入り組んでいて足元にはドブが流れていた。

ひさしのくっつきそうな二階には洗たく物が干してあったが、いつまでも濡れそぼって風にそよぐ事もない。

佐伯健の家はそんな小路の奥にあった。

いつ頃か小銭をしっかりと握りしめて汚れたズック靴をはき、しめっているようなもんぺを着た私と同じ年格好の男の子が、ちょくちょく笹団子を買いに来るようになった。

いつもうつむいたまま代金を置き、小走りに帰って行く。

私はやがて家から歩いて十分ほどの小学校へ通う年齢

になり、教室で初めて一年生の同級生に会った時、例の男の子がいる事に気ずいた。

彼は私を見つけるとニヤっと照れくさそうに笑い、鼻をすすった。

それが佐伯健だった。

私たちは登下校も同じ方向だったので次第に仲良しになっていた。

学校から帰ると遊び場所にしている堀近くの公園や寺町のあき地でボール投げやビー玉遊びをやった。

私は学生服の下は真白いワイシャツに、きれいにアイロンの入ったズボンだったが、健はつぎはぎだらけで、それに足首の出ているズボン姿だった。

彼には母親はいなく、健がそのまま大人になったような薄汚れたドテラをいつも着ている父親と二人暮しだった。

戦争で足を失くし、いつも松葉杖をついて街を歩き、時折私達に会うと「健、早ようちに帰らんかい」と言い、杖を少し上げて顔をゆがめて笑った。

健は私の方をチラりと見て恥ずかしそうにする。寒い風が吹く日など黒マント姿で、買物カゴを下げて不自由そうに歩いているのを見ると子供心にもわびしい気がした。


小路の奥の薄暗い家で健の父親は外に働きにもいけず、裸電球のゆらめく下で肩を落とし、しきりに紙を折ったり、のり付けしたりして何かを組立てていた。

たまに私が遊びに行くと「坊、ようきたな、黒砂糖でもなめるか」と言いながら、さびた茶筒から一つかみの黒いかたまりを私の手のひらにのせてくれた。

舌にザラザラとした甘みがいつまでも残った。不自由な片足をしげしげと不思議そうに見つめると、私の視線に気付き、うろたえたような彼は一瞬、顔をこわばらせて「坊、戦争はいかん。俺はこの足を大陸で吹き飛ばされてからどうも何もかもうまくいかなくなってしまった。上手に世渡りの出来ん人間はいつまでもこんな生活じゃ。しかし子供の世界は別だ、ずっと健と仲良くしてな」と言い、どこかうつろな目で私を見る。

健はそんな父を怒ったような表情でみつめ、唇をかみしめる。

部屋の中はすすを塗りつけたように暗く、そして食物が発酵したような匂いがただよっていた。これがもしかしたら貧乏という匂いなのかもしれないと私はぶしつけに周囲を見渡したりした。

健も時々、私の家へ遊びに来るようになった。当時、私は鳩が好きで二階の軒先に立派な鳩小屋を両親にせがんで作ってもらっていた。

上空を飛び回っている鳩達に笛を吹いてやるとクック、クックという鳴き声と共に激しく羽ばたきをさせて、一目散にステップ台へ舞い下りてくる。そして先を争って入口のトラップを開き、小屋のとまり台に置いてあるコメに群がる。

私は餌と共に訓練さえしっかりやれば大空に手放しても必ず舞い戻ってくる鳩が大好きだった。生き物を自在にあやつる事の出来る不思議な喜び。

従順そうな丸い、小さな眼が濡れ柔かい羽毛が陽に輝いているのをあきる事なく見続けた。健も生まれて初めて身近に鳩というものを見たかのように見入っている。

私達は終日、鳩達を見続けている時もあり、お互い一羽の純白な鳩が好きだった。

そのふさふさとした美しい鳩はいつも誇らしげに力一杯羽根を広げて上空を旋回し、笛を吹くと、どの鳩よりも素速く聞きつけて一番最初に舞い下りてくる。

私はほうびに手渡しで豆を与えた。

健はそんな私と、その純白な鳩との付き合い方をうらやましそうにいつも見ていた。

端午の節句がやってくると私の家では庭に鯉のぼりを立て、室内には飾物をした。

上段に鎧兜、中段には武者人形、そして下段に柏餅とちまきをおそなえした。

そして健や二、三人の友達を遊びに来させ、一緒に菖蒲酒を飲んだ。

陽が明るく障子戸に映え、飾られた征矢や脇差が見える角度によって金色にも銀色にも輝いている。母が大島紬をきりっと着て時折、和菓子やお茶を運んできた。

私は屈託なく、やさしい顔をして時を過していた。

友達は俺んちの鯉のぼりはもっと立派だとか今度弓矢を買ってもらうんだ、などとひどくはしゃいでいる。

しかし健は外で遊んでいる時と違って活気のない顔でうつむいたまま、出された柏餅を食べていた。彼は騒しい私たちにまるで取り残されてポツンとしていた。

そして輝いている武者人形達や床の間に飾られている、みずみずしい生け花を遠慮がちに横目でみていた。

しばらくすると「徳ちゃん、どうもごちそうさま」と言い、急に立ち上った。

もう少し遊んでいったらと声を掛けても最初から決めていたかのように部屋から出て行き、玄関先で薄汚れたズック靴をつっかけるようにはいて、私の顔もよく見ずに一つおじぎをすると帰っていった。

友達も帰って行き、私は何か健に気の触る事でもしたんだろうかと不思議に思い、部屋に戻った。そして畳の上で大の字になって張り立ての白い障子からそそがれてくる五月の柔らかい陽を全身に浴び、うつら、うつらしだした。

もしかすると彼が好きな鳩を今日は見せてやらなかったせいかも知れないと思いながらそのまま眠りの世界に入っていった。

やがて私たちは三年生に進級していた。

長い梅雨もようやく終った頃、健の父親が急死してしまった。

不自由な足でわずかな出来上った封筒の束を納品先に持って行く途中、車にはねられ、頭を強く打って即死したという。

葬儀の朝、町内には申し訳け程度に人がたたずんだ。もう日ざしは強く、うんざりするような朝だった。

人々の間からは、ちっとも良い事のなかった人だったねというひそひそ声が誰ともなく聞えてきた。担任の松本先生と町内会長に抱きかかえられるように健はうつろな眼で霊柩車の後のタクシーに乗り込んでいった。

人々は手を合わせ、むせかえる暑さの中に静けさだけが満ちた。

健ちゃんこれからどうするのだろうかと私は見送るばかりであった。

やがて彼は郊外にある孤児達の施設から電車通学するようになった。

着てくる学生服はやはり、ひじにつぎはぎが当っていて以前ととさして変わりはなかった。

口数が少なくなり、学校が終ると私達、街の子をさけているようにすぐ帰っていく。

夏休みに入っても施設が遠かったせいか、健との付き合いは自然と少なくなっていった。

他の少年達と遊ぶ事が多くなり、家ですぐにお茶子が出てきたり、すべり台や野球ゲームなどの一杯ある私は仲間達の人気者だった、そして少年達はまるで鳩のように私の家にいつも群れて集まっていた。

二学期が始まり顔を合わす同級生達はどの顔も黒く、元気そうだったが健はとり残されたように青白い顔をしていた。

施設暮しが合わないのかもしれなかった。

或る日、山本先生が朝会の時間に健の転校について話し出した。

「皆さん、さびしいけれど佐伯君は事情があり、急に学校を去らなければなりません。遠い場所の、健君を可愛いがってくれる人の所へ行くのです」一斉に皆の眼が彼にそそがれ、教室中がシンとした。

健はくちびるをかみしめ、体を固くしていた。私はその時、単にあわれみのような気持だったのか、それとも率直な子供らしい思いなのか、とっさに、そうだ、健が好きだったあの純白の鳩をお別れにやってもいいと思った。同じような鳩は両親に頼みさえすればいくらでも買ってもらえるのだ。

私は二、三日後、下校の時に健を家に連れて行き、バスケットに入った鳩を手渡した。彼は信じられないような顔をして私をみつめ「有難う」と小さく言って教室で初めて出合った時のような笑顔をした。

そしてバスケットを大事そうにかかえて、こちらを何度も振り返りながら帰っていった、

私は満足感で満たされていた。やがてとうとう今日で健ともお別れだという日、教室で作文の時間があった。

私の文章が選ばれて山本先生が読み上げ始めた。その内容の一部はこんな風であった。

「ぼくは仲良しだった佐伯君に、自分の大切にしていた白い鳩をお別れのプレゼントに渡しました。いつまでも大切にしてぼくの事を忘れないで下さい。佐伯君も元気でがんばって下さいね。……」

先生は読み終えると「三輪徳治君はとてもやさしい心を持った良い子ですね。皆さんも徳治君のように、友達にはあたたかい心で接しましょう」と言った、

教室中の誰もが私に注目した。

私は山本先生にきっとほめられるに違いない、友達に注目されるに違いないと思って書いたのだった。私は当時、おとなしくって、勉強もよく出来る、山本先生のお気入りの生徒だった。私の心の中はほこらしげな気持でふくれ上った、健は私の文章が読み上げられている間、じっとただうつむいていた。

黒板の前に立った彼に全員でお別れの歌を唄った。健はまるで濡れそぼった小ネズミのように頼りなく見えた。

それが佐伯健を見た最後だった。彼から手紙も来る事はなかったし、次第に私の記憶から遠ざかっていった。

私はその後、東京の大学まで出たが、甘やかされて育ったせいか、店を継いでも酒や賭事にひどくはまってしまい、親たちが築き上げた支店を次々と手放し、今は生まれ育った店だけになってしまった。

年老いた両親は私を時折、横目で見ながら昔の店の繁盛振りをポツリともらす毎日である。

日曜日の朝、私はきのうから絶え間なく続いている木枯しの中をコートの衿を立てながら駅に向った。昨晩の健との電話では、もう昼の十二時の特急で九州の仕事場へ行かなければならないとの事だった。

私の手には自家製の笹団子が入った手提げが握られていた。

私は幾分緊張しながら、しきりにタバコを吹かし、待ち合せ場所の改札口にたっていた。何本も列車が到着し厚着をした人々が通り過ぎていく。

やがて私の方に向ってショルダーバックをかついだ体格の良いサファリルックの男が大きく手を挙げて近づいてきた。

それが二十年振りに見る佐伯健だった。

私たちは互いに手を握り合い、肩をたたき合った。まぶたの下のほくろだけは変わりなかったが、きりっとしたまゆの太い、男らしい顔立ちになっていた。

健の方が素速く、私を見つけたのは笹団子の手提げを目印にしたせいもあるが、多分、私が昔と変わらず、坊ちゃん育ちのノッペリとした顔を相変らずしていたせいかもしれない。私達はそれから駅近くの喫茶店でお茶を飲んだ。

佐伯健は田舎へ養子にもらわれていったが、中学を終えると家出同然に東京へ出、働きながら定時制高、大学の夜間部へと勉強し、建築技師の資格を取って今日まできた事を簡単に話した。私が東京の大学で勉強もしないで遊び呆けていた頃、彼は必死で世の中と闘っていたのだ。

彼は快活に力強く話して、九州の仕事が終ると今度はアフリカのザイールへダム工事に行くことになっていると言った。

吹き荒れていた風も次第におさまり、陽が白いコーヒーカップを輝かせた。

私達は外に出て、近くの公園まで歩いた。わずかな時間では一緒に遊んだ寺町や住吉町まで行く事は出来ない。もっとも堀も埋められ、柳並木もなく、ほこりの舞っているアスファルト道路ばかりになり、昔のおもかげなど捜しようもない。

彼の住んでいた場所も雑居ビルになっていた。今はもう、風景は、お互いの心の中に生きているだけだった。

公園ではつかの間の陽を浴びて、鳩達が舞い下り、餌をさかんに捜し回っている。

私は不意に自分が健にやったあの純白の鳩の事を聞いてみたくなった。

「佐伯君、君が転校して行く時、白い鳩をやったけど…

……」彼は一瞬、まぶしいような複雑な顔をした。

「ああ、あの時の鳩か。そうだね……悪いと思ったが田舎へ行く汽車の窓から空に放ってしまった。俺はあの時、何だか無性に生まれ故郷も、それにまつわるもの、すべてを忘れて生きて行こうと思い始めていた。あの純白の鳩が大空に飛んで行くのを見ながらどうしてだか、そう思い込んでしまったんだ……俺をもらってくれた人はそれは大事にしてくれたよ。でも、早く中学を終えて自分一人で人の世話にならずに生きて行こうという気持だけで、その時分は生きていたような気がする。しかし突張って、前ばかりしか見ない生活だったので、いささか疲れたよ」

彼は又、屈託のない顔に戻り、足元で餌をついばんでいる鳩達を見つめた。

彼が放った純白の鳩は当時の私の手元にも戻ってこなかった。

私達は駅に戻り、ホームで九州行きの特急の電車を待った、

佐伯健は横に並びながら「やっぱり、こうして故郷に帰って三輪君にも再び会えて、うれしかったよ」と照れくさそうに言った。

私の心の中にある或る固いものがふっととけて行くような気がした。

歳月は昔の事をなつかしく発酵させてくれる。笹団子の入った手提げを手渡すとあの鳩の入ったバスケットを受取った時のように率直な笑顔をした。

今度は電車の窓から投げ出さないでもらえると思う。

やがて入って来た特急電車に健は乗り込み、出入口のタラップで私達は何度も握手をした。

多分もう会う事はないかもしれない。

電車が動き出すと、私は小走りについて行き、ガラス戸の向こうで、手を振っている健に向って人目もかまわず、突然「万歳、佐伯君万歳」と両手を挙げて叫んでいた。彼は笑顔で何度もうなづいてくれた。

私は佐伯健の今までを祝福し、これからを励まし、そして私自身をも奮い立たせるつもりで万歳をしたのかもしれない●

電車はやがて急にスピードをあげると、みるみる視界から遠ざかっていった。

寿町物語（一）「チンドン」

私は会社の帰りに駅前の飲み屋で、充分にアルコール分を摂取してからアパートに帰った。

誰もいない居間で体を投げ出し、酒に浸ったうつろな眼でテレビスイッチを入れた。

画面にはおびただしい人数の日本兵が原野を行軍している姿が白黒で写し出されている。

満州と言われている場所だろうか、兵隊達が蟻のように見えた。今日、八月十五日は四十回目の終戦記念日なのでテレビはその特集をやっているわけだった。

私は昭和二十年、十月生れなので勿論、戦争を体験した記憶はない。だからチカチカする白黒の画面を見ても眼が自然にうるんでくるとか、あるいはもう思い出したくないという風情であわてて他のチャンネルへ切換えてしまう事もない。

せいぜい戦争映画で知る位のものだ。

それゆえ、物珍らしさのような気分で見入っているのに過ぎない。

それより私の頭の中には、今日の仕事上の失策の事が未だこびりついていた。

私が日本海側の北の方に位置する当、N市、R食料油販売N支店へ単身赴任してきて約一ケ月たった。

当店の様子も市内の状況もだいたい判りかけてきたが、ささいな言葉の行き違いから契約が一つ駄目になってしまった。当地では家々の軒下を流れる側構、又はどぶの事を「えんぞ」という。

この万言の意味は今回の失策で身にしみて知った。

私は連日、市内の食料品店やスーパー回りをし、注文を取り、菜種油やサラダオイルの缶を置いてくる仕事に精を出していた。

或る食料品店のオヤジさんから「おめえさん、前の担当者よりか、真自目そうらすけ、『えんぞ』の横にある棚に六ケースばか、置いてけばいいこてさ」と当地特有の方言で言われた。

私には「えんぞ」という言葉が何故か、縁側という風に聞えたのだ。オヤジさんはそう言い捨てると町内の会合だという事で赤いサンダルを突っ掛けながら、どこかへ行ってしまった。

オヤジさんの店は店舗兼、自宅の造りで店の奥の方をのぞくと、小さな中庭が見え、左手に縁側があった。

中庭には背の低い、無花果の木があり、うすべに色の可憐な実を沢山つけていた。

縁側には茶色く変色した唐紙が閉っていて、声を掛けたが誰の応答もない。

確か、縁側の横にある棚に置いてくれと言われたはずだがと、改めて見渡したが棚など見当らない。

私は不審に思いながらも黒光りしている縁側の上に、サラダオイルの缶を六ケース置いて帰った。

ところがその後、オヤジさんの七才になる孫が縁側で私の積み上げた缶にぶつかり、中庭へ転がり落ちてしまった。幸い、頭は打たなかったが腕を脱臼してしまった。

早速、会社へはオヤジさんから電話が入った。

「もう、おめえさんの顔なんて、見とおねえさ、二度とくんなてばー」と怒りを含んだ言葉が投げつけられ、当然、オヤジさんの店へは出入り禁止となってしまった。

七才の孫は可愛いい女の子であったので特に面白くなかったのだろう。

だから私は今日、会社で支店長にさんざん怒られてしまい、心が何とも落着かないので、いささか深酒をしているわけだった。

女の子に対する申し分けのなさと共に、「妙な方言なんか使う方が悪いんだ、こんな土地なんてまったくつまらぬ。オヤジさんの物言いが悪いのだ」と心の中で何度も悪態をついた。

こんな時、妻がいてくれたらなあと思う。

妻と子供は太平側のA市に住んでいる。

一家を挙げてN市へ来なかった理由は子供の教育の為と、九州生れの妻の雪国に対する漠然とした恐れだった。

私は足を少しよろめかせて冷蔵庫よりビールを取り出し、テレビの前にちょこなんとすわり込んで栓を抜いた。まだブラウン管には学徒出陣風景や奉天開城で日本兵が万歳をしている様子が写し出されている。

私は眠けを催おし、だらしなく過していた。

こんな時、人は過去の思い出にふけり、今日一日の嫌な記憶を何とかぬぐいさりたいものだと思案しがちになる。鉄カブトをかぶり、背中を重たげにして行軍している完全装備の日本兵達の群れをとりとめもなく見ている内に、ふとチンドンの事がうっすらと頭の中に浮び始めてきた。

そうだ、チンドンだ、チンドンだと酔いの回っている頭が呼び続けた。

それは名状しがたい、なつかしい思い出になってしまう。


私は鉄道員の父を持ったおかげで日本中を根なし草のように移り住んだ。当N市から、さほど遠くないH市に住んでいたのは私が物心ついた頃より中学二年生の間だった。H市はN市と同じように十一月から三月中旬まで雪に降り込められる毎日が続く。

これから話すチンドンの思い出はH市に住んでいた間の出来事になる。


H市の繁華街は二分されていて、元町と寿町とがあった。元町はおもに官庁街や銀行通りに近く、洒落れた専門店や老舗が軒を並べていた。一方、寿町は大衆割烹や、バー、キャバレーなどが裏通りある庶民的な通りだった。私達の鉄道官舎は寿町の近くにあった。

官舎から五分も歩くとセトモノ屋、呉服屋、大衆食堂、古道具屋などが雑然とひしめいていた。

又、近くには寿町をはさむように堀が流れていて、両岸には柳並木が青々と続いていた。

堀端には夏になると西瓜売りがむしろをしいて、みずみずしい切り身を売っていた。

この辺一帯はまあ、しごくのんびりとした様子であると言っていいだろう。私にとって朝晩の通学や遊び場所に寿町周辺は確保されていたのだった。

チンドンと町中の人達からあだ名されていた菊雄さんと出会ったのも寿町通りの一角だった。

いつ頃からなのか彼は街頭で、不思議にも薄汚れた兵隊服を着、さびた鉄カブトをかぶって歩き回っていた。

いつも腹の辺りにはアルマイトの洗面器が裏返しにくくりつけられている。

両の手には一本ずつ真鋳の棒が握られていて、歩き回る度、妙な品を作って鉄カブトの縁をチンとたたき、洗面器をトンと弾ませるのだ。

本当の所、チンと鳴り、鈍くトンと響くのだからチントンというべきだったが、次第にチンドン、チンドンと呼ばれるようになった。

身振りは一定の法則があるという説と又、単なるタコ踊りに過ぎないのではないかという説で町内は二分されていた。

顔は二十才位に見えたり、時にはオジさん風のように感じられたが実に柔和そのものであった。

まるで幼児に何か嬉しい事があり、精一杯誰かまわずに笑顔を振りまいている様子なのだ。

通常は片足を交互に前へ跳ね上げ、つまりそれについて右足を上げれば右手に持っている真鋳の棒で鉄カブトの右の縁をチンと鳴らし、左足を上げれば左側の縁を同じように鳴らす。

時折、どういう肉体的、物理的法則なのかぶら下げている洗面器の腹をトンと鈍い音をさせてたたくのだ。

又、あらゆる法則が狂い、どう制御しようもなく、バタバタと苦しげに手足をうごめかせている時もある。

そんな時は実に本人にとって忙しそうである。

しかし、普段の一つ一つの動作はひどく緩慢で、ゆっくりと寿町界隈を巡っていくのだった。

私はチンドン（本名、渡辺菊雄というのだが）に最初出会った時、子供心にもいつか父に連れていってもらったサーカスの世界の登場人物のようにまるで見えた。

彼にトンガリ帽子をかぶせ、口紅を赤く太く塗り、水玉模様のつなぎを着せたら完全だろう。

チンドンは私の知る限り、実に神出鬼没な男だった。

ある時は木村パチンコ店の横合いからひょいと出てくるかと思うと、荒木書店の小路からふいに出てきたり、時には派出所の前にボンヤリとたたずんでいる時もあった。たまにチンドンの後から、彼の母親だという腰の曲った老女が大儀そうにポトポトついて回っている。

彼女はいつも申し分けなそうに伏目がちだった。

チンドンは別に大声を出すとか暴れ回るような事など一切なかったので、町の人達も彼を空気のように考えていたようだ。

つまり彼はこの町にすっかり溶け込んでしまっていた。ただ通りすがりで初めてチンドンを見た人は誰しも一瞬、息をのみ、立ちすくんで不思議そうに見入っている。今、考えてみれば菊雄さんという存在は年配者には悪夢を思い出させ、心ある若者には未知なる戦争という不安感をかきたてさせていたのかもしれなかった。

私は子供特有の好奇心でチンドンの後を時には半日も一緒に歩き回っていた。

彼は執念深い刑事のようにつきまとっている私に対して何の関心も示さず、天衣無縫に町を練り歩いているのだった。

ただ、サービス品、見切品、特価品などとやたらにぎやかに、プライスカードのついた品物が店頭を飾っている黒田洋品店前までくると、必らず決まって立ち止る。

まず店の奥に向かって敬礼をし、次にかん高い、何か張りつめたような声で口上を述べるのだ。

「上官殿、渡辺菊雄初年兵であります。ふつつかながらこれよりチンドン踊りを御披露致します。何か御注文がございましたらどうぞ何なりとお申しつけ下さい。いかようにも踊ってお見せ致します。」

彼は額に汗をたっぷりとにじませて踊り続けるのだ。その踊りは普段、町内を練り歩くのと較べると格段の差があるほど気合いが入っていた。

それは重々しい感じさえするほど真剣味にあふれていて、見ている私でさえ胸の奥の一部分が緊張する。

ひとしきりチンドン踊りをやっていると、店の奥から町内の誰からも徳さん、徳さんと呼ばれている頭のハゲ上った、でっぷりとしたオジさんがズボンのベルトを押さえながら出てくる。

「おい、渡辺初年兵、もうよいから休め、休め」と切なそうな声で何度も言うのだった。

するとチンドンこと、渡辺菊雄さんは率直に踊りをやめ、両足をきちんとそろえて徳さんに向かって敬礼をする。後ろから見ていると菊雄さんの肩は重たそうに何度も上下し続け、苦しそうな息づかいが店頭にまき散らされる。

「ハイ、有難う御在います。誠に見苦しい限りの踊りを披露してしまいました。御不満でありましたらどうぞ思い切り殴って下さい。さあ、どうぞ」

未だ乱れている呼吸を無理に押えつけ、かすれた声で報告し続けるのだ。

そして両の足をふんばり、歯をくいしばってビンタに耐える風情をする。「いや、判ったてば、判ったて。今日はいつもより立派に出来たて。何も言う事はないすけ、もうゆっくり休めてば」

徳さんは右手で自分の後頭部をポンポンとたたきながら今にも泣き出しそうな歪んだ顔をする。

菊雄さんは張りつめていた顔を一瞬ゆるめて「許して下さいますか。有難う御座います、この次はもっと、もっとうまく踊りたく思います。それではこれより渡辺菊雄初年兵、第五中隊第一班へチンドン踊りを披露しに行ってまいります」と律儀な挨拶をした。

彼は黒田洋品店前を徳さんに見送られてゆっくりと立ち去り、又、片足を上げ、手をくねらせて歩き続ける。

そんな時、いつも徳さんは菊雄さんの後ろ姿をしばらく立ちつくして見守っていた。

徳さんは時折、菓子を紙にくるんで渡したりもした。

菊雄さんはそんな時、両の手をうやうやしく差し出し、頭を低くたれて、まるで宝物を手渡されたような態度をとるのだった。

さて、当時の私には踊りもさることながら、菊雄さんの独得な言葉使い、兵隊服姿が実に不可思議な存在として強く興味をそそった。

或る夕食時、私は父に向かって「ねえ、どうして菊雄さんはあんな妙な格好をして、毎日チンドン、チンドンと町を練り歩いているの」と聞いてみた。

父は動かしていたはしを止め、新聞から眼を離して恐いような、改まった表情をした。

父はどう説明したらよいか、悩んでいるようだった。しばらくして「そうだな、チンドンこと菊雄の事はハッキリさせておいたほうが良いかも知れんな。お前も段々と大人になってくればよく判ってくるだろうが」と言った。父は再びはしを動かし、ナスの漬け物を口の中にほおり込み、しばらくモグモグさせながらゆっくりと菊雄さんの事を話してくれた。

話は父の碁仲間である黒田洋品店の店主、黒田徳兵衛、通称、あの徳さんから父が聞いた事が大部分だった。

ここにその事を記す。

菊雄さんと徳さんは同じ年齢で実に仲の良い友達だったという。

二十才になり、徴兵検査も一緒で二人共、甲種合格の立派な体格を持っていた。当時の日本は無計画な勢いにまかせて、大陸戦線にも南方戦線もまったく手を広げ過ぎ、収拾がつかない状態だった。

だから年配者であろうと、少々体の悪い者、又、家庭の事情がどうでも、早急に兵隊に仕立て上げて戦地へ引っ張って行く必要にせまられていた。

やがて黒田洋品店の長男、徳兵衛さんにH市から八十カロほど離れたA歩兵連隊へ入営せよとの令状が舞い込んだ。ほぼ同時期に、母一人、子一人の渡辺家にも入営令状は配達された。

菊雄さんの父はとうに御国の為とやらで南方において戦死していた。母親は寿町の羽賀タバコ店の小路奥で細々と子供相手の駄菓子屋を開いていた。

寿町の住民達はまったく今度の戦争には嫌気がさしていた。大事な働き手を取られ、しばらくすると大抵、白木の箱に入って静かに帰ってくる。

景気の良い大本営発表とはうらはらに、毎日の生活は次第に貧しく追いつめられていった。

なにしろ、イモのへたの雑炊を腹に、消火訓練や竹槍突撃をやってもさっぱり力が入らないのだ。

徳さんと菊雄さんはダブダブの軍服を着、赤いタスキを肩にかけてA歩兵連隊へ入営する事になった。

他の入営兵、教十名と共に連隊のあるS駅に集合し整列した。

貧相な顔にヒゲを充分にたくわえ、眼だけが異様に燃えさかっている引率下士官につきそわれてA連隊へ出発した。後から初年兵の家族、親戚達が葬列のように続いた。中でも菊雄さんの母親、トメさんはひときわ眼を真赤にし、手に握りしめている小さな布地は誰よりも濡れていたという。

やがて赤いレンガの営門に徳さん達の列は無造作に次々と吸い込まれていった。

A歩兵連隊では徳さんと菊雄さんは第五中隊、第三班の内務班に約四十名の仲間達と共に生活し、初年兵としてきびしい訓練を受ける事になった。

内務班ではまず上官に対する完全服従の徹底として、往復ビンタの連続だった。

例えば菊雄さんは朝夕の点呼に二度ばかり連続して遅れた為にビンタ。第三班で一番童顔の村上初年兵は上衣のボタン一つかけ忘れてビンタ。

或る者は班内の上等兵を殿でなく、様呼ばわりしてすかさずビンタ。徳さんは廊下正面の壁に掲げられた軍人勅諭の額に目礼を怠った為にビンタ。

又、或る者は上官を見る眼付きがどうも反抗的だといって、いきなりビンタ。

そして或る者は外での早駆け訓練の後、石廊下に編上靴を置き忘れた為、頭にその編上靴をひもでくくりつけられ、他の班まで「今日、自分は靴を置き忘れてしまいました。二度とこのような事は致しませんのでどうぞお許し下さい」と口上を言いにやられた。

その上、帰ってくると思い切り激しい往復ビンタが待っている。

他の班からも靴ヒモを口にほおばり、身振り手振りおかしく第三班へやってくる者もいた。多分、靴ヒモをどこかになくしてしまったのだろう。

又、バケツを頭からかぶり、背中に金だらいをくくりつけ、下半身裸のままビョン、ビョンはねてやってくる者さえいた、さながら一大見世物市が連日、A歩兵連隊の各班内で開催されていたわけだ、

初年兵達をいたぶる、ありとあらゆる奇策やアイデアが上官達の頭に充満していて、これが平和時に生かせたら素晴しい経済国家を築き上げる事が出来るだろう。

上官の中でも特に川上初年兵係はきびしかった。ぶ厚いくちびるに常に薄笑いを浮かべながら初年兵達

に往復ビンタを浴びせる事が毎日の日課の一つになっているような人物だった。

小太りの猪首の上はいつも赤茶けた顔をし、口を開けば「貴様らは御国の為、又、亜細亜の平和の為に立派な兵になる義務がある。俺にはお前達をどこへ出しても恥しくない兵隊に育て上げる義務がある。多少手荒な事もあるかもしれぬが、これは言わば愛のムチじゃ。そこの所を変に間違っては困るでなあ」と言い、又、薄笑いを浮べた。これは他の上官達より往復ビンタの回数が異常に多い事への弁解のようなものだった。

又、「軍隊は本当に良い所じゃ。俺みたいな東北の百姓の子倅風情に食う物も着る物も充分過ぎるほど与えてくれる。それに戦いで手柄でも立てれば故郷へ威張って帰れ、親兄第に楽をさせてやれるかもしれん」と言いながら力を込めて初年兵達に往復ビンタをくらわす。

徳さんと菊雄さんは時折、物干場で上官の汚れた下帯を洗いながら互いに「軍隊という所はとにかくひどい所じゃ。これでは戦争へ行く前に殺されてしまいそうなものだな、おい、出来るだけ気をつけよう」と小声でなぐさめ合った。

菊雄さんは特に心細げであった。

上官の中には古武士のように風格があり、人情味も充分ありそうな人物もいたが、大抵は眼元がきりりと涼やかで、いかにも皇国を守る気概に燃えている風な様子でも、初年兵が何か失敗をやらかすと一変してしまう。ヒステリーを起したように額に青筋をヒクヒクと立て、いきなり怒鳴りつけたり、往復ビンタをくらわす人物が多かった。

徳さん達、初年兵にとってそれらの人物は得体の知れない、ゼンマイ仕掛けの人形のようにも見えた。

いや、上官の心の内では人間である限り、悩みも、疑いも、熱い血も流れているに違いないが、軍隊という巨大な一つの組織に組み込まれてしまうと否応もなしに、それらの人間らしさが消え去り、すべて上からの命令だったという無個人になってしまうものかもしれない。

徳さんはそんな風に思い、自分もいずれそのような人間となってしまうのかと一瞬、身震いした。

或る日、練兵場でのほふく訓練が終った後の事であった。班内の誰もが体中の筋肉痛と空腹でいらだっていた。当日、菊雄さんは夕食のメシ上げ当番（炊事場より熱い麦入り飯の入ったアルミ製食缶を肩にかつぎ、班内に持ち込む係）だった、
彼はほふく訓練で充分に疲れ切っていたのだろうか、ちょうど石廊下の所でよろめき、右肩にかついでいた食

缶を下に落してしまった。

辺《あた》り一面に湯気を立てた飯がばらまかれた。

運悪く近くに川上初年兵係が通りがかり、早速格好な獲物とばかり飛んできた。

「このアホンダラ、その面汚し」と叫びながら菊雄さんのほおを二、三発殴りつけた。

その上、菊雄さんのえり首を乱暴につかむと、引きずりながら第三班内に連れ込んだ。

彼はその間中、すでに観念したかのように固く眼をつぶっていたという。

川上初年兵係は第三班全員を整列させ、青ざめている菊雄さんを前に立たせた。

「いいか、渡辺初年兵を深く反省させる為、これより第五中隊、第三班伝統のチンドン踊りをはじめる」と眼をむき、ほえるように言った。

徳さんはその時、心の中で「とても見ておられん。つらいわ。菊雄よ、許してくれ、何にもお前を助けてやる事が出来ん」と何度もつぶやき、無事にすむように祈り続けた。菊雄さんは頭からバケツをかぶらされ、腹の上に洗面器をくくりつけられた。

両手には火ばしを持たされ珍妙な格好となった。

「ほれ、バケツと洗面器をその火ばしでもって調子良く交互にたたいてみろや」

菊雄さんはぎごちなく手を動かした。

「そうじゃない、足をもっと振り上げ、踊るようにやるんじゃ。なまけるんじゃねえや」と川上初年兵係は図太い、陰惨な声で怒鳴り続けた。

このチンドン踊りは以前にも誰かがひどくやられている一種のシゴキだった。

菊雄さんは額にじっとりと油汗を浮かべながら懸命に首を振り、まるでゼンマイ仕掛けの人形のように手足を動かし、バケツと洗面器を交互にたたき続けた。

チン、コンという切ない音が班内でじっと整列している誰もの胸に響いた。

時折、緊張しているせいで洗面器をたたきそこねたり、弱々しくバケツの縁に火ばしが触れたりした。

「馬鹿野郎、もっと強く、しっかりたたかんかい」

川上初年兵はいらだってきて、菊雄さんのバケツを乱暴にはぎると往復ビンタを力一杯、何度も浴びせた。菊雄さんは腰がくだけて何度も倒れたが、その度必死で起き上った。

何発目かで菊雄さんは一本の棒のように体が真っすぐに硬直したかと思うと、そのままの姿勢で後方に倒れた。

その時、後頭部を寝台の角の所にしたたか打ちつけてしまった。床に倒れた菊雄さんの左耳から血がゆっくりと流れ出した。

それを見た川上初年兵係はさすがに青ざめ、脈を取ったり胸に耳を当てたりした。

菊雄さんの下肢がしばらくブルブルと震え続け、眼は引きつりながら開きっぱなしとなった。

川上初年兵係はあわてて二、三人の初年兵に命じ、担架で菊雄さんを医務室へ運ばせた。

それきり、菊雄さんは第五中隊、第三班へは再び戻ってくる事はなかった。

徳さんは夜、寝床の中で菊雄さんの事を思い、秘かに枕を濡らし続けた。

しばらくすると第三班内に、川上初年兵係が今度の事件のもみ消しにかかったという、うわさが立ち始めた。

何でも彼は渡辺初年兵が班内に放置されてあったバケツに勝手につまずき、後方に倒れて寝台の角に頭を強打した事に過ぎないと言い張っているという。

事件より一ケ月程たつと川上初年兵係は急に他の連隊へ転属になった。この事は彼に対するこらしめの為なのか、それとも単なる事務的な移動であったのか初年兵達には皆目判らなかった。

これもうわさだったが、菊雄さんは頭の内部に重い損傷を受け、遠い陸軍病院に移されて治療を受けているという事だった。

徳さんは何度もそのうわさを確かめようと上官に申し出たが、ことごとくそのような通知は当、連隊へは届いていないの一言で終止した。

そうしている内に、徳さんはじめ、第三班全員は行先も告げられずに船に乗せられた。

次第に暑くなり始め、南方に向かっている事だけは確かだった。

徳さん達は揺れる船内で、どうせ俺達は単なる消耗品に過ぎないと何度もなげき合った。

菊雄さんの消息はもう知るよしもなかったし、今は自分達の今後を思う事だけで精一杯だった。

徳さんはビルマやタイで何度も死ぬ思いを味わい続けた。それでも日本が戦争に敗れ、平和が戻ってきた為に何とか生きて故郷の寿町へ帰ってくる事が出来た。

ところが驚いた事には菊雄さんが街で兵隊服のまま、例の思い出したくもないチンドン踊りをやっているではないか。徳さんは頭から冷水をいきなり浴びせられたような気持ちになった。

街の人に話によると、菊雄さんはやはり陸軍病院で治療を受け、敗戦直前になって寿町の母親の元に帰されたのだった。偉丈夫で表情の固い上官につきそわれて突然帰ってきた。その上官は菊雄さんの事をこんな風に言った。「ほんの軽い頭部のけがであるからして本来ならば戦場で働いてもらうはずだが、特別に本官がとりはからい、帰宅させる事となった。銃後にあっても親子共ども立派に御国の為につくせよ」と随分といばりくさった言い方だった。

菊雄さんは最初のうちは何となく眼がうつろなだけで外見上、さしたる変化はなかった。しかし、しばらくすると発作が起きるようになった。

発作中は内務班でチンドン踊りをやらされている状態であるらしかった。

母規のトメさんが懸命にしかりつけ、止めてもA歩兵連隊から持参してきた兵隊服や、防空訓練用に家に設置しておいた鉄カブトをかぶる。

又、洗面器を腰にくくりつけ、両手には掘りゴタツ用の真鋳の棒を握りしめて外へ飛び出すのだった。

そんな日が何日も続くようになった。

トメさんは菊雄さんのそんな姿を見て、一生軍隊をうらみますと悲嘆にくれた。

トメさんは徳さんより内務班での出来事をくわしく聞く事が出来たわけだった。

徳さんの店頭で特に念入りにチンドン踊りをやるのは、きっと徳さんが内務班時代の記憶を一層強く、蘇えらせてくれる人物だからかもしれない。

その上、徳さんにとってはえらい迷惑な話だが、もしかすると徳さんをあの川上初年兵係にみたてているのではないか。

そんな事を父は私に向かって食事の合い間に話をしてくれた。

「俊一、だから菊雄さんの事、からかっちゃ駄目だ。あの人はとてもつらい人なんだから。そうだな、いわば皆から忘れ去られようとしている過去を又、引き戻す役割をしているようなものだ。人間なんて昔の事はとかく美しく飾りたがるものさ。戦争の事もまったく例外じゃあない」と父は眼を少しうるませるような表情をした。

その時、私は父の話を完全に理解していたかどうかは疑わしかった。

当時、スチーブマッキーンのスポーツ戦争映画「大脱走」などを憧れの気持で見ていた私にとって現実の戦争の事や日本軍隊のある一面など、とうてい理解出来ない世界だった、

しばらくして私は一度、生まれて初めて軍隊式の往復ビンタとやらを徳さんから一回、やられた事がある。

それは中学一年の夏休み期間中の出来事だった。

私の家から歩いて二十分程の所にあるK中学校に入ると、今まで通っていたS小学校の校区以外に、もう一つのH小学校の校区の仲間が出来る。

つまり隣接した小学校、二校の卒業生がK中学校に合流する事になるわけだ。

夏休みに入るとK中学校で気の合ったH校区の新しい仲間が、私の町内、寿町へも時々遊びに来るようになった。ひょうきん者でいつも皆を笑わせている坂崎君や、ガキ大将的雰囲気を持った体の大きい斉藤君らだ。

彼らは普段は実に楽しい仲間だった。

私はその連中と近くの公園でセミを取ったり、柳並木の堀端で小魚をすくい、毎日をたわいなく過していた。

むし暑い夕方、仲間達は遊び疲れて私の家で一呼吸入れようと、寿町に向かってだらだらと歩いていた時の事だ。各々の手には氷菓子の桃太郎の棒が握られていて、汗にまみれたシャツには、したたったシロップが点々と赤いしみを作っていた。

寿町の入口にさしかかった時、仲間内から「ありゃあー一体何んでえー」とすっとんきょうな叫び声が上った。坂崎君の声だった。

見ると小池セトモノ店の前で菊雄さんが例の兵隊服姿でチンドン踊りをやっているのだった。

おりからの西日で彼の顔はまるで鐘旭様のように赤く焼けてみえた。首筋には汗がびっしりと浮いてヌラヌラと輝いている。鉄カブトの縁をたたく音がチン、とし、洗面器がにぶくトン、と人通りの絶えた赤茶けた街頭に静かに聞えた。現在の私がもし聞いたとしたら、きっと胸の奥にさびしく響いただろう。

私以外の同級生達は眼をどんぐりのようにし、じっとチンドンこと菊雄さんの方をまるで物につかれたようにして注視していた。

彼らは私の小学校区出身者ではなかった為、菊雄さんの事は皆目知らない。

やがて斉藤君が弾かれたように「何んや、あれ、アホか。なんちゅう妙な格好だねっか」と叫び、次々と他の仲間達も同調するようにわめき始めた。

「バカ者だわ、ピエロみたいらわ」「まるで前世紀の遺物に見えるねっけ。いや、前世紀の汚物らか」「化け物らわ、変態じゃ」と手前勝手に悪態をつきながら菊雄さんに向かって一勢に駆け出していった。

それはどうにも止めようもない、悪夢のようなものだった。私もいつの間にか皆と一緒になって走り出していた。

仲間達は菊雄さんを取り囲み、口々にののしり、はやし立て、或る者は菊雄さんそっくりに手足を奇妙にくねらせたりした。

私は一体、どうしたらよいのか途方にくれた。

例えば「やめろよ、このオジさんが可哀想じゃあないか。本当はとてもつらい人なんだよ」とは言い出す事が出来なかった。

そう言えば恐らく同級生達から「へえーそうなんけ。お前もこの妙な奴の仲間らか?同じアホウらか。もうお前なんか俺達の仲間に入れてやらねえて」とにらまれるに違いなかった。

仲間達に村八分される事を私は恐れた。

もし、勇気をふるって皆のからかいに反対したならば、新しい人生が開けたのかもしれないが。

当時の私は私自身の確固たる信念など持ち合わせていなかった。力の強そうな友が右を行けば右へ、左を行けば左へとはなはだ心もとなかった。

クラスで決め事があると必らず多数派についたものだ。白状してしまえば、現在の私も時勢の流れをたえずうかがい、附和雷同に徹していた。

私は一方で仲間達もこうしてしばらく菊雄さんをはやし立てていても、彼がさっぱり反撃してこないのでやがてはあきてしまうだろうと妙にさめた気分でいた。


菊雄さんは実に穏やかな人間だった。

初めて菊雄さんを見た通りがかりの乱暴な人が、多少のからかいや侮蔑の言葉を投げつけても本人は唯、静かにほほえんでいる事が常だった。

又、一方の私の心の中には一度、こうして菊雄さんをバカにしてみたいという気持ちさえあった。

弱い立場の人や、異なった人に対するいじめに追従する無責任な精神が私の中にも立派に育っていたのだろうか。菊雄さんは周りをすばしっこい小悪魔達に取り囲まれて恐怖を感じてきたのだろう。顔を引きつらせ、倒れんばかりに両足をけいれんさせて「あう、あうー」とうめき続けていた。

彼はまるで何人もの小さな川上初年兵係にののしられているような心境だったかもしれない。

熱い、燃えさかるような西日の射す街頭で私達は菊雄さんを心ゆくまでいたぶり続けていたのだった。

薄汚れた野良犬が一匹、おびえたように激しくほえ立ててきた。寿町の住民達はひっそりと家に閉じこもっているのか、私達の所業を留め立てする者もいない。

いつしか菊雄さんを取り囲んだ一つの輪はゆっくりとあえぐように縮んだり拡がったりしながら黒田洋品店前へさしかかっていた。

すると店の奥よりランニングにステテコ姿の徳さんが、まるでH市全体に響き渡るような、焼けたアスファルトの地面にカッと亀裂が走ると思われるような、名状し難い叫び声をあげながら飛び出てきた。

私にはそのしぼり出すような叫び声が腹にズシリと響いた。それは怒鳴り声というよりは哀しみの充満した悲鳴のようなものだった。

「この馬鹿野郎共、何んてことしやがるんでえ」と陽に焼けた太い腕をブルンブルンと振り回しながら、まるで重戦車のように私達に向かって押し寄せてきた。

輪は一瞬の内にゆがみ、くずれ散っていった。すばしっこい坂崎君、斉藤君らはもう遠くへ走り去ったが、私はどうにも足がすくんでしまい、その場にとり残されてしまった。

徳さんは燃えたぎった眼で私をにらみ、左手でむんずと私のえり首を押えつけ、右手で左右のほおを二、三度打ちつけた。私の両ほおは感電したようにヒクヒクとしびれ、そして炭火の上のモチのようにぷっくりとふくれあがっていくような気がした。

徳さんはしばらく私の首をぎゅう、ぎゅうとしめ上げ、「かんべんな、かんべんな、こういう事だけはどうしても許せねえんだて」と充血した眼をしばたたせた。

やがて私を放り出すと、地面に息をはずませ、眼を引きつらせて倒れている菊雄さんを乱暴に引き起し、強く抱きしめた。

「菊雄よ、もうやめてくれや。おとなしく家にいてくれ。頼むわ、お前のこの姿を見る度、ワシはもうたまらなくなるて」

徳さんは肩を小刻みに震えさせ、いつまでも菊雄さんを抱きしめ続けた。私は両ほおの痛さよりも、もっと深い痛みが自然にあふれ出てきた。

無性に自分に対して腹立しく思え、ただ身をもてあまして地面にへたり込んでいた。

腰の下のアスファルトは未だ熱がこもって妙になまあたたかった。

その後、寿町一体では菊雄さんが悪童達にわるさをされた事や、私が徳さんに往復ビンタをくらった事などが一時の話題となった。父は私のしょげた顔を見ても何も言わなかった。しかし眼の色に今度から気をつけて行動しろよという意味が深くこめられていた。

何ケ月かするとその話題も途切れ、きれいに忘れ去られたようだった。

相変らず菊雄さんは街でチンドン踊りをやり続けていた。私は中学三年の時、父の転勤の為、他の土地へ移ったのでその後の菊雄さんの事について知る事はなかった。

私はいつの間にか寝り込んでしまっていた。耳にかすかにざらついたような響きが聞えてきた。ボンヤリ眼を開けるとブラウン管にはもはや何も写ってはいなく、青白い輝きだけがまぶしく広がっていた。とうに終戦記念日の特集は終っていたのだった。

私は食料品店回りでの失敗を改めて思い返し、昔ならば所長から往復ビンタをくらったり、チンドン踊りをやらされる価値のある失敗だったと思った。

今はまあ、良い時代ではないだろうか。

それにもう一つ、新しく移り住んだ土地の方言がよく判らないといって、その土地や人間達を悪く言う事はまったく間違っている。それは菊雄さんの事をよく知りもせず、からかったり、さげすんだりする事とよく似ている。今、思い起せば菊雄さんこそ、他国へ侵略したりもせず、人を殺したりもせずにいた日本兵として最上の人間ではないか。

私はふと、近日中にでもH市へ行き、その後の菊雄さんの事などを知りたく思った。

夕暮れ近い駅前に立ち、空を見上げると、灰色のかなたから細雪が絶え間なし降りそそいで私の肩へもかすかに触れ、ふっと消えてゆく。

アスファルトの地表も、見える限りのビル街も薄暗く濡れぼそっている。

しかし、レインコート姿でもさほど寒く感じないのは季節がもう三月に入ったからだ。

私はようやく中学二年生まで住んでいたH市の駅前に立っていた。早く訪れようと思いながら急に立てこんできた仕事にかまけ、ズルズルと日を経てしまった。

それにしてもH市の風景の移り変わり具合は激しかった。当時は背の低いビルしか建っていなかった駅前通りも今は見上げるようなビルが重なり合い、林立していてまるで東京の或る大きなターミナル駅附近を見ているようだ。駅前の左手にあった木造の郵便局は建て直されて大きな白いビルになっていた。

又、駅前通りにあったウナギの寝床のようなバラックの飲み屋街も、とり払われて小奇麗なショッピング街になっている。勿論、元町通りは一段と酒落れた店が並んでいた。

駅前から三十分も歩けば寿町にたどりつくはずだが、此分では相当に変化していると思った。

寿町へ向こう道幅も随分と広くなり、やたらと車の往来が激しい。この通りにも確か堀があったはずだ、この足元には橋がかかっていたはずだと眼をこらしてもそれらしき跡はない。

もしかすると寿町という地名すらも消滅し、まったく別の街になっているのではないか、徳さん達もどこかへ行ってしまっているのではないかと心配になってきた。

だが、恐る恐る歩を進めてゆくにつれて、街の変わりようは少しずつゆるやかとなり、昔の記憶に残っている建物が眼につき始めた。

時代劇ばかりやっていた銀映が、木造の瓦屋根を一層波打たせてポルノ映画専門館になっていた。

相変らず岡という字が欠けている薄汚れたコンクリート造りの岡田外科医院。

かっぷくの良い赤いレンガ造りの地元銀行。近海でとれた魚を串し刺しにして炭火の囲りに立て、こんがりと焼いている二坪ばかりの店舗が続く魚市場などが、昔とさして変わらずに眼前にあった。

当然の事かもしれないが、知らないビルやフライドチキン屋、持ち帰り弁当屋、コンビネンス・ストアなどが所々ではばをきかせている。

やがて町名が寿町となり、私の胸は少しドキン、ドキンとして来た。一見して寿町通りはおおむね、昔と大差がないように感じられた。

全体的に薄暗く、何か静かによどんでいるような雰囲気だ。歩むにつれて変化はさらにゆるやかになっていく。タヌキの置き物を歩道一杯に所せましと並べまくっている小池セトモノ店、さっぱり人の入っていない木村パチンコ店、雑巾のようなノレンをヒラヒラさせている中田中華ソバ屋、相変らず雑然としてさっぱり整理の行き届かない荒木等店などがまるで骨董品のように現われてくる。

よく見れば間口を改装したり、ペンキを塗り変えたり、又、木造の看板からプラスチック製に取り変えているかもしれない。

しかしながら大体において原型はとどめているように思える。私にとってそれがうれしいような、わきの下をゆっくりとくすぐられているような妙な気分にさせてくれる、失礼な言い方だが、寿町の様子は保守主義で固まっているようだ。

まるで私は中学生に立ち戻って街を練り歩いているようだった。

とうとう、黒田洋品店前までやってきた。

黒田徳兵衛、通称徳さんの店は他の店と違い、大いに変化していた。門口が広く改装され、淡いピンク色のローマ字でKURODAメンズ・ファッションと看板が出ている。店頭にはそう、チェッカーズが着ているような穴だらけのシャツや古代の日本人が着ていたのではないかと思われる巾広のズボン、えりが大きくさけている説明不可能な若者向きの服が並べられている。

多分、黒田家では息子さんに実権が移り、徳さんは単なる相談役になっているのかもしれない。

店内は随分と明るく、有線放送だろうか、ロックの響きが表通りまで流れ出ている。

中に入ると茶の皮ジャンパーを着、胸元に赤いマフラーをした貫禄のある老人が「いらっしゃいませ」とぶっきら棒な挨拶をした。

あごはたるみ、すっかり猫背になっていたがまぎれもなく、見覚えのある徳さんだった。

「久し振りです。私、この町内近くの鉄道官舎に昔、住んでいた村田俊一です、お判りになりませんか」

徳さんは私を万引しそうな人間のように眼をむいて見つめ、又、細めたり、顔を極端に私の顔に近づけたりしながらじっくりと観察した。

二分以上もたったのではないかと思われる頃、「あれーそうらっけ、おめえさん、確かに俊ちゃんらわ。努さんとこの俊ちゃんだねっかね。立派になってしもて判らんかったて。オラーあんま、年取ってしもって、しょうしらてばさー」と親しみ深い、なつかしいH市特有の方言でいった。「しょうし」というのは恥しいという意味である。

徳さんは私に寿町から転出した後の生活経路をたずね、奥さんはどこの人だとか子供は何人もったか、今どこに住んでいるかなど大まかに又、しつこいほど細かく質問してきた。

私はその質問に対して割合簡潔に答えたが、徳さんはいろいろうなづいてくれ、満足そうだった。

今度は私が質問をした。昔、私達一家が住んでいた鉄道の官舎はどうなったとか、堀はいつ頃なくなってしまったのかなどである。

「ああ、俊ちゃんとこの官舎はもう取り壊されてしもうてねえ。今は雑居ビルになってしもたて。堀と柳も車対策だっけという事で十二年前にすべて埋められてしもたて。他の地区と較べればさ、寿町の変わりようはそんげたいしたことなえろも、それでも少しずつ、いわば他がうさぎらばここは亀の歩み、みてえらこてさ」と言った。

徳さんは私に店内の洒落れた赤いイスを勧め、熱い茶を入れてくれた。

今日は息子が東京の横山町へ商品の仕入れに行ってるので自分が店番をしているが、普段はそれはもう、朝寝するのも昼寝するのも自由気ままな楽隠居の身分だと説明した。次に町内の住民の移り変わりについて熱情を込めて話し出した。

聞いた内容はいささか過酷なものだった。おもにつぶれてしまった店の話である。

寿町のはずれにあった山本靴店のオヤジさんは五年前に車にはねられて亡くなっていた。

山本さんはかつて、私達子供の前でいつも、「俺は女をちょうす事が一番の趣味らて。こうすっと、どんな女でも途端にうれしがるんて」と骨太の指を三本、奇妙にくねらせたりした。一呼吸すると、山本さんはいきなり引きつるような大笑いをするのを常としていた。

私達は山本さんの事を「ちょうす」の名人と呼んでいて、大人の社会のある一面の代表者としていた。

ちなみに「ちょうす」とは何かをいじるとか触るとかといった意味である。

山本さんの息子の敏雄は出来が悪く、二年前に店をたたんでしまい、一家してどこかへ夜逃げ同然で行ってしまった。

徳さんの四軒隣りにあった春日そば屋さんの主人、通称修ちゅん、（本名、春日修一郎）は七年前にボーリング狂いとなり、店の金を常時持ち出した為に商売が左前になりかけたが、カミさんの努力で持ち直した。

だが、五年前に今度はカラオケ狂いとなり、百万円以上もする舞台照明付きのカラオケセットを買い込んだ為、再び店の仕事がまったくおろそかになって、とうとうつぶれてしまったなど。

そんな事をしゃべっていた徳さんは急に思いついたように立ち上ると、「いや、もう今日は店閉いらて。さっぱり客も入いらんし」と言いながら店のシャッターを下ろし始めた。店内に未だ、二、三人の若い客がいたのだが。どうやら徳さんは、私という格好な昔話の話し相手を確保して、仕事に対する勤労意欲をなくしてしまったらしい。

私と徳さんは薄暗くなった外に出た。改めて寿町通りを見渡しても活気に満ちている街とは言いがたく、静かでうらさびしいような風情だ。

徳さんは自分の店より六軒隣りにある広沢写真店の店頭から奥に向かって声を掛けた。

私はこの店の主人に、中学一年生の頃、よく遊んでもらっていたのを思い出した。

野球が大好きな主人でよく近くの公園などでキャッチボールの相手をしてもらい、カーブの投げ方やボールの捕球方法を教えてもらったりした。

私は広沢さんの前では常々、将来、野球選手になるんだと公言していたが、彼がその事をすでに忘れてしまっていれば幸いだ。

店の奥から無造作にジャンパーを羽織って出てきた人物は、記録に残っている広沢さんとはそんなに差はなかった。顔が黒く、がっしりとした体付きで背も高く、一見して恐いような印象を与えるが、眼は細く、笑うといたってやさしそうになる。

さすが、よく見れば、額のハゲ具合は相当に進行していたが。広沢さんはしばらく私をけげんそうに見ていたが、「そうら、そうら、俊ちゃんらねっかね。よくキャッチボールしたわ。すっかり、いい男になってしもうて」と一層、眼を細くさせて握手を求めてきた。

広沢さんの手は相変らず大きく、たくましかった。

私達三人は近くの大衆割烹に入った。

その店は「おその」と看板が出ていたが私の記憶にはなかった。顔のみならず、体中が渋紙にでも出来上っているようなおかみが運んできた寄せ鍋をつつきながら、徳さん、広沢さんとも地酒の「越の山」をグイグイやった。それは遠方より、ごく親しい友がやってきたが為、大いに歓迎しているのだという証明を急いで作らんとしているようだった。

話題は又、私の今までの事や、町内の歴史などが綿々と語り継がれたが、私はようやくチンドンこと、渡辺菊雄さんについて聞いてみた。

「チンドン？ああ、そうか菊雄の事は忘れようたって忘れられん人間らて。そら、そら、昔、菊雄の事で俊ちゃんを殴ってしもた事があったわ。いや、ほんに、すまん事、してしもたて。改めてこの場らろも、あやまるて」

徳さんは急に真顔になって私に向かい、頭を下げた。

私はあわてて右手を左右に振り、「いや、いや、とんでもない、こちらこそあの時は悪かったんだから」と言うと、「歳月はうまい具合に、つらい思い出を薄くさせてくれるって、ほれ、彼さ、渡辺菊雄は未だ元気にしてるんだて。公立の養老院で他の爺さん、婆さん連中に可愛いがられてるんさ」と徳さんはサラリと言った。

渡辺菊雄さんが元気にしていると知って、私は何だか胸の奥の方がほのかに暖かくなる。

今度は広沢さんが、黒い顔を酒でテラテラさせながら、「そうら、そうら、菊雄君はいたって丈夫にしてるて。彼について俺は実にでっけえ思い出があるてばさ」としゃべり始めた。

私の知らない菊雄さんの、その後の事をようやく知る事が出来た。ここにその事を記す。

北国のH市にも、吹く風に甘い花の匂いがほんのりと含まれる頃となった。

広沢さんには当時、幼稚園に通っていた雪という眼の大きな可愛いい一人娘がいて、何故かチンドンをやっている菊雄さんの事が大好きだった。

広沢写真店の軒先に、チン、チンと物哀しいような響きが、今日もかすかに聞えてきた。

菊雄さんが小池セトモノ店前を通り過ぎ、もうすぐこの店頭にさしかかる時間になったのだった。

店内にいた雪は、もう我慢する事が出来なくなり、チンの音が大きくなるにつれ、大きな眼を生々と輝かせてついに表へ飛び出して行く。

雪は菊雄さんに向かってまず天使のように笑いかけ、それからの彼の前になり、後になりながら手をたたき、首を懸命に振るのだった。

菊雄さんも雪が囲りを楽しそうに飛び跳ねているのがうれしいのだろう。自分もあどけない子供のような笑顔を浮かべて一層、手足を振り上げる。

雪のピンク色の短いスカートが暖かい日ざしに揺れ続け、つくしんぼうのような脚がヒョッコリ伸びている。

すべすべとしたほおは桜色に上気して、うるんでいるようだ。

広沢さんの眼には、踊っている菊雄さんと雪の姿がまるで好き合った男と女のようにも、又、純な男の子と女の子の初恋風景そのものにも見え、おかしな話だが、思わず嫉妬にかられるほどだったという。

広沢さんは、菊雄さんが別に他人に対して害を与えるような人間ではないと確信していたので、そのまま雪を遊ばせておいた。

菊雄さんと雪は先になり、後になりしながら、花曇りの日も絹のような小雨がけむる日も、寿町界隈を練り歩き続けていた。

菊雄さんは時には体の具合いが悪いのか、だるそうに片足を振り上げ、チン、と鉄カブトの縁をたたく響きにも力がこもっていない場合もあった。

けれども、雪が赤いサンダルをつっかけ、ころばんばかりにして駆けてくるのが判ると、途端に背すじがピンと張り、手足に血が通って元気になってしまう。

それから再び菊雄さんは、仏様のような柔和な表情を満面にたたえて勢い良く、チン、ドンと響き渡らせるのだ。彼の周りをリスのような瞳の童女が、小さな手を、足を振り上げては踊り、たわむれ続ける。

菊雄さんのその時の顔は、この世の誰よりも悦楽に浸っているように見えた。

近くの公園の桜が満開となり、やがてなま暖かい春雨にしっとりと濡れて散り始め、青葉がわわずかに顔を出し始める。

日ざしはすっかり初夏で、寿町にもカラリと乾いた光が満ちあふれてきた。

菊雄さんと雪は、時には仲良く手に、アイスキャンディやジュースの缶を手にして街をただよい歩いていた。

雪が父にねだって菊雄さんの分も買っていたのだった。街の誰もが、菊雄さんと雪の仲良し振りを別に特別な感情で見てはいなかったが、ただ町内にある寿町管内派出所にこの春から配属された警察学校出たての巡査だけは、菊雄さんの事をうさんくさく、ナマズのような眼付きで見ていたという。

勿論、社会正義に燃えた青年巡査らしい初々しさも持ち合せていたが、その眼の光の中に一刻も早く、何でも良いから何か事件にぶち当らないかなという期待のようなものがチラチラと宿っていた。

一度なぞ、広沢さんの店へブラリと入って来て、あの奇妙な兵隊服の男は今までに暴れた事はなかったのとか、一緒について回っている女の子は本当にあんたの娘であるかなど、妙に語調に決めつけるような横柄な感じがあった。

そんな事は派出所の上司に聞くか、そなえつけの派出所日誌でも見れば、判りきった事じゃないかと広沢さんが答えると、彼は少し赤い顔になり、口をへの字に曲げたまま無言で帰っていった。

職務に忠実なのは誠に良い事であるが、近頃の若い者は巡査でも礼儀を知らんわいと広沢さんは内心、少し憂うつになった。

そんな時、ふと昔の事を思い出してしまう。

広沢さんが中学生の頃、意気がって街頭で喫煙をしていた時の事だ。通りすがりの目付きの悪いオバさんが広沢さんの前にスックと立ちふさがり、こんな風にまくし立てるのだった。

「アホウ、中学生のくせして煙草なぞふかしくさって、親兄弟が泣いてるて、やめれや、やめれ、このズクなしが」

オバさんはいかにも憎々しげに言ったので生意気盛りの広沢さんは対抗上、「へん、親も兄弟も戦争で死んでしもうたわ。施設から学校に行ってるんで。こづかいは靴みがきで稼いでいるんだて。煙草位すって、何が悪いんじゃ」とでたらめを並べ立てた。

どこの誰だか判らないオバさんは一瞬、バツの悪そうな眼をしてひるんだが、すぐに体勢を立て直してきた。

「何んだってばー、バカ偉そうに。そんげ、天照大御神さんやら、倭建命さんが天でな、怒っておいでなさるて、以後、気いつけれや」と大層な事を言って広沢さんをにらみつけながら通り過ぎていった。

広沢さんは今になっても、あのオバさんの恐い顔をなつかしく、又、有難く思い出す事がある。

今の時代、誰かそんな風に他人の子供を注意してくれるだろうか、うっかり注意でもすればその子供の親達に余計な事をしやがってと、反対に怒られそうな時代だ。

或る日、広沢さんが昼食後の影響で、すっかり頭もくちくなり、ウインドウ越しに入ってくる日ざしにウツラ、ウツラしていた時だ。

弾かれたように電話のベルが鳴り、広沢さんは軽く舌打ちしてゆっくりと椅子から立ち上り、受話機を取った。あの聞き覚えのある、若い巡査のカン高い興奮した声が響いてきた。

「こちら派出所ですがすぐに来てくれませんか。お宅の雪さんが大変な目に会ってるんです。いえ、別に誘拐されたとか大怪我をしたという事じゃあないんですが。とにかく早く来て下さい。まったくあの兵隊のおかげですよ。じゃあ、お待ちしておりますから」

声に一種、喜びのような感触が充分に入っていた。

広沢さんはすっかり眠気も取れてしまい、あわてて店のシャッターを閉めると表へ飛び出した。

「まさか、菊雄が雪に対して何か悪さでもやらかしたんだろっか。顔にでも傷つけてしもたろうか、これらすけ女の子は心配らて。いや、そんげ風に菊雄を疑うのはおっかし事かもしんねえろも」

広沢さんの全身は日ざしのせいばかりではなく、段々と熱く燃えてきて額に油汗がにじみ出てきた。

春町の町並みがユラユラと揺れて倒れかかってくるような錯覚におそわれた。

派出所の前にはパトカーが一台横づけにされ、人だかりがしていた。

中に入ると電話してきた巡査が、カーキ色の作業服姿の若い男を横にすわらせ、しきりに何か問いかけて書類に記入していた。

若い男は濡れた頭をゴシゴシとタオルでさかんにふいている。巡査は広沢さんに気づくと「いやあーこの人がね。娘さんを助けてくれたんですよ。あの兵隊服の奴が何をどう思ったのか、娘さんを池に引きずり込んでおぼれさせようとしやがってね。本当に危ない所だったんですよ」

広沢さんは頭を下げながら改めて若い男を見ると下半

身がたっぷりと濡れぼそっている。

「俺さ、公園の池の近くで水道管の修理をしてたんだ。そしたら、いつの間にか妙な兵隊服の男と小ちゃな女の子が、一緒にベンチにすわり込んでアイスクリームをなめてんだ。おっかしな組み合せがあるもんだと、しばらく見てたんだ。その内、俺も仕事に熱が入ってきたもんで下ばっか、見てたんだ、そうすっと急に女の子の泣き叫ぶ声がして、あわててそっちを見ると、あの兵隊服が池ん中に女の子を引きずり込んで、何んか乱暴しようと手足をバタバタさせ、のしかかろうとしてる。俺、本当にびっくりしちまってよ、急いで飛び込み、奴をなぐりつけてやっと女の子を助け上げたってわけさ」

若い男はほおを幾分、紅潮させてまくし立てた。

広沢さんは何度も彼に頭を下げながら、「菊雄の奴、信んじていたんだが」と心の中が一瞬、うつろになった。

それから広沢さんは巡査の運転するパトカーで雪の収容されている病院へ向かった。

巡査は弾んだ声で、「渡辺菊雄という、あの兵隊服の男は本署に連れていかれましたよ。あんな得体の知れない人間、早めにどこかの施設か病院へ入れてしまえば良かったんです。これは実に警察機構の怠慢でもあり、大きな恥です」と言った。


広沢さんは自分が池の中に沈められていくような息苦しい気分になった。

病院に着くと、巡査は広沢さんを先導して大股な歩調を取りながら受付に飛び込み、雪が収容されている部屋番号を聞いた。二階、十一号室は個室になっていて、雪は看護婦に付き添われて寝ていた。

雪は広沢さんを認めると、大きな瞳がみるみるうるみ、小さな口元がゆがんだ。

両手を思い切り伸ばし、広沢さんを求めた。それは親鳥を求めるひなのようだった。

雪は力強い腕に抱きしめられながら、一気にたまっていたものを吐き出すように、激しく泣き出した。

「おう、おう、たまげたろう、もうおっかねえ、オジさんなんか、どこもいなえすけな。あんげに仲がいいかったすけ、安心してたんだて。もう大丈夫らすけな、だすけ、もう泣くなてば」

そばにいる看護婦の語では、医師が診察した結果、雪のどこにも異常はないそうである。

雪は激しく泣き続け、しゃくり上げながら、急にいや、いやするように首を振った。

「そうじゃない、そうじゃないのよ、あのね、雪がお池の大きな鯉さんと仲良しになりたいと思って池に入ったの。そしたら、頭まで沈みそうになったの。そしたらチンドンのオジさんがドボンと、池ん中に入ってきてね、雪を助けようとしてくれたの。でも変なオジさんが急にそばにきて、チンドンのオジさんを強くたたいたりした。あと何んにも判んない。だから、チンドンさん、とても可愛想だったわ。チンドンさん、今、どうしてるの」広沢さんは雪のたどたどしい話を聞いて驚いてしまった。そばにいた巡査もしきりに妙な顔をし、首をさかんにひねり出した。

広沢さんが巡査に語気強く、話が全然違うじゃないかと言うと、「いやーおかしいな、どうなっちゃってるんだろう。確かにあの水道管修理の青年は、この雪さんが池に引きずり込まれているのを見て、助け上げたんだと言ってるんですがね。まあ、今の話は上司によく報告しておきますわ」と眼玉を落着きなく左右に動かし続けた。

雪はその日の内に、寿町の広沢さんの家に戻ってきた。だが、チンドンの菊雄さんは再び寿町へは帰ってくる事はなかった。

菊雄さんは郊外の綜合病院に収容されているとの事だった、広沢さんと徳さんが、何度も派出所へ出向き、何故、菊雄は戻ってこないのかと聞くと、巡査の上司が頭をかきながら出てきてこんな事を言う。

菊雄は遅かれ早かれ、あの事件にはかかわりなく病院へ収容する予定がちゃんとあった。それと目撃者が二名いたんだが、要するに、どっちともとれるような、あいまいな証言しかしないんだ、などと何とも無粋な返答をした。

広沢さんが「そんげ、無責任な。菊雄は雪の命の恩人なんだてば」とさらにかけあっても、「まあ、落着きなさい。そうだったかもしれない。だが、実際問題、ああいう今どき兵隊服を着、鉄カブトをかぶってチンドンなんて言われ、街を気ままに練り歩いているのは実に福祉上から見ても問題だと思う。それに、もしかしたらチンピラや、ヤクザ連中にいじめられる事だってあるかもしれん。だから彼の為にも病院へでも行ってもらうのが一番なんだ。それに……」ここで彼は声をひそめて言った。

「近々、このH市になあ、中央から、すごい、お偉いさんがやってくる。そんな折りに、ヒョコ、ヒョコとチンドンが街頭にまかり出て、眼についたら、実に、実にまずいんだよ」と言うばかりだった。

その後、すっかり老い込んでしまった菊雄さんの母親、トメさんは、広沢さん、徳さんと一緒に郊外の綜合病院へ何度も足を運んだ。

病院は、白い棟が何棟もあり、菊雄さんが入っている棟は外から見ると、何やら窓わくに横木が何本も打ちつけられ、出入り口には鍵がかかるようになっていた。

菊雄さんは薄暗い部屋のベットの上に、ボンヤリと焦点の定らまない眼付きをしてすわり込んでいた。

薬のせいで、母親のトメさんが何度呼びかけても一向に反応はない。

徳さんが、「菊雄よ、しっかりせや、カアちゃんらてば、お前の大事なカアちゃんらすけ、眼を覚ませて」と肩をゆすっても、まるで石のような眼をしている。

担当の医師に聞くと、こうして、いつも起きていても、眠っているのとさして変らぬ状態にしておくのが、この手の患者には一番良い事なのですと、真自目くさった顔で言う。

病院の帰りのバスの中で、トメさんはハンカチをくしゃくしゃにしながら泣き続けていた。

トメさんにとって菊雄さんは、二度目の、又、自分の手の届かない所へ行ってしまうハメになったのだった。

時々、トメさん、徳さん、広沢さんは連れ立って菊雄さんを見舞っていたが、五年前にトメさんは心臓病でなくなった。

菊雄さんはその後、公立のボケ老人専門養老院へ移された。養老院に居る時は、薬を服用しないとたまにチンドン踊りが出るだけだった。

年を取ったので、いわば軽いボケ老人と同じ扱いになってしまったようだ。

広沢さんはそこまで話すと又、私のついだ「越の山」をうまそうにすすった。

「そうらも、今考えてみっと、菊雄が雪を助けようとした事が、本当らば、その時、菊雄は正常になっていたんじゃねいかと、オラ、思う事があるて。それ思うと、菊雄をふびんに思うてば」

広沢さんの眼尻は少し濡れて光っているようだった。

徳さんは広沢さんに同調するように何度もうなずき、黙って、酒を口に運んでいた。

しばらくすると徳さんは、チンドンの話で皆が妙にしんみりしてきた気分を変えようと、「宵待草」や「人生劇場」を歌った。

塩辛声だったが、気持ちがほんのりしてきた。

外に出ると風が未だ冷たく感じられた、

寿町通りはすっかり灯も消え、静かに眠り始めたようだった。

次の休日に私は又、寿町を訪れた。徳さんと一緒に菊雄さんを見舞う為だった。

今も元気でいると聞いた以上、通じないだろうが何か話かけてみたい気持になったのだ。

徳さんの店に寄ると、彼は珍らしく白いワイシャツに紺の背広姿で、きちんとネクタイまでして奥より出てきた。菊雄さんの所へ行く時は、いつもこのように背広姿で行くという。

徳さんが正装するのは、菊雄さんに対する一種の礼儀のようなものかもしれない。

徳さんと駅前からバスに乗り、二十分程するともう市街地を抜けていて、眼の前に田畑が開けてきた。

道筋に「厚生年金対策事業・積立金還元融資・青陵園」と随分長たらしい看板が出ていて、赤い矢印が示されている。

遠くに低い山並みが見え、中腹辺りまでは未だ白く輝いていた。見える限りの、広々とした田園はすっかり雪が消え、あちこちで土が堀り返されて黒々とぬかるんで見えた。当地は日本有数の米どころである。

やがて世間から隔絶されたようにポツンと二階建の白い建物が、田園の中に浮んでいるように見えてきた。

それが、菊雄さんが収容されている養老院の「青陵園」だった。

バスを降りて、近くで見る建物の敷地は実に広い。この場所でそう感じるのだから、町の中だったらビックリするような広さだろう。

空気は良いだろうが、やっぱり養老院とか病院は町中に造るべきではないか。家族が会いに行くのに遠過ぎては困るだろう。もっとも今の世の中、老人を放り込んだまま、見舞にも行かない、いわば姥捨山に見たてている連中も多くはいるが。

徳さんが受付の白衣を着た、何やら色っぽい中年の女性に、「由紀ちゃん、又、来たて。今日は友達と一緒らろも、会ってもいいろっか」と親しそうな口ぶりで話しかけた。

その女性は、形式的な愛想笑いを浮べて「面会ですか。今の時間は総合リハビリルームで、トレーニング中です。本当はよろしくないのですが、見学だけならばいいですよ」と私の方をうさんくさげに見た。

私達は長い廊下を案内板にしたがって、右に曲ったり、左に折れたりしながら、その総合リハビリルームへ向かった。

徳さんは歩き慣れた様子で先に立ち、私にはそうは思われないのだが、「受付の由紀ちゃんさ、俺に気があるみてえらて」といった意味の事を口の中でつぶやいたりした。建物の内装は白く、時には淡いピンクやグリーン色で統一されていて、何となく明るい、幼稚園内の雰囲気のようだった。

次第に弾んだ、軽やかなリズムが聞えてきた。

眼の前の大きなドアが開け放たれていて、八十坪はあろうかという白い部屋に、何十人もの老人達が、音楽に合わせて動めいているのが見えた。

皆、揃いのベビー服のような、レモン色のパジャマを着ていて、体を勝手気ままに揺り動かしている。

どこを見ているのか判らぬ夢遊病者のように、ボーとただ突っ立っているお爺さんもいれば、海底にゆらめいているコンブのように、ユラユラとただよっている老婆もいる。

又、しこを踏むような格好で、足を交互に振り上げている者もいた。別の老人は、仙人のような典雅な表情をし、次の瞬間、手足を折り曲げて、ひわいなサルのように変化した。

てんでに自由奔放に踊っていて、この世の事などすべて忘れ去っているような、実に楽しそうな振る舞いなのだ。うるさいほど鳴り響いている音楽は、若者向きのディスコ・サウンドで天井に七色のミラーボールでも輝いていたとしたら、都会の一隈とさして変わりはない。

徳さんは別に驚いた風もなく、ほれ、あそこにいるのが菊雄らてと指さす。

右隅の歯の抜けた、枯木のような老婆の隣りに、頭の白くなった太ったお爺さんが、ゆっくりと手足をゆらめかせていた。

その特長のある手足の動かし方を見て、私はようやくチンドンこと、菊雄さんだと確認する事が出来た。

私の記憶にある菊雄さんは未だ青年のままだったのだ。菊雄さんは、街で踊っている時と違って何だかとても品良くといっていいのか、なめらかに手足を動かし、踊っているように見えた。

他の老人達の踊りと比較すると、格段の差がある。

そばに仕き添っている看護学校出たてのような、すべすべしたほおをした看護婦さんに聞くと、週一回、リハビリテーションの一環としてこういう踊りを習慣ずけていると言った。

この踊りが終われば、多分、老人達は機械的に入浴し、機械的におしめを替えられる生活が待っているのだろう。それが幸福な事かどうかは、すでにここにいる老人達には判断する事は出来はしない。

こちらが思いやるほかはないのだった。

その事は菊雄さんがチンドン踊りを、ひたすら無心に寿町で始めた事と同じで、こちらがどう考えるべきかの問題なのかもしれないと私は思う。

徳さんは、「菊雄の奴、踊りの仲間が一杯出来て、もしかすっと得意になっているのかもしれねえて。それとも、あの内務班時代だと思っているんだろっか。あいつにせば、あの戦争は、まあーだ、まあーだ続いているんだこてさ」と眼を細めながら、ポツリと言った。

菊雄さんはすっかりまゆも白くなり、好々爺になっていて、ひたすら無心に手足を振り上げ、踊り続けていた。私は菊雄さんの前に進み出て、向い合った。

彼はさすがに皮膚はたるみ、しわだらけの顔だったが、眼だけは私が中学生の時に見た時と同じような、やさしい、穏やかな感じだった。

私はいつの間にか自然に足を振り上げ、手をかざし、菊雄さんに合わせようと踊り始めていた。

けれども、うまくリズムに乗る事が出来ず、じたばたと手足を動めかせているだけだった。

チンドン踊りには、相当な年期がいるようだ。

私の隣りに、背広を脱ぎ、ワイシャツを腕まくりした徳さんがいて、これもぎこちなく手足を動かしている。

リハビリテーションルームは、サウナ風呂のように充分に熱気を帯びていた。

私の額に、うっすらと汗がにじみ出てきた。

ユラ、ユラと、あてもなく老人達が、建物が、世界が揺れているように感じられた。

「菊雄よ、もう少し、したら俺も仲間に入るてば。そして、二人で仲良うチンドン踊りを踊ろてばさ。それまで待ってろ」と徳さんは息を切らし、あえぎながら言った。

すると、眼の前の菊雄さんが、徳さんを見、私を見て、にっこりと仏様のように笑いかけてきた。

蘇える海

老母が床の中から、すり切れたレコードのような、かすれた声で「オラァ、とぼってしまう前に、もう一度、クニの海、見てみてえてばさ」と又、つぶやいた。

私はコップ半分ほど入ったビールを持ったまま、宙に浮かせ、妻の和子と顔を見合わせた。

老母の声はふすまを通り抜け、廊下を伝わり、ダイニングキッチンで、夕食後のたまの夫婦の語らいをしている私達の耳に、まったくかすかに聞えてくるのだった。

二ケ月程前までは、それでも元気に、わずかな広さの社宅の庭で、草むしりをしていたのに、八月に入ってからの急な猛暑がこたえたのか、べったりと虫の息のやもりのように床に張りついて動こうともしなかった。

床に着いてから、時々、昼夜を問わず、うわごとのように「オラァ、とぼってしまう前に、もう一度、クニの海、見てみてえてばさ……」と言い続けている。

夜中などそれが呪文のように聞えてきて、私の体に熱っぽく、いつまでもまつわりつくのだった。

私がそっと母の水分の抜け切った渋紙のような顔をのぞき込むと、黄色い、ヤニのたまった眼尻に、それでも汚れのない、故郷の海のひとしずくのような水滴をためている。

「クニの海、見てみてえてばさ……」とつぶやく言葉は、一つの強い、何ものにも代えがたい意志を表わしている。懇意にしている近所の医師の話では、すでにゆるやかな老衰が始まっていて、小生の力ではもはや、いかんともしがたいタイプの患者であると、ゴマ塩頭をポリポリと、かきながらあっさりと宣言した。

和子は、私のコップにビールをゆるやかにそそぎながら、「ねえ、一度、お母さんを故郷の海へ連れて行きましょうよ。今の内だったら未だ、旅行にもきっと耐えられるはずだわ」と言った。

「しかし、今は一年で一番、工場が忙しい時だし……」

「そんな事、言ってると、もしかして最後の親孝行も出来なくってよ。孝行したい時は親はなしってね。これは平凡でかつ、偉大な真実の言葉よ。それに建二だって、一度日本海を見てみたいって以前から言ってるし……」

妻は私の顔をひどく、じれったそうな眼で見続けた。

「うん、そうだな。何とか課長に頼んでみるか、だが、しかし……」

「ええい、貴方って実に決断力がないわね、よし、行きましょう、私、決めたわ。さあてっと、何から準備するかな。そうそう、この際、夏向きのブラウスでも新調しようかしら。えーと確か、Aデパートの二階に素敵な衿の形のものがあったっけ、いや、あれはBデパートだったかしら」

妻はビールをすでに二本以上飲んでいたせいか、よくしゃべり、早急に結論を出してくれた。

建二というのは、東京都足立区第三小学校、二年三組に在籍中の息子である。

実をいえば私自身も内心、母の為に早急に故郷へ一度帰らねばと思い続けていたのだった。

この際、多少の無理をしてでも、会社の夏休みを早めにとらせてもらおう。

ちなみに母と私の出身地は日本海側の北に位置するN県、S郡、大字R村で、三年前にはすでに十軒しか残されていない、一漁村だった。

八月の初旬、私は母を背負い、和子と建二と共にN駅コンコースを、バケツで水を頭からかけられたような風体で歩いていた。新幹線で二時間もしない内に、N駅に着いてしまった。私が小さい頃は、N駅から東京まで少なくとも八時間は充分にかかったものだった。

背中の母は、セミの脱け殻のようにひどく軽い。

ひょっとすると魂までも、どこかへ置き去りにしたのではないかと一瞬おびえたが、私の汗ばんだ耳元に、かすかに蚊トンボの息のような吐息がしてほっとさせた。

東京を出発する前にゴマシオ頭の医者から、こまごまとした注意事項を受けた。

例えば、カゼなど引かせては命取りになるから、冷房に気をつける事、出来るだけ栄養価の高い、柔らかい物を規則正しく食べさせる事など、いかにも常識的な注意だった。私は、これが本当の最後の親孝行になるかもしれないと思い、大いに奮発して新幹線のグリーン車でやってきたのだった。車中では和子と二人して、母の顔色と脈に特に注意してきた。

母は、窓の外を流れる故郷への山々や田畑や、見知らぬ街を薄ボンヤリとした焦点の定まらぬ眼で追ったり、時折、額のしわを一層幾重にも寄せ集めてウツラウツラしながら、それでも何事もなく、N駅に着いたのだった。

途中、私が母の耳元に、思い切り口を近づけ、辺りに迷惑にならない程度の声で、「カアちゃん、気分はどうらね。もうちっとばか、我慢せば海が見えるすけね、気、確かにもって頑張ればいいさ」と言っても、ただ小さくうなずくばかりだった。

そんな母を見ているうちに私はふとやるせない気持になってしまった。

上等な眼鏡の縁をキラキラと輝かせた、にがみばしった上司に休暇願いを提出した時、「今、忙しい時じゃないかね。一ケ月位、後にしてもらうと会社としては助かるんだが」と言われた。

「はい、どうも母の具合いが良くないもんで、早めに一度、故郷に帰らせてやろうと思いまして。誠に申しわけありません。どうも忙しい時に、はい、本当にどうもすみません、どうもはい……」

「そうか、しょうがねえな。ただね、君、こんな事、しょっちゅうやられたら困るんでね。会社あっての我々なんだよ、チームワークだよ君、そこんとこ、本当に判ってるんかな。今度の事、記録に残るぜ」とさもいまいましそうに許可の印を書類に、ぎゅうと乱暴に押すのだった。

子供のように背が縮み、赤子のような気持になってしまった母の、まばらな白髪がこびりついた後頭部が、かすかに揺れるのを見ていると、私は上司に嫌な顔をされても、出世が遅れても、休暇を取って良かったと思った。母を見守ってやれるのは少なくとも自分であり、家族というものなのだ。

日ざしの強いN駅に私達は佇んでいた。

「へえー、N駅前って以前に較べて随分と変わったわね。まるで東京のどっかのターミナル駅みたいね」と和子が首筋の汗をハンカチでぬぐいながら言う。

駅自体も白く、大きく立派になり、以前、隙間だらけだった駅前もびっしりとビルが背を競い合っていた。

和子は以前にR村での結婚式でN駅前を通りすがりに一度見ていたのだった。

その彼女の周囲を「暑いや、ねえ、アイスクリーム買ってよ」と建二が小犬みたいにじゃれ続けた。

私達がこれから向かうR村はN市から七十キロばかり離れていた。駅前のレンタカーショップに立ち寄り、これも新幹線のグリーン車と同じく、一大決心をして、二千五百ccのまぶしいほどに白く輝いている大型乗用車を借りる事にした。

六時間で一万二千八百円の契約だった。

社宅では、未だ月賦の払い終っていない小型乗用車を通勤や家庭サービスに使用していた。

私が勤めている工場では、日本の本当の中産階級が乗るに違いない、シートもふかふかな大型乗用車を絶え間なく作り続けていた。

私はレンタカーのハンドル具合を確かめたり、フラッシャーランプを必要以上に点検している事に気付いた。

まるで仕事の延長上の事をしているのではないか。

心の一部に未だ会社にとらわれている自分を発見して改めて苦笑してしまった。

後部のシートに母と和子を乗せ、助手席には幾分興奮気味の建二を乗せて、私達一家は一路、R村に向かって出発した。車内では横から前から足元から、そして上からさえも冷気が吹きつけてきて、一気に体中の汗を蒸発させた。私はあわてて母の為にクーラーの目もりを何段も下げた。時折、バックミラーを見るが、和子だけが見え、彼女の普通ならばクリッとした大きな瞳が実に眠たそうに、うつろにクラゲみたいにただよっている。

母はシートに小さく、海底の岩場に付着している貝のような状態らしく、まるで見えない。

N市の街路は以後、よくR村から友達の車で遊びに来ていたので、道の所々にある道路標識を見るだけで通り抜ける事が出来た。

カーラジオからは全国高校野球大会の熱っぽい実況中継が発散されている。

やがて市街地を抜け、かげろうが揺れる田の中の国道を走り続けた。見渡す限り、太陽にあぶられて、オレンジ色に燃え盛っている田が続き、私はクーラーの目もりをほんの少し強めにした。

遠くの山々や、それに連なる樹林や手前の村の家並みが、ゆらゆらとかすんで見え、まるで学芸会の書き割りのように安っぽく見えた。

国道の両側には所々、コンビネンス・ストアやパチンコ店、モーテルなどがいやに眼につく。

これらは夜ともなれば極彩色のネオンを踊らせて異様にぎらつくのだろう。私が以前みた光景は、ボーリング場ばかりだったような気がする。

変ったといえば、いたる所で田がつぶされ、工場になっていたり団地に利用されていた。

これが減反政策なのだろうかと、風景の急激な変化にとまどう。そして心の内に、一種のおびえのようなものがしつこくつきまとってきた。

「R村はどんな風に変化しているのだろうか、いや、相変らず平穏で、何んの変哲もない村として存在しているのか」二年程、R村の消息は聞いていなかった。

車内は実に静かで、いつの間にか助手席の建二も、口を三原山の小火口のようにポッカリと開けて眠りこけている。後部席を一瞬振り返ると、和子は首をがっくりと前にうなだれているし、母は和子の標準サイズより大きめの胸をクッション代わりにして寝入っていた。

時々、ふっと前方の国道が白く、熱く、ゆらいで見えた。私は閉じかかっている自分の両まぶたの重みと闘う為、尻の肉を思いきりつねったり、ほおをピタピタとたたいたりした。

そして脳を活性化させようと懸命に、R村の思い出をたどり始めていた。

私の村は日本海の波の荒い海岸線にそって、出来の悪い山芋のように細長く続いている半農半漁の村だった。

海の反対側には山が壁のように間近に立ちはだかっていたが、それでも人力の限界と思われるような高さまで田畑が段々になって続いていた。

田畑では満足に生活出来ず、漁業が八割がたを占めていた。母の若い頃は海面が黒くなるほどイワシやスケソウダラが群れていたという。

やがて村から十キロばかり離れた場所をうねって流れて通り過ぎていた日本一長い川に、洪水防止用の巨大な分水が出来た。

その為、真水がR村の間近の海へそそぎ込むようになってしまい、魚達が寄りつかなく、漁はまったくさっぱりとなってしまったのだった。

分水が出来た為、旧下流の沿岸農村地帯は恒常部な洪水がなくなり、どれほどありがたがっているか、はかり知れなかった。

しかしR村は急激にさびれ、母達が精出していたワカメ取りも不況となり、閑古鳥ばかりが何羽も楽しげに村中を飛び回る事になった。

村史によると明治時代には三百戸を越えていた戸数も昭和三十五年には九十二戸、三十八年には六十五戸、四十一年には三十二戸と次第に村としての手足をもぎとられていった。村の家の中には、まず若い者や一家の稼ぎ手が東京方面に出、落ち着いた頃に、年老いた親達を呼び寄せる事が、はやり病のように増え始めた。

私の家族の事を言うと、漁に見切りをつけた父は、通年の出稼ぎ先の東京の地下鉄工事現場で働いていたが、事故に遭ってしまい、病院で一ケ月苦しんだあげく亡くなってしまった。姉が一人居たが、千葉へ嫁に行き、滅多に返事もよこさなかった。

村を出る連中は、それこそ夜逃げ同然にあいさつもなしに忽然といなくなる場合もあるし、気のきいた人は〝立家ふるまい〟といって世話になった隣近所の人々を呼び、一夜の別れの酒宴を催すのだった。

その席では大抵、別れのあいさつもままならず、ほおを引きつらせ、みけんに幾重もくぼみを作り、「オラァ、オラァ、さびしゅうて、さびしゅうて……」と首をがっくりさせてあとはポタポタと、とめどもなく涙にくれる。見守る者達も、いずれ我が身と一様に敗戦直後の人間のようにうなだれ続ける。

そして村中に廃屋が増え続く、私の家を夜な夜なじりじりと、取り囲んでいくのだった。

廃屋は茅ぶきの屋根が年老いた巨象のようにかたむき続け、太い柱が屋根を突き通して天空にさびしく伸び続ける。雪の降りしきる頃になると、廃屋が昼でも夜でも、ギギシ、ギギシとか、ビシ、ビシと奇怪な音を響き渡らせた。家のはりや柱が、雪の重みに耐えきれずに、しなったり、折れたりする音だった。

子供だった私は夜中に身震いしながら、その音を聞き、きっと家達が捨てていった人をうらんで泣いているのだと思った。

私自身の事を話すと、いわば典型的な出稼ぎ人といった所で、いずれ皆と同じように母を呼び寄せる事になるだろうという予感は充分にあった。

高校を出ると、母が心細げにしているのを振り切って村を出、東京近郊にある、或る自動車組み立て工場に勤めた。高校に送られてきた募集広告は、とても希望が持てそうな写真や文面で満ちていたのだった。

すぐに大型貨物自動車組み立てラインに付かされ、次次と流れてくる骨格ばかりの車体後部に、テールランプを取りつけるだけの、単調な仕事の毎日だった。

いつかテレビで放映された、チャップリンのモダンタイムスの一場面とよく似ていた。

この職業についた唯一の理由は、他の職種より給料が良いという、単純な理由のみだった。

給料の内から、母が何とか生活出来る分位は定期的に送金する事は出来た。

当時母は、わずかな田畑を守って一人暮しを続けていた。たまの母の手紙には、東京の女に気を付けてとか、真面目に働けとか説教じみた文面で、未だ未だ元気そうな様子だった。

毎日、まったく変わりばえのしない仕事を常時四十ホーン以上の騒音で充たされている巨大な工場で続けていると、時々、頭の中がカーと燃えさかって、ひどく不道徳な事をしたくなったりした。

これではたまらないと思い、大型オートバイをボーナス全部はたいて買い込み、都内の高速道路や湘南の海岸線を突っ走ったりした。その頃はオートバイだけが生きがいのようなものだった。

オートバイを走らせる気分は、冷たいコーラを一気に飲んだような気持だ。体を潮風で吹き洗われるだけで、心が自然に安らいでいく。

その頃、オートバイ仲間の一人から彼の妹を紹介され、いつの間にやら気が合い、仲良しになった。

それが妻の和子だったが、彼女も家出同然に裏日本のY県から飛び出てきたので、何となくうまが合ったのだろう。一応、家庭が出来、やがて建二が生れると私もすっかり落着いてしまい、単調な毎日の仕事も何とか我慢だ、我慢だと心に言いきかせている。

しかし、一生、今の仕事を続けていくかどうかは判らない。同じ頃、一緒に村を出た仲間の俊男と勇二は、スーパーや喫茶店、板前修業を出たり入ったり繰返していたが、最近では消息すら不明だった。

私は一度位、都会へ出てみたい気持も、勿論あったが、きちんとした仕事さえもしあったならば何も村を出る事はなかったような気が最近、無性にする。

R村はそれこそ何もないけれど、やっぱり私にとって己が生まれた唯一の場所だと酒が入った時など特に思ってしまう。人間は年を取ると保守的になるようだ。

母から又、手紙が届いたが、文面は次のようだった。

「修一、和子さん、建二や、元気にしてるかえ。オバっちゃも何とかやってる。裏山のうまい栗でも送ろうかと思ったけれど、腰が痛うて、痛うてたまらん。そんげな事で今年はかんべんしてくれ。町までバスに乗って行って医者に診てもらおうとしたんだろも、そのバス停まで一里近くも歩かんばなんねえ。村に若いモンは一人もいねえし、オラみたいな年寄りばっかで連れていってもらわんねてば。もうちっとばか我慢せば自然に治るかもしんねすけ、待ってみるわ。おめさん達も体、気いつけれや。それから近頃は東京辺りから不動産屋がいっぺいきてさ、そいつらが言うには、オラ達村一帯がレジャーランドてかになる予定らすけ、土地売らんか、今らったら高い値で買うすけ、土地売らんかって、うるさえほどらて。オラ、よう判らん事らすけ、村の大将の寅爺さんに印鑑も何んもかんも預けてあるて。こんげ所に、そんげレジャーランドという遊び場作ったって、どういうもんらろね。吉平爺さんや栄治郎さんの家では家屋敷から何から全部売る事に決めたようらて。それと、この頃、古道具屋の連中が、よう顔見せるんて。村を出ていく家の石ウス、古ダンス、自在カギ、鉄びん、湯のみ、米びつ、何んでもかんでも買っていくんだてば。町じゃ、いい値で売れるんだと。古道具屋の車に、そっつら道具類が運ばれて行くのを見ると、何だかオラさみしゅうて、さみしゅうて。村がこれからどうなるんだろうか。オラ、この土地捨てる気なえろも、体いうことききかんなったれば、そん時は、そん時らて。又、手紙すっすけ、おめさん達も元気にしてくれな。トシイより」

私は和子に母からの手紙を見せ、やがて二人してよく相談した結果、母を早急に東京へ呼び寄せる事にした。

母の手紙にあった寅爺さんとは、以前、村長を八期も勤めた実力者で、村のまとめ役をやっている老人だった。レジャーランド計画とは、メリーゴーランドやお猿の電車のたぐいなのか、皆目見当もつかなかったが、全面的に私達の土地、建物の処分は寅爺さんにお願いした。

いよいよ、私達一家も村を捨てる事になったのだった。やがて二足三文といった値で、土地・家屋は東京の大手不動産業に買い取られていった。

その金で、会社の了承をとった上で社宅の畳を変えたり、部屋を改造して母を迎えた。

母は異国に連れてこられたように不安気な顔をのぞかせ続け、三年余りもたったのに、終日、部屋にタヌキの置物のように一人、ポツネンとしている。

する事といったら、テレビのチャンネルに触る位で、外へも自分からは滅多に出掛けなかった。とにかく車が恐わくて仕方がないという。

社宅の近くを国道があり、昼夜を問わずに車が河のように流れ続けている。

断続的にパトカーや救急車のサイレンが、大都会にはこれがつきものだよと誇らしげに重なり合って聞こえてくる。それと、東京の水とは実にまずいもんだてと言いながら、水道の水を鼻をつまみながら飲む毎日だった。

故郷では、いつも山のこんこんと湧き出る清浄な清水を心ゆくまで味わっていたのだから。

母は最初、東京へ出てくる事をひどく嫌がり続けた。母の幼年時代も娘時代も、そして母親時代も、思い出がR村に深く刻まれ、とても他の土地などに今さら行く気などなれなかったのだろう。

それでも東京へ出てくる決心をしたのは、眼も腰も次第に悪くなり、心細くなってきたせいか。

生れ故郷への気持は、私にも少しずつ年を取るにつれて、胸にしみ入るように判りかけてくる。

あの海の輝きも潮風も、ここでは到底、味わう事は出来ない。私にとってもR村は忘れ難い、或る思い出がある。それを少し記す。


村で雑貨屋を開いている岡田の娘が村を出、再び戻ってきたのは。私が中学二年の夏休み中の事だった。

名前は妙子という。

出ていく時は、未だオカッパ頭に、上衣はバリっとノリのきいた白いブラウスで、下はダブタブのジーパン姿の、いかにも田舎、田舎した風情だった。

しかし、帰ってきた当初の姿は、頭はチリチリのカーリヘアで、得体の知れない、点々と小さな穴の開いた黒い上下を着込んでいた。時々、濃い目のサングラスを手でもて遊んだり、頭に載せたりしている。

唇は毒々しいほどの紅色で染っていた。

中学時代より、不良がかった娘だと言われていたが、東京へ出ていって、どのような職業についているのか誰も知らなかった。ただ、妙子の父親も母親も、村では見る事も買う事も出来ない金額の張るハンドバックや皮バンドなどを彼女からもらい、単純に喜んでいるように見えた。


「ありゃあ、金持ちのジイさんのお囲い者にでもなっているんだろう」と村人達は勝手にうわさし合っていたが、妙子は別に気に止める風もなくふまっている。

私が妙子に会ったのは海の神様を司ったS神社の境内だった。そこは波打ち際が間近にせまった岩場の高台で、急な石段を昇ると海と村全体を良く見渡す事が出来た。

私は以前から、神社にあるさい銭箱の横にすわり込み、ボンヤリと潮風に吹かれて、海の輝きに見入ったりするのが好きだった。

時には八畳ほどの本堂に上り込んで、陽にいぶられた渋茶色の畳に寝転び、つまらぬ物思いにふけったりした。船乗りになってこの海の果てまで漕ぎ出してみたいものだとか、シルクロードをラクダで思う存分に駆け巡ってみたいなどと、本気になって考えたりした。

そしてさびしがりやのくせに、誰にも邪魔されずに一人で本を読んだりするのが好きだった。

本堂の正面には、海の神様を祭った祭壇が重々しく見え、周囲には願掛けをした絵馬や寄進者の名札、幸進丸とか正徳丸とか書かれた大きな提灯、目録、進水した時の漁船が写っている古ぼけた写真、極彩色の大漁旗の一部などが飾りつけられていた。

夏の午後、石段を昇りつめて熱くほてった体に、海からのすがすがしい風が吹き抜けていく。

祭礼の時や、漁に出かける前の信心深い人が訪れる以外は、滅多に人は訪れる事もなかった。

静かな本堂には潮騒がわずかに聞こえてくるばかりだった。私は例のごとく、学校の図書館から借りてきた、「路傍の石」や「次郎物語」の小説本を持ち込んでウツラ、ウツラしていた。

陽は西の海に落ちかかって本堂の中を、オレンジ色に染め上げていた。急に、何か、人の気配のようなものがしたので、私はあわてて起き上った。

そして反射的に入口の格子戸の影に隠れて、音のした方をそっとのぞいた。

本堂の前には、潮風でボロボロに朽ちかけた背の低い、対になった狛犬があり、左手の狛犬に、妙子が体を預けているのが見えた。彼女だと判ると、何故か私の頭の中は急に熱くなってゆく。

妙子はゆっくりとした手付きで、タバコをすいながら、金色に輝く落日をじっと見ていた。

本堂は薄暗くなっていて、私がいることに気づかない風だ。妙子の白い顔が朱のように染まり、海からの強い潮風が吹きつけて、体の線を時折ハッキリとさせた。

胸のふくらみと腰の豊かさが露わになった。

私は何か、妙子をいつか美術の時間に習ったギリシャ彫刻の女性像の一つに似ていると思い、顔がほてってくるのを感じた。それと、妙子に気づかれないで、思うさま、彼女の全身をじっと見ている事に、気恥しさと、思いもかけぬ強い喜びの感情が、湧き上ってくるのを押え切れなかった。鼻筋がスッキリと通り、なまめかしい、厚ぼったい唇が夕日の中に浮んでいる。

時折、紫がかったタバコと煙が、気持ち良さそうに、蜜のような唇から吹き抜けてゆく。

切れ長の眼が大きく見開らかれ、瞳がうるんで海の輝きをうつしていた。

私は妙子を率直に、とても美しい人だと思った。

村で良くない評判の立っている彼女だったが、そんな事はこの人の、この時の素晴らしさにとって何んの関係もない事のように思われたのだった。

ずっと以前から妙子を好きだったような気がする。

私が小学三年生になったばかりの頃、今でいう、いじめなのだが、学校の悪童達にささいな事から取り囲まれた事があった。

校庭で皆と、ドッチボールをしていた時、私がうっかりミスをしてしまい、自分達のグループが負けてしまった。学校の帰り道で、四人ばかりの同級生達に待ち伏せされ、口々にののしられながら、けられたり、突き飛ばされたりして顔も手も足も、土に汚れ、血さえにじませてしまった。

その時、中学生だった妙子が通りがかり、悪童達を追っぱらってくれたのだった。

私は心細さが解けたせいか、妙子に対して母のような感情がこみ上げてきた。私は涙ぐみながら、彼女の胸に顔の汚れもかまわずに飛び込んでいった。

妙子は「バカね、男の子でしょ。泣いたりしたら恥かしいわ」とやさしく言い、別に嫌がりもせずに私を受取めてくれた。両手を背中で結んで強く抱きしめてくれたのだった。妙子のセーラー服ごしの胸はとても柔らかく感じられた。

いじめられたつらさも痛みも、遠い過去の出来事だったような気がし、又、不思議にも、丁度良い湯加減の風呂の中に、ゆったりといつまでもただよっているような安らぎを覚えたのだった。

この感覚は、今もって忘れる事がなく、心の中に生き続けている。女性というものには、何か説明する事の出来ぬ、大きなふかぶかとした力が、天性、備わっているに違いない。

妙子は自分のポケットから、きれいな橙色のハンカチを取り出し、近くの水道で濡らすと、私の汚れた顔や手足を清めてくれた。それから学校の保健室へ連れて行ってくれ、先生に事のいきさつを話してくれた。

帰り道、私は顔や手足のあちこちを、赤いマーキュロの斑点だらけにして、妙子に手を引かれて家に帰った。

その間中、彼女は何か、その時代にはやっていた歌謡曲をゆっくりと歌っていたような気がする。

その声を柔らかく、澄んでいて、実に軽やかだった。

妙子の事は、きっと私が大人になっても忘れる事はないだろうと、その時、思った。


眼の前の妙子は、相変らず海の果てを見つめるように、眼を細めて時々タバコを口に運んでいた。

私は今さら出ていくのにもはばかられ、格子戸の影でじっとしているばかりだった。

その内に、夕陽に染っている彼女の横顔が、かすかに歪んだように見え、瞳が一段とうるんだかと思うと、あとから、あとから涙をあふれさせていった。

涙を振り払おうともせずに、妙子は盛んにタバコをふかし続けた。それは何か、つらい事に精一杯耐えているのだという風情を、一杯につくり出していた。

海は本当の落日を迎え、空も大気も陸も、すべてが輝ききっていた。

やがて急速に、すべての光が衰え、蒼い気配が次々と重なり合い、闇が押し寄せてくる頃、妙子は心持ち、うなだれながらションボリと階段を下りていった。

私は彼女のさびしげな後姿が、次第に遠ざかって行くのをぼんやりと見つめながら、あの人にもきっと何か、つらい事が沢山あるに違いないと子供心にも胸が痛んだ。

三日後の昼過ぎ、私は図書館から借り出した小説本を片手に、又、石段を駆け昇って神社の前まで行った。

すると例の朽ちかけた狛犬の所に、妙子が以前と同じように海を見つめてタバコをふかしているのが見えた。

黄色い、水玉模様のはでなワンピース姿で、キラキラとした濃い目のサングラスをしていた。

私はどうしたら良いのか判らず、カカシみたいに立ちつくしていると、「あれ、修ちゃんじゃないの。随分と大きくなっちゃって、何年振りかしら」と気軽に声を掛けてきた。

サングラスを無造作に取ると、以前の人なっつこい瞳が大きく笑っていた。それから私に、今何年生だとか、好きな学科は何んだろうかなど聞いたりした。

私は上眼使いに、息がつまりそうになりながら、それらに答え、そして、「妙子さん、この神社が好きですか。よく来ているみたいだけど」と、思い切って聞いてみた。

妙子はちょっと首をかしげ、急に眼を細めて海の方をまぶしげに見つめて言った。

「そうね。お姉ちゃん、小さい頃から、つまんない事や、つらい事があると、ここの神社に来るの。東京に居る時も、とてもここに来たくってね、時々夢にまで見るわ。毎日、毎日蒸気にむせて、石けんにまみれて、バカみたいな仕事でお金を稼いでいると、ふっと無性に、この神社から海を見つめたくなってどうしようもなくなるの。……こんな話、しても修ちゃんには判るわけないわね。本当はお姉ちゃん、とても弱虫なのかもしれない。でもね、ここにこうして立って、海を見つめていると何だか気持が柔らかくなって立ち直ってくるの。大げさだけど、さあ、又、何とか生きていこうって思う。お金なんてどうでもいい、真面目にスーパーかパン屋の店員さんになろうと考えたりね」

妙子は、自分に納得させるようにゆっくりとかみしめるように言い、照れたように笑った。

私は妙子が東京で、どのような仕事をしているのか判らなかったが、眼の前の彼女は以前とまったく変らずに、優しくって美しいと思った。

そして何故か、彼女の気持が全部理解出来ると言いたくなったりした。

妙子は急に顔をほころばせると、「私の話、何だか照れくさくって馬鹿馬鹿しいわね。さあ、浜辺までお姉ちゃんと一緒に走ってみようか。やっぱりなつかしいもん、砂がキュッ、キュッって鳴くのを聞くのって。本当は海と鳴き砂の為に帰ってくるのかもしれないわ」と声を弾ませて、私の手を取り、引きずるようにして石段を下りた。

私は己の手を妙子の柔らかな手で強く握られたのが恥しかった。

妙子は履いていた赤いサンダルを脱ぎ、私は靴下と運動靴を脱いだ。

白く、広々とした砂浜が急にせまってきた。私の足の裏が熱く、しかし心持良く感じられた。

辺りに人影はなく、何もかもが清浄だった。

妙子はせわしなく腕まくりをし、黄色いワンピースの裾をたくし上げて腰の辺りでしぼった。

膝とももが露わになり、白く、まぶしく輝いた。

「さあ、走るぞー。修ちゃんなんかに未だ負けないわよ。ほら、あそこの船の所まで競争よ、よーい、ドン」と妙子は、澄んだ大気の中で快活に宣言したのだった。

百メートル程、先に、一隻の釣り船が砂場にポツンと引き揚げられていた。

妙子は小学校の運動会に出場しているように、思い切り手足を振り上げながら、走り出した。

私も力一杯、砂を蹴り上げて、妙子の後を追った。

妙子のまくり上げられた尻の辺りに、一片の黒い布のような下着がわずかに見えている。

私の体全体が、一気に熱を帯びて汗をふき出し続け、頭上の太陽が唯、ユラユラと揺れ続けた。

足元の白い砂が、微妙に、キュッ、キュッ、と鳴り続けた。鳴き砂といって全国でも、わずかばかり残されている自然の妙なる響きだった。

砂の粒に含まれる、ある独得な成分によって、音は出るという。洒落れて、サンド・ミュージックと呼ぶ者もいた。

妙子の走った後ろから、さわやかな鳴き砂の響きが私を包んだ。二人はほとんど同時に、釣り船にたどり着いて、思わず倒れ込んだ。

私は息がひどく切れ、汗があとから、あとからふき出し続けたが、気持は壮快と言って良かった。

妙子と私は、しばらく、あおむけになって互いに息を荒くさせ、澄み切った大空を唯、見ていた。

妙子は苦しそうにあえぎながら、突然、「村の人、私の事を色々と言ってるでしょう、いやらしい女だとか、修ちゃんもそう思ってる?」と吐き出すように言い、並んで倒れ込んでいる私の方を、横目でうかがうようにじっと見た。その眼には哀切さが宿っているようだった。私は息をつまらせながら、反射的に、「いや、妙子さんは昔みたいに、いい人できれいです」と答えた。

実際、そういう風にしか思われないのだった。

すると、「うれしいわ」と妙子が急に寄りかかってきて、私の体は強く抱きしめられていた。

そして砂の上をクルクルと舞うように転り続けた。

妙子の胸が丁度、私の顔の辺りに触れ続け、腹部が、腰が、脚が、からまり密着した。

昔のように胸が、広く、柔らかく真綿のように感じられ、再び、体が一段とほてってきた。

背中の砂が熱く、しびれるようだった。

私は我慢出来なくなっていた。しばらく私は妙子に強く抱かれ続けた。

突然、「あれー修ちゃん、もう立派な大人ね。こんなになって、こんなになって」と妙子が私の腰の辺りに触れて大きく、乾いた声を一段と上げた。

私は恥しさに耐えられない気持と共に、何もかもすべてが、彼女の前では許されるような甘さを感じた。

この世に空と海と大地と自分達だけが存在しているような気がした。

妙子は私に、早く、もっと大きくなって東京へ出てくれば、うんと楽しませてやるといった意味の事を言い、又、大きく乾いた笑い声を、厚ぼったく唇から発散させた。

翌日、妙子は村を去って行き、以後、再び現われる事はなかった。

時折、私は一人で、夕陽を浴びながら、砂の上を走ってみたりするが、キュッ、キュッという響きも、心なしか、さびしげに感じられるのだった。

相変らず助手席の建二は、ぐっすりと眠りこけていた。後部席では、母の、痰が喉にからまっているような低い、うめき声が時々聞こえてくる。

「和子、大丈夫だろうか、具合いでも悪くなったんじゃないのか」と私は少しとがめるような口調で声を掛けた。

「ええ、今は普通みたいよ。熱もないし、脈も正常。心臓も規則正しく打っている。でもちょっと喉の具合いが悪いのかもしれないわ。それより、貴方、運転の方しっかりね」

間延びしたような和子の疲れた声だったが、それでも母の容体はしっかり観察していてくれていると一安心した。風景は相変らず燃え盛っていて、砂漠を走っているような気分になった。

ヌラヌラと照り輝いている黄色い標識に、右へ曲がればシーサイドラインという文字が見える。

私は国道を右折し、海への方向へ走らせ続けた。

海岸線にそって蛇のようにうねりながら、有料道路はしばらく続く。十年程前に出来たものだった。

やがてゲートが見え、正帽を真深にかぶったオジさんが通行券を陽に焼けた、しわだらけの手で渡してくれた。ここから五キロほど走った場所に、私達の目指すR村はある。

走るにつれて、景観に、鯨岩とか、弁慶岩、熊ノ子岩などの奇岩が見え、それらはシーサイドラインの目玉になっていた。右手の海はジットリと熱を帯び、重たげにうねっている。

「おい、そろそろ起きろ、海だ、もうすぐR村だよ」と私は建二を揺り起した。

彼は盛んに眼をこすり続け、あくびをし、手足を思い切り伸ばして車外にやっと眼を向けた。

そして、「ひゃー海が見えらあ、ふーん、これが日本海か、まぶしいや」と叫ぶように言い、油じみた海を見たり、「あれ、すごいや、断崖じゃないか。石なんか落ちてきたら危ないね」と左手の切り立った壁になっている、どっぷりとした岩肌を見上げたりした。

壁のはるか上の方には、松が三、四本、宙を飛んでいるようにせり出していて、そこだけ生々として見えた。

道路は岩の壁と海に狭まれながら、ゆるやかに左右に揺れ続けている。

私は眠気を催おしながら、ゆっくりと慎重な運転を続けていた。

「貴方、ちょっと、お母さんが変よ。息が荒いの」と和子が、かん高い声を出した。私はあわてて、パーキングライトのスイッチを入れ、車を左側のガードレールそばへ停車させた。

急いで車から降り、後部座席のドアを開けて母の様子をうかがった。顔が幾分青ざめ息が不規則になっている。クーラーが強めになっていたせいだろうか、体調は良くない。

「カァちゃん、もうすぐR村に着くてば、元気出してさしゃかりしなせや」と母の黒ずんで生気のない、しわしわの耳に向って叫んだ。

「ああ、そうらけ、R村は近くらかね。ちっとばか寒気がしたわね」と母はあえぐように小さな声でつぶいやた。

和子と建二は不安そうに母を見つめている。

私はクーラーを最も弱くし、少し休む事にした。

今回の旅行は、年老いた母にとってやっぱり無理だったんのだろうかという後悔めいた思いが一瞬、湧いてきた。このまましばらく休んだ方が良いのか、それとも一刻も早く車を走らせ、近くの病院に駆け込むべきか、判断がつかなかった。暑いのに体の芯が寒くなった。

燃えたぎっている海には、ウィンドサーフィンの赤や黄の原色が五つほどゆっくりと揺れながらただよっている。海からの風は途絶えて熱気が四方に充満していた。

幸い、十五分ほどすると母の呼吸も次第に落着き、脈も規則正しく打つようになった。

しかし、私は内心、母の容態を、本当の所は単に一時的に持ち直したのに過ぎないのではないかと疑い続けた。私は再び車を走らせたが、時速四十キロギリギリの、きわめてゆっくりとした道中となった。

ここまできた以上、一目R村から海を見せ、急いで引返してどこかの病院へ直行しようと決心した。

ウィンドサーフィンを屋根にくくりつけたワゴン車やジープが、何台もクラクションを派手に鳴らし続けながら追い越していく。

しばらく走ると、有料道路は海岸に沿ってではなく、唐突に左手の山手奥深く向うのだった。大きく迂回する格好になる。

丁度、R村付近をレジャーランドなるものが出来るならば、このまま有料道路は真すぐに続いていた方が便利なはずだが。

私達の車は有料道路からはずれて、左手の小道に入り、わずかに山手を走り、すぐに右折して、又、海と並行に走る形となった、
私が和子と共に、一度、村に帰った時には確か、埃だらけの道だったはずだが、今は有料道路に劣らず、きれいに舗装されていた。

私達の車以外、他の車両はまったく見当らない。

左手の半分ハゲ山になった小高い山や丘の様子に見覚えがあった。もうすぐ我が村、R村があるはずだ。

しかし、車を走らせるにつれ、辺りの風景は随分と勝手が違って見える。

牛の背山と呼ばれていたなだらかな小山は、半分削り取られて赤茶けた肌をのぞかせていた。

道の両側に続いていた赤松林も見事になくなっている。

進むにつれ、左右の道端に、窓も玄関もない、トーチカのような黒いコンクリート造りの異様な建物が見え始めた。一つの建物の前には、ブルーの制服を着て、白いヘルメット姿の、屈強そうな二人組の男が、手を後ろ手に

組み、カカシのように突立っていた。

通り過ぎる私達の車を、ひどくうさんくさげに見続けている。

私達のR村に、何か大きな変動があったとらしい。

ここいら辺りに幸吉さんの茅ぶきの家があったはずだ。その右手には郵便局があるはずだと眼をこらしても、皆目見当らないのだった。

舗装道路は、文明は丁度、ここまでです、という風に突然途切れて、その先は雑草が激しく生い茂っていて道は消えていた。

雑草の遠い先には、朱を塗りたくったような巨大な鉄塔が何本も空高く、そそり立っているのが見えた。

右手の海側はようやく見覚えのあるひねこびた赤松林が残っていたが、とても見通しが悪く、車で立入る事は出来ない。

私は車を停め、後部席の母の様子を再びうかがった。

眼を不安そうにしばたたせている和子の腕の中に、しなびてカサカサになったような母の小さな顔があった。

「今んとこ、大丈夫みたいよ。でも早めに帰った方がいいかもね」と和子は母の額の生え際にこびりついている白髪の毛をなでつけながら言った。

私は一安心しながらも急いで車から出、海を、我家の跡を見ようと一散に走り出していた。

後から建二が息を弾ませながら、私を追いかけてきた。

赤松の間を抜けると風景はまったく一変していた。

一番海辺近くに立てられていた村田爺さんの家も、一年中、東京方面へ出稼ぎに出ている岡村国造さんの家も、すべて跡片もなく消えていた。

勿論、私達の家など、どの辺にあったのか見当もつかないのだった。

中学時代の思い出だった、妙子と出会った岩場の高台の神社も見当らなかった。いや、岩場自体がないのだった。

巨大な機械力で成しとげたのだろうか、波打ち際より、山手の奥深くまで、砂浜を、岩を、丘をざっくりと削り取り、入江のようになってしまっていた。

ここが妙子と走り回ったりした、なつかしい鳴き砂のあった砂浜だったのかと茫然と立ちつくすばかりだった。

私の横にいる建二も、自分なりの期待を裏切られたせいか、一言も口をきかず、ボンヤリとしていて、唯、私の手をぎゅう、ぎゅうと強く握り続けていた。

その入江には良く見ると何やらおびただしい浮遊物で満たされていた。

すぐ足元近くの一メートル四方に限ってみても、発泡スチロールのかたまり、インスタントラーメンのカップ、洗済のプラスチック類、得体の知れない物のつまったビニール袋、避妊具、からまった釣り糸などがひしめき合っていた。

日本海の荒波が連れてきた都会の、いや、文明の大層な贈物だった。

無数の川へ投棄されたゴミが海にたどり着き、潮流の働きでその入江にやってきたのだろう。

私が村を出た頃は、少なくともこんな風ではなかった。ゴミ達は自然の土に、海に還る事が出来ずに、役立たずのまま、さ迷い、ただよっている。

私は軽いめまいを感じた。

ふと、私達より二十メートル程離れた場所に、枠を派手な黄色で塗りたくった大きな看板がある事に気付いた。何やら図面が書いてあるように見える。

近づいて見ると、大きく「一号機配置計画図」とされ、あとは訳の判らない線や丸や四角な図面が現わされていて、各々に矢印で説明がついていた。

それによると、「固体廃棄物貯蔵庫」「RWB」「排気管取入口」「放水路」などと書かれてある。

そして原子力との文字がいたる所に記されてある。

これは明らかにレジャーランド計画図などではなく、原子力発電所の見取図だった。

都会から押し寄せられた不動産屋に、私達の家々が安い値段で買いたたかれた時点では、確かにレジャーランド計画だった。私達はだまされていたのだろうか。

私にとって原子力という名称は卒直に言えば、広島や長崎、チェルノブイリでのいまわしい悲劇しか思い浮ばないのだった。

私は荒れ果てた海や、原子力発電類と書かれた立看板を見て次第に、この世はなんて難儀な、難儀な世界だろうと、ため息が何度も出て、体が冷たく震えるようだった。確実なのは原子力といえど、人間が管理し、操作しているという、あたり前の事で、ひたすら人間を信じるほかはない。

私と建二は車に引返し、母の容体をみた。

母の眼には力がなく、辺りをただよっているようにボンヤリとしていた。

「カァちゃん、ついに来たてば。生れ故郷の海が見えてばさ」と耳のひからびた窪みに力を込めて怒鳴ると

「そうらけ、オラうれしてばさ、一目、見さしてくれ。おめえ、オレをおんぶして、海っぺたまで連れってってくれ」と切れ切れに、やっとつぶやき、それから、かすれ切った瞳が、一瞬大きく見開かれたような気がした。

そばで和子が眼をうるませて、盛んに母の背をさすり続けている。

私は母をそっと割れ物を扱うように背負うと、ゆっくり、ゆっくり赤松の方へ向かって歩き始めた。

母は本当の所、もう眼が見えず、耳も聞えず、しわだらけの黒ずんだ皮膚で、日本海の潮風をかすかに感じとっているだけのようだ。

私はゴミで充満している海辺近くまで母を連れて行く事は出来ず、ひねこびて一勢に山手の方へかしがっている赤松林を抜けた先の、草むらに母を降した。

建二も和子も、そして私も母を守るように腰を下ろした。和子はあまりの風景の変わり様に、ひたすら息をのんでいる様子だった。

私達は、じっとりとした暑さの中で、体の中に寒々とした冷酷な風が吹き抜けてゆくような気分を充分に味わった。

突然、母は、やせ細った腕を震わせながら、海に向かって手を合わせ、「ああ、オラーうれしてばさ、こうして生きて又、クニの海に、こられたんだすけ」と水分の抜切った、かすれ声をしぼり出した。

母の老いた、しわしわの頭には、それでも以前と変わらぬ、ゴミ一つない、なつかしい真白な砂と、真青な海が輝き写っているに違いなかった。

母はなおも、しっかりと手を合わせ、何かをつぶやき続けた。意外に力強い声となり、「何無阿弥陀仏、何無阿弥陀仏……」の響きは、入江と海に低くたれこめるようにただよい続けた。

私は、自分達の生れ故郷が完全に消滅してしまった事を改めて痛切に感じ、ゆっくりとまぶたが濡れてきた。

すると、私のうるんだ瞳に、母と同じように、あの、以前の妙子と走り回った熱く白い砂と輝く海が蘇えるのだった。

「こめかみ」

「ほら、見て、見て。課長たら又、血管ピクピクさせて出てきたわ。御可哀相に」

オモチャ売場の節子が、クリっとした眼を益々大きくさせて和子に告げた。

部長室の方から丸山課長が、幾分肩を落して、眼の前を通り過ぎようとしていた。薄くなった額に油汗がにじみ出ていて、ひどく疲れ切った表情をしている。そして節子の言う通り、右こめかみに血管が強く浮き出て、今にも破裂しそうに見えた。

眼鏡の奥の両眼は、ショボ、ショボと涙ぐんでいるようだ。丸山課長は節子の、意味ありげな軽い軽蔑の視線を感じたのか、一瞬こちらを見るとあわてて眼をそらし、足早に文房具売場の方へ去っていった。

「いやあーねえー、もっとシャキッと出来ないのかしら。又、部長に怒られて、しょぼくれちゃってさ。あれ、きっと陰で泣いてんだわ。本当になさけないわねー・・・」

節子はいかにもつまらなそうに、そう言うと両手を前に伸ばして、思い切りよくあくびをした。

「そうね、ちょっとね」と軽くあいづちを打ったのは、この永代百貨店の五階、子供服売場販売員、島本和子、当年二十三才の女性だった。

地元の高校を卒業と同時に、永代百貨店に勤め始めてもう五年近くたっていた。

売場に初めてたって一週間は、太股から下が熱く充血したようになり、這うようにしてやっと家に帰ったものだった。しかし、人間の体とは次第にうまく環境に順応していくもので、いつの間にか、もう立っていた方が何となく調子が良い。

こんなに足がむくみ、痛いのでは、とても百貨店勤めなど出来ないと思ったのが嘘のようだった。

そう言えば丸山課長も、この五階フロアーに来て一週間位は、つらそうに右足を引きずって歩いていた事を思い出した。二ヶ月程前までは、総務課にいて、売上統計グラフ作製や、ソロバンを一日中はじいていた人間である。入社して二十五年間、総務の仕事にすっかりなじんでいたのに、上層部の合理化計画によって、この五階フロアーの売場課長として転属してきた。

会社としては総務部を出来るだけ切り詰め、なるべく売場に立たせて売上増に貢献させようという、売場優先主義をとったまでの事だったが。

和子は丸山課長を見ていると、さえない中年、ダサイおじさんと、売場の女店員達が噂し合うのも無理からぬ思いもする。

小男で小肥り、顔のサイズに似合わない眼鏡をかけ、その奥の眼はいつもオドオドとしていて、か弱い小動物のようだった。

お客様の前に出るのだから、ワイシャツもネクタイも、それなりの格好をしている。

だが、よく見るとワイシャツの襟は一時代昔の型だし、ネクタイは同じ物を三日連続、首に巻いてくる。

たまに売場では、オズオズと和子達に近ずいてきて、「小泉今日子って、キョン、キョンと言うんだってね。テレビで時々見るけど、なかなかかわいいね」と妙に上ずった声で、軽い冗談を言おうとするが、まるで受けない。

特に二ヶ月程前に、妻を交通事故で亡くしてからは、益々、ダサイ風貌になってきた。

靴は染みが付いて汚れ、頭も櫛がはいらず油じみて、うっすらとフケが浮き出ている。

身だしなみの事で、最近、部長から注意を受けたらしい。和子は、丸山課長には小学五年生の女の子が一人居てとても家庭的に大変なんだなと思いつつ、もう少し、シャキッとしたらどうかと思う時もある。

他の店員達のように、あからさまに軽蔑したりはしないが、いささか男として、ふがいないのではないかと時々思う。

和子は哀れな丸山課長を観察している内に、他の誰にも判らぬ或る癖を見抜いていた。

それは、他の店員は課長がよく、右こめかみをピクピクさせている事には気付いているが、時によって微妙な差異が生じる事は知らない。

人一倍、気の短い部長が、モタモタと要領の得ない丸山課長を怒鳴りつけるのは、まったくもって日常茶飯時の事だったが、その内容と関連性があった。

例えば、部長に、いかにも理不尽な事を言われた時、(背広の拡売フェアで、部長のノルマ、十着を自分のノルマ、五着分と合わせて背負わされた)(部長の受注ミスなのに、お客へは自分がミスしたとあやまりに行かされる）などの場合の時、右こめかみは、明らかに強く赤い血管が浮き出て、音を立てて破裂しそうだった。

だが、例えば売場の展示商品の配置が悪いとか、清掃が行き届いていないなどで怒られた時は、今度は右こめかみの青い血管が、うっすらと浮き出ているだけだった。この二つの現象は、丸山課長の心理状態をあからさまに露呈していた。

すなわち、心底、反発しながら耐えている状態と、そうでない時の差異だった。

部長が十、言う事に対して、うつむきながら一つ位しか言う事の出来ない可哀相な課長さん。貴方は、結局、御客様商売とか、うまく上司にとり入って何とかやっていく或る種の才能が、まったくないのよと、何故か和子は、心の奥底で同情めいた気持が時折わいてくるのだった。

それは、よく考えると、自分の父と重なり合っていたのかもしれない。

和子が中学二年生の時、母が肺結核でなくなった。以後、父は男手一つで和子を一人前に育て上げてくれたのだった。

父は丸山課長の場合とは違って、何か理不尽な事があると、眼がうるみ、そして瞼の下を細かく震わせるのが癖になっていた。

特にハッキリと覚えているのは、和子が高校を卒業する頃の事で、或る大手銀行の採用試験の結果においてだった。

和子が帰宅すると、寒々とした部屋に電気もつけずに、父が黙ってすわり込んでいた。

「すまないなあ」と小さなかすれた声で父は言い、銀行からの封書を和子に差し出した。

読むと文面は丁重だったが、要するに貴方は片親なので残念ながら、当銀行向きではないのであきらめて下さいという意味の事が書かれてあった。

その時の父の眼は赤く、そしてうるみ、瞼の下が音でもするかのように細かく震えていた。

父は和子の手から封書をひったくるように取ると、「馬鹿野郎」と思い切り良く畳に叩き付けた。

和子は、そんな父を見ている内に、銀行に断わられた事など、どうでもよくなり、父の胸に飛び込んでいって、「お父さん、いいのよ、私、別にどうって事ないんだから」と思い切り泣きじゃくりたくなったものだった。

父は母を亡くした時から、今までにきっと何度も何度も、眼をうるませ、瞼の下を震わせて生活してきたに違いないと、和子は確信している。

自分を一人前に育て上げる為に、父にはどんな苦労があったのだろうか。

小さな印刷工場に、三十年近くも勤め続け、すっかり髪も白くなってしまった猫背のお父さん。

和子は夕食の時など、ふと父をしげしげと見つめ続けて、「何んか用かな」と不審そうに聞かれてしまう時もある。そんな時、「ううん、いいの。何だかお父さんをこれから、うんと楽させてやりたいような気持になったんだ」と言う。

すると父は「馬鹿言え、お前なんかに、そんな事出来るもんか。まあ、お世辞だと思っているよ」と照れくさそうに、鼻の頭をゴシゴシとこするのだった。

或る日、和子は夕食の後、一杯機嫌の父から、「今日はお前に、いい話があるんだ。まあ、気に入るんじゃないかな」と一通の封書を渡された。

中には、きちんとした文字で書かれた履歴書と、若い男の写真が入っていた。

髪を七三に分け、いかにも実直そうな青年だった。

履歴書を見ると、和子より三つ年上で、現在、県庁の総務課に勤めていると書かれてある。

「どうだい、友人の息子なんだけど、とにかく真面目でしっかりした男のようだ。お父さんも一度会わせてもらったんだが、一流の大学も出ているし、良い感じだった。彼は将来に備えて、昇進試験の勉強を毎日、コツコツとやっているそうだ。一度、近い内に会うだけ会ってみないか」

父は酔いが回ったせいもあるのか、滑らかにそう言い、又、酒をうまそうに飲んだ。「でもお父さん、一人きりになったら、さみしいでしょう」

「馬鹿、俺の事なんか、どうでもいいの、お前が幸せになってくれればそれでいいんだ。判ったか、この御転婆娘！」

父はそんな事をぶつぶつ言いながら、やがて寝転んでしまい、いつしか軽い寝息を立て始めた。

和子は毛布を出してきて、父にかけてやりながら、「そうかなあ、私も、もうそんな年になってしまったのかしら」と妙に差し迫った思いにとらわれた。

それは具体的に、眼の前に、見合い相手の履歴書と写真があったせいかもしれなかった。


デパートはクリスマスシーズンに入ると、にわかにあわただしくなる。

五階フロアは、オモチャや子供用品の売場になっているので、一年の内でも特に忙しい日々となる。

和子も文房具売場から、駆り出されて、オモチャ売場の手伝いをしていた。

五千円、一万円と結構高いオモチャ類が、買われていき、売場は戦場のようだった。

和子は売場の奥で代金後払いや、前払いの自宅配達部門を、おもに受持っていた。　そんな或る日、「島本さん、ちょっと・・・」

オモチャ売場主任の川本さんが、幾分青ざめたような顔をして、和子を呼んだ。

「ちょっと、困ったお客が来たのよ。貴方が二日前に処理した、本町三丁目の石橋さんあてのオモチャ代金、すでに売場で払ったはずなのに、着払いで代金請求されたって、お客様、もうカンカンなのよ」

川本さんは額に油汗を浮かべながら、まくし立てるように言った。

和子は急いで伝票をめくってみると、確かに代金済になっている。しかし、忙しさでうっかりしたのか、発送伝票には、代金済とは記入してはいなかった。

和子は、とにかくここはあやまるほかはないと覚悟を決め、川本主任と一緒に売場へ出た。

お客は初老の、どことなく皮肉っぽい表情をした、でっぷりとした男だった。少し酒が入っているのか、眼が赤くすわっていた。

和子はそのお客の前で、ひたすら身を縮めて何度もあやまり続けるほかはなかった。

しかし、お客はフン、といった表情をしている。

「何んでえ、このうっすら娘か。一体そうしてくれるんだね。このデパートを昔から信用してっから買ってやってんだい。いいかげんにしろよ、オイ」

お客は五階フロア全体に聞える程の大声でわめき散らし始めた。

デパート従業員教育として、たとえ、お客にも落度があったとしても、そこは客商売、いかなる時も、ひたすら、あやまり、大事にするように仕付けられていた。

今回の場合は、全面的にデパート側に非があるので何とも言いようがない事態なのだった。

お客が大声を出す度、五階フロアの買物客は集まり始めてきた。

和子はこのまま死んでしまいたいような気持になりながらも、必死で、唯、「申し訳ない事をしました、お許し下さい」とあやまり続けるばかりだった。

お客は周囲を取り囲んだ人々を充分に意識している様子だ。

「じゃあな、しょうがねいや。お前、一つ、ここで土下座してくれたら、許してやる事にするかな。どうだね」と言い、初年兵いじめの下士官のような残忍な眼付きをした。

和子は震えながらも覚悟を決め、それですむならと床に腰を落し始めた。

だが、和子はすぐに誰かに、後ろから強く引き上げられた。見ると、いつの間にか、丸山課長が汗ばんだ顔で立っていた。

「馬鹿な事すんじゃあない、若い女性がこんな事しちゃあ、駄目だ」と耳元にささやいてくれた。

課長は、仁王立ちになっているお客と向き合った。「お客様、申し訳ございません。私が代わりに土下座致しますから、どうぞお静かに」とハッキリ言った。

課長は、それから床にきちんと正座すると、何度も床に額を打ちつけるように頭を下げた。

和子の眼に、課長の薄くなった白毛の混じった後頭部が間近に見えた。

そして、それがこめつきバッタのように上下するのを、ボンヤリと眺め続けた。

額の右こめかみがピクピクとはちきれそうになっている。

「馬鹿野郎、お前なんかの土下座、ちっとも面白くねえや。いい格好しやがってよ、まあ、これで許してやらあ」

お客は乱暴に右足を振り立てると、すわり込んでいる丸山課長の左肩を蹴って後ろに倒した。

課長は一瞬、太ったカエルがあおむけにひっくり返ったようになってしまった。

取り囲んだ人々の中から、イッヒ、という、乾いたような笑い声があがった。

酔ったお客は、気がすんだのか、口の中で何かぶつぶつ言いながら、人込みの中に消えていった。

和子は課長に思わずかけ寄り、助け起そうとしたが、「いいんだ、俺、こんな事、慣れてんだから」と無理に照れたような顔をして、ズボンを払いながら立ち上がった。

そして自分の首筋や腰の辺りをもみながら、カメラ売場の方に向かっていった。

後で聞いた話だが、部長は騒ぎの起きている間、一歩も部長室から出ず、まるで無関心を装っていたという。

和子は、それから折りにふれては、丸山課長に対して、あの一件についてのお礼の言葉が、ごく自然に出てきた。

しかし、課長はいつも唯、照れくさそうにし、「いや、長い人生、色んな事がある。そんな事、いつまでも気にしていちゃあ駄目だ。まあ、よくある事さ」と逃げるようにして行ってしまう。

和子は、あの時、課長の右こめかみの状態を見ていたので、どんなにかつらく、哀しかったんだなと思っている。実際、土下座まではしたくなかったんだろうと思う。でも嬉しかったのは、部長に言われたわけではなく、まったく自分の判断で行動してくれた事だった。

今回の件で、同僚の節子などは、「当然よ、上に立つ者はそれ位の泥はかぶるべきだわ」と口をとがらせて主張する。

男子社員の中には、果たしてあそこまでする必要はあるのか、土下座なんて格好悪くって冗談じゃあないと、公言する者もいた。

和子はそんな意見に対して、反発し、切なく思った。やはり、あの時、丸山課長の態度については、一種の男の優しさを強く感じていた。

土曜の午後、特別に休みをもらい、駅前の白鳥という喫茶店でお見合いをした。

一足早く、和子と父は入口に近い、窓際にすわっていた。父は何度も腕時計と入口の方を見較べながら、しきりに煙草をふかし続けていた。

レースのカーテン越しから入る晩秋の日差しは弱く、天井にはシャンデリアさえ輝いているのだが、何となく薄暗く感じられる。

テーブルクロスの上に、安物の背の高い花器があり、二、三本の白と紅色のカーネーションが差し入れてあった。和子がそっと花弁に振れると、ゴワゴワとした化学繊維の感触があった。

ドアが開くと、たまに家に寄る父の友人と、写真で見た通りのキチンとした様子の青年が入ってきた。

そして形通りの互いの簡単な紹介があり、何度も頭を下げ合ったりした。

青年はやはりきれいに髪を七三になでつけていて、受け答えにも隙がなかった。

背すじを伸ばし、一本気な様子だった。

「自分は三十才までには係長になり、四十才初めには課長に昇進しているつもりですが・・・」と若々しい眼が笑っていた。

「勿論、家庭も大事にし、子供は二人つくり、しっかりとした教育を身につけさせます。何といっても人生設計が、しっかりするのが、お嫁さんに来てくれる人に対しての責任だと思います」とよどみなく言う。

和子は何か圧倒されるような気持で、それを聞いていた。この人は寄り道などせず、唯、優秀な受験生のように生きてきたのだなと思った。

帰り道、父は「どうだ、良い青年だろう。男は職業がしっかりしているのが一番だ、しばらく付き合ってみないか」と言った。

和子は「ええ、感じの悪い人ではないけれど・・・」と言葉を濁した。

その後、和子は見合い相手とは食事をしたり、映画に行ったりした。

青年の名は栗本秋男といった。

彼は礼儀正しく、スマートだった。

趣味は一人で入れたコーヒーで深夜、電子音楽を聞く事。油絵の好みはビュッフェで、テニスも、きっちり週二回、三年間続けているので今度、教えてあげたいと、和子の眼をしっかりと見据えて言う。

会っている時は、それなりに楽しい一時を過す事が出来た。

「あの人は未だ人生が真白で、汚れてはいない。幾分、一人よがりで割り切り過ぎている面もあるけれど・・・一種のエリートコースに乗った男の人ってみんなあんなものなのかしら」

和子は踏ん切りのつかぬまま、付き合い続けていた。

父はそんな彼女の様子を見て、内心、この出会いはうまく行っているものと信じ込み始めている。


今年も残りの少ない十二月中旬、和子は勤務を終えるとデパート近くの商店街を歩いていた。

今夜は、お父さんにカキ鍋でも作ってやろうと思った。

和子は夕暮時、主婦などの買物客でごったがえす中を歩くのが、割合好きだった。何より、人々が生きているという実感が、肌で感じられる。

人生の一大事のように、顔を紅潮させ、手のひらの皿に、取れたばかりの果実や魚をのせて、大声で「買いねえ、買いねえ、安いよ」と連呼する人。

魚や肉や栗が焼けて立ち昇る煙と匂い。

子供達や犬の泣き声や、自転車のけたたましいベルの音。

そんな雑踏の中を歩き続け、いつも和子には安売りしてくれる魚屋に向かっていた時、偶然、丸山課長を見かけた。ヨレヨレのズボンに、薄汚れたジャンパーを着、手には市場での買物らしい、一杯にふくらんだビニール袋を下げている。

そういえば今日は課長の、日曜出勤の代休日だった事に気付いた。

背中を丸め、片手をズボンに突っ込んだ姿は、寒風の雑踏の中では、一際わびしく思われた。

「課長さん」と声を掛けると、とんでもない所を見られてしまったような、一瞬、ギクリとした表情を見せた。

「島本君か、いや、夕食の買物でね。今、帰りかい。仕事、どうも御苦労さん」とぎこちなく言う。

「課長さん、何買ったの?」とビニール袋を覗き込もうとすると、「いや、今夜は家で待っている恭子に、鍋物でも食べさせようと思ってね。豆腐や銀ダラや春菊を買った所だ」

「あら、椎茸やコンニャクや、人参は買わなかったの。駄目ねえ、私、買ってあげる」

彼女はいつになく、そんな言葉がスラスラと出、そして心の中が不思議にも安らぐような気がしてくるのだった。

課長の買い足りない物を揃える事が、何か浮き浮きした気分にさせてくれるのだ。「課長さんの家、この近くなんでしょ。ついていって夕食作っちゃおうかな」

和子は自分でも思いがけない言葉が出てきてしまうのに驚いてしまった。

多分、この前の土下座事件に対して、何かお礼の気持が、ふいに表われてしまったのかもしれないと思った。

課長は、え、と言ったまま、口をモグモグさせ、「いや、そんな事、してもらっては」とフケだらけの乱れた髪をゴシゴシとかいた。

和子は近くの公衆電話ボックスに駆け込み、父に、今夜は友達と遊んで帰るからと言い、申し訳ないけど、夕食は適当にお願いと連絡した。

「ああ、いいよ。だが気を付けろよ」と父が不機嫌そうに言ったのを聞き、和子は心の中で、父上、御免ねと手を合わせた。

どうしてか、嘘をつく罪悪感も、今日は薄いのだった。

和子は、それから課長の腕をごく自然に取ると、雑踏の中を歩き続けた。

課長は時々、和子の腕を振りほどこうと、もがいたりしたが、無駄だった。

彼は非常に照れているらしかった。

商店街を通り抜け、大通りを渡ると、小さな公園があった。課長のアパートはその公園に面した家々との、路地にあった。

課長がドアを開けると、奥から課長に眼元がそっくりの女の子が、飛び出してきた。

和子を見ると、不審そうな表情で、課長の眼を見、「お客様?」と小さな声で聞いた。

「恭子、このお姉さん、会社の人なんだ。島本さんって言うんだ、さあ、御挨拶をして」

女の子は眼を大きくさせて、和子に向かってはにかみながら、ペコリと御辞儀をした。

その仕草が素直で可愛いく感じられ、和子も思わず引き込まれるように御辞儀をした。

何んの変てつもない、二DKのアパートだった。

室内は、男親だけにしては割合小奇麗で、テーブルには花さえ飾られていた。

だが、電気スタンドやテレビの上や、本棚にはうっすらとホコリがたまり、よく見ると部屋の隅の方に洗濯物らしい衣服が丸めてあったりした。

課長は、「島本君、ぼくの事なんかいいから、お茶でも飲んで休んでいってくれよ」と急須にお茶の葉を入れようとして、辺りにこぼしている。

「課長、まかしといてね、うまい物作るから。ええっと、エプロンはどこかしら」

どこからか、恭子ちゃんが、幾分、しみの付いたエプロンを手にして、和子にそっと渡した。

恭子ちゃんの眼は、親しみを帯びていた。

すぐに女性同志で、野菜を洗い、御湯を沸かし、ささやかな夕食を作り上げていった。

その間、課長は終始落着きなく、煙草を買いに行ったり、部屋の片付物をしたりしていた。

やがて出来上った鍋物を、こたつの上に乗せ、それを囲みながら、三人はフウ、フウ言い、遠慮がちに笑い合ったりした。

課長親子にとっては久し振りの、賑やかさだった。

恭子ちゃんは和子と父親を、交互に見ながら、うれしそうにしている。

夕食後、課長はレモンティを入れてくれ、ステレオのスイッチを入れた。

ピアノ曲で穏やかなクラシックだった。

何故か、心に率直にしみてくるように、和子は感じた。

「課長さん、この曲、何んていうのかしら」と聞くと、鼻の横を指でこすりながら、「これはモーツァルトのピアノ協奏曲第二十七番さ」と言った。

「うん、俺は学生時代からもモーツアルトが好きだった。特にこのピアノ協演曲が大好きなんだ。何んていうのかな、とにかく好きなんだな。まあ、恋と同じなのかもしれない」と、照れた素振りをする。

課長はそれから、レモンティをたて続けに飲んだり、自分の額をさかんになでたりしていたが、急に真面目な顔付きになった。

「ここだけの話だけど、この娘が一人前になったら、定年前にデパート勤務はやめて、小さな名曲喫茶店をやろうと思っている。将来、モーツアルトの曲を一日中、聞いていられる職業に絶対つきたいと思っていたんだ。会社には内緒で、週二回、喫茶店開業スクールに通っている。開業資金も、何とかうまく溜りそうだし・・・、いや、この事、デパートの誰かに知られちゃ困る。黙っていてくれよ」

和子は、丸山課長は、このままデパートを定年まで、うだつがあがらぬまま過ごしていくものと思っていたので、驚いてしまった。

課長にも自分なりにやってみたいささやかな、夢があったんだ、そう思うと、彼女は妙に嬉しくなってしまった。大袈裟にいえば、眼の前に奇跡が起りつつあるような心境だった。

それから課長は、部長を思い切りぶんなぐりたいと思う事が、一週間に二回程あると言う。

でも恭子の事を考えるとね・・・、少し、にが笑いしながら言った。

帰り際、課長は、「今夜は本当にありがとう。何だか忘れていた家庭の味を思い出してしまった。それと、お父さんには悪い事をしてしまった。どういう風に言えば良いのか判らぬけれど、とにかく御免なさい。でもありがたかった。この恭子も喜んでいた。こんなにこの娘が嬉しそうにしたの、久し振りだ」

課長は急に眼をしばたたせて、一瞬、泣きそうな顔になった。

和子は「あら、課長さんたら、案外、泣き虫ね。もっとしっかりしなくっちゃあ。私、たいした事などしていないのに・・・」と言い、だが、自分も何故か涙ぐみそうになった。

和子の心の中は、不思議な満足感で満たされていた。恭子ちゃんは和子をキラキラした瞳で見上げ、「お姉ちゃん、又、来てくれるね」と明るい声で言った。

夜道を歩いている和子の耳に、未だモーツアルトのピアノ曲の余韻が残っていた。

秋男はデパートへ、何度も電話で誘いをかけてきたが、和子は、今日は大事な用があるとか、父の具合が良くないのでという口実で断わる事があった。

すまないと思いながらも、自分でも断わる理由がはっきりとはしなかった。

自分の事は自分で決めて、責任をもって行動しろというのが、父からの教育だった。

それは、和子が二十才の成人式を迎えた時に、改めて父から言われた言葉だった。以後、遅く帰宅する場合も、自分の給料の使い方に対しても、文句など言われた事はなかった。

ただ、黙って後ろで見守っていてくれるお父さん。

今回の見合いも、父は、良い青年だから、しばらくは付き合ってみろと言っただけだった。

最終的な結論は、和子にまかされているといって良いだろう。

丸山課長は、会社では相変らず、部長に怒鳴られていた。

もっともその部長も、店次長にはひどく気をつかい、オドオドし、たまには怒られてつらそうにしている。

その店次長は又、上の店長代理に・・・。

ともあれ、課長は、以前と何んら変わる事なく、上役からも、部下からも、疎んじられているような毎日だった。和子は、そんな課長を、自分でも妙に思うほど、じっと見つめてしまう事がある。

だが、課長は和子の視線に気づくと、気弱に眼を伏せ、足早に去って行ってしまう。

1月の風の強い日、和子と秋男は久し振りにデートをした。

今日はぜひ、私の両親に会ってほしいと彼は快活に宣言した。その日は、デパートは定休日だったし、秋男は有給休暇だったので、たっぷりと時間はあるのだった。


雑踏の中を歩き疲れて、或る名曲喫茶に寄り、二人で熱いレモンティを飲んだ。

和子は改めて秋男の顔を見た。

鼻筋も通り、眼もやさしそうだし、誰が見ても好ましい印象を与えていた。

和子は、この人と一緒になれば、多分、経済的にも苦労することもなく、それなりの幸わせな人生を送れると思う。父もきっと、この結婚には喜んでくれるだろう。

「和子さん、もう一度言います。これからぼくの家に行って両親に会ってくれませんか」

彼の眼が、自信に満ちてほほえんでいた。

和子はその言葉に引きずられながら、何故か、心の隅に迷いがあった。

このまま彼の家に行けば、結婚を前提にした、本当のお付き合いが始まるだろう。でも、そこまで未だ踏み切れない思いがあった。

それは何んだろうと改めて自問してみる。

たとえば、結婚に対するもっと強い思い、一つの情熱といったものが、未だ充分に成熟していないのか。

結婚って、みんな、こんなものなのかしら。

和子の気持の中に、一種のあきらめのような不思議な徒労感が、ただよった。

もう一度、秋男に見つめられて言われたら、ハイと、返事をしてしまうと思った。しかし、ふと、耳の奥に、かすかにどこかで聞いたようなピアノの響きがしてきた。

それが段々と大きくなり、和子の心を満たし始めていた。

「今、店内に流れ始めた曲は、確かに、丸山課長の自宅で聞いたモーツアルトのピアノ協奏曲に違いない。そう、課長の入れてくれた、おいしいレモンティを飲みながら聞いた曲だわ」

和子の頭の中は、急に熱くなり、ほてるような思いにかられ始めた。

モーツアルトのメロディが、だんだん強く響いてくる。

和子はたまらなくなっていった。

「何だか、この喫茶店、暑いわ。それに少し頭が痛くなってきたの。少し外を歩きましょう」

和子は外に出て少し歩くと、不審気な秋男に向かって、「御免なさい。本当に頭がズキズキしてきたわ。悪いけど、貴方の御両親にお会いする事、この次にお願い。本当に御免なさいと言い、逃げるように帰宅した。

和子は、その晩、早く布団の中に入ったが、何々寝つけなかった。

眼を閉じると、恭子ちゃんのあどけない笑顔が浮んでくるのだ。

ささやかなゆうげのひとときだったが、恭子ちゃんは本当に嬉しそうにしていた。数日後、勤務の帰りにケーキ屋に寄り、それから丸山課長のアパートに寄ってみた。

ごく自然に足が向いてしまった。

冷たい雨が、朝から降り続いている日だった。

今日の課長は残業で、帰りは遅くなるはずだと和子は思った。

ドアを軽くノックすると、すぐに「お父さん、お帰り」と弾んだ女の子の声がして、ドアが勢い良く開いた。

恭子ちゃんは和子を見ると、一瞬驚いて、眼を見張ったが、すぐに人なつっこい笑顔になった。

可愛いい白いブラウスと赤いスカートをはいていた。

和子も引き込まれるように笑った。

「ハイ、これ、おみやげ。何だか急に恭子ちゃんに会いたくなったの。ちょっと寄ってもいいかしら」

恭子ちゃんは、嬉しいような、恥ずかしいような顔をして、コクリとうなずいた。室内は、居間だけが灯りがついていた。

一人でポツンと留守番をしている恭子ちゃんの姿が、想像出来た。

それから、こたつを囲んで二人はレモンティーを入れ、和子の持ってきたショートケーキを食べた。

恭子ちゃんは思わぬ訪問者に眼を輝かせている。

彼女は学校の工作の時間に製作した木彫の人形や粘土のキリン、コップなどを次から次へと見せてくれた。

二人はそれからお手玉をしたり、トランプ遊びに興じたりした。

すっかり和子は恭子ちゃんに気に入られたようだった。

「お姉ちゃん、何だかフラフラと、恭子ちゃんのおうちに来てしまったけれど、どうしてだろうね・・・。きっと恭子ちゃんが、かわいいからだわ」

和子がそう言うと、恭子ちゃんは一瞬、和子を夢見心持ちの眼で見上げ、急に恥ずかしそうにうつむいてしまった。

「恭子ちゃんと私がこうして会っている事、お父さんには内緒にして、二人だけの秘密にしておきましょうね」

小一時間もした帰り際、和子がそう言うと、恭子ちゃんは、「うん、お父さんには黙ってる。又、来て遊んでね」とさみしそうに言った。

外に出、少し歩いて振返ると、恭子ちゃんが薄暗い玄関に立っていて手を振っていた。

赤い小さなスカートが眼に染みた。

その後も、時々、和子と恭子ちゃんは、仲の良い姉妹のように、晴れている日は公園でバレーボールをしたりして遊んだ。

次第に恭子ちゃんが、幼ない頃の自分と重なり合っていった。

父は母のいない私に、出来るだけさみしい思いはさせまいと、努力してきたと思う。

肩車して、動物園や、デパートや遊園地を巡った日々。

波を恐がる私を、父は優しくなだめながら、次第に沖に向かっていった、なつかしい夕暮れの海水浴の或る一日。

でも、父に申し訳ない事だが、たまには、お母さんが欲しいよと、駄駄をこねてひどく困らせてしまった事もあった。

その時の父の表情は、もう覚えていない。

もしかすると、父は、その時、眼をうるませ、瞼の下を細かく震わせていたのかもしれない。

娘の私から見ても、堅物で、あまり女性にもてそうもない父の困惑振りが眼に見えるようだ。

ふと、父には、これからは私の心配などせず、父自身の幸わせを求めてもらいたいと思った。

課長の家への、四回目の訪問を、した時だった。

恭子ちゃんは、トランプ遊びの最中、急に真面目な顔をして、「私、お姉ちゃんみたいなお母さん、欲しい」とポツリと言った。

和子は、そう言われた時、その言葉がごく自然に、当り前の事のように胸に響いた。

何か、以前からその言葉を、待っていたような気さえするのだった。

でも…。もしかするとこんな気持、時間が経てば、変わってしまうものなのかもしれない。

よく考えてみると、一時の感情にとらわれた一種の同情心にすぎないとも考えられる。

いや、違う、本当は課長を、恭子ちゃんを本当に好きになってしまい、それでアパートを訪れてしまうのだろうか。いずれにしても、恭子ちゃんの心を傷つける事だけは避けたい。

和子は、自分の心の底を、もっと確かめなければならないと思った。

土曜の昼、秋男から電話が入り、ぜひ会いたいと言う。

断わってしまうハッキリとした理由もなく、和子は重苦しいような気持で夕方まで働いた。

この所、丸山課長は仕入れの出張や会議なので忙しく和子の文房具売場にはなかなか顔を出さなかった。

噂では、相変らず部長に怒られているらしい。

課長のこめかみの状態が、どんな風になっているのか、知るよしもなかった。

夕方、秋男とは例の、モーツアルトのピアノ曲が流れていた喫茶店で落ち合い、お茶を飲んだ。

秋男は少し強い口調で、今日はどうしても自分の家に来て、両親に会ってもらいたいと言った。

今日は喫茶店のどこからもモーツアルトの曲は流れてはこなかった。

和子は、身を固くしている内に、眼の前に置かれたエメラルド色のコーヒーカップも、赤い花ビンに入った黄色い水仙も次第に色を失ない、灰色に変化していくのを感じた。

生きているのに、生きていると実感出来ない、妙な感覚が頭の中に充満してくる。見渡すと、テーブルも壁も、天井も、いや、眼の前の秋男も、無機質な灰色に染め上げられていく。

秋男にうながされて、外に出ても、その感覚は変わらなかった。

通り過ぎる自転車や、バス、そして林立するビル街も色を失なっている。

灰色の雑踏の中を、和子と秋男は黙って歩き続けた。

秋男の家は、商店街を抜けた、高級住宅街と呼ばれる一角にある。

その住宅街も、灰色の風景に染っているのだろうかと、和子は身震いするような気持になった。

だが、商店街に入り、威勢の良い魚屋や、果物屋の売り声がしてくると、次第に風景はゆっくりと溶解し、色彩が蘇り始めた。

急にプンと、野菜や果実や魚などの匂いが辺りに立ちこめてきた。人々のざわめきが何故か、懐かしく思われる。

和子はふと、前方に、丸山課長が例のヨレヨレのジャンパーを着、左手に買い出しのビニール袋を下げて、風に吹かれて歩いているのに気がついた。

そして右手には、黄色いセーターと、赤いスカートをはいた恭子ちゃんの小さな手が握られていた。

赤いスカートのひだが、時折、風に吹き上げられて舞っていた。

それがまるで生き物のように鮮やかに眼に映った。

和子は何だか切なくなり、胸がドキドキしてきた。

しばらく、恭子ちゃん達の後をつけるような格好になった。

或る玩具店前を通り過ぎようとした時だった。

恭子ちゃんは、店頭に所狭しと並べられたクマやネコのぬいぐるみを首を横にしながら見ている内に、何気なく和子達を振り向いた。

恭子ちゃんは驚いて眼を丸くし、そして見つめた。

最初は笑った眼だった。

だが、その眼は後ろの二人を見較べている内に、うるみ始め、顔が歪み始めた。

そして、急に顔を前に向けると、課長の方へしなだれかかるように、切なさに耐えるように体を預けた。

恭子ちゃんと課長は、まるで追われる者のように歩き続けていた。

和子は二人の後姿を見つめ続けている内に、心の底から燃えるような感情が一気にこみ上げてきた。

そして秋男の止めるのも聞かず、恭子ちゃん達に追いつこうと走り始めていた。

「許して秋男さん、御免なさい、お父さん、やっぱり私、恭子ちゃんの所へお嫁に行くわ。恭子ちゃんがね、昔の私に見えてきたのよ。泣き虫の課長さんなんかに、恭子ちゃんを絶対にまかして置けないのよね。まかしては・・・。」

和子は走りながら、商店街のあちこちから、モーツアルトのピアノ曲が穏やかに、軽やかに聞えてくるのを感じた。

山茶花町風土記

小生は現在、新潟県、新潟市、山茶花町という土地に住んでいる。

この町は何故か名前の通り、家の垣根によく山茶花を利用していた。よほど、この土地の人間は、山茶花の木も花も好きなのだろう。

人口、約五十万人にならんとする、一応は都会と称する部類に属する新潟市の中で、この山茶花町は一種、独得な味のする町だった。

一昔前までは、何んの変てつもない、平凡な農村地帯だったのに、近年の急激な都市化と、減反政策のおかげで、道路は整備され、サラリーマン達の白い家が押し寄せてきた。

純然たる農家はまことに、少なくなっている。

サラリーマン世帯と農家の比率は約六対四といった所だろうか。かくいう、小生も一介のサラリーマンで、三年程以前に越してきた。

町とはいえど、一歩奥に入ると、いきなり、耕運機やトラクターが飛び出してきてひかれそうになる。

小生の家は、幸か不幸か、その一歩、奥に入った所にあった。

四十五坪の土地に、三十二坪の建売住宅にやっと入る事が出来た。

妻の妙子と、小学二年の秀二、小学六年の直子、それに商事会社に勤めている小生の、四人暮しのささやかな人生の砦だった。だが、その砦は、毎日、毎日相当額のローンを二十年間も払い続けなければ、本当の我家にはならない。

今までは、何もかも狭苦しく、陽がさっぱり当らないアパート暮しだった。

一家が初めて新しい家に移り住んだ夜、妙子はワインをグラスに半分しか飲まないのに、急に”嬉しいわ“と言って涙ぐんだ。

秀二と直子は小生を尊敬の眼差しで、見つめ続け、
「お父さん、偉い、庭だってあるんだもん。犬、飼ってもいいでしょう、セントバーナードやハスキー犬はとても無理かもしれないけれど、柴犬か、ダックスフントならば大丈夫ね」
と嬉しそうに言った。

そう、八坪程の庭さえ、ついているのだ。

小生の亡くなった父は、平凡な浮き草のような安サラリーマンだったので、庭の付いた家などに住んだ事はない。子供の頃の思い出として、我がアパートに、一ヶ月に一回、どこからともなく、がまのような顔をした大家さんが玄関先に、ぬっと現われ、父に何事か宣言する。

すると父は消え入りそうな声で、
「何とか、その、もう一ヶ月……」
と、言い訳がましい事を言い、小柄な身体を一層、小さく縮める。

父は酒が入ると、ふと、日頃の願望が出るのか、
「おい、お前達、もうすぐ一戸建てで、広々とした庭の付いた家に住まわしてやるぞ」
と、いつも言い続けていた。

だが、その約束は果たされなかった。

だから、初めて我家のささやかな庭の、柔らかそうな、しっとりと濡れているような褐色の土を見た時、小生は思わず、ひざまずき、地に顔を押し付けて、口づけしたいような気持になったものだった。

我家の周辺の事を少し、記そう。

表通りには、街の中心部へ通じる立派な幹線道路が一本通っていて、コンビネンストアや郵便局、酒屋、クリーニング屋などが軒を連らねている。

幹線道路には、規則正しく何本もの道が横に走っていて、真新しい建売住宅や、門構えの立派な注文住宅が密集していた。

規則正しく道が作られているのは、この辺が以前、田圃や畑だった場所で、最近、まとめて売られたに違いなかった。

百姓は格好が悪くってという、若者の風潮のせいばかりではなく、田圃を出来るだけなくそうという、国の政策の一現象とも言えた。

だが、一歩奥に入った小生の家の辺りは、未だ農地も所々に点在し、農家勢力の方が優勢だった。

その農家勢力の方々の家は、大抵、どの家も二百坪や三百坪の敷地を持っていた。敷地の正面の奥には古めかしい母屋がでんと鎮座し、右手には納屋、左手には、車、二、三台が入りそうな車庫があった。

充分な広さの前庭には山茶花や、梅、紅葉などや、小生のよく判別出来ない庭木が形良く植えられていた。

狭苦しい都会暮しの永かった小生には、とても信じ難い風景に我家は包囲されていたわけだ。

だが、農業だけに専念していられる時代ではなくなったようだ。隣の家の馬鹿に額の広い五十がらみの御主人は、もう、農業はほんの片手間仕事になったらしく、毎朝七時半になると、きちんと肩幅の広い背広姿で、手提げカバンを持って、いそいそと出勤していく。

近くの土木工事現場で土方のような日雇い仕事をしているという。いやに背の高い息子達も、格好の良い背広を着、黒塗りの大型の乗用車を、それぞれに持っていて、どこかへ出勤していく。

この家などは、すでに農家としてはすでに形骸化し、サラリーマン一家と呼んでも間違いではないだろう。

周囲のどこの家も、息子達は大抵、農業を継かず、どこかへ勤めているようだった。

彼等、息子達の服装や、車の種類からして、きっと持っていた農地が良い値段で売れたに違いない。

反面、一方では、頑固に農業に力を入れている人達もいた。早朝、すごいエンジン音を響かせて安普請の我家を根底から震わせるトラクターや耕運機の乗員を、寝ぼけまなこで窓から覗くと、ほとんどが六十才から七十才代のお年寄りだった。

皆は一様に黄色い運動帽子や麦わら帽子を被り、首にはタオルを巻いて、赤黒い顔をしている。

顔には深いしわが幾筋にも刻み込まれていた。

小生が、この土地に越してきて、初めて親しい知り合いになった夏目老人も、このような風体をしていた。

六月に入り、朝から良く晴れた、少し動くと汗ばむような日曜日だった。

妻と子供達は、受講しているピアノ教室の発表会が、近くの公民館で開催されるとかで、朝から出掛けていた。

小生は、昨日、園芸店からメロンの苗を買い求め、今日、我家の庭に植えつけようと張り切っていた。

買い求めた真新しい鍬が、玄関口に頼もしげに輝いている。小生は長靴を履き、前掛けをし、首にタオルを巻いて、鍬を握りしめた。

まず、畝を作る事にした。

苗は六本だったので、六メートル程の畝を二列、作り、三本ずつ植える事にした。鍬を持ち上げると、なんだか武者震いのような気持がどこからか、こみ上げてきて、我ながらおかしかった。

ああ、ついに誰のものでもない、正真正銘の我が大地に、鍬が入るのだと思うと、耐え難い気持が自然に高揚してきて、押え切れないのだ。

えい、やあ、と勢い良く掛け声を掛け、土に向かって打ち込んだ。

鍬の先は柔らかく土に突きささったが、二の腕にじんと、しびれが走った。

うん、これが土の感触というものか、実に、実に良いものだと一人で何度もうなずいた。

鍬を一気に引き抜き、息を弾ませながら、続けて打ち込んでいった。

五回目程までは、実にスムーズで壮快な気分だったが、次第に腕はなまりが入ったように固くなってきた。

おまけに腰も割れそうに痛み始めてきた。

息までゼイゼイと途切れて、苦しくなってくる。

額からは、思いもかけぬ量の汗が、あとからあとから吹き出してきた。

その場にへたり込んでしまいたい気持になった。

こんなはずでは、と思いながら、少し休む事にした。

慣れないせいで、力の配分がまだ、うまく出来ないのだと思った。

それとも長年のサラリーマン生活で、すっかり体中の筋肉が駄目になってしまったのだろうか。

まだ若さが充分に体に満ちていた三十代の頃は、一晩徹夜してもこたえなかったのだが。

しかし、毎日、毎日、満員の通勤電車に悲鳴をあげながら長時間、通い続け、会社では売上、売上と追いまくられて体を使い切り、気がついた時には、こんなやわな体になってしまったのかもしれない。

小生は、冷蔵庫から、冷えた缶ジュースを取り出し、縁側にすわり込んだ。

また缶ジュースを持った手が、ブルブルと震え続けた。

小生は改めて、辺りを見渡してみる。

我家の領土のハッキリとした区分として、狭い庭を取り囲むように山茶花の垣根があった。

建売りで買った時、すでに山茶花が植えられていた。

縁側から見えている真向いの家の垣根も、山茶花だったが、我家と較べると格段の横への広がりだった。

垣根の上には背の高い、竹林が気持良さそうに揺れて見えていた。

その家は、何しろ、庭に石灯籠や錦鯉のたくさん泳いでいる滝付きの池まであるのだ。

又、両隣の家も、都会生活が眼をむくような、広々とした、程良く苔むした庭を持っていた。

我家の庭など足元にも近寄れないが、これでも小生が、あらん限りの努力を重ねた結果なのだ、よしとしなければなるまい。

再び、鍬を握り、土に向かって打ち込んだ。

二つの畝を作り上げた頃は、息が絶え絶えとなっていた。それでも早くメロンの苗を植えてしまわねばと、園芸店から買い求めた果樹用の肥料を、たっぷりと畝にそそいだ。

急いで苗を植え、充分に水を与えた。

「愛しいメロンの苗よ、元気に育って、夏においしい果実を実らせてくれよな」

と、心に念じて、畝を前にしてしばし腰を下していた。

ふと何か、人の気配を感じて山茶花の垣根の方を見た。垣根の隙間より、麦わら帽子を深めにかぶった一人の老人が、自転車に乗ったまま、こちらを射るような眼付きで見つめていた。

その眼は、何か、小生が悪い事でも仕出かしたので、懲らしめてやろうというような鋭い眼付きだった。

小生は、一瞬、わけも判らずに、うろたえ、意味もなく頭を下げてしまった。

すると、その老人は、自転車から素早く降りると、垣根の端にある出入口から庭に、我が庭のごとく、ズケズケと侵入してきた。

作業服姿で、首には赤いタオルを巻き、頭が体全体から見て異様に大きく、蟹のような赤黒い顔をしていた。

老人の顔や手や首の皮膚は、ぶ厚く、深いしわに刻み込まれていて、それが一種の貫禄と逞しさに通じていた。

「おめえさん、そんげな手付きらば、駄目らねっかね。メロンの苗の事さ。まあ、こんげに地べたに間なしに、びっちょり植え込んでしまってさ。おかしんでねっかね」

その老人は、野太い、かすれたような声で、小生をまるで二十年の遠慮のない友達か、出来の悪い、自分の息子のように注意するのである。

そして、小生の手から鍬を引ったくるように取ると、慣れた手付きで土をならしたり、掘ったりしながら、メロンの苗を一つの畝に付き、二本ずつ離して植え変えた。

「どうらね、こうしねば、メロンが充分に伸びらんねねっかね。あと蔓がでてきたらば、藁を敷きつめる事らこってさ」

と言い、汗一つもかかない顔を、ニャリとさせる。

「ここらで、お茶でも、もらうこってね」

老人は至極、当然のごとく、小生にお茶の接待を要求したのだった。

小生はあわてて、茶の間から、急須や茶筒、湯飲みを盆に載せて庭に行くと、老人は既に縁側に腰を下して、悠然と、煙草を吹かしていた。

勿論、縁側に置いた小生の座布団は、老人の臼のような尻に敷かれている。

「俺、お前さんの家から、自転車で五分程の所に住む、夏目忠吉って　言うんさ。俺も忙しい身だろも、たまに又、寄ってやるさね。メロンも心配らっしさ」

小生は、何も来てくれと頼んだ訳でもないのにと、心の中でつぶやいたが、つい、愛想良くうなずいてしまった。どうやら小生は、夏目忠吉と名のる、無遠慮でいて、キチンと畑仕事をするこの老人に、いささか圧倒されてしまったらしい。

何しろ当地には、越してきたばかりだった。

街中で育った身上としては、しばらく、山茶花町の様子をうかがいながら、おとなしく観察していた方が良いという、小心者の自制心が働いていたのかもしれない。

夏目老人は、小生の出したお茶をうまそうにすすり、煙草をくゆらせ、メロンの苗のみか、これから植え時のスイカ、トマト、ナス、とうもろこしなどの植え方、肥料の施し方、一日の内の水のやり方などを、微に入り、細に渡り、とめどもなく、説明し、続けた。例えば、トマトを豊かに実らせるには、しっかりとした支柱を立て、主なる枝だけを生かし、側枝は小さい内に全部取ってしまう事、又、トマトはナス科の一年生作物で、別名アカナスと言い、南アメリカ熱帯地方原産である事などを熱を込めて語った。

小生は、あまりに夏目老人が、多量に、短時間に言葉をまき散らすので、断片的にしか理解出来ず、次第に頭まで痛くなってきた。

せっかくの休日、心静かに一人になりたくなってきた。

小生は、夏目老人の眼をぬすむように、縁側から居間にある柱時計を、落着きのない眼で、チラチラと見上げ始めた。すると夏目老人はピタリと話を止め、あっさりと立ち上がると、

「又、お前さんに植え方など教えてやるこて。お茶、おごっそさま」

と、言いながら、ひょうひょうとした足どりで庭から出て行き、自転車に乗ると振り返りもせずに、奇妙にギシギシと車輪をきしませながら、我が領土から出て行った。

それから夏目老人は、時々小生の休日に合わせるように我家へやってくるようになった。

小生はどういう訳か、すっかり夏目老人に気にいられたらしい。

やはり、古ぼけた自転車を、ギシギシときしませながら、事前に電話を掛けてくる事などなしに、ふらりと通

りかかった風情で、立ち寄っていく。

老人の乗ってくる自転車は、どこもかしこもクラッシック調で、まるで乗ってきた本人のように老人めいていた。頑丈な荷台には、花ゴザが無造作にくくりつけられていた。

後で教えてくれたのだが、そのゴザの用途としては、例えば天気の良い日、行き当りばったりで、川辺に柳が青々とたれ下がり、心持良い微風が頬をかすめていくような風景の良い場所に出くわすとする。するとそのゴザを、その辺の地べたに広げ、すわり込んで、ゆっくりと煙草を吹かしながら、良い気分になるのだという。

夏目老人は、このように風流を愛する所もあった。

或る時、チラリと隣家の日雇い仕事をしている御主人に、夏目老人の事を聞いてみた。

無口な御主人は、口ごもりながら、

「あの爺さん、一人暮しの図々しい変わりもんさ……でも、そんげに悪い人間ではねえろも」

と、それだけポッリと言った。

初めて夏目老人と会った、小生の女房などは、老人をいかにもうさんくさい眼付きで見ていた。

小生達一家が、一寸とした旅行や、買物などで出払い、家に遅くなって帰ってきた時など、よく玄関先に、土の付いた大根や、キャベツ、薩摩芋などが置かれていた。

夏目老人に後で遠慮がちに聞くと、

「俺んとこでとれたもんらさ、あまったすけ、お前さんにやったんさ」

と、鼻の頭をかきながら照れくさそうに言う。

女房は最初は気味悪がっていたが、次第に、

「さすが、年期の入った人の作った大根は、育ちが違うわ。葉っぱも生々としているし、水気たっぷりで、おいしそうだわ」

と言い、大根おろしや、熱々としたふろふき大根が食卓に出てくるようになった。

夏目老人は、農業の事など何も判らぬ小生に、花木や庭木の事を熱っぽく指導し、自ら、スコップを手にして、桃の木の植え換えや、肥料やりをしてくれた。

最初は小生も夏目老人の好意に甘えていたが、わずかでも何か御礼をしなければならないような気持になっていた。

それで、遠慮がちに遠回しに、その事を言ってみたが、

「いや、御礼なんていいんさ、こうやって俺の好きな事、この庭でやらしてもらって、熱いお茶の一杯も、もらい、お前さんに、話し相手にさえなってもらえば、それでいいんだって」

と、屈託なく言うばかりだった。

季節はもう暑い盛りで、以前植えたメロンも順調に成育し、ゴルフ玉大の大きさだった果実も、ゲートボール玉大になっていた。蔓も驚くほど縦横に、はびこっている。

小生は夏目老人の指導の元に、果実に当てないよう、今日もたっぷりと水やりをしていた。

水やりは、真昼の暑い盛りにやるのではなく、朝方、夕方の涼しい時にやらなければならない事や、やたらと果実を手にしたり、持ち上げたりして蔓を痛めたりしない事などを教えてもらった。

土は、いくら水をそそぎ込んでも、必要としているらしく、みるまに吸い込まれていく。

小生達一家は、夏目老人の行動に注目した。

特に、秀二と直子は、老人をまるで異邦人を見るような眼付きで見つめ、嬉嬉として、木を植え換えるのを手伝ったりした。何だか秀二も直子も、不断よりひどく生々と動き回るようになった。

そんな或る日の事、例のごとく畑仕事をしていると、

「あれ、おじちゃんの帽子の所に蜂が……」

と直子が、泣きそうな声を張り上げた。

見ると、黙々と、メロンの手入をしてかがみ込んでいる夏目老人の首筋近くの麦わら帽子の端に、熊蜂のような大きな蜂がピタリと張り付いていた。

小生達一家は、それを見ると、もう声を上げる事も出来ずに、金縛りに合ったように、唯、立ちすくんでいた。

大きな蜂は、無造作に、夏目老人の帽子から飛び立つと、今度は肩の辺りに止まり、モゾモゾと動めいていた。

老人は、まったくその大きな蜂には関心がないように、メロンを指でコンコンと叩いてみたり、根元に土を少し加えたりしていた。

辺りは、とても蒸し暑く、空気は膨張し、見つめている小生達の肌は、ヌルヌルと汗にまみれていた。

時がいつまでも止まっているような気がし、小生はフワッとめまいを感じ続けた。その内に、夏目老人の肩に止まっていた大きな蜂は、ふっと気まぐれのように飛び立って、どこかへ消えていった。

小生達一家は、空気を一気に抜かれた風船のような気分になり、その場にへたり込みたくなっていた。

夏目老人は、何事もなかったように、作業を続けていた。

「人間がよ、変な風にかまったり、いじったりしなければ、蜂だってむやみに人を襲ったりしないんさね。そうさ、自然はそんなものさね」

彼は仕事が一段落した後、女房の出した熱い番茶をすすりながら、そう言った。

月並みな言い方だが、人生の荒波を幾度も乗り越えてきた者の持つ、風格のようなものが、夏目老人の背中にただよっていた。

何回かの交流の結果、小生は夏目老人が十年以上も一人暮しである事や、三年間も南の国の方で抑留生活を送った事などを断片的に知った。

又、一人息子の嫁との折り合いが悪く、息子夫婦は家を出て、遠くで暮している事をぽつり、ぽつり話してくれた。

夏目老人は、そんな人生の不仕合せを一度たりとも感じさせなかった。だが、今までにたった一度、彼が両の眼からとめどもなく涙を流し、感情を高ぶらせたのを見てしまった。

いつものように夏目老人が、小生の家にフラリと立ち寄り、居間で二人してお茶を飲んでいた時だった。

テレビはつけっ放しにしてあり、お昼の若者向けのクイズ番組だろうか、何んの悩みも持ち合わせていないような出場者達が、互いに和気あいあい、笑い合っていた。有名タレントが司会をし、海外旅行やらダイヤモンドが当る度、解答者は大口を開けて飛び上ったり、Vサインをこちらに向けている。

そのたわいない番組も、終りにさしかかった頃、唐突に画面が乱れたかと思うと、生まじめな顔をしたアナウンサーが、

「ただ今、A国とB国がついに戦争状態に入りました」

と、興奮気味に告げている姿が映し出された。

以前より、日本から遠いA国とB国は、国境問題と人種問題で仲が悪く、開戦は時間の問題とされてきた。

続けて画面は、制空権で劣るB国の爆撃された惨状が生中継で映し出された。

全壊した建物、運び出される子供達の遺体、逃げまどう避難民の姿。空を覆う黒煙。動き回る戦車。天空高く連射される小型ミサイルの幾筋もの弾道。

それらがフラッシュのように次々と画面に現われた。

小生にとって、まったく体験した事もない情景だった。

夏目老人は画面を、ひどく恐い顔をして、くいいるように見続けていたが、急にかぶりを振るような仕種さを何度もした。

そして顔を歪ませ涙腺のスイッチがまったくきかなくなったように、両の目からとめどもなく、涙を流し続けた。老人は真剣に泣き続けていた。

「戦争はいかん、早よう、やめねば、やめねば」

彼の歪んだ口から、やっと低く、静かにそんな言葉がもれた。いつものふてぶてしいような威厳はなくなり、一気にしぼんでしまったような、気弱な一人の老人が、唯、テレビの前で泣き続けていた。

小生は、あっけにとられ、どう対処してよいのか、途方にくれてしまった。ただ夏目老人には、戦争というものに対して、人一倍の思い入れがあるに違いないと思った。

やがて、彼はクシャ・クシャに濡れそぼった顔を何度も何度も、首に巻いたタオルでぬぐうと、

「又、来るこてね」

と、小さな心細いような声で言い、ヨロヨロと立ち上ると帰っていった。

夏目老人の帰って行く後姿は、背が丸くなり、何か病がとりついているような元気のなさが感じられた。

近頃、彼は例の自転車に、細長い箱をくくり付けて来るようになった。

箱の中味は、小生の居間に所狭しと広げられた。

夏目老人、御手製の、掛軸で、大抵、柔らかな眼差しの観音様や仏様が雲に乗っておられる姿が墨絵で描き出されていた。

小生には、その仏画に対して評価出来るような眼力は持ち合わせていなかった。

だが、少しばかり、図々しい所もある夏目老人にしては、描かれた仏画の優しい線はどうだろう、少々意外にさえ感じられた。

「俺、こうして仏様達を、心を込めてさ、描いている時が、楽しんだてば。別に深い信心があるわけでもねえんだろもね」

小生は、一人暮しの夏目老人が、自分の居間かどこかで黙々と筆を走らせている姿が、自然と目に浮かんだ。

彼が持ってくる掛軸には、いわゆる山水画はごく少なく、大抵、仏様が描かれていた。

小生が、何んてまあ、いい御顔をしていらっしゃる仏様達でしょうかと、ほめ言葉を出すと、夏目老人は顔をくしゃくしゃにして、照れた。

「そうらろっかね、良い御顔でいらっしゃるかね。そうらな、あんたさ、今度俺の家に遊びに来ねかね。もっと掛軸、見せてやっさ。」

と言い、簡単な地図まで書いてくれた。

我家のメロンが太陽と水分を十分に吸収してパンパンに張り、いつ取り入れても良い頃、小生は夏目老人宅を、地図を頼りに訪問する事にした。

地図に書かれている老人宅は、幹線道路や通勤駅とは反対の、町中というより、昔ながらの村中の奥に示されていた。小生が未だ、足を踏み入れた事のない地区だった。

休日の前日に、老人宅に電話し、明日訪問する事を告げた。小生には、事前の連絡もなしに、いきなり他人の家を訪れる事は、何となく落着かなかったのだ。

女房と子供達は相変わらず、朝からピアノ教室に出掛けている。

小生も、山茶花町の人達にならい、麦わら帽子に、首に黄色いタオルを巻き、出発する事にした。

地図にそって歩き始めたが、農村地帯特有なのだろうか、いやにくねくねと、細い道が続き、一旦、迷うと再び、元の場所には戻れないような気がした。

こんもりとした竹林が現われたかと思うと、曲り角に火の見櫓があり、半鐘が淋しそうにぶら下っている。

黒い塀が長く続き、えらい大きな屋敷だなと思い、ひょいと塀の破れ目から中をのぞくと、何百年も経てきたような旧家が朽ちかけていた。

辺りは子供の声も、犬の鳴き声も聞こえず、シンとしていた。小生は騒がしい表通りから、いきなり沈黙の世界に入り込んでいくような気がした。

真夏で空も明るく晴れているのに、不思議な寒気がただよっているような気がした。

小生は磁力に吸い寄せられたように、迷う事もなく、いつの間にか、地図通りに夏目老人宅の前に立っていた。

こじんまりとした平家の右手には、たっぷりとした畑が附随していた。

畑の広さは、小生の庭と較べてみると、いわば、大地主と小作人程の差があるように思われた。

夏目老人の家を囲っている垣根は、やはり山茶花だった。畑には誰も見当らなかったので、小生は玄関先に立ち、割合と達筆な筆跡で、「夏目忠吉」としるされた表札を確かめて二度程、老人の名を呼んだ。

玄関先の左手には縁側にそって無花果や、椿の樹木が奥まで植えてあり、小さな池や手洗鉢が見えている。

しばらくはしんとしていたが、やがてゴソゴソと物音がし、

「誰らか知らんろも、まあ、戸を開けなせや」

と声がした。

格子戸を開けると、夏目老人が作務衣のような物を着、頭は手拭でおおって、後で結んでいた。

どこかの寺男のような格好だった。

老人は、いつになく固い、生真面目な顔付きだったが、

小生だと判ると、途端に相好を崩して、笑顔になった。

「おう、よう来たね。まあ、上がればいいこてね。俺さ、今、絵を描いていたんだて」

夏目老人は、それだけ言うと、何か忘れ物をしたかのようにクルリと向きを変え、左手の奥へと戻って行った。

小生は、あわてて靴を脱ぎ、上り口にきちんとそろえられていたスリッパを履くと、夏目老人の後を追った。

縁側を通る時、庭を見ると、木々の下の地面は、生々とした松の葉色の苔が、びっしりと密集していた。

右手が茶の間らしく開け放たれていて、テレビとちゃぶだいと小さな仏壇があった。

夏目老人が入って行った部屋は、一番奥で、離れのようになっている。

八畳程の日当りの良い畳部屋の中央に、縦長の白い布が大きく敷かれてあり、観音様が雲に乗って優しくほほえんで立っている姿が、クッキリと描かれていた。

周囲には、何枚もの描きかけの水墨画が広げられている。又、墨入れや何十本もの筆、仏像の本などが雑然と散らばっていた。

壁には画鋲やセロテープで止められたお寺の写真や、仏語めいた言葉の書かれた紙が貼ってあった。

この部屋は、夏目老人のきままな、水墨画の画室だった。それにしても墨絵の題材に、仏様が本当に多い。

彼は、筆に墨を軽く含ませ、立て膝となって観音様の乗っている雲の一端を描きながら、

「もう、ちいとばか、描いたら終るすけ、待っていてくんなせや」

と言い、眼に一段と力を込めた。

庭の方より、セミが静かに鳴き始めたのが聞えてくる。

小生は、辺りに無造作に散らばっている水墨画を見た。

一枚の色紙には、遠景にうっそうとした丘や森があり、手前には素朴な農家と水車が描かれている。

もう一枚には、ナスやカボチャが淡く彩色されている。

けれどもそんな山水めいた絵や野菜画は、ごくわずかで、後はおびただしい仏画だった。

力のいる畑仕事をしている割には、細い筆で奇麗な曲線が引かれているのには関心した。

「夏目さんは、随分と手先が器用ですね。たいしたもんだわ」

と、私が言うと、

「いや、いや、お世辞なんて言わんたっていいこて。こうやって描いていると、とにかく心が安まるんだて」

夏目老人は鼻の下を何度も人指指でこすり続け、面はゆい顔をした。

ひとしきり、筆を動かしていたが、急に腕組みをし、画面を睨むように、見据え、

「よし、今日の所は、こんなもんらろっかね」

と言った。

夏目老人は、右肩をポンポンとたたきながら、小生を庭の見える茶の間に案内した。

熱いお茶を慣れた手つきで入れてくれ、一口すると額から汗がふき出したが、それが心地良かった。

夏目老人は、手拭を頭から取ると、首筋の汗をぬぐい、

「熱い時にや、熱っついお茶飲むと、どうしてか、馬鹿にうまいんだてね」

と言い、庭の方を眼を細めて見つめた。

庭には葉が暑さで萎えたようになった楓や椿やつつじが見えていたが、枝振りの良い二本の松は生々としていた。時々、わずかな涼風が松の木の方より、渡ってきた。

辺りは静かで、時間がずっと停止しているようだった。

小生はふと、仏壇を見ると、二枚のきばんだ写真の入った小さな額が、中に納められているのに気がついた。

一枚の写真には、人の良さそうな中年の女性が笑ってこちらを見ていた。この写真は十年前に亡くなったという夏目老人の奥さんに違いない。

もう一枚の写真には三十人程の、作業服を着たような男達が、工具のような物を肩にして整列していた。

なおもよく見ると、彼等は、皆、兵隊服装で、肩にしているのは鉄砲だった。

男たちの背後には、どこかの南方の国らしい、笠にも出来そうな大きな葉の植物が繁茂していた。

夏目老人は、小生が興味ありげに、その写真を見つめているのに気付くと、

「その写真に写っている男衆、俺の大事な部下達だったんさ」

と、ポツリと言った。

彼はそう言うと、ふいに立ち上り、部屋から出ていった。小生が写真をなおもよく見ると、男達の真ん中に、日本刀を両手の杖にして、眼光鋭く、たくましい感じの若かりし夏目青年が、すっくと立っていた。

彼を含めて、写っている兵隊さん達は、いずれも何の疑いも持たずに、日々生きている純粋な青年の無鉄砲さを、全身から発散させているような気がした。

夏目老人は、一升瓶とグラスを持って現われた。

「まあ、冷やで一杯、いこてばさ」

と言い、小生にグラスを差し出した。

互いに、まず一杯ずつ、つぎ、飲み始めた。

「俺、いっぱいこと、南の国の人、死なしてしもた。そし

てさ、俺の部下達も死なしてしもたて……。あの戦争はひどかったて、本当にひどかったて。もっとも、どの戦争らかて、ひどいもんらろもね」

夏目老人の視線は次第に虚ろになり、宙に浮いていているような感じになった。

以前、小生の家でテレビを見ていた時と同じ表情になってきた。小生は彼に酒をついでやった。

庭のせみ達が一斉に狂ったように鳴き始めた。

「大義らとか、聖戦らとか、信じたろも、戦争になれば、勝っても負けても、唯、ひたすら無残なもんなんさ」

と言い、夏目老人は、仏壇の中の多くの兵隊さんの写真を見つめ、

「俺が率いた部隊、南の国の人達にとっては鬼みてえなもんらったんだろね。又、その鬼達も一銭五厘の紙切れ一枚で引っ張られて本当に切なかったんだろもね。戦争って虫ケラみたいに人こと殺し、又、虫ケラみたいに殺されてしまうもんなんらんさ」

と言い、瞑想にふけるように固く目を閉じて何かに耐えている風だった。

小生には、夏目老人の本当の心は判らないが、少なくとも、彼がずっと戦争への思いを引きずって、持続して生きてきた事は確かだと思った。

夏目老人は眼を二度と開けまいと決心したかのように固く閉じて、やたらとがぶ飲みに近い飲み方をした。

彼の頬に急に赤味が射し、酔いが早く回ってきていた。

庭の方から、熱気を含んだ風がゆっくりと吹いてきて、小生達を包み始めた。

せみの鳴き声が、少し小さくなった。

夏目老人は急に、体中から全ての力が抜けたように壁に寄りかかり、だらしなく首をがっくりと前に垂れた。

「俺らぁ、切ねてばさ……切ねてばさ……」

夏目老人は、そんな意味の事を、途切れ途切れにつぶやき続けている。鋭い眼光も萎え、しわの多い、どこにでもいる一人の老人がそこに居た。

小生は、夏目老人の語りつくせない深い孤独と哀しみが何となく判るような気がした。

画室にあった、あのおびただしい仏画は、老人の率直な気持の一つの現われなのだろうと思った。

小生は、半泣きのような状態で眠りかけている夏目老人を、静かに抱き寄せて、畳に寝かせた。

座布団で枕を作り、頭にあてがい、もう一枚を腰の下に入れた。そして、音のせぬように、そっと家を出た。

外はせみも鳴きやみ、不思議な静けさだった。

太陽が充ち充ちていて、ひどく暑く感じられた。

一ヶ月後、テレビで報じられていたA国とB国の戦争がようやく終結した。

夏目老人は、しばらく現われなかったが、最近、何事もなかったように我家を訪れ、張りのある声で、畑の作物の出来具合について指導した。

そして、日焼けした顔をほころばせながら、熱いお茶を飲んで帰っていく。

黄色いスカーフ

節子は五十二枚のトランプ札から、二、三、四、五の四種合計十六枚を抜き取った三十六枚で、今月の運勢占いを又、始めた。

客、一人いない、「青い鳥」という名の、自分の経営する五坪ほどの小さな喫茶店で、赤いダイヤやスペードがテーブルの上で鮮やかに舞っていた。

テーブルが二つに、カウンターだけの店内は、少し照明を落とし、その代わり天井からのスポットライトがトランプを明るく浮き上らせている。

未だ、夜の八時になったばかりだったが、季節は十一月に入ったせいか、外は冷たい風が吹き抜けていっているような気がした。

ヤ、マ、ガ、タ、セ、ツ、コと自分の名前の数だけシャッフルし、次に十一月の数だけシャッフルを繰返し、上から一枚ずつ表に向けて占っていった。

初めに「希望」を占うと、赤いダイヤの七だった。

運勢の一覧表を見ると、「競争が激しいので、もうひとがんばりしなくてはいけません」と出た。

節子は敏雄のことを頭に浮かべていた。

ジャガイモのような顔をした彼を秘かに思っているような相手など居るはずはないだろうと、思わず苦笑した。

又、「恋人」という項目を占うと、クラブの七が出て、「相手は純粋な人です。あなたにはもったいない」と出た。敏雄は気がきかなくて、無器用な割には結構、気の良い所があるので、当たっているなと思った。

四十才に、もう少しで手の届く年令でありながら、男の人と付き合ったという経験も、敏雄以外にはサッパリなく、こうしてポツンと一人で、恋占いをやっているのが、我ながらこっけいというか、やるせない気分になってくる。母が早くなくなり、母親代わりとして、父や妹や弟の面倒をみている内に、いつの間にか歳月は影のようにぴったりとしのび寄ってきて、婚期を逃してしまった。

役所勤めの父は、平凡な人生をただひたすら実直に勤め上げてきた。

定年になると気が抜けたようになり、一日中、テレビを見て過してしまうような状態だった。

節子を早く結婚させようとして、積極的に動いてきたわけでもなく、よく考えてみると、単なる炊事、洗濯係に当ててきたふしもあった。

弟は地元の大学を出ると、東京で就職して働いているし、妹は二十才を過ぎると、すぐに高校の先生と結婚して、今は共稼ぎをしている。

節子は、今までにも、ふと自分の人生について考える事もあったが、父や弟や妹の世話だけで精一杯だった。

だが、弟や妹の世話も一段落してしまうと、このままだ、父の世話だけで過してしまうのも寂しい気がした。

外に働きに出ようと職業安定所にも通ったが、年令からいっても良い条件のところは滅多になく、次第に職場を捜すのも、おっくうになってきた。

そこで少しばかり、気ままな生活をしたいと思うようになり、三年程前に自宅近くの角地に丁度良い売物が出て、少し改造して「青い鳥」を経営する事になった。

父も特に反対しなかったのは、節子のそれ位のわがままは許してやっても良いと考えてくれたのかもしれない。

結局、物件の購入や改造資金は、父がほとんど出してくれた。店名には、別に深い意味はなかったが、なんとなく自分が青い鳥を求めているのかな、というような気持は絶えずしていた。

客がいない時、こうして一人でトランプ占いをしているのも、心の中の片隅に、自分なりのささやかな幸せを追い求めているのだと、時折、思う事もあった。

節子が今度は、金運、事業運を占おうと、ふたたびトランプをシャッフルし始めた時、入り口のドアが勢い良く開けられ、妹の久美子の屈託のない声がした。

外の風が冷たいのか、コートの襟を立てている。

節子と違って、何事もクヨクヨと考え込んだりしない陽気なタイプで、例のごとく、眼を真ん丸くさせて話し掛けてきた。

「寒くなったわね。勤め帰りに、一寸姉さんの顔を見たくなってね。え、食事の支度？　今日は旦那の番よ、うちは夫婦交代でやってんの。わあ、又、姉さん、トランプ占いなんかやっている。そんなに占いばっかりして待っていたって、良い事なんか舞い込まないわよ。恋の占いなんかしていたんでしょ。もっと自分から積極的に、行動しなくちゃ駄目よ。私を見なさい。すぐにいい男、引っ掛けちゃったんだから」

妹はハキハキと活発にしゃべり、お客様も一人も居ず、ほの暗く、さびしい「青い鳥」の店内を、一人で明るい場所に変えてくれた。

どちらかというと、考えた末にでも、あまり行動に移す事の出来ない節子に較べて、久美子は人を押しのけてでも、行動してしまう所がある。

彼女の旦那の、人の良さそうな高校教師の場合も、彼が今まで付き合っていた女性を、強引に別れさせて結婚まで持っていった実力者だった。

今夜、久美子が現れた用事は、節子に見合いをしてみないかという話だった。

相手は、妹の旦那の先輩で、妻を二年程前に亡くした五十才の商事会社の課長だった。男の子と女の子二人の子供が居た。上場会社ではないが、給料も平均からすれば良い方で、いずれ会社の経営の一端を担うような、有能な人物らしい。

妹は、こんな良い話は滅多にあるものではない、今度、日を決めるから、ぜひ会ってやって欲しいと、節子に同じ話を繰返し、まくしたてるように言った。

そんな時、オートバイのエンジン音が停止した。

節子は敏雄がやってきたなと、すぐに判った。

敏雄のエンジンが停止する時は、一度強く吹かすので、他の人間と区別することが出来た。

肩幅が広く、上背もあり、頭全体が大きなジャガイモのような敏雄がノッソリとドアを開けて入ってくると、ただでさえ狭い、「青い鳥」は一層、息苦しいような雰囲気になる。おまけに仕事帰りらしい、油で汚れたままの作業着姿で、黙ってカウンターの前にボサボサの頭をかきながらすわり込んでしまう。

「ねえ、姉さん、今度、ハッキリした日取りが決まったら、ぜひ会ってみない、決して悪い話じゃないわよ」

と、地声が大きいのか、興奮しているせいか、勢い良くしゃべり続ける。

節子はあわてて立ち上ると、店内に流れていたシャンソンの曲のボリュームを大きくした。

それから敏雄のそばに近ずき、注文を聞いた。

彼は無愛想な横顔を、こちらに向けたまま、「ナポリタンとコーヒーと、例の曲」

と、世の中に一つも楽しい事がないような、ぶっきらぼうな言い方をした。例の曲というのは、彼が高校時代から好きだった、ベンチャーズの「パイプライン」などの、心浮き立つ軽快な電気ギターの響きだった。

節子がカセットテープを切り換えると、すぐに腹に響くリズムに変わった。

どういうつもりか知らないが、本人は楽しそうに体を揺するわけでもなし、例のごとく仏頂面をして、ただ聞いているだけだった。

節子が立ち上ったのを機に、妹は、

「じゃあ、又、来るから、決心しておいてよ」

とコートの襟を立てると、そそくさと帰って行った。

妹が今話した事を、敏雄に聞かれたなと思い、恐る恐る、うかがうように彼の横顔を見ても、相変わらず、ぶすっとして無表情だった。

敏雄は高校時代の同級生で、同じ美術クラブ仲間だった。

彼とは半年ばかり前に、偶然、ウドン屋で会った。

互いに高校を卒業してから、二十年振りに顔を会わした事になる。

「青い鳥」が住宅街にあるせいか、午前中はさっぱり訪れる客もなかったので、営業は午後からする事にして、ちかくのウドン屋へパートとして働いていた。

ウドン屋では前掛けをし、白い手拭で髪を後ろに束ねていると、いかにも自分はおばさんなんだなという妙な実感が、こみあげてくる。

或る日、薄汚れた作業着姿の、大きな体付きをした中年の男が店に入ってきて、タヌキウドン、と無愛想に言った時、節子は敏雄だとすぐに判った。

二十年も会っていなかったが、体全体がどこもかしこも、ごっつくて、変にくぐもったような太い声で、タヌキウドンと言った声の調子が、以前とまったく変りなかった。

「あれ、お客さん、敏雄さんでは…」

彼は、高校時代から変わりのない細い眼を一層細くさせて、あっけにとられたようにしばらく節子を見ていたが、

「ああ、そうか、節子さん、山形節子さんだっけ」

と、ジャガイモのような顔を初めてニッコリさせた。

いい男とは、お世辞にも言えなかったが、妙に人を安心させるような表情を昔からした。

そんな所が学生時代と、ちっとも変りなく、節子をなつかしい昔に引き戻してくれた。

彼は高校を卒業すると、逃げるように東京へ出、自動車工場で働いていたが、一年前に農業をやっている父親が亡くなり、故郷に戻って家を継いでいるという。

今は母と二人暮しだったが、農業だけではとても生活出来ず、普段は自動車の修理工場で働いている事を、ボソボソとした語り口でしゃべった。

ウドン屋で再開してから、敏雄は時折、仕事の帰りに「青い鳥」に寄るようになった。

そして学生時代に好きだったベンチャーズの曲を注文する。あの頃は、日本中の街中に、ベンチャーズの浮き立

つような電気ギターの響きが流れていたものだった。

敏雄と節子は高校時代、美術クラブに所属していた。放課後、アグリッパやシーザの石膏像を木炭デッサンしたり、野外に出掛けてはスケッチを繰返した。

もっとも野外に出てしまうと風物を描くことなどそっちのけで、アイスキャンデーをなめたり、たわいなく川の土手にすわりこんで、先生の悪口や、あこがれている映画俳優や歌手の話ばかりしていた。

敏雄は根っからの無口なタイプで、クラブ仲間からはいつも一歩、身を引いていたような、物静かな人間だった。その分、何かしら本当に頼りになるような大人びた印象を与えていた。

そんな彼がベンチャーズの大ファンで、他の生徒とレコードの貸し借りをしていた。

節子はその事を知り、あの騒がしいリズムのどこが良いのだろうと、いつも疑問に思っていた。

一度など、節子は敏雄に対して何故、好きなの、と聞いてみたこともあった。第一、似合わないと思った。

彼はその時、ただ茫洋とした顔を照れくさそうにして、うつむいたり、あらぬ方を見たりして、答えてはくれなかった。敏雄にも、表面上はともかく、心の中には人並みに何か、熱く燃えているものが充分にあったに違いなかった。節子は、敏雄の事を兄貴のような存在でしか見ていなかった。

時折、彼に、家庭の事や、さっぱり勉強に身が入らないといった相談をもちかけると、大抵、ありきたりな解答しか戻ってこなかったが、妙に安心したような気持にくさせられた。

当時、同じクラブ員の誠の事を思っていた。

誠は鼻筋が通り、眉も男らしく太く、笑うと凛とした瞳が一層輝き、一気に人の心を鷲掴みしてしまうような何ともいえない魅力を持った男だった。

誠は、当然、クラブの女生徒達に人気があって、節子も夢中になっていた。

彼は、昔からもてる事に慣れていたし、調子の良い所があったから、女生徒達とは適当にうまく付き合っていたようだ。

敏雄と誠はタイプの違う人間だったが、何故か誠の方から敏雄と親しくしていた。

誠は敏雄が、一種、融通のきかぬ、滅多に人を裏切ったりはしない誠実な人間だと見抜いていたから、彼に一目、置いていたのかもしれない。

節子は或る日、近くを流れる大川まで全員でスケッチに出掛けた時、敏雄に相談を持ち掛けた。

六月に入り、梅雨がやってきて、今にも一雨きそうな蒸し暑い日だった。

他のクラブ員は、仲の良い者同志で輪を作って下らぬおしゃべりをしているのに、敏雄は土手にすわり、黙々と真面目にスケッチをしていた。

眼前には、ゆるやかな川の流れに添うように、釣り船が静かに浮かんでいた。

節子は敏雄のそばにそっとすわると、

「恥ずかしい話なんだけど、少し相談してもいい？　あの、誠君と一度、お付き合いしたいんだけれど、彼はとてももてるし、私みたいな可愛くもない女、相手にされないかもしれない。でも、何とか親しくなりたいの。出来れば、うまく誠君に聞いてもらいたい。私の事、好きなような素振りも時々するようだし…」

と、思い切って言ってみた。

敏雄は一瞬驚いたように、いつもの細い眼をドングリ眼にして節子を見つめ、額に浮いた汗を手でふいた。

それからおもむろに下を向いて、何か考えている様子だったが、もうジャガイモのような顔の眼は、細く元に戻っていた。

「ああ、いいよ、誠の気持聞いてやる」

敏雄は何事もなかったように、急にスケッチ板を強く握って鉛筆を走らせ始めた。

節子がのぞくと、そこには敏雄のいつものタッチとは違う、何か荒々しい勢いの川の流れや、遠くにかすんでいるビル街や森が描かれていた。

まるで何かに怒っているような、線の流れだった。

一週間程して、放課後の美術室で、節子がブドウと桃を組み合わせてデッサンに熱中していると、敏雄がいつの間にか背後に立っていて、小声で、

「この間の話、誠に伝えた。あいつ、嫌じゃないそうだ。会ってもいいって言っている。誠は勉強も出来るし、時には調子の良い所もあるが、中身は純粋でいい男だと思う。きっといい友達になれるかもしれないな。…でも、節子、誠と付き合うならば、変に浮ついた気持じゃなく、本気に真剣にぶつかっていって、あいつをしっかりつなぎ止めなければ駄目だ。まあ、頑張れよ」

と、敏雄にしては随分と雄弁に、早口で言った。

「それと、今の話には関係ないけど、そのブドウの質感、少し足りない」

敏雄は振り向いている節子の眼を一度も見ずに、彼女が手にしていた木炭を乱暴に取ると、ブドウに向かってグイグイ塗り潰していった。

彼の額から汗が浮き出て、手でぬぐうと眉の辺りに木炭が付き、黒々としてしまってまるでタヌキのような顔になった。節子は一瞬笑おうとしたが、敏雄がいつもと違い、一段と妙に真剣なので、あっけにとられたように、唯、木炭紙の中のブドウと彼の顔を、交互に見ていた。

敏雄は夏休みに入る直前、急に美術部に退部届けを出した。退部の理由は、じっと美術室にこもって、絵を描いたりすることが自分の性に会わなくなってきたという、実に曖昧模糊とした話だった。

今度は陸上競技部に所属したが、部でも一、二を争う足の遅さで、とても競技大会には出られないだろうという噂が、どこからか聞こえてきた。

しばらくして、節子が、美術室に向かう廊下の窓より、グランドに眼をやると敏雄が走っている姿が見え、思わず足が止まり、見据えた。

走るフォームもさっぱり決まらず、苦しそうに顔を天に向かって歪ませ、馬鹿みたいにひたすらドタバタといった感じで走り続けていた。

他の陸上選手のように、体付きもスマートではなくどちらかというと、鈍重な牛が汗をびっしょりとかいて、グランドを走っているような印象さえ与えた。

節子は油絵の筆を走らせている時、ふと、もしかしたら敏雄は、私の事を好きだったのかなと、心の中で思う時もあった。そうだとしたら、悪い事をしたと思った。

今から考えると、敏雄は割合デッサン力があったので、他の部員にアドバイスする事が多かったが、節子の場合は、彼自身が特に積極的に後ろに立って指導をしてくれた。

その時、敏雄がいつもと違って早口になり、その声も少しうわずっているような気がした。

又、油絵具を忘れた時、他の部員はしらん顔をしていたが、彼がぶっきらぼうに、自分のを使えと押しつけるようにくれたのを覚えている。

その時の彼の眼の中に、暑いような暖かさがあった。

節子は、そう思うようになってから、自分から誠にぶつかっていくのが、おっくうになってしまった。

誠は時折、節子に話掛けてくれる事もあったが、それ以上は進展しなかった。

要するに誠にとって、節子は単なる女子クラブ員の一人だったようだ。

敏雄が本当に節子の気持を、誠に伝えたかどうかも判らなかった。

高校を卒業すると敏雄とも会う事もなくなってしまっていた。

あれから二十年たって、こうして敏雄と再開してみると、懐かしい思い出が、つい昨日の事のように思われた。

敏雄はベンチャーズを聞き、ナポリタンを食べ、コーヒーをすすると帰っていった。

妹がしゃべっている間は、演奏のボリュームを上げていたので、敏雄には見合いの話は聞かれなかっただろうと思った。敏雄とはウドン屋で再開してから、時々デートらしきことを繰返していた。

彼はベンチャーズを聞く事と、オートバイに乗ることだけが趣味だった。

節子はよくオートバイの後ろに載せてもらって海岸道路をドライブした。

随分大きなオートバイだった。

敏雄に聞くと、

「軽自動車を買う位の値段だった。中年男がたまにはぜいたくしてもいいだろう」

とブスッと言い、ブルーに輝いているタンクをポンと手でたたいた。互いによい年をした男と女だったので、十代の若者のようなどこにも遠慮のない、弾んだ乗り方などは出来るわけがなく、人眼につかない町はずれで待ち合わせた。

妹が「青い鳥」にやってきた後の、初めてのデートだった。敏雄は相変わらず皮ジャンパーにサングラス姿で、その時だけは大柄な彼に似合って、小生意気な若者のようだった。

若い時代にはもう戻れないのに、でもこうしてオートバイに乗っている時だけが、過去に還って体中の細胞を生き生きとさせているのかもしれない。

節子も人に知られないように、サングラスに、地味なドライブスーツを着込んでいた。

節子はオートバイの後ろに乗る時、知った人でも居るのではないかと、つい、左右を見渡してしまう。

最初は敏雄の背に自分の胸を押し付け、前に両手を回すなど、抵抗があったが、海の潮風にさらされ、カーブの連続する海岸線を飛ばしている内に、ごく自然にしっかりと両指を彼の腹部に交差させるようになった。

一匹の野獣のように吠え立てる、エンジン音が敏雄の背から、もろに伝わり、海がカーブを通る度に、斜めに見え、何だか何十年も一気に若返っていくような気がした。海は冬の近い事を知らせるように、深いコバルト色に輝いていた。

乗り疲れると、海岸道路に点在している、やたらに白い建物の喫茶店に入り、互いにレモンティを注文した。冷たい烈風にさらされた体に、熱いレモンティは暖かくしみ通って、ひどくうまかった。

敏雄は今日は珍しく、サングラスを取らないで黙ったまま、レモンティを飲み、海を眺めていた。

元々、無口で、おもに節子が一人で何かとしゃべってしまう事が多かったが、今日は特に機嫌が悪いようにしゃべらなかった。

仕方なく節子は、「青い鳥」の経営がいよいよ追いつめられてきたとか、デパートで素敵なブラウスを見つけたので今度、一緒に行って判断して欲しいなどと、なるべく快活そうに言った。

敏雄は海を眺めながら、サングラスの端を指で少し、押し上げ、

「節子、見合い話決まりそうだってな。いい話らしいね。女はやっぱり早く結婚した方がいい」

と、ポツリと言った。

節子は、あの話を、どこまで聞かれてしまったか判らないが、ああ敏雄が知ってしまったのだと、まるで他人事のように妙に実感した。

未だ、妹が持ってきた見合い話が、現実のものとして、心に定着していなかった。

「別に、私、決めたわけじゃないわ。ただ、一方的に妹が持ってきただけだし…」

敏雄は節子の方に向き直り、テーブルにあるマッチ箱をゴツゴツとした節くれ立った指で、もて遊びながら、

「そうか、でも結婚なんて、一つのチャンスを逃したら、当分やってこない、いい人だったら会ってみなよ」

と低い声で言った。

サングラスの奥の眼は、何も見えなかった。

喫茶店を出ると、海からの風が節子の頬を冷たく打った。

敏雄は又、節子を後ろに載せると、行先も言わずに飛ばし続け、街中に入った。

デパート近くのパーキングにオートバイを横付けし、まるで節子など眼中にないように、早足で歩き続け、デパートに入った。

節子は後を追うのがやっとで、息を弾ませた。

敏雄はエスカレーターに乗り、或る重大な信念を持った人間のように、二階の婦人服売場に、一直線になって入っていった。

彼は色とりどりで鮮やかな色彩を見せているスカーフ売場に立った。

「俺、いつか節子に何か買ってやろうと思ってた。このスカーフ、節子に似合いそうだ」

敏雄はウインドケースの上に奇麗に並べられた何枚かのスカーフの一枚を手に取った。

それは薔薇の刺繍のしてある渋い黄色のスカーフだった。彼は無造作に、そのスカーフを節子の方から首筋に当てた。

「俺、節子が幸せになってくれればそれでいい、だからこれプレゼントする。このスカーフをして見合いに行ったらいい」

と、変にかすれたような声で節子に言った。

そのスカーフは安い物ではなかったが、敏雄はもう、節子に何も言わせまいかとするように、そそくさと勝手に代金を払い、逃げるように、人込みに紛れて行ってしまった。節子はあっけにとられ、その場に茫然と立ちすくんでいた。

去って行く敏雄のジャンパーの大きな背中が、ひどく悲しんでいるようにも見えた。

節子はボンヤリと歩き始めた。

首筋に巻いているスカーフが、妙に熱く感じられた。まるで敏雄のゴツゴツした指と太い腕に優しく抱かれているような気さえした。

それきり、敏雄は「青い鳥」に来なかったし、連絡もなかった。

その後、又、妹が節子に、例の見合いの件を勧めに来た時、敏雄の事を話してしまった。

妹は、少し何かを思い出すような顔をした。

「え、あのさえない中年男の事？　そう言えば、この前姉さんが一寸とした買物で私に十五分程、店の留守番を頼んだ時だったわ。そうそう、確か、最初に姉さんに見合いの話を持ってきた夜、カウンターの片隅でポツンとすわっていた男よ。青白い顔をして店に入ってきて、姉さんが居るかどうか聞いたわ、そして私に、もう節子さんの見合いの話、決まったのですかと言った。何だか気味の悪い男だったから、私、姉さんは今度確かに見合いをするし、相手は一流会社の課長さんですと確かに言ってやったわ。ところであんた、一体誰ですかって聞いたら、急にショボンとしちゃって、力なくドアを開けて出ていった事があった。その時は、こういう商売をやっているせいで、少しは姉さんに関心がある客もいるんだなと、気軽に思っちゃった。御免、私も帰りを急いでいたので、姉さんに言うのを、うっかり忘れてたわ。あんな出世しそうもない男、やめときなさいよ。そりより、私が持ってきた話、決して悪い話じゃないわ。向こう様も、あんたの事、話したら、とても気に言っている様子だわ。姉さんも早く幸せにならなければ駄目よ。えーと、見合いの詳しい日取りは、又知らせるから、とにかく会ってみてよ」

妹は、例のごとく、あっけらかんと、まくし立てるように言って帰っていった。

節子は、見合いの前日の夜、「青い鳥」でトランプ占いをした。

妹が強引に見合い日を決めてきて、とにかく会うだけ会ってみろと言ってきていた。

未来の結婚について占うと、赤いハートが出た。

解説書には、「大丈夫、思い切り、ぶつかっていけば、意中の人と結婚出来ます」

と、書かれてある。

節子はふと、トランプは敏雄の事を占ってくれたのか、それとも会うだけ会ってみたらという、妹の進める人との事を占ってくれたのか、判断がつかなかった。

トランプに占ってもらって物事を決めたりせず、本当は、自分で悩んで、苦しんで、相手にぶつかっていくのが、人間らしい行為のような気がふとした。

節子は見合いの当日、特別の日に着ようと思っていた気に入っている薄紅色のワンピースとワイン色のコートを着て、出掛けた。

手にしたセカンドバックには敏雄に買ってもらった黄色いスカーフが、ていねいにたたまれて入っていた。

見合いの時間にはまだ充分、時間はあった。

節子は見合いの場所の繁華街にあるシティホテルの喫茶室には行かず、敏雄の昼間勤めている自転車修理工場へ、足が自然と向かっていた。

「中沢民間車検場、修理工場」と大きく看板の出ている入り口を通り、受付の中年女性に、敏雄と面会したいむねを告げると、机に向かっていた彼女は忙しそうに書類に眼をおとしたまま、こちらをよく見もせずに、自由に工場内に入って会っても良いと、つっけんどんに言った。

工場内は、訳の分からない騒音に充ちていた。

何台もの自動車が、下から持ち上げられて、頭上高く、醜い腹を見せていたり、白く吹き付け塗装をされている車もある。

節子はコートを汚されるのを気にしながら、敏雄を捜し求めた。タイヤを交換していて、両手のふさがっているつなぎ服の作業員に尋ねると、向こうのマイクロバスの下で仕事をしていると、顎でしゃくりながら教えてくれた。

どこかの幼稚園のマイクロバスだろうか、赤く派手に塗りたくってあるその車は、少し車体が持ち上がっていて、太い後輪の辺りに、二本の足が出ていた。

節子は、まるで敏雄が車体に押しつぶされているような錯覚を覚えた。

彼女は大声で敏雄の名を呼び、伸びている片方の足を揺すった。這い出てきた敏雄は、節子だときずぐと、驚いて細い眼を今日ばかりは丸くして、彼女を見つめ、

「ああ、そうか、見合いに行くんか、今日なのか？」と言い、とまどったように、手をダラリとさせて、ただ立ちつくしていた。やがて、怒ったような声で、

「相手は景気の良い課長さんで、俺と違って給料も良いし、将来出世するよ。俺なんか、一生、こうやって這いつくばって車の修理をし、畑仕事だもんな。節子、変に浮ついた気持で見合いなんかするなよな。いい見合いになることを祈っている。まあ、頑張れよ」

と言い、ゴシゴシと眼の辺りを右手でこすった。

すると油汚れか、両の眼辺りが黒く、ふちどりされてしまった。

節子は、馬鹿ね、高校時代と同じようなセリフを言い、タヌキのような顔になってと、急に思わず声を上げて笑いそうになった。

そして急に熱いものがこみ上げてきた。

「何よ、敏雄さん、あんた、高校生の頃、私の事、好きだったんでしょ。二十年も前の事ですもの、もう時効かもしれないけれど、男らしく、ハッキリ言いなさいよ。黙っているばかりじゃあ、世の中、何も変わらない。もっと私に話かけてよ、何でもしゃべってよ。私は敏雄さんの事、好きだわ…。その、人が好くって、融通がきかなくって、でも悪い事なんか出来っこないあんたが…。」

敏雄は驚いたように節子をタヌキのような眼で見つめ、そして少し俯いていたが、やがて彼女をある決意に満ちた表情で、くいいるように見つめると、

「俺、俺さ、好きだとか、愛しているとか言えないんだよ、率直にとても言えない人間なんだ。でも…これからは努力する。節子の為に…。あの、学生時代も、今もずっと、節子に対する気持は変りない、これだけは変りないよ」

節子は、敏雄がそう言いながら、一筋の光るものが、彼のタヌキのような眼からあふれ、頬を伝わって流れ落ちるのを見た。

彼女はバックから、黄色いスカーフを取り出すと、首に巻いた。

「貴方から買ってもらったこのスカーフ、今、ここでお見合い、確かにしているから、だから、巻いているの…」

と言い、敏雄に向かって精一杯、微笑みかけようとしたが、涙が自然にポロポロと流れ出た。

いい年をした中年の男女が、殺風景な自動車修理工場の中で、互いに突っ立ったまま、静かに泣いているのだっ

た。

「今度の日曜日、又、オートバイに乗せて海へ連れていってね」

と、節子は涙声で、やっと言った。

「いいさ、又、ぶっとばすか」

と敏雄は青年のように威勢の良い事を言い、大きく何度もうなづいて、そしてぎこちなく笑顔を作った。

節子は、勿論、この黄色いスカーフをして行こうと思っていた。

「耳の穴」

耳の穴を耳掻きの柔らかい所で傷つけぬよう、ゆっくりと時計回り方向に回転させていると、健太君は嬉しそうに鼻をピクピクさせる。

そうだ、鼻毛も充分に伸びてきたから、少し先の曲った鼻毛用ハサミで切らねばと、春江は思った。

健太君は都会の雑踏の中を、一日中、ゆっくり、ゆっくり歩き回っているわけだから、鼻毛の伸びる割合が、一般の人より早いのかもしれない。

梅と桜が一斉に咲き誇るような季節は過ぎ去り、日中少し歩くと汗ばむような七月に入っていた。

この街の一角に、春江が理髪店を開業してから、もう十年はたってしまった。

日本海に面した北国の一地方都市の繁華街から、少しそれた、いわば忘れられたような商店街に店は在る。

人通りのある商店街ではなく、真昼に野良犬がふと迷い出てきて、歩道の真ん中に犬なりの、あぐらをどっかとかこうと、追い立てる人も滅多になく、むしろ人間様の方がゆっくりとよけて通り過ぎていくような、のんびりとした風景が、相も変らず繰返されていた。

理容学校出たての、ニキビで満開の顔をした理恵ちゃんを助手にして給料を払っても、まあ、何とか暮していけるだけの稼ぎはあった。

三十二才の春江は、子供を生んだ事がないせいか、年より若く見え、それに出る所は出、引っ込むべき所は丁度良く引っ込んでいて、妙に男心をそそった。

春江をお目当てに、月に一回か二回、特別な思いを持って定期的に出没するお客も何人かはいた。

健太君もその一人だった。

理恵ちゃんだって、顔のニキビ面は困るが、結構、可愛いい所も充分にあるのに、健太君はさっぱり乗気ではないらしい。

例えば、彼がのっそりと理髪店の内部をガラス越しに覗き見て、客が居る場合、早く終りそうな客の頭を、春江が触っていると、そのままドアを開けて入ってくる。

それが反対に、理恵ちゃん担当の客の方が早く終りそうだと、いかにも名残惜しそうに何度も外で首をかしげて、肩を落して帰って行く。

又、春江と理恵ちゃんが手持ち無沙汰風に、客用のソファーに新聞紙や週間誌片手に、すわり込んでいると、

「アッハー」とか、

「ウウー、ウウー」とか、
妙に甲高い声を張り上げて、体をくねらせながら店内に入ってくる。

健太君は、手と足を奇妙にくねらせてバランスをとらなければ、うまく歩けない、体の不自由な人間だった。

おまけに口も不自由なのだ。

ひげ面の彼の口からは、言葉というか、叫びというか、「アアー」とか、「ウウー」としか発声されない。

春江は、健太君が自分に気があるのが、何となく女の勘で判るので、

「いらっしゃい、暑いのに御苦労様、」

と、出来るだけ若々しい声で彼を迎い入れ、椅子にすわらせる。妙に安心しきったような、神妙な顔をして、健太君はおとなしくしている。


一体に理髪店という所は、一種の社交場になっていて、居酒屋や喫茶店のように、おなじみさんがたむろする。

その店のオヤジさんが、ひどく人生にさばけていたり、おかみさんがまぶしい程に魅力的だったりすると、客は自然に、より群れつどう性質があった。

健太君のひげに当っていた時、店のラジオが又、例の問題を放送し始めた。

最近、一日中、つけっ放しにしているラジオからよく、従軍慰安婦問題が流れてくる。

何でも大勢の朝鮮の女性達が、戦時中に国を無理やり連れ出され、あるいは結果的にだまされて、戦地を点々とし、日本の兵隊さん達の慰み者になっていたという。

日本国政府は最近、なかなかそのような事を認めたがらず、段々と真相が明らかになってくると、しぶしぶ認め始めたかという話だ。

ラジオの続報では、中国やフィリピン、オランダの女性達も慰安婦にさせられたという。

春江は健太君の顎の下をそりながら、何とも戦争とは、ひどい事をするものだなと、同姓としてやり切れなく思った。己がその立場であったならば、どんなにか切ない事だったろうと、ラジオを聞きながら思わず涙がにじんでくる事もある。

以前は、そのようなニュースなど聞かされる事はなかったのに、近頃では、日本の恥しい面が段々と出て来ているようだった。

　仕事をしながらラジオを聞いていると、色んな世の中の出来事を知る事が出来、自分なりに勉強になっているようだ。


　春江が当地に開業して、何年か後だろうか、いつの間にか、健太君がリヤカーを引いてこの街に現われ、バタヤ稼業を生活のなりわいとしていた。

　頭を職人刈りにし、日々のひなたでの労働だろうか、皮膚も焼け、実際の年齢よりふけて見えた。

　彼は郊外の六畳一間と小さな台所付きの安アパートで、一人暮しをしている。

　幼い時、小児マヒにかかり、体が奇妙にくねってしまうようになったが、食事の支度も風呂に入る事も、又、トイレも洗濯も、ゆっくり、ゆっくり何とか自分一人で出来た。

　母は、健太君が小学二年生の時、心臓の発作であっけなく亡くなってしまった。

　元来、心臓が悪かったのだが、ごく近所で火事があった時、健太君を抱きかかえて、一町内程離れた仲良しの村田花屋の奥さんの所へ駆け込み、

「この子を頼みます…」

と、一言、言ったきり倒れ込み、急に亡くなってしまった。建具職人の父は、外で酒を飲んでいて知らなかった。

　腕の良い職人だったが、仕事をしたりしなかったりの気難しい男だった。

「俺ぁ、立派に健太を一人前に育ててみせる」

と、すごんでばかりいて、母なき後の健太君の面倒など見れるわけはなかった。

　それからは健太君は、厄介者のように、順ぐりにあちらこちらの親戚筋をたらい回しされながら育ち、何とか養護学校の中等部を卒業した。

　父は相変わらず、増々、飲んだくれていたという。

　健太君は卒業はしてみたけれど、学校の先生が親身になって就職先を捜してみても、なかなか見つからなかった。

　掛け声ばかりの福祉政策なのか、不況なのか、ほんの一部の障害者しか就職は出来ない。

　健太君は、己を省みても、口で筆を持ち、水彩画を描いたりするような器用さも、人に誇れるような音楽的才能もあるとは思えなかった。

　手足は奇妙にくねってしまうし、会話も不自由だった

が、それ以外は、どこにでもいるごく平凡な若者の一人だと思っていた。

幸い、体自体は滅多に風邪も引かなく、いたって丈夫だった。それならば、出来るだけ普通人と同じ、ごく当り前の生活をし、同じように己の手で金を稼いでみたかった。それにだらしのない父親とも充分に離れて生活したかった。

又、施設に入るのも、何だか管理され、世の中から隔離されてしまうようで嫌だった。

だが、安アパート一間借りるのでも、何軒もの家主からは、

「気の毒にねえ、本当にねえ…」

と言われながら、結局断わられた。

あからさまには言われなかったが、家主の各々の眼の底には、何か事故でもあったら困る、部屋が汚れる、他の借家人に迷惑がかかるのではないかという思いが、色濃くこもっていた。

先生に保証人になってもらって、随分と街中から離れた郊外の安アパートにやっと入居することが出来た。

就職もてっとり早いといっては何だが、マイペースで出来、対人関係のわずらわしさも少ない、バタヤ稼業にまず入った。

商売道具のリヤカーは養護学校の担当だった先生が、中古の物を就職祝いに贈ってくれた。

最初は何だか、恥しいような気もしたが、とにかく自分の手で少しでも稼ぐのに、誰に遠慮がいるものかと、居直りのような気持ちで働き続けていた。

障害者手帳は持っているが、今の所ホームヘルパーさんに来てもらう程ではない。幸い、亡くなった母親がコツコツと貯めてきた郵便貯金があったので、それを取り崩しながら、稼ぎの足りない部分をカバーしてきた。

だが、これ以上、体が不自由になったり、貯金がなくなったら、先生か、町の民生委員に相談しなければならないと思っている。

健太君の楽しみは、いや、生きている喜びは、たまに春江の店に言って、頭を触ってもらう事だった。

春江には、亡くなった母親の面影が充分にあった。少しさびしそうに、笑った時の横顔が驚く程よく似ていた。木で鼻をくくったような、どちらかと言えば、健太君に対して無関心をよそおうか、差別したような眼差しをする女達と違って、春江は春風のように、自分を一遍に包んでくれるような雰囲気を持っていた。

健太君は、ささやかな、だがこの世に生きている喜びのあかしとして、春江の理髪店に、日に一回か、二回、通

っているのだった。

春江は健太君が散髪にやってくると、出来るだけ丁寧に顔をそり、洗髪し、肩をもむ。

彼が、体が不自由なのに、よく働いているという思いばかりではなかった。

自分の母親もバタヤ稼業をやりながら、自分を育ててくれたので、ことさら他人事とは思えなかったのだ。

時折、春江が彼の顔を当っている時など、故意に頭をぐいぐいと、胸元辺りに押し付けてくる事がある。

危ないので、

「ちょっと、御免ね、動かないでね」

とやんわり注意すると、健太君は、すぐに首をすくめて、顔をくしゃくしゃに歪める。

耳の穴を、ゆっくり、ゆっくり、優しく掃除してもらっている彼の顔は、よく見ると結構、鼻の下がゆるんでいるようで、幸福そうに見えた。

春江は、ふと、健太君は、この年になるまでおそらく、女を知らないように思えた。

残酷な事だが、彼を男として見、愛してやった女達が過去にいたようには、とても考えられない。

健太君も男ならば、青年ならば、女性を愛してみたいという気持は、充分に心の中に、秘めやかに燃え盛っているに違いない。

果たして、今後、女を知る可能性も、ごく少ないように思えてきて、春江は健太君を哀しく思いやった。

健太君は、おもに春江の店、近辺を仕事場にしていて、週の内、三回、月、水、金曜日に普通ゴミの山が、通りのどこかの店の前の歩道に積み上げられるのを、目当てにしていた。

生活の果ての物的証拠が、黒いビニール袋や、青いポリバケツ、段ボール箱などに充分に充たされていて、はち切れんばかりに歩道に盛り上がっていた。

健太君は、市のゴミ収集車が、午前九時頃、「夕焼け小焼け」の軽やかなリズムを騒しい程に奏でながら、現われるまで歩道と車道の段差の辺りに腰をかけて、塑像のようになって煙草をふかしている。

彼のそばには寄り添うように、古ぼけて、所々に錆の浮き出たリヤカーが置かれてあった。

服装は大抵、洗いざらしのブルーのTシャツとジーパンを身に付け、頭にはヤクルトのマークの入った野球帽を少し斜めに被っている。

何か動作をする時、体のあちこちがマヒして、手足をおどけたピエロのようにくねらせ、初めて見る者に、不謹慎な事ながら、いくばくかの興味をいだかせた。

歩くと、手足がいわば己の胴体を円を描いて抱きしめたような格好になる。

眼は開いているのか、閉じているのか、近くに寄ってみてもさだかではなかった。

そして口は苦しげに虚空に向かって吠え続けているかのように、常に開けられ、永い、深い嘆息をもらしているようだった。顎や口の周辺には、ごわごわとした荒いヒゲが密集し、労働の厳しさからか、汗でいつも濡れそぼっていた。

ゴミを運んできた町内の連中は、大抵、彼に、

「やあ、おはよう」

とか、

「とうちゃん、元気らかね」

と声を掛ける。

そうすると、少し間をおいて、変にくぐもったような声で、「アウー」とか、「ウウー」という返事が返ってくる。その時の声の響きは、声を掛ける人物、態度により、微妙に変化した。

例えば、うら若い、美しい女性がゴミ袋をそっと置き、いかにも、なよなよとし、「おはよう、御苦労様ね」と声を掛けると、「アアー」と返事は、心なしか丸みを帯びて優しげだった。

又、春江は、ビニール袋を出すついでに、たまに季節の果物、春先ならば熟れた苺、夏ならば西瓜の一切れを健太君にそっと手渡す事もある。

彼は、自分が秘かに思っている女性からのプレゼントとして、特に感じるのか、

「アアー、アアーイー」

と、力の篭った歓喜の声を出す。

そして口をポッカリと天空に向けて、顔をクシャクシャにさせる。

反対に、安ナイトクラブのこわもての、あんちゃん風の男が、くわえ煙草をしながら、

「ウォーッスー」

などと気軽に声を掛けると、健太君の返事はどことなく愛想がなかった。

やがてゴミ収集車がやってきて、手際良くゴミを、車、後部の回収口に放り込んでいく。

ビニール袋に入れられたゴミは、そのまま投げこまれ、段ボール箱やポリバケツは、中のゴミが、時には舌打ちされながら、開けられ続ける。

やがて役目を果たしたポリバケツや段ボール箱類は、路上に無造作に投げられ、辺りは修羅場模様になっていく。

ゴミ収集車と乗員達は、心はもう、次の戦場にあるのか、またたく間に、エンジン音を響かせて、次の町内へ飛んでいってしまう。

これからが健太君の独断場だった。

辺りに散乱している段ボール箱を、一つ、一つ手に取ると、底に張られているガムテープを爪を立てては、はがしにかかる。

段ボール箱によっては、良心的に過ぎて、なかなか爪が立たない程にきっちりと張られている場合もある。

そんな時、彼は、一段と、

「アーウ、アーウー」

と、苦悶の声を張り上げ、一瞬、事情を知らぬ通行人を驚かせた。町内の連中は、彼の事を知っているので、特に気に止める風もなかった。

ガムテープをはがすと、段ボール箱を平らに折りたたみ、大、中、小の三種類に分類する。

それから持参してきた黄色い、ごわごわとしたビニールテープで、区分された段ボール箱を縛り上げる。

段ボール箱には、それぞれ、「北海道、阿寒農業協同組合、特産、男爵芋」と大きく書かれていたり、「埼玉県、農業協同組合、白菜十五個詰」、又、「富士市、吉町、富士パイプ製、トイレットペーパー四十個入れ」と印刷されていたりする。

彼はリヤカーに常備されている箒とチリ取りで、路上に散らばっている細かなゴミを整理した。

これは、この町内と契約している約束事だった。

週三回の路上清掃は一ケ月、七千円である。

この金額は、もらう側からすれば安いようだし、払う側からすれば、少し色をつけているんだという、どちらともとれる額だった。

町内の橋本靴店へ、毎月二十日になると彼は現われた。

橋本さんが差し出す通い帳に、例えば九月だったら九月分として、健太君が持参してきた印鑑が押される。

通い帳には、朱肉色も彩やかに、〝岡村健太〟と領収印が押される。

健太という名は、それで町内の者が知る事となった。

「あんたも御苦労らね、又、来月も頼むさ」

と、橋本さんがお金を渡しながら、そう言うと、

「アアー、アーウー」

と、彼はいつもより声を弾ませ、汗まみれに汚れた顔を、精一杯の笑顔でくしゃ、くしゃにするのだった。

さて、縛り上げられた段ボール箱類は、彼によってリヤカーに規則正しく、きちんと乗せられると、二町内程離れた、加藤廃品回収業店まで、ゆっくりと運ばれてい

く。

店で収集物はリヤカーから降ろされ、計量器に載せてキロ計算してもらう。

現在、段ボール箱類は、一キロ当り、十五円である。物余りの日本の事、国中、どこもかしこも紙類であふれ返り、週刊誌、新聞紙、段ボール箱の値段も下がる一方だった。

加藤廃品回収業店の内部は、うず高く、堆積した紙類で埋まり、まるで太古より年輪を経てきた地層のようになっていた。

その他、バイクのエンジン類、水道の管の一山、複雑にからみ合った縄やビニール類、古ぼけた畳、家具、壷類、衣類、腐食した金庫など、この世のあらゆる物も吹き寄せられて、備蓄されているようだった。

健太君は、夫を亡くしたビヤ樽のような女主人のおばちゃんから、

「おめえさん、ほんに代金、わずからろも、今日は、こんげなところらて」

と、方言丸出しで言われ、何がしかの代金を受取る。

そして、ありとあらゆる物で城壁のようになっている中の、ちょっとした隙間に置かれている、ひしゃげたテーブルと椅子でお茶をよばれ、束の間の憩いの一時を持つのを日課としていた。

彼のような生業を持つ人達は、この辺りに何人もいて、それぞれに微妙な縄張り配分を持ち、もめる事は滅多になかった。

或る者はナリス家具店を独占しているし、別の者は富士屋玩具店にひいきにされていた。

健太君は仲間内でも、体にハンディがある為か、割合に大事にされていて、仕事は今の所、順調だった。

彼が巡回している町内の連中は、概ね、彼の事を良く知っていて、

「ほれ、少し、段ボール出たすけ、寄ってけて」

と、余分な段ボール箱類が出ると、声を掛けてくれる。

特に、スーパー店や本屋は、大量の段ボール箱が出るので御得意にしている。

健太君は、一日のつらい労働が終ると大抵、町内の共進軒という、ラーメン屋に寄る。

彼はよろけながら店内に入ると、接着剤が尻に付いているように、椅子にぴったりと張り付く。

まずビールを一本、所望し、いかにもうまそうに、見る間にぐいと飲み干してしまうのだった。

それから湯気の立っている大盛ラーメンの中に、ぶ厚いポークソティの入った、共進軒名物、「ポークソティ

ラーメン」をぎこちなく割り箸をくねらせて、ゆっくりと食べ始める。

稼ぎの良い時は、もう一本、ビールを所望し、それから焼けこげのたっぷりついた特製大型餃子を一皿注文する。共進軒の若い衆は、健太君が入場しただけですべてを悟り、黙ってビールを出し、次に「ポークソティラーメン」をテーブルに置く。

ビールを追加する時は、仕事で黒ずんだ人差し指を立てて、自分の鼻先の宙に何度も上下させて催促する。

餃子の場合は、その人差し指を鼻先の宙に横にして、左右に動かす。

そうすると、共進軒の若い衆は、

「あいよー、ビールを一本、餃子一皿、健ちゃんに追加ねー、毎度、毎度ー、」

と、威勢良く、応じる。

どうして、そういうサインが、ビールと餃子を具象するのか、よく判らないが、いつからか伝承されてきたシグナルだった。

食べ終り、飲み終ると、よろよろと、ただでさえゆらまいている足を、一層ゆらめかせて、夜の街へさ迷い出る。やがて十分も歩くと、「丸七」と呼ばれる地方デパート横にある、郊外バス発着場にたどり着く。

他人の眼からは、足の運びだけではいつも酔っている風だったので、本当に酒を飲んでいるかどうかは、よく判別出来なかった。

だが、彼の顔を子細に見ると、黒ずんだ顔が増々赤黒く見え、眼はほとんど開いてはなく、耳が真赤に燃え盛っているのだった。

発着場は、丁度ラッシュアワー時で、バスに乗り込む乗客達の長い列が出来ていた。

健太君も、列の仲間に入り、やがてバスがやってくると、よたよたとよろけながら車のステップを踏み、中へ入り込む。

普通だったら、満員でも心ある乗客達は、彼に席をすぐに譲ったりした。

しかし、時には乗客達全員が、学校や職場で酷使され、全然、彼に席を譲るような雰囲気も余裕もなく、はっきり言って博愛精神がまるっきりない時もある。

そんな時、健太君はしばらくじっと耐えて、両の手で吊革にやっとぶら下がっている。

満員の乗客達は、ひたすら押し黙り、怠惰にひたって半分眠りこけている風だった。

そんな時、健太君はいわば痴漢防止用のポケットベルを全開させたように、突然、けたたましく唸《うな》り始めるのだ。

その、

「ギャー、」

とも、

「ギイィー、」

ともつかぬ、得体の知れぬ動物的な響きは、バス内で乗客達全部を覚醒させ、怯えさせ続ける。

唸り声には、ぎゅうぎゅう詰めの車内で、何故、自分のような体の不自由な人間が立たされ、苦しまなければならないのかという、怒りが込められているらしい。

この健太君の行為は、責められるべき事だろうか。

いや、どんな人間だって、世のあらゆる理不尽に対して、思い切り叫び出したい事が、月に二、三度はあるのではないだろうか。

ひとしきり、健太君の唸り声が響き渡ると若いサラリーマンの二、三人が、悪事がばれてしまったかのように、あわてて立ち上り、彼に席を譲るのだった。

健太君は、すると、ごくごく当り前のように、ぽっかりとあいた席に、ゆらゆらと体をゆらめかせながら、すわり込み、一気に首をがくんと前に倒して、寝入ってしまう。バスは三十分程走ると、住宅の所々に畑さえ点在してくる郊外にさしかかる。

健太君はその頃になると、うなだれていた首を急にもぞもぞとさせ、盛んに回し始める。

もうすぐバスから降りる準備体操とも言ってよかった。

やがては、とあるバス停に、再び体を奇妙にゆらめかせながら、ゆっくりと降りていく。

アパートに帰ると、万年床にそのまま倒れ込んで、朝まで寝てしまう事もある。

翌朝になると、彼は又、何事もなかったかのように、リヤカーに腰の力を入れ、満身の力を込めて引っ張り続けるのだった。

又、真夏の盛りなど、まるでバケツの水を頭から被ぶったように、汗みどろになる。

そして真冬には粉雪舞い続ける凍った路上を、自動車の轍にリヤカーの車輪を取られながら、本当によたよた、ふらふらと引っ張り続ける。

時には轍にどうしようもなく、難儀する事がある。

そんな時には、共進軒の若い衆が、

「とうちゃん、大丈夫らかね」

と、白いコック帽を被ったまま、店から飛び出してきて、リヤカーをよいしょ、と押してくれた。

健太君のよたよたと、リヤカーを引っ張る姿を一度でも見た人は、多分、こんな気持になるかもしれない。

彼がこの世のあらゆる苦役を一手に引き受けてくれているが為に、平穏な今の己があるような気分に。

又、聖なる人を真近に現実に見てしまったような、厳粛な気持に。

たまに通り抜けてゆく、やーさんの黒塗りの大型外車でさえ、つつましく、先を譲ったり、脇に寄って通っていった。

夕焼けで、町全体がオレンジ色に黄昏れていく頃、リヤカーを引き、とぼとぼと去っていく後姿は、何かどこかで見た、宗教画の一場面を連想させた。

春江は心底、苦痛だと感じた。

こんな生活がいつまでも続いていくのだろうかと、体と心が萎えていくような気がした。

本多は昔は優しかったのに、この頃は、酒くさい息を、辺りにまき散らしながら、乱暴にのしかかってくる。

ブラウスのボタンを引きちぎり、胸を鷲掴みにして、いきなりぐいぐいと入ってくる。

”優しくして“”優しくして“と、春江は何度言ったか判らない。

しまいには涙がこぼれてくる。

不動産業を広くやってきた本多にとって、近頃の不況には、したたかこたえたらしく、随分と気が荒くなってしまっていた。

本多と出会った頃は、こんなにも男の人って優しいのかと驚いてしまった程、抱かれた時の気持は安らいでいたのに…。

春江はこの町から遠く離れた、山の中といっていい、過疎地で生れ育った。

家は代々、農業で生活してきたが、国からはなるべく田を減らすようにと、半ば強制的に仕事を取り上げられた。

周囲を山で囲まれた土地には、他に生活出来るだけの仕事もなく、父親は半年は東京へ出稼ぎに出ていた。

「春江、人間、やっぱ、手に職をつけねばなぁ、床屋から美容師になる為の学校に行けや、俺、これからも頑張って働くからよ」

と、出稼ぎ先より、久し振りに帰ってきた晩、酒をすすりながら、ふとつぶやいたりした。

春江はそんな父が好きだった。

だが、しばらくして、父は刺激的な東京での生活で魔がさしたのか、それとも仕事のつらさゆえなのか、賭け事にのめり込んでしまい、借金だらけとなった。

或る日、家族に、すまないと一言、電話があったきり、行方不明となってしまった。

　母は中学二年生になったばかりの春江と、未だ、小学五年生の弟を抱きしめて、

「何で、いのうなってしまった。これから一体、どうすればいいんじゃ」

と、泣きじゃくった。

　母は残された畑と田で細々と生計を立てようとしたが、とても追いつかず、近所の土木工事現場の日雇い仕事をした。

　不況で、日雇い仕事が減ってくると、今度は朝早く起きて、電車に乗り、隣町までバタヤ稼業に精を出した。

　この村中で母の仕事風景を見ないのは、さびしかったが、一面、救われた気もした。

　だが、夜遅く、疲れ切った母の顔を見るのがつらかった。あまり丈夫ではない母が、重たいリヤカーを引いて街中をとぼとぼ歩いている姿を想像すると、子供心にも胸が痛み続けた。

　春江は中学を出ると、村中に一つしかない、農機具を扱う、小さな会社の事務員に雇われた。

　単調な伝票整理ばかりの毎日が続き、このまま、この村で埋もれていくような、将来に対する希望なんて何もないような気がしてきた。

　時折、父が言っていたように、手に職をつける為、理容師の学校へ行きたいと、切実に願ったけれど、学校へ通えるだけの金銭的な余裕は相変らずなかった。

　心の中は常に何のきっかけでも良い、この村から出たいという思いに満ちていた。

　春江が会社に勤め始めてから、二年程して、村で初めてスナックなるものが国道沿いに一軒建った。

「リセーヌ」という名のその店は、夜になると、けばけばしいイルミネーションに彩られ、馬鹿騒ぎ用の音楽が、ガンガンと四方八方にまき散らされていた。

　小金を持っていそうな、ヒゲもじゃの、よそ者が経営に当っていた。

　春江は「リセーヌ」の夕方からバイト募集の看板が出ると、大した考えもなしに、応募し、理容師の学校へ行く資金稼ぎに勤めたいと懇願した。

　店主は春江を一目見ると、あごヒゲをなでながら、それは大変良い心がけだ、眼が希望に満ちて輝いているよと、大層なお世辞を言い、即、採用となった。

　母と弟は、そんな得体の知れない、危なげな所には勤めてくれるなと反対したが、春江は半ば本気で、理容師の学校へ行く資金を貯めようと思っていた。

　本多という、今の旦那と出会ったのは「リセーヌ」に

勤め出してから三ケ月後だった。

月一回、黒塗りの大型外車を乗りつけ、四十代の腰のすわった眼付きに、唇に三十代の甘さのある渋い男で、春江は彼に都会の香りを感じてしまい、一遍に夢中になってしまった。

或る日、渡された名刺には都会の住所と、「株式会社、本多不動産、代表取締役、本多雄二」と書かれてあった。

この村にもリゾート計画が持ち上っているそうで、その下見に月一回は寄るのだという。

濃い目の水割りをなめながら、肩幅の広い、白い背広を着た本多は、

「ほう、春江ちゃん、理容師学校へ行きてえのか。感心だな。女だって手に職を持って自立しなきゃあな。よし、今度、俺の町にある理容師学校の願書、持ってきてやるよ」と、親身になって相談にのってやる風なことを言った。

春江は、その言葉をまるで夢見心地の気分で聞き、ふと自分は多分、本多という男のものになっていくような、深い穴の中へ転がり込んでいくような、期待と不安とが、入り混ざった気持になった。

春江は、都会へとにかく出て行きたかったのか、それとも本多を本気で好きになってしまい、彼の言う事ならば何でも聞いて、どこへでも一緒について行きたいのか、判断がつかなかった。

だが、半年後の寒い夜、隣町の国道沿いにある、王宮を型どったラブホテルで、本多に思い切り優しくされてから、彼を本気で好きになってしまった。

二月に入ると、家出するように春江は本多の黒塗りの外車に乗り込んでいた。

母には、決して心配するな、S町で理容師の資格をとり、少し稼いだら仕送りするからと簡単な書き置きを残してきた。

本多が春江を理容師学校へ通わせてくれたのは本当だったが、夕方からは愛人というより、情婦のような生活が始まった。

羽振りの良い本多は、春江を高級マンションに住まわせ、週に二回、夕方、きまって七時を過ぎると黒塗りの外車で現われた。

奥さんが居る事は、とうに判っていたが、才能も何もない女が、一人で都会で勉強し、生活していくには、こういう事にでもならなければ、といった妙にさばさばと乾いたような心境で毎日を過していた。

すっかり体の方も、本多になじんでしまっていた。

理容師学校を二年で卒業し、何とか国家試験も通った頃、本多は一軒の家を買い取り、改造して理髪店として

彼女に与えた。

彼は、春江の理髪店から二町内程離れた所に、四階建ての不動産業の店舗兼、住宅ビルを所有していた。初めはなかなか客がつかなかったが、御世辞の言えない実直さがかえって新鮮だったのか、少し男好きのする雰囲気が受けたのか、近頃では経営も順調にうまくいっていた。

本多が相変らず週二回は、必ず姿を現わし、春江を抱いていく生活には変化はなかった。

帳簿にはうるさい本多だったが、わずかでも母親には仕送り出来たし、それに別口で、へそくりする要領も覚えた。

母も本多との生活をうすうす気付いているようだったが、たまに寄こす手紙には、弟の武が高校に受かった事、入学金に、お前の送ってくれたお金を使わしてもらった、とにかく体だけは大事にしてくれと、たどたどしい文面が続き、最後には、苦労をかけてごめんね、と、決まり文句のように書かれてあった。

春江は時折り、無性に家に帰りたかったが、帰ったら、何か互いに率直に喜び合えないような気がした。

それに弟とも顔を合わせるのが、後めたく思えた。

考えてみれば、こんな生活がいつまで続くのかと、つくづくうんざりする時もある。


本多のビルの前が、今週のゴミ当番の場所となった水曜日の朝の事だった。

例のごとく段ボール箱やポリバケツ、黒いビニール袋が、所狭しと、路上にひしめいていた。

やがて、これも例のごとく、健太君がどこからか、しっかと、リヤカーを引いて現われた。

彼はリヤカーを道端に止めると、腰を下ろし、まず煙草を上着のポケットから取り出し、うまそうに一服した。

少しすると市のゴミ収集車がやってきて、いつものように、ビニール袋と段ボール箱の中身を、ポッカリと開け放たれている収納口へ、たたき込んだ。

収集車が走り去って、地面は乱雑をきわめていた。

いよいよ健太君の出番だった。

彼はヨロヨロと立ち上ると、散乱している段ボール類を、リヤカーのそばに拾い集め始めた。

その時、ビルの中から本多が、ふくれ上った黒いビニール袋を持ち、パジャマ姿で、大きなあくびをしながら出てきた。

いかに威張っている本多でも、家庭でのゴミ出しは、何故かいつも彼だった。

まだ、半分瞼が垂れ下がり、ぶっちょう面で、ビニール袋を路上に置こうとした。健太君は、本多の動作に気

付くと、

「アーウ、アーウー」

と、彼としては、柔らかい調子で呻き、右手を自分の顔の前で、今、ここに置いては駄目ですよ、という風に軽く左右に振った。

本多は、それで、もう既にゴミ収集車が去って行った事に、やっと気付いた。

だが、健太君に注意されたのが、己の沽券にいくらか触った。

「おい、与太、与太野郎、非国民野郎、ぐずぐずしねえで、早く片づけろよな、道路が臭くって、たまらねえや」

本多は、そんなトゲのある言葉を健太君に投げつけ、帰ろうとした。

彼は、何故か不機嫌な時、無神経にも人を与太野郎とか、非国民野郎と罵る、悪い癖があった。

その言葉を聞いた健太君は、みるみる身を小刻みに震わせ、

「アーウーイ、アーウーイー」

と、引きつるような甲高い呻き声を上げた。

彼は、たとえ体が不自由でも、懸命に生きている事への、侮辱と感じた。

そして、本多の所に一歩近づこうとしたが、足が激しくもつれ、その場にうずくまってしまった。

本多は、一瞬、たじろいだが、健太君をまるで毛虫でも見るような眼付きをし、フン、といった調子で、ビルの中に入っていった。

健太君は、両の手で、自分の膝をかかえるように抱きしめ、いつまでも体を震わせ続けていた。

この出来事は、誰ともなしに、この町内全体に広がっていった。

その本多は、判で押したように、月二回、一日と十五日になると、春江の店で散髪をする。

商売が最近、まったくうまくいっていないせいか、乱暴に無言でドアを開き、散髪台に大股開きですわり込む。

以前と比較して、頭の毛も、バブルが弾けたように、薄くなり、地肌がはっきりすけて見えるようになってしまった。

おまけに痒くて、無理に爪を立てて掻きむしるせいか、頭皮に血がにじんでいる時もある。

以前だったら少しは同情したかもしれない。

黙って顎を春江に向かってしゃくり、早くやれ、という風な、どす黒い、陰気な眼付きをした。

春江は、男が仕事で、疲れ切り、全身を萎えた風情で包んで、理髪台に倒れ込んでいる姿は、時として崇高な

程、美しく感じるが、本多の場合は、よこしまな、ただ単に薄汚れた男が、横たわっているふうにしか見えないのだった。

春江は、ふてくされて無言で散髪させている本多に、急に、今までにない憎しみを感じた。

二、三日前、親しくしているクリーニング屋の奥さんから、健太君と本多との一件を聞いていたからだった。

健太君に対して与太野郎とか、非国民野郎とか、何とひどい言葉を投げつける人だろうと、腹の内が理不尽で震えてくるほどだった。

そういう言葉を投げつけた人間は、案外、すぐに忘れてしまうが、言われた当人は、恐らく、生涯、忘れられないような思いを感じてしまうのではないかと、春江は自分の貧しい経験からしても思う。

彼女は、ごく自然に、本多の耳の穴を耳掻きでクリクリと時計回りに掃除していたが、急に、乱暴に反対方向へ、耳の奥の壁を、掻きむしるがごとく、グイグイと回転させ始めた。

「あんたねえ、耳の穴だろうが、人間の体のどんな穴だって、生きているのよ、人間なのよ、人間なのよ、切ないのよ、乱暴にされちゃあ、哀しいのよ」

本多は、ピクピクと手足をばたつかせ、額に青筋を強く浮き上らせ始めた。

「馬、馬鹿野郎、痛てて、痛てて、ててー」

と泣きそうに叫び始めた。

冷や汗が一気に体中から涌いてきたらしく、ヌラ、ヌラと、顔や、首筋や手の甲が光った。

「助けてくれ、お願いだ、何でも言う事を聞く、頼む、やめてくれ、痛てて、痛てて、」

春江は、あまりに本多の声が、哀れっぽく、それに、この人も昔は、少しは優しいところもあったと思い、ふっと耳掻きにかかっていた力を緩めてしまった。

彼は、春江の手が、充分に緩んだのを確かめると、むんずと彼女の耳掻きを持った右手を強く、そっと掴み、一気ににじり上げると、散髪台から、跳ね上るように飛び上った。

そして、首に巻かれた白衣を、乱暴に剥ぎ取ると、今までにおよそ見せた事もない、眼をつり上げた、すさまじい怒りの表情を体全体にワナワナと現わした。

次の瞬間、本多の熱い平手打ちが、思い切り、春江の左右の頬に激しく炸裂した。

彼女はその場から、二、三メートルも吹っ飛び、床にたたきつけられた。

「この阿呆女め、非国民野郎、何しやがんでえ」

と、ハアハアと、激しく息をしながら、わめいた。

　春江は倒れ込んだまま、唯、じっとこらえていた。

「この女郎、お前なんか最初からこっちは、売女のつもりだったんだ。それをお情で学校まで出してやってよ、今度しやがったら、只でおかねえからな」

　本田はそんなひどい捨てゼリフを残し、一度、春江の尻を靴で強く蹴ってから出ていった。

　春江は、ヨロヨロと起き上ると、タオルを濡らして頬を冷やした。

　鏡を見ると、両頬が赤く腫れ上り、まるでお多福だった。自分の顔が他人の顔に見え、しばらく茫然とし、そして思い切り笑い出してしまいたくなった。

「ばかばかしい、別に我慢している事なんかないんだ、この町を出よう、本多とキッパリと別れよう。幸い、本多に判らぬよう、小銭を貯めてきた分がある。田舎で小料理屋位、開けそうな額がある…」

　そして春江は、この町から出る前に、或る事を思い立っていた。


　健太君が例のごとく、ガラス越しに店内の様子を観察し、どうやら自分を散髪してくれる人間が、理恵ちゃんではなく、春江になりそうだと判ると、何となく顔の表情ほころばせて入ってきた。

　理恵ちゃんの客は未だ顔にカミソリを当てている段階だったが、春江の客は、既に頭も洗い、ヘヤートニックをふりまかれ、ドライヤーをかけている最中だった。

　健太君のスポーツ刈りの髪も、大分、モサモサとむさくるしくなって来た所だった。

　午前中の仕事も、意外に上首尾に終わり、今日の午後の仕事は休みにし、あこがれの春江の店で散髪してもらおうと思い立ったわけだ。

　彼の稼ぎからすれば、月一回がやっとだったが、それでも嬉しかった。

　春江は、自分の客の上着にブラシをかけながら、送り出すと、いつものように優しげに健太君を呼んで理髪台にすわらせた。

　彼のゴワゴワとした、一本、一本、真っすぐに立っているような髪に霧吹きをかけ、くしけずり、小気味良く、ハサミを動かして、切り揃えていった頃、理恵ちゃんのお客は出ていった。

　春江は、急に思いついたように、

「あ、そうそう、理恵ちゃん、お願い、店の煙草がなくなったから、悪いけど、マイルドセブンを一ダース買ってきてくれない？」

春江は手を休め、サイフから五千円札を理恵ちゃんに渡した。

「お釣り、貴方のおこづかいにしていいわよ」

と、春江が言うと、理恵ちゃんは、率直にニッコリと笑顔を満開にして、いそいそと出ていった。

春江は、健太君の理髪台を倒し、顔を当り始めた。

そして、例のごとく、鼻毛をチョキンと切り揃えた時、彼の耳元に、

「健太君、一人者同志で、たまにはお茶でも飲まない?もしよかったら、今夜、八時頃にでもお店に来てね」

と、そっとささやいた。

その後、健太君の顔全体が、ヒゲを当ってもらい、フェイスクリームを塗ってすべすべした肌が、すうーっと赤く染まっていった。

散髪が終って帰る時、彼はドアの所で、いつもより、よろけてしまい、それこそやっと歩いて外に出ていったような雰囲気だった。

軽い夕食を済ますと、春江は居間を片づけ、浴室を綺麗に洗い、ベッドのシーツを真新しい物に代えた。

八時を少し過ぎると、健太君は、春江の店舗兼、住宅の玄関先に現われた。

ちゃんと白いワイシャツに、紺の背広姿で、えんじ色のネクタイ姿だった。

こんな改まった装いは、彼が養護学校の卒業式以来だ。

何故、春江さんが急に自分のような者を、まるで恋人のように迎えてくれたのか、よく理解出来なかった。

春江は健太君をまず、居間に通し、椅子にすわらせ、熱いレモンティを入れると、互いに向き合って飲み始めた。

彼は、ぎこちない手付きでレモンティを飲み、次第に両頬がほてってきた。

「健太君、毎日、よく頑張っているわよね。いつも本当に感心だと思っている。そんな貴方を私は、好きだわ」

彼は、あいているのか、いないのか、よく判らぬ眼を懸命に見開いて、春江を見た。

そして、

「アーアー、アーアー」

と、言葉にならぬ言葉を繰り返し、発した。

春江さんの今の言葉は、まるで夢の世界の言葉だった。

そうだ、自分は今、きっと夢を見ているに違いないと思った。

彼女は、少しばかり贅沢をしたオーディオ装置のスイッチを入れ、好きなビリーボーンの曲を流し始めた。

彼女は健太君を椅子から立たせ、互いにそっと体を合わせて踊り始めた。

彼はブルブルと、か弱い小動物のように体全体を震わせたが、春江にとってはそれが、一種の愉悦のように感じられた。

ビリーボンの曲は「渚のセレナーデ」から「星空のブルース」に変っていた。

いや、踊っていたというより、彼が彼女の体に、ねじ曲げられたように張り付いて、ただゆっくりと動いていた。

やがて春江は、彼をうながして、浴室に静かに入った。

春江が健太君のすべてを脱がせ、そしてすみずみまで優しく洗ってやると、男の印が露わになった。

「あら、立派ね、本多の奴のより立派だわ」

と春江はクスッと、彼を見上げて笑った。

健太君は、そう言われて果して率直に喜んでよいものかどうか、にわかに判断がつかなく、唯、ぎこちなく立っていた。

二人はいつか、ベッドに横たわり互いに時には強く時には柔らかく体を合わせ続けた。

健太君は、多少のぎこちなさはあったが、ベッドでは何不自由なく振舞えたのだった。

彼は静かに春江の胸に手を置きながら、自分達はまるでこの世で選び抜かれた恋人同志のようだと思った。

心の中で、もう、自分はいつ死んでも良い、どんなに苦しい事が今後あろうとも、春江さんとの、この夜の事さえ想い出しさえすれば、耐えていけると確信した。

一方、春江は、健太君の肩や胸を優しくなでながら、この街から去り、新しく生き直してみようと決心していた。そして、本多のあの時よりも、何倍も気持が安らぎ、優しい気持になっていた。

それから何故か、突然、遠くない、いつの日か、健太君と一緒に生活を共にしても良いのではないかという想いさえ抱き始め、自分ながら驚いてしまった。

整理のつかない唐突な想いだった。

「そんな事、今までに考えた事なんかなかったのに…」

けれども心は妙に安らいでいた。

二人は、それぞれの想いを心に秘めて、ゆったりと夢見ごこちで、次第に眠たくなっていった。

居間からはビリーボーンの軽やかな曲が、かすかに聞えてきた。

恋、一輪

真一が十九才の大学生活一年目の初夏の頃だった。

大学の前期試験も終わり、十日程の試験休みに、ソフトクリーム屋でアルバイトをしていた。

田舎町で両親や兄弟達と同居して、何かと自由のきかない生活より、三時間程、電車に揺られた所にある大学所在地の都会のアパート暮しを、両親からやっと許してもらった。

その代り、小遣いは自分で稼がねばならなかった。

家は十分な仕送りなど出来る余裕などなかった。

天空から絹のように柔らかい通り雨が一時、降りそそいだかと思うと、一気に爽やかな青空が広がっていた。

彼は、白い帽子を被り、人通りの多い店頭で、

「そうか、時給が七百円だから、一日六時間で四千二百円、十日で四万二千円、これだけあれば安い自転車位は充分買えるな、いや、それともCD付きのミニコンポの方がいいか…」

などと、仕事よりもバイト代の使い道についてぼんやりと思い巡らしていた。

すると、眼の前を、風に煽られたのか、一個の黒い大きなレースばかりで出来ているような鍔の広い帽子が、真一をまるで誘うように軽やかに、コロコロと路上を転がっていった。

彼は思わず飛び出し、車道に転がる前にかろうじて拾い上げた。

同時に背後から、彼に体当りするように、一人の中年の女性が、ハアハアと息を弾ませ、立ち止った。

レースばかりの黒い帽子のように、その女性もまるで黒いレースばかりで出来ているような服を着ていた。

「すみません、どうもありがとう。助かったわ、このお帽子、とても高かったから・・・」

妙にしゃがれた低い声で息をつきながら、そう礼を言

い、素早く真一から、その鍔の広い黒い帽子を受取ると、頭に被った。

両手にも黒いレース状の透けて見えるような手袋をしていた。

お礼にソフトクリームを一つ、買わしてもらうわと言い、真一の眼を見た。

彼女の眼は大きな、瑞瑞しい、生れてこのかた美しい物しか見てこなかったような澄んだ感じがした。

顔はふっくらとあでやかな雰囲気だった。

だが、目尻に細かいしわが刻まれているのが、射し込んだ一瞬の初夏の日ざしの中に見えた。

すぐに顔は、黒い帽子の影になってしまい、口びるだけが豊かに赤々と燃え立っていた。

彼女の胸元も黒いレース状になっていて、優しい砂丘のような二つの白い乳房が身近にせまってくるように見え、真一は急に甘美な息苦しさを感じた。

「これ、少しばかりだけれど、お礼ね」と、女性は過分な代金を真一に押し付けるように黒いレースの手袋のままの手で渡すと足早に陽炎の歩道を歩いていった。

けだるいような、だらけた雑踏の中に、黒いレース状の帽子だけが、きりりっと引き締った感じで揺れて見えた。

いつか見た、古いロシア映画に出てきた、優雅な女性のようにも思えた。（きっと、歩きながら食べているに違いない）

彼は彼女の赤い柔らかそうな口びるに、白いソフトクリームの一片が、ゆっくりと運ばれているのを想像すると、又もや胸の奥底に熱い息苦しさを感じた。

自分がそのような一種の猥らさを感じてしまった事に、我ながら驚いてしまった。

まるで腹に一物、持っていそうな中年男になったような気がした。

それから彼女は時々、例のごとく、体全体を黒いレースばかりで出来ているような服をまとい、真一の勤めている店に立寄っては、ソフトクリームを買っていくようになった。

相変らず眩しいような優美な微笑を無邪気としか言いようのない感じで、彼に投げかけてくる。

レース状の服で、豊かな体を無理に押えつけても、溢れ返ってくるような成熟した女性そのものの危うい感じがして、真一はまともに見る事が出来なかった。

或る日、彼の昼休み時間を、大きな瑞瑞しい丸い眼でそっと聞くと、近くの小さな洒落たレストランで昼食を御馳走してくれた。

店内はマホガニーの原木で覆われているような、茶褐色の薄暗い明度がただよっていた。

手にはやはり、黒いレース状の手袋をしたまま、銀色のフォークとナイフで軽く炒めたホタテ貝と橙色の人参と緑のエンドウ豆を、優雅といっていいほどしなやかに口に運んでいた。

ふと、真一は、彼女の手付きを見ながら、この女性は自分より何倍も充分に生活を豊かに過ごしている人だなと思った。

時折、彼女は、真一に向かって故郷の事や、どこの大学に通っている事や、住んでいる場所などを聞いた。

真一は魅力的な女性教師に対しているような、又、厳格な母親に問い正されているように真面目に答えた。

「ぼくは、こんな立派なレストラン、初めてです。それに…」

彼はふと、自分の着ているジャケットの袖が擦り切れている事に初めて気付き、とても余裕がなく、貴方と不釣合な格好ですみませんと、身をすくめるようにわびた。

彼女は、深い、慈しみの籠った瞳を輝かし、「貧しい事を恥じる事なんて、ちっともないわ。心が貧しくなるのを恥じるべきよ」と明るい調子で言った。

彼は、何となく心がすうっと楽になって行くような気がした。

女性も、自分の夫が外国回り専門の商社マンで、年に二回しか返ってこない事や、子供がいない事、仕事は私立の美術館の学芸員で充実しているけれど御給料は安い事などを、例の妙に鼻にかかったようなしゃがれた声で言った。

その声も聞き慣れれば、心持よいような響きがあるのだった。

私の名は涼子、貴方の名はと尋ね、彼が幾分、口ごもりながら真一だと言うと、彼女は、そうか、真ちゃんね、と明るく言い、優しくほほえんだ。

「思い切って言っちゃうけど、私、四十七才、貴方は？」

「十九才です」

「そう若いわねえ、とてもうらやましいわ、私にも十九才の時があったけれど、もう信じられない」

涼子は過去を振り返るように少し眼を細くしてさびしげにしていたが、でも名前の通り、又、涼やかにほほえんだ。

彼はその時、そのほほえみを見て、不思議にも彼女の年の差など、少しも感じる事はなかった。

目尻のしわなども気にならない程、顔全体が、いや体全体が、そして心根が豊かに優雅に思えた。

涼子がミルクティーを口に運んだ時、まるでいたずらっ

ぼく、チラっと上眼使いに真一を見、

「一人暮し、大変でしょう、今度、御飯作りに行ってあげようか、アパートどこ？」と言い、

「えぇーっと、アパートは松風荘二号室で…」

真一があとの返事に困ってぽかんとしていると、

「あら、変に思わないでね、私、今、貴方のお母さんの気持になっているのよ。子供がいないから、私、真ちゃんの母親になってあげるわ、きっとそうなんだわ」

彼女は自分を納得させるように何度もうなづき、又、涼やかにほほえんだ。

真一はとまどった気持が軽くなった。

それから、心の奥底から自然に、ぼくはこの眼の前にいる、美しい涼子さんに信頼され始めているんだ、良く思われているんだという喜びが燃えたぎるように涌いてきた。

そして、この人の今の思いを裏切る事のないようにしなければと、一種の誓いのように思い始めていた。

彼は、涼子が一旦、人を信用してしまうと、いかにも大胆な言葉を平気で何気なく言うのを、不思議な気持で感じていた。

食事の後、レジスターでお金を払う時など、いかにも良家の奥様風に、少し小首をかしげて、威厳を保つようにじっと受付けの女性の手元を見つめたりした。

真一はレストランを出て、交差点の所で別れるまで、一緒に肩を並べて歩いていても、まるで夢見心持ちだった。

アルバイトの期間も終わり、店に顔を出さなくなってから、彼女は真夜中近くに電話を時々掛けてくるようになった。

数学の提出レポートがうまく書けず、切なく苦悶している時や、漠とした将来の思いにとらわれてぼんやりと頬杖をついている時などに、一気に覚醒させるように掛ってくる。

「御免なさい、こんなに遅く電話をしてしまって…。何だかとても寝つかれなくて」

昼間の涼子とは感じが違った、気だるい気配がただよっていた。

彼女は真一が今、何をしているかとか、元気なのかと聞き、私は今、カーマンチーズで一杯やっているのよ、よく冷えたロゼワインをもう、ボトルの半分位空けちゃったわ、などと幾分上ずった声で伝えてくる。

そして十五分も喋ると、心残りのように、「ああ、貴方が十七、八の娘だったらどんなに良いのに。そしたら私の家によび入れて暖かいベッドに一緒に入り、一晩中話

せるのに…。残念だわ、貴方、女の子になればいいのに。若くって可愛いい、男の子さん」と軽くなじるように言い、静かに電話は切れる。

こんな電話が一週間に、二、三回、深夜に掛ってくる。いつもワインが入っているらしく、言葉が所々、おぼつかなかった。

真一達はそれから、時々、例の薄暗いマホガニーばかりで出来ているようなレストランで食事をしたり、夕暮れの公園を散歩するようになった。

季節は秋に入り、公園の木々の葉も役目を終えたように散り始め、木製の剥げかかった白いベンチもすわると、ひんやり感じられた。

涼子は時には、音楽で好きなのはベルリオーズで、油絵ならば松本俊介だわ、などと彼のまるっきり知らない事を言い、秋にふさわしい、茶色っぽい、鍔の広い帽子を少し傾けて彼の眼をしばらく凝視する。

真一は当時、音楽も美術も、そして女性に対しても無知だった。

高校も田舎の男子校で育った彼は、生来の引っ込み思案も手伝って、女友達もロクに出来なかった。

これから広い世の中に出て行くのだという事が、なかなか信じられなかった。

せめて体だけでも鍛えねばと、大学の剣道部に籍を置き、ひたすら汗を流した。

唯、無目的な若さだけがポツンとあった。

その後も涼子は時折、何も喋らずに、彼の眼をじっと見つめ、うっすらと何故か、涙ぐむ時もあった。

その時の彼女は、この世で一番孤独な人間であるかのような印象を与えた。

真一は、こういう場合、どのように振るまった方が良いのか訳も判らずに、唯濡れている涼子の大きな丸い瞳を見ているばかりだった。

一年の剣道部員仲間の川本に誘われて、真一はこの都市で一番格式のあるホテルに入った。

麻のスーツに洒落れた絹のネクタイをし、妙に淫らな微笑を浮べている川本は、打込みの時の引き締った様子とまるで違っていた。

真一は、川本の、

「まあ、ついて来いよ。面白い経験を味わわせてやる。黙って唯、ついて来い」

という強引な言葉に、つい乗ってしまった。

川本は、「お前はよー、いい男なんだから、きっといい事あるぜ。でも、持っているスーツの中で一番良い物を着てこいよ」と、又、隠微な微笑を浮べた。

ホテルの二階が、ハイファッションのティ・ラウンジになっていて、エリック・サティの曲が低く流れていた。

右手に大理石のカウンターが細長く伸びていて、左手には幾つものキャンドルライトを伴ったテーブルが薄暗い店内に広がっていた。

左右の間には、広々としたフロアーが広がり、真ん中には一台のグランドピアノが、黒光りしながら置かれている。

カウンターには、ぴったりとしたスカートさばきのうまそうな美しい脚を持った女性達が、四、五人居た。

テーブルには真一のような若い男達が、高価なスーツに身を包み、所在無さげにすわり込んでいた。

男達の眼をよく見ると、変に物ほしげで落着きのない感じだった。

真一は川本に背を押されるように、入口の手前のテーブルにすわった。

川本はいつの間にか、自分の左耳に金色のピアスまでし、練習試合で見せていた剛直な感じなど微塵もなく、身のこなしまで変に甘ったるかった。

「おい、見ろよ、カウンターから二番目の女、お前の事、気に入ったらしいぜ」

彼の言う方を見ると、股まで剥き出しにした黒いタイトスカートの一人の女性が、くわえ煙草のまま射るような視線を投げかけてきていた。「あの女、きっと外資系のキャリアウーマンってとこかな…。俺は、その隣りのグラマーな感じの、多分、旦那が多忙でかまってもらえない、金持ち夫人風が好みよ、おっと、あっちは上等なナイトクラブのハイなホステスさんかな」

川本は、そう小言でささやき、場慣れたしたり顔をし、又、隠微に笑った。

真一は、そうか、ここが例の、金持ちの女性達が、若い男を物色し、品定めする市場のような所だと気がついた。以前、川本が淫猥な顔で舌なめずりするように教えてくれた、いわば若い男達が、犬や猫のように品評会される場所なんだ。

選ばれた若い男達は、このホテルの最上階にある、とびきり上等なベッドルームで体を売り、帰りに金を貰い、中には車や、洋服まで買って貰うという。

真一は、例の黒いタイトスカートの、情愛の一片さえない、見下したような視線を避ける為、横を向き、急に自分が場違いな、とんでもない所に居る事に気付いた。「俺は一方的に品定めをされている。まるでペットのようにだ」

そしてごく自然に、胸の奥底から、涼子の輝く、大きな瞳の事を痛切に、哀しい程に恋しく思った。

真一は、川本に向い、

「俺には、こんな所、似合わん、帰る」

と言い、「待てよ、馬鹿野郎、格好つけんなよ」

と言う、川本の罵る声を後にして足早にティラウンジを出、ホテルを飛び出して歩き続けた。

太陽が彼の眼を強く打ち、くらくらと目眩がしそうだった。いつの間にか公園の中に入っていた。

中央にある噴水が何事もなく、高く何本もの水柱を作り、真一は降りかかる飛沫を浴びた。

出来れば、スーツを脱ぎ、何もかも脱ぎ捨てて、清浄な噴水でもって、全身を洗い流したかった。

勢い良く噴き上る水柱を見ながら、彼は改めて涼子の事を強く感じていた。


それからも真夜中の彼女からの電話は続いた。

電話の後で、真一は、ふくよかな涼子の胸や口びるや体中を、思いの限り想像し、分解し、自在に広げたり縮めたりしながら己を淫蕩にする事もあった。

けれども朝になると、涼子をこの上もなく、神聖化するのだった。


真一は、涼子を人生で初めて出会った本物の女性のように感じ始めていた。

文学や美術や、人の心もよく知っていて、美しく、そしてひどく自分と同じように孤独なんだ・・・。


或る日、涼子と真一は小雨の中を公園を抜けた所にある県立の美術館に向かっていた。

公園の小径は、水溜りが出来、濡れそぼった落葉が足にからまり、歩きにくかった。

真一は涼子が持ってきた、淡い、上品な小麦色の傘をごく自然に彼女を守るようにして差し掛けていた。

互いに肩が触れ合い、そして遠慮がちに涼子が真一の腕に手をからませ、頭をそっと傾けてきた。

真一は生れて初めて女性と腕を組み、小雨の中を歩き続けている事に気付いた。

胸の鼓動が恥しい程に、潮騒のように響き始めた。

「この胸の苦しさにも似た強い喜びと、涌き出る絶え間ない暖かさは一体何なのだろうか」

三分間にも満たない小径の散歩が、彼にとっては遥かな永遠にも感じられた。

美術館の中は、ほんのりと薄暗く、けれどもスポットライトを浴びた数々の近世ルネッサンスの絵画達は、目映いばかりに浮んでいる。

涼子は学芸員らしく、きりっとして又、余裕の美しい瞳を一層輝かして、一つ一つの絵画についでガイドしてくれた。

そこには真一が正視するのが恥しく、まぶしい程の女と男の裸体が、何ものにも臆する事なく誇りを持って存在していた。

「ルネッサンス期はね、中世の呪縛からやっと解放された精神が、人間本来のありのままの美しさを率直に認めて表現し続けてきた時代なの…。いわば、人間賛歌が時代の底に流れているのよ」

真一は涼子の言葉、一つ一つを夢ごこちで聞いていた。

優しい微笑を浮べて、心から楽しそうに説明している涼子の横顔は、華やぎ、華麗と言って良い程、美しかった。真一は心の中で、「この美しい絵達よりも、貴方の方が、一等楽しそうで美しいです」と秘かにつぶやき、けれども言葉を失ってしまっていた。

館内の中程まで歩いた頃、三人連れの中年の女性達と擦れ違った。

涼子は一瞬、逃げ場を失ったように顔をそむけたが、向き直り、軽く会釈をした。

真一は、三人の内の一人の女性が、皮肉そうな眼付きをしながら、頭を下げたのに気付いた。

擦れ違った背後から、冷笑するような一団の声が響いてきた。

涼子は急に足早になり、十歩程進んで疲れたように立ち止った。

悲しそうな眼をし、軽く肩が上下していた。

「お知り合いですか」

と彼が聞くと、

「ええ、ちょっと…。お茶のお友達なの」

声が沈んでいた。

真一は心配になり、そばの椅子に少し休んだ方が良いと勧めた。

涼子は素直にすわり、セカンドケースから浅芽色のハンカチを取り出すと、そっと目頭をぬぐった。

「何でもないの、何でもないのよ、ちょっと疲れただけ」

真一は、涼子がつらそうに体を縮めて、何かに耐えて震えているようにも見え、出来れば強く抱きしめてやりたいような気持になった。

けれどもその勇気もなく、美術館の薄暗いライトに取り残されたように浮んでいる涼子を唯、見続けていた。

或る真夜中の電話で、彼女があまりにも彼の若さを強調するので、彼は思わず、以前から思っていた事、「いえ、ぼくは若いとか若くないとか関係なく、貴方をとても素敵な、女性だと思っています。会っていると、心の中が安らいで、好きになってしまいました」と、言ってしまった。

すると、急に喜びをぶつけてくるように弾んだ声で笑い続け、やがてどうしてか、長い、とまどった沈黙が続き、そして泣いているような沈んだ声で、「もう私、若い頃と違って、噂を立てられるのがつらい年齢になってしまったのよ…。おやすみなさい」と言い、電話はそっと置かれた。

しばらくして、真一を例のレストランに誘った時の事だった。

枯葉もすっかり落ち切り、秋もより深まっていたが、まるで小春日和のような穏やかな日だった。

食事の後、熱いレモンティを飲み、涼子は今日は何故か、特にずっと真一の眼ばかり見、時折、急に又、涙ぐんだりした。

そして持っていた紙袋から青いリボンの付いた細長い箱を取り出し、

「これ、私が選んだネクタイ、きっと貴方に似合うと思うわ。お願い、受取って」

と真一の前に差し出した。

彼はとまどったが、彼女の言葉に強い意志を感じ、素直に受取る事にした。

急に、「お願い、秋の海を見に行きましょう…。」

彼女は、かすれた、かすかな声で言った。

相変らず鍔の広い茶色っぽい帽子と黒いレース状の手袋をしていた。

二人は外に出、十五分程歩くと、海に出た。

崩れかけた黄色い、古い展望台がとり残されたようにあり、人影もなかった。

さすがに冬に近いせいで、海の色は深いコバルトブルーに変化し、ひどくこごえて見えた。

無数の波頭が、遥か沖合いから押し寄せてきて、幾万ものカモメが羽ばいているように見えた。

日ざしは強く、遠くに見えている外国航路の巨大な白い船や、港の赤い燈台がひどくまぶしく輝いていた。

涼子は海に向かい、じっと何かに耐えているように身動き一つしなかった。

潮風が一瞬、強くなり、茶色っぽい帽子が吹き飛ばされそうになった。

あっと彼女は小さく叫んで右手で帽子を押さえた仕草に、まるで童女のような可憐さが露わになった。

涼子は真一の方に向き直ると、自分で黒いレース状の手袋を脱ぎ、右手を差し出した。

見ると、指の一本、一本にも手の平にも、しわが刻まれ、かさかさに黄色っぽく乾いているように見えた。

彼が握ると、壊われて砂のように崩れてしまいそうな頼りなさだった。

けれどもぬくもりのような暖かさが彼の中に序々に広がっていった。

しばらく握り続けている内に、互いに体の芯の方から何かが溶けて流れていくような、不思議な感覚に包まれていった。

やがて、

「色々と本当にありがとう、私って、こんなにもおばさんなのよ…。もう、別れましょう、それに明日には夫が帰ってくるの。平凡な真面目な男よ。貴方は若い、そして私はおばさん、ただそれだけね…」

と、かすれた声で言った。

真一の心の中には、又、貴方の魅力には、年なんて、まったく関係がない、関係がないという、突き上げるような思いが、率直に、叫びのように生きていた。

風が強くなり、涼子は左手で茶色っぽい帽子を押え、丸い大きな眼は一時、閉じられたまま、濡れそぼっていた。

彼は今、互いの心も濡れそぼっていると確信した。

(貴方は、ぼくが心の底から好きになってしまっている事を、信じないのですか)

海はその時、醜悪な程、明るく無限に輝いていた。

「さようなら、私は忘れないわ、貴方は全部忘れて…。お願い、貴方はしばらくそこにいてね」

と涼子は毅然とそう言い、断ち切るように身をひるがえして、足早に街に向かって歩いていた。

茶色っぽい鍔の広い帽子がゆらゆらと、小刻みに揺れて見えた。

一瞬たりとも、こちらを振返る事はなかった。

遠くに見える街並みの白いビルが一時、ギラギラと真一の眼を射るように打った。

彼は唯、木偶の坊のように立っていた。

アパートの自室に帰り、電気も付けずに、薄暗い中で、青いリボンの付いた箱を解いた。

中に絹のような肌触りのする上品な感じの、からし色のネクタイが入っていた。

それをじっと見つめている内に、自然に涙がゆっくりとあふれてきた。

その後、涼子からの真夜中の電話も途絶え、再び会う事もなかった。

真一はそれから毎日、毎日、剣道部の練習が終って誰もいなくなった練習場で、何かに憑かれたように打ち込みを続けた。腕がしびれてきても、懸命に、真一文字に振り下ろし続けていた。

汗が眼に入り、殺風景な練習場が薄暗く、にじんで見えた。

涼子からもらったネクタイは、タンスの中に大切にしまってある。

自分が初めて社会人になった朝、タンスから出して身に付けようと思う。

真新しい白いワイシャツに、自分はきっとこのネクタイが擦り切れても、身に付け続けるだろうと、真一は思った。

「えくぼの物語」

北国の三月は未だ肌寒い。特に早朝五時ならば、思わず身振いをしてしまうだろう。

私は厚々のセーターの上に首巻きとオーバーを着ていたが、玄関をそっと出掛かった時、身振いを一つした。いわゆる武者振いという奴か、と苦笑し、それとも、何か、いかにもこれから大事を仕出かすという不安な気持が、身振いをさせたのかもしれなかった。

私は右手に、二・三日の日常生活で必要であろう、私自身の長袖のネルの下着やタオル、靴下、ハンカチ、下痢止めや便秘の薬、仁丹のケース、郵便貯金の通帳、その届印、筆記用具などを詰め込んだ黒のボストンバックを持っている。

玄関を出る時、軒下に掛かっている古ぼけて見えにくくなっている表札に書かれた私、平山健一、それと息子夫婦、孫の名前、仲夫、優子、妙子の名前をしばらくじっと見つめた。

それから私は、右手のわずかばかりの庭に一本、ひょろりと頼りなげに伸びている梅の老木に軽く猫のように体を擦り寄せながら、

「おい、行ってくるよ、達者でな」

と、声を掛けた。見ると、梅の蕾は淡く紅色になっていて、もう少し暖かくなれば、一勢に花開くだろう。

私は、花の咲くのを見てやれない事を秘かにわびた。そして静かに、だが足早に、ここから十五分程の公園に向かって歩き始めた。

頬に触れてくる外気は、日常の早朝とは何故か違った風に感じられ、私自身の体全体に、もう一度武者振いをさせるような緊張感が漲ぎった。

前夜から降り続いていた冷たい雨もすっかり上がり、未だ覚醒していない住宅街の青白い街灯と、垣根越しに見えている隣家の山茶花の赤い花弁が、ほのかに眼に染みてきた。

家では市役所に共働きしている息子夫婦と、大学を今年卒業する予定の孫娘が、湿ったベットの中で未だ寝り

こけているだろう。

私の家はS市の、中心部からはずれた海に近い高台にあり、戦前からの街並みが続いている一郭にあった。

冬は海からのシベリア降しの凍った冷気が、直接吹きつけた。

敷地五十坪の、建坪三十九坪の何の変てつもない家は、快く息子達に譲ってきた。薄暗い台所のテーブルの上に、家の権利書と印鑑と、息子あての、わずかな文面の書かれたメモが、静かに朝の眼覚めを待っているはずだった。

家を出る前に、トイレで小用を足したが、中々一気に勢い良く出ず、難儀した。

チョロ、チョロという、秘めやかな、細い放尿音を聞きながら、この家で用を足すのも、今朝が最後だと思うと妙に感慨無量になる。

命からがら戦争から帰ってきてみると、父は病死し、病弱な母と幼ない妹が残されていた。

戦後の混乱の中を、無我夢中で働き続け、親戚に勧められるまま結婚し、何とか世の中を渡ってきた。

幸い、父が、建てた家だけは人手に渡す事なく、修理や改築しながら維持してきた。

母は昭和三十五年に肺炎であっけなく、七十五才で亡くなり、妹は縁あって大阪の商家に嫁いでいる。

私は、復員してすぐに、戦友の世話で鉄工所に就職出来、十年前の定年まで無事、勤め上げる事が出来た。

気のきかない、だが人の良い妻の幸子は、七年前に交通事故で亡くなっていた。

私に似て、出来の悪い息子が一人居るが、大学を出ると、何とか市役所の文書課に就職する事が出来た。

家を出て、二十歩程歩いた所で、振り返ると、夜明け前の薄明りの中に、何の変てつもない、所々修理した個所の目立つ、古ぼけた我家がぼんやりと頼りなげに見えた。

後は息子達が家を売ろうと、建て直そうと、己の力で為し遂げていけばいいのだと、胸の中で私はつぶやいた。

私は今、家出をしょうとしているのだった。

一人ではない。ここから十分程歩いた所に公園があり、その公園の中にある神社の本殿前に、野中和子さんという、今年、六十七才になる女性が待っているはずだ。

きっと、寒気に身を小刻みに震わせて、私が来るのを、きっと待っているはずだった。

年甲斐もなく、私達は、示し合わせて家出しようとしている。

私は今年七十二才で、事を起すには、いかにも恥ずかしい年齢だと勿論他人は思うだろう。

だが、私の心の内には、もう先が見えているからこそ、世間に囚われる事なく、己の心に忠実に生きて、突っ走ってみたいという切なる衝動が、まるで未熟な若者のようにたぎっていた。

一方、晩節を汚すなかれ、恥を知れ、誰かに迷惑をかける事にないはしないかという、遠くから響いてくるような声も、ひしひしと己を打つ。

だが、私は、未だ薄暗街中を、一歩一歩、決意を固めるように歩き続けている。


私が野中和子さんと知り合うようになったのは、三年程前から講習を受けている、市、主催の水墨画教室だった。今まで趣味らしい趣味も持たず、仕事だけで突っ走ってきた自分が、定年ともなると、勿論、妻を亡くしたせいもあるが、無性に寂しくなった。

息子の嫁の優子は、世間並みに接してはくれるが、どこか日々、寂しい。

そこで、近所の幼な友達に誘われるがまま、毎週、木曜日になると、水墨画の教室に通い始めた。

生徒は二十人程で、私のように白髪頭や禿頭だらけの老人達ばかりだった。


最初の三ヶ月は、何んて俺は下手で不器量なのかと、筆を投げ出したくなる時もあったが、一年もたつと、人様の誕生日祝いに贈っても良いのではないかと、人知れず自惚れる程になった。

そんな頃、一人の老婦人が入会された。

皆はそれぞれに制作中で、私は筆にたっぷりと墨を含ませ、一気に遠い山の輪郭を描こうとしていた。

講師の山田先生が、日頃に似合わず、幾分、甲高い声で、

「そのまま制作していて下さい。今日、皆さんの御仲間が、御一人、入会されます。野中和子さんという方です。これから仲良くしてやって下さい」

と言い、一人の小柄な、品の良い老婦人を紹介した。

彼女は、

「野中和子と申します。何分未熟な者ですが、これからどうぞよろしくお願い致します」

と、年に似合わない澄んだ声で言い、緊張しながらも微笑を浮べて頭を下げた。

私は、彼女の微笑を見ると、あっと、思わず声を上げ、自分でも訳も判らぬままに、唯、案山子のように突っ立っていた。

筆先からぽたぽたと墨が描きかけの和紙に落ちて、水

車小屋の辺りに、黒い花片が数個所、咲いてしまった。

　和子さんという、上品な老婦人が微笑した時、彼女の唇の右端に、くっきりと形の良い、えくぼが刻まれたのを、私は見逃さなかった。

　その形の良いえくぼを見た瞬間、何故か、とても懐かしいような、どこかで一度見た事があるような、新鮮な驚きを、私に与えてくれたからだった。

　遠い記憶の底の方から、霞が掛かった中から、何かが浮びそうであったが、思いつかなかった。

　年甲斐もなく、胸が高鳴った。

　初恋にも似た感情が、押えつけても、心の中に自然に沸き上ってきて恥ずかしい程であった。

　勿論、しばらくは口もきけず、唯、木曜日が来ると、朝から落着かず、朝食の御飯をぽろぽろと膝の上にこぼしたり、お気に入りのカシミヤの黄色いベストを裏返しに来たりして、嫁に笑われた。

　きっと、

「とうとう、お義父さんも惚けてきたわ、それも時々だから、いわば時惚けね」

と、中ば呆れられ、だが深刻に受取められていたのかも知れない。

　和子さんは、教室ではいつも最前列の席に座わり、熱心に未だ覚束ない手付きで筆を運んでいた。

　私の席は、彼女から五メートル程離れた斜め右側だった。私は、和子さんが、何かの拍子にこちらを振返り、例の形の良い、えくぼを見せてくれる事を願った。

　運良くと言ってよいのか、時折、教室の後方の席の誰かが、軽い冗談を入れ、皆がどっと沸いた時など、和子さんは振り向き、屈託のない笑顔を見せてくれた。

　私は一瞬、彼女の笑顔の中に、一層、甘美とさえ感じられるような、形の良いえくぼが、くっきりと唇の右端の下に刻まれるのを見、たまらなく切ない思いになるのだった。

　何故だろう、何故、和子さんのえくぼにこんなにも引き付けられてしまうのだろう。

　妻を亡くした事への、一種の寂しさが変形して出てきたのだろうか。

　敗戦後、すぐに人に勧められて、考えている余裕もなく、結婚したが、融通のきかぬ女ながら、よく私に尽くしてくれた。

　劇的な事など、何もない、平凡な夫婦生活だったが、それなりの人生のでこぼこ道もあり、苦楽を共にした哀歓もあった。

　今では良きパートナーだったと思っているし、いわゆる相性が合っていたらしい。

小柄で、うりざね顔で、笑うと、眼が糸のように細くなった。だが、我、妻にはえくぼなど、どこにも見当らなかった。

水墨画教室での野中和子さんは、時に相変らず屈託なく笑い、唇の右端の下に、くっきりと形の良いえくぼを見せていた。

又、眼はいつも水気を含んで穏やかな輝きを持ち、品位さえ感じられた。

私は、益々、引き込まれるように和子さんを好ましく思うようになった。

私は休憩時間に、和子さんの席に近づき、何か言おうとするが、急に言葉が何もかも出て来なくなり、息が詰まったようになってしまう。

いい年をして、何をおどおどとしているのだろうかと、自分でも呆れ果てた。

頭が馬鈴薯のように無格好で、鉋で二、三回、削ったようなめり張りのない顔をした、無口な私が好かれるはずもないだろう。

家のわずかな庭に、背の低い、梅の老木に我家の雌猫のシロが、ふと登り付き、丁度中段の横手に伸びた枝の座りの良い所に居る事がある。

シロはその名の通り、全身真白で、ふさふさとビロードのような体毛を春の微風になびかせていた。

飼主の欲目か、仲々滅多にいない、器量良しの雌猫だと思っている。

シロは悠然と、辺りを睥睨するようにしている。

すると、どこからか、ミャーと、太い薩摩芋を輪切りにして、つないだような頭と胴体と足を持った薄汚れた雄のトラ猫が現われる。

そして何とかシロに気に止めてもらおうと、甘く喉を鳴らしたり、彼女に近づこうと伸び上り、梅の木に前足を掛けたりする。

だが、シロはふん、といった顔をし、まるで相手にしなく、ゆっくりと体を舐めたり、退屈そうに空を眺めたりしている。

薄汚れたトラは、益々、哀れげに鳴いたり、身をよじってシロの歓心をかおうとする。

シロは相変らず、下のトラの事など歯牙にもかけぬ風情で悠々としていた。

トラは鳴く事に疲れると、唯、ひたすら頭上の彼女を崇めるように、憧れの眼差しで、時折首を傾けたりしながら見上げ続けるのだった。

そんな日が何日も続くと、さすがの私もトラが何とな

く不憫に思われ、

「シロよ、好い加減にしてやれよ、あんなにもトラちゃんが慕っているじゃないか。下に降りてきて、少しばかり相手になってやってもいいじゃないか。お前にはトラの心根が判らないのか、冷たい奴やのう……」

と、心の中で苦笑まじりにつぶやく。

今の私は、まるっきり、あの哀れっぽい、トラ猫のようだと内心、恥ずかしくさえ思った。

まてよ。トラの方が積極的に愛情表現をしているだけ、俺より立派か。

月並みに言えば、老らくの恋なのか、七十一才の心の内に、こんなにも女性を恋、想う熱い気持が燃え盛ろうとは、自分でも信じられなかった。

又、どこからか、恥知らずの奴だ、好い加減にしろ、己をわきまえろという、叱責の声が聞えてきて、私自身を縛り、雁字搦めにする。

一方、お前はまるで十代の、尻の青い、だが未来に無限の可能性を持った若者のようだ、いいじゃないか、そんな瑞々しい気持を再び抱いて晩年を迎えるなんて……。ゲーテを見ろ、ゲーテを。お前は幸運な奴だ、という声をどこからか聞えてくるのだった。

相変らず、教室で和子さんとは挨拶程度の言葉しか、交せない。

それにしても、和子さんの唇の右端に刻まれた、えくぼの謎は依然として判明しない。

教室での授業後、有志による喫茶店に寄ってのお茶会でも、私は唯、どきどきしながら、彼女の笑顔と例のえくぼを見ているばかりだった。

お茶会での彼女の身の上話は、断片的ではあったが、生まれは静岡の伊東である事、女学校を出ると法務局に勤めていた人と結婚し、日本中、転勤を繰返して当市で定年を迎えた事、定年後いくばくもない内に御主人が亡くなり、今は息子夫婦と一緒に住んでいる事などを知る事が出来た。


私はやっと、和子さんが水墨画の教室に現われてから半年後にようやく親しく口を聞く機会を持つ事が出来た。

それはデパートで中央での日本画秀作展が開催された会場だった。

偶然、和子さんと出会い、私はこの機会を逃がしてはなるものかと、意地汚ない程思い込み、上気しながら一通り観賞し、しどろもどろになりながらも帰りにお茶に誘った。デパートの裏通りにある、小さな喫茶店に入り、私達は熱いミルクティーを飲んだ。

他愛のない、よもやま話をしながら、彼女はミルクティーのたっぷり入ったカップを両手で持ち、急に私を軽く睨むように見つめた。

「私、最初に、室へ入って来た時、平山さんがじっと私の顔を食い入るように見つめていらっしゃるのを感じて内心、恐かった。でも、私が見つめ返すと、悪戯を見つけられた子供のように、急にはにかんで眼を逸したり、正気に返ったようにきょとんとした表情をなさるのが、何故か、訳もなくおかしかったわ」

と言った。

和子さんは笑顔を作り、やはり唇の右端に、形の良いえくぼを刻んだ。

彼女の顔が、一瞬、二十才の娘に変化したような錯覚に落ち入った。

そして何かを思い出しそうになるが、又、霞がかかったように曖昧になる。

「以前、どこかでお会いした事があるのかしら。私、平山さんに見つめられると、何か、若い頃にどこかで出会ったような懐かしい気持になってしまう…。不思議ね、貴方の眼の中に、只事ではない、真剣な、何かの力が感じられる」

和子さんは小首を傾け、軽く自分の髪に触れながら、又、形の良い、えくぼを作った。

私の心の内にも、和子さんのえくぼの意味が、どこか遠い記憶の中から、もう少しでも浮び上ってきそうな、郷愁にも似た、或る懐かしさを感じてしまう。

私は自分の身の上を簡単に述べ、それから貴方さえよければ、出来たらこれから二人だけで会っていただけないかと、極めて丁寧に懇願するように言った。

「決して貴女に御迷惑をおかけするような事はしない、こうして一緒にお茶を飲む時間さえあれば良いのですと、半ば吃りながら言った。

すると和子さんは、下を向き、テーブルの下で自分の両手を揉んだり抱いたりしていたが、すぐにきりっと私の眼の奥底まで見通すかのように見つめた。

私は眼のやり場に困ったが、唯、射竦められた小動物のようにじっとしていた。

体のどこかに汗が滲んできたのを感じた。

一瞬、和子さんは恰好を崩し、軽くうなずいて、又、形の良い、えくぼを刻んだ。

「私達、もう、お爺さんとお婆さんなのに、まるで若い男と娘のようね、何だか妙におかしいわ」と、又、笑った。

私達は、その後、水墨画教室の帰りに、必らずと言って良い程、小さな喫茶店でお茶を飲み、時には美味しいケーキを一緒に食べた。

人目を忍ぶという気持も、心の片隅にあったが、人生の終り近くにきて、何か切実に恋をしてみたいという、不思議な衝動には勝てなかった。

それは、私とて未だ、通りを歩くうら若い女性達の美しい黒髪がなびくのを見れば、思わず見とれて妙に心騒ぐ時もある。

その気持と、和子さんに対する気持は違っていた。

彼女の事を想うと、唯、ひたすら暖かく抱きしめてやりたいような、一途に、愛しいと思ってしまう。

彼女は段々と個人的な事も話すようになった。

伊東の女学校を出ると、すぐに親に勧められるまま、転勤の多い公務員と結婚した。

「私、何んの疑問も持たないまま、今でいう、仕事中毒の人と結婚し、長年、体の良い、お手伝いさんの役目をしてきたと思っています。永年、一緒に暮してきて、別れたい、夫がいなかったらどんなに自由で気楽だろう、そして仕事を持って自立したいと思った事もあったわ。でも、夫に死なれてみると、駄目ね。張合いをなくしたというか、そばに夫がいないと、体の中をヒューヒューと唯、風が吹き抜けていくような気持になるわ」

そんな話を、はにかみながら言い、そっと遠い昔を思い出すような目付きをして、下を向く事もあった。

私は卒直な和子さんを、増々好ましく思うようになった。

私は、早朝、いつものように家中の誰よりも早く、玄関先の受け口に入れられている朝刊を引き抜き、又、寝室に戻った。

近年は、CDで、柄にもなくバロック音楽を楽しみながら、うとうとと、寝床の中で新聞を眺めるのが楽しみとなっている。

開いた一面の中段辺りの写真入りの記事を見て、私は急速に頭の中が覚醒していくのを感じた。

そこには「女優、乙羽信子さん、肝臓癌で亡くなる」との見出しと、顔写真、それと映画での一場面の写真が大きく掲載されていた。

乙羽信子さんの顔写真は、彼女のトレードマークである唇の右側下のえくぼが、優しい笑顔と共に、くっきりと印されていて、和子さんの時のように強く心を動かされた。

だが、それより、私の頬っぺたを強烈に一発殴りつけられたような気がしたのは、乙羽さんが出演した映画の一場面の写真だった。

若い頃の乙羽さんが、農家の縁側で、姉さん被りをして、座り込んでいて、手元には大きなザルがあり、その中の枝豆の枝を手に持って、豆をもいでいるような光景だった。戦時中の情景らしく、そばには奉公袋が置かれてあり、うつむき加減の乙羽さんの顔は、はっきりとはしなかったが、彼女の特徴である、形の良い、えくぼが刻まれていた。

そして開け放たれた縁側の向こうに、田があり、背後に林が連なり、その奥に広々とした海が輝いていた。

私は息が詰まり、いつの間にかベットの上に正座していた。

食い入るように、その写真を見続け、そうだったのか、そこだったのかと、やっと、和子さんのえくぼに執着した事に得心がいった。

目頭が次第に熱くなり、堪え切れなくなっていった。


今から五十余年前の、戦争末期の頃の事だった。

私は海辺の片田舎の農家の生まれで、次男坊だった。

海岸端の農家ではなく、山に少し入った所の、何の変哲もない、貧農といっても良い暮し向きだった。

そんな平凡な私の家にも、戦争は容赦なく、ひたひたと押し寄せてきて、ついに召集令状がふいに舞い込んできた。当時は、幟など林立させての派出な出征風景は中止されていた。

年頃の者は言うにおよばず、相当な年配者も、体の弱い者も、隣近所にも知られないようにしながら、秘かに一人で入営していった。

家族は、目立たぬよう、駅のホームの物陰に声を殺し、眼を潤ませながら、見送っていた。

戦況が思わしくなく、国の方針で、何事も敵をあざむく為か、普段着のまま、さりげなく召集され、いずこともなく、どこかの戦地に運ばれていく状況が、はやり病のように広がっていた。

貧しい農家の次男坊である私は、他に才能があるわけでもなく、せめて御国の為に死ぬ事が親孝行な気がした。召集令状が舞い込んだ日、父も母も人並みに泣いてくれた。

出征して片足を失って帰ってきた無精髭だらけの兄も、

「お前、死ぬなよ……。この戦争で死ぬ事なんかない」

と言い、言い、私の手を握って眼を濡らしてくれた。

私には、家族以外に人知れず出征していくに当って、一つ、心残りがあった。

それは、幼なじみで、よく海辺の林で遊んだ、君子の事だった。

君子の家は、私の家から海辺寄りの、やはり、貧しい農家の一人娘で、笑うと、唇の右端に、形の良い、えくぼが、くっきりと刻まれた。

海辺で、二人でぐみを摘んだり、暮れなずむ海を眺めながら、口に含んで甘酸っぱい思いに浸ったりした。

或る時、ぐみの実の取り合いになった時、ふいに彼女の顔が間近になり、唇の右端の下のえくぼに口を触れたい感触にかられた。

私は君子を強く抱きしめ、顔を近ずけようとすると、次の瞬間、思わぬ力強さで振りほどかれた。

「うち、これでも女なんや、嫌らしい事、やめてな」

そんな声高な捨てぜりふを投げつけて、彼女は駆け去って行った。

私は、とてつもない悪事をしてしまったような気分になった。もう、二度と、君子は会ってくれないのではないかと、哀しく思った。

けれども、二、三日もすると、君子は何事もなかったように、附き合ってくれるのだった。

だが、仲の良かった私達も、成長するにつれ、意識するようになったのか、君子は急に無口になり、次第に疎遠になっていった。

たまに道ですれ違う時など、君子は怒ったように、黙って頭を下げ、小走りに走って行く。

成長した君子は、すっかり体付きもふっくらとし、驚く程、女っぽくなっていたが、私は幼い頃のように気楽に声も掛ける事も出来なかった。

だが、夜になると、私はふくよかな彼女の体を自在にしたり、そしてあの、形の良い、えくぼに唇で触れたりするのだった。

君子と出会う機会もあったのだが、彼女の前に出ると私は、金縛りに会ったように何も喋れなくなる。

私は、列車で二時間程のS連隊へ、秘かに入営する事になった前日、いつの間にか、君子の家の前に立っていた。

彼女は海の見える縁側に座り込み、姉さん被りのモンペ姿で、枝豆の豆もぎをやっていた。

私が垣根越しに、明日、朝七時に出発し、いよいよ入営する事を告げると、手を休め、しばらく私の眼を物思いに沈んだような眼付きで見つめた。

「哀しいわ、皆んな戦争に行ってしまうのね。あんたまで行くなんて……」

彼女はそれだけ言うと、急に下を向き、土の付いた枝豆の束を又、手にして、乱暴な程、豆をボキ、ボキとむしり取り始めた。

まるで、何かにひどく腹を立てているような、激しいむしり取り方だった。

君子は恐ろしいような顔して、口元を固く結んでいたので、えくぼを見る事が出来なかった。

翌日、私は駅へのバスに乗り込み、故郷へ別れを告げた。バス停から、少し離れた道端に、両親と足の不自由な兄が目立たぬように立ちつくしていた。

三人は、どうやって私を見送るのが一番正しいのか、戸惑っているように、唯、暗い顔をしていた。

いつものようにバスが発車し、三人の姿が見る見る小さくなって行った頃、右手の海側のぐみ林の中にモンペ姿の君子が立っていて、手を振っているのが見えた。

彼女は手を振りながら走り出し、次の瞬間、何かにつまづいて倒れた。

そして起きようとして懸命に身をよじり、何か叫んだ。

私は全身が急に熱くなり、バスの中から思い切り手を振り続けた。

やがて両親や兄や、君子の姿も、見慣れたぐみ林も、山も海も、路傍の石でさえ、故郷のすべてが遠ざかっていった。

その後、二度と再び、君子に会う事はなかった。


私はS連隊の営門に入った時から、再び故郷へ帰れるとは思わなかった。

ただ、君子へ、何故自分自身の本当の気持ちを伝えなかったのかという思いに執着し続けた。

入営してから、半月もしない内に、私の所属する部隊に移動命令が下り、行き先も告げられないまま、舞鶴の港から私は否応なく、中国大陸の最前線へ連れて行かれ、それからしばらく、この世の地獄をさ迷う事になった。

紅蓮の炎が無数に立ち昇り、黄色い大地は裂け、辺りに腕が、胴体が、脚が、ぐにゃぐにゃと折れ曲り、傷口が輝いて、拡散していた。

私は、その真っ只中に居て、完全に施行停止になり、唯、ひたすら参加していた。

切り裂かれ、飛び散り、暗く輝くぬらぬらとした骨の燃える輝きが辺りに満ちていた。

乳房が、片足が、中空に身の置き所なく、無限にさ迷っていた。

赤黒い、べっとりとした日本刀が、又、閃めき、鋭く、だが虚ろに舞い続けていた。

これが戦争なんだ、これが戦争なんだと、私は思いながら、又、思考停止に陥り、ひたすら参加していた。

けれども、僅かながら私の意識の中に、何かが働き無抵抗で逃げ惑う民衆に向かって銃を撃つ時、わざと外し、上官によく殴られた。

殴られながら、私は自分はそれでも自分である事に少しは救われていた。

君子の事も、何か遠い夢物語のような気がした。

戦地から、命からがら復員し、その後、私は何度、戦場の光景の夢でうなされ続けてきた事だろうか。

中国大陸を二年間もさ迷い続け、すっかり己を失くして私であって私ではない心境だった。

私は、今になって、あの戦争が、どんな意味があって、他国を殺し、自国民を殺さねばならなかったのか、さっぱり意味を見いだせない心境だった。

上層の偉い人達は、アジア解放の為とか、天皇の為とか、色んな理由づけをしているが、私にはよく納得のいく、理解は出来てはいない。

いわば少なくとも、私自身は、訳も判らず、醜く、中空に立ち往生し、宙ぶらりんの気持のまま、戦後五十年を生き永らえて来たのだった。

結論は、戦争とは殺し、殺され、唯、悲惨な事だったという事だった。

命からがらやっと帰国すると、君子は既に肺の病いで亡くなっていた。

私が出征して二年後に、親同志で話がまとまり、或る商家へ嫁に行って間もなく発病したという。

君子が私の事を本当の所、どう思っていたかは知らなかったが、私のささやかな、恋とも呼べないような恋は、こうして終ったのだった。

敗戦の混乱の中で、生き抜く事だけに力を奪われて、次第に君子の事は、記憶の底に沈み、輪郭がうっすらと、霞が掛ってくるように、曖昧になっていった。

君子の事をようやく想い出したのは、和子さんと出会い、形の良いえくぼを見出した事で、記憶の底から浮き出始め、次に乙羽信子さんの記事の写真を見る事によって、霞が晴れたように記憶がハッキリとしてきたのだった。

その想いは、私の青春の懐かしさであり、次第に言いようもない切なさを現在の心の中に運んできた。

名も知れぬ、はかなげな花びらが、ふわふわと中空にただよっているような心境だった。

だが、今の私には、和子さんが居るという想いに強く囚われていくのだった。

私と和子さんとのささやかな交流は続いていた。

或る日、例により、水墨画の教室の帰りに、小さな喫茶店でお茶を飲んだ時の事だった。

　和子さんは、いつになく、妙にとろんとした焦点の定まらぬ目付きで、額に手をやり、

「私、この頃、血圧が高くって…」

と言いながら、セカンドバックより内服用薬と書かれた、ぶ厚い薬袋を取り出し、青いカプセルや黄色や白の錠剤を、八種類もテーブルの上に並べた。

「先日、病院へ、目眩がするって診てもらったら、高血圧のせいだから、これだけ一日、四回服用するように言われたの。これじゃあ、本当に薬漬けね」

　和子さんは、その八種類もの錠剤やカプセルを口に含んだ。

　全身が何となく脱力しているようで、力がなかった。

　彼女に異変が起きたのは、その頃だった。

　水墨画の教室でも、急に無表情になり、あの魅力的なえくぼを口元に刻み付ける事もなくなった。

　眼の輝きが次第に失われ、手にカップを力なく持ちながら、急に、

「私、一体、今どこにいるのかしら、ああ、喫茶店ね、…御免なさい、私、この頃、どうかなってしまった」と言い出す。

　私はひどく、心配した。


　彼女は、もしかすると、考えたくはないのだが、アルッハイマー型痴呆か、それとも脳血管障害で脳萎縮が進行中なのか。

　次第に、和子さんは水墨画教室へも顔を出さなくなった。教室の仲間達は、とうとう彼女も惚けが始まったのか、己を省みて我が事のように、そっと力なく肩を落し始める。

　私はいても立ってもいられなかった。

　夜になると、寝床の中で少し涙が出た。

　当時、私は、本気で彼女を愛し始めていたし、許されるならば、結婚まで秘かに願い続けていた。

　彼女と一緒になり、大事にする事が、何故か人生最後の一大事のように思えた。

　私は思いきつて、和子さんの家へ電話を掛けた。

　甲高い、甘つたるいような若い女の声で、

「うちの義母さん、病院へ入院しました。私達、共稼ぎなもんで、とても面倒、見切れませんわ。要するに惚けちゃったのよね、今じゃあ、時間さえ判らないわ」

と、突き放したような返事が返ってきた。

　私は、聞き出した、和子さんが入院しているという、市内でも中程度の私立病院へ出掛ける事にした。

　翌日の朝、私は和子さんの入院している病院の渡り廊

下を、紙袋を脇にかかえて歩いていた。

玄関を入ると、明るい雰囲気の内科や外科や小児科の待合室があり、受診者達も大勢で、何やらざわざわとし、調剤の出来た事を知らせるチャイムも軽やかに聞える。

そしてぴったりとした着こなしのピンク色の制服姿の看護婦さん達が忙しく動き回る姿に、華やかさ、さえ感じられた。

けれども、老人病棟と示された方向板にそって、白々とした長い廊下を歩き続けていると、行き交う人も少なくなり、何か、次第に世の中と切り離されていってしまうような錯覚に、一瞬、囚われた。

嫌になる程、廊下を歩き、突き当った所にある、頑丈そうな自動ドアを開けると、そこは照明が一段落ちたような薄暗さに感じられ、右手のナース・ステーションの人工的な明るさがギラギラと眼を打った。

四人のいずれも年配の看護婦さんが居たが、忙しそうにしている風には一見して感じられない。

私は、親戚の者と名乗って、和子さんの居る部屋の番号と、経過を聞いてみた。

応待に出た看護婦さんは、夜勤明けだろうか、眠たそうな眼を擦りながら、第十五号室である事と、和子さんは脳血管障害の痴呆のようで、ずっと眠っている状態が続いている事を、抑揚のない声で告げた。

辺りは、見た眼には清潔そうだったが、どこか饐えたような匂いが底に沈積していているように見えた。

薄暗い廊下の左右に並んだ部屋の番号を順に巡り、やっと十五室にたどり着いた。

和子さんは六人部屋の窓際のベットに、死んだようになって寝かされていた。

ベットの枕元近くの台の上には、錠剤やカプセルの入ったケースと、水差しがぽつんと置かれているだけで、何もなかった。

他の五人の老人達も、生きているのやら、死んでいるのか判然としない程、静かだった。

花一つ、飾られていなく、息子達が最近訪れた形跡はまるで感じられない。

和子さんは、顔色も水気がなく、唇もひび割れしていた。あの魅力的な唇の右端のえくぼも、すっかり消えている。

私は和子さんの肩に、そっと触れ、少し揺すってみた。

何度も揺すっていると、力のない輝きを失った眼を開いたが、私が判らぬ風に、薄ぼんやりとしている。

私は、それから彼女の力のない手を握った。

弾力のない、一段と細かいしわが増えたような指の一本、一本を確かめるように握り続けている内に、不意に私は声を上げて泣き出しそうになった。

しばらくすると、私は次第に冷静になり、薬のケースを手に取り、八種類あるカプセルや顆粒状の薬を一個ずつ、こっそりと抜き取って台の上に並べた。

以前、家庭医学書を買おうと、街の医学書専門店に入った時、薬の副作用を書いた本が多数あり、一冊買っておいた事があった。

今日は、その本を、持参してきた紙袋に秘かにしのばせてきている。

詳細な副作用のデーターが判りやすく載っていて、もっと早くこの本に気付くべきだったと後悔した。

少なくとも和子さんが喫茶店で薬を見せた時から気を付ければよかったのだ。

これは勝手な望みだったが、もしかしたら、そんなに脳の萎縮などが進行していないのだったら、高血圧の薬の副作用で、一時的な痴呆症状に落ち入っているのではないかという疑問が涌いてきていた。

彼女が入院してから、戦友だった元軍医に電話し、薬害で痴呆症状になる事があるかと聞くと、良心的な医師や病院でなければ、今の時代、結構あるんじゃないのか、という返事だった。

ブルーのカプセルや、茶色の顆粒状の薬などに記載されている番号や薬品名をメモし、片っ端から副作用年鑑で調べ始めた。

ニバジール、ベトリロール、トランキライザー、ユリノーム、アバン、メバロチン、セレネース、アモトリールと判明し、この中で、血圧降下剤のセレネースが毎食後、三錠も出ている事に気付いた。

この薬を使い過ぎると、慢性の脳虚血状態になり、一見、痴呆と同じ症状に落ち入ると出ている。

又、トランキライザーも量が多過ぎる気がした。

又、枕元近くのベットのパイプにぶら下げられた、体温や血圧の動向表を見ると、高い時で百、低い時で八十台を切りそうな目盛りが頻繁に記されていた。

明らかに降下剤の使い過ぎだと思った。

私は、ナース、ステーションに向い、例の眠たげな看護婦さんに、和子さんの、脳のＣＴ写真をぜひ見せていただきたいと、執拗に頼み込んだ。

あきれたような眼をされ、

「あなた、本当に親戚の方ですか」

と言われ、いかにも面倒くさいかのように、のろのろとした動作でファイルに包まれた和子さんのＣＴ写真を持ってきた。

私は、それを祈りながら、くいいるように見つめた。

医学書専門店で立ち読みした、脳の病変のCT写真を想い出していた。

素人判断だが、わずかな脳の萎縮が見られるばかりで顕著な病変は見られない。

私は、看護婦さんに、別にたいした脳萎縮は見られないようですね、と聞くと、そうね、CTで見る限りはたいした事はないわ。でも痴呆症状が出ているから、それなりの処置をしています。といとも簡単に言う。

薬に対しては、個人差もあり、一律に決める事は出来ないだろうが、私の心の中に和子さんに対して、もしかしたらという、淡い期待がふつふつと、次第にたぎるように涌いてきた。

私はその夜から、一人ぽっちの戦友が病院で苦しんでいると、家の息子達に断わり、病院に泊まり込む事にした。

和子さんのベットの横に、昔、山登りに使用していた、赤い寝袋を並べた。

そして薬は今後、私が彼女に飲ませますと、看護婦さんに秘かな嘘を付いた。

まずセレネースを一錠にし、他のビタミン剤や、当りさわりのない薬だけを選んで和子さんに飲ませる事にした。

それからの私は、彼女の虚ろな輝きのない眼と顔を見続ける事になった。

こんなにも、和子さんの顔を凝視した事もなかったし、手を握り続けた事もなかった。

元気な頃だったら、きっと即座に軽蔑され、相手にされないだろう。

夜は、かすかな彼女の寝息を頼りに、冷えた寝袋にくるまり、真剣に神仏に祈った。

私は、ずっと私が元気でいる限り、彼女を見守り続けたいという気持が、ごく自然に卒直に湧いてくるのを胸の奥に感じていた。

それは、えくぼの想い出として、君子へと継がれて行くような気がする。

私はあの戦争に意義を見出そうとするならば、ささやかだが、君子を守る為に戦ったのだと思い込めば、随分と救われる事に気付き始めていた。

そして、今は唯、和子さんを大事に見守り続ける事が残り少ない私の人生の、えくぼにつながる思いと共に、重要な意義となった。

三日もすると、和子さんの表情に変化が出始めた。

眼に力が籠もり始めた。

一週間後には、いつもの、よく熟睡した朝の目覚めのように、はっきりとした機嫌の良い顔になった。

意識がはっきり戻った時、彼女は、どうして私はここに居るのと、いぶかしがったので、今までの経過を話し、納得してもらった。

少しばかり、手が麻痺したり、ふっと考え込んだりする事もあったが、あの魅力的なえくぼが、はっきりと刻まれ始めた。

私は、あの戦争体験から、神も仏も懐疑的な傾向になっていたが、再び神仏に卒直に感謝し祈る事が蘇えってきた。

結論から言えば、和子さんは高血圧の治療を受けていたのに、いつの間にか、痴呆症状に落ち入ってしまったという事になる。

こういう悲劇は、痴呆性老人の、どの位の割合を占めているのかは、判らない。

一部の病院の経営状態と、薬品メーカーの思惑が一致した時に、起りうる薬害なのだろう。

日増しに和子さんが元気になるのを見届けてから、彼女の息子夫婦に、家に帰らしてあげたらと連絡した。

半月後、例の小さな喫茶店で和子さんと再会し、正式に、真剣に、結婚を申し込んでいた。

以前、何度か、彼女の家に電話した時に応待に出る嫁さんの態度や、風評から、和子さんは家では、荒涼とした砂漠に居るがごとし、あまり大事にはされていないらしいと思っていた。

その事は伏せていたが、私は彼女の為にも、出来る事ならば、人生の残り少なくなった今、一刻でも一緒に居て、そして結婚していただきたいと言った。

とにかく大事にするとも額に汗を浮かべながら、言った。

私が、おずおずと、そのような意味の事を遠慮がちに言うと、彼女は、しばらく下を向き、じっと考え込んでいた。

やがて、きっぱりと決めたように、顔を上げ、笑顔を浮べて、こちらの眼をまともに見ながら、軽くうなずいた。勿論、あの形の良い、唇の右端に、くっきりと魅惑的な、えくぼを刻みながら。

私達は、それから、密議を重ねる事もなく、お互いの息子達や親戚筋に、七面倒くさい説明や説得など、まるっきり抜きにして、さっさと家出する事に決めてしまった。私達は、自分の意志で、わがままを押し通そうと、爽やかに決意したのだった。

家出先は、和子さんの生れ故郷である伊東市に決めた。

動物の帰単本能のように、やはり人間もいつかは生れ故郷に戻るのが自然だろう。

私と言えば、冬の北国で一時、シベリア降しの風の吹く中での生活は、もうつまらなくなっていた。

あの戦争を経験した者は、戦後はいわば余生で、どこで生きようと、根無し草の趣が濃厚だった。


二月初め、私は秘かに和子さんを生れ故郷の伊東に戻るべく、準備にとりかかった。

まず、新幹線、小田急線を乗り継ぎ、小田原で伊東線に乗り、三十分程で伊東に着いた。

晴れて空気は冷めたかったが、梅の花も咲き、木々も生き生きとして、もう早春と言っても良い風物だった。

海が間近にせまり、海岸からすぐに山に向かって密柑畑の丘が段々と連なり、緑が眼に染みてくる。

光が満ちて温暖な風土が、風の中にも、爽やかに感じられた。

駅の周辺には、数多くの干物屋が軒を連らね、ぷんぷんと匂ってくる。

すぐに伊東市役所を訪ね、市中の老人ホームのパンフレットをいくつかもらった。

中に、リハビリテーションの設備が一番充実している「春風荘」という名があり、早速、見学する事にした。

伊東の駅より、緑濃い、山手の中腹に、屋根が南欧風のオレンジ色の明るい感じで「春風荘」は海に向かって立っていた。

前庭の白いテラスで海方向を眺めると、眼下に駅周辺の町並みが見え、すぐに海岸がせまり、穏やかな海原が果てしなく広がっていた。

たわわに実るに違いない、密柑畑が、テラスすぐ近くを埋めつくしていた。

私は一遍に、ここを気に入ってしまった。

夜など、街の灯りが銀河のように、きらめいて見えるだろう。

「春風荘」の職員の対応も丁重で、好感を持ったので、和子さんの入居の仮契約をした。

私は、軍人恩給と、年金、それに退職金で秘かに大損をしないような株を細々と買ったりしながら貯え、贅沢な暮しもして来なかったので、人並み以上のお金はこれでもあるのだ。

その足で私は、又、街に下り、不動産屋を探し回って、年頃な「春風荘」近くの廃屋に近い、ほんの二間程のごく安い家を紹介してもらった。

私は中国での従軍中、木を伐採し、掘っ建て小屋の仮司令部を作る仕事に従事していたので、大抵の廃屋でも、何とか自力で再生し、己一人位住めるようにする事も自在だった。

一人暮らしの自活生活も、未だしばらくは大丈夫だろう。

これも戦争で、やむをえず、身に付けた生活の知恵だった。

穏やかにオレンジ色に暮れなずんでいく、伊東の海を眺めながら、私はこれからの事を考える。

和子さんには、「春風荘」に入居してもらい、ゆっくりと生活してもらおう。私は時折、この掘っ建て小屋から通ったり、又、ここに来てもらって海を眺めながら、焚き火でもして、星が瞬くまで居てもらおう…。

私は、そんな他愛のないような事を心に描きながら、海を見つめた。

次第に海と空は、オレンジ色から蒼い色に深みを増し、互いに融け合って区別がつかなくなっていった。

私は、野中和子さんが、きっと待っているであろう、公園に向かって歩き続けていた。

すれ違う者は、新聞配達員か牛乳を配る人達で、いずれも白い息を、せわしなく発散し続けている。

私達は秘かに打ち合せをし、今朝、いよいよ二人で晴れの家出をするのだ。

住宅街から右に折れると、公園が眼前にせまって、何本もの大きな松達が、青黒く、荘重と言っていいような、見事な枝振りを見せている。

公園の他の木々は、すっかり葉を落とし、春先までぐっすりと眠りこけていた。

大きなしめ縄の下っている赤い鳥居をくぐり抜け、境内を真っすぐに進むと、本殿がある。

その本殿の前に、野中和子さんは待っているはずだった。

けれども、一歩、一歩、進むにつれ、私の心の内に不安が広がっていった。

彼女の姿は、べたべたと千社札の貼られた本殿前には見当らないのだ。

私は、もしかして家の者に見つかり、引き止められているのか、それとも、もっとも考えたくはないのだが、実は軽い痴呆症状に落ち入り、約束の日の朝を忘れてしまったのか。

そうなったら、私は途方に暮れてしまい、これからどうしたら良いのか、一時、判らなくなってしまいそうな気がした。

本殿の木の階段を上がり、左右を見渡すと、左手の何百とも知れぬ絵馬がぶら下っている中程に、和子さんの後ろ姿が見えた。

手には旅行カバンを持っている。

私は、ほっと心の底から安堵の息を一つした。

彼女は肌触りの良さそうな、黒のコートを小柄な体に包んで、ひっそりと、秘やかに立たずんでいた。

黒のコートには、所々、赤いストライブが入っていて、それが一層、和子さんを華やいだ存在に見せている。

彼女は食い入るように沢山の絵馬を見ていた。

私が間近に声を掛けると、驚いたように振返り、大きな瞳を輝かせ、そしてこぼれるような微笑を浮べた。

唇の右端近くに、又、優雅な、えくぼが、くっきりと刻まれていた。

「御迷惑でしょうが、どうぞ一緒に連れて行って下さい」

和子さんは、あくまでも慎しみ深い、小さな声で言った。

私は、その声を聞き、そして例のえくぼを見ている内に、又、彼女に対する、いとおしさで一杯になった。

「私、少し早く来てしまったから、絵馬を見ていたのです……。人間って、こんなにも色んな願い事があるんですね」

私も、一つ一つの絵馬を手に取ってみた。

(どうか、今年はM高校に入れますように、隆夫)

(今年こそ、私達夫婦に、子供が授かりますように。吉夫四十一、忍三十六才)

(夫の癌が直り、又、一家でT高原へ、ハイキング出来ますように。健太三十七才、直子三十才、由香七才)

(どうか、修司さんと結ばれますように。お父さんが許してくれるようにお願いします。私、死ぬ程切ないから本当にお願いします。片岡真理子、十九才)

和子さんは、私に寄り添いながら、

「皆んな、皆んな、切実で本気の夢を持っているのね。人間って、努力で叶えられる夢もあるだろうし、いくら努力しても叶えられない夢もあるわ。でも、ささやかでも夢を見続ける事が、生きるって事かもしれない…私達も夢を見ましょうよ」

と、ささやくように、つぶやいた。

私達も、形にはしないけれど、今、この場所で、二人の夢を絵馬に託して奉納したような気持がした。

(どうか、この旅が平穏無事で、目的地に着き、たとえ僅かでも、命の限り、私達二人の新しき生活が、仲良く続きますように。平山健一、七十二才。野中和子、六十七才)

私達は、身振いを一つし、いや、武者振いを一つして、駅に向かって一歩を踏み出していた。

伊東へ着くまでの間に、新婚旅行を兼ねて、気の向いた温泉地で、二、三泊していくつもりにしている。

黄色い小箱

私は団員達の靴下類を洗濯機に放り込んでスイッチを入れ、何気なく青々とした野原の向こうの住宅街を見た。桃色に住宅街が染まっている。

目をこらして見ると、町の手前に桜並木が続いているのだった。四月の空は、どこまでも澄み渡っていた。風に乗って、私の鼻先にも、プンと桜花の甘い春の香りがしてくるようだ。

十年前にも、同じようにこうして、よく晴れた日、この場所で、桜並木を見ていたような気がする。

違っているのは、現在の私が確実に年を取り、健康のためもあったが、十年前から煙草を止めた事だった。

おまけにあれ程好きだった酒も今ではほんの申し訳程度にたしなむぐらいだ。

この土地には或る特別の、私だけの思い入れがあった。

ぼんやりと春霞の風景を見ている私の背後では、三十余名の団員達が馬やむく犬や象のクー坊の動物舎の設置や、小道具類を運んだりして戦場のようだった。

私は、今年の春で六十才になった。十一年前に腰を痛めてから重い道具類も、さっぱり持てなくなり、現場にウロウロしているばかりで、会場の準備で忙しい団員達の足手まといになるばかりだった。

「おじさん、又、お願いね」当、ワールドサーカスの看板女優のリリー小百合が洗濯物でパンパンに膨れたビニール袋を下げて現れ、義務的ににっこりと微笑むとそれを私に手渡し、さも忙しそうに足早に去っていった。

ピエロとしての役回りも早い動きについて行けず、すっかり技量が落ちてしまい、今はこうして、団員達の洗濯物を一手に引き受けて何とか僅かばかりの給料を得ている。一日に二ステージある中で、開幕のほんの十分位とフィナーレの時にだけ、顔を白く塗り、山高帽に赤い蝶ネクタイ、鼻に赤い球を差し込んでだぶだぶの縞模様のつなぎ服を着て、馬鹿でかいドタ靴を履き、ステージで手足をバタバタさせながら動き回ったり、簡単な手品をするばかりだ。七色のイルミネーションが満員の場内を彩り、トランペットやタンバリンが華やかに鳴り響いている中で、私はピエロ姿のまま取り残されて、クルクルと回転するスポットライトに時折浮かんでいる寂しい日々。

ぼーっと煙っているような春霞が野原の向こうの住宅街を包み、その先は何の変哲もない港町が連なり、日本海が僅かに望める。

冬はさぞかし、北風が吹き荒れ、凍えて、立っている事も出来ないだろう。ピューと、天空で雲雀が勢い良く鳴き、野原の一点に急降下していくのが見えた。

私は半分壊れかかった洗濯機のゴトゴトという、不規則な回転音を聞きながらぼんやりとペンキの剥げ掛かった舞台用の赤く塗られた椅子に座り込んでいた。

「おじ様、わたしです、、、」

背後から若い女性の弾んで澄んだ声が突然した。

慌てて振り向くと、目の前に二十才前後の若い女性が立っていた。色白で目鼻立ちのはっきりとした、スラリとした肢体の持ち主だった。

紺のスーツが清々しく、とても似合っている。

「おじ様、おじ様はお忘れになっているでしょうが、十年前にこれを、、、」

彼女は私の眼の前に、黄色く塗られた木製の小箱を差し出し薔薇のように艶やかに微笑んだ。

まるで遠い異国を旅してきた、父親を迎える娘のようにだ。私は、その黄色い小箱と眩しい程の娘をしばらく見つめていたが、あっと思わず声を上げた。

美里という名の少女は見事に美しい女性に成長していた。クリクリとした、大きな瞳だけは十年前と変わりはなかった。もしかして逢えるのではないかという、淡い夢のようなものがこの地を訪れる前に、わずかに脳裏の底にはあったが、、、。

「おじ様、逢えてとてもうれしい。私、一時もおじ様の事、忘れたことはなかったわ」彼女は、黄色い小箱を胸に抱くようにしてから、そっと箱のふたを開けた。

十年前、私はワールドサーカス団の一員としてこの町を訪れ、一週間ばかり当地で興業をした事がある。

時節も丁度、当地では桃の花も桜も一斉に咲き誇る四月の頃だった。

今日が初日で毎度のことながら少し緊張するのが我ながらおかしい。当時の私は今とは違い、元気一杯だった。

赤い帽子に赤い蝶ネクタイにだぶだぶの燕尾服を着、二時間のサーカスショーの中頃のアクロバットや犬や馬の曲芸の次に颯爽と登場する。

相棒は同じような格好の通称、キー坊だ。

場内はすっかり前のショーの興奮で盛り上がっていて波が打ち寄せるようにざわめいていた。トランペットが派手に鳴り響き、何処かで風船が破裂する。チョコレートやポップコーンの香りが、何処からかいつもより大量にただよってきて大入り満員だということを私の鼻先に知らせる。

私はキー坊と、いきなり、甲高い声で叫び始める。

「パイを作ろう、パイを作ろう、おいしいパイを、、」

私達はリングの中央でスポットライトを充分に浴びて、互いに手を叩き、その内に私はキー坊に思い切り平手打ちを浴びせられ、後ろにすっ飛んでしまう。

その倒れ方があまりに派手で大げさなので、場内は爆笑の渦に一時包まれる。

そして次に大きなお皿に山盛りにされたパイを互いの顔にぶつけ合い、パイ合戦となる。

私は平手打ちにされた腹いせに、力一杯相棒の顔面目がけてパイを炸裂させる。

顔中を生クリームだらけにされた相棒は今度は私を追いかけ回し、パイを投げるが、パイは私を外れて観客席に一直線に飛んで行ってしまう。

不運にも当たりそうな観客は慌てて避けようとするが、そのパイは唯の発砲スチロールの真っ赤な偽物で、場内は一段と激しく爆笑に包まれるのだった。

今日の不運なお客は、親子連れらしい中年の女性と目もとの清々しい、十二、三才位の少女だった事を眼の底に僅かに記憶した。

私は観客に笑われれば笑われるほど、充実感を感じて張り切るのだった。

私はショーの中でもう一度出番があった。

それは、十頭の犬達による、コミカルな珍芸の数々、例えば、白いむく犬の梯子乗りや調教師の赤い帽子を飛び上がって奪い、逃げ回ったりした後の、次の出し物の間のほんの寸劇といった意味合いの一時の事だった。

私は黄色い小箱を持っていつものようによろよろと闇の中からスポットライトを浴びて登場する。

まず、場内の観客達に、箱のフタを開け、中に何も入っていない事を判らせる。

それから観客の中から、ハンカチやボールペンや缶ジュースなどを拝借して箱の中に入れ、うやうやしく赤い布を被せる。期待を持たせるようなシンバルが低く、高く鳴り響き、私は、アレマン、コレマン、カタゴラスと怪しげな呪文を馬鹿でかい声でとなえ上げ、素早く布を取り去り箱のフタをそっと開けると、中から深紅の薔薇の花束やゴリラのぬいぐるみなどに変身して出てくるのだった。勿論、最後にはハンカチやボールペンに再び変身して出てきて観客にお返しする。

私が又、アレマン、コレマン、カタゴラスと呪文を唱え始めると甲高い、少年、少女達の、期待で膨れ上がったウォーという歓声に場内は包まれた。

私は、芸とも言えぬ些細なこの手品を、子供たちの歓声がテント中に響き渡る都度、ささやかに誇らしく思う。

一時間程前のピエロのコミックショーの中でのパイ投げ騒動で、危うくパイに当てられそうになって逃げ惑った、例の母子連れから私は少女の持っていた白いハンカチを借り、箱の中に入れた。

シンバルは打ち鳴らされ、見る者をわくわくさせる。アレマン、コレマン、カタゴラスと例のごとく呪文をとなえて赤い布を取り去り、フタを開けると中からキラキラと金色に輝く、大きな金平糖のような星が出てきた。

私は大袈裟に後ろにひっくり返らんばかりに驚いて見せる。目もとの清々しい少女は、口を大きく開けて驚き、面白がる。私は又、大きな金平糖のような星を箱に入れ、再び白いハンカチにして少女に返した。

彼女は恥ずかしそうに受取り、爽やかな微笑みを私に返してくれた。場内は、急に明るくなり、高らかなトランペットの響きと共に次の出し物に向かって一直線に進んでいく。

私は急いで、だが、馬鹿でかいドタ靴をもつれさせ、場内の笑いを誘ってヨタヨタと退場していくのだった。

翌日も午後一時から始まった一回目のショーが丁度三時に無事に終了し、楽屋に戻ってきて一息ついていた。

アクロバットの片手逆立ち階段登り下りをやった、当サーカス一番の色男のゲンさんも、まだ肩で息を弾ませて椅子にうなだれて座り込んでいる。

舞台では当然だが、心の底から楽しそうに全力を挙げて、芸人たちは空中ブランコや四回転宙返りや馬の曲芸、コミックショーを繰り広げる。

肉体の限界まで、たとえ、肩に電流のような苦痛が走り、腰にキリが深く差し込まれた状態になっても、唇に満面の笑みを忘れることはない。

だが、高らかにフィナーレのトランペットが鳴り響き、芸人たちは幕の裏に消えるとまるで息も絶え絶えの哀れな酸素不足のふやけた細胞の固まりと化す。

人はサーカス稼業の連中達を、いい加減な遊び人の気楽な流れ者の仕事としか見ないかもしれない。

テント張りが役目の連中はいざしらず、すくなくとも体が資本の芸人は酒も煙草もほどほどに、日々練習にあけくれ、ただ、お客様のわれんばかりの拍手と、華やかなスポットライトの真ん中に居られる事ばかりを楽しみに生きている。旅から旅への毎日には過剰な所帯道具も、住宅ローンも世の種々の足かせもなく、極めて質素で清潔で、慎ましい、年金生活者のごとく神妙なのだった。

楽屋に戻ってきた芸人達は、一様に疲れて虚脱状態になり、不機嫌な空気が漂う。

私もさすが五十歳を越えると、体がきしみ始め気力が減少した気分になり、椅子にへたり込んでいた。

背後から、かすかな布の擦れる音がし、振り向くと幕の一部が捲れて、目の澄んだ十二、三歳の少女が私を見つめていた。

私はピエロの服装と、顔のまま、習性のようにその少女に向かって儀礼的に微笑んだ

少女は好奇心で一杯の瞳を輝かせて、じっと私を見つめそれから恥ずかしそうに目を伏せた。

彼女の顔には世の汚濁をまだ知らぬ無垢な清々しさと共に、大人びた悲哀のような表情が浮き出ていた。

私は昨日のパイ投げや、黄色い小箱を使った手品のショーの時に、ほんの少し触れ合った母子連れの少女である事に気付いた。少女は私が声をかけようとするとサッと幕間から姿を消した。

彼女は次の日も、午前中から私達の楽屋裏に現れるようになった。

どちらかと言えば貧しい、所々に継ぎはぎの当たっているワンピースを着ていたが、こざっぱりとしていて良く洗濯がなされていた。

テントの隙間より物珍しそうに中を覗いたり、出来れば中に入りたそうにしている。

私は、

「お嬢さん、よかったら中にどうぞ」と声を掛け、幕を捲って入口を作ってやった。

少女は少しとまどったような表情を浮かべ、やがてきわめて遠慮がちに両手をもじもじさせ、一歩一歩確かめるように入ってきた。

「お嬢ちゃん、お幾つかな」

少女は、小さな声で十二歳と短く答えた。

「そう、貴方はサーカスが好きなんだね。何時でもいらっしゃい、後、四日はここに居るから」

彼女は一瞬、口元に手をやり、華やかに花が咲くように明るく笑った。まるでもう、自分が憧れのサーカス団の一員になったかのように。

私は楽屋裏の大きな棚にある、きらびやかな衣装や金色の馬具や、しなやかに黒光りしている犬用のムチ、紅

白の輪、銀色のトロンボーン、割れ鐘の音のする並外れた大きさのシンバルや太鼓を見せた。

又、ステージせましと疾駆する優秀なサラブレッドや、プードル、むく犬達、クー坊と言う名のインド象を紹介した。

少女は眼を一段と輝かせ、興奮のため息を押さえ切れないように息を弾ませていた。

私はクー坊の、でかくてプヨプヨしている鼻先に軽く触れながら、疑問に思っていたことを聞いてみた。

「お嬢ちゃん、学校、お休みなの、今日は日曜でも祭日でもないけれど……」

彼女は唇をかみしめ、見る見る表情を固くして俯いた。

語尾が震えて、今にも泣き出しそうな小さな声で
「私、学校へ行っても、とてもいじめられるんです……」

そうか、少女はいじめにあっているのかと、一瞬、息が詰まった。

程度の差あれ、子供たちの間に陰湿ないじめが広がっているとは、新聞やラジオで毎日の旅の間でも、しつこいほど聞いていた。自殺してしまう子供さえいる。

「悪いこと聞いてしまったね。上手く言えないけれど、私達の世界は、考えているよりももっと広くて、愉しいことだって一杯あるに違いないよ……。もしかすると、学校なんて行かなくってもいいのかもしれない。おじさんも学校が嫌で嫌でたまらなかった。成績で人を差別するなんてほんとに最低の所だよ」

私は、彼女の気を引き立たせるため、そんなことを言い、小道具類を置いてある棚から、黄色い小箱を持ってきた。

赤い布を被せ、例の如く、

「アレマン、コレマン、カタゴラス」と呪文を唱え、フタを開けるとステージのショーと同じように中から金色に輝く、大きな金平糖のような星が現れた。

少女は俯いた顔を上げ、涙ぐんだ表情を次第に笑顔に変えて、私のたわいもない手品を見つめた。

私は再び、星を箱に入れ、赤い布を掛けてアレマン、コレマン、カゴラスと呪文をとなえると、箱の中の星は消えていた。

何度も何度も私は、少女にせがまれるまま繰り返し、その都度彼女は、心の底から不思議がり、かつ、悦んだ。

帰りがけに、

「お嬢ちゃん、私は、通称、ピエロの、辰ちゃん、本当は、中村辰夫という名のおじさんだけど、仲良くなったしるしに貴女のお名前を知りたいな。

少女は一時、妙に警戒するような眼をし、次第に佗し

い表情を浮かべ、

「私、白川孝子という名ですが……本当は白美里といいます。お父さんもお母さんも朝鮮人です。おじさんもやっぱり朝鮮人が嫌いですか」

彼女の眼が不安におののきながら、一心に私に問いかけていた。

私の一言で彼女を酷く傷つけてしまうかもしれない。

「うん、おじさんには子供の頃から仲良くしていた朝鮮の友達もいたし、同じアジア人だから好きだよ。美里って名、美しい里という意味かな、良い名だね」

私がそう言うと、気持ちがほぐれたのか、にっこりと微笑んだ。どこに住んでいるの、と聞くと小さな声で、弥生町三丁目と、答えた。

父は病気でなくなり、今は清掃婦をしている母と二人暮しだという。

そうだとすれば毎日が決して楽な生活ではないだろう。

日本名、白川孝子、白美里は翌日もやって来たし、とうとう最終日まで学校に通学してくるようにやってきた。

美里は象のクー坊のごわごわした皮膚に触って歓声を上げたり、ラクダの背にまたがり月の砂漠を行く王女様気取りで、はしゃいだりした。又、特に私の黄色い小箱の手品は、飽きずに悦んでくれる。眼を輝かせ、子供本来が持っている押さえ切れない、伸びようとする好奇心と奔放な生命力が溢れていた。広々とした草原にどこまでも羽ばたいていくような、野性的な逞しさが、少しばかり美里に宿り始めたようだった。

学校では朝鮮人で、いじめられっ子の立場がどのようなものであるかは大体想像ができた。

私は朝鮮人の子供に対して中学時代、一つの思い出があった。私が中学二年の時、ヤン君という朝鮮人の子供が転校してきた。今から思えば、私は親の教育そのままを受け継いで、又、世の間違った風潮をそのままに単純な朝鮮人嫌いの一員だった。当時勉強がまるっきり出来なく、腕力が強いだけのガキ大将、いや番長といって良いワルの私は手下共を三、四人引き連れて、早速、下校途中のヤン君に対していじめに入った。

「おい、お前、何国人だ、中国か、インドかよ、ヤンなんか変な名前だな。ヤン、少しばかり勉強ができるからって日本人をなめんなよ」

ヤン君は我々赤鬼、青鬼のような不良共に囲まれ小柄な体を小突き回されていた。

「俺は韓国人だ、別に日本人をなめてなんかいない」

ヤン君は、小柄な体を精一杯突っ張って答えた。

「要するに朝鮮人か、何で朝鮮人が日本に居るんだよ、さっさと帰っちまえよ、邪魔なんだよ」

「帰れ、帰れよ、朝鮮によ、お前の親も帰れよ」

私は一種の英雄気取りで、

「お前等、これからヤンの野郎と一対一対の勝負をやるからよ、手出しはすんなよ」

と、ジロリと手下連中を見渡し、

「おい、ヤン、何処からでも掛かってこい、この朝鮮人」

二倍も大柄な私に対してヤン君は突っ掛かって来たが、彼のパンチはまるっきり届かない。

私は軽く、彼の顔面にジャプを入れたり、アッパーを加えたりした。

ヤン君は何度も何度も地面に叩きつけられ、けれども起き上がって私に向かってくる。

私はその都度、足で蹴ったり、また、アッパーを加えたりした。彼の顔面は泥と鼻血でそれこそ、ぐじゃぐじゃになりながらもそれでもヨロヨロと立ち上がり、私に向かってきた。

何度も何度も三十回以上も倒れながら、ふらふらになりながらも眼だけは何とも言えないような憎悪と、哀しみだけに燃え盛って再び私に倒れ掛かるように向かってくるのだった。


私に対して、こんなにも死に物狂いで向かってきた、いじめられっ子は始めてだった。己の誇りだけは、たとえ死んでも守り抜こうという気概に満ちていた。

「おい、もうよせよ、もういいよ、いい加減にしろよ」

私はヤン君の気迫に押され、内心、妙に恐ろしくなった。

周りの手下共も、ヤン君のただならぬ気配に恐れをなし、唯、立ちつくしていた。私はその後、ヤン君とは妙に意気投合して仲の良い友達となった。

腕力の強い私は、ヤン君が他の生徒のいじめに遭っていると聞けば、いち早く駆けつけて相手をこっぴどく殴り飛ばし、ドスの聞いた声で、

「二度と、ヤンをいじめたらぶっ殺すからな」

と脅しをかけたりした。

やがて勉強の出来た彼は、県でも有数の高校に入り、常にトップの成績を収めていた。

私はというと、三流校と言われている高校に流れて、ここでも番長気取りの毎日だった。

ヤン君との付き合いは、なぜかどちらともなく依然と続き、焼肉屋をやっている彼の家にはよく遊びに行っていた。

或る時、ジュウジュウと肉の焼ける音と、甘ずっぱいタレの匂いが立ちこめてきそうなヤン君の部屋で、私達

は屈託なく好きな音楽や、好きだった中学時代の女生徒の話などをしていた。

話が途切れた折、私は妙に真面目くさった口調で、

「俺はヤンと違って、頭は悪いし勉強も嫌いだから高校も危ないんだ、いっそ中退してパチンコ屋の店員か、長距離トラックの運ちゃんでもなろうかと思っている。お前は優秀だから大学を出て、偉くなれよな」

ヤン君は私の顔をしばらくまっすぐに見、それから肩を落として力なく、ポツリと言った。

「俺は学校の先生になろうと思っていた。在日朝鮮人、韓国人の子供は、大抵いじめられ、差別されている。今の学校だって俺の悩みを真剣に聞いてくれる先生なんて一人も居ないんだ。それは親身になって同情してくれる先生だっていることはいる、けれども俺が日本人としておとなしく同化し、旨くやっていけばいいではないか、という考え方に過ぎない。だから俺は先生になって、担任のクラスの中に在日の生徒がいたら、守ってやりたいし本当の気持ちも判ってやりたいんだ。でも、今の日本の現状では外国籍の人間には小、中、高校の先生になることを認めていない。普通の企業だって、大きいところから小さいところまで、就職するのがとても難しいんだ」

その時のヤン君の哀しげな眼を今も忘れたことはない。

後で知ったのだがその言葉通り、ヤン君は一流大学に進み、優秀な成績で卒業したが巧妙な就職差別によって、書類選考にはいつも受かるが、きまって面接で落とされた。表面上は当社は差別をしていませんという、見え透いた欺瞞がまかり通っていた。

結局、彼は家業の焼肉屋を継いだ。

その後、私はすっかりグレたりして、彼との仲は次第に疎遠になっていった。

私のそれからの人生はまるで糸の切れた凧のようだった。

高校二年の秋、些細なことで親父を殴り、気がついたら東京行きの夜行列車に乗り込んでいた。

ズボンのポケットは、一万円札でぱんぱんにふくらんでいた。

家を出るとき、咄嗟にタンスの中に母がこっそりとため込んでいたヘソクリを鷲掴みにして、出て来ていた。

東京に出ると、タワー近くのプリンスホテルの最上階に泊まり込み、週刊誌で見た通りの、自分がこの世でしてみたかった事のほんの一部分を精一杯、二日間程満喫した。

三日目からは、駐車場の隅や、駅の通路で震えながら

野宿をした。住所不定で、金も保証人もいないような私を雇ってくれる、まともな職場など勿論、あるわけもなかった。

クズ籠から拾ったスポーツ新聞の日払アルバイトの口を捜し歩いた。やっと、製本工場の日払を見つけることができた。

雑多な、大小の工場が立ち並ぶ下町の一角にあった製本工場の前に、早朝から立ち並び、争いながらその日の採用枠の中に紛れ込み、奴隷の如く忙しく立ち働いた。

夕刻、ぼろ雑巾のようになりながら、日銭を得、食事をし、駅の通路に身も世もなく眠りこける毎日。

半月もした頃、寝ていた私の背中を誰かが蹴った。眼を開けて見上げると、派手な縞のスーツに黒いワイシャツ、胸元をはだけたパンチパーマの背の低い男がニヤリと笑って立っていた。

「おい、兄ちゃん、いい若いもんが、こんなところで寝ていたってしょうがねえだろう、仕事世話すっからよ、その気になったら、ここへ訪ねてきな」

と言い、又、ニヤリと笑った。

酒焼けなのか、異様に赤ら顔のその男は、上着のポケットから名刺を取り出し、私の顔にポトリと落として後ろも見ずに、靴音を響かせて去って行った。

名刺を見ると菱形のマークが入っていて、三条組と印刷されている。

私は、少なくとも現状から抜け出せるならば、何処でも良かったのだった。

翌日、私は三条組を訪ね、そのまま猫のように居ついた。

私は、それから地回りの手伝いやら、幹部の女のガードマンをやったり、要するにろくな暮らしもしないで五年、六年と深みにはまって行った。

母がなくなったのも風の便りで耳にしたが、到底、帰れなかった。

何回も刑務所に出入りするようなことをし、腕に彫り物までするようなワルになってしまった。

新宿でヤクザ生活をしていた時、それでも人並みに或るクラブの女と恋をし、結婚した。

やがて女の子が生まれ、私は無垢な魂を得たような安らぎを持ち、溺愛した。

だが、ちょっとした組の出入りで警察に捕まり、刑務所に入っている間に娘は風邪をこじらせ、肺炎になった。

私が出所した時には既にこの世にはいなかった。

妻は子供を亡くしたショックと、ろくでなしの私に愛想をつかして、故郷に帰ってしまってそれきりだ。

私の生活は再び荒れて、もうこの世には安住の場所などないような気がした。それからも色んな悪が私を取り囲んで放さなかった。

組長の身代わりとして、府中の刑務所に入っていた時のことだ。薄い毛布にくるまり、眠れぬ夜を悶々と過ごしていたとき、ふと、自分には愛する者も愛してくれる者も、この世には誰もいないことに初めて気づいた。そしてこのまま、無意味に年を取っていくばかりなのだ。

急に全身に悪寒が走り、身震いがし、歯がガチガチと鳴り続けた。孤立無援の荒野に放り出されたような気分だった。矢も盾もたまらず、毛布をはねのけると救いを求めるように真冬の冷たい鉄格子の中から、満天の夜空を見上げた。ダイヤをぶちまけたように数知れぬ星達がキラキラと輝いているのが見えた。

私はその時、素直に、ああ、この限り無き星達はなんて清々しく美しいのだろうかと、心底、思った。それは地面ばかり醜くはいずり回ってきた自分に比べて、圧倒的に神々しく、美しかった。私の身と心が素直に洗われていくような気がした。私のような者にさえ、寛容と慈愛の輝きを与えてくれていた。

その瞬間、自分の亡くした、たった一人の娘が一つの小さな星になって、今見上げている夜空に輝いているに違いないと確信した。人から何と言われようと笑われようと、その時不思議にも信じた。そう思うと、急に後から後から涙が溢れてきて、声を上げて泣いてしまった。

看守が何事かとあわてて飛んできて、怒鳴り付けられても、私は号泣し続けた。

その時から私は、ヤクザな生活から、きっぱりと足を洗うことを決めた。

だが、出所しても誰も私のことをまともに相手にしてくれるものなぞいなく、国にも帰れず、又、東京に初めて出てきたときのように、日払のアルバイト生活に舞い戻った。土工やビル清掃、サラ金のテッシュペーパ配り、真夜中の小荷物仕分け作業、働いている以外は、一泊六百円の簡易宿泊所で寝てばかりいた。

或る日、電柱に張られていた「ワールドサーカス、テントメーカー若干名募集、前歴を問わず」が眼に入った。その時、私は無性に旅に出たかった。サーカスだろうが何だろうが、世間から、ふいと消えてしまいたかったのかもしれない。前歴を問わず、と言うところだけに引かれて、私は上野の京浜東北線のガード下にある、「ワールドサーカス」事務所に出向いた。でっかく派手な赤い文字で、サーカス名の書かれたひしゃげたドアを開けると、壁の所構わずにべたべたとポスターが張られ、黄色い大きなソファーに、髪もじゃで赤鬼のような大男が足を投げ出して、ふんぞり返っていた。その男が団長の福村だった。一目私をジロリと一瞥し、野太い声で「何だ、新聞か、電柱の募集で来たんか」と、怒鳴るように言った。私がそうだと言うと、

「お前、体だけは丈夫そうだな、若造がヤクザな暮らしをしていちゃあ駄目だ。過去は一切問わない、ここに居る時だけはおとなしくしていればいい。真面目に勤めれば正式な団員になる道もある、明日からでも出てこい」ぶっきら棒にそう言うと、分厚い葉巻に火を付けて煙を吹きつけてきた。その時から、私はサーカス人生に染まっていった。日本国中、一カ所に一週間を限度として、いわば流浪の旅が、大都市の駐車場から海辺の寒村へ、山深き町の草原から工場の敷地へと、果てしなく続いた。

福村団長以下、総勢八十余名のワールドサーカスの人員の内、野口さんと呼ばれる一名が営業として、常に本隊の到着する二週間前に興業地での交渉、場所の設定、新聞社への売り込み活動などで先発している。だから、名前は聞いていても、ほとんど野口さんとは会うことはないのだった。次に、テントメーカーと呼ばれる私を含めて四人が、三日前にテントを積み込んだトラックで興業先に到着し、杭打ちをし、天幕を広げ、ウインチで上げ、ロープで固定していく。

そしてパネルの観客席を組み立てる。

三人の仲間は、いずれも体力だけは誰にも負けぬ風の強者達だった。

柴ちゃんと呼ばれていた四十代の仲間は、私と同じように腕に彫り物をしていた。

五十に近い竹さんは明らかにアル中だ。友さんは左手の小指がなかった。

過去にいかなる経歴を持っていようと、互いに問いただすこともなく、ただ黙々と力の限りハンマーを振り上げ、テントを張った。

汗まみれになりながら、何も考えず、悩まず、全てを忘れて大地にハンマーを降り下ろす毎日を、私は次第に好きになっていった。

四時間もすると、立派にワールドサーカスのテント小屋が、青空にすっくとそびえ立ち、それからは全くの自由時間だった。

山の中の興業地であれば、小高い丘の菜の花の咲き乱れる野原で、この身を投げ出して寝込んだり、澄んだ湖のほとりであれば、汗臭い、作業着を脱ぎ捨てて、心行くまで水浴した。

町近くであれば、少しめかして感じのよい喫茶店に何

気なく入り、熱いコーヒーを啜りながら町行く人達をボンヤリと眺めていたりした。

風のように気ままで、少し侘しい生活を私は愛した。

父は、私を死んだものと思っているかもしれない。

たまに酒場にも出入りし、好みのホステスと意気投合して、一夜を過ごすこともあったが、堪え性のない風来坊の私には、その場限りの淡い、触れ合いに過ぎず、一週間後には何事もなかったようにご当地を去っていくのだった。

三日後に、キャンピングカーと、動物舎を載せた大型トレーラーが隊列を組んで団長以下、照明係、司会者、コック、動物の飼育係、調教師、楽団員、修理係、そして芸人達がやって来る。

それから、本興業に向けての戦場のような準備作業が始まるのだった。

午後二時の開演で、一時から開場して十五分ほど、人の流れが切れ目なく続けば、今日の興行はほぼ成功と言えた。

料金はリングの回りの特等席が座席指定で六千円、次に椅子席で三千円、一番後ろのベンチ式の一般席は二千円に設定されていた。

場内は次第に観客のざわめきが増幅し、チョコレートやポップコーン、プログラム売りの掛け声が飛び交う。

山高帽に、燕尾服の髪もじゃの団長が精一杯笑顔を振りまいて観客を迎える。

スポットライトがテントの内幕や観客達にピカピカと当たり始め、楽器達がすっとんきょうに、いきなり鳴り始める。

マイクロホンをテストする、ポンポンという断続音がして、場内は次第に緊張してくる。

トランペットのファンファーレが高らかに鋭く場内の隅々まで鳴り響き、いよいよ二時間あまりのショーが開幕するのだった。

犬や馬の曲芸、トリックと軽業、象のクー坊の巨大なダンスシーン、アクロバット、小人の愉快な寸劇、シンバルが弾け、ミラーボールがくるくるとすべてを彩色する。光と闇が踊り、ピエロのパントマイム、パイ合戦、駱駝の行進。やがてフィナーレのトランペットが聖者の行進を吹き始め、団長を先頭に色とりどりの奇抜な衣装の芸人達は、手に手に風船を掲げて、馬やむく犬や、クー坊達と共に華やかに行進する。

光が限り無く乱舞し、テントの四方、八方からは無数のシャボン玉が絶え間なく吹き出て輝き、踊り始めるとラストは近い。

団長が顎髭を盛んになでながら、簡単な感謝の口上を述べ、夢のショーは終了するのだった。

毎日が毎日がお祭りだった。

役所や会社勤めでは、決して味わうことのできない祝祭の日々。私の辿ってきた人生が、闇と汚濁でまみれているならば、それらを帳消しにしてしまう異次元の人生。ショーが終わったあとの虚脱した物悲しい一瞬さえ、私はいとおしかった。

確実に、次の祝祭に向かっての一瞬だったからだ。

私はこの身に染みてサーカスを愛していた。

ワールドサーカスに入団し、五年たった時、いつものように杭を打ち込もうと、ハンマーを振り上げたとき、不用意に腰を捻ってしまった。

私はそのまま大地に倒れ、病院に収容された。

見舞いにきた、髪もじゃの団長は、このサーカスに居残りたいなら、ピエロか雑役だなと宣言した。

特別、これといったサーカス向きの才能もない私は、白塗の顔に、目や口を赤く縁取りをし、鼻に赤い玉を差し込んで絶えずステージをうろうろして、失敗ばかりしでかすピエロになった。

簡単なトリックを身に付け、そう、黄色い小箱から、大きな金平糖のような星を取り出したり、消したりする事も覚えた。

そんな折り、私は一人の可愛い女の子、在日朝鮮人、白美里さんに出会った。

美里さんが開けた黄色い小箱の中には、例の金平糖の形をした星が十年前と同じく、金色に輝いて入っていた。「おじ様は、小さい私がしつこいほど、この黄色い小箱と、中の金平糖のような星を欲しかったことを、随分と困った顔をして悩んでいたことを覚えています。そう、おじ様にとっては大事な商売道具ですもの…。あれはサーカス団が去っていった四月の中旬の、まだ寒い朝だったわ、自分では早起きしたつもりだったけれど、この野原に駆けつけると、まるで魔法のようにテント小屋も、象のクー坊も、四頭の駱駝も、大型トレーラーも、おじ様達もきれいに消えていた。テントが覆っていた円形の地面の辺りには何十本もの杭の跡が黒々と残っていたし、朝露に濡れて、ポップコーンの空袋や、新聞紙、たばこの空箱、半分、描きかけの千切れた画用紙、クー坊の大きな足跡、薬の一山、壊れた眼鏡、老人の杖などが無造作に散らばっていました。そしてサーカス小屋の丁度、真ん中辺りの地面におじ様が昨日、言った通り、小さな赤い旗が立っていました。「美里ちゃん、おじさん達は、あしたの早朝にはもうここには居ないけれど、きっとこの野原の真ん中に小さな赤い旗が立っているから、その下を掘ってごらん」って、言ってくれたわ。私は胸をときめかせて旗の下の地面を少し掘ると、すぐにハトロン紙に丁寧に包まれた、あの黄色い小箱が出てきました。急いで小箱を開けると、欲しかった大きな金平糖のような星と私宛のメモ紙がありました。「美里ちゃん、この魔法の箱をプレゼントします。今、学校で辛いこともあるでしょう。これからも美里ちゃんが大人になるにつれて、いろんな切ない悲しいことも出てくると思います。でも、いつも自分を信じて希望さえ持っていれば、この輝く星は、いつも箱の中にあるだろうし、妙にいじけたり、希望を無くしたりすれば、箱の中の星は開けたとき、跡形もなく消えているでしょう。どうか、広い世の中には、心温かい人たちも居ることを信じて、素敵な女性になってください。ピエロの辰ちゃんより』

すっかり、美しくなった美里さんは、少し肩を震わせ、涙ぐみながら続けた。

「私は、中学時代も高校時代も、正直いって、辛いことばかりだったけれど、毎夜、母が寝入った頃一人でこの黄色い小箱を開けてみるのがとても楽しみだったし、スリルがあったの。もしかして、大きな金平糖のような星が無くなっているのではないかと、不安な時もあったけれど、入っていなかったことはなかったわ。私は星を抱きしめながら、ああ、明日も生きられるって、安堵したの…。おじ様が町を去ってから、しばらくして山田一郎という差出人の現金書留が送られてくるようになりました。母はそういう名の人にはまるで心当たりがないと言っていました。一カ月に一度の時もあるし、三カ月に一度の時もありました。最初の書留に、「このお金はけっして悪いことで得た金ではありません、何かの足しにしてください」という、メモが入っていました。金額は一万円の時も三万円が入っているときもありました。消印は秋田だったり、次は青森や北海道だったり、寒い時期は、鹿児島や熊本だったわ。母は最初は気味悪がって、金額には手を付けなかった。でも、私にはすぐに判ったわ、ピエロの辰、おじ様だって事が。この小箱の中に入っていたメモと筆跡がとてもよく似ていたから。母一人、子一人の人生にとって、おじ様が送ってくださるお金がどれ程助けになっていたか判りません。送られてきたお金は、いつもこの黄色い小箱に星と共に大切に入れて貯めておき、何故私のような者に送ってくださるのか、判らないまま、本当に必要になったときに使わせていただきました。有り難う、おじ様、お陰で大学まで行くことができました。そして今年、立派な、理解ある会社に就職できました。本当に有り難う、大好きな私の辰、おじ様」

美里さんは、黄色い小箱を胸に抱きしめ、肩を震わせていた。私は急に目頭が熱くなり、上を向いて遠くを見ると、桜並木がにじんで見えた。

美里さん、昔、おじさんはバカな事をして生きていて貴女と同じくらいの娘を亡くしてしまったんだよ。死に目にも会えなかった。美里が他人とはなぜか思えなかったんだ。唯、ひたすら老いさらばえていく男の、そう、美里が黄色い小箱の中の私の星だったんだよ。

雨の中のゴリラ

健太は自分でも始末の悪い男だと思った。

腕だって太股だって樫の木の一枝のように逞しいし、米俵の一俵くらい、軽々と持ち上げることができる。

体の心底から常に熱いものがもやもやと吹き上げてきてなにやら押さえ切れない気持ちがしてくる。知らずに綿の所々染み出した安布団の中の両手が、今夜も熱く息づいている己の下半身にそろそろと向かおうとする。

阿呆、馬鹿野郎、すぐ隣で母ちゃんがすやすやと何にも知らずに安らかに寝ているのに…と健太は又恥じた。四十に手が届こうという年令なのにまるで二十歳の青年のように夜となく昼となく本能が体の中をふきあれ疾風する。

ともするとひねこびた枯れ枝の妙な曲り具合の様や桃の優しげな曲線や、住んでいる安アパートの真近にせまっている砂丘の柔らかなうねりを見ても心穏やかならざる心境に陥る。俺が欲しいのは単に女の体か、と我ながらがっかりする。

きっと俺の親父もこの得体の知れない天然の情熱に浮かされて恥の罪を重ねたのだろうと思った。

親父は腕の良い植木職人だったが、健太がお袋の腹の中に入って居たとき、如何なる風の吹き回しか路上で若い女を襲った。妙になまあったかい晩だったという。

警察で親父は、うなだれながら、内の女房が妊娠していまして臨月だったので、あっちの方が御無沙汰で、何となくもやもやしてやってしまいました、押さえようと堪えても我慢できずに…。と自分でも不思議そうに話した。

その不始末があった後も親父はタガが外れてしまったのか、婦女暴行まがいの事を重ね、ふっと家に戻らなくなった。恥ずかしさと我が身の恐ろしさに、家出してしまったのかもしれなかった。

その結果として親一人、子一人の母と小さい俺は在所を野良猫の如く追われ、流れ流れてこんな世の中から取り残され、忘れ去られたような町外れの、海辺の半分崩れかけた木造バラックアパートの片隅でようやく根を付けている。

ここに移ってきてから約5年か、と健太は眠れぬまま暗い天井を溜め息をついて見上げる。

この辺一帯がまだ畑だった頃、農家の一人が農政の先行きを案じてこづかいせん稼ぎに安普請のアパートを立て、年月を経るうちに荒れ果てたが家賃がとびきり安いため、誰も出るものもいず、立て替えることもせず屑屋根も傾きかけて今度、震度三の地震がきたらひとたまりもないだろうと住民の誰ともなく暗黙の了解事項になっている。

十一月も半ばに入ると、日本海から冷たい湿った風が吹きつけ、瞬く間に唸りを伴った突風がひしゃげた安アパートの痛んだ庇や土台を揺すり続け、翌年の三月を過ぎるまでは生きた心地がしない。砂塵と刺すような霰のつぶてが竜巻のように暴れて出入りさえ困難になる。

強風のために雪さえ積もる余裕すらなかった。

けれども四月になれば海も風も穏やかになり、秋口に入るまでは潮風も何となく甘く感じるのだった。

今宵は五月、海辺の夜の風は一段とそれでも辺りに咲く木々や草花の香りを含んで甘美さえ思われる。おなごを抱きしめるにはよい晩なのにと、健太は何度も寝返りを打ちながらまた熱い溜め息をつく。

ふっと親父のみだらな血が自分にも流れているのだと思うと知らずに体がふるえてくる。

母ちゃんの細い寝息が間近に聞こえてきた。

俺が変な事をやらかしたら親子二代の恥さらし者になってしまう。母ちゃんはそれこそ本当に身の置き所がなくなってしまうだろう、堪えなければなるまいと思いながらも体の芯から又、ふつふつと得体の知れない熱いものがこみ上げてくる。

ろくでもない親父の為にさんざん苦労を重ね、半年前の暮れに勤め先のデパートのトイレ清掃中に倒れた母。

脳外科専門の病院で三日三晩こんこんと眠り続け、健太はオロオロしながら枕元に付き添った。

医者は過労が原因の脳卒中だと言い、半身不随のヨタヨタ老人になってしまった。

アーとかウーとしか言わなくなり、安アパートに帰ってきてもべったりと床に就いたまま息だけしている。

便所には健太が支えながらなんとか用を足しているが、気力を無くしたのか日長一日うつらうつらしていた。

健太は車で五分程の自動車組立工場に勤めていて、昼の十二時になると特別に工場長から許可をもらい、出入り口の守衛のおっちゃんに頭を毎度下げながら、車を走らせてアパートに戻る。

母ちゃん、御免な、又うどんで、と言いながら冷蔵庫から束になっている買い置きの生うどんを出し、煮立てた鍋に注ぎ込み卵を一つ割って食べさせていることに気づいていて、悪いなあ、悪いなあと思うのだが一番今の俺には手早くて都合が良い。母ちゃんを布団から起こして幸い動く右手に箸をもたせ、ほんのり湯気の立っている即席の熱々うどんをたべてもらう。

母は渋茶色した顔を感謝の微笑みをしようとして単に顔を歪めたが、健太は充分に判っていて、うんうんとうなづいた。この笑顔があるからなんとか自分は頑張っていられるのだなと改めて思った。

自分もかきこむようにうどんをたいらげると、それじゃあ母ちゃん、晩には久しぶりに平目のさしみでも買ってくるから元気にしてなと、やせた肩を少し揺すって飛び出して行く。

なにしろ昼の休み時間はなぜか五十分しかないのだ。午後三時から十分程の休憩があるのでそれで会社側はじゅうぶんと計算しているに違いない。

健太の一日は、早朝六時から始まる。前の晩の夕食のあとかたずけから始まり、電気炊飯器の内鍋にこびりついた飯やチャーハンの油落とし、包丁やおたま、急須、茶碗、箸などをママレモンを使って洗い、食器乾燥機に入れる。

前夜は大抵、母ちゃんに夕飯を食べさせてやり、自分もビールか焼酎で一杯やってしまうと、体中に一日の疲れが滲み出てコトンとそのまま眠り込んでしまう。とても夕飯のあとかたづけまでは起きてはいられない。

時折、日曜日になると民生委員をやっている町内の煙草屋のおばさんが、ひしゃげたアパートのドアを叩いて訪問してくる。

「健太さんよ、少し話があるからいいかい」

と、おばさんは家の中を鈍い光を持った眼で胡散臭げになで回すように見渡すと、上がりがまちにやっこらやと腰を下ろした。

「あんた、男手一つで仕事をしながら母さんを面倒見るの大変だろうね。せめてホームヘルパーさんでも週一回でも二回でも来てもらってさ、炊事、洗濯、掃除をやってもらいなよ、あんたを見てると何だか黙っていられないんだよ」

おばさんにそう言われると彼はいつも遠くを見ているような曖昧な表情をする。

「うん、たまに、俺もそう思う事もある。でも、気の済むまでは、母ちゃんの面倒は俺が看るって決めているから、有難いけど今のところは遠慮するよ」

と断り続けている。健太は健太なりに母ちゃんに対して、或る想い入れがあるのだった。

一方、酔いの回った頭の中で、ああ、こういう時に気の利く嫁さんがいてくれたらなあ、とつくづく溜め息をつく。どんなブスだっていい、おかちめんこでもチビでもデブでも母ちゃんに優しくしてくれるなら俺は大切に扱う、
この世にたった一人の大切な女として扱う。でも俺、三低だもんな。体だって背は低いしゴリラみたいに恐ろしくずんぐりむっくりで、中卒だし給料も安い、顔はゲジゲジ眉の獅子頭みたいだ。

おまけにヨイヨイの母ちゃんが同居していれば嫁さんなんぞ、とても無理か。この間など、電車に乗った時、吊革に掴まっていた俺の前に座っていて本を読んでいた可愛い女の子がふっと俺に気づくと、くりから紋紋のお兄さんか化け物にでも出会ったかのように青ざめた顔をして慌てて席を立って行ったくらいだ。俺の心のうちにどんなに女性を慈しみ、愛する心が有ったって判りはしないだろう。

美しいものを見て、美しいと思う感情は人には負けていないつもりだ。現に先日、近くの公園の桜並木を見ただけで、ああ、なんて花びらの一つ一つが可憐で美しくって食べてしまいたくなった。

健太は酔いの回った薄ぼんやりとした頭で又、ぐちっぽくなる。

前夜の夕食のかたずけがすむと、すぐに二人分の朝食の準備にとりかかる。

ダシ袋で煮立てた鍋に生うどんと人参を入れ、生卵を二つ落とし、刻み葱をふりかける。

2個のどんぶりに振り分け、ひとつを母ちゃんに与え、二人してふうふう言いながら啜り込む。

時折、母ちゃんの眼にうっすらと涙が滲んでいて、健太をああーと言葉にならぬ言葉を発して見つめることがある。

彼はいいんだって、母ちゃんの事は俺が一生、面倒を見る、気を楽にして早く良くなってくれよと又、か細い肩を優しく揺すってやった。

健太はお茶を出してやり、一息ついて自分もすすりながら新聞を斜め読みして、それじゃあ、昼まで元気にしてなと声を掛けて飛び出していく。

工場に向かう道路という道路は俺みたいなジャンパー姿やナッパ服姿の奴はちょっぴりしかいなく、どこの大

会社にお勤めかと思われるような背広で埋められていた。やっていることは昔の職工連中とまるで変わりはしないのに、すっかりサラリーマン姿になってしまった。ジャンボ旅客機が三機もすっぽり入れそうなワンフロアーの巨大な自動車工場の内部は始業と共にウワーンという唸り声を上げ、終業まで止まることを知らない。

健太は何本もある自動車製造ラインの一つのマイクロバスのテールランプ取り付け係だった。

自動車製造はすべてロボットでやっているわけではなく、いわば土台とエンジン、ハンドルなどが付いた半製品が次から次へと川のように流れてくる。

そこにテールランプを小型電動ドライバーで取りつけ、素早く固定し、やれやれと思う間もなく眼前に次の半製品が押し寄せてくるのだ。

九時から昼休みまで一息入れる暇もなく唯、ひたすら立ち仕事の、一部品と化す。

テールランプとボトルネジを持ち、六ヶ所の穴に取りつける時間が一分三十秒、それがスムーズに行けばよいのだが、遅れると次のバックミラーを取りつける奴の所まで飛んでいって迷惑をかける事になる。絶えず班長が目を光らせていて遅れぎみの奴の名前をノートに意味ありげにチェックしている。何か考えるような余裕などまったくなく、ひたすら眼前に迫ってくるピカピカと輝く半製品と果てしもなく戦うばかりだった。

ずっと昔見た、チャップリンのモダンタイムスの世界が今もって健在なのだ。

日本経済の大事な産業か、なにか知らないが、朝から晩までまるっきり同じ事をしていると何だかおかしくなってくる。最近入った若者など1週間もすると、仕事中に突然意味も分からぬ事をわめき出し、持っていたスパナを振り回した為、すぐに守衛に取り押さえられ、どこかに運ばれていって、帰ってくることはなかった。

工場でまる一日、くたくたとなって働き、帰りに一杯やってと思うこともあるが、いやいや、母ちゃんが一人で寂しがっているに違いないと思うと、体中がもう、そわそわし始める。

終業のベルと共に、一目散にタイムカードを押し、外に出るとスーパーかコンビニエンスに寄り、晩飯の買い物をして家へ飛んで帰る。

ガラス戸に明りがほんのり灯っていた。

よろよろしながら不自由な手で裸電球から垂れ下がっている赤いビニール紐を引っ張っている姿を思っただけでたまらなくなる。ああ母ちゃん、なんとか生きているな、さびしかっただろうなと毎度の事ながら一瞬ほっとする。

母ちゃんは布団の上になんとか身を起こしていて元気な方の左腕を挙げて元気な事を健太に知らせる。母ちゃんよー、待ってろよ、今、うんまい物作ってやっからよー。と言いながら台所に立つ。

もっぱら半製品のハンバーグやらエビの天ぷら、トレーに入っているひらめやマグロの刺身だったり、時には味噌汁でさえ具入りでパックに入って売られているものだったりする。

でも母ちゃんは左手を震わせながら健太に向かって手を合わせて夕飯をいただくのだ。毎日が、母ちゃん一筋のような日々だが、たまに息抜きもしたくなる時もある。夕食を母ちゃんとすませるとごく自然に天然の感情に誘われて、そそくさと落ち着かなくなり、母ちゃん、ちょっと一杯やってくるわ、と暗がりに飛び出していく。

下半身がむずむずしてきていて、我ながら、ああ、男って浅ましいなあ、切ないなあと思う。

赤、緑、青紫の三原色をどろどろに混ぜ合わせたような湿った空気が漂っているネオン街の外れにその場所はあった。

立ちん坊の兄ちゃんに通い慣れた遊び人のように軽く手をあげ、派手に朱塗してある赤門をくぐるとすぐにスチュアーデス姿の年増だが、くったくのなさそうな明るい感じの女が玄関のたたきに、いそいそと顔を満面に笑みを浮かべながら出てくる。

いらっしゃいませ、さあ、どうぞと、座り込んで三つ指をついて挨拶するのが服装と合っていなく、いつも可笑しい。

形式的でも女性にこんな風に、かしずかれた事など一度もない。薄いピンク色に染まった個室に腕を組まれながら通され、そそくさと服を脱がされ、丸裸にされる。彼女はまるでこの仕事が楽しい天職かのように軽く鼻唄を弾ませながら制服を脱ぎ始める。

くたびれてたるんだ大きな胸があらわになりはじめ、健太は唯、役目を終えてやれやれと楽隠居を決めたホルスタインを見ているような気持ちになって薄ボンヤリと立っていた。

「私、あけみ、って言うの、あんた、今日の口開けだからうんとサービスするわ」

明るく、気立てのよさそうな彼女は健太の両手を取ってたっぷりとお湯の張られた湯船に導こうとした。

「あら、爪がずいぶん伸びているわ、切ってあげる、、」あけみは、もしかして自分の体の一部を傷つけられるのを恐れる気持ちがあったのか、ベットルームから小箱を持ってきて爪切りを出して彼の指を柔らかく握った。

けれども、あわてたふうに、

「あ、そうか、まずい、まずい、あんた、お母さんやお父さんいらっしゃるでしょう、夕方からツメ、切ったりすると親の死に目に会えないって昔から言うわ、だから、やめときましょうね、悲しい目に合わせたくないもん、、」

と、笑いながら軽く舌を出した。事が始まり、下になっているあけみの顔を見ると、まるで煙草を一服吸っているような表情をしている。

すべてが終わり、ベットで体を触れ合いながら安らいでいる時、彼女は
「あんたって、不骨だけれど意外に優しくって、そしてとても逞しいわ」

何か他の客にも毎度言っているような事を言い、そして急にクックと微笑み、

「私、この商売でうんと稼いできたからもうすぐ小さな喫茶店を田舎でやることになっているの。それが私の夢だったのよ、人間、何かの夢がなくちゃあ、つまんないもんね」

と、弾むようにつぶやいた。健太はあけみの首筋を優しく撫でてやりながら、俺にははたして夢なんかあるのだろうかと思った。夢どころか、三ヶ月程前の夜など自分の母親を危うく絞め殺しそうになった。

酒に酔って帰ってきて、すやすやと眠り込んでいる母ちゃんの枕許に体を投げ出すように座り込んでいたときのことだ。今までもさっぱり良いことはなかったし、これからもありそうもないと、薄ぼんやりとした頭の中で一種絶望的な気持ちになり、苛々してきた。

母ちゃんの顔を見ると、安らかに気持ち良さそうに眠っている。これからの俺の人生、母ちゃんを抱えて、嫁ももらえずに唯、今夜みたいに安酒に飲んだくれて過ごしていくのだと思うと何だかあんまり寂しいではないか、この世に生まれてきた甲斐がないではないか、という腹だたしさが急にこみ上げてきた。

逆らう気持ちが失せ始め、初めて両手がふわふわひとりでに母ちゃんの首筋に伸びようとしたとき、酔いの回ったうつろな眼に、右頬の下の小さな瘡べたのような傷痕が写った。急に生々しい思い出が蘇ってきた。

それは健太が、五、六歳の頃、暑い夏の盛り、外で一人で遊んでいたとき、近所で飼っていた大型犬が何に気が立って血迷ったのか、彼に襲いかかってきた。

吃驚したのと得たいの知れない野生の恐怖で健太は声も上げることができずに唯、身を丸めて蹲っていた。

恐ろしい唸り声と薄いシャツや半ズボンに噛みついて

くる不気味な感触になすすべもなかった。

気がつくと人々のざわめきの中に懐かしい母の激しい息づかいと自分の全身を強く、強く抱きしめてくれている逞しい腕や温かいふんわりとした乳房や腰があった。母が命がけで自分を守ってくれたのだと子供心に感じると、たとえようもなく幸せな気持ちになったのを今でもはっきりと覚えていた。それからふっと気を失った。気がつくと母は右下の頬から血を流し、泣いていた。

スカートが破れ、足首からも血がうっすらと滲んでいた。御免ね、痛かったろうね、怖かったろうね、もう母ちゃんが来たから大丈夫だよ、と言いながらいつまでも泣いていた。

健太はその時の情景が鮮明に思い出されて、宙に浮かせた両手をぶるぶると震わせた。馬鹿野郎、馬鹿野郎と己の頭をぽかぽかと殴り続けた。

なんと罰当たりな、馬鹿息子だと思うといつのまにか、寝入っていた母ちゃんの、か細い体を抱きしめて、御免な、母ちゃん御免な、と泣きじゃくっていた。

その瞬間から健太は、母ちゃんをホームステイとか、いや、違う、ディサービスとかショートスティという老人施設に一時預かりしてもらう事さえ、頭にはなかった。俺が元気でいる内は、母ちゃんの面倒はずっと俺が看るのだと、信仰のように固く心に誓っていた。

命懸けで俺を守ってくれた母ちゃんを、どうして他人の手に渡されようか。施設に預かってもらうと、人見知りするたちの母ちゃんは入居者達と溶け込めず、いつも一人でポツンと車椅子に座って寂しそうにしているだろう。そんなことは出来ない。

母ちゃんは酒臭い健太にわけも分からずにいきなり抱きすくまれて一体何だろうという風な顔をしていたが、自分を大事にしてくれる息子が泣いているのに気づくとごく自然に彼のろくに手入れもしていない、ボサボサ頭を優しく撫でていた。

母ちゃんは、頭の中でいつも自分の幸せのことを投げ捨てて、よく面倒を見てくれる息子に感謝していた。

自分が早く死んでしまえば彼は幸せになれるのではないかと思うときもある。施設に入ろうかと思うときもある。そうしたら、健太はのびのびと楽になるに違いないのだ。だが何故、息子はこんなにも私を大事にしてくれるのか。

息子はひどく切ない事があって私を抱きしめて泣いているにちがいない。今は頭をなでてやるしかないのだと母ちゃんは母ちゃんなりに思いやっていた。

外からは砂丘に無数の星のように点在して生息してい

る、はまなすの甘い香りが、浜風とともにかすかに匂ってきて二人を包んだ。

夜半、健太は寝入りばなにキャーという女の鋭い悲鳴を聞いた。それから何人かの男の罵るような罵声が聞こえてきた。すぐさま、健太は本能的に寝巻き姿のまま、表に飛び出すと月の光の中に太股も白くあらわな若い女性が、背広姿のサラリーマン風だが、たちの悪そうな男たち三人にこずかれ、殴られていた。

人里離れたような孤立していた安アパートの他の住民は関わり合いを恐れて、息を潜めて誰も出てこない。

「おい、なんだよ、やめろよ」

健太は修羅場の中に入り込み、倒れ掛かっている若い女の前に立ち、叫んだ。

今までかいだ事もないかぐわしい香りが女から漂ってきた。

「この野郎、邪魔すんでねぇー、すっこんでろぅ」

男たちは健太を見て、一瞬、この野郎、まるでギリシャ神話のヘラクレスのような奴だなと、でも良く見るとゴリラみたいだとギョッとし、へっぴり腰で一斉に健太に殴り掛かってきた。

ぽかぽかと何発殴られたり蹴られたりしても、人並み外れて岩のように頑丈な彼にとっては一つも応えず、反対に樫の丸太のような腕がぶんぶんと唸り声を上げて男たちの顔面や腹や太股に鈍く食い込んでいった。或るものは鼻を潰され、或るものは息が止まるほど肺が潰れ掛かり、右足が折れ掛かった。

「馬鹿野郎、覚えてやがれい、女を返しやがれ、このあほんだら」

男たちはひどく悪態をつきながらなおもよろよろと向かってこようとしたが、健太がじろりと睨みつけると、慌てて後退りし、馬鹿野郎と、言いながら足を引きずり、胸を押さえながら引き上げていった。

「もう大丈夫だよ、おねえさん」

彼が大きく深呼吸をつきながら振り返ると、昔、見た、映画のバンビのような愛らしい、顔とすらりとした肢体を持った、愛らしいとしか言い様のない娘がおびえた目付きをして立っていた。

黒目がちの大きな瞳はこの世の汚さを今だかってまるで見たことがないかのように無垢な感じだ。彫りの深い、小麦色の小さめな顔を右頬は殴られた跡がひどく蒼く痛々しい。

よく見ると、月の光に浮き出て白いレオタード姿の、南の島の果実のような胸やよくくびれた腰や形の良い足が奇跡のように存在していた。ひたすら眩しかった。

彼女は素足で何も履いていなく、指先から血が滲んでいた。胸元を両手で隠し、ぶるぶると震えていた。

健太は己の荒牛のような姿が彼女を脅えさせているに違いないと、一瞬、悲しく思った。

彼は、こんな、昔、中学の美術の教科書で見たビーナスみたいな美しい女性に会ったことは今までにないと思い、自分の胸が震えてきた。

「日本人ではない、タイかフィリピンの娘さんか…」

それでも、やっとの思いで言った。

「あの、大丈夫だよ、俺、決してあんたに変なこと、しない。女の人は最初、誰もが俺を見て避けてしまうんだ。仕方がないよなあ、俺が女だったらやっぱり逃げるだろうなあ。あんた、足も怪我をしているし、頬もひどく腫れている。すぐ近くにおふくろと一緒に住んでいるアパートがあるから、良かったら俺の所にきなよ」

なおも天使のような彼女は健太を警戒して、後退りしながら、「私、いいです。構わないで下さい、一人でかえります」

と、澄んだぎこちない日本語で、脅えた可愛い小動物のような眼に涙を溢れさせて言った。

月の光は、彼女を隈無く照らして、一段と可憐にさせた。肩まである長い髪の一本一本まで輝いているようだった。

「もし、俺が怖かったらゆっくりと後から付いておいで、おねえさん、外国のひとか、遠い国から来たんだね。心配する事はないから来なよ。よかったら俺の靴、使いな大きいから歩きにくいけど」と、わざと口笛でも吹きそうに陽気に言い、彼女の足もとにきちんと揃えて置き、歩き出した。

「俺、健太、木村健太という三十九歳の工員、まだ一人もんだけれど別に変な気なんか起こさないから安心しなよ」

彼は何をどのように喋ったら良いのか分からなかった。唯、彼女をひたすら安心させてやりたかった。後ろをそっと振り向くと、彼女は歩き難そうにトタラパタラと靴を引きずりながら、それでもゆっくりと付いてきていた。

健太はその音を聞きながらなんだか妙に嬉しいような可笑しいような気がしてくるのだった。

この俺がこんなにも可愛い娘さんと出会えるなんて、まるで夢のようだ、自分の生涯に二度とこんな事は有りえないと思う。何があったか知らないがひたすら守ってやりたいと思った。

安アパートは闇に包まれていた。誰もが既に寝込んでしまったらしく、物音一つ、しなかった。

海辺からの潮と、はまなすの甘い香りが、濃厚に辺りに立ちこめていた。辺りに人の気配がなにもないことにほっとして、健太はひしゃげたドアを音のしないように開けた。誰かに見られたりしたらそれなりに面倒なことになると思った。

後ろを振り返ると足を傷つけたバンビのような娘は、心細げに、胸を両手で抱きしめ、後退りし、果たして健太を信じていい人間なのかひどく迷っているような気持ちを体全体から発散させている。

ドアを開け、電気を付け、居間の襖をあけ、家中を見渡せるようにして何も怪しいところのないアパートだということを、健太はバンビ風、可憐な美女に見せてやった。おまけにヨイヨイになっている母ちゃんが、人のよさそうな顔で、いったい何事かと杖をついて居間に突っ立っていたのが、彼女を少し安心させた。

「母ちゃんよ、この女の人、足に怪我をしてる。ちょいとばかり休ませてやりたい、いいか」

母ちゃんは健太が、いきなり南の島の果実のような若い美女を連れてきたので、心の臓が止まるほど吃驚したが、何より自分を大事にしてくれる健太を信じて、唯精一杯、にっこりと何度もうなずいた。

「ねえさん、ご覧の通りの安アパートに母ちゃん一人さ。傷の手当すっから、座りな。何も心配することなんかないよ」

バンビ風美女は、やっと安心したのか素直に玄関先に腰を下ろした。母ちゃんもびっくりまなこでぽっかり、口を開けながら健太の助けを借りながら座り込んだ。健太はマーキュロとバンドエイド、包帯と脱脂綿、消毒剤に、水につけても大丈夫な滅菌パットと、家中にある傷手当用品を動員して、彼女の足指の手当に入った。

瑞々しく、ふくよかで、だがすらりとした素足が眩しく、触ってはならないようにきちんと揃えられてそこにあり、自分らしくもなく手当をする手さえも震えてくる。彼女の体のすべてが気持ちの良い丸みを帯びている。

「あんた、名前なんて言うのかな」

彼女は薔薇のつぼみが一瞬、開花したように微笑みながら澄んだ声で答えた。

「私の名前、マリアです、アギーノ・マリアです。フィリピンから来ました。この街のアンジェリーナというクラブで働いています」

健太はアンジエリーナではなかったが、今までに何回かフィリピン女性が働いているクラブに一杯やりにいったことがある。

派手な化粧をしたフィリピン女性たちが、レオタード姿でセクシーな踊りをやっていた。

ショーが終わるとダンサーの一人が隣の席に付いてくれたが、健太はいつも酔い潰れていて、会話らしい会話をしたことがない。だが、マリアのような、飛び抜けて美しいフィリピン女性には会ったことはなかった。

「そうか、マリアは早い話、出稼ぎで苦労してるんだ、遠い異国に来て苦労してるんだ。さっきの男達、客だったのかい」

「はい、店長から客とデートしてこいと言われて、外に出たけれど、それが一晩幾らかと訪ねられて、、、」

マリアは思い出したのか、少し肩を震わせて、大きな瞳をみるみる潤ませた。

「そうか、そんなこと言われれば誰だって辛いよなあ、男の俺だって、今日からオカマになって、女役をやれって言われたり、明日までに会社でキャデラック、一人で作れって言われたら、すごく哀しいだろうなあ」

自分でも訳の分からないことをつぶやいた。

健太はマリアの輝くような美しさにすっかりまいっていた。

「俺の所だったら、気の済むまでいていいよ。掃除も洗濯もなんにもしなくっていい、テレビを見たり、好きなことをしていればいいさ。たまに母ちゃんの話相手になってくれれば、それだけでいいからずっと居なよ」

彼は自分でもどう言ったら判らなくて、岩のような胸を弾ませた。

アギーノ・マリアは、この牛のような、ゴリラのような男が発する優しい言葉を不思議そうに受け止めていた。

家の中を改めて見渡すと、煤けた天井から裸電球がぶら下がり、シャツやパンツが頭の上に居間をゴムで横切って干され、剥げたタンス、古ぼけた小さなテレビ、ちゃぶ台の上の茶道具とスポーツ新聞。そして男と眼の辺りがよく似た、体の不自由そうなおばさんが自分を驚きと優しさの入り混じった眼で見ている。ひしゃげた窓の外には、大きな月が輝いていた。


マリアは次第に、どこかで見たような風景だと思い、甘づっぱいような気持ちになってきた。

この場所に、太っちょの父母や兄弟達が、わいわい、がやがや言いながら笑顔を浮かべていれば、まるでフィリピン、マニラのマラテ地区の我が家そのものではないか。父と母、兄弟達とその配偶者と子供たち、総勢十四人が、壁はベニヤ板で屋根はトタン張の家の裸電球がぶら下がっている中で身を寄せ合って生活している。

父を始め、家族全員の誰かが今日は就職していたり、失業していて収入は安定しなく、なにしろ、血縁の結びつきはやみくもに強いので、常に扶養家族が寄ったかり、ずっと貧しいのだった。

貧しくとも〝互いに身を寄せ合って、わいわい言いながら暮らしていくのが楽しかった。

たとえ、八畳間に十人、棚に四人、タコ部屋みたいに詰め込まれても身を寄せ合って生活することに意味があった。アギーナ家の前の路地辺り一帯は狭く、家同士が長屋のようにひしめき合い、赤や黄色の洗濯物が満載で、ココナツオイルの匂いが立ちこめ、赤ん坊の泣く声、子供の笑い声が絶えることはない。だが稼ぎ手が少ないのに、こう寄ってたかって生活しているとだんだんと生活は苦しくなる。マニラ首都圏の美容室でバイトをしながら何とか高校を卒業したマリアは、ろくな就職先も見つからず、ある日、家の玄関先に置いてある「幼きイエズス」の像、「サント、ニーニョ」に触れてお祈りをし、誓った。

「友達のセシルもダナカも、日本に出稼ぎに行って半年もすると、指にピカピカの物を一杯はめてくる。家も改装したり車さえ持つようになる。この前などセシルは得意気に携帯電話を私に見せびらかしたっけ。大好きな父や母や兄弟達に、少しは楽な暮らしをさせてやりたい…。日本人は、ずっと前、戦争中はマルピット『残酷』だったし、今はヤクザが一杯いるらしい。でもいい人だって、同じ人間だもの、沢山居るはずだわ」

マリアは出稼ぎに行く女性達を送り出すプロモーションでダンサーの練習を三ヵ月し、フィリッピン海外雇用庁のテストを受けてエンターティナー『芸能人』としての資格を汗を流しながらようやく得た。それから日本人プロモーターの舐めるような視線の中、レオタード姿で踊り、ひときわ、スタイルも顔も抜群のマリアはすぐに日本行きに選ばれた。

「私、うんと日本で稼いでやるわ。ダニカが言っていた、『アパット、ナ、エム』の日本の男を捜してうまく結婚する事、つまり「年寄りで、金持ちで、すぐに死ぬ人」の意味だけど、うまく見つかるかしら」

マリアはそんな邪まな考えが、ちらりと頭の中をよぎり、少々苦しいこと、切ないことがあろうともうんと稼いでこようと思った。

マリアはフィリッピン側プロモーションと日本側プロモーターの手によって、興業ビザを取り、六ヵ月の契約で日本にやってきた。

海に面した地方都市のクラブ、「アンジェリーナ」で働くことになった。店には同じフィリッピン人、ホステスが十五人に、パンチパーマにちょび髭の四十代の店長、カウンター内でおつまみを作るチーフ、時折やってくる白いスーツに白いエナメル靴、胸に赤い薔薇を常に差している社長さんがいた。一日、二回のショータイム、午後八時と十時にセクシーダンスが始まり、酔いのしたたか回った、男たちが眼に異様な輝きを宿らせてマリア達ダンサーに視線を投げかけてくる。

肩紐を下げ、お尻を突き出し、足を大胆に広げ、七色のイルミネーションに染め上げられながら、マリアは胸の中でこれもお金のため、お金のため、と、呟き続ける。仲間のホステスの中には、日本人の女達相手にされない、日本の言葉で、三低、背が低い、中卒か高卒、安い給料の男達を旨く操縦して、宝石や大型テレビ、時には車で貢がせ、結婚の約束までしてある日突然、フィリッピンに帰国し、恋い焦がれた男達が思い余って訪ねていくと、夫と子供と親戚一同が仲良く楽しく暮らしている姿を見せつける者もいた。

三低でなくともフィリッピンホステスを、ひたすら貧しく、可哀相で物を買ってやったり、結婚を迫ることである種の優越感を感じている男達も一杯いた。マリアも心の隅に、日本へ覚悟を決めて、稼ぎにやってきたならば、仲間のジュリーやマリーのように荒稼ぎしようという気も正直あった。マリアが「アンジエリーナ」に勤め始めて二ヵ月もすると、例のちょび髭の店長に呼ばれた。

「マリアさん、ここんとこ、店も売上げがさっぱりなんだよ。悪いけど客に誘われたら、外で付き合ってみてくれないか…。」

マリアはもしかして、身を売れと言うことかもしれないと、眼をきつくして店長を見据えた。

慌てて、

「いや、変な風に考えないでくれ、客に適当なことを言って寿司でもつまんで帰ってくれれば良い、フィリッピンの女の子が外で付き合ってくれるという評判が立てば、客の入りも違うしさ、ねえ、お願い」

と店長は女みたいに急に体をくねらせながら弁明めいた事を言う。マリアは少しためらったが決心した。

「はい、いいわ。たまに外出いいよ、でも、体だめね、お願い」

それから時々、店に来たお客と外出するようになった。紳士なお客ばかりではない、一時間幾らかとか、一晩可愛がってやるからと見下した言い方を何度もされた。その都度、彼女は何とか難を逃れてきたが、とうとうあの月夜の晩に強引な品の悪い男達につかまってしまった。

そして健太に助けられた。マリアは牛のようなゴリラのような、本当のところ何を考えているのか分からない健太と、一日中うつらうつらと床の中にいる病気のおばさんとの共同生活が始まった。

言葉が旨く通じないときは、互いに優しい眼をして、うなづきあってさえいれば、大抵旨くいった。

「行ってきますなんて、マリアさんよ、別に亭主ずらするわけじゃないが、とにかく行ってきます。母ちゃんだけ見てくれさえしてくれれば、何にもしなくていい。ご飯だって掃除だって、俺、長いことやっていて得意だからよ、昼に一度帰ってくるし、本当に何もしなくていいから気の済むまでずっといていいよ」

彼はその通り、マリアが寝ている間に、そっと起き、ご飯を炊き、味噌汁を作り、めざしを焼いた。香ばしい匂いにマリアが気付き、慌てて起きだすと、

「いいから、あんたは色々苦労して疲れているんだ、寝ていなよ。俺…、何だか可笑しいかもしれないけれど。大事にしてやりたい」

マリアは暖かい寝床の中で、彼のことを不思議な今まで出会ったことのない男だと思った。

素姓も分からぬ私みたいな女をまるで信じこんで家に泊め、しかも何もしなくていい、唯居てくれるだけでいいんだという。


細目を開け、健太を見ると鍋や皿を洗っていたり、何かをまな板で刻んでいたりする。その都度、小山のような肩の筋肉の一部がぴくぴくと動くのを、不思議な気持ちで見つめていた。

煤けた畳と黴臭い布団、古ぼけたタンス、小さな冷蔵庫位しかないけれど、自分の好みの湯加減の風呂に首までゆっくりと浸かっているような安らぎがあった。健太は夕方になると、るんるん気分で帰宅する。アパートのひしゃげた窓からは明かりがもれ、ぷうんと味噌汁の匂いさえ漂ってくるようだ。家の中はきれいに掃除されているし、美しいマリアが母ちゃんの世話をし、慣れない手つきでお新香を刻んでいたりする。

まるで夢みたいな生活だと彼は思った。

昨夜はマリアを抱いてやった。いや、変な風に誤解してもらっては困る。マリアと母ちゃんは居間に一緒に寝ているし、彼は玄関先に煎餅布団を引っ被って寝ている。

居間のマリアにおやすみと声を掛けると、

「私、健太さんに迷惑掛けると思います。アンジエリーナの人達、心配しています。私、やっぱり戻ったほうがいいかもしれません」

マリアはそれから自分でも思いかけぬ言葉が自然に出てきた。

「お礼に、するものもありません。もしよかったら抱いても良いです」と言い、美しい瞳を潤ませ始めた。

健太は慌てて、

「そんなこと、言うなよ。今夜は確かに抱いてやるよ。いや、俺、仕事で体に色んな匂いが染み込んで汚くて臭いから背中から抱いてやるよ」

健太はマリアの背中を毛布でくるみ、そっと抱き抱えてその外のことは何もせずに唯、寝た。

やがて調子ぱずれの、寝んねこしゃっしゃりまーせ、とマリアの知らない日本の唄が彼の口から漏れ始めた。マリアは背中から暖かい物が自分の体に伝わり、心の中まで入り込んできた。

この人の、楽しそうな歌声とこの暖かさは一体、何なのだろうか。こんな母の胸に抱かれているような安らかさは。

一方、マリアの心の底の一隅に、いけない、こんなはずではなかった、私は日本の男の間、うまく泳いでうまく稼いで、母や兄弟達にコンクリートの家を立ててやるんだわ。健太さんはとても良い人だけど、いわゆる三低ね、金、全然ない。私、フィリッピンにお土産持って帰ること出来ない。それ困る…、本当に困るよと、複雑な思いで呟き続け、いつしか眠りに入っていった。

母ちゃんは自分の息子が、抱いてやるよなどと、思い切った言葉を言ったので一瞬、どきっとしたが、やがて優しい心根の意味だと悟り、夢うつつに健太とマリアの将来の事を思いやりながら寝入った。マリアは健太の所で三日間が過ぎると、そろそろアンジエリーナに帰らなければならないと思った。店長のほうには、健太の所に泊まった翌日、体の具合が悪いので二、三日休ませてほしいと電話しておいた。寮で一緒に住んでいる仲間たちも心配しているはずだ。

十畳程のマンションの一室に、フィリッピン各地からやってきたリサやアニー達がマリアの事を心配し、いつものように化粧をしたり、食事をしたり、出勤前のシャワーを浴び、幾らお金がたまったか自慢し合っているに違いない。

帰りたいと健太に告げると、世にも悲しそうな顔をして俯いた。

牛みたいなゴリラみたいな体が、急に小さく萎んでいくようだった。

「そうか、帰るか、そうだよね。何時までも居てもらいたいけれど、俺、たいして給料良くないし、贅沢なこと、何一つさせてやれないもんなあ」

健太は俯きながら、瞼をぶるぶると震わせているようにもマリアには感じられた。

「健太さん、有り難う、よくしてくれて。良かったらたまにクラブに来てください。さよなら、今はさよならね」

マリアは懐にいつも忍ばせている家族の写真を取り出し、ママや兄弟達の写真を見つめた。みんな、屈託なく、笑顔だ。日本の甘い男達にうんと貢がせて、故郷に錦を飾るはずだったと改めて思った。

でも、健太さんの不思議な優しさには、離れがたい思いがある。手放したら、二度と得ることができないような安らぎもある。

マリアはこころの中で迷い始める。

「あなた、どこ行っていたの、皆、心配したよ。日本の悪い男につかまって、何処かへ売り飛ばされたか、監禁でもされているのかとおもったよ」

マリアは健太の事を話した。

一緒に住んでいたヨイヨイのお母さんの事もはなし、三日ばかり泊まったことも正直に言った。

「気をつけなよ、日本の男、油断ならないよ。あなたに同情している振りをして、実はこっちを可哀相な出稼ぎ女と見下しているかもしれないよ。そのうち、体、要求してきてヤクザに売られるよ」

仲間の忠告を有難く聞きながら、健太はそんな人ではない、なりはまるでゴリラのようだけど、そんな人ではない…。

マリアは又、日常の生活に戻り、アンジェリーナで働き始めた。

健太はソープランドに行くことをぴたりと止め、時折、「アンジェリーナ」に通った。

ぎらぎらしたイルミネーションと赤い絨毯の敷き詰めたフロアとミラーボールの輝く舞台。

ボーイに聞かれても、マリアをすぐに指名するのがためらわれて、

「あの、そう、誰でも良いよ」

と口の中でもごもご言いながら、健太はビールを一口飲む。五メートル先のテーブルに、マリアが何やら親しげに、頭の剥げ上がった身なりの良い、口髭の立派な中年男と話しているのが眼に入った。

恐ろしいことに出会ったしまったように、健太は目を伏せ、膝頭を強く押さえた。

感情がこみ上げてきて、小刻みに震えた。

顔を上げ、前のテーブルを見ると、健太にようやく気付いたマリアが、微笑み、片目をつぶってウインクしてきた。眼の中に親しみが屈託なく籠められていた。それからも時折、こちらに眼を向けて笑ってくれる。

「そうか。マリアはまだ、この俺を少しは思ってくれている。あの金持ち風の男より、俺のことを思ってくれている」

だが、十一時のセクシーダンスの登場となると、又、膝頭が自然に震えてくる。

赤や黄色に彩られた舞台に、思い切り派手にゴムマリが弾むように、マリア達がラメ入りの黒い服を着て、あらわな胸を突き出し、尻をゆすり、あやういほどに股を開く。総カガミ張りの壁には、マリアの太股が揺れている。一昔前のトムジョーズの歌声がギンギンとひびく。

健太は、すぐさま舞台に飛び出していって、

「もう、これ以上見るな、見るな」

と、囃し立てている客達に向かって怒鳴りつけ、マリアを抱き抱えてどこかに連れ去り、隠したかった。ひたすら自分がみんな悪く、至らなく、情けない感情に捕らわれていく。

六ヵ月の興業ビザがきれ、マリアは一時、帰国することにした。成田空港の出発便まで、アンジェリーナでぎりぎりで働いた。

少しでも金を稼ごうと、皆そうだった。

三日前の木曜日、店長から特別に許可をもらい、今日、日曜日は外出した。帰国前に健太がデートに誘ってくれたのだった。

マリアは夜と違って、地味な格好をしてやってきた。白いブラウスに、ブルーのスカート、薄い口紅。それでも自分の一番気に入っている銀色のペンダントを胸に付けていた。

駅前デパートの上階にある、街を見渡すことの出来る喫茶店でお茶を飲んだ。

健太は場慣れしないように、盛んに鼻を擦ったり額に手を置いたりして何をどのように話したらよいのか悩んでいる風だった。

「あの、マリアさん、空、晴れてきれいですね。明日も晴れるでしょうか…。」

後は言葉に詰まり、唯、俯いている。ゴリラの出来損ないのような、うなだれている大男と、フィリッピンのとびきりの若い美女が向かい合ってお茶を飲んでいるのだから、周りの客達の視線は黙っていても射るように集まってくる。

「なんてまあ、この人は女に甘い言葉の一つも言えず、もじもじと自分の体を持て余しているのだろうか。桁外れの優しさを持っているのに」

ふっとマリアは、健太が金持ちであればいいのにと、自分でも意地汚い気持ちになったのを感じていた。それか

ら二人はデパートの売場をあちこち歩き回った。物が溢れかえっていた。

五階の玩具売場を通りかかると、急にマリアは可笑しくなり、思わず笑い出してしまった。

それはぬいぐるみコーナーの中段に、百七十センチ以上はありそうな巨大な、茶色のふさふさした毛で覆われたゴリラが、つぶらな瞳をきょとんとさせて、こちらを見ていたからだった。

座り込んでいて、両手はだらりと腹の下に垂らしている。マリアは思わず、叫ぶように、笑い出した。

「あれー、このゴリラちゃん、何だか、誰かに似ているわ」

健太は、ゴリラと笑い続けているマリアを交互に見て、自分も一瞬笑いかけたが、すぐに茫然とした眼をして立ちつくした。

「ごめんなさい、よく見るとこのゴリラちゃん、とても可愛いわ。私、好きよ」

彼はマリアのその言葉を、聞いているのかどうか分からないような、ボンヤリとした顔をしていた。時間が来て別れるとき、健太は、

「俺、マリアが国へ帰るとき、見送りに行くよ」

と、ぽつりと言った。

マリアは夕方、東京行きの電車に、発車十分前にようやく飛び乗った。成田発の飛行機には、何とか間に合うだろう。

その頃、健太は駅に向かって息を切らして急ぎ足で歩いていた。背にはあの大きなゴリラのぬいぐるみがおんぶされていて、頭や太い首に赤いリボンが飾られていた。すれ違う人々は、そのゴリラと担いでいる中年男があまりにうり二つなので、互いに笑い合った。ルーズソックスの女学生達も、キャー、ウッソー、まるでそっくり、と笑い合った。パトロールの中のお巡りさんでさえ、ぷっと噴き出すのだった。

「あの、このゴリラのぬいぐるみ、下さい」

と彼がデパートで買い求めたときも、女子店員達は笑いをこらえるのに苦労した。

健太は彼女らに、

「お姉さん、とても手に持ちきれねえから、悪いけど背中に、そこいらにある紐でくくり付けてくれないか」

と言い、腰をかがめて、一枚岩のような広々とした背中をぐいと差し出した。彼女等はサービスに赤いリボンを結んでくれ、歓声で送り出してくれた。

「おらあ、マリアに感謝しなければならない。俺にとって、まるで夢のような三日間を与えてくれた。自分は確かにこのゴリラのぬいぐるみに似ている。マリアにプレゼン

トすれば、このぬいぐるみを見る度に、俺をきっと思い出してくれるだろう…」

マリアは電車のガラス越しに、健太が、デパートでデートした時に見た、ゴリラのぬいぐるみを背負って、ホームを右往左往しているのを見つけた。彼が動く方向に、乗客達は踏みつけられてしまうではないかという恐怖心で、慌てて飛び退き、道を開ける。マリアは急いで乗車口に出て、健太さん、と叫び、強く手を振った。

彼は、迷子になった幼児が母親を見つけたような、とろけた表情をしてマリアの前に立った。

額に水をぶっかけられたように大粒の汗が浮いていた。

「このぬいぐるみ、マリアさんにプレゼントするよ。俺のこと、覚えておいてくれ…」

健太はもしかして、マリアに会えるのはこれが最後のような気がしてきて、自分の心の中の思いが、言葉になって、すうっと出てきた。

「あの、俺と一緒になってくれないか、只今って言うと、あんたが家の奥より出てくる生活が必要なんだ。つまり、結婚してくれ。一生、マリアの事、大事にするよ。今は何もないけれど一生懸命、働いてマンション住まい、させる、車も買って運転してもらう、一生、不自由はさせない。それにマリアだったら、母ちゃんの事、大事にしてくれるような気がするし…」

マリアは健太の言葉を聞きながら、何と答えてよいのか悩んでしまった。

「有り難う、そんなこと言ってくれるなんて。でも、ごめんなさい、私の国、まだ貧しい。そして私も、私の家族も貧しい。金持ちのパパさん、今、必要なの。それに健太さん、本当は私よりママさん。大事ね…」

健太は何一つ、言うこともできずに立ちつくしていた。顔が歪んで、側に座り込んでいるゴリラの顔にますます似てくる。

発車のベルが鳴った。彼はやっと、絞り出すような小さな声で、

「そうか、俺が馬鹿なんだ。幸せになってくれよ、マリア、元気でな」

彼はゴリラのぬいぐるみを、マリアに押しつけるように差し出した。

すぐにドアが締まり、東京行きの電車は、ぶるんと一度、体を揺すりながら発車した。

うなだれている健太がガラス越しに見え、そして見る間に遠去かっていく。

マリアはゴリラのぬいぐるみをやっとの思いで引きずって席に着いた。向かいの席が幸い、あいていたので力

を振り絞ってぬいぐるみを席に着かせた。飛行機に一体、どうやって乗せて良いものか。マリアはふうっと息をつき、空を見上げた。

上空は雲の動きが随分と、活発になっている。

五分もすると大粒の雨が窓ガラスを叩き付けるように降り始めた。遠ざかりゆく、健太の住んでいる街が通り雨に包まれ、煙っている。

目の前の、ゴリラがなぜか、次第に悲しそうな表情してきて、揺れている。

彼を見ているうちに、マリアは心の中に思いがけない程の哀しさの感情が湧き上がってきた。

「あの人は、この雨の中を全身を濡らしながら歩いているに違いない。マリアを幸せに出来ないのも、貧乏なのも、そして母ちゃんにもっと良い暮らしをさせてやれないのも、みんな自分がいたらないせいだと信じながら歩いているに違いない」

そう思うと、ゴリラのつぶらな瞳に切ないほどに、涙が溢れてきているように感じられた。

あの人は確かに泣いている。

マリアはゴリラのぬいぐるみと共に次の駅で降りて、タクシーを飛ばし、健太に又、きっと日本に来て会いに来ると告げようと思った。


それにしても、何てまあ、このゴリラのぬいぐるみは持ち運ぶのにやっかいで、足手まといで、そして可愛いのだろうか…

カサブランカ

真っ白い日傘をくるくると軽やかに回転させながら、継母の京子が土手の上から手を振っているのが見えた。白いワンピースの裾が、川風に軽く翻っている。

僕は真夏の太陽を真っ向から浴びながら、右手を義母に向かって振り、走り出した。十メートル、二十メートル、三十メートル。

焼けた大地をスパイクで蹴散らしながら、目標の百メートルに向かって走り続けた。

まるで自分を罰しているような激しさでゴールの白線を踏み抜けた時、死に近い息苦しさと、焼け付く体の感触と共に、不思議な程、甘やかな幸福感に全身を包まれた。体が燃え盛っていた。

幸福だった。京子に自分の若さを見られていることに。

僕が父に対抗出来る事といったら、若々しい、首筋に皺のない体と、まだ世情に疎く純真そうに見える瞳の輝きだけだった。

瞼に入り込む額の汗に眼をしばたたせながら再び土手のほうを見ると、涼しげな日傘が又、くるくると舞いながら次第に近付いてきた。黒目がちな大きな瞳ときりっと水気を含んだ艶やかな紅色の唇が日傘の中で微笑んでいる。

お嬢さま育ちの、おっとりとした、物腰でせまってくる。

顔のどんな部分も、体のどんな部分も好ましくただ、見とれてしまう。

空はあくまでも青く透き通り、光に満ちていた。

僕にぶつかりそうなほど近付き、持っていた籐のバスケットから白いタオルを取り出し、眩しそうに顔を拭いてくれた。

激しい息づかいと上下する肩のままで、紅潮しながら京子の顔を食い入るように見つめた。一瞬、二人の瞳が重なり合った。

彼女の瞳の中に僕が息づいている。

錯覚だろうか、京子の瞳の中が自分と同じように赤く燃え盛っているように感じた。

京子のほうが先に、ぎこちなく視線をはずすとバスケットからピーチの缶ジュースを取り出し、

「はい、真二さん、今、冷蔵庫から出したばかりだから……。貴方、よりによって真夏の二時に走らなくても」

と言い、いつもの屈託のない明るい声で言った。わざと乱暴にその缶ジュースを受取り、頬に押し当てるとじんと染み渡って心地好い。

一気に飲み干すと、喉から体中に次第に甘く涼やかに拡がっていった。

太陽はギラギラと輝いている。

継母とこうして二人きりで真夏のグランドに居るだけで幸福な気持ちになる。

僕は十九才で京子は二十才だった。


今、僕は大学一年生で、陸上競技部の夏期合宿を終えて故郷に帰ってきていた。

蓄積された筋力を維持するため、一日おきに家近くの川原の市のグランドで走り込みをしている。

僕の家はS市郊外の農村地帯だったが今は同じような作りの建て売り住宅が立ち並んでいる。戦前は何十町歩も所有していた地主階級だったが、戦後の土地解放であらかた失っていた。

それでも敷地五百坪余は残り、緑で覆われた母屋は黒光りする太い頑丈な柱作りで出来、白壁の倉や古ぼけた作業小屋と松の大木の何本か生い茂るテラスのある日本庭園と、父が気まぐれに開墾している畑があり、後は雑草が思い切り野放図にはびこっていた。

それでも敷地がそれなりに広いため、押し寄せてきている周囲の住宅からの騒音や煩わしさから逃れている。

いつ頃からか庭の片隅に春になるとカサブランカの花々が群生して咲き乱れるようになった。

一つ一つ清々しい花の精気に満ちてあやしいほどに艶やかだ。

純白のその六枚の花弁はふくよかで、指でそっと触ってみると弾力のある滑らかな感触が心に伝わって来る。

ある時、蜜で出来ているような花心に触るとぬるっとし、指先に糸を引いてきてそのぬめりに全身が、からめとられていくような気持ちになり、そして辺りに何か秘密めいた香りが匂い立ち、妙に戸惑わせてドキドキさせる。

明るい月夜の時など白い花弁が若い女性の白い肌のようにしっとりと輝く。

ひんやりとした夜風と共に母屋にも甘い香りが流れ込

んで来るような気がする。

　こんなへんてこな怪しげな感情になることはとても人には言えない。

　庭には春になると他に水仙、椿、スズラン、芝桜、レンギョウ、アーモンド、洋梨の花々が次々と咲くが、あやしげに常に魅了するのはやはりカサブランカだ。

　一つの花にどこか妙な気持ちになるのは僕の極秘事項だった。

　父のことも話そう。

　祖父の遺産を継いだ父は、自分の時代がやってきたとばかり、かなり派手に貿易商の仕事をまるで天職のように続け、月の内半分は東京の事務所で働いている。

　父はいわゆる長身の見場のよい男であった。

　夏など庭のテラスで木製の椅子に座りながら白いポロシャツを着、ソフト帽を被ぶって、パイプをくねらせている姿を子供ながらも誇らしく思ったものだ。

　だが父は庭の花木や一面にしっとりと緑苔の生え揃った庭に目を喜ばせる事もなく、視線は何時も何か考え事をして宙を静止している。自然の美しさに対する感情が欠けているような暗い目だった。

　時折、何処からか電話が掛かってくると、父は額にみるみる油染みた縦皺を寄せ、急にひそひそ話しになる。

　ひっそりとじめついた調子で、きれぎれに聞こえてくる、あの株は引き上げろ、そして一時、あんたは身を隠せ、香港、いやシンガポールの方が良い、馬鹿、あせるなの声。

　カッコ良い父の、もしかしてこの家を維持していくための俗にまみれた秘密の匂いがしていた。

　僕ではとても伺い知る事の出来ない大人の世界の話しのようだった。

　大人に成るということは学校で教わった、明解で公平な世界の事ではなく、厭にどろどろとしていて、表の単純な世界ではない事を、その時おぼろげながら感じていた。

　とうに亡くなった祖母の話によると父は、中学、高校と非常に優秀で東大にも上位の成績で入り、当、三木家の誇りだったという。

　大学を卒業すると東京の一流貿易会社に入り、やがて良家の娘、つまり僕の母と結婚した。人に使われているのが馬鹿らしくなったのか、国へ帰りすぐに地元で独立して貿易会社を興し、手広くやっている。

　そんな立派な父だから子供心にも、何をやっても父には叶わないような妙な劣等感と羨望とを青カビのようにじくじくと育ててきた。

僕の一人息子だからきっと優秀なはずだと、父は何かに付けてびしびしと鍛えようとした。

父の怒りの原因は僕の学業成績にあった。

良い成績さえ取ってくればすごく機嫌が良いのだ。父はこの世はすべて数字の世界で、より、得点の多い者が勝者で立派なのだという、一種の宗教に凝り固まっていた。

神の生誕のごとき夕焼けも、赤き薔薇の豊饒なかぐわしさも、散歩の道端で、ふと老人が漏らす深い人生の溜め息にも関心がなかった。成績表に三か二がずらりと並んでしまう時がある。

するとすかさず父の樫の木のような鉄拳が唸りを伴って飛んでくることもあった。

母はそんな時、強く抱きしめて父の暴力から身をていして守ってくれた。

「貴方、この子だって勉強以外にとても良いところがあるのよ。この前、母の日に自分の貯金箱からカーネーションを一本買ってくれたし、捨て猫を何度も拾ってきて育てていたわ。この子はそういう優しいところがあるのよ。貴方には判らない良い所があるのよ」と、一層痛いほどやさしく抱きしめてくれた。

それからも父の期待に添えず、学業は最低で地元の国立の大学は無理なため、東京のエスカレーター式の付属高校に入り、ようやく大学生に成り上がった有様だった。

高校二年のとき交通事故で優しかった母が亡くなり、しばらく父も私も淋しい日々を過ごしていた。

だがこの春、父は貿易商仲間の娘に年甲斐もなく恋をし、ある晩、ビールを飲んだ赤ら顔で、近近結婚する事を狩りに出かけた猟師が帰ってきて大きな獲物を得たような口調で告げた。

眼は憎らしいほど油染みた異様な輝きをしている。

それから二日後の昼下がり、眩しすぎる程光の満ち溢れたテラスで、

「真二、この人がお前の新しいお母さんだ、まあ、仲良くやろう」

と父にしては幾分ぎこちなく、ぶっきら棒な口調で紹介した。

白いブラウス姿で微笑みながら陽光の中ですっきりと立っている人はまるで陶磁器のように滑らかな白い肌をしていた。

心地好い丸みを帯びた肩の線から、豊かに息づく胸のふくらみが眩しくただ、見とれてしまった。

一瞬、恥ずかしい程に触れてみたいという気持ちが衝

動的に溢れてきて困った。

それは南の島のつややかな果実に触れ、歯に当ててみたい気持ちに似ている。

当時、僕は十七才で彼女は十八才だった。

まるで美しい姉が急に現れたみたいではないか。そばで、屈託なく、図々しく笑っている父を急に憎く思った。

あんなにも優しかった母をすぐ早く忘れ去って、こんなにも素敵な若い女をもらうなんて。

その時から心の奥底に、父に対して一匹の悪魔が住みつつあった。

この奇麗な人をいつか父から奪ってやろう。


僕は以前から自分でも良く分からない、体の芯から或る狂暴な衝動が時々吹き荒れてきてどうしようもない時がある。

もしかすると父が新しい母と一緒になってから一層、ひどくなってきたような気がする。

生々しいもの、奇麗なもの、たとえば庭に咲いているカサブランカの白い花弁を思い切り乱暴に引き千切って目茶苦茶にして見たくなったりした。

でも次の瞬間、そのカサブランカの花々がつややかに艶かしく思えて、沢山な白い花弁を敷き詰めたベットへ身を投げ出し、息が詰まるほどに埋れてしまいたいような妙な気がする。

一体どうかしてしまったのだろうか。

僕は高校を卒業する頃には男と女の事などはもう経験していた。

早く大人になりたがっている体つきばかり早熟な同級生の女の子達はむしろ男子よりセックスに貪欲だったし、僕も目覚し時計の中身がどうなっているのか分解してみるように、女の体には興味があった。

だから成績の悪さの腹いせのように無邪気に同級生の女の子達と、動物のように小悪魔のごとく戯れを繰り返した。

女の子の部屋で、薄暗い公園で、時には学校の黴臭い体育準備室の固いマットの上で、何か意味のある物が発見出来るかと意地の悪い刑事のように探し回った。

彼女らと触ったり感じたりする事はバイクに乗って、風を切り裂くように愉しかった。

だが一時の性の充実感はすぐに、鷲掴みした手の中のザラザラした砂のようにこぼれ落ちて拡散していく。

オットセイのように、だらんと裸のまま寝そべって、

「あのさあ、今度ブルセラでショーツ売るんだけど、一緒に付いていってくれない」

と、甘ったるい鼻に掛かった響きで、同級生のA子は言う。

彼女は家ではおとなしい、良い子で通っているし学校の成績も悪くない。

でも、こういう子が結構遊んでいる。

性が気軽な商品として取引されているのは、もう、うんざりだ。

そんな女の子達とつき合っても、次第に空しく、唯ひたすら寂しくなっていく。

こんなに若いのに既に年老いた一匹の薄汚れた小動物に成ってしまったような気がする。

これからの人生にまるで意味がなく疲れた気分だった。そんな自分に苛立ち、ますます荒れた気分になる。

父はビジネスライフな性格で、年中、自分の決めた一日のスケジュールに従って生活していた。例えば朝は六時半に起き、トレーナーに着替え、軽く準備体操をすると町内へジョッキングに出かける。

三十五分後、きっちりと帰宅して熱いシャワーを浴び、それからほどよく冷えたトマトジュースをコップ、三分の二程飲み、バスローブ姿で朝日新聞と日本経済新聞を読む。

次に二枚の分厚いバターを塗ったトーストとスクランブルエッグをコーヒーと共にほうばる。食べ終わった頃、七時半には香り高いロイヤルミルクティが目の前に出てこないと途端に額に縦ジワを寄せ、機嫌が悪くなる。

又、八時半には身仕度を整え、ピカピカに磨き立てられたカンガルーの靴を履いて玄関に立っていなければならない。

継母の京子は朝に弱いのか、まるで、南国の生まれ故郷を夢見てうつらうつらしている捕われの身のアルマジロのようにのろのろと行動して、コーヒーカップを割ってしまう。

「何をやっている、又、大事なカップを落としたな、好い加減にしなさい。早く、ミルクティを」

こんな怒り方は、亡くなった母につらく当たる時とそっくりだった。

継母は、

「貴方、すみません、今すぐに……」と、か細い声を出し一層、まごまごとする。

だが、怒り狂ったような父の眼を盗むように居合わせた僕に向かってチロっと舌を出して照れたような潤んだ眼をする。

僕もひどく朝は弱かったので、共犯者めいた笑顔を返す。そんな継母をますます好きになっていく。

それに急いで起きてきて、白いブラウスの胸元のボタンをはめ忘れて、豊かな谷間がチラリと見え、そうすると耳の後ろが急に熱く膨れ上がっていくような妙な感じがするのだ。

ある日曜日の午後、京子と僕は庭に植える姫林檎の苗を買うために車で外出した時の事だ。車に同乗する時、言った。

「俺、四時に友達と会う約束があるから早く帰りたい」

「そうね、私も今日は手の込んだお料理作りたいから、そうするわ」

と、幾分弾んだ声が帰ってきた。

町の園芸店を何軒か見て回り、気に入った苗を手にしての帰り道、急に空が暗くなり小雨が降りだしてきた。

やがて強い雨脚が町全体を覆い始め、行き交う車も黄色いフォグランプを点灯し、派手な水飛沫を跳ね上げながら走り回っている。

ワイパーは最高にしても、叩きつける雨の粒のほうが優ってふっと視界が途切れて辺りは灰色になってしまう。

彼女は慎重にハンドルを握り、助手席からそっと横顔を覗くと、幾分緊張してほんのり桜色に上気していた。

口をきりりと結んだ姿が、何か近寄りがたい凛々しい感じを与える。

突然、フロントガラスに二つの黄色い光の目玉が追ってきた。京子は反射的に左にハンドルを切り、その目玉を避けようとし、次の瞬間、ガクンと車は左側に傾いて止まった。

二つの目玉の主は僕達の車の右側をすり抜けると、そのまま走り去っていく。

何か大型の四輪駆動車のようだった。

どうやら車の左前タイヤが道に沿った左の側溝に入り込んでしまったのだと思った。

唸りを上げているエンジンを止め、

「真ちゃん、貴方はここに乗っていてね、急いで帰らなければならないのに御免ね」

と何も恐れるものはないという風にドアを開け、降りしきる雨の中に飛び出していった。

見る見る頭からズブ濡れになりながら車の前部の下に手を掛け、持ち上げようとした。フロントガラスに灰色に流れ落ちる雨の中に彼女の姿がそこだけ明るく浮かんでいる。

とうてい持ち上がるはずはないのに、懸命に持ち上げようとしていた。

白いワンピースはぴったりと肌に張り付き、体の線とふくらみがあらわになった。

雨は彼女の髪、首筋、胸元、お腹、脚を遠慮容赦なく流れ続けている。

彼女の顔も体もクリーム色の陶磁器のように滑らかに輝いていた。

まるでいつか見た美術書の、海から生まれたビーナスのようにも、ステンドガラスに描かれた青く輝く聖女のようにも想われた。

僕は自分も一緒になって外に飛び出し、協力しなければならないことも一時、忘れ去って阿呆のように見続けていた。

ふと気がつくと僕も全身を濡らし続けながら雨の中で車を持ち上げようとしてる。

ひどい雨は絶え間なく僕と京子を濡らし続けたが、なにも冷たくは感じなかった。

一緒に濡れぼそりながら幸せな気分に浸っていた。父への憎しみも、京子をいつか奪ってやろうという思いも、この降りしきる雨にすっかり流されていく。

その時からあの激しい雨の中で、持ち上がるはずのない車を持ち上げようとした彼女のひたむきな誠実さと、優美な肢体とを同時に深く愛してしまっていた。

その後、陰険な気持ちになった時、あの雨の中の彼女の姿を思い出すとなぜかとても素直な気分になる。

車は結局、ＪＡＦの助けを借りなければならなかったが。

或る夜、例によって父は貿易商同士の大切な会合があると言い、出掛けていった。

僕は父がいないほうがひどく機嫌が良いのだ。

僕達は急に魔法に掛かったように、無垢で無邪気な子供の年齢に変身してしまう。

二人は居間のふかふかのソファーに寝そべったり、絨毯敷きの床に座り込んだりして熱いレモンティーを飲み、目の前のテーブルにトランプを並べて遊んでいた。

彼女の服装は白い絹のブラウスに臙油色のスカートで眩しいほどに似合っていた。

時折、熱中してくると京子のすべすべした頬が上気して顔に触れんばかりに近づいてくる。

僕も肌色の滑らかな陶磁器のような彼女のおでこにわざと、触れる、すれすれに顔を近づけていく。

僕の眼は変に熱を帯び、輝きを増す。

すると彼女は慌てて身を引いてソファーにきちんと座り直すのだった。

「あら、駄目よ、これ以上近づいたら。貴方って図々しい」

叱ったつもりらしいが、その声はちっとも母親らしい威厳もなく、軽く弾んでいた。

　唐突に、

「継母さん、何故、お父さんと一緒になったの、どこが好きになったの」

と、トランプ配りの手を一時休めて聞いてみる。学校の英語の授業で難しい訳を怖い先生から質問された劣等生のように首を傾げながら、ぽつりぽつり話し始める。

「そうね、私、自分でも取り柄のない、恐ろしいほど中身のからっぽな女だから、お父様みたいに世の中の事よく判ってしっかりした人でないと生きていけないと思った。だから父母や親戚の人達が勧めるまま、結婚したの。頭の中は本当に何もないわ」

　なぜか嬉しそうでもなく、むしろ哀しそうに淡々として言った。

「でも、結婚してから、この世の中、色んな事があり、色んな夢があるような気がしてきたわ。私だって、もしかして自分の力で働いて好きな夢を見る事が出来るかも知れないって」

　継母のその夢が無性に知りたくなった。

「あの、その夢って何？」

　彼女の頬はほんのり赤みを帯び、優しい笑顔になった。

　まるであどけない童女のようだった。

「ええ、そうね、一番成りたかったのは大きな白い豪華客船の女船長さんね。真っ青な大海原を潮風に吹かれながら私が舵を取るの。行き先は南フランスのニースかそれともモナコ、でも南の果実や花が見てみたいからバリ島やタヒチかな」

　次第に何だか豪華客船のデッキで、彼女と二人でどこまでも青い、大海を気ままに旅をしているような気がしてきた。

　僕達は作り話の共犯者だったのだろうか。

　好きな人の為ならば、どんな甘ったるい馬鹿馬鹿しいような話でも、一緒になって一つの物語として作り上げてしまう例の習性が育ちつつあった。

　トランプ遊びは大抵、僕が勝った。

　継母もせっかく良いところまで行くのだがふとした些細なミスで失敗してしまう。

　そういう時、台所でカップを割った時のように悪戯っぽく舌を可愛い三毛猫のようにちろっと出す。そんな時、たまらなくまるで無垢な少女のように可愛いと思う。

　トランプ遊びに飽きると、彼女は百科事典を見ようと言い出す。そして黒光りしているマホガニーの本棚から、昆虫図鑑を引っ張り出してきて、

「私の田舎では川蟬が夏になると一杯飛んでジイジイと鳴いているの、ええっと、どこかしら」と妙なことを言い出す。

「家近くの緑色の沼の上に、暑くなるといつも川蟬が緑色をした羽をきらきらと輝かせて群れていたわ。そして周りのうっそうとした木々にも止まっていたし」

彼女は至極、生真面目に図鑑を捲っていたがやはり川蟬など出てこず、悲しそうな顔をする。

「それって、くちばしの長い、雀より少し大きい小鳥じゃないかな。小魚を取るのが上手な足の赤い、背中と尾が青色のダイヤモンドのように奇麗な鳥だよ」

「いいえ、確かにこの目で見たのよ、いたのよ」

「そうかなぁー、うん、いや、もしかして、未だ世界の誰にも発見されていない新種の蟬かもしれない。この世の中にはきっとあるんだ、想像も出来やしない、一杯不思議な未知な事が。もしかしてその緑色の沼にしか生息していない、新種の川蟬という蟬がいるんだよ」

そう言いながら、実際に川蟬と称する新種の蟬が、神秘的な緑の沼の中空に、ジイジイと群れをなして飛び回っているような気がしてきた。

僕まで、彼女のすぐばれるような即興劇の登場人物の一人になりつつあった。


彼女はすべすべとした肌色の陶磁器色の頰を上気させながら素直に頷く。

中学生の頃、クラスにまるっきり勉強が出来なく、でもすごい美少女で少し不良ぽく、常にすぐばれてしまう嘘を平気で付く笑顔の女の子の事を思い出したりした。

そんな同級生をたまらなく好きだった。

未だ小首を傾げている彼女を両手を伸ばして、突然、抱きしめたくなる。

そして、自分でも驚くような、でも素朴なありのままの気持ちの言葉が飛び出した。

「貴女の事が好きです、父と別れて一緒になって下さい、結婚して下さい」

彼女は一瞬、宙に浮いたような大きな眼をし、僕をまじまじと見つめた。

「そんな事、貴方って冗談ばっかり……」

そう、ぽつんと言うと、急にその場の空気を振り払うように笑い出した。

最初は乾いた明るい笑い声だったが、次第に湿り気を帯びた、悲鳴のような笑い声に変化して行き、真剣な目付きで見つめた。

「じゃあ、こうしてあげるわ、幼い子供のように抱きしめてあげる、ただ抱きしめてあげるわ」

彼女はそれから強く、柔らかく背中に手を回し本当に抱き締めてくれた。

僕も自分でも可笑しく成程、この世にたった一つしかない宝石を手にしているように、手を、腕をぎこちなく震わせながら彼女の柔らかい背中に触れ、抱きしめた。

床に、子猫か子犬が無邪気に戯れ合うように転がり続けた。僕達は互いの胸の熱い鼓動を確かめ合い、無性にいとおしく思った。

腕の中に彼女がいる、それがこの世のすべてのような気がする。

あのひどい雨の日、京子の顔を首を肩を胸を腕を脚を、全身を濡らし流れ続けていた雨の温かさを感じていた。

このままでいい、僕達は温かい雨の匂いと共にやがて溶け出し、一つの輝きの帯になっていく。

ソファーの上で一人で目覚めた。

夜がうっすらと明けてきて、カーテン越しに明るさが増してきていた。

妙に喉がからからに乾いて、額が熱っぽかった。

一体、なんて事を仕出かしてしまったのだろうか。

互いに本当に体を重ね合ったわけでもないのに、まるで男と女の関係になってしまったような気がする。

僕の胸に毛布が掛けられていて、一通の角封筒が頭の辺にあった。眠い眼をこすりながら、急いでベットの上に起き上がり、中を開くと几帳面な小さな字で継母の言葉が綴られていた。

真二さんへ

私達、一体どうしたのでしょうか。未だ夢の中にいるような気持ちです。この世に無数にある罪の一つを犯してしまいました。最初は私の体中から溶岩のように罪への恥ずかしさが、赤く、どろどろと吹き出てきました。でも不思議なことに、正直に言うと、その後から、森の奥深くに湧き出ている泉のように、こんこんと清浄な気持ちが流れ出てくるのです。ああ、生きているんだなっていう、悦びを感じてしまったのです。私達は無垢で無邪気なじゃれあう、子猫達だったのでしょう。でも、次の瞬間、又、赤黒い、頭の芯を苦しめるものが噴き出てきます。私の心の中は、しばらくこの二つの流れに身を任せているほか、なすすべはないようです。私達は、一時の夢を見すぎてしまったのかもしれませんね。貴方は、今朝、たった今、東京へ帰ってください。すくなくとも、何があろうとも庭の林檎の木に五回か、六回、果実が毎年、実るまで帰ってこないでください。でも、お父様に対してこの不実な気持ちと貴方を愛した気持ちが落ち着くまではもっと時が必要かもしれません。私は次第に老いておばあちゃんになり、貴方はやがて立派な男の人になります。でも思い出はいつまでも若く残ります。父様は、とても男らしい人だけど、かえってそういう人は以外にもろい所があります。そしてこれからは年を取って老いていくばかりです。やはり私がいなければ困ると思います。貴方は、お父様よりずっと素敵な人生があるはずです。大海原を航海する船長のように胸を張って生きていってください。どうか一人で旅立って下さい。私達の一時の夢は終わったのです。私は生涯の秘密として、貴方の体の温もりだけは大切にしていきます。

さようなら

京子

読み終えると、急いで身仕度をし、帰郷した時と同じく、ボストンバックを持って外に出た。朝靄が立ちこめ、庭園の木々の葉をしとどに濡らしている。

低い垣根越しに、カサブランカの花々が優雅に咲き誇って見えていた。

その先に、麦藁帽に野良着姿の彼女が白い横顔をのぞかせ、何事もなかったように一心不乱に庭木の手入れをしていた。

声も掛けず、彼女に向かって軽く頭を下げ、ゆっくりと歩き出した。

僕はもう、東京へ行ったら懸命に新聞配達か何かで生計を立てよう、仕送りは一切断って一人で生きてみよう。全身が武者震いしているような気持ちになった。

一度振り返ったが、朝靄に彼女の姿もカサブランカの花々も、すっぽりと包まれて何も見えなかった。

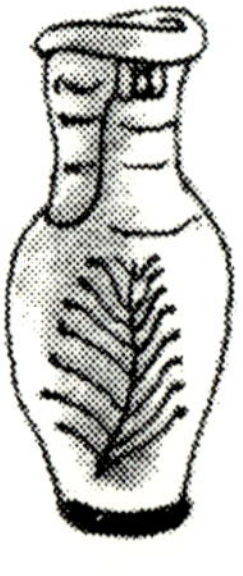

青い果実

私がふっと心安らぐ一刻がある。

例えばゆらゆらとまるで丁度良い湯加減のお風呂に、とっぷりと浸かっているような、又は、全身に春先の生まれたばかりの緑の匂いを含んだ微風を浴び、まどろみ、寝転んでいる縁側のような、そんな気分にさせる床屋に今、自分はいる。

N市随一の繁華街、F町の裏通りに古ぼけた五階建てのビルがひっそりとあり、その一階に老夫婦がほそぼそとその日暮しで営んでいる。

私が生まれ育った家は、ここからほんの五、六分先の表通りにあった。

若い頃はなぜか縁がなく、この店に出入りするようになったのは、老境に入った頃だった。この床屋も以前はそれでも活気があっただろうが、近頃は、流行病のような茶髪、赤髪指向の若手の美容室に押されて隅の方に追いやられていた。表通りの喧噪も華やかな空気もちらとも紛れ込んで来ず、しゃきしゃきと私のえりあしを切る、親爺さんの年季の入った鋏の音だけが静かにしている。

髪を洗われている時、

「どこかおかゆい所は御座いませんか」

と丁寧に聞かれ、

「耳の後が少し」などと答えて柔らかな動物の毛のブラッシで梳かれて良い気持ちに成っている。ぽつりぽつりと必要な事しか喋らず、私も一言、二言、言葉を漏らしただけのようで後はただ、うつらうつらしていた。

店内のアンティクなラジオが、頭の後ろのほうから午後のけだるいような何とも知れぬ夜曲を静かに奏でている。穏やかだった。

突然、優雅な曲が中断した。

「ニュース速報が入りました、ただ今、日米ガイドライン関連法が衆議院を通過致しました、繰り返します、」

私は急に頭から水を浴びせられた気持ちになった。だが、次第にまさか昔のようにはなるまい、まさか、と気を静めた。

「大丈夫だろうね。この日本は、」と、いささか大仰に同意を求めるように親爺さんに聞いた。「そうですねえ、まさかですねえ、私はシベリヤでさんざん苦労しましたから、もうこりごりですわ。でもあの戦争がどういうもんだったか、分からない人達も増えましたからねえ」とぼそぼそと消え入るように呟いた。

又、ラジオは何事も無かったように優雅な曲目に戻った。私もあの時代にもうなる事はあるまい、そんな事があるはずはないと自分に言い聞かせた。曲に身を任せ始めた。

意識が少しずつ遠くなり、又、近づいてくる。ぽかぽかと陽の当たった干し草に全身を埋もれているような、いつまでも心地好く安穏としていられる場所、もっともっと心安らげる場所。ふと、私は遠い記憶が、あの時代の記憶が春の波のように脳裏に蘇って来た。

そんな特別な場所は、胸の暖かみをぬくぬくと感じていた母の膝の上以外にあろうはずがない。幼き頃、私にとっておふみさんという、十七才の少女が母代わりだった事がふと、浮かんで来た。なんて、おふみさんの膝や胸はあんなにも柔らかく、暖かかったのだろうか。今から五十年以上前の短かった彼女との淡い、ささやかな一つの物語が蜃気楼のように浮かび、漂い始めた。

夢うつつの頭の中に、ゆっくりと規則正しいひずめの音が静かに近づいて来る。

それにつれてりんりんと軽やかな鈴の音が限り無く遠くから密やかに響いて来る。

ぬくぬくとした寝床の中で、ああ、又、いつものようにお馬さんがやって来たのだとぼんやりと思う。やがて鈴とひづめの響きは大きくなり、私は誘惑にかられて飛び起き、障子戸を開けた。二階の窓からうっすらと薄墨色の朝もやに煙る商店街が見え、ちょうど真下に麦藁帽を被った野良着の男に、たづなを曳かれた足の太い、体格の良い栗毛色の馬が通り過ぎようとしていた。

荷車には朝露にしっとりと濡れた白菜、人参、小松菜、大根などの野菜類が青々と満載されていた。近くの神社横で早朝商いされる野菜だった。

窓を開けて遠く見えなくなるまで私は見つめ、ひづめと鈴の音がすっかりと消えてから、又、急に眠りに誘われて小さな欠伸を一つして、ぬくい寝床に、のそのそともぐり込むのだった。

二度目の目覚めは微かな虫の羽音のような、はたはたと小旗が風に細かく震えているような規則正しい響きが耳に届き始める。

その音が段々と近づいてくる。

ああ、又、おふみさんが障子戸に軽やかにハタキを掛けているのだなと夢現に思い、だが後五分、後三分と眠りに誘われる。

私はぬくぬくとしている布団の中でうっとりとしていると、おふみさんが手荒く襖を開けて入ってくる。

「輝夫さん、起きているの、学校に遅れてしまいます、さあ、起きて」

と柔らかい、そして若い娘らしい弾んだ声で言い、私はそれでも布団の暖かみに勝てず、ぐずぐずしていた。彼女は未練たらしく張り付いている布団を、思い切りよく剥ぎ取り、眼を擦りながら未だぼんやりと覚束無くしている私を立たせて寝巻きを脱がせる。

時には、しょうもない子ね、という風に裸のままの体を強く抱きしめてくれる。

ほんのりとおふみさんの髪から新鮮な果実のような甘い香りが身近にただよい、すべすべとした色の白い頬が触れた。

そしてうりざね顔の形の良いおでこと、私の小さな額をしっかりと合わせて、もっと早く起きるのよと言うような悪戯っぽい、大きな眼をする。普段は細くて糸のような優しい眼がこんな時、倍にもなる。

たまに柔らかい、うっすらと紅を引いた形の良い唇を私の細い首筋に押しつけてじっとしている事もあった。

そんな時、私は急に意識がはっきりとしてきて、訳もなく恥ずかしい程うれしく感じ、いつまでも、いつまでも抱きすくめられていたいと思った。彼女はしばらく唇を押し当てた後、少し息が弾んでいるようであった。

やがて急に我に返ったように、ほんとに輝坊は可愛いんだからと憎らしいような口振りで、手荒くシャツを着せてくれるのだった。

私は学校にいる時も、近所の神社で洋品店の勝ちゃんや、八百屋の浜ちゃんらと遊んでいる時もふと、今朝、おふみさんに押しつけられた首筋の辺りをそっと触れてみたりした。

変にしこりのようなものがあるような、熱があるような、私だけの秘密めいた悦び。

私の住んでいる所は、日本海側の雪の沢山降る一地方都市だった。

街は信濃川で二つに分断され、柳並木が続く何本もの堀のある、まだ古く由緒あるものがそこかしこに残っている旧市街と、石油タンクや鉄工所、それに田圃や畑が入り乱れて点在している新市街地があった。

家は旧市街の繁華街、F町のど真ん中にあり祖父の代から本屋を営んでいた。

店内の広さは10坪ばかりで、岩波文庫や講談本、「のらくろ」や「冒険ダン吉」の漫画本、地理書や歴史物、他に主婦の友、文芸春秋などの雑誌類が脈絡もなく並べられていた。一回の店の奥に店内を見渡せる六畳の居間とおばあちゃんの寝室兼仏間と台所があった。二階は私の寝起きしている、通りに面した四畳半とあと三部屋が続いていた。

日中は大層、行き交う人も多かった。

近くの神社の春祭りも、もうすぐで永い雪国の暮らしから開放されて、人々の顔も自然にほころんでくるのだった。

家の前の通りは昼間と打って変わって夜も十時を過ぎると不思議なほど静まり返り、青白い月の光がすみずみまで広がり始め、朝の荷馬車の到来まで眠りに入っていく。

F町を挟むようにして、柳並木の続く二つの堀があり、静かな流れが堀の、まるで若い女の長い髪のように垂れ下がった青々とした葉先の下を何時も何時も流れていた。

おふみさんの部屋は襖を隔てて隣だった。

平山文といい、皆からはおふみさんと呼ばれていた。

詳しくは分からなかったが、幼い彼女を残したまま両親は大陸に出稼ぎに出かけ、未だに帰らず、それからは人に預けられて点々としたという。

他に身寄りのないおふみさんは、縁あって私の家に住み込みでお手伝いに来ていた。

店が忙しい時など時折、店番をしたり、朝、入荷した書籍や雑誌類を棚や店頭に並べたりした。彼女には実の母のように良く遊んでもらっていた。春の祭りには手を引かれて綿飴やぽっぽ焼き、風船を買ってもらった。

夏には堀を川風にそよそよと頬をなぶられながら、柳の下で西瓜売りのおじさんから赤い小さな切り身を何切れか買って貰い、木の橋の欄干にもたれてほおばったりした。

そして口の回りをいつも赤くし、おふみさんに柔らかい木綿の手拭いでごしごしと拭いてもらうのだった。

私がおふみさんに良くなついていたのは、人一倍生来の寂しがり屋で、そして父と母がいなかったせいだった。

二人は私が記憶も定かではない、ごく幼い時に既にこの世にはいなかった。

山好きな父と一緒に母は遭難するとは信じられないような低い、登り慣れた山で亡くなった。その日は雷鳴を伴ったひどい嵐の夜だったという。

父母の記憶は微かながらに、ただ薄ぼんやりとした朧月夜に、二人に手を引かれて暗い町並みをゆっくりと歩いていたような気がする。そんなわけで私はおばあちゃん子として育てられていた。

私が二階の一部屋に一人で寝るようになったのは、多分、おばあちゃんが男の子なんだから、少しくらい寂しい思いをさせ、逞しく育てようとしたのかも知れない。だが、私は、からっきし意気地無しで、学校でも仲間に相手にもされず、隅の方でぽつんとしている事が多かった。

同級生に時折、「お前、かあさんがいないんだろう、母なしか」と苛められても「僕にはかあさんの代わりがいるんだ、とても奇麗で優しいおふみさんという女の人がいるんだ」と心の中で誇らしく思うのだった。

身体も弱かった私は、時折、熱を出し、学校を早引けして寝床にうんうんと唸りながら、ぼんやりと天井板の節目を見ていた。

節目は、こちらを見下ろしている魔王の眼のようにも思えたし、おおかみや竜や蛇などに見える事もあった。眼を堅くつぶっても、恐ろしげな残像が瞼に浮かび、ますます、うんうんと唸った。おまけに外のざわめきがいつもと違って何か、私を咎めているような気がして胸苦しくなる。

そして世の中から私だけが取り残されている思いがしてきて、声を上げて泣いたりした。

そんな時、いつの間にか、おふみさんが側に来ていて「輝ちゃんの弱虫、これ位の熱で泣いちゃ駄目よ」と口では強く言いながら、私の熱くなった乾ききった頬に優しく自分の頬を触れさした。ひんやりと水気を含んだおふみさんの頬は柔らかい桃のようだった。

それだけで私の寂しさも熱の苦しさも春の淡雪のように消えてしまう。

それからおふみさんはそっと寄り添ってくれ、胸に抱いてくれる。

私の呼吸と胸の鼓動が、おふみさんの胸の鼓動と次第にぴったりとひとつに溶け合い、いつしか夢の揺りかごの中にいるような気がしてそのまま寝入ってしまう。

翌朝はすっきりと心の中まで洗われたようになって目覚め、熱はすっかり引いていた。

私はいつしか、熱を出して学校を早引けし、寝込む事が、もしかして他の子供より一段と選ばれた、甘美な行いのような気持ちになった。それからも何かと理由をつけては、なるべくおふみさんと一緒に居られるよう、背中に虫が入ったようだとか、怖い夢を見てしまったとかまるで、子猫がじゃれるように彼女に抱きつき、甘えていた。

おばあちゃんに見つかれば、こっぴどく怒られてしまうので、私が寝る時間に定められている夜九時にはおとなしく寝床に入り、おふみさんがお風呂帰りの石鹸の匂いをぷんぷん立てて二階に上がってくるのを待ち兼ねている。

そしてそっと襖越しに寝付けないなどと言いながら、忍んで行く。

おふみさんの部屋はきちんと整理されていた。小さな茶色の箪笥に小さな本棚、座り机の上には朱色の電気スタンドと小間物入れがのっていた。壁際の衣紋掛けには絣の着物やえんじ色の帯が掛けられ、天井から笠の付いた電球が橙色の光線をぼんやり放っている。

部屋全体は何か果実の香りでもしているように、清々しい。

小間物入れの小さな引き出しには、巻き貝や桜貝、青や黄色に色付けされた蛤などの貝類が入れてあった。

「輝ちゃん、この貝を耳に当ててごらん」

おふみさんはそう言って私を膝の上に抱いてくれ、軽く頭に、石鹸の香りのする白く柔らかい手を置いた。

そして一つの形の面白い、大きな真っ白な貝を私にくれた。右の耳に当て、左の耳をおふみさんに塞がれると、次第に静かな潮騒のさわさわという心地好い響きが頭の中に巡って来た。心のなかに真っ青な海がどこまでもどこまでも広がって行き、白い船が現れる。

小さなお船におふみさんと私とたった二人で何処までも、遠い異国を夢見て旅して行く楽しさ。

私はいつしかおふみさんの膝の上で寝入ってしまうのだった。

家業の本屋の経営は二里程離れた所に住む叔父が学校の教師を一時休職して通って来てくれ、店を何とか維持してくれていた。

小さな店なので、忙しい時はおばあちゃん、おふみさんが手伝えば何分やり繰りは出来たのだろう。

おばあちゃんは
「おらを残して二人とも先に死んでしまったわ、親不幸な、本当に親不幸な」と怒ったようなかすれた声で始終、店の仕事や家事で忙しく動き回りながら低く口の中で呟いていた。

おばあちゃんはつらい思いを人一倍激しく働く事で耐えて来たようだった。

私が熱を出して学校を休んだ時など

「輝坊、今も何処かで戦地の兵隊さんは四十度の熱でも御国の為に決して行軍を止めなかったし、勇んで敵陣に飛び込んで行ったんだ、これくらいの熱でうんうん言うなんて恥ずかしい事ら」と叱るのだった。

そして仏壇の奥からとんぷくのような小さく折りたたんだ包みを取り出した。

中にはけし粒程の灰色のつぶつぶが入っていて、それを水と共に飲ませた。

何処かのお寺で祈願されたつぶつぶだった。

これで輝坊の熱は明日の朝にはきっと下がるとおばあちゃんは満足そうだった。

私は熱にうなされながら

でも、いつも学校で勉強するより、たまに熱を出して、おふみさんにひんやりと氷水で冷やした手拭いを優しく額に押し当てられたり、いつもより柔らかい声で、輝ちゃん、可哀想に、未だお熱は下がらないのかしらと熱い手を握ったり、時に白いなめらかな肌で頬ずりしてくれるほうが嬉しかったのだ。

おばあちゃんは毎朝、誰よりも朝早く起き、仏壇の前に端正に座るとお燈明を上げ、そして南無南無と外に聞こえる程、声を張り上げてお経を唱えるのだ。

それは信心深さと共に、これからの私達の行末を深く案じながら、己を奮い立たせているような力強い、熱の籠ったお祈りだった。

私は時にはおばあちゃんの側に座り込んで、一緒にお参りする時もあった。

ろうそくの明かりに照らし出された仏壇の奥の、金色に輝く扉の中に仏様がいらっしゃって、じっとこちらを見ているような気がした。

父も母もそこにいて、きっと私達を見守っていて下さると思った。

おばあちゃんは私やおふみさんが元気で丈夫でいるように祈ったり、そして終わりに

「神の国、日本がどうか戦争に勝ちますように、東亜が栄えますように」とつぶやいたりした。実際、毎日の新聞には

「大本営発表、敵巡洋艦六隻、駆逐艦八隻、潜水艦七隻など合計で撃沈艦船四十二隻、我が方の損害まったく軽微なり、米国恐れるに足らず。決戦に移行せよ、一億火の玉、国民諸氏は今こそ勇戦奮闘せよ」などの活字が踊っていた。一方では「東京に米機初襲来九機撃墜、空襲なんぞ恐るべき老いも若きもいまぞ立つ」のラジオからの報道もあった。

けれども表日本と違ってこの街は嵐の前の静けさのよ

うな不思議な落ち着きがあった。

敵機は未だ、どの空からも現れず、街の背後に日本有数の米倉が控えていたせいだった。

店を手伝ってくれている叔父は、仕事が一段落するとよく、薄暗い店の奥で古ぼけた椅子に座りながら
「このいくさは日本の負けだな」とぽつんと呟いた。

「どうしてなの、学校で先生が日本は神の国だから、絶対に負ける事はありません、畏れ多くも天皇陛下様を戴く軍隊が負ける訳がないって何時も教えてくれるよ」

ほっそりとした叔父はロイド眼鏡の奥の気弱そうな細い眼をしばたたせながら
「どうかな、日本の何十倍もの力のあるアメリカが、いや、世界を相手じゃどうにもならん。それに、この好きなゴールデンバットも金鵄という名前に変えさせられ、変えただけで何か意味があると思っている。それよりさっぱり手に入らなくなったわ、それだけで負けいくさなのが判る」

と惜しむかのようにふーうっと天井の裸電球に煙草の煙を吹きつけた。

煙は頼りなげに薄暗い天井に拡散していった。私はなぜか叔父さんは、もしかして非国民ではないか、学校の先生や近所の在郷軍人の吉田さんがいつも言っている事とも違う、新聞やラジオはあんなにも日本は勝っているって言っているのに。

叔父さんは間違っているとむきになって子供心にも反発した。


いつの間にか尋常小学校は国民学校になっていて、私は三年生の夏休みに入ろうとしていた。全校の生徒は校庭にかしこまって集合していた。校長先生の訓示での
「皆さんは立派な少国民です。夏休みも一人、一人、体を鍛えて将来、御国の為に役立つような立派な生徒になりましょう」の言葉もうわの空で早く開放されたくて、うずうずしていた。隣の仲良しの壮司ちゃんと眼が合い、こっそり頷きあった。朝の登校時、

「輝ちゃん、今日、僕家に遊びにおいでよ、僕の誕生日祝いがあるから」

「うん、行くよ、一度家に帰ってから行く」

と、息を弾ませた。

壮司ちゃんの家は旦那様の家と呼ばれていた。私は店の裏口にそっと習字やそろばんの入ったカバンを置くと、二町内程先の壮司ちゃんの家に一目散に駆け出した。堀の木の橋を渡り、通称、屋敷町と呼ばれる閑静な通りに出ると、黒々とした長い塀を巡らした格子門の立派な家

邸宅がある。

大陸との貿易でみるみる財を築いたとかで、浜田様と呼ばれていたが、同級生の壮司ちゃんは少しも偉ぶる所なく私と遊んでくれた。壮司ちゃんは門の所で待っていてくれ、

「早くあがんなよ、真ちゃんも政ちゃんも来ているよ」

と快活な声を掛けてくれた。

門を入ると右手に竹林や綺麗に刈り込まれた緑がしたたるような植え込みがあり、左手にはこんもりとした林の手前に池があり、赤や黄色の大きな錦鯉が悠然と泳いでいる。

夢のような光景だった。戦争の影もちらとも見えない、豪勢なたたずまいに私は何時も息をのむのだった。

苔蒸した石堂楼や野外椅子、飾り鉢が点在し、飛び石伝いの奥に銀鼠色に輝く屋根の本宅があった。薄暗く、掃き清められた玄関に入ると鶯が枝に止まっている大きな絵柄の衝立があり、上がり口の板の柾目がくっきりして黒光りしていた。

私は壮司ちゃんに導かれ、滑るように磨かれた広い、長い廊下を歩き、何度も角を曲がって囲炉裏のある十畳程の茶の間に入った。

魚屋の真ちゃんも煙草屋の政ちゃんも、梅の絵柄のふかふかとした座布団の上に座って妙にかしこまっていた。

障子戸には陽がうらうらと燃えるように照り映え、部屋の中は青畳のぷんとした香りが一面に立ち込めている。

私も跳ね返ってきそうな座布団に座り、壮司ちゃん以外互いにおどおどと顔を見合わせていた。

「お清さん、もういいよ。早く運んでよ」

壮司ちゃんが少し甲高い声を掛けると、やがて絣姿の若い女の人がまるで襖の裏に隠れていたようにすぅーと入って来てお茶と薄く切った羊羹や紅白のあられ、口取り、雀を形どった和菓子を置き、

「どうぞ仲良く召し上がって下さいね」と柔らかく微笑し、静かに襖を閉じた。

日ざしが庭の植え込みの木々に充ち、木漏れ日がちらちらと障子に降りそそいで物音もしなかった。私は何処か遠い夢の国にいるような、時が無限に止まってしまったような気がした。私達はそれから、格好を崩して羊羹や口取り、和菓子を好きなように食べ、たわいなく喋り合い、相撲を取り、じゃれ合ったりした。やがて遊びにも飽きたのか、壮司ちゃんが
「外に出よう、そうだ、蔵へ行こうよ」と弾んだ声を皆に掛けた。

上がりかまちの上の大人用の下駄を歩きずらく何とか

履き、盗人のようにそっと音を立てぬよう松や欅の林を抜け、丁度本宅の裏に当たる白壁の大きな蔵の前に辿り着いた。

　辺りは老木が何本も林立し枝が重なり合い、緑が深くこんもりと陽さえ届かずに薄暗い。

　足元は一面に湿った青臭い苔が広がっていて、薄ら寒い冷気が立ち籠めていた。

　頑丈な蔵の引き戸は風通しのせいかあけ放たれていて、恐る恐る覗くと中は闇がしんしんと詰まっている。入口で壮司ちゃんが
「中に面白い物があるからおいでよ」と、屈託のない明るい声で皆を誘った。

　私達は足元を確かめ、期待と恐れを全身に感じながら中に入った。吸い込まれるような恐ろしい闇の国が広がっていそうな気がした。

　真っ暗だと思ったが、眼が段々と慣れてくると、何やら黒々とした物が眠っているように所狭しと並べられているのがぼんやりと浮かんできた。入口の正面に二階へ通じる階段があり、上の方より薄く光が漏れて来ている。

　私は二階に明かり取りの窓があるせいだと思った。

　壮司ちゃんはいつの間にか燭台を手にしていて、器用にろうそくに灯を点けた。

　浮かび上がった蔵の中はゆらゆらとした炎に揺れて、手が何本もある金色の仏像や古めかしい仏画が現れた。壁には曼荼羅図というのか、巧緻な地図のような物が広げられていた。蔵の中は一斉に極彩色に彩られる。

　或る一角には格好は仏像だけれど、若い女を腰の上に乗せ足を絡ませ合い、抱き合い、互いに妖しく微笑み、唇を吸い合っている姿が何体も並べられている。

「見なよ、男と女は誰でもこんな事をしてる、みんなのお父さん、お母さんもこれとおんなじ事をしているよ」

　壮司ちゃんは薄笑いを浮かべて、皆の顔を探るように見た。

「嘘だ、家の母や父なんか違うよ、こんな事なんかしていない」

　政ちゃんが気色ばんで云いつのった。

だが壮司ちゃんは、ふんと勝ち誇ったような眼をして又、薄笑いを浮かべた。

　私はとまどい、まるで分からなかった。

　それは単におくてで、また現実に父も母もいなかったせいなのだろうか。

　私は夢幻の世界にいるように又、ゆらめく蔵の中を見渡した。

　飴色に輝く人魚の姿。又、壁際には緋鯉の赤と白の肌

にしっかと抱きついている大きな蝦蟇の描かれた油絵。今にも錦絵の中より歩き出しそうな駱駝や麒麟の金色の姿。

私達はその夢、幻の妖しい世界にただ茫然見とれていた。

壮司ちゃんは

「この本を見てみな、面白いよ」またしても快活なあどけない声をして、一冊の分厚い、畳紙に包まれた本を見せた。中を捲るとぷんと金の香りが匂ってくるような、金縁の絵柄が現れた。半裸のふくよかな女性が、刀を手に縛り上げられている男達を足で踏みつけ、勝ち誇っている淫らな流し眼をくれていたり、大きな釜に放り込まれて下から火で炙られ泣き叫んでいる男に、取り囲んだ鬼達がてんでに金棒を振り立て、焼け火ばしを釜の中に突っ込んでいる図。腰を裂かれておおきなやっとこで体を捻られていたりしている姿が蝋燭の炎のなかに一斉に揺れながら踊っている。

次には上半身が男で下半身がけむくじゃらな四つ足の奇妙な動物が豊満な肉体を曝している若い女性に襲い掛かっている図などがぬらぬらと浮かび上がってくる。

そこには殺人、鬼、妖女、日本刀、麻薬、幻覚、淫らさ、奇怪などが混沌として渦を巻いていた。私は身の震えを覚えながらも、その時、不思議にもあらがいがたい魅力を感じて夢中で見入っていた。

「壮司坊ちゃん、又、そんなところに居て、お母さまに言いつけますすよ」

突然、咎める女の声がし、驚いて振り向くと外からの光で眩しすぎる入口に、さっき茶の間で世話をやいてくれた若い女が極彩色の絵柄の中の登場人物のように怖い顔をして塑像のごとく立っていた。

壮司ちゃんは、不満そうに頬をぷうーとふくらませ、「皆んな、又おいでな、今度はもとゆっくり見よう。未だ面白い物があるから」と明るく言った。見送られて私達が外に出ると、辺りは何事もなかったように夕暮れの淡い青さに包まれ、家々には灯りが灯り始めていた。

今、蔵の中で見てきた情景が夢、幻で不思議な小人でもいた国から帰って来たような気がした。家に帰って床に着く時刻になっても頭の中には、壮司ちゃんの家の蔵で見た一つ一つの絵柄が鮮明に立ち昇ってきて中々寝つけなかった。

襖を隔てておふみさんが部屋に戻って来た物音がした。私は蔵の中の事を、地獄のような絵柄の数々や、仏様が女の人と抱き合っていた事などを、おふみさんに全部話してしまい、そうして唯、抱きしめて貰いたいような気持ちになったり、いや、とてもそんな事は出来ない、恥知らずの子供のような風に取られてしまう、という想いにかられて何度も何度ももんもんと煩悶した。何時の間にか夢の世界に入ったのだろうか。

私は紅蓮地獄の真っ只中に放り込まれていて、大きなまな板の上で人を鋸で引いている鬼達や、裸の女が木にぶら下げられ、下から槍で刺されている惨状が現前に繰り広げられて居る。唯唯、私が息をのんでいると、遠くから目玉の三つある得体の知れぬ獣が地響きを立てて此方に向かってくる。

私は逃げようとしても少しも足が進まず、その場でもがき苦しんだ。泣き叫び、助けて下さい、助けて下さいと神や仏に祈り、息が詰まりそうになる。

脂汗が全身に噴き出て、やっと目覚めたが地の底から聞こえて来るような獣の足音は未だ続いて夢と現実との区別がつかなかった。やがてその響きがおびただしい人の下駄の音や何か叫んでいる声の入り交じったのである事に気づいた。

その野放図なざわめきは熱を帯びて下の通りより、私の寝床までひたひたと油が滲み入るように近づいて来る。

頭がくらくらし、恐怖に震えながら私は床から立ち上がり、思わずガラス戸を開けた。真っ暗な通りには、橙色の炎がまるで狐火のように無数の列を作り、ゆらゆらと揺れてざわめき合っている。

再び、胸苦しく息が詰まりそうになった。

よく眼を凝らして見ると黒々とした人々が手に手に橙色の丸い提灯を持ち、雄叫びのようなわめき声を上げながらうごめいている。

日の丸を打ち振っている捩りはち巻きの男や羽織、袴でステッキを大きく振り上げている年寄り達。腹巻きだけの漁師のような馬車引きのような男達。額をてかてかに光らせているどこかだらしのない着物の着こなしの婦人達。近所の犬達までが、狂ったような吠え声して行列に纏わり付いて行く。

万歳、万歳、鬼畜米英撃滅、万歳とわめき立てている人もいる。私はその動物じみた声がひたすら怖くなり、身を震わせ思わず泣き出してしまった。次の瞬間、私は柔らかい胸の懐かしい匂いに抱きすくめられ暖められていた。おふみさんの膝や胸の感触が全身に蘇って来た。

「怖くないのよ、あれはただの行列よ」とますます私を抱きしめてくれる。

次第に恐ろしさも地獄の絵柄のような思いも朝霧のように消え去り、おふみさんのただ私だけを大事に思ってくれている甘やかな安らぎが充ちた。このままいつまでも抱きすくめられて永遠の楽園に連れていってもらいたいような夢のような気持ちになって行く。

一等、この世で確かなのはおふみさんの胸と膝の温もりなのだった。


いつの間にか、早朝の通りに、りんりんという軽やかな鈴の音と頼もしいような力強いひづめの響きが聞こえなくなった。

おばあちゃんに聞いても、

「そうらね、よくわからんわ」と云い、又おふみさんに聞いても
「どうしてかしら、そういえば、お馬さん、さっぱりこないわね」と小首を傾げて不思議そうにする。

店で棚の本の整理をしていた叔父に聞くと、手を休めて眼をしばたたせ、がっかりしたように首を落とし、溜め息混じりに説明してくれた。

「あのお馬さんは、召集令状が来てどこか戦場に連れて行かれたんじゃ、人間とおんなじで赤紙が来て、多分甲種合格で、泥濘の中をえらい重たい物担がされているんじゃろうな。可哀想に」と又、深い溜め息をついた。

私は朝のお馬さんが現れるのを、とても楽しみとゆうのか、親しんでいたので急に寂しい思いになった。あのお馬さんまで兵隊になるなんて。

ものごころ付く前の遠い記憶の枕元に、りん、りんと響いてきたあの懐かしい音は、もう聞こえてはこなかった。

そういえば、ラジオからは大本営発表の勇ましい甲高い声が聞こえて来るが、撃滅、轟沈とか占領とかの話は少なくなり、どこどこの島から別の島へ転進したとか、島の守備隊が玉砕したなどの発表が増えてきていた。暗い、恐ろしい事がこの街にもひたひたと押し寄せてきているような、いつの間にか酷い嵐が差し迫ってきているような、そんな気分が子供心にもしてくる。

おばあちゃんの毎朝のお祈りも最近、切羽詰まっているような一段と熱が籠って来たような気がする。

万歳、万歳の行列もこの頃、回数がめっきり減って来ていた。

私が学校から帰ると、居間に学生服を着た若い男の人が静かに座っていた。

叔父もこちこちという、柱時計の音ばかり聞こえている中でお茶を飲みながら、その人の前に座っていた。

「輝坊、お帰り、この学生さんは今度、店の仕事を手伝ってもらう事になった、宮河隆雄君だ。B町から出て来

たんだ。まあ、仲良く頼む」と叔父は私を見上げながら言った。

私は、ああ、そうか、新しく店に来てくれる人が決まったんだと思った。

一週間程前から店の表のガラス戸に「書店員、男子一名求む」の張り紙が張られていた。

店を手伝ってくれていた叔父は、教師暮しから慣れない書店経営に携わったせいか、ひどく疲れたり、熱を出して寝込む事が多くなっていた。特に外回りの配達や集金などを難儀がっていた。

本屋の仕事は棚整理や返品の荷造り作業と中々の重労働なのだった。

私は叔父の横にぎこちなく正座し、頭を下げた。そして上目使いにちらと見ると、隆雄さんという若い男の人は、鼻筋が通り、眼が瑞々しく優しい輝きをしていて、一目で好きになれそうであった。

色白というよりも、青白く、品の良い顔立ちをしている。

「僕、宮河隆雄といいます。こちらにお世話になる事になりました、どうぞよろしく」と頭を下げた。私が無遠慮に、一心に見つめるとはにかんだように一度眼をそらし、遠くを見つめているような表情をした。

それから私の方を改めて見て、これからよろしくというような微笑を浮かべた。

彼の笑みは自然に私を包み込むようで、美しく思えた。私も思わず引き込まれるように微笑した。良い人だと思った。

こちこちと柱時計の音が静かに響いてきた。

ほっそりと品の良い隆雄さんという若い男の人は、叔父とお茶をゆっくりと飲み、帰っていった。

彼が帰る前におばあちゃんとおふみさんが町内会から帰って来た。

店のガラス戸の前で隆雄さんの挨拶を聞き、

「やっぱり、この人に決めたかい、うん、良かった、良かった」

と、おばあちゃんは叔父と隆雄さんを交互に見て頷いた。昨日、おばあちゃんが一人で面接していたのだった。

おふみさんはなぜか隆雄さんの方を見ないかのように眼を伏せていた。

見送りに出、後ろ姿を見つめていると心持ち、左足を引きずるようにして歩いていく。

そう言えば、居間できちんと正座している時も、微妙に左足をずらし、座りにくそうにしていた。叔父にそっと聞くと、

「うん、小さい時の病気のマヒが残っているので、あんな歩き方をしている。でも自転車にも乗れるし、本の荷造りだって充分出来ると言っていた。輝坊、彼に足の事なんか言わない方がいいよ」

叔父はそう言いながら、やっと一段落したようなほっとした表情をした。

私はそれより、おふみさんが隆雄さんの後ろ姿をふっと眼をうるませるように、一心に見送っていた事の方が気に掛かった。

翌日から隆雄さんは、店で働き始めた。

二町内程離れた民家に、一部屋を借りて通って来ていた。

生まれは当地から汽車で一時間半位かかる海沿いの半農半漁の村からだった。

夜学に通うつもりでA町へ出てきたが、戦争が深まるにつれ、昼間働いていた会社が東京の本社の指令で閉鎖される事になってしまった。当然、失業し、おまけに通っていた夜学も港を守る為に進駐してきた兵隊さんの駐屯地になり、勉強どころではなくなっていた。

店では隆雄さんは、時折出てくる叔父に言われた通りに返本の箱詰めをしたり、棚の整理や雑誌の配達などを、口数も少なく、ひっそりと勤めていた。

おばあちゃんは、良い人が来てくれたと喜んでいる。たまに私達一家と一緒に夕食を取る事もあった。一人暮らしの隆雄さん気の毒がって、おばあちゃんが時々声を掛けるのだ。

夕食といっても最近では、カボチャやじゃがいもの入った雑炊が多くなり、お米の割合が段々と少なくなっていた。

店の方も、入荷する雑誌も一般図書も極端に少なくなり、ワラ半紙にインクの滲んだ物が眼につくようになってきて、商売さえ危うい毎日だ。これからの世の中の行く末を考えると互いに漠然とした、まるで空に分厚い、灰色の掛け布団がどっしりと覆い被さっているような気持ちになってきて、黄色い笠の電球の下で皆、言葉を忘れたように黙々と雑炊を口に運んだ。おかわりの御碗をおふみさんが隆雄さんに手渡す時、彼女の白い指がぎこちなく震えていたり、顔を赤らめて伏目がちにしている時があった。

隆雄さんを見送った時の放心した、うるんだ眼が、じっと彼にそそがれている時もある。

おふみさんの何処かが急に熱くなっているような感じだった。

私の心の中に次第にいたたまれない、説明しがたい思いが渦巻き始めた。

学校の帰り道、政ちゃんの、家に来て遊ぼうよの誘いも断り、堀の橋の欄干に寄りかかりながら流れを見つめ、「おふみさんは、私よりも隆雄さんの方が好きになってしまったのだろうか」と切なく思った。私は一人前に妬いていたのだった。

柳並木の青葉の一つ一つが、風に微かに揺れ、行き交う人の歩く姿が前こごみで、白く乾いて見えた。

夜半、おふみさんから寝間着を着せてもらいながら、突然、思い切って聞いていた。

「おふみさん、僕と隆雄さんとどちらが好きなの」

彼女は驚き、澄んでみずみずしい眼を一杯に見開いて、信じられない言葉のように私を見つめた。

私は、むきになってじっとおふみさんの眼を怒ったように見つめ続けていた。

やがて、「二人共好きよ、輝夫さんも隆雄さんも」

「どっちも好きだなんて、そんなの嫌だ、どちらが好きか、はっきり言って下さい」

私は感情が一度にこみ上げて来て、ほとんど泣き出しそうになった。

おふみさんは、やがてにっこりと微笑み、そして私を強く、強く抱きしめてくれた。

「輝夫さんが好きよ、大好きよ、世界中で一番好き。だからもう、安心してお休みなさい」

おふみさんは、もう、以前と少しも変わらぬ優しい、私だけを思ってくれる、きれいな女の人になっていた。何度も何度も抱きしめられながら、心の中で「おふみさんは私を好きになってくれている。そして私もおふみさんが大好きだ」とかみしめていた。

気持ちがすうーと楽になり、温かくなって、そのまま夢の国へでも誘われるように感じた。

第一部終わり

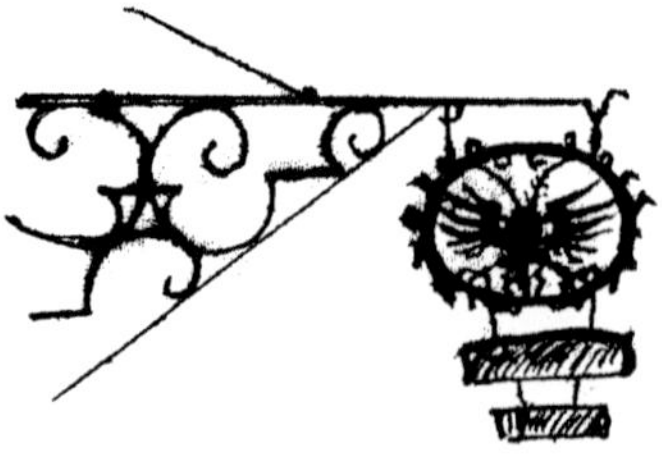

青い果実——第二部——

翌日になると晴れ晴れとした気持ちは、少し、恥ずかしい気持ちになった。

物静かで、感じの良い隆雄さんを強く憎んだり、邪魔に思ったりするのは何となく卑怯な気がした。私の未だ知る事のない、大人の世界があるのだ。もし私が一人前の大人に成っていたとしたら、おふみさんをお嫁さんにしようと隆雄さんときっと争ったりしているかもしれないが。

私は未だ幼くって、小さかった。

ただ、おふみさんの気持ちがあまりにも隆雄さんに傾きすぎて、私をもうまるっきり相手にしてくれないのではないかと心配したのだった。

世の中は次第に落ち着きのない日常に包まれていったが、空だけは爽やかな青空が続いていた。

私は叔父からもらった、所々錆び付いている子供用自転車を何とか乗れるようになろうと努力していた。自転車位、乗れなくては御国の役には立つことが出来ないと考えていたが、本心は子供らしい、単純に走り回る事への嬉しさに過ぎなかった。

時々、おふみさんと約束しては早朝、こっそりと二人で一里程離れた競馬場まで行き、そこで思い切り練習した。

競馬場はもう馬の走るような余裕もなく、中央は掘り返され、野菜畑となって黒々とした土が剥き出しになっている。

しかし長い円周はそのままの状態であった。

私はそこでおふみさんに、自転車の荷台を掴んでもらいながら練習した。

錆び付いたその子供用自転車は布切れで拭いていたが、油はほんのちょっぴりしか使う事が出来なかった。

朝霧が未だ漂っているような競馬場で、おふみさんがたまに手を離しているのも知らずペダルを強く踏み続けていて、後で急に怖くなったりした。

段々とうまく乗れるようになり、楽しさが増し、どこまでも澄んだ空の果てまでも行けそうな気がした。

時には隆雄さんも加わって、私の練習を手伝ってくれた。

早朝の柔らかい陽の下で三人は、のびのびとした解放感に浸っていた。

結婚もしていない若い男女が、自由に二人で会っていられる時代ではなかった。

早朝ならば目立つ事もない。

おふみさんは家にいる時よりも、生き生きとしていて、汗をかいて上気した顔が瑞々しかった。

隆雄さんも不自由な足を引きずりながら、しかしとても晴れ晴れしく笑っている。

そして三人とも疲れ果てるとクローバーの草の上に息を弾ませて寝転んだりした。

草はしっとりと朝露に濡れていて、汗ばんだ体に心地好い。

朝の冷風が三人の上にそよぎ、澄んだ青空が何処までも清く広がっていた。

別の日には隆雄さんが店の自転車でおふみさんを荷台に横座りさせて、楽しそうに走る事もあった。

不自由な隆雄さんのペダルの踏み方だったが、ぐるぐると何回も何回も回った。

私はおふみさんが手を振る都度、それに答えていたが、少し寂しい気もした。

私は大人になって、隆雄さんの代わりに彼女を乗せて何処までも走り続けたいと願った。

寝ころぶと草の匂いを胸一杯吸い込み、早く大人になりたいと思った。


隆雄さんは仕事をしている以外は、居間からのこちこちという時計の音ばかり聞こえてくる店の棚の下で椅子に座りながら、よく文庫本を読んでいた。時折、おふみさんも部屋で机の前に座り込んで、熱心に本を読んでいる。「その本、きっと隆雄さんから借りたんでしょう」と言うと、少し顔を上気させて頷いた。「トルストイの戦争と平和よ、初めは何だかとても分厚くて嫌だなと思ったけれど続けて読んでいたらとても面白いの」そしてナターシャ、ピエール、アンドレイの事を色々話してくれた。私は何も理解する事も出来ずに、但、彼女の生き生きとした眼の輝きや、ぽっと赤くなった頬を見ていた。「でも、戦いの場面は怖くって嫌だわ」とぽつんと言った。

或る日、私は隆雄さんの部屋へ遊びに行く事になった。

私がせがんだのかもしれない。

大抵の我儘を優しく聞いてくれた。

仕事を終えた彼の柔らかい手に握られて、ゆっくりと歩いていたような気がする。

夕日が通りを茜色に染めていたが、隆雄さんの借りている家の路地はすでに藍色に近く各々の家にはうっすらと灯りがもれていた。

昼間でも日の差し込まないような一軒の古ぼけた民家の戸を開けると、隆雄さんは小さくただいまと奥に声を掛け、玄関横の薄暗いぎしぎしと軋む階段を上った。

人の気配もなく、家主は何処かへ出払っているらしかった。当時、町中でも戸締まりをしない家が結構あった。

二階の六畳間が借りている部屋だった。

路地裏に面したガラス戸からは、淡い朱色の西日が古びた畳面を染めていた。

所々、傷はあるがよく手入れのされた清潔な机と本のぎっしりと詰まった本棚が壁際に並んでいた。

それぞれの本が丁寧に扱われているように見えた。隆雄さんは部屋の入口で立ちつくしている私にお入りよ、と優しく言った。

座布団に座らせると、

「ぼくの所は何もないが、本だけは自慢できるよ」と微笑んだ。

棚から色んな本を引張出して来ては、私の前に置いた。表紙の欠けた本や、古ぼけていても、香ばしい匂いのするような本、大切にカバーの掛けられた本。

「みんな大切ないい本なんだ。ぼくが生きていくうえで色々と教えてもらった先生みたいな関係だよ」

隆雄さんはいとおしむような、熱い気持ちの眼で本を眺めていた。

それから立ち上がると、本棚から何冊か丁寧に取り出し、

「これはね、中野重治さんの本だし、こちらは大好きなロシアの作家、チェホフの本だよ」

と、私に表紙を見せ、笑みを浮かべた。

その時の隆雄さんの顔が淡く朱色に彩られて、とても幸せそうに見えた。

でも、少しすると、差し込んでくる陽は鈍色に変化した。

「ぼくはもしかすると近々戦争に引っ張られるかもしれない。だからそれまでに精一杯、本を読んでおきたいんだ。未だそっと本棚の裏側に隠してある本もある。誰かに知られるとお巡りさんがすぐに飛んで来て、牢屋に入れられてしまう。だからこれは、ぼくと輝ちゃんとの間

の大事な秘密だよ。戦争さえなければ、どんなにか好きな時にいくらでも読む事が出来るのに。そして東京の大学へ行って文学の勉強もしてみたい」

隆雄さんはふっと遠くを見つめるような真剣で、甘美な表情をした。

「たとえ、この瞬間、B29やグラマンが襲いかかってきて爆撃されても、ぼくはこの本と共に死にたい気もする。それから、もし徴兵されたら、どの本を隠し持っていけるか考えている」

「隆雄さん、隆雄さんも、どうしても戦争に行かなくてはならないの」

「ああ、少しでも役に立ちそうな人間だったらどんどん戦争に狩り出されている。ぼくは小さい時の病気で体が少し不自由だから今まで免除されていたけど、もうそんな事は判らなくなった。この戦争に逆らう事などもう出来ない」と暗い顔をした。

やがて私の眼を真正面から見据えて、

「もし、ぼくが兵隊に取られたら、この本棚の本は全部、輝夫君に上げるよ」

と、言った。

私は今、ここにいる隆雄さんが、何だか現実の隆雄さんではなく、兵隊服で足にはゲートルを巻いて額には日の丸の鉢巻きをした若者のような気がしてきて急に不安になった。

「戦争なんて行かないで下さい。ぼくも、それから、それからおふみさんも嫌です」

隆雄さんは驚いたようにまばたきをして何回もした。少し考え込むような顔をして、しばらく黙っていた。

やがて「輝夫君もおふみさんもぼくも大好きだ。だからもし戦争に行っても必ず帰って来る」と云い、微笑みながら私の両肩に手を置き、力強く何度も揺すった。

窓の外はすっかり暗くなっていて、ただ闇がすべてを包み込み、今夜は星明かりも見えなかった。


町は昼間でも初夏なのに、重苦しいじゃりじゃりした乾いた風が通り抜けていた。

あの市内全部が日の丸と軍歌と万歳の声に彩られた戦勝記念行列は、既に遠い過去の出来事のようだった。

俄かに戦争の影が、町や人々をじわじわと包み込み始めていた。

米、味噌、醤油、酒、砂糖、マッチ、木炭、食用油などの毎日の生活にかかせない物資が配給制になっていった。

当地にも敵戦闘機編隊がいち何どき侵入してくるかも

分からず、家々では夜間、電球の笠には黒い布が被せられていた。

田舎に親戚のある者は疎開し、商家の人達も品物がさっぱり入荷しないので、からっぽの棚やウインドウを見つめては暗い顔を突き合わせていた。

私の家の小さな玄関には、ハタキのお化けのような火叩き棒やとび口、バケツが常時置かれるようになった。

又、近所の金物屋のトメおばさんが、魂を無くしたようにまったくの無表情で通りを毎日ひょっひょっと歩くようになった。

両足の長さに変わりはないのに、がっくと右足が地面に吸い込まれてしまったように互い違いに歩く。

首から白い布に包まれた息子さんの遺骨箱を下げて、胸にしっかと抱き、障害者のように歩き続ける。

遺骨箱には南の島で戦死した息子さんの骨は入ってはなく、白い砂と一個の赤茶けた石ころがころんとあるという。

おばさんが奇妙に歩く都度、小さな、からからという乾いた音が聞こえた。

私は彼女が店の前をひょっひょっと通り過ぎる都度、物陰に潜んで怖々と見ていたものだった。

雨の日も風の日もトメおばさんは何かを責め立てるように、鈍い眼の光を放ちながら規則正しく歩き続ける。

おふみさんが、夕方過ぎになるとひっそりと出て行き、遅くなると帰ってくるようになった。

そんな時の彼女の顔はほんのりと熱のある顔で、いつもより濃い化粧がしてあった。

ある時は豊かな黒髪の油の香りがきつく感じられる事もある。

おふみさんは隆雄さんの処に出入りしているらしかった。

おばあちゃんはたまに、若い娘があまり夜遅くまで出歩くものではないと小言を言った。

おふみさんはその時は素直に頭を下げていたが、すぐに物に憑かれたようなうっとりとした眼をする。

私はおふみさんが隆雄さんの部屋に、たった一人で居る事に、何かとても嫌な感情が湧いて来るのだった。

それは今までのきれいな、納得していた気持ちと違って醜い、私自身を苦しくさせる思いになった。

やがて何日かしておふみさんは夜が更けても帰って来ず、とうとう翌朝になってから、萎れた草花のようになって帰ってきた。

自分の部屋に戻ると畳に強く我が身を投げ出し、声を上げて泣き始めた。

人より白いうなじが、今はほの赤く見えた。

「隆雄さんが、隆雄さんが戦争に行ってしまう、どうして行かなければならないの。何故誰もこのいくさを止める事が出来ないの、何故みんな、黙っているの」

乱れた髪がぶるぶると恐ろしい程に揺れ続けた。おばあちゃんは戸惑ったように部屋の隅に息をのんで立ちつくしていた。

私もどうしたらよいのか判らずに、ただ彼女の側にでくの坊のように立っていた。

見つめているうちに、時として、隆雄さんなど早く戦争にでも行ってしまえと、心の隅に育ち始めた嫌な気持ちも消え失せ、悲しみが急に押し寄せて来る。

涙が自然に溢れて来た。

隆雄さんは足が不自由のために招集が保留されていたが、戦争はついになりふりかまわぬ所まで来ていた。

数日後、隆雄さんは生まれ故郷の淋しい海沿いの村へ帰る事になった。

家の人と別れを告げ、さらに遠い招集場所へと旅を続けるのだ。

当時、機密保持の名目で、出征が明らかに分かるような駅での別れの風景は禁止されていた。二、三人の家族の群れが永久の別れになるかも知れぬのに、なにげなく涙さえ堪えて、白々としたホームにたたずむ。私達もこれから発車しようと息巻いている真っ黒い蒸気機関車の前で、隆雄さんを見送ろうとしていた。

叔父とおばあちゃんと私と、そして人目につかぬよう少し離れた手押し車の側でおふみさんが蹲ってこちらをくいいるように見ている。

おばあちゃんが心ばかりのもち菓子を隆雄さんに差し出した。

彼は宝物を貰ったように何度も頭を下げた。

「きっと帰って来て下さい。又、おふみさんと一緒に自転車の練習を教えてね」

隆雄さんは淋しいほどの優しい笑顔を浮かべて、私の幼い手を強く握り、

「輝夫君、僕はきっと帰ってくる。そしたらおふみさんと三人で何処へでも遊びに行こう。君は男なんだから、おふみさんを大切にしてやってね。これは約束だよ」と言った。

やがて彼を乗せた汽車は、煤けた煙りを私達に浴びせながら、ゆっくりと動き始めた。

おふみさんが弾かれたように立ち上がると、隆雄さんに向かって手を思い切り振り始めた。

顔が涙で歪んで怒っているように見えた。

隆雄さんが何か叫んだが、激しい汽笛に遮られて聞こえなかった。

汽車はもくもくと煙りをまき散らしながら、急に速度を上げ、右に曲がって視界から消えた。ごとごとという響きが小さく聞こえていた。線路が白く人を射るように輝いた。

おふみさんはふらふらと心棒のない、人形のようにホームに蹲り、嗚咽していた。

私達は抜け殻のようになっている、おふみさんを只、そばで見守っているばかりだった。

家に帰る事が、無性に寂しく思われた。

それからのおふみさんは、配給所へ食用油や味噌を、購入券を持ってもらいにいく時も、雑炊を食べている時も哀しそうにやつれた顔をしていた。

そして時々、何を見ているという訳でもなく、ただぼんやりと人通りも少ないおもてに眼を向けていた。

私はおふみさんの切ない気持ちが、誰よりも分かっているつもりだったが、何もしてやれずに、黙って祈るような心でいるばかりだった。たまに彼女は自分の部屋で、小間物入れから幾つもの小さな桜貝を取り出してきては、私に見せてくれる。

「これはね、隆雄さんからずっと前に貰ったものなの」

と言い、その可愛らしい桜貝を手のひらに乗せて、じっと今にも泣き出しそうな潤んだ眼で見つめていた。

隆雄さんがいない悲しみは、幼い私にも寂しい鈴の音のように響いた。

時折、彼女は私の手を引いて、近くの神社へ願掛けにも行った。

六月のどんよりとした昼下がり、赤い鳥居をくぐり、松の花粉で黄緑に斑模様に彩られた石畳を、おふみさんは少し俯き加減に歩く。

境内の紅葉や柊の葉も、一頃の伸びやかな緑の成長をおとろえさせ、何だか疲れているように見えた。

伝わって来る彼女の握りしめる力がとても弱々しく感じられた。

子供の私は何と声を掛けてよいものか、答えを出すことも出来ず、ただ黙って前方を見つめて歩いていた。

カタコタと、互いの音を響かせながら本堂への木の段々を上がると、御賽銭を入れ、広々とした畳敷きの薄暗い奥に向かって二人で手を合わせる。

本堂の左手欄間には帝国万歳、陸軍万歳、海軍万歳とたっぷりと墨書された巨大な額が掛かっていた。おふみさんは一心に手を合わせながら、小さくささやくように、

「どうぞ、隆雄さんが御無事で帰ってこれますように、戦争がすぐに終わってみんなが又、平和に暮らす事が出来ますように」と呟いた。

私も心の中で、隆雄さんが早く帰って来るように、おふみさんと三人で海でも山でも遊びに行けますようにと祈った。

帰り道、境内の蓮の葉の繁茂している池のそばに私達はぼんやりと佇み、黄緑色に湿った水の面を見つめた。所々に、可憐な薄紅色や白い小さな蕾が、くっきりと顔を出している。

早朝、見事に開いたに違いない、大きな花弁のものは、今は閉ざされている。

おふみさんの横顔をそっと盗み見るように見ると、血の気のない、白い横顔が水の反射で一層、白く輝いて見えた。

ふっと時折ため息をつく彼女が白いちいさな花の蕾のように思えた。

どこかしら、鳩のぼうぼうという、くぐもった鳴き声だけが、静かに黄緑色の水の面に広がっていった。

さわさわと風がそよぐような微かな響きが耳の底に残り始めた。


夢うつつの中にも、水が何処かで滴り落ちる音に聞こえて来て、次第に意識が鮮明になった。眼を開けると、障子戸が薄ぼんやりと明るい。月が出ているせいだった。光の精が薄い霧のように辺りに静かに広がっている。

そしてかすかな水の流れの中に、時折、規則正しい、ぎしぎしという金属の軋むような小さな秘めた響きが伝わって来た。

私は夢見心地の内に、誘われるように、よろよろと覚束無く立ち上がり、ほのかな音のする方へ歩いていった。

音は階下の台所の方より、少しずつ漏れてきていた。

階段を手すりに掴まりながら、ゆっくりと降りた。

台所の曇りガラス戸の向こうに、薄ぼんやりと白い人影が見えた。

私の眠っていた意識も、徐々に鮮明となり、胸が震えて来る。

戸が微かに開いていて、私は吸い寄せられるように近づいていった。

白み始めようという静けさの中に、手押し井戸ポンプの前の叩きの上で、おふみさんが生まれたままの姿で立膝をし、両手を合わせて一心に祈っていた。

私は棒のようになり、ただその姿を見ていた。高窓よりもれてくる月の光は、ふくよかなおふみさんの、すべてのふくらみや窪みを優しい陰影を付けて写し出している。

光の一つぶ、ひとつぶが彼女の全身を青白くなめらかに覆っていた。

やがておふみさんは立膝を崩し、立ち上がると、そばの赤茶けた取っ手の手押しポンプをゆっくりと上下させた。

下の手桶に、清烈な滴りを注いだ。

そして、また、立膝に戻ると、ゆっくりと白い肩に汲んだばかりの水をさやさやと流し始めた。

流れは彼女の肩から桃のような乳房を覆い、やがて柔らかな腹部を下って、やがて付け根の黒々としたものをなめらかにそよがせながら染み通って行った。

石の叩きに一筋の白い光が浮き出て瞬いた。

流れが彼女に充ち終わると、白い体全体がほんのりと桜色に彩色されていく。

立ち籠めている冷え冷えとしている空気までが温められ、柔らかく上気し、それが私の足もとから段々、膝や腰、胸、首筋から頭の先まで伝わってくる。

ほのかな薄墨色の中に、おふみさんが桜色に染まってぼうーっと夢のように浮かんでいる。月の光が少しずつ増して来ると、一層、彼女の体の輝きはくっきりとふちどられて見えた。まるで蓮に浮かぶ薄紅色の蕾のように、清らかに美しく思えた。

又、ふくよかで、逞しい両膝を懐かしいものでも見るように感じていた。

あそこが私を一等、安心させてくれる場所なのだ。私は何の後ろめたさも自責の念にもかられる事もなく、只、見つめていた。

おふみさんは、ゆっくりと何度も何度も井戸水を汲み続け、肩口から体にそそぎ、そして無心に手を合わせて祈り続けた。

隆雄さん、どうか御無事に、という吐息が私の耳にかすかに美しい花弁の落ちる音のようにして届いた。

私はふと、以前、壮司ちゃんの蔵の中で見た、一体の優しげな仏様の事を思い出していた。他の怪しげな仏様と違って、ふくよかな御身体とかすかに微笑んでいらっしゃるような御顔。おふみさんは何て良く似ている事だろうか。

私は、いっその事、わっと声を出して中に飛び込んで行き、甘やかに激しくあまえてみたいと思った。

でも、おふみさんは、一心に隆雄さんの事を想い、祈り続けている。

私はそれに気づくと、急に淋しいような哀しい気持ちに閉ざされて、一層いとおしく、彼女の美しい裸身を見続けるのだった。

暑い八月に入ると、市内の至る所に待避壕が掘られ、黒い土が剥き出しになっていた。消防道路の確保や、類焼を防ぐ為に沿線の建物が次々と壊され始めた。この町にもB29の巨大な翼が悠々と頭上をただ通り過ぎて行ったり、グラマン機が港に機銃掃射を加えて行くようになった。広島に新型爆弾が投下され、次第にその惨状が明らかになっていく。

二十数万人の人々が犠牲となり、その何日か後には長崎にも投下され、十四万人の人々が亡くなった。

又、日本国中の大、中、小都市が激しい空襲に見舞われ、多くの犠牲者を出した。

市民の間にも動揺が津波のように広がり、強制的な疎開が始まった。

私達一家は二里程離れた所の、叔父の家に一時、非難することに決まった。

急いで身の回りの物を柳行李にまとめ、リヤカーに積み込んで叔父を先頭に出発した。

暑い、暑い日だった。

市外に向かう市民の列は、大八車や荷車、リヤカーなどに家財道具をくくりつけて、暑さと人いきれと先行きの不安に眼をしばたたせながら、まるで疲れ切った蟻の行列のように続いていた。

私はおふみさんに手を握られながら、なぜかとても足の裏が冷たく感じられ、それが全身に伝わってくるようだった。

おふみさんは首筋に玉の汗を光らせながら、どこか虚ろな眼をして歩いている。

そして時たま、こん、こんと軽い咳をした。

おばあちゃんはリヤカーの端に座り込み、ぶつぶつと祈りめいた呟きを繰り返していた。

リヤカーを引き続けている親父は、汗でずり落ちてくる眼鏡を何度も手で直しながら、力のない足取りで道を一頭の年老いた牛のようにのろのろと歩いている。

道は焼けて、茶色ぽいホコリがひっきりなしに舞い上がり、人々も物憂く、頑なに無口だった。

叔父の家は小川の土手の下に、こじんまりと建っていて、夏草のむれる匂いが部屋の中まで入って来た。

市外地ともなると、周囲は農家が多く、畑が青々としている。

町の者が眼の色を変える、ジャガイモや薩摩芋、小松菜、豆類がふんだんにあった。

叔父の家も家庭菜園でカボチャや人参、枝豆を作っていて、町の我が家も時々貰っていた。叔母さんは、学校の先生の奥さんらしく感じの良い人で、にこにこしながら、

「まあ、まあ、皆さん、ほこりにまみれなさって大変でしたね。どうぞ戦争が落ち着くまでゆっくりしなすって」

と言ってくれた。

二人の息子さんがいたが、一人は戦争に行ったきりで、もう一人は負傷して帰って来ていた。農家を買い取ったらしく、茶褐色の大きな梁が天井に剥き出しになっている居間で、私達は久し振りに白い米や卵、白菜などを貪るように食べた。

六畳一間に、おばあちゃん、おふみさんと一緒に寝起きした。

窓のガラスに米という形に紙が張り付けられていたり、電灯に黒い布が被せられているのは町中と変わりなかった。

叔父や叔母さんは時々顔を出したが、戦場より帰って来た勉という息子さんは、滅多に顔を合わせる事もない。

右腕を失った勉さんは、陰気な横顔をたまに襖の向こうに見せるだけだった。

町中と違って夜は物音一つせず、かえって落ち着かなかった。先行きの不安が闇と共にぐいぐいと、胸に食い込んで来るようだった。

それに時たま、すごい怒鳴り声が勉さんの部屋の方向から聞こえてくる事があった。

それが次第に呻くようなすすり泣きに変わり、いつまでも耳に伝わってくる。

でも、すぐそばにおふみさんがいる、手を伸ばせばすぐ届く所にいると思うだけで、次第に心も和らいできた。

おばあちゃんがすっかり寝込んでしまった頃、隣に寝ているおふみさんに、

「ねぇ、今頃、隆雄さんはどうしているかしら」と言うと、

え、と、しばらく声を詰まらせたように押し黙り、やがて小さな声で、

「そうね、きっと元気にしているわ、そうに違いないわ」と、少し咳き込みながら言い、後は言葉を噛み殺してじっと耐えているようだった。

そしてくるりと寝返りを打ち、向こうを向いてしまう。肩の辺りの薄い掛け布団が細かく震えていた。そして急に咳き込んだ。

私はその時、おさな心にも聞かなければ良かったと酷く後悔するのだった。朝になると、私は誰よりも早起き

をして、近くの田圃を歩き回ったり、土手を駆け登って小川に沿って歩いたりした。時折、藻の影にめだかや鮒が生き生きと群れているのを、見つけたりした。

早朝の夏の空は、戦争など何処にもないように青く、晴れ渡っている。

だが、昼近くになるとじりじりと天が焼けているような蒸し暑さが充満してくる。

外から帰ると、居間の古ぼけたラジオを前にして叔父も叔母も、おばあちゃんとおふみさんも妙にかしこまって頭を垂れていた。

いつもの正午の時報が聞こえた。

それから君が代の曲が流れ、奇妙に調子外れの甲高い声が響いた。

チン、フカク、カンガミなどの聞き取り難い言葉が続いていた。

皆は今にも泣き出しそうに未だじっと頭を垂れていた。

「日本がとうとう戦争に負けたんだ」

叔父がぽつんと掠れ声で呟いた。

おばあちゃんは声を上げて泣いた。

庭先では飼っている五、六羽のニワトリの鶏冠が生々しく赤く爛れているように見え、忙しなく動き回っている。


辺りは真夏の物憂い輝きが充ちていた。

みんなの悲しそうな表情と違って、私の心の中は、ああ、これで夜も明々とした電灯の下で好きな絵本も読める、学校で仲良しの真ちゃんにも政ちゃんにも会えると弾んでいた。

そして毎日が子供らしい遊びをしたり、堀の小舟の上で遊んだり、笹団子やお菓子が十分に食べられたりする生活が又、戻って来れば良いのだ。

隆雄さんが元気に戻ってきて、おふみさんと一緒に海辺へも競馬場へも連れてって貰うことが出来る。

そんな風に単純に思っていた。

本当は駆け出したい位に、私の心の中は弾んでいたのだ。

けれども辺りには異常なくらい静かで陰鬱な空気が充ちて胸苦しくさえなっていく。

どれくらい時が過ぎていっただろうか、突然、勉さんの部屋の方よりけたたましい、体が自然に踊り出すようなリズミカルな御囃子が鳴り響いた。

そして、「アーアアーさても一座の皆様方よ、ちょいと出ました三角野郎が、四角四面の櫓の上で……」と野放図な陽気さを含んだ胴間声が被さった。

次に勉さんの何やら叫びまくる声が入り混じり、今までの静寂さは粉々に飛び散った。

一瞬、ただ、互いの顔を見合わせていた私達は我に返り、慌てて部屋を飛び出していた。

開け放たれた勉さんの部屋の縁側で眼にしたものは、彼が褌一枚で酒に酔っているかのように、奇妙に手足をくねらせている光景だった。部屋の隅には、古ぼけた蓄音機があり、一枚のレコード盤が陽に表面をきらきらと輝かせながら回転している。

叩き付けるような陽気な節回しの中に、勉さんの「男はみんな、金玉抜かれて奴隷にされるー、女は強姦されてー、鬼畜野郎の慰み者よー……」の妙に掠れた声が混じり合い、一緒になって跳ね続けていた。

私達は誰も止めることも出来ずに、茫然と彼の狂態を見ていた。

勉さんは時々、ない右腕の付け根辺りをいとおしむように、左手で擦ったり握ったりしながら、いつしか両眼にぽろぽろと輝くものを流し続け、嗚咽した。

やがて叔父が切羽詰まったように、馬鹿、と激しく叫んで彼に抱きつき、奇妙な踊りを止めさせようとした。

でも叔父も勉さんを強く押さえつけようとしながら、急に顔を歪めると泣き出していた。

又、蓄音機から「アーアアアー、二十歳余りの売り出し男、背は六尺肉づき太く、器量骨柄万人すぐれー」と浮き立つような明るい響きが嗚咽声と共に陽光の中にばらまかれ続けた。

私達は叔父の家を離れて元の懐かしい我が家へ帰って来た。市街地は大規模な空襲はなかったが、港の船や工場地帯で艦載機の攻撃を受け、五十人近くの人が亡くなっていた。

幸い、我が家周辺は何事もなく、学校も堀も柳並木も無事だった。

町の人々は敗戦に何時までも思いわずらう事もなく、せわしなく生活の為に歩き回り、食料第一に考えている。

しばらくすると復員兵の疲れ切った姿が本格的に町中に見られるようになった。

下町ではいつの間にか通りに屋台の店が立ち並び、モツの煮込みや揚げ物の匂いが通行人の鼻をくすぐった。

又、シャツや鍋、古靴、皿、懐中時計、タバコなどが捩り鉢巻きをした威勢の良い男達の手で売られていた。まるで年二回、神社の参道で開かれる祭りの出店のような野放図な活気と陽気さが充満していた。私は閉じ籠もりがちな、おふみさんを置いて、その活気に誘われるように屋台の間をほっつき歩いた。たまに、おばあちゃんから一円か二円を貰い、一目散に市まで駆けていく。もうもうと湯気を立てている大釜の中の美味しそうなふかし芋の匂いをかいでいるだけで口の中に唾が一杯溜まってくる。

すいとんが続く時もある毎日の食事に、ほかほかとした薩摩芋の甘さは、小さい体に染みいるように感じた。

沢庵付きの握り飯が四個、十円だったり、小さなサバ三匹が十二円で売られている。

路上の吸い殻を拾って巻き直した即席の煙草屋、よれよれの背広を来て、怒ったような大声で、「この一張羅、欲しい人に売るよ、値段は委細面談だよ」と歩き回る中年男。

どれもこれも物珍しく、見ているだけで楽しかった。けれども夕刻、紅色に彩られた西の空が、急に薄墨色に染まり始めると、市はしぼんだようになり、人々は、そそくさと帰り支度を始める。街灯もまばらな通りは、やがて黒々と、うごめく人々の残り少ない足音に変わっていき、私は急に心細くなって急いで家に帰るのだった。

町には特攻隊くずれや北方や南方からの復員兵の人達が溢れていた。

だが、隆雄さんの姿は半年、一年を過ぎても何処にも現れなかった。南方に連れていかれたという事は、彼の故郷へ問い合わせて分かっていたが、敗戦の混乱の中では、ただじっと春を待つ雪深い里の人々のようにしている他はなかった。

そんな物憂いようで気持ちの定まらぬ或る日、一通の手紙が郵便受けに、ひっそりと入っていた。おばあちゃんが取り出し、差出人を確かめ、

「輝坊、隆雄さんの家からだわ」と、言いながら封を開けた。

それから無言で文面を追っていたが、少しすると顔を歪ませ、

「隆雄さんが南の島で死んでしもうた」と、ぽつんと呟いた。

手紙には、白木の箱に、その島の赤茶けた砂がさらさらと一掴み入っているばかりだった事や、息子が大変お世話になり、本当に有難く思っておりますと、簡単に綴られていた。

丁度、薩摩芋の買い出しから帰って来たおふみさんは、目の前に差し出された手紙を読む前に、おばあちゃんや私の表情にすべてを悟って、その場に蹲った。

ぶるぶると握り締めた紙袋から、丸々として美味しそうな薩摩芋が一個、ころりと下に転がった。

彼女はよろよろとやっと立ち上がると、右手で引ったくるようにして手紙を読み、一層、全身を小刻みに震わせた。

そして転がっている薩摩芋を左手で乱暴に拾うと、指がめり込むほど握り締めた。

やがて激しく首をぶるぶると振り出し、這うようにして手紙と芋を握り締めたまま、夢遊病者のように歩き出した。

やがてしんとした家のおふみさんの部屋より、押し殺した嗚咽が静かに漏れだし、それが次第に獣のような悲鳴に変わって行った。


ふっと神隠しにでも出会ったように、おふみさんが居なくなった。

近ごろ、自分の部屋でも店内でも青白い虚ろな顔をして、ぼんやりと物思いに耽っていた。何をするにも彼女は魂を亡くした抜け殻だった。

戦死した隆雄さんの事を思っているに違いないと、私も切なく、何と声を掛けて良いものか戸惑っていた。一体、どこへ行ってしまったのだろうか。私は毎日、夜になると床の中で優しかったおふみさんの事を想い、涙を浮かべた。そしてなかなか寝つけなかった。


或る夜、叔父とおばあちゃんが居間でお茶でも啜りながら、ひそひそと何事か語り合っている。

切れ切れにおふみさんという名が聞こえて来た。私はそっと布団から抜け出し、襖にそっと佇んだ。

「おふみは寿町の［千鳥］に居るらしい。困ったもんだて、いくら自棄を起こしたからってあんな所に行ってしまって」

「うん、馬鹿な事してしまって。そのうち俺が訪ねて行って見よう」

私はおふみさんが何とか元気にしているらしい事を知って、本当に嬉しく、心が弾んだ。

よし、明日、学校をずる休みしてでも寿町へ行って見よう。

あの、おふみさんに又、逢えるのだ。

それから床に入ってもまるで遠足の前夜のように中々眠れなかった。

翌日、私は本当にお昼から、頭が痛いと担任に申し出た。

先生は戦争に負けた日から、すっかり何事にも自信を無くしたようで、あっさりと許してくれ、私は勇んで早引けするのだった。

幼い私は何処をどう通ったのか、おばあちゃんが漏らした寿町の「千鳥」を目指して、川筋に沿って歩いていた。

途中、呉服屋のおばさんや靴屋のおじさんに聞いたりした。

下駄の鼻緒が段々と足の親指に食い込んで来て痛くなる。川の面は黒く澱んで「一糸乱れず、聖戦に突入だ」の立て看板がふわふわと浮いていた。

短い秋の陽も暮れかかり、私の影が歩く都度、少しずつ伸びていくような気がする。

おふみさん、どこにいるのと、急に泣きたくなった。

やがて歩き疲れた頃、川の両側に乱ぐい歯のようなデコボコした粗末な一杯飲み屋が長屋のように連なって見えて来た。各々の庇は、かしがり、冬の木枯らしでも一吹きすれば、めりめりと倒壊してしまいそうだ。

原色に塗たくった「ひさご」や「千石船」「ニューパラダイス」などの店の看板が、夕日に照らされて浮き出て見えた。

近づくにつれ、各々の屋根の小さな煙突から灰色や茶色い煙りがもくもくと立ち昇り、辺りは肉の焼ける匂いや何とも知れぬ油染みた空気が充ちてくる。

陽がなおも落ち掛かるに連れて、一帯は赤い提灯に火が灯され、目覚めたように活気づいて来る。

既に営業している店もあり、男達や女達のざわめきや嬌声があちらこちらで飛びかい始めた。私は心細さで身が縮む思いを堪えながら、「千鳥」という店を捜し歩いた。

或る店の前では、胸のはだけたおばさんが椅子にだらしなく両足を広げて座り込んでいた。赤いスカートを股の辺りまでたくし上げ、風でも入れるようにぱたぱたと煩そうに払っている。

「よう、寄っていきなよ、しけたツラしていないで、どう一杯」と声高な媚を含んだ声を掛けていた。

通り過ぎる男達は、とろとろと溶けかかったような、ふぬけた表情をして、にやついていた。

私があまりにも泣き出しそうな顔をして、とぼとぼと歩いていたせいなのか、その赤いスカートのおばさんが、

「おや、そこの坊ちゃん、何を悲しそうに歩いているんだい。さてはいい人を捜しているんだな」と陽気に声を掛けてきた。

私は思わず、

「おふみさんという若い女の人を捜しているんです。その人は「千鳥」という店に居ます」

と語尾を震わせながら、やっと答えた。

「ふーん、「千鳥」のおふみさんかい、そうか、恋しい

恋人をはるばる捜しに来たんだね。あの娘は良い子だよ。ほら、すぐ前の橋を渡ってすぐの［鶴亀］の隣さ、さあ、早く行ってやりな」

と、眼を向こう岸に向け、私の頭を優しくなでてくれるのだった。

本当はとても良い人なんだと思った。

私はからころと、古ぼけた木造の小さな橋を勇んで渡った。

澱んだ川面から、それでもひんやりとした風が頰をなぶった。

「千鳥」は緑のペンキで大きく店の庇の下の看板に描かれてあったので、すぐに分かった。

汚れた暖簾の中から、裸電球の黄色い明かりが漏れ、男女のざわざわとした声と、グラスや鉢物の触れ合う音がさざ波のように聞こえて来る。

暖簾の下をそっとくぐると、燻った焚き火のように煙が立ちこめている狭い店内に、五、六人の男達がいた。

皆、顔を恥ずかしい程に、てかてかに赤く染めている。

「何でい、この酒は、メチルをただ薄めただけじゃないか。どっかの病院から、この野郎、盗んできたな」

「へん、馬鹿にするんじゃないよ、この酒は本物の灘の生一本だよ。闇市から金さえ出せばいくらでも手に入るんだ」

勝ち誇ったような女の声も聞こえる。

手前から二番目に、ぼろぼろの兵隊服の捩りはち巻きをした赤銅色をしたおじさんが居て、若い女の人が酒を注いでやっていた。

私は何故かすぐに、その彼女がおふみさんだとわかった。頭にパーマネントを掛け、黄色いスカーフを被り、緑色の明るいセーターを着ていた。

スカートは足首まで届きそうな、ひらひらとした紅色をしている。

男に酒を注いでいる横顔は、ぞっとするような濃い化粧をしていて、口紅が血のように浮き出ていた。

私は立ちすくみ、おふみさんのあまりの変わりようをただ、見つめていた。

すっかり彼女は変わってしまったけれど、不思議にも私には以前にもまして、別の奇麗さがひしひと胸の底を打つように感じられた。

おふみさんは、私に気づくと、一瞬、眼を丸くし、叫び出しそうに口を押さえた。

それから弾かれたように、私の所に駆け寄り、座り込むと私の両肩を掴み、何度も何度も揺すって、

「どうしたのよ、どうしてここが分かったの。早くお帰

りなさい、ここは輝坊の来る所じゃない」と、美しい、哀しい眼をして私を見つめた。

「おふみさん、ぼく、逢いたかった。とても心配で見に来てしまった。おふみさん、変わってしまったね、でも、逢えて良かった。ねぇ、ぼくと一緒に帰ろう」

私は、またたきも忘れたように彼女の眼を見つめ続けた。

「私、もう、こんなになってしまって、もう帰れないわ」と寂しい眼をする。

そして、

「おばあちゃんの所へ早く戻りなさい、心配しているわ」と、
ぽんと解き放つように、軽く私の両肩を押すと立ち上がった。

「おふみ、どうしたんだよ、そんなガキ、ほっといて早く酒を注げよ。まったく気がきかないおふみだよな」

さっきの男が濁んだ、だみ声で怒鳴った。

するとおふみさんは、どことなく冷たいような顔をして、私を見下ろすと、すたすと又、男の所へ戻って行った。

「おい、おふみ、べーゼをしてやろうか」

と、男は彼女の首に手を回し始めた。

おふみさんは何度も何度も、その手を払いのけていたが、でも逃げなかった。

私の小さな心に淋しい哀しみと、途方もないような怒りが激しく渦巻くように湧き出て、体が自然に震え始めた。

気が付くと、私はその男に小さな体ごと、やみくもに打ち掛かっていた。

私が幾ら力の限り打ち叩いても、薄汚れた兵隊服が、ぱたぱたと湿った声を立てるばかりだった。

「何でい、この小僧、ははあ、一人前に、おふみを取ろうてのか。おめえなんか、小便して早く寝な」

男はねばねばとそう言うと、私の横顔を張り突けてきた。

「あんた、やめて、お願い」

引きつる、おふみさんの叫び声を耳の奥にぼんやりと感じながら、眼が回ったようになり、けれども、こんな男に負けてはならないと、そればかりを心の中で念じていた。

私は油染みた床に倒れ込んだが、すぐに、暖かい、懐かしい感触に強く、強く抱きしめられていた。

そのまま抱かれて外へ転がるように飛び出し、橋の所まで連れて行かれた。

途中、こんこと咳き込むような咳をした。

秋の川風がひんやりと私達を包み込んだ。

おふみさんは暗い、おぼろな街灯の明かりで、私の頬や額や、腕など体中をさすってくれ、

「頬以外にどこか痛くないの、本当に痛くないの」と、しつこいほど聞いた。

それから彼女は私を見つめ、

「御免ね、輝夫さんは私を守ろうとしたのね」

と、大粒の涙をおかしいほど、ぽろぽろと美しい眼にあふれさせた。

そして私を強く抱きしめ、何度も御免ね、と言った。

やがて私の手を握り、

「家まで送って行くわ」と小さな声で言った。

手をつないで暗い川筋にそって、私達はゆっくりと歩いた。

おふみさんの変わらぬ手の温もりが、自然に伝わって来る。

「恥ずかしいわ、輝夫さんにこんな姿を見られるなんて。私って、どうかしてしまったのね」と、哀しそうに呟いた。

私は心の中で、たとえ、おふみさんがどのようになろうとも、好きなのは変わりないのだと、まるで決意のように思い続けた。

暗い夜道を手をしっかりつなぎ合って歩いている嬉しさが、ひりひりしている頬の痛みを忘れさせた。家の近くまで来ると、

「もう、一人でお帰り、今度、逢う時は、私もっとしっかりしていたいわ。輝夫さんの為にも」と、沈んだ声でいい、少し咳き込んだ。

何度も振り返りながら、おふみさんは帰って行く。私は彼女の姿がすっかり見えなくなるまで、立ちつくすのだった。


それから二ヵ月程して、おふみさんは以前からの悪い咳がひどくなって療養所に入った。

叔父とおばあちゃんが、「千鳥」より連れ出したのだった。

今年初めての霜が、うっすらと降りた頃であった。すべての風景が物寂しく、神社の松も堀の柳も寒風に揺られて震えていた。

私はおばあちゃんに連れられて、時々見舞いに行った。

療養所は海辺に近い高台にあった。

入口を入ると、目の前に先の見えない、ひんやりとした一本の長い廊下が続いていた。

ぽーとした裸電球がぽつりぽつり灯っていたが、その先は闇となって続いている。

ぎしぎしと奇妙な音を立てながら進むと、左右に、第一病棟、第二病棟という標識がぶら下がっている。

私達は第六病棟を右手に曲がり、十二号室にやっと着いた。

おふみさんは、粗末なベッドの上に青白く横たわっていた。私達はマスクをしていたが、二人が入って来たのが分かると、

「お願い、近寄らないで、うつると大変だから」と、かすか細い声で言った。

病室の窓からはガラス越しに青々とした松林が見え、その向こうには、凍えたような灰色の日本海が白波を激しく立てて輝いている。

身寄りのないおふみさんが、たった一人で冬の風の渡るのを聞きながら、横になっている。私は胸が一杯になった。

「おふみ、輝坊の為にも早く良くなって、無理しなくっていいから、又、店を手伝ってくれ」と、おばあちゃんは声を掛けた。

私も、

「おふみさん、あの、又、公園やお祭りに連れてって下さい。何だか、僕、とても寂しくって、だから早く良くなって」と、やっと言った。

おふみさんは、「千鳥」に居た時と全然違って、やつれてはいたが、以前と変わらぬ白い肌と優しい眼をしていた。

「有り難う。そうね、早く元気になりたいわ。ここでじっと寝ていると輝夫さんと一緒に遊んだ事が色々と思いだされてね、何だか遠い昔のように思えてくる。私って本当は弱い人間なんだわ。輝夫さんにも隆雄さんにも恥ずかしい」

おふみさんは、目尻にきらきらしたものを一杯貯めた。

私はたまらなくなり、彼女に近づこうとしたが、おばあちゃんにしっかりと押さえられた。暗い廊下に出ると涙が流れ落ちた。

療養所の外を歩き始めると、すぐに冷気が体を包み、前庭の一本の梢がひゅうひゅうと鳴り続けた。

私はしばらく、おばあちゃんの手を離れて、あちこちに張り詰めている水たまりの氷を足で割ったりしながら家に帰った。

苛酷な日本海側の冬もようやく去り、ようやく春めいて来た四月の終わり、おふみさんは帰って来た。

幸い、軽い方の結核だったので、しばらく汽車で四十分程の温泉宿で、自炊しながら静養した。会いに行くと、屈託なく接してくれるが、時折、ふっと深い物思いの表情をする。「どうしたの」と聞くと、ただ、黙って微笑んでいる。

時には、私を強く抱きしめたまま、じっとしている事もあった。

おふみさんの柔らかく温もりのある、ようやく血の気の増した、すべすべとした頬の感じが嬉しかった。

或る日、痛い程、私を抱きしめてくれ、触れ合った頬に、おふみさんの涙が感じられた。

何故、泣くの、と聞くと、彼女は清らかな涙の筋を見せながら、ううん、何でもないのよ、なんでもないのと、又、強く抱きしめてくれるのだった。

或る日、又、日ざしが強くなり始めて、堀の柳並木も、一層、青緑の輝きを増した頃、叔父やおばあちゃん、そして私あての封書が、開店前のガラス戸に差し込まれていた。

私あての封書

輝夫さんへ

御免なさい、決心が鈍ると困るので、お手紙にてお別れします。

これを読んでもらっている時は、私は多分、汽車に揺られているでしょうね。

東京へ行こうとしています。

もう一度、始めから生き直してみようと思っています。

幸い、「千鳥」で得たお金がありますので、東京では昼働き、夜学に入って勉強するつもりです。

体の事もあるから、無理はしませんが。

私が決心したのは、そう、湯治場の自分の部屋で、隆雄さんが残していった本の中から堀辰雄の『風立ちぬ』を読んでいた時の事です。春の章の七ページ目の〝風立ちぬ、いざ生きめやも〟という語句の所に一枚のメモが挟んでありました。それには隆雄さんが走り書きしたような文章が綴られていました。

一部だけ紹介しますね。輝夫さんには未だ難しいかも知れませんね、でも、もう少し大人になってから読み返して下さい。きっと判ってもらえると思います。

「この『風立ちぬ』の中の幾つかの語句は、僕の今の心境にあてはまるようだ。

……私達はそれらの似たような日々を繰り返しているうちに、いつか全く時間というものからも抜け出してしまっていたような気さえする位だ。そして、そういう時間から抜け出したような日々にあっては、私達の日常生活のどんな些細なものまで、その一つ一つがいままでとは全然ちがった異なった魅力を持ち出すのだ。私の身辺にあるこの微温い、好い匂いのする存在、その少し早い呼吸、私の手をとっているそのしなやかな手、その微笑み、それからまたときどき取り交わす平凡な会話、――そう云ったものを若し取り除いてしまうとしたら、あとには何も残らないような単一な日々だけれども、――我々の人生なんぞというものは要素的には実はこれだけなのだ、そして、こんなささやかなものだけで私達がこれほどまで満足していられるのは、ただ私がそれをこの女と共にしているからなのだ、と云うことを私は確信していられた。

この一節は僕がおふみさんを思う気持ちと一緒だ。戦争さえなければ、僕は彼女を平凡でも精一杯、幸福にしてやれるのに。

僕はこの平凡さを心の底から愛する。

この平凡さを愛する心は、たとえどんなに国や肌の色が違っても、まったく同じだ。

アメリカ人、イギリス人、オランダ人、ロシア人、アフリカ、アジアの人々……つまりいかなる国の人であろうと、親、兄弟、夫婦、恋人達の心は日本人と変わりはない。そして、ささやかに平凡に生きている。

僕は多分、思想的に睨まれているから、戦地では最前線に追いやられるだろう。

そして僕と同じように、ささやかで平凡な人達と殺し合わなければならないのだ。

僕の愛する、おふみさんのように異国の人達にも愛する者達が、必ず居るだろうに。

僕達は何故、互いに殺し合わなければならないのか、その意味、理由が判らない。

その意味、理由が判るまで勉強したかった。

人を戦争におびき出す美しい詩、言葉、勇ましい演説を憎む。

その気にさせる思想を憎む。

僕はおふみさんの広くって、温かい、白い胸にいつまでも抱かれていたかった。

なにより、平凡に、ささやかに抱かれていたかった。

何故、世界は殺し合わなければならないのだろうか……

これを読んで私は、メモを抱きしめ泣きました。そして決心しました。

隆雄さんの考えていた事、やりたかった事を、私なりに勉強し、行動します。

何故、無数の隆雄さん達が戦争に行かなければならなかったかを勉強します。

　いつか輝夫さんが立派な大人になって、何処かで逢える日を本当に、楽しみにしています。「千鳥」で私を守って下さった事、一生、忘れません。あの時、貴方はとても素敵な男の子でした。切ないとき、苦しい時、輝夫さんの事、思い出します。

　大好きな輝夫さん、本当に有り難う。

　　さようなら
　　　　　　　　　　　平山　文

第二部　了

参考図書
。民謡名歌集（金園社）より
　八木節
。堀辰雄著（新潮社）
「風立ちぬ」より

源爺さんと水仙

ふと何か物音がしたような気がした。

こんこんと木に何かを打ちつけるような、我が家の庭の方から、密かに聞こえてくる。

枕元の時計を見ると、未だ朝の五時少し前だ。昨日、金曜は休日前の飲み会だった。

頭の中はアルコール分が抜け切らず、ガンガンしている。

猫のように体を丸めて側に寝ている妻を起さぬよう、私はそっと寝床から抜け出した。

寝室の襖を開け、薄暗い浴室の脇を通り抜けて居間の戸を開けた。十二畳程の居間には庭に面して高い障子戸があり、今は薄明の柔らかい白さを写している。少しずつ鮮明になっていく耳の奥に、木が擦れる音がし、そしてぱさ、ぱさと地面に何かが落ちる気配がする。

私は急に落ち着かなくなり、息を止めて身構えながらそっと障子戸を引いた。

庭の正面には、身の丈十五メートルはありそうな樫の巨木が我が家を見据えるようにでんと鎮座している。樫の木は丸太ん棒のような腕を左右に、にょきにょきと自由奔放に伸ばし、ふさふさと濃い緑の固まりを宿らせていた。よく見ると幹の間より、細長いロープが垂れ下がっていて、それが白い蛇のようにゆるゆると上下している。

私は思わずガラス戸に頭を押しつけて、樫の木を見上げた。

繁茂した一本の幹に、二本の人の足がぶらりと下がっていた。息が止まりそうになり、酔いが急速に引いていく。

二本の足は薄汚れた灰色の作業ズボンを履いていた。ぶら下がっているように見えたのは錯覚で、太く伸びた幹の上に両足はしっかりと立っていた。私は頭の中が急にはっきりしてきて、乱暴にガラス戸を開け放つと、源さん、源さんですかと、引きつり、絡まった声を出した。

すると、すぐに天空から、おうよと、しゃがれた骨太の声が下りてきた。

　やっぱり源さんかと、私はその場にへなへなとうずくまりそうになった。

　下から二つ目の幹には、早朝の光に鈍く輝いている金属の梯子がくくりつけられている。

　樫の木の下の濃緑の苔の上に、切り落とされた枝が生き生きと葉を茂らせて至る所にばらまかれていた。ばさばさと聞こえたきたのは、枝が地面に打たれる音だったのだ。

　源さんとは本名、山本源太郎、五年前に母が亡くなってから、ふいと我が家には来なくなった。長年、庭の木の剪定や生け垣の手入れを一手に引き受けてくれていた。

　源さんは阿呆のように見上げ続けている私を尻目に、木の上で猿のように蠢いている。

　もう、寝てもいられなく、寝室に取って返し、パジャマから普段着のポロシャツに着替えた。妻は今度は大の字に手足を広げて、相変わらず寝入っている。

　結婚、三十年近くともなると色んな風景を見さしてもらうもんだなと、妙に感心してしまう。勝手口から庭の方へと回った。

　何と声を掛けたら良いものやら、頭のなかがぐずぐずと燻り続け、旨い言葉が出てこない。結局、軍手をして樫の木の下にばらまかれた落ち枝を拾いながらただ、うろうろした。

　源さんは二段梯子を上手に使って下の幹から上の幹へと身を踊らせている。

　地面を見つめながら、それにしても土曜日の早朝から断りもなく、前日に電話でもしてくれればいいのにと、口の中でもごもごと呟いているうちに、いつの間にか彼はすとんと舞い降りてきていた。

「おう、敏ちゃんよ、熱いお茶を一杯、頼むわ」と菅笠を頭から取り、ぱたぱたと腰の辺りを払った。蟹の甲らのような、四角張った赤茶けた顔がそこにぬっと存在していた。

　と、思ったのは錯覚で、顔のえらが張っているのは相変わらずだったが、随分と皮膚がつづまり、皺皺の、南方に生息しているという孫悟空のモデルの金色の猿のような感じだった。首筋にも象皮のような深い溝が幾筋にも刻まれている。私は源さんのあまりの様変わりに思わず見とれていたが、ふっと我に帰り、はい、はいと素直に云い、とてもとても大変ご苦労さまでしたとお追従してしまった。

　そして、慌てて家の中に入り、台所に駆け込むとガスに、やかんを乗せた。

妻を叩き起こそうかと、一瞬思ったが、毎日の出勤の為に、六時に弁当の支度をさせているのに気づいた。何よ、こんなに早く、一体、何なのよと、寝ぼけ眼の不機嫌さが目に見えて来る。あきらめて居間に回ってガラス戸を開けた。軒の下の石段の所に源さんは足を置き、体は縁側に腰を下ろしていた。

御免、御免と隣の仏間から座布団を持って来ると、「いやいや面倒を掛けるて」と、どっかと腰を据えた。私は二つの湯飲み茶碗を急いで彼の所に持って行く。源さんは久し振りの庭を悠然と見渡している。

私も座りながら庭を眺めた。

五月初旬の北国の庭は、ようやく木々の葉先の伸びも盛んになってきた。

これから花々も一気に喜びの声を上げるように咲き乱れるようになる。三百坪程の庭は、今にも一斉に動き出しそうに力を籠めている。

ピーと口笛のような湯が沸き上がる音がした。私は立ち上がると台所へ行き、やかんと急須を持ってきて、茶を入れた。

源さんは熱いお茶を啜り、黙って庭を糸のように眼を細めて眺めている。

母と同じ年頃だから、七十五、六歳になっているはずだ。心持ち撫で肩になり、以前は肩にめり込んでいた、根っ子のような首が随分とほっそりとして見えた。

少し疲れているような様子だった。やはり歳を取ったんだなと、急にしみじみとなり、改めて深い皺に刻まれた茶色い首筋を見た。「源さん、久し振りだね、五年振りだね」と、私は月並みな事を云ったが、うんと軽く頷いただけだった。やがてぐいとお茶を飲み干すと、しばらく庭の手入れに来てもいいかい、と低い声で云った。

丁度、シルバーセンターの人に庭の手入れを頼もうと思っていたので、

「源さん、又、以前のようにお願いするよ」

と、懐かしさを籠めて云った。

彼はしわしわの赤茶けた地層のような顔を、照れ笑いのように歪めながらほころばせた。

そして「この樫の木の先のもっこくの剪定をすれば、水仙の花が良く見えるわ」と呟いた。実際、庭の左手の垣根の辺りに、以前から水仙の一群があった。

これから夏に向かって淡く黄色い、しっとりと蜜のような甘い香りを漂わせる。

庭には、すずらん、芝桜、アーモンド、洋梨の花々がこれから咲くが、一番艶やかで、それでいて清楚なのは私の好みで言えば水仙だった。「もう一杯、敏ちゃん、

注いでおくんなさいや」と源さんは催促した。

私が入れ直すと、又、湯飲みを両手で摩りながらいかにも旨そうに啜った。

彼はまるで愛し子を見るような目付きでじっと庭を見つめていた。それからとんと湯飲みを床に置き、急に立ち上がると、脇に置いた菅笠と鋏を手にした。私に向かって軽く頭を下げ、庭の右手の枝折戸の方に歩き出した。

何だか後ろ姿が以前のような闘牛肩ではなく、体の中の重石が無くなったような、ふわふわと浮いた感じだった。


私の家は戦前、いわゆるこの辺りでは地主様だった。まあ、地主といっても小規模で毛の生えたようなものだったが。

一人息子のぼんぼんだった私の父は、隣町の裕福な商家の娘、つまり私の母を娶った。

大きな川を隔てた夕刻からの嫁入りには、何舟もの船にかがり火が焚かれ川面が火事のように紅色に彩られていたという。

それが戦後の農地解放の嵐が吹き荒れ、気が付いた時は粗方、土地を持って行かれた。

高いところから、一気に固い地面に叩き付けられたように一家の幸せは萎んでしまった。

戦争に駆り出された父は、終戦になっても二年間のシベリヤ抑留生活が続いた。

戻って来た時は魂を何処かに置いてきたような虚ろな眼をして、我が家の玄関に唯、黙って立ちつくしていたという。無事に帰ってきた後は、慣れぬサラリーマン生活を始めたが、私が生まれて二歳の時に病に倒れて亡くなった。上に育ち盛りの姉が二人いた。

未亡人となってしまった母の苦労が始まった。母の実家も次第に傾き、助けは望めなかった。親類縁者達は災いが自分達にも降り掛るのを恐れ、逃げ惑い、寄りつこうともしなかった。そんなわけで母は、僅かに残った田圃に腰まで漬かって私達を育ててくれた。

だが生活は苦しく、田圃も手放し、残ったのは古ぼけた母屋と三百坪の土地だった。

母は手にマメを作りながら、その三百坪に畑を耕し、市場に大根や芋を売り、土地を死守した。

世が世であれば、地主様の奥様で居られたのに。或る夜など私を膝に抱き、ささくれだった細い指をしみじみ見ながら、

「以前はなめらかな奇麗な手だったのに、こんなにまあ荒れてしまって」と細面の顔を曇らせながら、時々ため

息をつく。

それから私の頭を力のない手で優しく撫でてくれるのだった。己の母の事を云うのも何だが、目鼻立ちの整った品のある白い顔をしていた。

小学校の友達には、「お前の母さん、奇麗だね。俺っちなんか河馬か豚みたいで嫌なんだ」とか「女優の八千草薫に似ているね」などと言われ、「そんな、違うわい」とむきになったが、内心、とても嬉しかった。

母と散歩に出た時など、よく大人の男の人がすれ違ってから、ふいと振り向く事も何度もあった。私の母さんは誰よりも奇麗なんだ。

私の密かな自慢だった。

だが或る日など、家に駆け込むなり、畳に俯伏して声を上げて泣くこともあった。

私が心配して震える肩に手をやると、

「ご免ね、泣いたりして。今、帰り道で男の人に嫌な事言われたの。あんな奴、、、。母さんね、亡くなった父さんとそして敏ちゃんしかいないのよ」と、私を強く抱きしめ、又、身体を震わせて泣くのだった。

温もりが強く伝わって来た。

今から思えば、母には色んな誘惑もあっただろう。でも苦労しながら、一人身を通して来た。

年を経るにつれて、母は農作業のせいか、次第にすんなりとした細い体が逞しくなった。

白い二の腕に脂がのり、ふくよかな腰付きにさえなった。

用心深く、顔は日に晒されぬようアラブの女性のように頭巾をしていたので、白く細面の表情だけは変わらなかった。

そんな母の姿を私自身が成長していくに連れて、複雑に想う事も時にはあった。

青空の下で、女盛りの豊かな丸みの胸を小刻みに揺らしながら、しゃきしゃきと洗濯物を物干し竿に掛ける時、白い二の腕の奥の黒々としたものを見る都度、母ながら胸が妙に騒ぐのだった。その当時の母が一人身をどのように思っていたかは知らない。

救いといえば父が戦地やシベリヤで世話になった源さんが、真面目に何かと我が家の事を心配してくれたことだ。

体も弱く、要領も悪い父をなぜか助けてくれたという。父は生前、母に源さんは良い人だ、大事にしてくれとよく遺言のように云っていた。

或る日、私は二階の物置にしている部屋で、片付け物をしてると、一冊の古ぼけたノートが出てきた。父の生前の生活振りを記した日記ともメモともつかない物だった。

興に誘われてページをめくった。

中に次のような記述があり、おやと私は眼を真剣にさせた。

要約すれば源さんは子供時代は、手も付けようもないガキ大将で、近所の青っぱなを垂らした同年代の手下を従えて、怖いものなしだった。同級生である川向かいのいいとこの娘であった幼かった母と、近所の私の父が何となく付き合っているような素振りを見せると、いつになく、源さんは顔を真っ赤にして父に向かうのではなく、一層手下共を乱暴に扱ったという。いつかなど、他人の飼っている赤犬をぶち殺し、赤犬鍋にして食ってしまったとか、のんびりと日向ぼっこをしている猫の尻尾をわしずかみにして、振り回してお寺の池に投げ込んだり、乱暴狼藉を繰り返した。

けれども源さんは竹を割ったような性格、幼い父母に対する嫉妬がらみの感情をさらりと、振り捨てると、いつしか父と母が上級生などにからかわれたり、苛めたりされたりすると、助けに走り、相手をこっぴどくやっつけたりした。ひ弱な父は源さんをとても頼りにしていたようだ。病弱な父を真ん中に三人はいつも仲良しで、いつも良く遊んでいたという。父と一緒に同部隊の所属となって、戦場に引っ張られても、何かと内務班での苛めや軍律厳しい戦場でも良く助けてくれた事が記されていた。そして文末に源さんは見かけは暴れ者だが、本当は心根の真っ白な優しい人だ、俺にもしもの事があったら源さんと一緒になってくれ、彼だったら、お前をとてもとても大事にしてくれる、と記されてあった。

母がこの文章を読んだかどうだかは判らない。だが、私にはたとえ、母が父の死後、源さんに好意を寄せても、彼は変に義理立てをして、一緒になろうとは考えなかったに違いないとなぜか確信するように思った。

源さんは父の紹介で、鉄工所に勤めながら、父が亡くなった後も休みの日になるとやって来た。よう、敏ちゃんと、幼い私の頭を乱暴に捏ねるように撫でる。源さんの体は岩石みたいだった。手も岩石の一部で、固くごわごわと太かった。庭の手入れや傷んだ家屋の修理、隣家との境界線の溝掘り、私の為の犬小屋の製作、なんでも器用に小まめにやってくれる。彼は私が物心ついた時から、ごく自然に我が家に出入りしていた。

二人の姉達が嫁いで、私が家を継ぎ、結婚してからも何かと世話をしてくれる。

鉄工所は既に定年になっていた。

十年前に茅葺きだった母屋を、ごく普通の住宅に建て替えた時など、源さんは捩りはち巻きをきりりとして、威勢の良い陣頭指揮をした。もっとも工務店の兄さんと何かで諍いになり、一悶着あったが。

勿論、源さんは結婚していて、言い難いが彼と生き写しの丈夫さが取り柄の一男、一女に恵まれている。

彼の奥さんは駄菓子屋の娘で、まるでお多福さんのように丸く、おおらかな顔をしてい、私は一目みた時から、お多福さんと心の中で呼んでいた。戦争ですべての身寄りを亡くし、源さんの鉄工所に臨時雇として働いていた時、知り合って結婚した。

一度、源さんに連れられて、我が家に挨拶に来た事がある。

でっぷりとして、良く喋り、明るく笑う人だった。私の頭を撫でる手の感触も、ふっくらと温かかった。

どちらかと言えば陰気で物静かな私の母とは正反対だった。

きっと　源さんは、お多福さんに家では笑い飛ばされているに違いない。

或る時、源さんは庭の左手のもっこくの隅に、水仙の種を蒔いた。

それが毎年、初夏になると匂い立つような薄黄色い花を咲かせる。

いつか夕暮れの頃、源さんが庭仕事をして帰る前に、母から熱い茶を貰い、ゆっくりとした様子で縁側から庭を眺めていた事があった。母も口数も少なく、彼もほとんど喋らず、互いの眼の先に水仙の花が咲いていた。

花から洩れてくる香りなのか、柔らかい甘みを含んだ微風が、いつの間にか居間に入り込んできた。

私は子供心にも、何か入り込めないような気がして後ろの襖の所に佇んでいた。

二人はまるで夕闇に溶け込んでしまう塑像のように、もっこくの先の淡く黄色く咲き乱れる水仙をずっと見ていた。

六弁の花びらが、もう薄墨色にほとんど染められた頃、源さんは急に立ち上がると「では、御免なすって」と時代劇のセリフのような事を言い、母に深々と一礼して帰って行く。

後ろ姿が妙にぎこちなく、いつもより肩が固く、より張っているように見えた。

母は映画が大好きだった。どちらかと言えば日本映画よりも洋画だった。

私が小学校六年に成り立ての頃だったろうか、娯楽といえば映画位しかなかった。

私は母に手を引かれて暗闇の中にちかちかと、眩しく光を放つ銀幕を夢のような気持ちで見ていた。

スクリーンにチャップリンがおどけて弾け、ジエムズ・デーンがブルージーンズ姿で、拗ねた顔をしていた。ジェルソミーナの音色が心に染み、アラン・ドロンが美しい上目使いしていた。

源さんは私が大の映画好きと知ると、時には小さな私の手をむんずと掴んで、映画に連れてってくれる時もある。

彼が好きなのは、天下御免の向う傷、正眼流、諸刃崩しの旗本退屈男、早乙女主水の助の派手派手の時代劇や、洋画といえばターザンの猛獣映画に決まっていた。

足が短く、胴体の長い源さんは、いつも座席に座ると、前の人の頭が邪魔になって、よくスクリーンが見えない。

そんな時、「おい、頭を縮めろ、席を替われ」と、決まって諍いになり、源さんは大きな赤銅色の顔をますます赤く染めた。

或る時、どちらがどう誘ったのか分からない、いや多分、母が提案したに違いないが、ヘンリー・フォンダ、オードリー・ヘップバン主演の「戦争と平和」を観に行く事になった。

源さん夫婦と母と私とである。

所が、当日、日曜日になって源さんの奥さんのお多福さんが行けなくなった。

民謡仲間の親友が交通事故に会い、どうしても行ってやりたいという。

「あんた、楽しみにしてたんだからぜひ行ってきなよ」と、にこっとされ、背中を押されるように言われたという源さんは、午後二時頃やって来た。〝かかあ〟の許可を貰ってきたと妙に意気込んでいた。

母は浅黄色の和服をきっちりと身に付けて、「ええ、せっかくだから三人で行きましょうか」と物静かに言った。

今日はいつもより念入りに化粧をし、口もとがほんのり紅色だった。

源さんは珍しく麻の背広に白いワイシャツ、臙脂色のネクタイさえしていた。

身長が一六〇センチ位で、肩幅が異様に大きく、足が人より短い。おまけに岩石みたいにごつごつした顔は、人目を引いてしまう。

五月晴の日曜日の昼下がり、私を真ん中にして出発した。

空は気持ち良く透き通って、白い雲が一つ、ぽっかりと浮いているだけだった。

色んな路地を通り、ごみごみした商店街を歩き、「戦争と平和」を上演しているスカラ座が近づいてくる。

「昼間から映画を観るなんて、おかしいような良い天気。それにしても残念ですわ、奥さんが来られないなんて」

母は何だか、勿体ぶっているような言い方をした。

源さんはただ、ええ、とか、うんとか呟くばかりだ。そして右手と右足が一緒に出てしまうような、ぎこちない歩き方をする。

やがてスカラ座の正面一杯に、白いドレス姿のオードリー・ヘップバーンや山高帽のヘンリー・フォンダの絵看板が、でんと現れた。

母がお金を出そうとすると、源さんは
「女に金を払せわちゃー、一生の名折れですわ。ここは一つ、あっしが面倒見ます」と、虎革のような褐色の蝦蟇口を懐から出した。　上映時間を確かめると、第二回目が三時十分からだったので、少しロビーで待つことにした。洋画の映画館など初めて入ったらしく、彼は大きな目玉をぎょろぎょろさせて、落ち着かなく周囲を見渡している。

薄暗いロビーの壁には、次回上映のブリジット・バルドー主演の「殿方御免遊ばせ」やエリザベス・テーラー、ロックハドソン、ジエムス・デーン主演の「ジャイアンツ」のポスターが、スポットライトにきらびやかに浮かんでいる。

やがて一回目の上映が終わり、少しとろんと上気した客たちがぞろぞろと出てきた。

何しろ三時間余りの大作だから、どっぷりと浸かり、堪能出来る。

私達は丁度、列の真ん中辺りに座った。

私を中にして左側に母、右側はしゃちほこばった源さんだ。やがて蝉のひっくり返ったような開演のベルが場内に響き渡った。

舞台幕が左右に開かれると、次回上映の文字が浮き出て、そして、いきなり巨大な西洋女性のお尻、いやピンクの短いスカートの腰が写し出された。それがゆらゆら右、左に揺れ、歩き始める。カメラが前に回ると、真ん丸な目付きで分厚い唇を真っ赤に塗たくったブリジット・バルドーというフランスの女優だった。私は見てはならぬものを見てしまったような気恥しさを覚え、思わず下を向いた。

隣の源さんはと盗み見ると、太い首を左右に動かし、ネクタイの結び目に手をやり、汗をかいているようだった。

やがて自動車の追っかけっこや豊かな胸のアップなどが出てきてかなりどきどきさせた。

次回堂々全国ロードショウ、ぜひご期待下さいの大きな文字が出て、ようやく終わった。

私は母の方も源さんの方もまともに見られずにいたが、やがて荘重な音楽と「戦争と平和」の文字が写し出されてようやく落ち着いて来た。スクリーンに最初に現れたオードリーは薄黄色のドレスを着て、美しいカナリヤのように清楚な気品があった。

少し甲高い良く通る声と、笑う時の天使のような愛らしさ。

幼い私が今までで初めて経験した、夢の中の女の人のように美しかった。

宮殿での華やかな舞踏会に、淡い、黄色のドレスで少しつんとして現れた時の気高さ。ナターシャ即、オードリーだった。

踊りが始まり、メル、ファラー扮するアンドレイと軽くステップを踏む時のつぼみの花が開くような長いドレス。私は思わず、口をぽかんと開けたままただ、見惚れていた。

そして輝くその薄黄色い花が舞い乱れた。


ふと源さんの横顔を見ると、ちらちらとしたスクリーンの光に照らされて、まるで魔物に魅せられたかのようにやはり、口をあんぐりと開けている。

彼も生まれて初めてこんなにも美しい女の人を見たに違いない。

映画はボロジノの戦いや、ナポレオン軍がロシアの厳しい冬に負けて敗走する場面が続いた。バタバタと凍った大地に、無数の兵が倒れこみ、吹雪が覆い隠した。

そしてナターシャとピエールが再会した所で終わった。

帰りは映画の興奮で、地面に足が付かない。三人で都屋という喫茶店に入り、紅茶と美味しいショートケーキを食べた。

源さんは初めて喫茶店に入ったらしく、カップやスプーンを持つ手付きが不格好で、まるで子供のようだった。

岩石の顔にぶつぶつの汗を貯めていた。

母はそんな源さんを、微笑みながら見ていた。家まで送ってくれた源さんは「今日は結構な活動写真を見せていただき、誠に有り難うございました。ではお休みなさい」と、何度も深々と頭を下げて帰って行った。

又、母は微笑み、くすんと笑った。


それから二、三日して、垣根の手入れに源さんはやって来た。庭にある竹を何本か切り、上手にしならせて垣根の補強に使った。

私も学校から帰ると、彼のそばを離れず、刈り込みの枝葉を運んだりした。

いつしか「戦争と平和」の映画の話になった。「戦闘の場面、わくわくしたよ。僕も大きくなったら軍人さんになって戦うんだ、ほらこうしてね」と、私は切り取られた竹の香りのぷんとする一本を鉄砲に見立てた。

そしてやあーと突撃したり、倒れ込んだり、ばんばんと撃つ真似をした。

すると源さんが、今までに見た事もないような怖い顔をして、やめろと言う。

本当に怒った証拠に、赤い顔がより赤茶けた顔になり、体を震わせ、「馬鹿野郎、戦争ごっこなんぞ、するんじゃねえ。おらあ、あの戦争でとんでもねえ事してきたし、されたし、もうこりごりなんだ」と怒鳴った。

眼には涙さえ浮かべている。源さんの顔が、大きな岩石の顔が、鬼の岩石となって、ごろん、ごろんとこちらに向かって転がって来るような気がした。源さんの言っている事が判らなかった。

私は急に怖くなり、泣きながら家の中に飛び込み、針仕事をしていた母の胸に飛び込んだ。源さんが鬼になったと泣き続けた。

母は私の頭を撫でていたが、やがて静かにきっぱりと、「源さんはね、中国でもシベリヤでも辛い事が沢山あったの。だからもう二度と戦争ごっこなんてしちゃ駄目よ」と言った。


その後、私は母より大学まで出してもらい、人並みの青春時代を楽しんだ。

学生運動家になる才もなく、故郷の或る商社に就職し、やがて結婚した。

今は一人息子が東京の大学院で、親の臑をかじり続けている。サラリーマンの一人娘だった妻は結婚したてから、母のいない所で私にぶつぶつ言う。この家は固定資産税や庭の管理費が掛かりすぎると。源さんに支払う仕事賃で、安いダイヤの一つも耳に飾る事が出来るのにと、年中、ぼやいている。

私も一時は二百坪位は売り払う事も考えた。だが、バブルが弾けた今、街から遠い所にあるこの場所が、そう高くは売れないだろう。

売ってしまえば忽ち何の変哲もない、住宅に変身して故郷を無くしたような気持ちになるに違いない。母が死守してきたように私も出来る限り守りたいのだ。

源さんは春先と秋に、一週間ずつ決まったように来て、手入れをし、母と一緒に縁側で庭を見渡しながら、お茶をゆっくりと飲んで行く。それが、母が五年前に亡くなってからは、切れた凧みたいにぷっつりと来なくなった。そこで時折、電話したりする。

「源さん、どうだろうか、又来てくれよ。お願いだ。俺には源さんみたいに上手に手入れは出来ないよ」

「あの、敏ちゃん、ご免よ、俺ももう年だから……」彼は黙りこくってしまい、後は静かに受話器を置く音が寂しく、コトンとする。

仕方がないので、シルバーセンターの多少庭の手入れの出来る人を頼んだり、私が乗り出しても源さんほどには旨く行かない。

私は時折、蚊に刺された腕をぽりぽり掻きながら、源さんよ、何処からか現れてくれよ、と嘆いた。

それが天から舞い降りたように、実際、神様みたいに樫の木の幹に飛び降りて来たのだった。だが、以前の源さんではなく、何かに吸い取られたように身体全体が縮んでしまっていた。私は尋常ではない気配を感じて、二日後、会社を早引けした。

妻は彼を縁側にも上げず、庭のガーデン用の白いテーブルにポットと湯飲み、駄菓子を置き、ピアノ練習に出掛けていた。

私は枝折戸から庭に入り、源さんの様子を伺った。樫の木の枝の手入れは終わり、もっこくに腰を屈めて取り掛かっている所だった。

私に気づかず、小さくなった背中を丸めてしゃきしゃきと床屋のように鋏を動かしている。手裁きに、年季が入り、眼がもっこくの葉に吸いついている。

「源さん、御苦労さま。今、新たにお湯を沸かすから一服しましょう」と言うと、しわしわの顔で私を見、あいよ、と掠れた力のない声で返事をした。眼が異様に黄色かった。

私はガスにやかんを掛けながら、源さんの身体の事が心配になった。

テーブルに差し向かいに座りながら、彼は出し立ての熱い茶を飲んでくれた。

コークス色の節くれ立った手で旨そうに飲んでくれた。

「此処で飲むお茶が一番、味がいいて……。あと、少しでもっこくの手入れが済む。そうすりゃ、敏ちゃん、あと一週間で水仙の薄黄色い花が、ふくふくと咲きだし、縁側から良く見えるぜ」

彼は、あたかも目の前に見えるように呟いた。「源さん、私が最近、さっぱり手入れをしないから、縁側から水仙の花を見る事なんか忘れていたよ」と、申し訳なさそうに言うと、うふ、と力なく苦笑いした。

そして、「さあて、もう一働きで終わりだ、おしまいだ」と自分を奮い立たせるように、初めて張りのある声を出し、腰を上げた。

でも縮んだ岩のような身体は、地震に会ったかのようにゆらゆらと揺れた。

私が思わず手を取ると、「でえじょうぶだ、かまわんでくだせい」とじゃけんに払いのけられた。彼はもっこくに、いかにも大儀そうに近づき、枝に鋏を入れた。

息を切らし、まるで全身の力を振り絞って懸命に走るマラソンランナーのようだった。

夕闇が近くなり、源さんは帰り支度を始める。「では、これにて御免なさい」と深々と頭を下げた。お金の事を言い出すと、

「敏ちゃん、いいんだよ、俺が好きで来てんだから。金なんていらん」

ぼろ雑巾のような疲れ方だったが、さばさばとした言い方だった。

見送ると夕闇色の中に、源さんの小さくなった岩石の身体が、すうーと溶け込んで見えなくなった。私はもっこくの所に行った。

上手な床屋さんに掛かったように、奇麗に形良く、整えられていた。

もっこくの先には、未だつぼみの水仙の一群れが、薄墨色の中に見えた。


一週間後、水仙のつぼみが少し、ほころび始めた。私は源さんに知らせようと思った。夜半、電話すると、知らない女性が出た。何やら背後ががやがやと騒がしい。すぐにお多福さんと変わったが、はいと言う返事も少し、沈んだ声である。

「あの、源さんいらしたら、ちょっとお願いしたいのですが」と言うと、しばらく言い淀み、「実は内の人、昨日、病院で亡くなりました」と静かに言った。

私は受話器を手にしたまま、茫然と立ちつくした。肝硬変だったという。

お通夜は翌日の街中にある、セレモニーホールだった。小雨が降る中を私は、源さんよ、そんなに悪かったのか、無理してしまったんだねえ、と呟きながら式場に向かった。

なぜか、とめどもなく涙が溢れて来た。

お経も終わり、遺影に焼香し型どおりの通夜振るまい

が始まった。

お多福さんは色んな人と挨拶し、ビールを注いだり、目頭にハンカチを当てたりしていた。私を認めると、柔らかく微笑みながら近づいて来た。私が月並みなお悔みを述べると、彼女は一息つき、小さな声で話し始めた。

「内の人、敏ちゃんのお母さんが亡くなられてから、酒ばかり飲んでました。或る夜、深酒しながら、私にいきなり『おい、お前よ、許してくれよなあ。怒るだろうが俺、敏ちゃんの母さん、ずっと好きだった。オードリー何とかという女優みたいに、それとも水仙の花みたいにきれいに見えたぜ。一緒で見た映画、楽しかった』と言い、急に済まないって泣き出すのよ。私だって悔しいから言ってやったわ。結婚しても好きな人が出来るのなんて、仕方のない事だわ。私もこれでも、あんたと一緒になってから、心の中だけどさ、好きになった人だって一人や二人、いるのよ。泣いたりして、本当にだらしがないんだから」と、言ってやりました。そしたら内の人、驚いたように私の顔をまじまじと見ていたわ。それから下を向いて黙って酒を飲み、いつの間にか、安心し切ったようにすやすやと子供の様に眠ってしまった。敏ちゃんのお庭の手入れも、休んだらというのを、出掛けて行ってしまう。何だか良く判らないけど、敏ちゃんの庭に咲く水仙の花を今年の春は是非見てみたいと何度も口癖のように言っていたわ。結局、内の人、幸福だったのよ」

お多福さんは、心の中に何の一物もないように、いつもの彼女に戻り、いい顔になって微笑んだ。


翌日の早朝、庭に面したガラス戸を開けると、すっかり雨も上がり、眼に写る緑も生き生きとしている。樫の木の先の、良く手入れされたもっこくの左側に、水仙の一群れが朝日に薄黄色く、気高く輝いていた。私は何だか急に目頭が熱くなってきた。

そして「源さん、有り難う」と、口の中で呟いた。すると、樫の木のずっと上の方から、源さんのだみ声が聞こえてきた。

「敏ちゃんよ、来年はあんたが樫の木や、もっこくの手入れをやってくれよ。そして、此処からも良く見える様にしてくれ。俺は君のお父さんやお母さんと今、三人で仲良く熱いお茶を飲みながら、水仙の花を楽しく見ているんだよ」

我が闘病記

話は十年程前にさかのぼる。

義母が亡くなった頃、車の運転をしていると、歯に違和感があった。何となく歯の噛み合せが旨くいってない調子なのだ。

上の歯と下の歯がずれている感覚だ。

チューインガムを噛むと歯の関節というか動きが不自然で、呼吸が苦しくなる。

その内に上下の歯がずるりと滑るような感覚が出てきた。M歯科医院へ行き、レントゲンを取ったり歯型を採取してもらったりした。

M歯科医院は市内でも歯の噛み合せでは理解があり、小生の話をよく聞いてくれた。

結果は明らかに噛み合せがずれており、顎関節症と言われる。この症状は、頭が痛くなったり、その他、色んな症状が出るのだと言われる。家業が医学書専門店なので、顎関節症の本を読みあさった。やはりM医院の60歳余りのおじさんに言われたような事が書いてある。ただし、この病気は精神的な要素がからまっている場合が多いので精神面からの治療も必要だと書いてあった。

一ヵ月に二回ほど通院したが、まずは虫歯があるから、そちらの方の治療が終わってから、噛み合せの治療を始めたいと言われる。

小生は歯科医院のあのがりがりと聞こえるタービンの音を聞いただけで、おじけづいてしまうタイプの人間なので、切ない思いもした。その頃の小生は、あまり熱心に歯を磨いた事はないのでいわば自業自得なのだ。

虫歯の治療は無事に終わったが、噛み合せがなかなか、旨く行かない。60歳余りのおじさんの息子が、東京へ顎関節症の勉強に行っており、新潟へ帰って来た時に、おもに小生の治療をする事になった。

しかし彼は小生の上下の歯を少しずつ削るだけで、症状が安定しない。おまけに医院の奥さんが会計責任者で、支払う段階になると、正確な金額がハッキリせず、いかにもファジーなお金の取り方をする。

一回行くと、その時によって二万円だったり五千円だったりして戸惑ってしまう。

奥さんは盛んに帳面をめくったり、眼鏡をはずしたり、取ったりして額に汗までして計算するのだが、相変わらず曖昧だ。

小生も安月給の事、行く都度に金額が違ってしまうのには苦労してしまう。

保険が効くのか効かないのかもはっきりと説明してくれない。次第に不信感を抱いてしまう。あんまり治療の方もうまく行かなかった。そこで日本歯科大学の新潟校へいく事にした。まず教授が小生の歯を見、これ以上悪くならないから通ってみなさいと言われる。

担当の医師がN先生と決まり、定期的に通う事にする。こちらとしてはあまり歯を削ってしまわないように願いたいのだが、N医師は小生を寝かせて、薄い赤い紙を口の中に入れ、かちかちと噛むように言われた。

一回、行くとN医師は執拗に10回以上も赤い紙を入れた。つまり、歯に付着した赤い箇所が、旨く噛み合っていないとみなして少しずつ削って行くのだ。毎回、毎回、その繰り返しなのでしまいには小生の歯が全部削り取られてしまうような感覚を覚えた。

よし、もうこれで完全に噛み合せは直ったなどと二ヶ月後に自信ありげに言われた。

その時は確かに噛み合せは旨くいっているような気がしたが、会計窓口に歩いて行く間に、元の木阿弥で違和感は変わりなかった。

N医師に不信感を持ってしまった。

金だけ取られて、少しも良くならない。

そこで歯科大学の治療は止める事にした。

セカンドオピニオンではなく、サードオピニオンを捜すことにした。朝日新聞を見ていると、東京は中野区で噛み合せの専門の医院がある事が書かれてある。何でも毎週、顎関節症にならない為の講習会が開かれており、興味を引いた。小生は手紙に今の自分の症状を書いた。体が常に疲れている状態で、物を食べる時も苦労している、肩や首筋が異様に固くなり、こる事、歩く時、時には真っ直ぐに歩けない事などを書いた。

しばらくするとH医院から手紙が来て、医院の道順や、きっと直るから、ぜひ来院するように書かれてあった。小生はここだと思い、さっそく出掛けていった。

地下鉄を乗り継ぎ、中野区志村三丁目で降りた。道順のとおり5、6分歩くと三階建ての白いビルがあり、三階がH歯科医院だった。

受付に入ると、がらんとして人影はない。

何だか、流行っていない医院ではないかと、その時思った。奥へ呼ぶと少し意地悪そうな女性が出て来て、新潟は寒くて大変でしょうと言いながら、待合室のような所へ導いた。そして問診表を出してきて、今までの小生の人生を話してくるように言った。

あんまりプライベートな事は喋りたくなかったが、5、6歳の頃、脊髄カリエスになった事、両親を早く亡くした事、二回、車に追突されて、鞭打ち症になった事などを喋った。

それから身長や体重、血圧などを計った。

そうこうしている内に、H院長が出てきて、我が医院の治療計画などを説明しだした。

随分とずんぐりむっくりした先生できかん坊の眼の輝きをしている。顎の辺りに傷があり、もしかするとこの先生は喧嘩早い人間かもしれないと思った。歯を削らない事で有名な先生との事で、その点日本歯科大のN先生とは違った。小生は正面から、側面からと全身写真取られた。又、口の中に歯型を取るための金属性の小さなスコップのような物も入れられた。歯型の結果は歯の正面の中心線がずれていると言われる。それから口を大きく開けてポラロイド写真を取ったりした。

帰り際に割り箸健康法というビデオを一本もらった。一日、30分位、あおむけに寝て割り箸を口に挟み、歯のずれを矯正するのだと言う。代金を支払う段になると、今日の診察は保険が効かないので、3万円をいただきますと受付女性が言った。

これからは調整費用が40万円、補綴費用が10万円、再診断費用が5万円いただきますと言われる。ふところの具合が悪いので分割にして欲しいと言うと、あっさりとそれでも良いと言う。こうして小生の東京通いが始まったが、一回、東京へ行くと新幹線代が往復で約2万円、診察料が3万円、都合5万円余りも掛かってしまう。経済的に小生としては苦しいので迷ってしまう。

新潟へ帰って早速、割り箸健康法をやってみるが、はなはだ息苦しくなって止めてしまう。良くなるのだったら、お金は惜しくはないが、なかなか良くならない。

H医師は診察台に寝ている小生の口の中をピンセットで歯肉の辺りを押したりするばかりで、さっぱり要領をえない。

その頃は物が食べにくいという感覚はなかったが、ただ車の運転をしようとすると口や上半身がこわ張り、ハンドルやアクセル、クラッチの操作が旨くできなくなるので、怖い気がした。H院長の言動と小生の状態が余りにも違うので嫌気がさし、とうとう通院するのを止めてしまった。余り、あちこちの歯科医院を転々とするのも良くないと思い、新潟大学の歯学部に、もうこれが最後だと決心して行ってみる事にした。小生を担当したのは40歳にならぬかなったばかりのS医師だった。

寒い頃だったのに、いつも半袖で、逞しい腕をしている。そこではS医師がスプリントと言って、上の歯に入ればのように歯型に合ったプラスチックをはめて寝る時だけに装着した。だが強い違和感があり、寝ているどころではなかった。そこで先生にそのむね言って調整してもらう事になった。

現在は一ヵ月に一度通っているが、スプリントの調整、すなわち、それをはめたまま、又、赤い紙を口の中に入れてかちかちと噛んで、赤い色の付いた所だけを削った。治療といってもそれ位で調整だけで終わってしまう。

S医師は一回目の最初の時、10年も顎関節症に悩んでいるなら、これはちょっと直らないかもしれないなと、ぽろりと本音らしき事を小さく呟いた。小生はそれを聞いて、なさけないやら残念で意気消沈してしまった。医師にあるまじき言葉だと思った。

S医師にそれとなく、治るでしょうかと聞くと、体の筋肉、特に口の周辺には色んな筋肉があり、それがこわ張ったりすると今のような症状が現れてくる事があると言われる。

ようするにはっきりした事は分からないのだ。その頃だったか、上半身が意思に反して時々そり返るようになった。

そうなると口が良く回らなくなり、会話をするのも億劫になってきた。仰向けに寝ると、上半身が硬直し、首がけいれんを起こしたようにそり返るのだった。仕方がないので横向きに寝ると大変楽になり、寝る事も出来た。

体のそり返りは神経内科の分野と思い、新潟大学の神経内科の医師、H医師に見てもらう事にした。今のままでは食事をするのもやっとだ。H医師は小生の手足を折り曲げて見たり、足の裏をローラーでなぞったり、小生を立たせて歩かして見たりした。その点は異常はなかったが、MRIで調べて見ましょうと言われる。

要するに磁気とコンピューターによる断層撮影法で、脳などの診断法に使われるとの事。ベットに寝ながら円形のドームに自動的に移動し、頭部を輪切りにしながら病気を見つけるのだ。仰向けに20分あまりも我慢しなければならないので、頭を動かさないでいるのがひどく辛かった。1週間あとに結果が出て、硬膜化水腫の疑いがあると言われた。

脳を取り巻いている水分の量が人より余計で、それが色んな悪さをしているのではないかと言われる。この病気はなかなか治しようがなく、現在の状態を何とかなだめながら、していく方法しかないとも言われた。

筋肉をリラックスする薬を処方してもらい、現在にいたっている。丁度、年齢も60歳になったので会社勤めも辞め、しばらくは自宅治療をする事になった。何か神経内科の先生に絶望的な事を言われた気がしたので、これも意気消沈してしまった。

この病気は何事にもおっくうになり、ベッドに逃げ込んでしまう日々が続いた。

このままでは精神的に参ってしまうのではないかと思い、市役所近くにある心療内科のHクリニックに通い始めた。今の状態では「城」への提出作品など、とても考えられなかった。新聞や本を読むのも億劫になり、横向きに寝ているような日々が続く始末だった。

Hクリニックでは、小生は少々鬱状態なので元気の出る薬を三種類程出してくれた。

そのお陰か、少しばかり元気が出てきて、少しずつ本を読んだり、文章も書くことが出来た。普通に生活出来る事が、どんなにか大切な事か身にしみて分かった。

思えば歯の具合が悪いせいで色んな症状が出ると思っていたのが、案外間違いだったのかもしれないと今にして思う。ただ今の状況は、喋りにくいこと、すなわち会話が苦手になり、人様に迷惑を掛けているのではないかと思う。妻が色々と喋る事に対して、受け答えするのが辛く、はがゆい限りだ。妻は無理しなくていいから、うんとかすんとか言ってくれれば良いと慰めてくれた。

それから、うんとかすんとか人生が始まった。今現在、少しずつではあるが人との受け答えが出来るようになり、嬉しい限りだ。

又、文章もこれも少しずつではあるが、書けるようになった。まさに蝸牛の一言、一句だった。しかし、いつ何時、悪くなってしまうのかという想いがして、憂鬱になる時がある。こればかりは神様や仏様が決めてくれる事、将来の事は神様、仏様にお任せして現在をなるべく充実して生きたいものだ。

車を乗る事も止めてはいたが、現在は少しずつ勘が戻って来た様子で少しばかりならば運転出来るようになった。貧乏しても、体が一番大事な事だと悟った次第である。

「城」の会員の皆様にも、色々とこれからご迷惑をおかけする事もあるかもしれませんが、どうぞよろしくお願い致します。

体がそったりして見苦しい姿を見せるかも知れませんが、これもよろしくお願いします。

僕の放浪記

僕はお茶の水の橋の近くに立っていた。

眼の前に赤いヘルメット姿の学生達がてんでに鉄パイプや角材を持って、機動隊と対峙していた。やがて大型の放水車が前面に出てきて、学生達に向かって黄色い水を火事場の消防車のように盛んに放水を始めた。

水圧で学生達はじりじりと退却していった。

見ていると神田川へ落っこちている者もいる。汚い川の流れに首までとっぷりと浸かった者さえいた。僕は完全にノンポリだったが学生運動には多少、同情的感情は持ち合わせている。大学解体、造反有理と熱病にかかったように信じている者にはとてもついていけなかったが、自己批判もせず、その一例にたとえばぬくぬくと大学の授業料や入学金を山分けしている当局に反発するのはいかにも健康的思想だと思っていた。

とくに日本大学、全共闘の場合それに当てはまる。橋の上では放水車がなおも水圧を上げて学生達に黄色い水を浴びせていた。

放水の効果は機動隊が、学生達を逮捕する時の目印にするつもりだろう。

国家権力に対抗するには、広範囲に国民の支持が必要なのに、学生達は早急な革命を目指して明日のない戦いをしているように感じられた。オイ、学生達よ、早く逃げろ、世の中、そんな甘いもんじゃないよ。

そう、僕は口の中で呟きながら立ってた。

急に放水車の放水口が向きを変え、僕の頭上に濃い霧のように注ぎ始めた。

お陰で顔から衣服まで黄色まみれになってしまった。

いつの間にか眼前に中世の盾のようなジュラルミンの盾が三個、僕を威嚇するように取り囲んでいた。

僕は何もやっていないよう、あの学生達の仲間ではないと盛んに弁明した。

屈強な機動隊の一人が学生証を見せろと声高に言った

ので、僕は素直に尻ポケットから財布を取り出し、学生証を見せた。

受け取った機動隊員はまるで舐めるように学生証を見、なにやらトランシーバを取り出し僕の名前や学生番号を何処かに聞いていった。何も悪い事をしていない僕にけちをつけるならば、勝手に付ければ良い。

おてんとう様の下を歩けないような人間ではない。三、四分すると僕の学生証を、乱暴につっかえし、こんな所にいちゃあ駄目だ、早く帰りなさいと命令口調で言った。帰りますとも、こんな場所なんか用はないと口の中をもごもごさせた。

アパートに帰る為、電車に乗ったが全身真黄色で、どっぷりと濡れた衣服を着ていた為、人目に付くし、何より気持ちが悪かった。

早くアパートでシャワーを浴びたかった。

真向かいの席に座っていた、おばちゃん二人が僕をまじまじと見、それからひそひそ話をしている。一度、きつく睨つけてやったらおびえたように、うつむいた。

下北沢の駅に着くと、急ぎ足でアパートに向かった。やれ、うれしいや、早く服を脱いでシャワーを浴びようとアパートまで来ると、兄が僕の戸口に立っていた。

黄色にずぶ濡れた姿を、驚いた風にドングリまなこで見つめている。

兄は新潟で小さな本屋を経営しているが、本の取り次ぎの会社へ、月に二回は上京して来る。本の仕入れ価格を出来るだけ安くしてもらう為や、ベストセラーの本を優先先に配本してもらう為にやってくる。僕の黄色に染まった衣服を見て、兄は「お前、学生運動をやっているのか、けしからん。来月から仕送りは中止する」と一方的に宣言した。

アチャー、僕は兄貴が東京へ来る日が運悪く、今日だったし、時間も午後三時にアパートへ行くという連絡をころりと忘れてしまっていた。兄貴は上京する都度、僕の様子を探りに来る。よく勉強しているか、学生運動にはまっていないとか。

「兄貴、違うよ、黄色く濡れているのは、デモをしている学生達をたんに見ていたら、間違ってかかってしまったんだ。学生運動なんてこれっぽっちもやっていないよ」と盛んに弁明した。けれども兄貴は信用せず、黙って僕を見つめ疑っていた。

兄は一度思い込むと、徹底的に疑う所がある。新潟でテレビを見て、放水車が目印に黄色い水を学生たちに浴びせる場面を何度か見ていたんだ。僕は仕送りが中止になると、非常に困るのだった。

例えばアルバイトをしても家賃や食費に消えてしまうので、これは死活問題だと思った。

「いいか、お前、学生運動をしているならもう、中止だ。もう一人で生きて行け。東京ならばなんぼでも働く所はあるだろう。俺はもう、しらん」兄貴はぷりぷりしながら僕の前から帰っていた。

額に青筋を立てている時は本気で怒っている証拠だ。しょうがないや、俺一人位、なんとか生きて行けるだろう。

兄貴のやつ、早く結論を出しやがってと悪態をついた。冷たい兄貴の仕打ちはさておき、これからの事を思うと暗然となる。僕は大学三年生だった。多少のアルバイトもした事もあったが本格的に生きる為の仕事などしたこともなかった。お金を友人達から借りるのも、当然いつまでも続かないだろう。とにかく働かなければならない。学校には休学届けを出した。

その日から僕はスポーツ紙や朝日、読売などの新聞の求人欄などをくいいるように見つめる日々が始まった。

新聞配達、牛乳配達などは結構出ていた。

まず下北沢の新聞販売店を訪ね、一発で採用された。

二階が従業員の部屋で、たこ部屋のようなベッドが二段になって並び、いささか面くらってしまった。

住み込みの経験がなかったので、慣れていく事に大丈夫かいなと思った。

ところで毎朝、午前四時起きには、とことんまいってしまった。新聞を満載したトラックが、今だ明けやらぬ時、販売所にどさどさとビニールにカバーされた新聞の包みを投げて行く。それから一部、一部に広告紙をはさんで行く。肩から50部余りの新聞紙を下げ、前の買い物籠に100部余りを入れ、自転車に乗るが、バランスが合わず、倒れそうになる。なんのこれしき、その内に立派な新聞店員になってみせるわい。

まずは髭を生やした先輩に、金魚のウンコみたいにしっかりとついて回った。

ついて回るのは二度だけで、後は僕に任された。1部か2部、最後に残ってしまう時は大変だ。どこかに配り忘れてしまったんだ。

記憶をたどってみてもさっぱりわからん。

その内に8時近くになると、購買者から怒りの電話があり、慌てて飛び出して行く。

販売所の油ぎった所長に冷たい眼をされた。

僕は朝四時起きには参ってしまっていた。

大学生時代は、10時か11時頃に起床していたので、はっきり言って新聞配達の仕事は性に合わなかった。

それならば、早く寝ようとしても中々寝つかれず、何だか体がふらふらしてくる。

それに集金の時、お客に貰いそびれると給料から天引きされる。

こんな非民主的な新聞販売店所もあるのだ。

こんなことは新聞の記事になった事はない。

たいした罪悪感もなしに、これはいかんと1ヵ月後の早朝、1町内先の公衆電話から鼻をつまんで、「もしもし岩本の兄ですが、妹が車にはねられ、重体だから早く帰ってきてほしい」となるべくアクセントを変えて喋った。妹よ、ご免ね。嘘の電話が上手く言って、店に帰ると早く国に帰ったほうがいいと奥さんに言われ、僕は急いで支度をし、真剣な表情で店を出た。夜具や衣服、それにがらくた同然の荷物は、経営者一家がいない時、こっそりと近所の自転車店から借りたリヤカーで運んだ。今まで僕が住んでいたアパートは運良く空いていたので又、前に戻った。

それからは、新聞の求人欄をくいいるように見る日々が始まった。牛乳配達も同じようなものだろう。段々とお金が少なくなり、日払いのアルバイトをしたりした。

ある新聞の求人欄の一つに眼が止まった。

「人形劇団、エコールド、ブッペ団員募集、公演料は平等に分配します。来れ地方公演あり、演技は懇切丁寧に指導します。わきあいあいの家庭的劇団。問い合わせは代々木3丁目エコールド、プッペ事務所電話○○番です」

僕はそれを見て、何だか、この人形劇団だったら続けていけそうだと直感的に思った。

特に稼ぎのお金は平等に皆に分配しますというところに引かれた。

ええい、悩んでいるより何でも見てやろうと思った。地方公演に付いて行き、見聞を深めてやるのも悪くはないだろう。

翌日、早速面接に出かけた。

ちなみにエコールドとは学校、プッペとは人形と言う。前もって電話で「もしもしエコールドプッペさんですか、新聞の求人欄で見ました。面接に伺いたいのですが、」と言うと図太い男の声で明日の午前九時においでくださいとの事。言葉に威圧感があった。

彼がプッペの団長みたいだ。

翌日、僕はぎしぎしと鳴く階段で三階まで上った。いやに古っぽいアパートだ。

三号室にエコールドプッペ事務局の看板が掛けてあった。呼び鈴を押すとすぐにドアが開き、だんご鼻の中年のおっさんが顔を出した。

「やあやあ、岩本君ですが、ご苦労さまです。さあ、お入り下さい」といんぎんぶれい的に言い、遠慮せずに中に入ると三人の人がいた。

男二人に女、一人だ。だんご鼻おっさんが私が劇団の団長、村松ですと名乗り、僕の予想に狂いはなかった。彼をだんごとなずけた。

それから彼は3名の紹介をした。

「こちらは副団員の吉岡君、そして営業担当の山口君だ。それに女性リーダーの島田君だ。

吉岡という人は、上下とも黒い服を着ており、いかにも洒落者だ。

背は高くはないが、どこか俳優のなれの果てのような雰囲気を持っていた。

僕は彼をキザと名付けた。それに三十位の女性の顔はソバカスだらけだ。そこでソバカスさんとあだ名をつけた。

それから営業担当という山口さんは随分と顔が浅黒く、熊のような逞しい感じだ。

僕がよろしくと言うと、「この劇団は民主的経営だから安心して入りなさい」と、未だ返事もしていないのに勝手に言った。

彼をクマと命名した。だんごが僕の差し出した履歴書をふんふんと軽くさっと見、これから発声のテストをすると言う。テストと言っても、アイウエオ、アオ、カキクケコ、ケコと発音するばかりだ。これなりもう少々頭のあっかい人でも出来る。それからもう一つのテストがあった。だんご達の前でパントマイムをやる問題だ。空き巣ねらいが或る家に押し入って、物色中に家人が帰って来て、慌てふためく様子をやれと言う。

しかたなく眼玉を白黒させて、まずは、ほっかむりしてそっと戸を開けるしぐさをしたが、手と足がばらばらで、おたおたした。

小生、とうとう居直り、嘘でもそんなパントマイムなどやれないと宣言した。

だんごがやれやれと、しつこくいうので、不快だからもう帰ると言った。

こそ泥の役などまっぴらご免だ。

僕は嫌だと思うと、徹頭徹尾、押し通す心の持ち主だ。これでも先祖は村上藩の武士だったんだ。ドアを乱暴にばたんと閉めて出てきてやった。僕は怒るとやたらに腹がすくタイプなので、代々木の駅前にあるとんかつ屋でひれかつ定食を食べてやった。

とても旨かった。アパートに帰って寝転がっていると、例のだんごから電話が入った。

僕の履歴書に書いてある、電話番号を見たに違いない。「君はなかなか自尊心があるね、気に入った、ぜひうちの劇団に来てくれ、近々九州は鹿児島公演が始まるので、ぜひ君が必要なんだ」

と猫なで声を出した。

僕は二、三日考えさしてくれと、電話をガチャアンと切ってやった。

それからカビ臭い万年床の中で、つらつら考えてみるが、なかなか、考えがまとまらず、布団の中でごろごろした。

ええい、出たとこ勝負だ、一丁、鹿児島公演とやらに参加してみるか。

仕送りを当てには出来なかったので、お金の方も少々寂しくなりかけていた。

金がない事は実に情けない。まあ、不謹慎な事だが、アルバイト気分で入団してみるか。

早速だんごの所へ電話した。

だんごは喜んだ、弾んだ声を出し、明日お昼過ぎに車二台で鹿児島を目指して、出発するという。ハブラシとか下着をボストンバックに詰め込んで、しばらく東京にもおさばらと覚悟を決めた。

アパート代は何とか工面して、二ヵ月分を大家に払って来た。今回の公演は六、七月位になるとだんごから聞いていたからだ。

時は六月三日、爽やかに晴れ渡った日に出発する事になった。劇団のアパートに行って見ると、僕の知らない人たちがいた。

佐渡ののろま人形に似てる若い男、森君、でっぷりとした若い女性、川上さん。

聞いてみると、連中、僕と同じく新聞広告を見て採用されたという。

おいおい、大丈夫かいな、これではまるで素人の劇団ではないか。今日会った人にもあだなを付けてやった。のろま人形、それにぶたちゃんだ。総勢七人、車に乗り込んだ。

それにしても古ぼけた、廃車寸前のような車だ。こんな車で鹿児島くんだりまで行けるのだろうか。一台のライトバンの車には、なにやら道具がぎっしりと乗せてあったので、二人しか乗れない。きざと、クマが乗り、一方、もう一台の車には、だんごを運転手として、そばかす、のろま人形、ぶたちゃんと僕が乗った。こちらの車はセダン型なので、前に2名、後ろに3名だ。だんごは運転しながら僕、そばかす、のろま人形、ぶたちゃんを互いに紹介しあうようにした。

車はひたすら国道一号線を走り続けた。

時々だんごは皆を元気づける為なのか、走りながら、いきなり運転者側のドアを開けて、蝶々、蝶々、蝶、菜の花にとまれ……と音程の外れた声で歌ったりした。僕たちはそばかすを除いて冷汗が出た。それと大丈夫なのかな、初めて知り合いになった二人は、まったく人形劇団の経験は無いという。

それにこの団長だ。何を考えているのかさっぱり分からない。時折、「芸術とは何か、美とは何か」などと質問てくる。

僕達は、とたんに無口になった。

僕はかろうじて、芸術とか美とかは、掃き溜めに鶴のようなものだとか、美は醜いがあるからなどと、自分でも訳の分からぬ事を言ってやった。だんごは特に発言せず、ふん、ふんと頷いてばかりいた。

さて、車は何処をどう走っているのかよく判らなかった。とにかく走りっぱなしで、寝る時は車の中だし、食事はドライブインだ。

布団の中で寝るわけでは無いので、一種、朦朧なる状態で走り続けた。

高速道路を使用しないのは、多分お金が無いからだろう。夜中のドライブインではキザとクマが停めてある乗用車の給油口から、ポンプを使ってガソリンを抜き取り、僕達の車に注入したりした。

これはようするにガソリン泥棒ではないか。

又、国道沿いで店開きをしている、人のよさそうなおばちゃんの駄菓子屋に立ち寄り、クマが注意を引いている間に、キザがチョコレートやガムを素早くポケットに入れた。

これも立派な泥棒ではないか。

団長のだんごは別に注意をするわけでもなく、黙認していた。いやはや、とんだ人形劇団だ。この先どうなる事やら。早朝、いやに広い、大きな港のある神戸に着いた時、キザ達が乗っている車がバッテリー不足なのか、突然止まってしまい、一同ライトバンを押すはめになる。車のラジオからは、森山良子の「禁じられた恋」が流れていた。

五日、五晩を走って、ようやく鹿児島に着いた。車の中では、窮屈な姿勢だったので体の節々が痛んだ。駅前で、思わず大きなあくびをした。二台の車は錦江港から右手に桜島を眺めながら、走った。

桜島がドンと眼前にせまり、何だか東京と違って雄大な風景がきらきらと輝いている。

明るさが違った。これから何処へ連れて行かれるのか、だんごに聞くと隼人町だという。

国分に近いらしい。もう何処でもかまわない、僕は布団の中で、ぐっすり眠りたい。

道の中央分離帯には、東京ではあまり見かけないフェニックスの木が至る所に植えられていた。やがて車は隼人町に着き、国道沿いの上原内科医院と看板の出ている医院で、クマが何やら看護婦さんに聞いている。

クマはのそのそ戻って来て、ダンゴは山手の方を指さして、ついて来るように言った。

クマの車が先導して、一軒の古ぼけた平屋の所で停まった。だんごは、「やれやれ、やっと着いたか、これからが又、大変だわ」と呟いた。八畳と四畳半に黄いばんだ部屋があり、女性達二人はその四畳半に寝起きするようになった。さて何が大変なのか、すぐに判った。

それからは一週間、驚く事に人形作りや、けこみ幕[舞台で使用する黒い幕で、人形を操る人間が幕の裏で隠れる用具]や、ワニやドナルドダッグのマリオネットの製作を昼夜、びっしりとやる事になった。

こちらは車に乗り通しで、足腰が痛いのと睡眠不足がたたって体がふらふらと揺れるのには参った。何で東京に居た時に作らなかったのか疑問に思った。要するに人手がなく、それに公演に間に合わないから、現地で製作する事になったのかも知れない。

朝から夜中まで製作し、やっと布団の中に入る事が出来た。食事はそばかすとぶたちゃんが、カレーライスなどを作った。

風呂は五右衛門風呂で交代に入った。

何だかスポーツ部の合宿生活の様だった。

人形の製作は新聞紙を丸めるような形で、つぎつぎと、膠で重ねて行く。

それから白い紙を張り付け、目鼻立ちを作っていく。僕は珍念というお寺の小僧を作るように言われ、悪戦苦闘した。ようやく原形が出来、人形に手を入れるあんばいとなった。

そばかすが側に来て、にこりとし僕の作った珍念の目や鼻や口を描いてくれた。

そばかすはなかなか、愛敬の顔をしている。

のろまは彼の顔自体が、けこみ幕から顔を出せばそのままのろま人形に通用出来るような顔をしていたので笑ってしまった。

彼は後日、僕がやる事になる和尚さんの人形をぶたちゃんと共に作ってた。

ダンゴやキザは、けこみ幕や何やらダルマさんの絵を太洋紙に墨汁で描いている。

昼も夜も休みなしで製作を続け、やっと十二時過ぎにその日の分を終えると、すぐに寝入ってしまう。朝はダンゴが軍隊式に起床、起床、起床と自分は未だ床の中に居るのに大声を張り上げて皆を起こす。

クマが朝になると、背広姿で何処かへ行ってしまう日々が続いた。ダンゴに聞いてみると鹿児島県下の小学校へ営業活動に、走り回っているという。まず遠くから活動を開始し、本州最南端の佐多岬から始めて、つぎつぎに円をかくように戻って来る手はずとの事だった。僕はクマの名刺にはエコールドプッペ営業部長、山口敏一と印刷されているのを以前見たことがある。こんなインチキ人形劇団の営業部長も無いもんだ。鹿児島の県民を、おちょくっているのか。

しかし夜遅く帰ってきてダンゴにA小学校の契約が取れた、B小学校も取れたと破顔一笑して報告していた。

僕の珍念さんも、のろまとぶたちゃんの製作した和尚さんも、マリオネットも出来上り、これからが練習だ。まずはキザがツイストの曲に合わせてマリオネットのワニをけこみ幕の前で巧みに踊らせた。さすがは副団長、たいしたみんだなと思った。

僕達の和尚さんと珍念は未だ台本の段階で和尚さんは僕、珍念はそばかすが担当することになった。そばかすが、君、発音の稽古をするから川の近くでやろうと、やぶから棒に言ってきた。言われる儘、近くを流れる澄んだ川の岸で、あいうえお、あおと叫ぶと、駄目、駄目、腹から声を出すように言った。

もう一度、あいうえお、あおと言ったがぶす、ぶすと大きなおならをしてしまった。「ありまあ、失礼ですよ、でも腹から声を出したから、その調子、その調子」と恥ずかしい顔をしている僕を慰めた。

そして飴玉をのど渇きの為か、一個くれた。こんなに一目を避けるように指導してくれるのは、そばかすが僕は少しばかり気があるのかもしれないと、勝手に思ったりした。

僕はちょっと傲慢な気持ちになった。

時々、家の軒下に彼女らのショーツやらが六月の青空にはためいている事がある。

男共は見て見ぬふりをしていたが、ぶたちゃんの下着は大きいのですぐに判った。

のろまは「おい、おい、でかい下着だなあ」としばし感嘆した。

ぶたちゃん事、川上さんとは、あまり会話をした事がなかった。

彼女はおとなしく、落ち着いた女の子だ。

他の団員の着ている服がほころびていれば器用に針を使って直してくれたし、そばかすが作る料理よりも、八宝菜やムニエルなどを作ってくれ、いかにも家庭的な女性だ。

そんな彼女をダンゴは人形芝居に使わなかった。それはぶたちゃんの声が、あまりにもか細く、舞台には合っていなかったせいらしい。いわば彼女は縁の下の力持ちして活躍していたほうが性に合っているのだろうと判断したのかも知れない。さて、いよいよ本番も近くなり、僕達の練習も熱を帯びて来た。ヒデとロザンナの曲が流れて、マリオネットのキザから始まり、次に「ぶす」という題目が始まった。僕は和尚様の役をやり、そばかすが珍念をやった。ちょいと簡単にあらすじを記してみよう。「いやはや朝のお勤めの後というものは実に気持ちの良いものじゃ、あ、そじゃった、そじゃった、今日は隣村におよばれがあってな、ご馳走がたんと出るのじゃ、さーて、およばれ、およばれ。あ、待てよ、お寺の台所には大きな瓶があってな。その中には水飴がたんと入っているのじゃ。珍念の奴に留守中に見つかったら、おおごとじゃ。これこれ珍念やー」「はぁーい、和尚様、何かご用で……」「珍念や、この瓶には、体を壊す「ぶす」というものが入っているから、食してはならぬぞ」と厳しく言った。だが珍念は和尚さまが出かけてしまった後、はて何だろうか、瓶の中身はどろんとしている。少しくらい、食しても害にならんだろうと思い、箸にからめて、おそるおそる、舐めてみる。「これは旨い、水飴ではないか、かまわずどんどん食してやろう」と、いった粗筋で、およばれから帰ってきた和尚が瓶の中身がないのに気づき、びっくりして腰がふらふらになり、だるまさんが描いてある襖絵を破り、「ああ、水飴もない、襖絵も破れてしまった。と気絶してしまうという一幕ものだった。本番に備えて一日、五回は練習した。なにしろ全然経験もない僕が主役をやるなんて、信じられない。のろま人形は照明係をやり、ぶたちゃんはマイクの調整をした。不思議に、僕は何回かやっている内にセリフは暗記し、両手づかいの要領も覚えた。そばかすが時に、僕に向かってぐいぐいと押してくる。腕と腕が触れ合い、どきんとした。これも一種の愛情表現か。クマは佐多岬の近くのA小学校に契約が取れたので、そこから公演しましょうとダンゴに報告していた。口に旨いクマの事、先生位だます事は得意なのだろう。

さて、僕達、素人人形劇団員は、朝、五時に起床、「起床」とダンゴが布団の中で例のごとく叫んだ。目をこすり、こすり、布団からやっと起き出して、我々は朝食もそこそこに、二台の車で出発した。

三時間あまり走るとA小学校に到着し、学校の窓から生徒が鈴なりになっている。

ぴーと口笛を吹く者さえいた。

僕は少し胸がどきどきした。

一方、まあ出たとこ勝負、せりふも何とか覚えたし、自信を持とう。最初キザが人形劇とはどういうものなのか、片手使いと両手使いとはどう違うのかと簡単に説明した。

さて、キザのマリオネットの芸も終わり、いよいよ「ぶす」の始まりだ。

団長はというと、二百人ばかりの生徒の後ろにいた。早速、僕達の欠点を見てみたいのだろう。よし、それならば、こちらも真剣になって及第点を取りたいものだ。

終盤近くまでは何とかなったのだが、肝心の達磨さんの襖絵がなかなか破れてくれないので、困ってしまった。

やがてフィナーレが近くなり、全員がけこみ幕から出て舞台で挨拶をした。

何人かの生徒はノートを差し出し、サインをくれと言う。僕は今までサインなどくれと言われた事はなかったので、一気に舞い上がってしまい、芸能人になった気分だった。

車で帰る時も十名以上の生徒が追いかけてきて手を振ってくれた。

大人になったら、小さい時、東京から人形劇団が来て、大いに笑った事を懐かしく覚えてくれるだろうと思うと、僕はいんちき劇団でもいいじゃないかと次第に思うようになった。車の中でダンゴが今日の採点は70点位だなと神妙に言った。和尚さんの役、なかなか旨かったが、襖絵を破く所で残念だった。

もう少し薄い紙で今度やってみるかと言った。ダンゴはそれだけ言うと、運転しているのに又、例の蝶々、蝶々菜の花に止まれと、全然調子はずれの歌を始め、ドアを開けたり閉めたりした。僕達はひやひや思いで、こんな所でふざけるなと、哀願するように、悲鳴に似た声を出した。けれどもダンゴは、益々調子に乗り、蝶々、蝶々と唄い続けるのだった。僕達の集団生活は順調に行っていたが、一つ困った事があった。

この古家の便所は勿論、水洗ではなく、昔ながらの穴の中へしゃがみながら用足しをする構造になっていた。皆がその便所を使っていると、たちまち落下したうんちが盛り上がってきた。二週間もするときんかくしの所まで来て、したがって用を足す場合、お尻をふったてながらした。とうとう山盛りのうんちが限界になると、クマとのろま人形が外からシャベルでかき出した。この古屋の回りには別に住宅があるわけでもなかったので、近くの荒れ地に大きな穴を掘り、そこに埋めて難を去る事に成功した。

のろまとクマさんは、ひでい、ひでいと声を出しながら大事な仕事を為し遂げた満足感、一杯の顔をしていた。

鹿児島新報という地方新聞に僕達の劇団の活動の記事が載った。

「東京から人形劇団が来て、小学生徒に人気を博している」などと書いてある。

ダンゴやクマが新聞社にとり入って旨く記事にしてもらったに相違ない。

東京からやって来ただけに、鹿児島新報の記者は、信用してしまったのだろうか。

それとも、よほど暇で記事が少なかったせいだろうか。地理的に遠い方から上演していくので最初の頃は一日、一回の上演だったが、より近くになると一日、二回の上演になっていった。クマは驚くべき才能を発揮して鹿児島中を飛び回っているようだ。

僕は和尚さんの役は段々と慣れてしまい、せりふもスムーズに出るようになった。

一日、二回の公演の時は、車の中でパンをほうばって走る事が多くなっていった。

二十名の生徒の前で演技をした事もあるし、山間部だと十名の生徒の前で、やった時など或る生徒はぶすの演技がよほどおもしろかったのか、笑い転げて小便をたれてしまった。

友達に小便たれ、小便たれと言われても、たれてしまうのは、きっとよほど、この村には娯楽が少ないせいだろう。

公演がない、日曜日などに近所の子供たちが遊びにやってくる。最初は家の外でおどおどしているが、次第におにいちゃん、お姉さんに思えてくるのか、一人がそばかすの膝におずおずと乗ると、我先に急に活気ずいて家の中に入って来る。十名位の連中が押し入って来た。一旦、僕たちが気を許すと、とことん図々しくなり、寝転んだり、走ったり、まるで何処かの学校の林間学校のように騒ぎ始めるのだった。僕も子供たちの標的にされ、女の子がどんと膝に乗ったりする。

僕が振り回されていると、一人の中学校三年生位の女の子が仲間に加わらないで、障子戸の所に恥ずかしそうに立っているのに気づいた。可愛い女の子で目鼻立ちがはっきりしていた。彼女に再び出会ったのは、僕が近くの澄んだ小川で釣りをしていた時だ。

水は清く、魚が泳いでいるのが手にとるように判る。なかなか釣れずに時間が立ち、おまけに俄か雨が降ってきた。

そんな時、誰かが背後よりオレンジ色の傘を立てかけてくれた。振り向くと例の女の子だ。僕は「悪いねえ、傘を掛けてもらって、ありがとう」と言うと、ただ微笑みながら、じっとしていた。「名前、何というの」と聞くと小さな声で肥田律子と名乗った。

僕は岩本だと言い、又、雨の降りしきる川面を見つめた。このまま時が止まってくれればよいと思った。何て事だ、彼女が優しい成熟した一人の女性と感じてしまった。

二人とも何もしゃべらず、ただ川面を見ていた。僕は久しぶりに恋をしてしまったようだ。

僕たちは鹿児島県内をくまなく巡った。

クマが営業活動を精力的にやっている証拠だ。ある時など千人位の小学校でマイクを使いながら、演技をした事もあった。

だが結構、売上げがあるはずなのに、僕達は一か月に五千円しかもらってなかった。

インチキ劇団なので、お金は平等に分けますという募集広告は要するにインチキだった。

ダンゴに好きなように搾取されているわけだ。詐欺劇団だと思った。

生徒一人に付き、百円か二百円位で観劇させているに違いないから、銭はたっぷりあるはずだ。稼ぎの金を学校からもらうと、そばかすがこつこつと郵便局に入金しているようだった。一度、ダンゴに公演料を平等に支払いますという新聞広告は、まるっきりでたらめではないかと詰め寄った事がある。

するとダンゴは宿泊料と食事代が公演の支払い分だと強弁した。

残念だがここで喧嘩をしては、九州、鹿児島で放り出されて東京へは帰れない事になってしまう。しょうがないので、僕は妥協してしまった。

ある日、ダンゴが一旦、東京へ戻り、五日後に戻って来た。柄にもなく、子供のような泣きべその表情をし、皆の前で涙をこぼした。何でも自分の妻が、大学生と浮気をしていたのだという。

「俺はよう、他人とすでに結婚していた妻をデバ包丁で、妻とその夫の前で、一緒にならなければ俺はこの場で死ぬと言い、夫から奪い取った女なのに……」としゃくり上げる。

いつもの団長らしくもなく、何時までも泣きつづけ、そばかすが「もっとしっかりしなさい、一緒にいてやるから」と姉のように言った。そしてぶたちゃんと一緒に寝起きしている四畳半へ、ダンゴはそばかすに抱えられるようにして連れて行った。

ぶたちゃんはしょうがないから我々の部屋に布団を敷いて寝た。襖越しに、ダンゴのすすりあげる泣き声が嫌でも聞えて来る。

しっかりしな、私が居るからと中の様子がきれぎれに聞えて来た。

僕達はなかなか寝つかれなかった。

翌朝、そばかすが、きまり悪そうに部屋から出てきた。多分、ダンゴと寝たらしい。

そばかすが真夜中に喜悦のような声を出していたから、そうだろう。

誰もがそう思った。僕はそばかすに母性愛を感じてしまった。そばかすは体で、ダンゴを慰めたのだろう。僕は不思議にいやらしい感情を持たなかった。ダンゴがむずかる子供のようになり、そばかすが母親のように慰めたのだろう。僕は少々そばかすを見直した。

出来れば僕も悲しい出来事があったものなら、そばかすに慰めてもらいたいものだと思った。

或る日、午後の公演が終わり、二台の自動車は帰路に向かっていた。お互い、ふざけっこをし、抜いたり抜かれたりしていた。

僕達の車が抜いた後、ダンゴ達の乗っていた車が運転を誤り、どんと追突された。

のろま人形や僕は衝撃を感じ、首が前後に揺れて、目まいがした。外見上は何ともないが、少しふらふらする。ムチウチ症にかかったらしい。僕達の車は後ろが少しへっこみ、ダンゴ達の車は前部が窪んでいた。

ダンゴやクマは深刻な顔をして、車から降り僕達の顔を覗いた。運転していたキザや女性二人は大丈夫らしい。

僕とのろまが症状を訴えるとダンゴは宿舎近くの中野内科に連れて行った。

内科のごましお頭の先生は僕とのろまろを調べ、しばらく入院が必要でしょうと言った。

先生は微笑していた。あんまり流行らない医院だったので、嬉しい気分だったのかもしれない。その日から二人は立派な病人となった。公演は何とか和尚さんの役はキザが埋合わせすることになった。

朝と晩、大根のような大きさの太い注射を打たれて、その時、体中がじんじんと熱くなった。看護婦さんが三人いて、僕達が東京の人形劇団員と判ると、妙に色っぽい感じを与えた。東京という場所が特別に憧れの場所で、人形劇団という事が、又、憧れに上乗せされているらしい。僕達は暇なので、よく話しあった。のろまが語る事、例えば田舎からの送金を中止された事、色んなアルバイトをした事、そして民主的に給料は分配される劇団に引かれた事など語った。これでは、僕の立場とそっくりではないか。親近感を感じた。僕達がベットで寝ていると、病室の入口とは反対側のスリガラス戸をしきりに叩く者がいた。起きてスリガラス戸を開けると、驚いた事に一頭の黒い牛がのそりと顔を出した。真近に牛など見た事はないので、本当にびっくりしてしまった。もーちゃんはしきりに病室の中が興味があるらしく、首を突っ込んで来た。スリガラス戸の外は田んぼで牛は耕作に使用されているらしい。

何だかとてものんびりとしたような気分になった。看護婦さーんと叫ぶと三人がやって来て、「又、意地悪するのね、お家へ帰りなさい」と言いながら田んぼ側のスリガラス戸を閉めた。こんな事は時々起きるらしい。いかにも牧歌的で気に入った。

僕達は［モウ］注射は沢山だと三人に洒落てみた。一週間入院したし、そろそろ経過も良くなったのでそろそろ退院が近くなった頃、看護婦さんの一人が僕達に町のダンスホールへ行かないかと誘った。うら若き女性に、こんな風に言われた事はないので、少々びっくりしてしまった。又、僕達はかいかぶられているらしい。もっとプレイボーイ的に行動出来たらなあと思いつつ申し込みを潔く受ける事にした。中野内科から退院し、すぐさま又、けこみ幕の中で演技する日々が続いた。

看護婦さんからは暇な時、声を掛けてくれとの約束だったので、公演が早く終わった時、電話した。弾んだ声が受話器からし、夕方、町の公民館の所で待ち合わせする事になった。

早めのご飯を僕達はし、早速出かけた。

なぜか額に汗が滲み出てくる。

待つこと10分、三人は体の線がはっきりする半袖の薄いセーターを着て現れた。

三人は胸が大きく、いかにも僕達を興奮させる作用があった。ひとり、年長な彼女はなにやら箱を手に持っている。

十五分位、歩くと、お目当てのダンスホールがあり、これからどう彼女達をリードしていかねばならないか悩んだ。

店内は薄暗く、ミラーボールできらきらと星のように光が舞っていた。

良く見ると四、五人の自衛隊の制服を着た青臭いような連中が、若い女性とぴったりとチークダンスを踊っているではないか。

さすが帽子だけは被っていない。

ゆったりとしたリズムで、彼らは気持ちよさそうに、ほっぺたを互いに接触させている。

僕達は負けじと交代に看護婦さん達と踊った。何、踊ったではなく、ただ頬と頬を合わせ、体を寄せ合って、左回りに、ゆっくりとした動作を繰り返しているだけだった。

セーターの丸みが此方の胸に当たるつど、どきどきさせた。リードをするはずが僕達二人は完全にリードされていた。

股と股との間の僕の大切な僕自身は、はちきれそうになっていて、彼女らに気ずかれそうになるのを静まれ、静まれ各々方と必死に堪えていた。甘い曲、多分、ブルースだろうが僕達二人を有頂天にさせた。踊り疲れて、僕とのろまは看護婦さん達と椅子に座った。


彼女達は東京の何処に住んでいるとか、東京タワーに行った事があるかとかなどを聞いてくる。そして年長の看護婦さんが、これをプレゼントすると箱を僕達に手渡した。

中を開けると素敵なケーキが入っていて、三人で作り上げたのだと言った。

どうやら小林旭の渡り鳥シリーズの主人公になったような気がした。僕達がやがて去っていくのを判っていてケーキをプレゼントしてくれたのだ。純な気持ちで、とても嬉しかった。帰り道に僕と彼女らは互いに熱い握手をして別れた。


鹿児島県内をひととおり公演して回ると、目的を果たしたのか、ダンゴは今度は宮崎に移動すると言った。公演が順調に行ったので骨休めの為だと言う。

隼人町での生活もこれでおさらばだ。

別れの日曜日には近所の子供達がわんさか来てくれ、見送ってくれた。律子ちゃんも皆の背後に、相変わらず恥ずかしそうにしていた。自動車が走り出すと、子供達がさようなら、又、来てねと叫びながら追いかけて来た。

もう二度と会う事もないだろうと考えると、瞼の裏が熱く感じられる。僕は遠くなる律子ちゃんの姿が、何だかとても切なく感じられた。宮崎県に入ると一切仕事はなしで、青島で水泳をしたりして遊んだ。

宿もビジネスホテルになり、快適な生活を続けた。これは鹿児島公演が成功した、ご褒美のようなものだろう。だが相変わらずお金は分配されなかった。まあ、しょうがないなと思った。鹿児島もそうだったが、ことに宮崎は光が溢れているような気がした。

パイナップルやバナナが安く売られている。

一週間ほどの休養も終わり、僕達は又、二台の車に乗り込み東京へ帰る事になった。

ダンゴは車の中で、今度は北海道公演をやると告げた。僕はそれを聞いて迷ってしまった。このままずるずると、この人形劇団にひきずられて旅を重ねる事にいささか疑問の点がある。一ヵ月五千円じゃあ、余りにも少なすぎる。新聞の募集広告はまるっきりでたらめだ。こんな事をしていると将来、後悔する事になってしまうかもしれない。

鹿児島での生活は、それなりに楽しかったがこれは一種のやくざな生活ではないだろうか。人より飛び抜けて人形劇団のスターになるほどの才能はない。それじゃあ、どんな才能が他にあるかと言うとこれも思いつかない。このまま劇団に付いて行くかそれとも、地道な生活に戻って、大学に復学すべきか、二つの考えが頭の中で綱引きをしている。

結論は東京に帰ってからでもよいと、決心した。車は出発した時の国道一号線ではなく、名神、東名高速道路を使った。

これも僕達の稼いだお金を使用しているわけだ。さすがにドライブインで駐車している車からガソリンを抜き取る事などしなかった。クマが運転し、僕は助手席に座った。

彼は時々、ふわっと眠れに誘われるのか、二車線の道路を蛇行するように走った。

僕は慌てて、クマを「危ない運転するなよ、大丈夫かいな」と声を掛け、左腕をつねったりした。その都度、クマは眼をしっかりとさせたが、こっちはとんだ災難だ。

二日二晩、走り続けて、ようやく東京に着いた。随分と長い旅をしてきたような気がする。車は以前面接した代々木ではなく、杉並区の阿佐ヶ谷に向かった。劇団の本部かなと思ったら、そこは［青い鳥］という小さなスナックだった。ひょっとすると、この［青い鳥］の経営を建て直す為に、僕達は使われていたのかも知れない。

何が民主的な劇団だい。

稼いだお金は平等に渡されるはずなのに。

スナックでコーヒーを出してくれ、一口飲むとようやく東京の味に触れたような気がした。ようやく帰ってきたんだなーという一種の感傷が自然に湧いて来る。

ひとまず僕は自分のアパートに帰る事にした。大家に鹿児島名物の芋焼酎を渡すと、頭のはげた彼はにこにこしながら受け取った。

鹿児島で何をなさったと聞くので、人形劇団員として県内をくまなく公演して回ったと言うと、大家は眼を丸くして無事でまあ、と驚いた様子だった。さて僕は、北海道公演に参加するかどうかと又、悩み始めていた。

一晩、よく考えた末、結論を出した。

皆と公演する事は楽しいが、いつまでも搾取され続けるのもしゃくだし、このまま売れない人形使いとなるのも辛い事だ。

やはり、僕は兄貴の援助などあてにしないで、この東京でアルバイトをし、何とか大学に復学しようと思った。要するに僕は逃げたのかも知れない。決心したら善は急げだ。

早速ダンゴの所に電話して、退団したいと言った。彼は何とか北海道公演に参加してくれと哀願するように引き止めようとしたが、電話をガチャンと切ってやった。

本当は皆と別れるのは少し辛かったが。

翌日、どんどんと僕のアパートのドアを叩く者がいる。俺だよ、一緒に北海道公演に行こうよと叫ぶように言った。

声の主はのろまろ人形だ。僕はきっと、ダンゴがのろま人形に命令して参加させようとしているに違いないと思った。

僕は居留守を使い、彼を無視続けた。

相変わらずどんどんとのろまはドアを叩き続けていた。一瞬、ドアを開けてしまおうかと、なぜか思った。僕の放浪は、今、又、始まったばかりだった。

追

新聞の求人欄を丹念に見て行くと又、又、「人形劇団、エコールド、プッペ団員募集、公演料は平等に分配します。来れ、若者よ。地方公演あります。演技は懇切丁寧に指導します。和気あいあいの家庭的劇団、問い合わせは代々木三丁目、エコールド、プッペ事務局〇〇番です」と記されてあった。

僕の放浪記　第2部

　学生運動をやっていると疑われた僕は仕送りをストップされ、まるで路頭に迷っているような状態だった。しようがないので僕は白い息を吐きながら、毎日、アパート先からコンビニエンスストアの新聞を買い、求人欄を自分に合ったバイト先はないかと眼を凝らしながら眺めた。時は一月に入ったばかりで、時々酷い寒さを感じる。万年床に寝転がりながら新聞の求人欄を広げると寿司職人見習いや、タクシーの運転手の募集、日払の建築作業員の軽作業、新聞の配達員。

　その他、ホストクラブやら製本作業員、あらゆる職業の固まりが網羅されていた。その中で4菱自動車の期間従業員募集が僕の眼に入った。

　自動車製造に関する各種作業「配属は会社で決定」連続2交代勤務、連続3交代勤務、常昼勤務あり、週休二日制、GW、夏季、年末年始連休あり、4ヵ月以上勤務可能な方、18才から59才迄の方と印刷されている。

　しかも寮費無料、食事補助、満期慰労金あり、日給9000円より9800円だ。

　条件としてはまことに良い方だ。

　僕は早速、面接会場の新宿にあるホテル、カワイに出かける事にした。日曜日だった。

　学校へは前の日休学届けを出し、一稼ぎしてくるつもりで意気込んだ。

　ホテルに入ると鶴の間、4菱自動車面接会場5階と案内板に書かれてあった。

　僕の手に簡単な履歴書が握られており、〇〇大学休学中、賞罰なしなどと書かれてある。

　赤い絨毯を敷き詰めた5階までエレベーターに乗った。面接会場と書かれた案内板に従ってドアを開けると三人の面接する人がおり、しょぼくれたような男達が順番に面接を受けていた。僕は少しどきまぎしながら順番を待った。やがて順ぐりに僕の番が回って来て中央の小柄で貧相な中年男が頭だけをてかてかに禿げさせて僕を呼んだ。椅子に座ると履歴書を見てるばかりで僕の方はちらりと一瞥しただけだった。「自分は体があまり丈夫でないので出来るだけ楽な仕事をお願いします」と図々しい事を言うと、ふんふんと頷きながら何やら履歴書に判を押したり書き込んだりしている。変に動作がのろのろしている。

後で工場で働いてみたが、軽作業なんてものじゃなくとんでもなく重労働だった。

せっかくの日曜日、面接の仕事を上司に命ぜられて「あぁ、嫌だ、嫌だ」と心の中で呟いてそれがぶつぶつと顔に出ている様子なのだ。僕の言った出来るだけ楽な仕事などという言い分は簡単にホゴにされてしまった。

もっともそんな言い分を言うのは始めから常識外れかも知れない。昼間勤務だけにしてくれたのはかろうじて幸いだった。

面接はあっという間に終わってしまい、紙切れ一枚を渡された。僕の新しい職場は川崎市の4菱工場で初出勤の時間や地図が書かれてあった。帰り道、北風にさらされながら何となく心細いような気持ちがした。

小学校に上がる前に、僕は脊髄カリエスを病んで二年間はベットの中に寝ていたのであまり丈夫な方ではない。この世で僕はたった一人のような、うら哀しい気持ちにもなった。

だが僕は、よし、頑張ってやってみるぞ、学校へ復学する位のお金はすぐ稼いでやるからと元気で意気込んだのだ。

ドンガタガタ、キューゴロゴロ、バタン、キーン、シュル、シュル。僕は酷い騒音に悩まされていた。大型飛行機が5機も入れそうな格納庫のような物だ。何本ものラインが端から左右に引かれ、次から次へとトラック自動車の骨組みが僕の眼前に溢れ出てくる。

僕は後ろに積み上げてあるバンバーを持ち上げて、その骨組みだらけのトラックの後部にやっこらさと運び、ボルトの穴に差し込み、ドリルでギュウギュウと締めつけるのだ。

そんな単純な仕事が朝8時半から夕方6時まで続くのだ。僕の仕事はこれまた、他の従業員が引継ぎ、夜間もよっぴて続いていく。

従業員は若い奴もいたし、農村の出稼ぎの赤茶けたしわしわの顔のおじさん達も大勢いた。ボルトの締めつけは僕一人ではなく、左手の穴は僕が締めつけ、右手は高卒位の岡田さんという若い人がやっていた。

この仕事はお互い、息が合っていないとうまく行かないので大変だ。言い忘れたがバンバーは岡田さんの後ろにも積まれていて僕と交互に持ち上げて行くのだ。

どちらかというと運動神経の鈍い僕が、ボルトの締めつけが遅くなると、慌てて岡田さんが手伝ってくれ、誠に有難い。

時には何とか向上運動期間とやらで、スピードが早くなってしまう事がある。

そんな時は大変だ。チャップリンのモダンタイムスのようにあとからあとから、押し寄せてくるトラックに急いで飛びつくほかはない。4菱自動車には寮があり、六畳一間に岡田さんと一緒に寝泊りしている。

人でぱんぱんと膨らんだ電車に乗り、2駅程乗ると工場への通勤道路となる。ぞろぞろと吐き出された工員達は白い息を弾ませながら1キロ程歩き続ける。遠方から見ると僕達はまるで蟻ん子のように群がり、隊列を組んで歩いているように見えただろう。

前屈みになって作業ズボンに手をつっ込んで僕の前を行く工員の一人は象のように大きい背中がなぜか侘しく見える。

岡田さんと僕は黙々と同じく蟻ん子のようになって歩き続ける。寮では朝飯が出なかったので、工場の馬鹿でかい食堂で会社から貰った食券を差し出し、映画で見る囚人のごとく一列に並んでトレーの上に御飯や冷めてしまった焼き魚や芋のにっころがしを順番に受け取る。ぽつん、ぽつんと一人で黙々と食事をしている工員達も色んな事情でこの工場で働いているのだろう。もしかしたら強盗や引ったくりや殺人者も過去を隠してひっそりと居るかもしれない。用心しなければ。

8時半の5分前に進軍ラッパのようにサイレンが鳴り響き、早く働くようにと僕達をせかせるのだ。今日も一日、バンパーをトラックの後部に取りつけるのだと思うと、気が滅入ってくる。8時半、きっかりに前にも増して大音響のサイレンが僕達に襲いかかってくる。

工員達はてんでに自分の持ち場に散らばり整列する。ガタン、ビシビシと各々のラインが動き始める。僕達のラインは日勤専門だ。

「さあ、元気に今日も頑張りましょう。諸君達の頑張りは、明日への希望となります。良い車の生産はどれ位の人達が喜んでくれるか、想像してみましょう。諸君達の今日の健闘を祈ります」快活な、何の悩みもないようなハイトーンの工場長の言葉が何処かのスピーカーから聞こえて来る。やがて工場全体からガタガタ、クルン、クルン、ギシギシと一緒になって沸き起こるうんーという響きとなって耳をつんざく。一旦、ラインが動き出すと止まる事もなく動き続ける。僕達がバンパーを取り付ける前の段階の骨組みは、溶接ロボットが太い腕を自在に動かして、火花を散らしながら器用に各溶接部分を熱く固めて行く。

次に僕達が後部のバンパーを取りつけて行き、左に流れていく。左手には使い慣れたおじさんがロープを巧みに操り、エンジン部分を上手に据えつけていく。僕は隣のそのおじさんが神技のように思えてくる。

地上10メートル程にぶら下がっているエンジン群をロープ一つで簡単に動かしているのだ。うーんと僕はその巧みな動作にうなり、きっと長年、その仕事をして名人芸になってしまったのだと思った。少し見惚れていると岡田さんが「おい、吉田、早くボルトを締めないか」と金切り声を出す。

改めて言えば、僕の名は吉田健一と言う。

昼食時間までは、僕達は水一杯飲む事もかなわず、人間ロボットとなって非人間的な作業に没頭している。ある時などは、隣のラインのランプを取りつけていた二十歳位の男が、突然、「もう、こんな仕事なんてやってらんねいやあ」と、手に握っていたカナズチのような物を投げつけ、わめき立て始めた。

眼が血走り、座り込んで手足をばたばたさせた。慌ててそのラインの班長が飛んできて、襟首を掴んで立たせると引きずり、ラインの外に出してどこかへ引っ張って行った。

狂人のようになった若者はもしかして、その方が正常ではないかと心の中で思った。

僕も、もしかして手にしたドリルを投げ捨て、わめき、亀の子のように床に寝転び、手足をばたばたさせるかもしれない。

そんな事が出来たら職を失っても、どんなに愉快な事だろう。後から後から永遠のごとく流れてくる骨組みだけの自動車群を考えると、確かに頭の奥の奥の根元からおかしくなっていくような気がする。やがて昼休みのサイレンがドン、ドン、ガタガタ、スルスルという雑音を押し込んでウーン、ウーンと耳の中に流れて来る。僕達は一斉に仕事を休め、食堂に群がって行く。ラインは相変わらず動いているので、別の働き手が遅番として仕事に取りついている。僕達は、又、蟻ン子のように洗面所の水道に殺到し、トイレをすまし手を洗った。食事の時も一列に並んでこれも食事をしている暇は少しですごく物足りないのだ。食事が終わると、ただっぴろい休憩室で、てんでに病み疲れた病人のようになって過ごす。僕の左隣にいたおっさんは「ここは4菱自動車でなくて、けち菱自動車や」と目脂のたまった眼でぽつりと呟いた。

岡田さんは僕の右隣りで腕を組んだまま眼をつむっている。僕はというと、足、腰、手と重い金属で締めつけられるような痛みを覚え、特にボルトを締め続ける手首がしびれるようになっている。僕はこんな仕事、いつまで続くのかいなと自問したりした。

眼をつむって休んでいる暇もなく、非情なサイレンが又、鳴り響き、「さあ、午後の仕事、張り切ってやりましょう。1、2、3」と脳天気な女性の声が煩いほど聞こえてくる。それから6時まで僕達は休むことなく、ロボットのように働き続けるのだ。

僕は人間なのにこんなに単調な仕事を惰性でやり続けると変になるので、いつの間にか頭の中で夢想続ける。たとえば1億円でなくても良い、1千万円の宝くじが当たり、辞表願いを上司に叩きつけてやるとか、六本木か青山界隈で素敵な美女と熱いミルクティを飲み、愛のこもった眼で見つめ合うとか。

まあ、何でも良い、都合の良い、楽しい夢を頭の中にふわふわと浮かせてみるのだ。

そうだ、僕はまだ女を知らなかった。

好き合った同士、裸になって抱き合い、思いを遂げるのだ。そんな手前勝手な事でも思わなければ、もうやってられない。

工場で狂ったようになり、どこかへ連れ去られた若者のようになってしまうだろう。

6時に又、サイレンが鳴り響き、妙に甘ったるいような女性の声で「皆さん、大変ご苦労さまでした。又、英気を養って明日も元気はつらつ働きましょう」と代わり映えのないような言葉を言うのだ。10分程すると、又、ガタガタとラインが流れ始め、遅番の蟻ん子達が持ち場に付くのだ。僕は又、明日も奴隷のように働かされるのかと思うと、多少、賃金が安くとも、もっと楽な仕事をやりたいのだがと口の中で変にもぐもぐさせながら、呟くのだ。僕は相棒の岡田さんと電車に乗り、寮に向かった。肩がじんじんと痛む。

僕達に指定された寮は何の変哲もない一軒家で、5、6人の従業員達と一緒に住んでいる。

3つ部屋があり、賄いのおばさんが一人いた。布団は借りられるので、早速、岡田さんと僕は押し入れから布団を出し、寝転がった。体のふしぶしが痛み、まるで分解してしまいそうだった。「皆さん、食事の時間ですよ」おばさんの声が聞こえ、僕達は食堂に集まった。食堂では既に3人の男達が暖かいシチューを食べ、おしんこを摘んでいた。

誰も無口で黙々と食事をしている。

皆、いわくありげな風でお互い警戒し合っているような感じだ。僕と岡田さんが席に付くと少し腰の曲がったおばさんが飯とおかずを運んで来てくれ、僕は夢中になって食べた。疲れてはいても食欲だけはおおいにあり、三杯目の茶碗を差し出した。とにかく飯にありつけるだけでも有難かった。隣の顎髭をはやしたおっさんが「あんたら、どこから来なさったたね、わたしは新潟から出稼ぎに来てるがな」と突然聞いてきた。僕はこちらも新潟出だが大学へ通っていた事を告げた。「そうかね、わしは毎年、雪の季節になるとここにお世話になるがな。百姓と自動車工場での仕事を較べると、そりゃ、百姓の方がやりがいがあるし、喜びもある。でも収入の方がこちらの方が良いがな」と、眼を細めて遠くを見るような表情をした。「若いから、いいねい、まあ、しばらく辛かろうが頑張ってみろや、ここの連中は山形や福島からの出稼ぎ仲間だ。口は重いが良い奴ばっかさ、あんた達も気楽に話せいや」髭のおっさんはそう言うと、口の中におしんこを一つ放り込んで、食べ始めた。

僕は最近、初めて人間の声を久しぶりに聞いたような気持ちになった。

なんだか慰めてくれているようで、不覚にも目頭が熱くなった。蛾ん子達にもそれぞれ故郷があり、訳があるのだ。話し掛けてくれたおっさんに僕は急に抱きついて髭面でごしごし頬をしごいてもらい、わんわんと泣いてしまいたくなるような気分になったのはどういう事か。工場での仕事が辛い程、人間、慰めが必要なのかもしれない。岡田さんと僕は食事が終わると6畳一間に引き下がり、布団の中に入った。未だ寒い時期なので備えつけのガスストーブをがんがんと付けた。

岡田さんは福岡の出で高校を出ると建築物の設計図の仕事をしたいので上京し、ここの工場で働いて小金を貯め、東京工学院に入る予定だと言う。考えて見ると東京や川崎は地方出身者で成り立っており、蛾ん子達の大都会なのだ。僕達は寝物語にぽつんぽつんと話合い、互いの境遇を披露した。

岡田さんは眼が柔和で優しい感じの人だ。

故郷に残して来た家族の事や、家が貧乏なので学費を出してもらえず、自分の力で学校に行って見せると言ったり、川崎人は案外、親切な所があるなどと喋った。僕はそれに較べると、大分、甘ちゃんな所があり、小金が溜まったら、すぐさま、こんな4菱自動車などに行かず、もう一度泣きついて家族の情に訴えるつもりでいた。学生運動などやっていないのに、変な風に誤解されているだけなんだ。「お願いだからよう、生活費を送ってくれ」と涙ながらに文章を書き、何とか送ってもらいたいのだ。その点、岡田さんは立派な信念を持っており、感心した。

僕は案外、ずるい所がありそれで世の中を渡って来たような気がする。

このまま行ったら、将来、僕は詐欺師の国家試験を通るようなものになるかもしれない。

以前の新聞配達の件も、辛くて辞める時も架空の親族の死をうまく利用したし、こらえ性のないこと、おびただしい。何人人を殺して来たか。要するに僕は物事が面倒になるとすぐさま投げ出し、布団をかぶって寝てしまう特技がある。しかしそんな悪な性質は多かれ少なかれ、誰にもあるのだという変な自信のようなものに支えられている。誰だって、もしかして働きたくないし、丁度、南国の豊かな国でやしの木のしたで寝転び、うつらうつらし、食べ物はそこらに生えているマンゴーやパパイヤの実を食べ、日がな一日寝ていたいのではないだろうか。物欲や名誉欲さへ持たなければそれで充分、幸福だろう。

僕はそんな取り留めもない、だらしない思いを抱いて、いつの間にか寝入ってしまっていた。僕の怠け心は夢の中さえ現れて来るのだ。南国の美女達に囲まれ、やしの木の下でのんびりとくつろいでいる僕は、資本主義や共産主義、社会主義と合い入れないものかも知れない。どこまでも脳天気な自分に自分でさえ、あきれ返ってしまう。岡田さんが月に二回程、仕事が終わると寮で身なりを整え、妙にそわそわした様子で外出するようになった。一体何処へ行くのだろう。

ある日、今日も身なりを整えている岡田さんは、何処へ出かけて行くのかと聞いた。

彼ははにかんだような、言い難そうな表情をしていたが「トルコさ、トルコ風呂」とポツリと言った。夜中の1時頃になると岡田さんは妙にさばさばした顔をして帰って来て、何か満ち足りたような表情をして寝入るのだ。そういえば二駅先の関内という場所や金沢町にトルコ風呂があることは知っていた。

当時はソープランドとは言わず、トルコ風呂と呼んでいた。大学にいた時、友人が「アラビヤのロレンスはトルコを攻めたが俺は新宿のトルコを攻める」などと張り切った顔をして豪語していたのを思い出した。

実を言うと僕は女を知らなかった。

女を知る事が大人になったと言う事なのか、それとも世界観が一変してしまうのか判らなかった。僕は女を知らない事が次第に重荷になり、早く経験してみたくなった。

童貞が次第に背中に重く乗っかったようになった。彼が又、そわそわしている時、僕は思い切って岡田さんに僕も連れていってもらいたいと言った。「うん、吉田君、お金はあるか、一万円位ないと断られてしまうよ。お金がないと怖いお兄さん達が現れるんだ」

僕はそれ位の金額ならばあると言い、とっておきの一張羅の背広を取り出して着た。

お金で女性を買うなんて事は、悪いに決まっているが我が、資本主義社会ではそれは許されるなどと身勝手に考えたりした。

道徳的見地から見たら許される事はないかもしれないが、僕は女性の胸や腰付きや、あらゆる所を見られ触る事が出来るという魅力には勝てなかった。男は普段でも妙齢な女性を、歩いている時も電車に乗っている時も、その女性の裸体姿をつい想像してしまう動物であるらしい。女性はこんな不謹慎な気持ちになる事はないだろうか。僕と岡田さんは二つ駅先の金沢町で降り、少し歩くと、まるでけばけばしいネオンが不夜城のように輝き、辺り一体が怪しげな雰囲気になってきた。

僕は身が震えるようで胸がどきどきして来る。道の左右にはトルコ風呂街が立ち並び、「スチューワアデス」とか「銀河」「プレイボーイ」などのぎらぎらしたネオンがぐるぐると回転しながら、眩しく、こちらの眼を打ってくる。一軒、一軒の店の前に、にやけたような男達が立っていて「さあ、一時間、八千円だよ、良い子が揃っているよ、どうぞ、どうぞ」と呼びかけて来る。

「よう、大将、大統領、寄っていきなよ、働くばかりが能じゃないよ」と威勢よくがなりたてる者もいる。岡田さんはまるで通い慣れた風で「ジュン」という店に入った。

玄関にいた若い男は「へい、いらっしゃい、せいぜい楽しんで下さい」と、いんぎん無礼な口調で歓迎してくれた。玄関を入ったカウンターの所で一時間、8千円と言われ、お金を払った。まず応接間に通され、しばらく待つ事になった。けばけばしい造花の花がテーブルの上に飾られ、スポーツ新聞や煙草や灰皿が置かれ、大型テレビがお笑い番組をやっていた。僕は次第にぼーと頭の芯が痺れてくるような気がして首を二、三回、グルグルと回してみた。入口で小さな木札のような物を渡され、十八番と記されてあるのを、じっとりと右手に握りしめ、上の空になっていた。

岡田さんは平然と新聞を読み、備えつけのポットからお茶を飲んだりしていた。

僕は急に逃げ出したいような気持ちになった。「童貞を捨てるんだ、今こそ童貞を捨てるんだ」という呪文のような、じわっとする声が鼓膜から聞こえて来て、かろうじて僕を押しとどめた。やがて十八番さんどうぞと顔に傷のある男に呼ばれた。僕は反射的に飛び上がるように立ち上がり、岡田さんの方をべそをかいたような顔をして見た。

彼は新聞を読む手を休めてにやりと笑いながらウインクして見せた。彼は未だ呼ばれてないのだ。これは励ましの行動なのかと少し気が落ち着いたが、又、頭の芯が痺れるような、真っ白になった。明かる過ぎる廊下に出るとカリーヘアの頭のもじゃもじゃしたピンクの浴衣を着た女性が僕に三つ指を付いて迎えてくれた。そして「かえでと申します、どうぞ、ごゆっくりなさって下さい」と優しい声を出し、立ち上がると僕の背中を押すように肩に手を掛け、廊下に出た。

廊下の左右には「萩の間」とか「カサブランカの間」などの表札が書かれてある。

やがて「かえでの間」と表札が出ている部屋に入った。言い忘れたが、その部屋に入る前、「オトイレは行かなくていいですか」と聞かれ「いや、いいです」とかすれたような、慌てた小さな声で言った。部屋は八畳位で丁度、半分に仕切られたように一方に湯船があり、一方は鏡付きのベットがあった。

僕は震える声で「俺、未だ童貞なんだ、よろしく頼むよ」と先手を打った。

「まあ、そうなの、じゃあ、私の口あけに嬉しいわ」と言った。顔を見ると二十五才位の優しい顔立ちの女性だ。僕は服を脱ぐように言われ、背広を取ってもらい、衣紋掛けに掛けてもらった。後はズボンやらシャツやパンツを脱がせて貰った。淡いピンク色の照明で、バックグラウンドのクラシックの曲が流れていた。モーツアルトのようだと僕は真っ白な頭の中でそれだけは思った。「かえで」という女性も浴衣を取り、全裸になった。

形の良い胸もお尻の丸みも眩しかった。「かえで」はまず、湯船にお湯を張り、手で温度調節するように何度もかき回した。

僕は自分自身が立派になるかどうかは夢見心地の中で不安になった。「かえで」は優しい声で湯船に一緒に入ろうと言い、僕を促した。足が地に付かない状態で湯船に入った。

気持ちの良い湯かげんで僕は沈みそうになった。「かえで」も入ってきて、胸に触って良いわよと言った。僕が震える手で触るとマシュマロを掴んだような感触がした。

彼女は彼女で僕自身を触り、少し手を動かした。するとアラビャのランプではないが段々と大きくなっていく。僕は雰囲気に少し慣れて来たようだ。彼女は僕の後ろに回り抱き抱えるような仕種をした。ぴったりと二つの乳房が背中に感じられ、おおげさに言えば天国にいるような気がした。やがて上がりましょうとこれ又、優しい声で言われ、馬鹿丁寧に僕自身を石鹸で念入りに洗ってくれた。　後で考えてみると、僕が悪い病気に掛かってていないか確かめる為にした行為のように思えて来た。それからはベットに上がり、後は夢中の時間が過ぎた。僕は興奮してあっという間に果ててしまった。「あら、早いのね、でも初めてだものね」と慰めてくれ、僕とベットの上で一緒に寝た。

「貴女は何処の生まれ」と聞いてきたので新潟だと答えると「あら、私は山形の生まれよ、隣同士の県ね」と言う。「私はねえ、ここで稼いだら田舎へ帰って小料理屋をやるのが夢なのよ。だから一生懸命働かなくちゃ」

やがて規定の時間が過ぎて僕は衣服を着、「かえで」さんに一緒に腕を組まれて、裏口から外に出た。又、来てねと、彼女は正座をして三つ指を付いて送ってくれた。

僕は安易に簡単に童貞を失ってしまった。

何だ、こんな事だったのかと思いながら、童貞を失っても何の変化もないし、一人前の大人になったなどの感激もなく、あっさりとしたものだった。愛し合った者同士、合体すれば違った感触を持てるのにとも思った。

岡田さんが裏玄関の外に待っていてくれ、僕の顔を見るとにやりとした。それは通い慣れた者が持つ余裕だった。「どうだった、良かったかな」「いやー、あっという間で物足りなかったです」と僕は照れくさそうに言い、男って案外、性行為とは定期的に押し寄せてくる、単なる生理現象で生きているんだなあと、妙に哀れな存在だと思った。

おおげさに言えば男の宿命のようなものだ。

こうして何万年も前から男と女は性行為を繰り返し、子供を生み、存在してきたのだと思うと不思議な気がしてくる。

他の動植物達も同じものだと思うと増す増す不思議な気がしてくる。いとおしい、気もしてくる。友達の一人が浅草でストリップショーを見、帰りのタクシイーの中でマスターベイションをした。これかをカーセックスではなく、カーマスターだなどと、半分自慢げに話していたのを思い出し、これも男の哀れな生理現象だなと、今となっては苦笑してしまう。

夕食の食事は寮から出るが、飽きてしまってたまには外で食べる事もある。

　岡田さんと共に、又、身なりを整えて、整えるといっても一張羅の背広を引っかけてコートを羽織り出かけるだけだが。

　寿屋という店名の定食屋が通い慣れた店だ。

　入るとカウンターとあと七席のこじんまりとした食堂だ。カウンターの前にカツレツや冷や奴、あじの焼き物やメンチカツ、鮭の切り身、コロッケ、焼肉などがガラスケースに入っていて、客はてんでにその中から選び、ご飯と味噌汁は女の子が運んで来る。

　女の子は十、七歳の小柄で田舎から出てきたばかりのような素朴な感じだった。

　髪は後ろにまとめられてきれいな富士額をしている。肌は白く清楚な感じだ。

　僕は一遍で彼女に恋をしてしまった。

　僕はケースから取り出したコロッケをほうばりながら上目づかいに彼女の方ばかりを見ていた。あんな純朴そうな女の子が僕の恋人になってくれたら、なんて幸せだろうと舞い上がってしまった。夢見心地で冷や奴を食べていると、突然、隣のニッカーポッカーを履き鉢巻きをした威勢の良い若い建築関係の労働者が「なにすんやねん、人の冷や奴を食べるんや」と怒り出した。僕はどうやら彼女のお陰で、自分が何をケースから取り出したか失念してしまったらしい。

「ご免、ご免なさい」と僕は慌ててケースから新しい冷や奴を取り出して威勢の良い若者に渡した。お金は僕が払いますとひたすら詫びた。若者はふんという感じで、少し僕を不機嫌そうに睨つけ、飯をかっ込んでいた。

　例の女の子はそんな様子が面白いのか、クスと笑い、僕の方を見ている。僕も照れ笑いしながら彼女を見つめた。彼女の笑顔は、はにかんで笑いをこらえているように僕には可愛い思え、益々好意を持った。何日か通う内、僕は完全に惚れてしまった。或る日、僕は短い文面で彼女に手紙を渡した。たいした中身ではなかったが、今度、外で会ってくれませんかとか、次回、店に来た時、返事をくれなどと、自分としては最高に頭を働かせて書いた。彼女が味噌汁と御飯を持って来た時にそっと手渡したのだ。貴女の休日はいつですかとか、僕は日曜日が休みなので近くの公園で、朝十時に待っているとか、はなはだ自分勝手な事を書いて渡した。末尾に吉田健一と書いた。僕は顔が火照るように赤くなっていた。彼女は僕が人の眼を盗むようにどきどきしながら渡すと、小首を少し傾け、おやっという風につぶらな瞳をぱちぱちさせて受け取ってくれた。そして素早くエプロンのポケットに入れたのだ。そして何気ない風にすっと店の奥に引っ込んでいった。

一緒に食事をしていた岡田さんがけげんな顔をしたが、僕の行為をははんという気持ちで見ていた。僕は自分ながら力をこめて書いた文だったが、彼女がどう受け取ってくれるかが心配だった。二、三日後に又、来るからその時、返事を下さいと最後の方に書いた。

「何よ、こんな手紙、馬鹿にして」とか「もともとあんたなんか眼じゃないわ、私にはもう恋人がいるのよ」などと思っているのではないかとして思ったりして、心が落ち着かなかった。高校時代、同級生の女子に恋文らしき事を書いて渡したりしたが、成功率は五分五分で、まあまあだなと思ったりしたが、その五分の女子とも長続きはしなかった。

段々とつき合う内に、僕の欠点、歯を磨かなかったから口臭が時々ひどかったり、高校生が入る事を禁じられた喫茶店に入っても自分の事ばかり、下らぬ事を喋りまくったり、はなはだ自分勝手な行動をしてしまい、彼女の心証を害してしまったからだった。

三日後、僕は歯もきちんと磨き、何だか妙にこそこそとした泥棒猫のような気持ちで岡田さんと共に寿屋へ向かった。

僕が食堂に入って行くと彼女はいつもの通り、優しい笑顔を見せて忙しそうに働いている。僕に気付くと軽く会釈をしてくれた。

僕はそれだけで胸がキュンとなってしまった。彼女は御飯と味噌汁を僕達に持って来てくれ、花柄の前かけから小さな折りたたんだ紙切れをそっと僕に渡してくれた。僕は有頂天になり、素早く内ポケットにねじ込んだ。

それからは自分が何をガラスケースから取り出して食べたのか、はっきりと覚えていなかった。肉ジャガを食べたような気持ちだったり、メンチカツかもしれなかったり、一時的に健忘症にかかってしまった。

食べ終わって外に出、岡田さんに「君もなかなかやるじゃないか」の声も遠くに聞こえ、慌てて内ポケットから紙切れを取り出した。

僕の何十倍ものきれいな文字で読みやすかった。内容は今度の日曜日は自分も休みだから、十時に仲良し公園で待っていますと書かれてある。仲良し公園は食堂からすぐ近くにある小じんまりとした公園だ。末尾に川上敏子としるされていた。僕は夢見ごこちだった。

それからは次の日曜日が来るまで、僕はそわそわし、仕事も上の空で、岡田さんに怒られてしまった。敏子ー、敏子ー、と僕は口の中で呟き、僕自身の体の半分、敏子に染め上げられたような気がした。夜、寝るとき岡田さんは布団に入ると欠伸を一回して、女の子は声を掛けられるを待っているから、会ったらなるべく早く喋る事が必要などと、アドバイスしてくれた。

日曜日は素晴らしい青空だったが、風が身を切るように寒かった。僕はいつもの背広を着、コートを羽織って出かけた。

敏子はどんな夢を僕に与えてくれるだろうか、又、僕は彼女にこれ又、どんな夢を与えてやれるだろうか、などと道を歩きながら答えを捜していた。仲良し公園で敏子は十時に待っていてくれた。自分は軽く頭を下げ、白い息を吐いた。「あの敏子さん、今日はどうも有り難う。こんな僕の言う事を聞いてくれて」彼女も軽く頭を下げ、眼をぱっちりとさせて僕を見つめた。白いセイターを襟元からのぞかせ、赤いコートを着ていた。

「私、男の人からこんな風に呼び出されたのは初めてよ。貴方が優しくていい人でちょっとそそっかしい人らしいから今日は来たの」と僕をことさらうっとりさせるような小さな声で、ささやくように言ってくれた。

「いや、僕はそんな良い男じゃないよ、むしろ欠点だらけの気の弱い人間だよ。少し公園を散歩しましょうか」と一丁前の事を言い、歩き出した。公園はさほど広くはなかったが中央に池があり、かもや水鳥達が静かに浮かんでいた。白い息を吐き出しながら犬を散歩させている人以外はいなく、とても静かだ。

僕達は池の回りを巡ったり冬囲いをしている木々の間をすり抜けたりしながら歩いた。

時々、互いの肩を触れ合ったり、一人前のデート気分だった。僕は東京の大学を今、休学して自動車工場でアルバイトをしている事、毎日の仕事がきつい事などを喋った。

敏子は福島から高校を卒業すると横浜に来たと言った。横浜に憧れて、と言うのは外国船が見られたり、外人墓地に興味があったり中華街に行ってみたいと、ありきたりな平凡な事を言ったが、それと昼間は食堂でアルバイトし、夜は簿記やコンピューターの学校に行っているなどと話した。自立して生活してみたいと常に憧れているなどと喋った。

一人でアパートで生活しているという。

へーと僕は彼女の生き方に共感を持った。

それに較べて僕は何の目標も持たず、大学を卒業したら平凡なサラリーマンになるしかないような気がした。敏子の頑張りように感心し、僕も決心をして何かに挑戦しなければと己を反省した。僕達は公園での散歩を終わらせて、近くにある喫茶店でミルクテイを飲んだ。彼女の白い頬が桜色に変わり、薄い口紅のようになった。その日から僕達は、休日や夜間でも会うようになった。

敏子が顔を下向きにして、恥ずかしそうに遠慮がちに喋るのを好ましく思った。

僕はどうやら彼女を真剣に愛し始めたようだった。昔の男達は欲求は娼婦で処理し、プラトニッククラブは普通の女性と区別して生活してたらしい。そうすると僕はトルコ嬢の「かえでさん」と敏子さんとうまくバランスを取っている事になるのか。僕は考え込んでしまう。でも現在は素人の女性もトルコ嬢も区別がつかない時代になってしまったような気もする。そんなつまらぬ事を考えながらデートを重ねた。僕は夜、寝る時になると、決まって彼女の体付きの事を不謹慎にも想像し、セーターの下の胸のふくらみや柔らかそうなお尻の事を思い、床の中でマスターベイションをした。そして可愛い唇の事を思うと、くちづけしたくなる。隣で寝ていた岡田さんは僕の布団が揺れ動いたり、不自然な動きをするのを知っていて、「おい、吉田、オナニーは二日に一回にしろ。猿は一度甘美な事をやると死ぬまで続けてやるそうじゃないか。少しは気をつけろや」と半分あきれ顔で言った。

でも僕の例の行為は中々辞められなかった。


ある時、十二回目のデートの時だったか、僕は遠慮がちに敏子のアパートを訪ねても良いかと恐る恐る聞いてみた。彼女は僕の言葉を聞くと、きっと体が硬直した様子で尚も下を向いた。「いや、いいんだ、嫌だったら遠慮するよ、勝手な事を言って御免」僕は慌てて自分の魂胆を見破られたような気がして反省した。男って身勝手でしょうがない生き物だなと思った。二ヵ月後、僕達は夕食に餃子とラーメンを食べ、なかよし公園を歩いた。

誰も居なく、木々だけが風にそよいでざわざわと音を立てていた。公園のぎいぎいというぶらんこに乗ったり、ジャングルジムに登ったりした。季節は三月に入っていた。

木々の伸び盛りの時で、青葉が照明灯で一層青々と生き生きしていた。僕達は今度の休みにはデイズニーランドに行こうとか湘南のかもめを見に行こうなどと他愛無い事を喋ったりした。敏子はなぜか今夜は公園の隅の方に行きたがり、うっそうとしたケヤキの木の下に来ると、僕を正面から見、もう遅くなるから帰ろうよと言っても、その場から去る気配はない。彼女の眼はうるみ、何か訴えているような様子だ。僕は思わず衝動的に彼女に迫り軽く抱きしめ、唇にキスをした。

敏子は身を震わせ、僕をしっかりと抱いてくれ、僕も強く抱いた。お互い餃子の味がしたが、それさえも甘美な思いを感じた。

彼女の唇は柔らかく繊細だった。

昔、読んだ本の中で、鳥達のメスは気に入ったオスに誘われると、メスは逃げるが、行き止まりの所へ、行き止まりの所へとオスを誘い、捕まえられるのを待っていると読んだ事が、ふいに頭に浮かんできた。

人間の男と女の事は判らぬが、もしかしたら敏子は、そうゆうやり方で自分の唇を僕に許してくれたのかもしれない。

僕はこの時よ、今のこの時よ永遠に止まれと願いながら抱きしめていた。やがて僕達は身を離した。二人とも無言でどちらともなく手をつないだ。公園を出ると僕は彼女のアパートまで送って行き、又、会おうねと言った。

玄関先で彼女は小さくうなずき、ドアを閉めた僕はキスだけでも彼女にさせてもらい、夢心地になっていた。その夜は床の中で彼女の柔らかい唇の事や抱きしめた背中のふっくらとした感触を思い出して中々寝つけなかった。僕は敏子がこの世にたった一人居るために、つらい工場勤めにも耐えられていられると思った。僕は相変わらず敏子の働いている食堂に時折通っていたが、今日は彼女の姿が見当たらなかった。御飯と味噌汁を運んでくれたおばさんに、そっと聞くと、どうも風邪を引いたらしくアパートで寝ているという。

誰の看病もなく、寝ているかと思うと矢も立ててもならず、僕は彼女のアパートを訪ねる事にした。敏子のアパートに行く事は岡田さんに伝えてきた。ぎしぎしと音を立てる階段を二階まで登り、十号室のドアを叩いた。

手には八百屋で買ってきた蜜柑と林檎の入ったビニール袋を下げていた。

「俺だよ、吉田だよ、心配で駆けつけて来たんだ」間もなくドアが開き、憔悴した彼女が顔を見せた。赤い顔をし、よろよろとドアにつかまり、今にも倒れてしまいそうな風情だ。

「有り難う、熱がひどくって……」

僕は早く寝ていろと言い、彼女をささえながら室内に入った。六畳一間に簡単な台所が付き、ユニットタイプのトイレと風呂場があった。女の子の部屋らしくパンダの人形や薄いピンクのカーテンが掛り造花の薔薇の花が窓際に飾ってあった。彼女は持っているだけのカーデガンやセーターを着こみ、布団にくるまった。汗をかいて熱を下げる予定のようだ。

僕は風呂場にあった洗面器に水を入れ、タオルを絞り、彼女の額に置いてやった。

氷枕はないのと聞くとないと言う。

僕は彼女の枕の側にある体温計で敏子の腋の下に入れると計って見た。

腋の下に入れる時、彼女の胸の一部に触ってしまい、僕は狼狽した。熱くって柔らかくって弾力性のある感触がし、彼女にどさくさに紛れて触ってしまったような罪悪観を覚えた。

一分間程すると小さな音でぴ、ぴーと響き彼女は腋の下から体温計を取り出し、僕に渡した。体温計を見ると八度五分を指している。

僕は慌てて外に出ると氷枕を買いにスーパーへ走った。こんな時、車があればと思った。

彼女を医者の所へ連れてってやれるからだ。

夜の九時を過ぎていたので何処のスーパーも薬屋も既に店じまいをしていた。僕は仕方ないので又、アパートに戻り、敏子の様子をうかがった。はあはあと苦しそうな息をしており、胸が痛いという。こうなれば救急車わ呼ぶ他ないと部屋にあるダイヤル式の電話で、住所と名前を言った。すぐ出動するという。

電話しても中々来ないのではらはらして待った。1分間が10分間にも感じてしまった。

彼女の額にタオルを変えてやりながら、額に触れるととても熱い。やがて遅い遅いと思っていた救急車がサイレンを鳴らしながらやって来た。三人一組でどたどたと階段を登りながら、二人は担架を持ち、もう一人は聴診器を首にぶら下げていた。

部屋に入るなり、聴診器を敏子の下着の上から胸に当て、どれ位胸部が痛いか聞いた。

彼女は背中もが耐えられない程、痛いと喘ぎ喘ぎしながら言った。うーんと聴診器を持った屈強そうな男はもしかすると肋膜炎を併発してしまっているかもしれないと言った。

隊員達は担架に彼女を乗せると、軽くしばり、ゆっくりと階段を降りた。

部屋の鍵はやっと彼女から聞き出し、机の一番上に入っていると言った。

僕は急いでドアを閉め、救急隊員達の後をどたばたと追った。僕も一緒に救急車に乗り込み、深夜の街をサイレンの音と共に走った。

隊員の一人が彼女の脈を計ったり、酸素マスク付けたりした。もう一人の隊員は無線機を使い、色んな病院に問い合わせていた。

中々受け入れてくれる病院はなく、救急車は右に曲がったり左に曲がったりしながら、懸命に走ってくれた。

40分も走っただろうか、ようやく井上病院という所が受け入れてくれた。さんざんたらい回しにされたわけだ。

彼女ははあはあと苦しそうな息をしながら、担架から降ろされるとストレチャーに乗せられ、蛍光灯がこうこうと照らされる中を処置室に入った。看護婦さんが彼女をストレチャーからベットに運び寝かせた。救急隊員達は何やら看護婦さんと書類のやり取りをして帰っていった。時刻はもう一時近くになっていた。医者はどうしたのかと思っているとカーデガンを着、なぜか白衣をゆっくりと着た、いかにも若造風の不機嫌そうな小柄な男が、面倒臭そうな素振りで敏子を診察した。「なあに、ただの風邪ですよ、胸や背中が痛いのはどうなのかなあ」と自信なさそうにあっさりと言った。後で聞いた所では、彼は耳鼻科の研修生でアルバイトで夜勤をしているという。「まあ、解熱剤を打って置きますから、朝の9時に専門医が来るまで待って下さい」と投げやりな調子で言った。心電図も取ったが異常はないと言う。僕は非常にがっかりした。一刻も早く病名が判り、適切な処置をしてやりたいのに。敏子の寝かせられているベットに今夜は夜が明けるまで、そばに居てやるつもりだ。彼女は胸が痛い、背中が痛いと訴えていたがどうする事も出来ない。

彼女の手を握りしめると、しぼり立ての床屋のタオルの用に熱い。やがて夜が明け、じりじりと専門医の来るのを待ったが9時という出勤時間になるまで時が止まったように長く感じられた。彼女は相変わらず胸を押さえながら痛い、痛いと訴えている。

ようやく9時10分前になり、六〇代の専門医がやって来て恵子を診察し、CTの検査をした。結果は肋膜炎だと言う。再びストレチャーに乗せられ、集中治療室に入れられた。

僕は白衣を着せられ、マスクをして集中治療室に入った。白衣を着るとなぜか自分が特別な存在だと思われた。丁度医者のようにだ。

いわば制服らしき物を着ると警官であれ、消防士であれ、それらしい気分になるのだとつまらぬ事を思った。敏子は点滴を受け、注射をされた。周りを見ると15ベット程あり、12ベットに緊急の患者が横たわっていて、やたらに体中をチュウブにつながれ、いわばスパゲッテイ症候群に当てはまった。

いやに蛍光灯が明るくて僕の眼にとても眩しく感じられた。僕は治療室にいても何もやってられないので部屋から出、廊下のソファに座り、いつまでも待った。やがて担当の専門医が治療室から出て来て、白くなった顎髭をごしごしとかきながら、説明してくれた。

彼女の病気は結核性肋膜炎で、炎症を押さえながら治療していくし命に関わる事はないだろう。そんなに心配する事はないが、念の為、しばらく集中治療室にいることになると、自分でもこんこんと咳をしながら、私もちょっと調子が良くないのだが。と自信があるのか、ないのか、咳き込みながら言った。

僕はそれから所在なさげに廊下のソファーに立ったり座ったりしながら過ごしていた。

小1時間もすると、ナースステイションから中年の看護婦さんが駆けるようにやって来て、岡田さんから電話よと告げた。

急いでナースステイションへ行き受話器をとると、ガタガタ、ギイギイと毎度お馴染みの工場の音が聞こえた。

「おい、吉田、会社休むんか、班長が怒っているぜ、無断欠勤だとカンカンだ。どうするんだお前」僕はどうもこうもなかった。彼女の事で頭が一杯で工場の事なんて眼中になく、初めて気がついた。「岡田さん、あの今日は特別に休ませてくれって伝えてくれ、お願いだ、彼女の事が心配なんだ」

「え、そうか、まあ一応班長に伝えておくが、今日は交代要員が不足していないんだ。どうなっても知らないけれど、いいな」

岡田さんは不機嫌な調子で、それだけ言うと電話を切った。僕は僕自身、たった一人、この世で敏子を大事に思っている人間なんだ、工場勤めを休む事は悪いかもしれないが、この件だけは許してもらいたいと決心した。

僕の頭の中は敏子中心にだけしか回転していなかった。敏子、敏子、早く元気になって笑顔を見せてくれ、敏子のいない人生なんて。

僕はその時、生まれて初めてこの世にたった一人大事な人がいるんだなあと確信した。

その後、一日、一日と敏子は回復し、1週間後には一般病棟に移るまでに良くなった。

工場の方は岡田さんに聞くと、吉田は無断欠勤が続いたから首だと言っている様子だ。

会社がそうならばそれで良いと決心した。寮の荷物をまとめ、岡田さんに今までの御礼を言い、前のアパートに移った。

僕は後悔しないつもりだ。10日も過ぎた頃、僕は電車に乗って4菱自動車の会計課に出向いた。今まで働いて来た分の給料はもらうつもりだ。会計の女性は僕の話を聞くとなにやらパソコンを操作し、あなたの賃金は53万二千円であるという。別に退職願いも出さず、僕は懐に少しは分厚い給料袋を後生大事にかかえ電車に乗った。個人の事情など関係ないという会社の非情さが身に染みた。

まあ、まとまったお金が手に入ったので敏子と何か美味しい食事でもしよう。

入院して十五日目に彼女は退院した。日に日に顔色も良くなり、以前のような可愛い女子になっていた。僕は嬉しかった。

福島の家庭へ病気になった事などを知らせてなかったので手紙を書くように勧めた。

僕はうかつにも彼女の家族に病気になった事を手紙や電話するのを失念して、ただ彼女が元気になるよう、見守ってきたのだ。

退院の日53万二千円の中から入院費を払い、病院とはおさばらした。彼女は外に出ると青空が眩しいと言う。退院するには絶好の良い日だ。「私、何だか刑務所から出て来たみたいだわ。病院食が合わなくてつらかった」と言う。何か食べたいかと言うと眼を輝かせながらかつ丼が食べたいと言う。

二人はごく自然に手をつなぎ、病院から歩いて眼についたかつ丼屋に入った。

定価9百円のかつ丼を注文し、どんどん食べろと彼女に言った。敏子はかきこむようにかつ丼を食べ、世にも幸福な顔をして頬が桜色に変わりふーと息を吐きながらたいらげてしまった。そう、丁度、敏子が言うように刑務所か捕虜収容所から出て来た人が初めて世間の味に触れて見るように感じていたに違いない。僕も彼女につられて一気にこうばしい匂いのするかつ丼をたいらげた。

僕は彼女のアパートに送って行く前に寄りたい所があると言った。僕達は恋人同士そのものになり、店から出てからも手を握りあったり肩を触れ合ったりしながら電車に乗った。僕の働いていた4菱工場に向かってだ。

電車から降りて10分程歩くと飛行機の格納庫のような巨大な工場が見えて来た。

僕は道端に転がっている大きめの石を左手に握りしめていた。工場に近づくにつれ、ガタン、ヒルヒル、ゴリゴリ、バリバリと内部の音が相変わらずしていた。僕は右手の彼女の手を放し、巨大な工場に向かって、4菱自動車の馬鹿野郎と思い切り大きく叫び、石を投げつけた。石はコトンと小さな音がし、白い工場の壁に当たり弾けた。後は何事もなかったように、ガシャン、ブルブル、バリバリと騒音が聞こえるばかりだ。僕達の旅は未だはじまったばかりだった。

広島　新潟

我が古町四番町の町内では一ヵ月に一度、役員会が開かれる事になっている。

季節は七月下旬に入り、汗ばむ日があったかと思うと梅雨の名残りか、肌寒い日も続き、霧のような雨も時々降った。今日は生暖かいような曇り空で、朝、少し雨が降った。

町内唯一の喫茶店「セロ」に集まって、熱いコーヒーを飲みながら朝、九時から会議が始まった。町内の大抵の店では開店が十時頃なので約一時間の会議だ。ゴミの処理の仕方とか、アーケードの雨漏りの修理の問題、違法駐車で警察への通報の仕方などが話し合われる。古町は上古町一番町から四番町、下古町は五番町から十番町まで続いている。五番町から七番町目辺りが一番の繁華街でデパートや有名老舗が軒を連ねている。

四番町はここから二キロ程離れた所に市役所があり、朝晩の通り道になっている。

通り道はただそのままの単純な通り道だけで各店に入る事もなく、もっともシャッターを降ろしている店も多いのだった。

貸し店舗とかが最近多くなってきて、靴屋の渡辺さんとか紳士服の伊狩さんなどが潰れてしまっていた。真昼間、四番町の道路上の真ん中に立って左右を見渡すと、人影が全然見えない時もあり、何かゴーストタウンの模様を呈している。それこそ気のきいた猫でさえ四番町を避けて別の町内を通っているようだった。したがって月一回、開かれる町内役員会も皆、何か寂しそうで活気を呈していない。薬局の古川さん、瀬戸物屋の村上さん、化粧品店の川田さん、本屋で社長の弟である僕、勝又潔や町内会長である古本屋の石田さんなど、どうも皆に生気がなく、心なしか顔の皮膚がかさかさに乾いているような元気のない今日の役員会だ。僕は兄貴が社長をやっているので、彼が会に出れば良いのにと思ったりした。

しかし兄貴は、どうせ役員会に出てもろくな話もなく、時間が勿体ないと言う思想の持ち主だったので僕を役員になっている店の代表として出席させていた。

それにしても会議の話は店にさっぱり客が入らないとか、このままでは内の店も廃業だなどと暗い話を、コーヒーを飲みながらぼそぼそと言うばかりで後ろ向きの覇気のない事おびただしい。今年は昨年度より売上げが半分に減ったとか、店を継がせる為の長男が家業を嫌って東京へ出てしまったなどが、会が始まる前の暗い雑談になる。

役員会の平均年齢は六十五歳位で僕は五十三歳で一番若かった。このように出席する連中も高齢化していて若さが無かった。

まるで今日の天気のように灰色の曇り空のように侘しい会だった。今回は珍しい出席者が一人いた。村田さんという八十歳代の頭の剥げ上がった痩せた老人だ。

彼は県の原爆被害者団体の会長をしていると言う。

「さて、皆さん会議を始めましょうか」

町内会長の石田さんが力なく宣言し、古町四番町の役員会が始まった。「今日の議題はここにいらっしゃる村田さんの相談事から始める事にしましょう。村田さん、どうぞお話下さい」村田さんの顔や首筋にはケロイドの跡がある。抑揚のない村田さんの話はこうだった。この町内で、原爆展をやって貰えないかという話で、今、現在、婦人会館でやっているがこの古町四番町と同じように、入場者がさっぱりだと言う。皆に原爆の恐ろしさを知ってもらう為にこの町内で開催してもらえないかという、切実な話だった。

他の町内にも頼んだが、そんな暗い展示会などは出来ないと、ことごとく断られてしまったと言う。四番町の役員達も、うーんと言ったまま黙り込んでいた。他の町内では古町どんどん祭りと称して一ヵ月に一度、盛大に祭事をやっている。四番町のような零細な店は無く、大きな店構えの有名な店も多かった。

土日の歩行者天国を利用して、地元のアマチュア楽団の演奏会があったり、車道では出店が多く出て北海道ラーメンや豚汁が振る舞われたり、特別出血サービスの各店の品々を並べたりして、活気を帯びて、今や新潟市名物にさえなっている。それに較べて四番町は孤立して取り残されて、町内費も満足に払ってくれない店も多かった。

ここいらで一つ、何か町内を活気づけるアイデアはないかと、毎回、役員会をやっているが半分ぼけかかっているのか、さっぱり良い案が浮かばない。大きな催事をする資金もなし、良い策も浮かばない。以前歩行者天国で土日に車道でワゴンセールをやってみたが、さっぱり魅力ある品揃いもなかったので、散々な結果となり町内会長、石田さんを始め、一同、しらじらしいような気持ちになり首をうなだれるばかりだ。何とか四番町を活性化し、賑わいを取り戻さねば、これ以上、不況の波に押し流されて皆が店をたたんでしまうような事態になる。

一昔前はそれでも町内会の役員達がバブル期の時だったかしっかりしていて資金もそれなりにあったので全国ちんどん大会をやったり、子豚のマラソンコンクールや、子供も乗れる小型蒸気機関車の走行などをやって人気を博し、各店の売上げにも大いに貢献していた。さて村田さんは新潟市の出身で青年時代、鉄工所の所員をしていて本店のある広島へ、運悪く出張を命ぜられた。広島に原爆が投下された八月六日、午前八時十五分、十七秒にB二九エノラゲイ号は広島上空の千六百メートルで「リトルボーイ」すなわち原爆をパラシュートにて、ウラニュウム型の原子爆弾を高度千五百メートルで炸裂した日に、鉄工所に爆心地から四キロ程離れた現場にいた。

まるで小さな太陽が空から降ってきたような状態だったと言う。熱線、衝撃波、爆風、放射能が地上を包んだ。一瞬の内に市内の建物の六十三パーセントが全壊、全焼、被害を免れた家屋は十パーセントたらずだったとの事。爆心地から五百メートル以内にいた者の九十パーセントが即日死亡、十一月までに死亡した人はおよそ十四万人、五年後の一九五〇年度までは二十四万七千人に達していた。

まさに地獄絵図である。原爆展をやったらどうかと会議に計った村田さんの提案は、皆の胸に少しばかり、原爆被害者などを見世物式にして良いものかという疑問が湧いてきたが、何、人集めの為ならば、町内に活気を取り戻す為に、こうなったら何でもやってやろうという気運に傾いていった。

実は広島原爆展は日本各地を巡り、当地でもこの町内から徒歩で二〇分位の所にある市の婦人会館で開催されていたが、場所が国道沿いの駐車場のない、築三十年以上は経ている会館内は薄暗い建物で、あまり人が近づきにくい場所にあった。

決断を下さなければならなかったので、石田さんは主席者の意見を聞いた。薬局の古川さんはぜひやるべし、世のため人のためにもやった方が良いと言う意見だった。

他の者も妙に正義感という物が湧いてきたのか、曖昧ながら、我が、四番町で開催する事が決まった。勿論、中には商売の為さえ集まってくれれば良いと言う人もいたが。

使命感と人集めと言うごちゃまぜの感情が皆を包んだ。僕と石田さんは婦人会館での展示物がどのような風になっているか、見に行く事になった。七月の二十七日、僕達は夏の激しく照りつける午後三時頃、ハンカチで額の汗を拭いながら、歩いて出発した。

車でと思ったが生憎、婦人会館には駐車場が無いという事で徒歩で全身汗まみれになりながら、とぼとぼとゆっくり歩いた。

やがて築三十年以上は経ているという婦人会館にたどり着いた。ゆらゆらと会館全体が蜃気楼のように頼りなく存在していた。

中には冷房もなく、どんよりとした空気で充たされている。なるほど薄暗く、窓という窓にカーテンがぼろ切れのようにぶら下がり、照明も暗く、これじゃあ人も寄りつかないだろう。この広島原爆展は全国を巡り、現在は新潟地区で開催されているのだった。

三十枚程の白黒の写真は、縦二メートル、幅一メートル程の大きさだ。

汗が又、一段と体中を包んで、早く見学して冷房の効いた喫茶店でも飛び込みたいような場所だった。写真がカラーだったらとても正視していられないようなさんさんたる模様を呈しており、場内の熱気が急に冷汗に変わってしまうような衝撃を受けた。

全身の皮膚がただれた人や、焼けこげた黒いマネキンのような死体の山、刻むのを止めた時計、焼けこげた瓦、幽霊のような救護所に並ぶぼろだらけの半分死にかけたような人の列、昔、広島物産館だった、いわゆる原爆ドームが骨組みだけの建物に変身していた。

そのような悲惨な阿鼻叫喚の光景が三十枚程のパネルにしっかりと刻まれていた。

僕達は背筋が寒くなるような思いにかられながら、一枚、一枚丁寧に見学した。

原爆被爆者団体の会長、村田さんはその地獄のような光景のど真ん中にいたのだ。

どんなにか苦しく切なかったかと思うとこちらまで心苦しくなる。これはアメリカ軍の無差別大量殺人の証拠で一度見たら忘れられないような展示物達だ。僕達はパネルの大きさを確認して外に出た。かっとした暑さが全身を包んで又、又、汗だくになる。

歩いて婦人会館へ行く途中にあった、喫茶店「とっぷ」に飛び込んでアイスコーヒーを頼んだ。僕と石田さんはまるでニューギニヤで水を求めてさ迷い歩く敗残兵か、今、見てきた原爆被害者の水をくれ、水をくれと死んでいった死者のような気持ちになって、アイスコーヒーをごくごくと飲んだ。

出されたおしぼりで顔や首筋を拭いたが、後から後から汗は噴き出してくる。

十分程するとようやく汗も引き、快適な冷房の虜になって黙りこくっていた。

やがて石田さんが八月六日、すなわち広島に原爆が投下された日に、年一回の新潟祭りがあり、信濃川で盛大な花火大会があるが、自分は花火見物は苦手で、その夜は家族が川岸に出かけても、一人、家で留守番をしている事などをぽつりぽつりと話始めた。

当時、青年、石田さんは広島の呉に招集されていて、広島方面に巨大なキノコ雲を目撃したと言う。「それは恐ろしい形をした雲だったぜ、その下に何十万人という人達が被爆し、苦しんでいたとは、その時は誰も判らなかったが、翌日の新聞に広島に特殊爆弾が炸裂し、多大な被害が生じていると出ていたよ。俺はその特殊爆弾がどのような物であったか、後日になって段々と詳しく知るようになって戦慄したよ。まったくアメリカは酷い事しやがると思った。アメリカの言い分を聞くと原爆を落としたお陰で、本土決戦を決めていた日本のお偉方は皆、震え上がって敗戦をようやく認めたという事になっている。確かに本土決戦となれば多大な死者を日本とアメリカにもたらしただろうし、それは沖縄戦でも実証気味だった。でも、何の罪もない、日本の年寄りも若い者も子供、幼児さえ根こそぎ殺してしまった。そんなアメリカを今でも許せないよ。アメリカの言い分はある意味では正しかったかも知れないが、たった一発で十四万人余りの人達を殺してしまうなんて、とにかく酷すぎる、惨すぎるではないだろうかね」

石田さんは少し興奮しながら、眼に汗か涙を浮かべながらぽつりぽつりと喋っている。なおも、「私はね、新潟祭りの花火大会が嫌いなのはなぜか当時を思い出させるからだよ。当時、制空権を奪われた日本にはあらゆる各地に焼夷弾やナパーム弾を降りそそぎ、空襲を初めていたよ。虫の眼で見ればあまりの悲惨さが判って少しは手心を加えてくれたかもしれないが、上空から見ればそんな思いなどなく、上層部の命令によって、鳥のような眼になり、無邪気とは言わないが気軽な気持ちで爆弾を投下していたと思う。下界の酷さを感じていれば多少の良心の呵責はあったと考えられる。戦争に勝者も敗者もないのかも知れない。本土決戦になればアメリカだって多大な犠牲を払う事になるし、原爆が広島に投下された事を正当化するアメリカ人は多くいる。

話は変わるけど、新潟の花火大会のしゅるしゅる、どかんと来る音を聞くとたまらなく当時を思い出して耳をふさぎたくなる。だから僕は花火大会には行かない」

それから石田さんは残り少ないアイスコーヒーをごくりと飲みながら、戦争を知らない子供たち、すなわち僕のような人間に又、ぽつりぽつりと幾らでも物足りないような熱の籠った話を始める。

「僕はね、当時、呉の日本海軍の基地にいた。恐ろしげな、きのこ雲が晴天のぎらぎらした光の中に浮かんでいたよ」

石田さんは僕に向かって当時の模様が鮮明に浮かんで来るのか、一つ、一つ熱の籠った話を又、始める。「自分は二度と呉の港に帰ってこれないという、人間爆弾、玉砕戦法の回天という特殊潜水艇に乗り込む実習をやっていたよ。爆弾を多量に積み込んだ片道の燃料しかない、特攻隊だった。それでアメリカ艦隊に体当たりしようというのだから、今から思えば狂っているような行為だった。しかも回天は一部がべにや板で出来ているような粗末な品物だった。これで天皇陛下万歳と叫びながら、突っ込むのだから気が重いけれど、俺は軍国青年だったから、我が愛する日本国土の為に本気になって考えていた。愛する妻子や親戚、知人を護る為に回天に乗るのだと自分に言い聞かせて来たんだ」

話している内に石田さんは涙を溢れさせ、所かまわずに瞼を濡らすのだった。

僕は石田さんの心情が判るような気がした。

戦争の事なんてほとんど何も知らない僕にとって石田さんの、嗚咽しながらぽつりぽつり喋る会話が胸の中に染みて来るような気がした。「それとね、上官の機嫌を損ねると、樫の木で出来た精神注入棒という固くて長い棒で思い切り尻を叩かれたよ。いつも尻に青あざが出来、歩くことさえつらかった。国の為とか言って上官は面白いように僕の尻を叩いた。いや戦争とは一つの大きな狂気だったよ。それなのに今、現在の世界だって色んな紛争が起きていて、戦争は休む事なく続いている。何とかせねばと思うが、俺は、いや戦争体験者は声を大にして表現して行かねばならないと思う。所が現在の日本は自民党の中でさえ、核武装しなければならないような話がある。戦争が起こらないように国連の力をもっと活発にしていく必要があるね」と次第に能弁になっていった。

僕は何も言えなかった。石田さんの思いがどんなにか強いものか知った。

そんな意味でも町内で原爆展をやるのには、大儀名分があると妙に確信してしまった。

運良く、石田さんは出撃する前に敗戦となり、命だけは助かったのだった。

四番町に帰り、翌日、さっそく臨時の町内役員会が招集された。皆は額を合わせて展示会をやるかどうか、もう一度確認しあった。

勿論、昨日の婦人会館での石田さんの意見も披露された。石田さんは、原爆の恐ろしさを知る為にぜひ開催してくれと言った。

きっと人が集まってくれる、新聞社でも取り上げてくれるだろうと熱心に喋った。

町内の賑わいの為ならば、ぜひともやるべしという石田さんの意見が多勢をしめ、開催する事に決定した。

いよいよ開催に向けての準備段階に入った。

古町の三番町と五番町の端のアーケードの上につるす、古町四番町という横断幕はパン屋の川端さんが古町八番町にある染物屋で大きく書いてもらう事とした。

パネル写真を陳列する為の展示台は、薬局の古川さんが古町どんどんに使用された物を古町五番町の町内会長より借りる役目となった。瀬戸物屋の村上さんと僕は川岸町にある、知り合いの建築屋の釜田さんに頼み込んで小型トラックを借り、婦人会館よりパネル写真を運んで来る事になった。

地元の新聞社に記事にしてもらう為に化粧品店の川田さんが、出向く事にした。

それからアーケードの柱にくくりつける原爆ドームと少女が印刷されたポスターの張りつけ、そこには開催される場所と日時が書かれている。ポスターのベニヤ板を調達する用意は薬局の古川さんが上大川前二番町の工務店に、頼む事になった。ポスターは古町二番町の菅原印刷所に頼む事にし、ついでにちらしも百枚程頼む事になった。

菅原印刷所では、パソコンが各家庭にあるような状態で、家でポスターやちらしを作り上げるような時代になったので不況を嘆き、今にも潰れそうだったので、思わぬ注文に大喜びした。

段々と準備が始まるにつれ、皆の気持ちは高揚していった。役員ばかりじゃ手が足りないので、臨時の町内会を開き、趣旨を説明し協力してもらう事になった。

町内会の若衆達からは古町四番町の賑わいの為ならば、人肌脱ごうという威勢のよい言葉が出たりしたし、各店の御主人達もぜひ、有意義の事だから商売丸出しで協力する事になった。商売丸出しといっても少しは世の為、人の為という気持ちが心の片隅にあり、皆の表情に活気がみなぎってきた。

ポスターの製作には町内の菓子店の関本さんの倉庫を使わせてもらう事に決まったし、作業は各店によって閉店の時間は違っていたが、大抵、夜の七時頃から始める事にした。

ベニヤ板が工務店より届いた。

縦一メートルの横三十センチのベニヤ板だ。

ポスターを一枚、一枚、糊で張りつける作業は中々大変だったが、古川さんが率先してポスター張りに熱中した。

若衆達も八時頃になると現れて、倉庫内は熱気に包まれた。ポスターとベニヤ板とチラシは軍資金に乏しい四番町にとっては苦しかった。何しろお金をなるべくかけないでやろうというのが、四番町の趣旨だったのでとにかく苦しいのだ。板にはポスターを張る前に左右の端にキリで穴を開け、針金を通す仕事が特に難儀だったが、駆けつけてくれた若衆連中が大いに手伝ってくれたので、はかどった。展示会の開催日は八月八日、九日に、すなわち広島に原爆が投下された日の六日の二日後の八日、それと九日の土曜、日曜日にやる事が決まった。六日までは婦人会館で展示されていたのでそれが終わってからとなった。今日は七月の三十日だったので急いで準備しなければならなかった。

七時以降、店を開いている店は店番にかあちゃん連中や、他の店員達に頼んでやる事になり、各店の主人達も大勢手伝ってくれた。

皆の気持ちの中に何か、やってやろうじゃないかという、熱気と心意気が段々と渦巻いていきて、活気が出てきた。

蕎麦屋の健ちゃん、パチンコ店の岡田さん、港寿司の小川さん、文房具店の森さんなどが新たに加わった。何かうきうきするような気持ちが広がっていく。雨が降った場合は、アーケード内でやる事になった。

展示台は既に古川さんが古町五番町の町内会長の村岡さんに頼んで、関本さんの倉庫に保管されている。展示台はじゃばら式の形式で七個借りてきた。縦五メートルで横幅は二メートルの大きさで、写真パネルを吊り下げるには丁度良い大きさだった。

僕達は何か崇高な作業をしている気分になった。僕は本屋をやっている兄の弟だったが、あまり今回の展示会の企画には乗り気ではない、兄の眼を盗むようにしてポスター作りに参加していた。ちらしは開催日の二、三日前から古町六番町辺りと一町目の路上に立って歩行者に配る事にした。

義援金の募金箱は村田さんが用意し、四番町の左右の端に机を出し、そこに置くことにした。ポスター張りは皆の力でようやく出来上がり、日時と時間、すなわち八月八日、九日、午前十時開催、九日までという文面がポスターとちらしに印刷された。

そして旧広島産業会館が骨格ばかりとなり、すなわち原爆ドームとなった写真と少女が白黒の写真で現れていた。

ポスターに針金を通して町内の柱にくくりつけられたのは七月二十九日だった。

休む暇なく僕と化粧品店の川田さんと時間が許す限り、賑わいのある古町六番町と白山神社に近い一番町目の路上に立ち、通行人にちらしを配った。関心がない風にちらしを受け取ってくれないのは、若い人の中でも男で、女は少し受け取ってくれた。

そして年輩の人達は特によく受け取ってくれた。若者があまり受け取らないのは太平洋戦争の事を教育されて来なかったせいかもしれない。現に僕も高校の日本史はなぜか時間の都合でもあるのか、明治維新の辺りまでしか教育されて来なかった。それとも大学受験にはあまり近代日本の事が問題として出されないかもしれないと考えてたりした。

僕達の作業は急ぴっちで進み、いよいよ開催日に向けて汗を流しながらの熱が入り始めた。横断幕も出来上がり、古町四番町、広島原爆展、八月八日、九日と黒々と染め上げられた二枚が出来上がり、町内端と端のアーケードの上にぶら下げられる事になった。

瀬戸物屋の村上さん、化粧品店の川田さんが、おっかなびっくりの腰付きでアーケードの上に上り、取り付けた。横断幕は七月の風にあおられて、ひらひらと力強く文字を踊らせていた。町内の役員一同、それに若衆達は準備がちゃくちゃくと進んでいたのでひとまず安心していた。ところが大事件が起きてしまった。四番町のアーケードの柱にくくり付けられていたポスターが一夜の内に一枚残らず取り外され、何処かに消えてしまっていた。

原因はさっぱり判らぬ。少なくとも今回の原爆展に反感を持つ勢力がいて、嫌がらせをしているに違いはなかった。

石田さんは、これはもしかして当時、反共産党の立場で活躍していた反共団体の連中が、仕出かしたのではないかという結論を出した。

何で原爆展が、共産主義と関連があるのか、町内の誰しもが判らなかった。

別に反共団体がポスターを全部外したという証拠は何もないのだが、この原爆展が共産党系の仕事だと誤解して、外してしまったのではないかというのが、石田さんの推論だった。あんなに苦労して、ポスターを作り、汗を流しながらアーケードの柱にくくり付けたのにと、皆はがっかりしてしまった。

何か手がかりの一つでもないかと色々考えたが、皆目判らない。石田さんは、もし反共団体ならばその新潟本部に夜、こっそりと出かけていき、証拠の一つでもないかと、例えばポスターが本部の前にでも山積みされていたりするのではないかと考えた。

八月に入り、夜になっても蒸し暑く、体中から汗が滲み出るような日、僕と石田さんは、反共団体のある古町四番町から十五分ほど歩いた所にある本部の建物に、向かって出発した。僕達は首筋からの汗をぬぐう為、タオルを首に巻き、何か探偵団のような気持ちになって、重大な使命を果たすような気持ちになっていった。石田さんは「困ったもんだて、何の証拠もないが、盛んに反共活動の宣伝カーが市内中を常に走り回り、威勢が良いから、もしかして僕達の原爆展の行事が、誤解されてしまったのかもしれないね。僕達は共産主義にも社会主義にも何の関係もないのに、曲解されてしまったのかも知れない。素朴な俺達に対して一体、誰がポスターを取り外したのかさっぱり判らぬが、まあ、一応本部を覗いて見る事にしようて」

夜の九時半ごろだった。反共団体の本部は何の変哲もない普通の路地の奥にあり、建物もごく当たり前の木造二階建ての家だった。

但、二階の窓際には日の丸の国旗が掲げられていて、庭には宣伝カーが止まっていた。

恐る恐る僕達は庭を覗き込んだが、ポスターらしき物は何も見つからなかった。

家は明かりが消えており、閑散として眠っているようだった。

「これじゃあ、判らないね。反共本部の連中に問い正しても、おっかなさが先に立って聞けないよ。ここは仕方がない、おとなしく引き上げるしかないな」と石田さんはそう言い、なおも眼をこらして本部を見渡すのだった。

反共本部を一応引き揚げて、古町二番町にある交番に被害届を出して来た。

応対に出た警察官は「ポスターを外した人間の目撃者は必ずいるはずだから、良く調べてみますわ。中々大変ですね。町内で原爆展をやるなんて、全国的にも珍しい事のようですが、警察も展示会中はなるべくパトロールしてみるようにします」と礼儀正しく言ってくれた。結局、今の時点では、誰が何の目的でポスターを剥がして持ち去ったのか、判らずじまいだった。町内の連中、誰もが仕方がないが、それでもめげずに、八月八日、九日に向けて予定どうり原爆展をやる事になった。

　薬局の西川さんが用意してくれた古町どんどんに使用されたじゃばら式の展示台は八月八日の、早朝、町内の若い衆が立て並べてくれた。天気も運良く、酷く暑かったが青空でラジオの天気予報も八日、九日は快晴との事だった。婦人会館の展示物も七日の夜、トラックで運んで来て、菓子店の関本さんの倉庫に収められて、いつでも展示出来る用意が整った。役員達も早朝、皆揃って、若い衆に協力してもらい、パネルを一つ一つ展示台に取り付けてもらった。午前中の九時頃までは未だ人手はなかったが、十時を過ぎると、思わぬ程に大勢のお客様が四番町を訪れてくれた。

　地元の新聞に、古町四番町のアーケードの上に張られた原爆展の横断幕が、写真入りで紹介され、しかもポスターが何者かの手によって外し取られた事などが、大きく出ていて、それが人出にも影響されたのだろう。

　僕は本屋の事、そっちのけで原爆展に協力した。僕の情熱は原爆展に皆、そそがれて一種の興奮状態になっていた。

　僕は石田さんが用意してくれたハンドマイクで「皆さん、この悲惨な原爆の恐ろしさをパネルを見て判断して下さい。よかったら少額でもよいですから募金箱に、寄付をお願いします。そして原爆反対の声を大きく上げましょう」と叫び続け、しまいには喉が痛くなり、浅田飴をなめなめしながらの発声の奮闘ぶりだった。パネルを一枚、一枚丁寧に見て行く者、眼をそむける者、中には品の良いおばちゃんが、静かにパネルに向かって手を合わせてくれていたり、老若男女が古町四番町に来てくれて大いに盛況した。

　町内の役員、若衆一同、ほっと肩の荷が降りたような気持ちになった。

　幸い、反共団体らしき者達も邪魔や嫌がらせをする事もなく、本当に良かったと僕は心底思った。僕がこんなに熱心にやれたのは、石田さんの戦争中の話が影響していたのかもしれない。僕はそれまで太平洋戦争の事も沖縄の地上戦の事も、あまり知っていなかったので、自然に背中を押されるように原爆展に肩入れしていたのだった。

　古町四番町もお客様が大勢来てくれたので、それなりの売上げも各店にあった。

　それから僕の熱心さはB29エノラ、ゲイが原爆を投下する目標に新潟市が入っていて、しかし市の上空は雲に覆われていたのでよく見えなかったので、広島に向かったという事実だった。新潟市に投下されていれば確実に僕は影も形も無かったに違いない。

そんな思いもあって頑張れたのかも知れない。九日の終了日には五時頃から後片付けが始まり、次の開催地、長野に向かってパネル写真の荷造りが始まった。

七時には展示台などの整理や返品も終わり、一同、夜になっても蒸し暑かったが、何か各人、一人、一人の胸に一つの催事を成し遂げたという満足感やら充実感が自然に湧いて来た。七時半から打ち上げ式が町内の割烹、鈴元で開かれ、皆でビールで乾杯した。

県原爆被害者の会の村田さんも出席して、互いの健闘を讃えあった。

「本日は、二日に渡っての展示会、本当に有り難う御座いました。今後とも、よろしくお願いします」と村田さんは深々と頭を下げてくれた。募金の金額も十五万円程になり、村田さんにそっくり渡された。

僕達は始めは町内の活気を呼び戻す為、商売の足しにする為と、漫然と考えていたが、終わってみると何故か世の為、人の為というような崇高な気持ちにもなった。

何か大きな催事と意義を為し遂げたのだった。これからの町内は又、古町四番町として各店の結束を固めたのに違いはなかった。

暑い夏の季節もやがて涼しくなるが、この町内の熱気だけは何時までも、持っていたいものだ。

或る診療所風景

やえは診療所に勤めていた。金子という名の内科専門の診療所だった。しかし昔からの住民達は、崖下の診療所と呼んでいた。

丁度、小高い丘のようになっている土地の右側は住宅地、左側はきりたった崖になっており、昔は人々は、その崖下目指して生ゴミやその他、ゴミと称する物などを投棄していた。ところが或る建築会社が崖下を整地にし、さら地にして五棟の今風の近代的な住宅を建てた。値段が他より安かったせいか、またたく間に完売した。眼の前には田園地帯が広がり春先になると、田植えが始まり、やがて青々としたじゅうたんのようにふわふわとした稲が生息する。N県の県都より八キロばかり離れていて、通勤に便利なのでサラリーマン達があっという間に飛びつくように買った。建築会社の販売担当者は、ここが元はゴミ捨て場なんて事は金輪際、口にしなかったし、古くから住んでいる丘の人達も付き合いもなかったのでサラリーマン諸君には判らなかった。ああ、良い家を手に入れる事が出来た、マイホームいいなあと満足気だった。

金子診療所は崖下の住宅と並んでクリーム色の外壁を輝かせながら立っていた。

金子先生は今は二代目で、初代目の先生は穏やかでおおらかな性格で中学を卒業したばかりの、やえを昼間は診療所で助手扱いにし、夜間は准看護学校へお金を出して通わせてくれた。こつこつと小まめに働くやえを准看護学校を卒業したら今度は昼間の高等看護学校に通わせてくれるという、誠に温情豊かな先生だった。お陰で正看の資格が取れた。

それに引き換え初代目の先生の後を引き継いだ二代目は、結構シビアな所があってやえが二代目の生まれる前から勤めて真面目にやって来たのに60才になると嘱託扱いにし、給料は半額、ボーナスなしの扱いを受けた。

眼前には美しい青々とした田園風景が広がり、田からのそよ風も気持ち良かったが、やえは二代目の経営方針に心が浮かなかった。

何でも二代目はN市の国立医学部に二浪しても入れず、東京の私立医科大学に入学金二千万円でやっと入ったという。

噂では成績が良かったよりも、いわば金の力で強引に入学したそうである。

初代目の先生は時折、やえに内の息子は出来が悪いから、えらい金を使ってしまったもんだと、時折、思い出したように口説くのだった。その初代目の先生も年なので引退していった。患者と言っても農家の爺ちゃん、婆ちゃん連中が、職業病とも言える腰が痛いだの肘が曲がらないなどと日に7、8人訪れる位だった。診療所とは別に二代目先生の本宅がある、3町内程離れた所に金子医院としてあった。

二代目先生はほとんど本宅の金子医院で診療していて、診療所に来る事は滅多になかった。

やえは准看護師の渡辺さんという十代の助手を使って、いわば自由勝手に患者の応対をしていた。渡辺さんは、やえの言う事をよく聞いて良く働いてくれた。やえは正看護師の資格を持っているので、腰の痛い年寄りには尻を丸出しにさせて注射を打ってやるのだ。「やえさんのお陰で腰が軽くなったべ、又、痛い時、頼むわ。頼りにしてまっせ」「そりゃあ、良かったな、婆ちゃん、ここに腰痛体操のパンフレットがあるすけ、持って行きなされや」彼女は慈愛に満ちた顔をして年寄りに接しているので割合に農家の年寄り連中には人気があった。薬も高血圧や風邪や下痢や便秘のごく一般的に年寄りが必要とされる時に、やえは投薬してやっていた。

この行為は医師法から言わせると違反なのかもしれないが、誰も保健所や警察に訴えるような事はしなかった。いわばある意味ではおおらかな風土と言っても良かったのだ。

そんな訳で診療所は何時も和気あいあいと年寄り連中が訪れ、社交場ともなっていた。

「あのさ、ヤスケの所のぐうたら息子、又、自動車事故を起したんだってさ、ほんに不良息子を持つと苦労するて」

「今年のトマトや、なすの出来は今一つだて、これも小雨のお陰だろうっかね」

「竹やん所の恵美子、最近離婚したんだて、今は家に戻って来て家事の手伝いをしているそうだ」こんな会話が診療所内で繰り返され、話され、やえと渡辺さんは村内の出来事は外に出ないでも村内の様子を知る事が出来た。

青田町という立派な町名があるのだが、住民の年寄り連中は相変わらず村内という表現を使っていた。診療所はいわば村内の出来事をちくいち素早く知る事が出来る、床屋か公衆浴場のような立場にいた。

「八屋の所、息子が家を継がず東京へ出てしまったので、もうすぐ田や畑は誰かに安い値段で買われていくだろうて、彼ももう70才を超えたので農作は無理になってよ、又、一人農業を辞める事になってしまったわい」

「そうだて、この村の農業をしている連中が段々と少なくなって行き、おら、寂びしいて」

農家の跡継ぎが次々といなくなるのは、この村内だけでなく、日本国中どこでもおきている問題だった。やえは診療のかたわら、そんな話を始終聞かされ暗い気持ちになった。

一体、日本の農業はこれからどうなって行くだろうか、さんざん若い時から苦労して顔にシワを彫りつけ、肩や腰や手を痛め、通って来る年寄り連中に、やえはひどく同情するのだった。彼女は今年で62才になり、眼も悪くなって時折、患者達に投薬する薬を間違いそうになる。そんな時はよく働いてくれる渡辺さんに確認を頼んでいる。

カルテを勝手に書いているのも医師法違反に違いなかったが、誰も密告する者もいず、金子診療所は言わば村内のお助け場所としての役割を担っていたのだった。

やえは准看の時代から含めてかれこれ42年間も勤めている、大ベテランでそこいらのへなちょこ医師より、よっぽど見立ては正しかった。腰が90度に曲がってしまった爺さんや膝ががくがくに折れ、やっと杖を頼りに診療所にやってくる婆さんを見ていると何だか、昔の時代から苦労を重ねて来たつけが年寄り達に取り付いたようで、すぐに同情してしまう。昔の農業は今のように機械化されていず、田起こし稲の植えつけも除草もすべて人力と牛を使って非常な重労働だった。

その果てが次の農業の担い手がいない、減反なんだと、この村内も良い話は聞こえてこなかった。

さて田村の家は診療所から10分程歩いた所にあり、やっとマイホームを持つ事の出来た45才の平凡なサラリーマンだった。

こつこつ働いて、やっと持つ事の出来た我が家だった。安普請だったが、外から眺め、悦に入り中に入って壁や柱に向かってちゅうちゅうと口づけしたくなる程嬉しかった。

10坪程の小さな庭がついていて、そこにトマト、きゅうり、ピーマン、きぬさやなどを初夏になると植え、時々水をやっては、早く大きくなれよと声を掛けながら声を弾ませた。ここが小さいけれど一国一城の主と思うと満足感に満たされ、万歳を時々したくなった。けれども25年ローンなので、それを思うと嬉しさも半減するのだった。妻の幸代と二人暮らしだった。二人共遅くなって結婚したので、残念ながら子供はいなかった。

いわば野菜達が子供代わりだった。

うねを作る時、鍬で「えい、やあ」と威勢良く掛け声を出しながら土に振り下ろすのだが、そこは素人の浅ましさ、じーんと手や腕に響いて来て、5、6回も鍬を振り下ろすと早くも息が切れ、自分のスタミナのなさにあきれ果ててしまう。「お父さん、無理しないで、15分働いたら5分間やすんだら」と声を掛けてくれる。毎朝、早く起きてジョギングでもすれば体力も付いてくるのだが。

会社ではほとんどデスクワークで体を動かす事も滅多になかった。70才になればやっとローンの返済が終わるのだが、それを考えると頭が痛くなるのでなるべく考えまいとした。けれどもたまに夜、寝ている時に夢の中で、銀行の融資係が鬼のような顔をして集金かばんを持ち、早くローンの代金を払え、早く払えと自分の首根っこを押さえて揺さぶるのだ。そんな時、助けてくれよう、助けてようとうなされ、眼が覚めるのだった。

隣に寝ている妻が心配そうに、これ又起きてきて「どうしたのよ、うんうんとうなされているので、病気にでもなったのかとびっくりしたわ、早く寝なさいよ」と自分も起された事に不満を持ち、手元の電気スタンドを消すのだった。休日など田村は初夏を過ぎ、暑い夏がやってくると丸々と太ったトマトを収穫し、さっと水に洗ってかぶりついてみる。

油かすや有機肥料をたっぷりと与えて育ったので口の中で甘く溶けていくような感じだ。

きゅうりもおおきくなり、もぎ取ってこれも水で洗い少し、味噌を付けて食べるとさくさくと旨く、とても外のスーパーなどで買ったよりも味も一段と旨いのだ。そんなわけで休日はにわか百姓になって嬉々として働くのだ。完全無農薬、完全有機肥料だったので、トマトやきゅうりの葉っぱなどは虫食いだらけだったが、別に気にもせず、予防もしなかった。年に二回、アメリカシロヒトリ退治の為に町内の衛生医員が五、六人で噴霧器をリヤカーに乗せて町内を巡ってくる。田村はそんな時、慌てて新聞紙をトマトやナスやきゅうりに、セロテープで覆い、薬剤が触れないようにし苦労するのだった。家の窓という窓を締切り、居間でじっとアメリカシロヒトリ退治の連中が、過ぎるのをなぜか声までひそめて、じっとしているのだった。

朝九時頃、田村がトマトの枝先が支柱立てによくかかるように、しゃがんでいた時、右腕の丁度関節あたりがちくりとした。

なんと蜂が、くまん蜂のような大きな蜂が、眼前を飛び去っていった。田村は慌てて家の中に入り、キンカンを塗ったりしたが5分程すると刺された皮膚が熱く腫れ上がって来て田村をびっくりさせ恐怖感に落としいれた。

人には大きな事は言えないが、田村はいたって小心者ですぐ深刻に考え込んでしまうのだ。

頭が痛かったりすると脳卒中の前兆ではないかと疑ったり、少し腹が痛いと十二指腸潰瘍ではないかと思ったりする性質なのだ。

いわば心身症の一種なのかもしれなかった。

額に冷汗が出て、田村は急いで金子診療所へ、とるものも取り合えずスニーカーを左右間違って履きそうになったりして駆け出した。

診療所は生憎と隣近所の婆ちゃんが三人、のんびりと待合室で待っていた。

今年の米の出来はどうだったとか、竹ドンの娘が腹ぼてになって東京から帰って来て、両親にとっちめられている事などが交わされていた。田村はとても三人の後の患者になりたくないので、とても我慢出来ず、「やえさん、お願いだ、たった今蜂に刺されてしまった。早く手当をしてくれよ」と声もうわずりさせながら三人をしりめに頼み込んだ。

やえさんは悠々と田村のあわてぶりに動じる事もなく「どれどれ、どこかね、刺されたのは。見せてくんなせいや」と落ち着き払った声で言った。田村は順番を待っていた婆ちゃん連中に「すみません、急いで治療してもらいたいのでお先に診察してもらいます。本当にごめんなさい。後で和菓子でもお届けしますから」と訳の判らぬ事を口走りながら、頭を下げた。「どれどれ、刺されたのはどの場所らね」

「ああ、ここです、赤く腫れ上がっているでしょう、大丈夫でしょうか。命にかかわる事はないでしょうか」

やえさんは小生の右腕の腫れ上がった所に、何やら軟膏を塗りたてサビオを張ったりしながら渡辺さんに指示して痛み止めの薬を用意するように言った。「お前さんさ、刺されてからもう15分もたったねっか、大丈夫らて。体に震いでも来なければ安心らて」

田村は悠長に構えて自信たっぷりな、やえさんを見ているともう直ってしまったような錯覚を覚えた。治療を終えた田村は、それでも少し心配なので待合室のソファーに腰をおろして、気が動転していたのを恥ずかしいと感じた。もっとも蜂に刺されたら、誰しも慌てるのも当たり前の事だと居直る気分もあった。「ああ、神様、仏様、親らん上人さま、有り難うございます。本当に有り難うございます。本当に有り難うございます」と心の中で呟きつづけた。こうして段々と気持ちがおさまり、改めて診療所を見渡すと、年に一度は人間ドックで診てもらいましょう、早期発見が大事ですとか、月に一回は保険証を見せましょうといったポスターがべたべたと張られていた。ふと右側の窓際の下を見ると横長の大きな発泡スチロールの箱が二個置かれていた。何だろうと思ったが箱にはフタがしてあったので中に何が入っているのか判らない。

待っていた三人のお年寄りが、やえさんに腰に注射を打ってもらったり、渡辺さんに足をくじいたお年寄りにシップをして包帯を巻いてやったりの治療が終わると、やえさんの眼が急になにか妙な輝き方をした。

何か抜け目のない、商売人のような顔になったのだ。三人のお年寄りを前にして、やおらやえさんは、発泡スチロールのふたを開けた。「今日の夕飯にはどうらね、まだぴちぴちして獲れ立てだよ、ほら、この鯵や、さばは特に美味しいよ」彼が箱の中を覗き込むと、なんと本当に鯵やさんまが銀色に全身を輝かして入っていた。田村はビックリ驚いてしまった。しわくちゃだらけのお婆ちゃんが「ほんにね、今日はさばの半身でも、もらおうか。やえさんの魚は本当においしいて」

「いつも買ってもらって悪いね、今さばいてやるさ」やえさんの手には出刃包丁が、いつの間にか握られていて、早速さばを切りにかかった。彼女は未だ魚のさばき方が下手らしく、ドタ切りになってしまってい、格好が悪かったが、切り取ったさばは新聞紙に包まれて、注文したお婆ちゃんに渡された。

「600円にしとおくさ、今日は特別サービスだよ、後のトメさんもうめさんも買いなされや。このサンマなんて、油が乗っていて、とても美味しいよ」

何と読者は信じられないかもしれないが、この診療所が魚市場と化してしまったのだ。

田村は魚も買わず、家に帰った。

丁度、妻も買い物から帰って来て、蜂に刺された事を話し、慌てて診療所に駆け込んだ事を喋ると「貴方って気が小さくって慌てん坊なんだから」

「いや、蜂に刺されれば誰だって慌てるよ。話は違うけれど、何とあそこの診療所のやえさんは堂々と魚を売っていた。びっくり仰天してしまった。鯵や、さばや、さんまを売っていたよ。本当にびっくりして蜂に刺された痛みなど、どこかへ行ってしまったよ」

「貴方って、世間にうといのね、ここいらの住民は多分皆、知っていると思うわ。訳を話してみましょうか」

耳ざとい妻はどこからか聞いてきたのか、やえさんの半生を聞かしてくれた。


小林幸子が歌う「雪椿」のように「優しさと甲斐性のなさが裏と表についている……」と、やえさんは本当にろくでもない男に惚れてしまったそうだ。今頃になってもそのだめ亭主の為に苦労してきた。名前を岡田良夫と言って、一見優男風の容貌をした彼は、若き頃、腰の痛みを訴えて金子診療所を訪れた。少し面食いのある田舎育ちのやえさんは、一遍で惚れてしまい二人はいつしか恋仲になり一緒になった。どちらも二十代の元気盛りの頃だった。それからが大変だった。

良夫はまるっきり甲斐性がなく、定職をもたないのだ。あっちの印刷所を勤めたかと思うと三日で辞めてしまい、鉄工所に入れば五日で辞めてしまうという具合いで「雪椿」そのものだった。何で俺ばっか、こんなに苦労しなければならないのだろうと、やえさんは嘆いたが、とても診療所の給料では生活していけないので或るアルバイトを思いついた。

それはN市の魚市場へ行って魚を仕入れ、診療所にやって来るお年寄りに売りつける事だった。たまにやって来る初代目の院長さんは大目に見てくれ、知らぬ気に見て見ぬ振りをしていてくれたが、二代目の院長は、診療所で魚を売るとはどういう魂胆なのかと、やえさんを叱りつけたが初代目の院長さんが「まあ、大目に見てやれ、きっと事情があるのだろう」とやえさんをかばってくれた。

二代目は不服そうにしていたが親から二千万円の私大の医学部の入学金を出してもらった弱みがあるので、しぶしぶ見て見ぬ振りをした。良夫は相変わらず、あっちの農機具店に勤めたり、こっちの自転車屋に勤めたりしたがこれ又、三日もしない内にやめてしまうようなぐうたらだった。それでもぼちぼち日払の土木作業員をやっていた。何度別れようかと思ったりしたが、やえさんが勤めから帰ってくると、妙に優しく肩をもんだり、足をさすったりして「お疲れさま、たいへんだったね」と柔らかく言うので、ついずるずると来てしまった。いわばやえさんのヒモのような男になったわけだ。やえさんはどうして今まで彼と続いて来たのか、考えてみるが妙に優しい所ある彼は或る種の母性愛をかきたてるオーラを持っているような気がする。

夜の営みでも良夫はやえさんの壷を心得てくれて、快感に導いてくれるので離れられなくなってしまったのかと思ってしまう事もある。もっとも、やえさんは良夫一筋、一人しか男を知らなかったので何とも言えなかったが。彼女の親戚一同は、あんな良夫みたいなくず男、早く別れちまいなと言うが、いつの間にか60才になるまで続いてきた。

結婚して二年目に長男が生まれたが段々と成長するにつれて、良夫の血を受け継いだのか、これもぐうたら息子だった。

良夫と二人で月賦で中古トラックを一台買い、運送業を始めたが、他人の家の門に突っ込んでブロック壁を倒したとか、スピード違反をやったり、二人で居酒屋で酒をしこたま飲み、帰りに警察の検問に引っかかり、その場で逮捕され、二人とも留置場に入れられて、免許停止となり、やえさんが警察に貰い下げに行ったりした。又、二人で宣伝チラシの下請けの仕事を立ち上げたが、そこは商才のない悲しさ、あえなく潰れてしまうのだった。

いっそ良夫と長男が動かないで家でじっとしていてくれれば良いのに、なまじ動くから、やえさんは苦労するのだった。

そして彼女は「何で俺ばっか間尺に合わないだろっかね」と年中口癖のように言うのだった。だからやえさん一家はいつも火の車なのだった。それで診療所で魚を売る具合になった。町内の人は、いや村内の人達はひどく同情して何とかしてやりたいのだが、減反だとか高齢化しすぎていたので自分達の生活を守る事に精一杯だった。良夫と一人息子は頭のねじが一本ないような状態でこれからも期待出来なかった。やえさんは又、「何で俺ばっか苦労しなければならないのだろう、間尺に合わない人生らて」と嘆いても仕方なかった。

診療所には常に新鮮な魚が発泡スチロールに入れられ、来院する患者に相変わらず買ってくれと頼み続けて来た。

近在ではすっかり知る人ぞ知る、魚屋の診療所とおおぴらではないが知られていた。

中にはあの診療所はいつ行っても魚臭くてと敬遠している人もいたが、そこはやえさんの人柄、病の見立ての良さで、結構やえさんフアンは居るのだった。彼女は良夫のふがいなさに腹が立って来て、早朝の魚河岸へ車を運転させて連れていく。大抵は彼はやえさんが帰って来るまで車のフロントガラスの方へ両足を挙げてスポーツ紙や週刊誌を読んでいる。彼女が発泡スチロール二箱分をやっと汗だくになりながら、持ってきても良夫は別に手伝う気もなく車の後ろのドアを開けてやったりもしない。それから診療所に運ばせるのだ。或る時など、やっと箱を二個運んで来たのに良夫の車もなく、途方に暮れてしまう時もあった。眼をこらして駐車場のあちこちを見渡すのだが、彼と車は何処にも見当たらなかった。まるで神隠しに会ったような気がした。

タクシーなど、とても勿体ないので乗る事もせず、やえさんは背中に魚の入った箱を縛りつけ、バスに乗って乗客の好奇な眼にさらされながら、汗をかきかき家に戻って見ると、なんと家に車が横ずけされているではないか。

どっこいしょとやっと背の箱を下ろし、家の玄関に置き、中に入ってみると、良夫が居間に平然と寝転びながら漫画本を読んでいた。

「あんた、どういう事らねん、おらを待っていてくれなくて先に帰るなんて」やえさんは汗びっしょりで早くシャワーを浴びたいのだが、良夫の態度に益々腹が立って来て、「おめさんさ、どういう訳やねん、ハッキリ返事をしなせや」良夫は相変わらず寝転びながら「おめさんがあんまり遅いすけ、おら、一人で帰ったかと思っていたんや」彼は御免、御免も言わず又、漫画本を読んでいるのだった。

やえさんは又、又、「どうしておらばっか間尺に合わない事になるんだろう、良夫、しっかりしなせや、おらばっか苦労しているねっか」と叱りつけても彼は、屈託なく馬耳東風とばかり寝転んでいるばかりだった。

その彼をひっぱたいて診療所まで魚を運ばせるのだった。彼女は風呂に入ると、何時も小林幸子の、「優しさとかいしょ甲斐性のなさが裏と表についている―その分私が頑張りますと……」口癖のように唄い、「本当らて、おらもこの雪椿の主人公みてらて、ああ嫌だ嫌だ、別れてやろうかな」と心の中で叫んでも「しょうがないて、甲斐性なしの男と一緒になっただすけね、今頃別れるなんて、こみともないて、村の者に恥ずかしいて」やえさんは半分、あきらめ顔をするのだった。

良夫は前には工事現場の旗振りや、軽作業の蒲鉾工場へ、アルバイトに行っていたのに最近は益々、怠け者になってしまい、家でごろごろしているばかりだった。

やえさんが叱りつけても体にコケが生えたように寝転がって、漫画本や週刊誌を読んで読み疲れると、座布団を枕にぐうぐうと寝入ってしまうばかりだ。やえさんはいっその事、良夫の首を締めてあの世に送り付けてやろうかと殺意を感じてしまう時もあった。

彼は怠け癖の他に、女にもだらしがなかった。一見して優しそうで顔など美男子と言っても良い程だったので、すぐに女に惚れられて、そして惚れてしまうのだった。

けれども良夫は一ヵ月もすると、彼の怠け癖を女が知ると、もう、うんざりしたと外へおっぽり出されるのが関の山だった。

だが相変わらず別の女に惚れてしまうのだった。良夫が何だか朝からそわそわし、朝食前に「俺、ちょっと先輩と打合せがあるから」と家から出て行く事があった。やえさんは不審に思って良夫の後を付けて行って見ると、なんと彼は仕舞屋風の家に入って行き、窓からそっと覗くと若い女と朝食を食べているではないか。すぐさま怒鳴り込んで行こうと思ったが、いらぬ面倒をしたくないので、彼女は目頭が腫れる程、泣きながら家路をたどるのだった。良夫の浮気は一度や二度ではなかった。ある日曜日「こんちわ、こんちは」としゃがれた年をとった女の声が聞こえて来るので、やえさんが玄関に出て見ると、痩せてはいるが眼光鋭い、団栗目のおっかなそうな癖のある顔をしている、老婆が立っていた。

その側に一人の若い女性が俯いたまま従っていた。その若い女性の背中にはなにやら風呂敷に包んだ物を背負っていた。婆さんも衣服らしき物を持って立っていた。

「あんた、どうしてくれるんねん、内の可愛い娘を弄んで、もう妊娠、三ヵ月らて、このまま内の娘を置いていくすけね、何か文句あるかね」その一見してごうつく婆さんはやえさんに言葉を喋らせないように機関銃のように喋り続けた。側の娘は相変わらず下を向いたままだ。やえさんはどうして見たらよいのか、おろおろと立ちつくすのみだった。

良夫の奴、とんだ事をしてくれたもんだと怒りよりも哀しさが自然にわいてきた。

「どうすっけね、面倒見てくれなかったら裁判沙汰にするすけね」

「すんまへん、内の良夫がとんだ事をやらかして、今、本人を連れてきますから。

やえさんは急いで奥の居間で、ぐうぐうと昼寝をしている良夫を叩き起し、「どういんらね、外に女をつくって、今、妊娠三ヵ月目だそうら、玄関に婆さんといるわね。本当に女にだらしがないんだから」

彼女は今にも泣き出しそうな半狂乱になって、良夫に文句を言った。

彼は、やえさんの様子を見ても、別に動じる訳でもなく、大あくびをしている。

「とにかく、玄関に出てみなせや、おめさんが妊娠させた娘が来てるすけ」

良夫はやえさんの剣幕にも気押されず、平然としている。そして眼をこすりながら、やえさんの後に付いて玄関先に行った。

娘さんは良夫を見ると、顔を挙げて一度すがり付くような顔をしたが、すぐに怒り顔に一変して、にらみ眼をらんらんとさせた。

良夫とはと見ると、頭を掻き掻き、「すまんのう、勘弁してくれや。お前さんの事、今でも好きらて、でも俺みたいなぐうたらモン、一緒になっても、旨くいかねて、ほら、ここに大事なカアチャンもいるすけ、御免な」

側の婆さんは彼を食い入るように睨み付けている。やえさんは「この馬鹿亭主め、ろくな事をしてくれたもんだ」と彼を眼に涙を浮かべながら見つめた。

やえさんは「まあ、今日の所はおとなしゅう帰ってくれなされや、内の阿呆亭主と良く相談して僅かでも慰謝料出すすけね。お願いだから、なるべく穏便にすませてくれや。すまんが子供は下ろしてくれんかね」

「ふん
何言うてんや、おら覚悟を決めてやってきたんだすけ、娘の面倒はあんたらに頼むさ、おら所の恵子も、とんでもない遊び人とつき合ってしまったわい」

しばらく両者はつばぜり合いのような事をしていたが、その鬼のような顔をしている婆さんは「百万円でどうらね、慰謝料にしては安すぎる値段られもの、それ位出してもらんけりゃあ、この問題は話にならんて」

「おら、そんな大金ねえて、五十万円でまけてくんなせや」

やえさんは泣き腫らした眼で、そのごうつく婆さんに言った。

「そういんかね、百万円位で安いもんだと思うろもね」

側に良夫が又、大あくびをして自分の事が大問題になっているのに馬鹿のようになって、但、横に退屈そうに突っ立っている。

結局その場は、ごうつく婆さんが根負けして七十万円て問題を解決する事になった。

婆さんは「内の娘をキズ者にしやがって、一生お前さん達を恨むこてさ」

彼女はもう一度鬼のような顔をして、やえさん良夫を一瞥すると、くるりと向きを返して娘さんと、とぼとぼと帰って行った。

やえさんはその後、やっと爪に火をともすように郵便貯金をしていた中から七十万円を工面して、その老婆の家を訪ね、頭を下げて来た。「おめさんて何てだらしがないんだろう、おらの貯金が無くなるねっかね、早よう働きなせ、七十万円分を稼いでこいてば」

やえさんが泣きながら良夫の胸を叩いても
「すまんのう、今度妊娠しないように気をつけるすけ」

「なに、たわけた事いうんじゃ、それじゃこれからも浮気を続ける気らっかね。そげな事許さんわ、いい加減な事言って、今度、浮気したら一服、おめさんに盛ってやるわね」

翌日の早朝から又、やえさんは良夫の尻をひっぱたいて車を運転させ、魚河岸に行って魚を仕入れて来るのだった。

又しても彼はやえさんの仕入れの手伝いもせず、両足をフロントガラスの方に上げてスポーツ紙を読んでいる。さすがに、あの浮気騒動から彼女に悪いと思ったのか先に家に帰ってしまう事もなかった。そして診療所まで運ばせた。それから彼は、土木工事の軽作業に付き、少しは働くようになってくれた。

相変わらず、やえさんが腕が痛いて、今日は腰がだるいてと言うと、優しくもんだりさすったりするのだ。そういう所がやえさんの弱みになって、ずるずると一緒の生活を過ごしていた。良夫は自分のこづかいが無くなると彼女に、二千円貸して三千円貸してくれやとせびり、パチンコに行ってしまうのだった。その貸した金は返してもらう事もなかった。

やえさんは又、「何でおらがこんな苦労をしなければならんのだ。本当に間尺に合わないて」と口癖のように繰り返すのだった。

田村も風邪を引いた時なぞ、金子診療所を訪ねて見るのだが、相変わらず、やえさんは待合所の隅で発泡スチロールの中にさんまや鯵などを入れて、一大魚市場を開いているのだった。

思い出のシロ

私の家には時々、野良猫が訪れる。

或る日、私が二階の部屋の机に頬杖をついてぼんやりとしていた。すると階下でニャンニャンと鳴く声が聞こえる。私は四月に働きずくめだった会社を定年退職して自由の身だった。野良猫をかまったりする時間はたっぷりあるのだった。人より猫好きな私は頬杖をつくのをやめて急いで階下に降りていった。

勝手口の外で哀しげな鳴き声が聞こえる。

私は煮干しの一固まりを戸棚から出し、勝手口のドアを開けた。そこには全身真っ白な首輪をした猫がいて、盛んに私の足に絡み付き、座り込んだ私の膝頭に頭を擦り付けてくる。首輪をしているので何処かで飼われていた猫に違いないが、今は野良になっているらしい。他に全身茶色の毛色をした勝手にチャトランと呼んでいる野良猫も、たまには訪れるが白い真綿のような猫が一番よく我が家にやってくる。私はこの白い毛並みの猫をシロと名づけている。雌で二、三才のような気がする。煮干を与えると、う、う、うと美味しい餌を初めて見つけたような低い声で何度も唸り、かりかりとむさぼるように食べた。

食べ終わるとぺろりと舌をだし、口の回りをなめてから家の中に入ろうとする。

私は慌ててドアを閉めた。外で少しにやんと不満そうに一声鳴いたが、腹がくちくなったようで、もう何処かへ行ってしまった。私は又、二階に上がり、考える事もなしに又、頬杖をついた。それからシロが現れるようになってから半月程経った。シロが現れる都度、私は観察しているが何だか段々とお腹が膨らんで来ているような気がした。

私の家のすぐ前には小道を隔てて叔父と叔母が住んでいる。それと次男の真一、すなわち真ちゃんが住んでいる。長男もいたのだが商売の失敗で多額の債務を背負い、家に居られなくなり、別居して何処かのアパートに住んでいるらしい。シロは必ず私の家を素通りする時もにゃんと鳴いて挨拶をしていく。

私はシロは他の野良猫にない、気品のようなものを感じた。よく舌で体中をなめているのか、いつも清潔な感じを与えていた。

私は無類の猫好きで、出来れば家に入れてやり、飼ってやりたくなった。

家人は別に猫好きでもなく、むしろ嫌いなほうだった。私はシロがにゃんにゃんと鳴いて呼ぶのを好んでいた。つまらぬ事を頭の中で考えながら、ぼんやりと机に頬杖を付いていて階下の勝手口からにゃんにゃんと聞こえると、私の心はなぜか懐かしい友達に出会ったような気分になり、急いで階下に下りていくのだった。そんな私を見て、家人は渋々家の中に入れてやる事になった。

しかし条件としてふすまや柱をがりがりと爪砥ぎに使ったり、障子を破いたりしたら、即刻、外に追い出してしまうからねと冷たく言い放った。季節は春、うららかな日ざしが家全体を包む頃、シロは晴れて飼い猫になった。勝手口から入ってきたシロは辺りを見渡し、くんくんと勝手口からすぐに台所になっている我が家の食堂のテーブルの足に頭を擦り付けて、しきりに何かを嗅いでいる。

台所の隅から隅へとくんくんと嗅ぎ回り、ついにはテーブルの上に軽業師のように飛び乗り、朝食の後片ずけをしていないお皿や箸や醤油を又、入念に嗅ぎ回っている。

怖い顔をした家人は即座にシロを乱暴に抱き上げると怒号を出して「こら、テーブルの上に上がるんじゃないと」シロの頭をこつんと強く殴り、床に放り投げた。

シロは哀しげな大きな眼を私に向けて、私の足に絡み付いた。私はシロは何て大きな黒目をしてなにかを訴えるように哀愁を帯びた表情をするのだと思った。私は可憐な愛しい猫だと思い、思わず抱き抱えた。いや、抱きしめたと言ったほうが良いだろう。

家人は、又、テーブルの上に上がるようだったら、即刻、外へ放り出してやるからねと言い、怖い顔をして腕組みして、私とシロを睨みつけるのだ。家人は喘息の気があって、シロの毛が宙にまで舞うようになると、症状が悪化して困るのだ。いや、元々猫嫌いで通っている。何で猫のような陰険らしき動物を私が好きなのか、理解出来ないでいた。

私達は見解の相違で、いずれはシロの愛らしさに家人も魅惑されて可愛がってくれるのではないかと淡い期待を持っていた。

家人の行為が身に染みたのか、シロはそれからテーブルの上に決して飛び上がらなかった。夕食の時、私がアジの焼いたのを食べているとシロはくんくんと鼻をならし、テーブルの上に飛び上がりそうになっているのを堪えてにゃんにゃんと二言ばかり鳴いた。

そんなのが不憫になり、家人の眼をかすめてはアジの尻尾や腹の辺りの私が食べない所を、そっとしたのシロに与えてやるのだった。

或る時、いつものように魚の腹の辺りの身をそっと与えてやっていると、家人についに見つかり、シロともども私はひどく怒られてしまった。私はシロのように首をすくめ、泣きたいような気持ちになった。家人はもし貴方が又、食事中に魚を与えるのだったら、シロを犬のように鎖につなぎ、動けなくしてやるからと言い募った。ちゃんとキャットフードを与えているのだから、別にそれ以外に餌をやる必要はないのだからと家人はきつい口調で言った。

私は二階に仕事場を持ち、日なが拙い文章をつづったり、又、ぼんやりと頬杖をついて、窓の外の風景を眺めている毎日だった。

仕事場にはベッドがあり、家人は階下で一人で寝ていた。子供はいない。

いわば別居状態の毎日であり、恥ずかしい事を書いてしまうが私達の夫婦生活は、一週間に一度か二度、家人のベットに潜り込み、朝が白みかけると二階に上がり一眠りするのが習慣になっている。

所がシロが来てからは、家人は、今、シロを抱いていたでしょうとか、内緒で煮干しなどをかみ砕いて、口移しでシロに与えて、ぺろぺろと口の回りを舐めてもらっていたでしょうと邪推して、私を決してベットに入れてくれなかった。言われてみればその通りで、私はよく煮干しをよく口移しで与えてやっているのだった。鼻が冷たいシロが私の唇や顎やほっぺたをぺろぺろ舐めてくれるのが喜びになっていた。又、私がベッドで寝ているとシロが飛び乗り、布団の隙間を頭でぐいぐいと押しながら入ってくる。猫は体温が人間より高いので、私は冷え性で足が常に冷たくなっていて足先の辺りにおとなしく寝つくと、とても具合が良いのだ。時には私と枕を並べるように頭を私の頬の辺りに触れてくる時もある。私が喉の辺りを撫でてやると、ごろごろと気持ち良さそうな声を出し、しばし私は幸福感を味わうのだった。

何だか家人のベッドに遠慮しながら、こっそりと入り込む時より、気持ちが嬉しくなっていくのだ。シロは日向ぼっこが大好きで、よく庭の山茶花や水仙の影で青々と苔のはいている場所で体を転がしたり、前足を折りながら座り込んでじっと眼をつむっている。

その姿を見ていると、私もシロのような気分になり、又、机に頬杖をついてぼんやりと、世の中、悩みなどないような気分になってくる。隣の家の叔父と叔母は時々やって来てはお茶を飲んでいくが、シロが居間に現れて私の膝の上に上がったり、背中に飛び乗ったりしているのを見ると「随分と可愛い猫を飼ったんだね」と、さもうらやましそうな声を出す。叔父も叔母も猫が大好きだった。

或る日、私が又、ぼんやりと仕事場にいると家人が「こら、柱に爪研ぎなんかするんじゃない、この野良め」と階下で大声を出している。私はとたんに落ち着かなくなり、急いで階下に下りていく。家人は居間の一本の柱を指さし、「どうしてくれるの、せっかく高い木材を使って柱を立ててもらったのに、こんなにもがりがりと爪研ぎをして。貴方、やっぱりシロは外へ出してしまいましょう。又、毛ずくろいの時、毛が飛んで私の喘息には悪いのよ。即刻、外へ出して又、野良猫にさせましょう」と眼を吊り上げ、えらい剣幕だった。又、こうも言った。

「私が実家に帰してもらうか、シロを追い出すか、どちらかに決めて」と又々怒鳴り声をだす。私は居間と台所とつながっている柱を見ると、なるほど爪でがりがりやった跡が残っていた。シロは可哀相に台所のテーブルの下に隠れ身を縮めている。

そんな訳で、これ以上、家人が実家に帰してもらいますという言葉が真実みを帯びてきて、泣く泣くシロを捕まえ、勝手口から出してしまった。餌は相変わらず、やる事を条件として私はしぶしぶ愛するシロを外に出したのだった。にやあにやあと外でシロは哀れな声で鳴いていた。夕方、私は勝手口で鰹節を振りかけた御飯を与えていたが以前と比べて良く食べた。心なしかお腹が膨らんでいるように見えた。叔父さん、叔母さん、真ちゃんは又、シロが元の野良猫になった事は知らない。或る晴れた春のうららかな日、叔父さんが「大変だ、シロが子供を六匹も生んだよ」と息を弾ませ、ダンボール箱を持ってきた。

箱の中を覗き込むと、なるほど生まれたばかりの六匹の子猫がうじゃうじゃとシロともども体を寄せあっている。シロはというと、私の眼を哀願を帯びた大きな眼をして、じっと見つめている。叔父さんは「早朝、にゃおにゃおと鳴き声がして二階の衣装部屋へ慌てて上がってみると、陰乾しをしていた家で一番良い布団の上にシロが子供を産んでぺろぺろと舐めていたんだ、これは君の家の猫達だから引き取ってもらいたい」と苦笑しながら言った。子猫達は青眼をしているのやら、片方だけ黄色い眼や黒眼をしているのが耳もよく立てず、みゃあみゃあ鳴いている。

私の家の猫だと言われると最近までシロを飼い猫にしていたので、その通りだ。

私はダンボール箱を受取ると、途方にくれた。仕方がないので勝手口の所までダンボール箱を持って行き、箱から一匹一匹出して手の平に上げて見た。未、どの子も眼も開けられなかった。足もとではシロが心配そうにわが子を取られたかと思い、いつもより高い声で鳴いている。シロや、とんだ事をしてくれたなという思いと、可愛さがつのって皆、家で飼ってやりたいなという思いがした。

家人は幸い外出していたので、シロにはキャットフードを取り合えず与えた。

シロは食欲旺盛で一気に平らげてしまった。

シロがやおら寝転ぶとお乳を求めて子猫達が、く、く、くと鳴き、シロの乳房を押し合いへしあいしながら求め、吸い続けていた。

そのいじらしさってなかった。

私は家人が帰って来る前に家の戸締まりをし車で動物販売店に向かった。

そして店頭に並んでいる犬小屋の、屋根が赤いペンキで塗られている一つを選んで買い急いで家に戻った。勝手口には相変わらずちゅうちゅうとシロの乳房に吸いついてみゃあみゃあと鳴いている。私は犬小屋に不要となったタオルケットを敷き、まずシロを抱き抱えて強引に犬小屋に入れ、残った六匹もそっと犬小屋に入れた。私は家人の怖い顔が浮かんで来たので、外の犬小屋で飼う事にした。

やがて家人が帰って来たので恐る恐る簡単に説明し、決して家には入れないから、外で飼わせてくれと、まるで哀願するように頼んだ。「いい事、猫達は絶対に家には入れない事、餌は貴方が受け持つ事、隣近所には迷惑はかけない事ね。その条件を守るならば外で飼ってやってもいいわ」と命令口調で言った。

そういう訳でシロ達一家は半分、家猫、半分はのら猫の身分になった。

私は「おい、良かったな、犬小屋で生活しな、餌は充分与えてやるから」と優しい声を出してシロ達一家に呼びかけた。

一日目はおとなしく犬小屋にいたようだったが、翌朝、犬小屋を覗いて見るとシロしかいなく、私の足廻りを盛んに頭でぐいぐいと押してくる。私は不審に思いながら「おい、シロちゃんよ、子供達はどこへやったんだ、まさか何処かに捨てて来たんじゃないだろうね」とにかくシロは私の足にしがみつくようにじゃれまわり、にゃんにゃんと餌を欲しがるので、とりあえずキャットフードを与えた。

シロはむさぼりつくようにカリカリと旺盛な食欲をし、一気にたいらげてしまう。

そして犬小屋から離れて、急に「クルル、クルル」と今まで私が聞いた事のない優しい声を出す。すると縁の下からよちよちと六匹の子猫達が這い出てきて、ごろりと横になったシロに向かってみゃみゃあと鳴き、シロの乳房の乳首を互いにむさぼるように吸った。

シロは満足そうに子猫達に吸わせている間、左右の前足の肉のついた所をのんびりと、舐めたりしている。十分もしただろうか、シロは突然立ち上がり、子猫達の一匹一匹の首筋くわえて縁の下に運んで行くのだ。

子猫達はおとなしく首筋を軽く噛まれた状態で、縁の下に運ばれていった。

どうやらシロは一番安全な場所へ子猫達を移動させていく知恵が働いたと思われる。

犬小屋にはシロにとって安全とは思われなかったのだ。シロの深い愛情は、人間様の親殺し、子殺しの続いているような状態より愛情は深いものらしい。

夏になった。シロ達は相変わらず無事に縁の下にすごしている。元気にシロのおっぱいをちゅうちゅうと吸っている。

八月の非常に蒸し暑い日、急に猫達の鳴き声が聞こえなくなった。昨日まではにゃあにゃあと、うるさい程鳴いていたのに今日は何も聞こえない。私は心配になり、二階の仕事部屋から急いで犬小屋の辺りを見に行った。

そうしたらどうだろう、庭の草いきれでむんむんしている、雑草のあちこちに、五匹の子猫達が横になり腹を見せながら死んでいた。

シロはどうしてるかと見るとかろうじて息をしている片目がブルーの子猫の毛並みをていねいに舐め回している。

死んでいる猫達よ、どうしたのかと私は口の中で呟いた。シロは生きている一匹を良く舐めるのを止めると、次々と倒れて死んでいる子猫達を何の不思議もなく、それぞれ一匹ずつ、頭から体中を舐めてやり始めた。

私はいても立ってもたまらなくなり、生き残った子猫を小動物を入れて移動する手提げのカゴに入れた。そして「ノア」という動物病院へ連れていった。小猫は意味が分からずにゃあにゃあと車に乗り込んだ私を見て鳴いた。カゴにはふたが一部プラスチック製になっていて、中の様子が分かる。

車を走らせながら、ふたの中を見るとなんとも不思議そうな片眼が大きなブルーの眼と黒い眼をまんまるくさせて、私の眼をじっと見つめている。そこには何の恐怖も心配そうな、脅えた様子もなく、ひたすら私の眼を無垢な眼で見つめていた。私はこの可憐とも言って良い程、その眼付きに魅了された。

この子猫だけでも何とか助けねばと思った。

動物病院では、きわめていんぎんに看護師さんがカゴを受取り、「出来るだけ努力をしますから、夕方いらしてください」とにこやかに言った。私はその日、夕方になるまで落ち着かなかった。可哀相に死んだ五匹の子猫達は、庭の片隅に埋めてやった。

シロは自分の子供達が取られたような気になったのか、にゃんにゃんと悲しそうに鳴き、私の足に絡みついてくる。

「シロよ、可哀相だがお前の五匹の子猫達は死んじゃったんだ、俺も悲しいけれど、諦めてくれ」とシロというより私に言い聞かせるように言った。シロは私から離れるとクルル、クルルと縁の下を覗き込み、鳴き続けた。どうしてやる事も出来なかった。

夕方、私は車で「ノア動物病院」へ向かった。あの子猫の純な目付きが忘れられなかった。病院に着くと急いで受付に名前を言い、家の子猫はどうなりましたかと聞くと、「残念ながら猫エイズにかかっており、助かりませんでした」といんぎんに頭を下げた。

私はあの一匹だけでも助かったらと思い、思わず目頭が熱くなった。病院では人間並に血液検査のデータ表など見せ、小さな菊の花束を付けて亡くなった子猫の入ったかごを受け取った。中の片目がブルーの子猫はだらりと横たわり、眼は閉じていた。

病院側では点滴代、検査代、注射代などで一万円ほど請求された。私は家に帰ると、やはり五匹の埋めた庭の片隅に埋めてやり、土をこんもりと盛り土にしてやり、大きめの石を乗せてやった。そしてロウソクと線香を仏間から持ってきて供えてやり、手を合わせて成仏してくれとささやいた。しゃがみこんでいる私の廻りを、にゃんにゃんと鳴きながら何回もぐるぐると回った。シロはやがて諦めたのか、ろうそくがとぼる頃、すごすごと犬小屋の方へ行き、縁の下を覗き込み、クルル、クルルと鳴いた。一匹になってしまったシロが私は不憫で不憫でしょうがなかった。

せめて家の中で飼ってやりたかった。

家人に恐る恐る「シロをしばらく家に入れてやろうよ」と言うと少しは子猫に死なれたシロが可哀相になったのか、しぶしぶ承諾してくれた。「まず外から帰って来たら必ず風呂場で足を洗ってやる事、面倒は全面的に貴方が看る事よ」と言った。「それから、家では体をぶるぶると震わせたりしない事、私の喘息には大敵なのよ」と言った。

私は柱に爪研ぎをしない事などを約束されて、いささか厳しすぎる約束事ではないかと、いいつのったが家人は相手にしなかった。家人の猫嫌いは激しすぎるような気がして、私は人知れず猫は猫なりに飼うと可愛くて可愛くてたまらなくなるはずだと、勝手に思った。こうしてシロは晴れて家猫になった。シロが甘える時は、畳だろうと板の間であろうとはたまた野外であろうとでんぐり返り、頭をくねくねさせる。私が手で体中を触ったり、手足をいじったりすると軽く、私の人差し指を噛んだりする。だがあまりにも触りすぎると、うるさそうに、いきなり立ち上がり、何処かに行ってしまう。なかなか自己意志が強いのだ。シロをなでまわすにはコツがいる。家人には、どうやら自分を嫌っているのが分かるのか、あまり近づく気配はない。

私が困ったのは、朝五時頃からシロは活動を開始して、気持ち良く寝ている私の顔に前足を付けたり、額をざらざらとした舌で舐め回す事だった。可愛いと思えば私は寝てもいられなくなり、よっとこらさと眠りを抑えて起き上がり、我が足に盛んに頭を擦り付けているシロにキャットフードを与えるのだ。

私の家は十年程前に民家風の感じに建て替え、やたらと障子戸が多い家になっている。

柱も多い。飼い猫になってからシロはくんくんと家中を鼻の頭をつけて嗅ぎ回りやっと二、三日後に安心したのか「シロちゃんの寝たり休んだりする所は、仏間の片隅の座布団の上だよ」シロに声をかけて抱き上げ、ここに何時もおとなしくしているんだよと言い聞かせた。だがシロはそんな私の忠告など、とんと聞く耳も持たず、家中を歩き回るのだ。

外に出たい時は勝手口の戸の前に立ち、にゃんにゃんと、うるさい程鳴くのだ。私が戸を開けてやると、しばらく外の天気の様子を考えているのか、雨でも降らんかしらという風に、すぐには外に出なくちゅうちょして、頭を左右に動かすのだ。

私はいらいらして来て、「どうするんだよシロちゃん、早く外に出るか内にいるか決めなよ」と言いぐいぐいと尻を押してやる。

するとシロは今まで迷っていたのが嘘のように外へ飛び出していく。何処をどう歩き回っているのか分からないが、家の中に入りたい時は勝手口のドアの外でひときわ、大きな鳴き声でにゃんにゃんと騒ぎたてる。

戸を開けてやると一目散に中に入ろうとするのを、押えつけ、胴の所を持ち上げて、風呂場に連れて行き、シロ専用のタオルで手足を拭いてやる。すると冷たい水にでも触れたように手足をばたばたさせて、ニャンと鳴き、一刻も早く下に降ろしてもらいたいような、真ん丸い眼をくりくりさせる。

やっと私がもがきまくるシロの手足を拭いて下に降ろしてやると、なにも無かった風にきょとんとしている。私はシロの面倒を見てやると時間を取られるので迷惑しているが、あの悲しそうな、又、嬉しそうな大きな眼を見ていると何事も放棄して彼女に尽くしてしまうのだ。

幸い、まだ柱を爪研ぎようにかりかりさせたり、障子を破ったりはしない。

だが眼を少しでも離すと柱に両手を掛けたり、居間と台所を分けている障子戸に手を掛けたりする時が一瞬あり、私はその都度、こら、手を掛けたりするんじゃないと、頭をこつんと叩くのだ。又、ぶるぶると体を震わせようとする時も、私は家人の手前、やめなさい、家の中でぶるぶるさせるのはと怒り声を出す。

そうするとシロはびくとなり、身を振り回す事は止める。私はシロの為に仕事の邪魔をされ、一日中振り回される事態になり、いささかへきへきしてきた。だが、例のシロがでんぐり反って甘えるのを見ると、私はたまらなく可愛く思え、かまってしまうのだ。

家人は極端な猫嫌いなので、シロもびくびくしているだろうが、私も一層びくびくしているのだ。シロにとっては、こんなに規則の多い家に飼われているのは不本意だっただろう。彼女に爪研ぎ用の細長い板を買って来て
「いいか、シロよ、この板だけにがりがさせるんだよ、そうしないと、又、野良猫に逆戻りになってしまうから」と前足を持ち上げ板に向かって撫でるように触れさせる。

家人は、もしかして、何処かの障子戸が破れてないか、それとも柱にきずの跡がないかと、これも猫のように巡回して歩くのだ。

昼食の時、私は家人にこんなに禁止事項の多い家では、シロが可哀相じゃないかと言うと、いいえ、私の喘息の

為にはシロを家の中に入れるのさえ、反対だと言い募って、しばしの小さな喧嘩になるのだった。

私はシロが又、子猫を生んでしまったら困るので、動物病院で不妊手術をしてもらう事にした。何かを察知したのかシロを手提げの小動物の移動用のカゴに入れようとすると、私の手に爪を立てたり、ばたばたと暴れ回って中々中に入ってくれない。

左手の平に血が滲んでしまっているのも、シロの抵抗の跡だが、私はかまわず乱暴にカゴの中に入れる事に成功した。

車で動物病院へ運ぶ途中、シロはぎゃあぎゃあと鋭い鳴き声を出し、狭いカゴの中で暴れ回っている。シロよ、これはお前の為なんだよ、もう子猫が生まれるのは無理だが、これ以上不幸な猫を増やしたくないんだよ、と心のなかで呟いた。だが一方の心の中では子供が出来なくなるのは何か、可哀相な気もしてくるのだった。私達、夫婦は子供がなかった。

つまり畜生とはいえ、シロに不妊手術する事が私達に重なり、不憫のような気になったのだ。動物病院でシロは麻酔を打たれ、手術を受けた。一時間半もしただろうか、受付にシロが腹から腰にかけて包帯をぐるぐる巻にされて現れた。ゴマ塩頭の院長は、シロはしばらく暴れるから何かダンボール箱のような箱に入れ、今晩、一晩、外に出さないようにしたほうが良いと言った。

二万五千円ばかりを取られ、私は又、シロをカゴに入れて家に帰った。そしてパソコンを買った時のダンボールの箱に入れた。手術した日位、おとなしくしてくれてるかと思うと、とんでもない事で、箱の中でうーうと唸り声を出して暴れ回り、今にも箱から飛び出しそうになる。箱の隙間から白い手足を出し、早く出してくれと奮闘している。その白い手足が必死に外に出たいとする動物の本能の強さを感じて何か恐ろしいような気持ちがした。

私はしばしの間だがシロが何か何の為にダンボール箱のような狭い所に閉じ込められているのか理解出来ないのが不憫に思われた。

一晩中、シロは鳴き、叫び、私は家人に、だから猫なぞ飼うからよと不機嫌そうに言われて、怒られながら中々寝つけなかった。

翌朝、九時頃、私はシロを箱から出してやると嘘みたいに暴れるのを止めて、きゅとんとしている。そして盛んに自分の腹に巻かれた包帯を取ろうと、寝転がりながら包帯をかじっている。私が結び目をほどいて包帯を取ってやると、すぐさま起き上がり、不思議そうに手術をしてもらった辺りを丹念に舐めまくった。そしてニヤンと鳴き私の足にからみついて来た。私はキャットフードと牛乳を与えると、よほど腹がすいていたのか、かりかり、どくどくと、たいらげてしまった。

そして初めて家の中に入れてもらったように辺りを、くんくんと嗅ぎ回っている。

やっと我が家に帰って来て安心したのか、仏間のシロ専用の座布団の上に上がり身を丸くさせて寝てしまった。一晩中鳴き叫び、暴れた疲れが出たかもしれない。

二日後、家人の金切り声が二階にいた私の耳に響いた。「貴方、ちょっと来てよ、シロが障子戸を破って台所の食卓の上にいるのよ、どうしてくれるのよ」とびんびんと聞こえて来る。私は慌てて読みかけの本を投げ出し、階下に降りていった。なるほど居間と台所の間の障子戸の一部が破かれている。

シロは家人の怒り声に脅えてテーブルの下に隠れて、うずくまって震えている。

「貴方、約束どうり、シロは外に出してしまいましょう、本当にろくな事をしないのだから」と意気巻いている。

私はしょうがないので、テーブルの下のシロに出来るだけ優しい声をだし「シロや、出て来なさい、別に叩いたりしないから」と声を掛けた。シロは私の声に答えて、にやんと鳴きテーブルの下から出てきた。

私はシロを抱き抱えると勝手口から外に出した。可哀相だが仕方がない。障子などを破ったら、外に出すという約束事だったから、率直に又、切なく思った。シロはそれから犬小屋の住民となって、朝晩、私はキャットフードと牛乳を与えた。私が餌を持っていくとシロはにゃんにゃんと二度ばかり鳴き、私の手を舐めたり、身をくねらせて甘えたりする。

そしてキャットフードをかりかりと美味しそうに食べるのだ。私はシロが不憫で不憫でたまらなかった。家人と仲良く生活して行く為には仕方がない。今さら家人が猫好きに変身してくれるわけでもないし。

やがて暑い夏がやってきてシロは庭に植えられているもっこくや、つげの木陰で腹ばいになりながら、暑さを避けていた。

私が餌をやりに外に出るとシロは、足にじゃれついて来て、まるで女性が愛しい人に出会ったような色気のある仕種をする。

そんなシロを私は前にも増して好きになり、「ほら、たんとお食べ、家の中では飼ってやれないけれど、外で寂びしからずに生活して、元気にやって行くんだよ」と思わず声を掛けてしまう。家人より、よほど可愛いのだ。

餌を食べ終えると、又、私の足にじゃれついてきて、でんぐり返って甘える。

そして体をくねくねさせて丁度、女性が媚態を示す時のように私を魅了するのだ。

私がいじり過ぎるとキッと今までの甘え方などなかったように立ち上がり、どこともなく去って行く。そんな天上天下唯我独尊風な所が、悪女のように思えて来て、益々愛しくなる。追いすぎれば離れて行き、こちらがそっけなくしていると、急に何処からかの物陰からニャンと言いながら出てきて、足に絡みつき甘えるのだ。シロは気が向くと家の庭にある、松の木の一本にジャンプして飛びつき、爪を立てながら身軽に登っていく。

それも私が見ていると意識しているようで可愛かった。夕方、薄暗がりの中でシロやーシロやーと私が叫びながら庭に出ていくと、あの大きな眼を金色に輝かせながら、しなやかな足取りで現れて来る。そして私の錯覚かもしれないが、シロがマリリンモンロウのように腰をくねられて色気たっぷりな様子で出てくるような気分になり、益々シロを好きになり、いや、愛人のような立場に彼女を置いてしまうのだった。どうしてこんなに可愛い猫を家人が嫌うのか理解出来ない。

一度、家人が親友と温泉地に一晩泊りで行った時、私はチャンスだと思った。

午前八時頃、家人が出掛けて行ったのを見計らってシロを家の中に入れてやった。

シロは又、初めて入る家のように台所の隅から居間から、くんくんとかぎまわった。

私はシロを抱いてやり、二階のベットのある仕事場に連れて行き、一緒に朝寝した。

私の布団の中で彼女は足に絡みついたり、腹の辺りにうろちょろしていたが、やがて私の頬といわず耳から唇とぺろぺろと舐め出し、喉をごろごろと鳴らした。

そして寝ている私の顔近くに落ち着いて、まるで添い寝するように私の左手に頭を乗せて眼をつむった。

それは愛しい女性が一緒に寝てくれたような喜びを、私に与えた。右手で首の辺りを軽く撫でてやると、一層ごろごろと満足そうに喉を鳴らすのだった。私はシロと気持ちが一体になったかのように感じた。

彼女の暖かみがほんわかと感じられて、まるで至福の時のように思われた。昼頃になり、私は気持ちよさそうにしているシロを抱いて階下の台所に連れて行った。

そして私は冷蔵庫の中に入っているあじの開きを焼いてやり、くんくんと匂いまで楽しんでにゃんにゃんと鳴いているシロに与えた。

彼女はううと喜びの声を上げ、あじにかじりついてむさぼり食べている。

私はそんな彼女を見ていると一段と可愛く思えてくるのだった。私は昼食にインスタントラーメンを食べた。あじを食べ終わったシロは椅子に座っている私の膝にひょいと飛び乗り、満足そうに抱かれながら、気持ち良さそうにごろごろと鳴いた。

私は何時までもそうしていたかったが、急にトイレに行きたくなり、シロを抱き上げると彼女指定の座布団の上に置いた。

シロは安心し切ったようにすぐに丸くなり、すやすやと寝入ってしまった。

夜も又、朝寝の時のように私の布団の中に入れてやった。又、添い寝のように私の腕を枕にしてごろごろと気持ち良さそうに寝入っている。明日になれば、こんな幸福な時間なぞ持てないのだ。そう思うと益々シロがいとおしくなる。家人が帰ってくるのは明日の夕方だったから、それまでたっぷりとシロの面倒をみよう。翌日、私はシロの朝食に又、あじの開きを焼いてやり、私もあじの開きで食事をした。シロは食べ終わるとぺろりと口の回りを舐め、例のシロ専用の座布団にくるりと丸くなり、小さくごろごろと喉を鳴らした。

そんな彼女を見ていると私は不思議な幸福感に浸り、何時までもこんな生活が続いてくれる事を願ったりした。

昼食には今度は鮭の切り身を焼いてやり、シロを喜ばせた。私も鮭を焼き、一緒に食べた。シロは又、ぺろりと口の回りを舐め、私の膝の上に上がって来た。

「おい、シロよ、お前が障子など破ったりしなかったら、この幸福感を何時までも続ける事が出来たのに」と彼女の背中の辺りを撫でながら言った。どだい、猫が家の中で悪さをするのは、いわば宿命といったもので仕方のない事なのだと私は思った。子供が家の中で暴れるのと何ら変わりはない。

私は夕方、六時過ぎに泣く泣くシロを抱き上げながら、犬小屋まで運んでやった。

七時頃には家人が帰って来るのだ。

犬小屋には毛布の切れ端の上に藁を曳いてやった。そろりと夏も終わり、朝夕、肌寒いような季節になっていた。

私は家人が七時半頃帰って来ても、そしらぬ顔をしていた。シロか家の中で悪さをして、家人に怒られるのが、まるで私も一緒に怒られているような気分になるのだ。

朝夕、私はキャットフードと牛乳を与えるのが日課となった。「ふびんなシロや、許してくれよ、これから寒い冬がやって来るが我慢してくれよ」とまるで我が子のように話しかけたりした。私たち夫婦には子供がなく、私は一層寂しいのだ。やがて冷たい雨が降り続き、いつの間にかみぞれになり、小雪がちらちらとし始めた。心細いのか、シロは時折、勝手口でニヤンと悲しそうに鳴くのだ。

そんなシロの様子を私が聞いていると、たまらなくなるのだった。やがて本格的な冬がやってきて、シロが風邪でも引いているのではないか、北風をまともに受けて難儀をしているのではないかと、犬小屋を覗く都度に気をつけて見ている。私はもしかして家人より、シロの方を愛しているのではないかと、思う事がある。だが家人はシロの事以外は私に対して優しくしてくれる。時々喘息の発作で苦しむ時があるが、私が家人の背中を撫でてやると、有り難う、有り難う、助かるわと声をぜいぜいさせながら言ってくれる。

そして私が夜中に布団からはみだして寝ているのではないかと、わざわざ夜中に二階に上がって来て布団を直してくれる。家人は不眠症の気があるので、私にきずかってくれるのだが、その気持ちが有難かった。

猫以外では、多分、家人と私は仲が良いのだった。だが時々シロのほうが愛らしく思え、シロやー、シロやーと餌を与えに吹雪の中を防寒着を着ながら、犬小屋に向かう。

犬小屋にいない時、私は一層、恋人を呼ぶように一段と声を張り上げて雪の中を叫ぶのだった。シロは縁の下に居る時も多く、にゃんと一声上げながら、犬小屋に戻ってくる。私は不憫なシロの事を思い、ホカロンを一個、藁の上に置いて来るのだった。やがて三月ともなり、少しずつ春めいて来た。雪も消え、庭の様子も変って来た。梅がほころび始めて、そっと花弁に鼻を近ずけると、ほのかに甘い香りがする。シロは外での冬の暮らしにも耐え、元気にしている。或る日、私が餌を持って犬小屋を覗いても彼女の姿は見当たらない。シロやーシロやーと縁の下にでも居るのではないかと縁の下に向かって叫んだが出てくる気配がない。仕方がないので、餌を犬小屋の前に置いてきた。二、三日たってもシロの姿は見かけなかった。近所の、あちらこちら捜して見るが、皆目、見当がつかない。

町中を歩いていて、他の飼い猫に出合うと私は思わず「家のシロを知らないかい、知っていれば教えてくれ」と聞いたりするのだった。今頃、シロは猫嫌いの人に捕まって苛められているのではないかと思ったり、交通事故にあって死んでいるのではないかと考えたりするのだった。ところが二日程して外出する為、家の玄関を出てひょいと叔父達の家の玄関を見ると、まぎれもないシロが玄関の隙間から顔を覗かせているではないか。

私はびっくりし、叔父の玄関に近ずき、シロやと呼んでも、こちらを振り向きもしないで、その場で毛ずくろいを始める始末だ。

私は早速「叔父さん、今日は」と奥に向かって叫んだ。叔父さんはすぐに出てきて「三日前から、お前とこのシロが我が家に入り込んできて、そのまま居着いちゃったよ。家族で相談した結果、このまま家で飼う事にしちゃった。お前に知らせなかったのは悪いと思っているよ」と言う。私はとりあえずシロが無事な事を喜び、一方では、この恩知らずめと思った。相変わらずシロは玄関の戸口の所でのんびりと毛ずくろいをしている。

片足を上に上げ、盛んに舐めている。

そのすらりとした足に私は不思議な色っぽさを感じてしまった。まるで若い女性が美しい太股を持ち上げているような錯覚さえ感じさせた。私がシロに魅せられたのは、そんな仕種でもあったかもしれないのだ。

私はシロを思うあまり、妙な想像さえしてしまった。その後シロは叔父達に囲まれ、幸せに生活しているようだった。

叔父を始めとして叔母、真ちゃんとも大の猫好きで可愛がってもらっているらしい。

たまに叔父の家に行き、居間に入るとシロが叔母に抱かれて眠っている。

叔母の右腕に頭を乗せてごろごろと鳴いているのだった。私は小憎らしくなり、シロの頭をこつんと叩きたいような衝動にかられた。

居間の柱はシロが爪研ぎをしてがさがさになっているし、障子も二ヵ所破けている。

これじゃ、シロにとっては住むのには好都合の家だと思った。私はシロの手前勝手に驚き、あきれてしまった。今までの外の生活であったが、冬はホカロンを必ず毎日、犬小屋に入れてやったし、精一杯尽くして来たつもりだ。だがシロにとっては叔父達の家が一番住み良かったのだ。これは事実として受け取らなければならない。幸い、叔父達一家が大の猫好きな事が私にとって嬉しかった。

その後、私が自分の家の玄関を開け、シロが叔父の家の前で前足を折りまげて眼を閉じ、座り込んでいる時など、シロやと私が呼ぶと、一目散に私の足もとに寄ってきて、でんぐりかえって手足を動かしたりして、甘えるとああ、シロは私の事を覚えていてくれたのだという、幸福感に満たされ、涙ぐんでしまう時もあった。他家の猫になっても、これで良かったんだ、良かったんだと思う事にしている。

シロは特に真一さんが一番好きらしく、私が自分の家の玄関先でシロと戯れていると、彼が家から出てくると、今まで足にじゃれついていたシロは、すっくり立ち上がり、にゃんと一声鳴いて、真一さんの所へ飛んでいくのだった。まるで恋人に会ったようにだ。

私は寂しかったが仕方がない。

我が恋人を失ったような気持ちだ。

私と同じような立場にいる猫を知っている。

時々シロを慕って全身茶色のオス猫が現れる。私はチャトランと呼んでいた。

シロが隣の家の中二階の屋根の上でのんびりとうたた寝しているとチャトランがやって来て、シロを見上げては愛の告白なのか、にやんにゃんと恋人を呼んでいるように鳴き続ける。シロはまるで無関心のようで眼をつむってうつらうつらうつらし、チャトランを無視している。シロはやがて、良く寝たわいといった調子で伸びを一回し、毛ずくろいを始める。

あの魅力的な太股を振り上げて一心に舐め続けていた。

チャトランはにゃあにゃあと鳴きながら、中二階の屋根の所まで伸びている柿の木によじ登り何とかシロに近づこうとする。しかし、いたってシロは無関心でチャトランが屋根に到達する前に、さらりと、当たり前のように中二階の開いて居る窓から家の中に入ってしまうのだった。

チャトランは何とか屋根に飛び移ったが、すでにシロはいなくなっているので、間がもてず、何か騙されたような気持ちになっているのか、茫然と一匹、屋根に取り残されている。私は何てシロは薄情な奴なのか、義憤さえ感じられた。又、屋根におす一匹、どうしたらよいのか分からずに途方に暮れているチャトランが可哀相なのだという気持ちと、まぬけな猫の野郎だと思った。叔父の家にお茶を飲みに行くと、シロは又、叔父か叔母か、真ちゃんの膝の上ですやすやと寝入っているのだった。

そんなのんきなシロが最近、餌を食べなくなり、牛乳だけ少し舐めるだけだと叔母が我が家に来た時に、言った。真ちゃんが動物病院へ連れていったが、猫エイズにかかっており、後、一ヵ月位でしょうねと言われたと報告してくれた。

あんなに元気だったシロがエイズに掛かっているなんて信じられなかった。

私はえらく同情して、車で動物専門店へ走り、またたびや猫用の缶詰を買ってきて、「これでもシロに与えて様子を見てくれ」隣の家に届けた。叔父はありがたそうに受け取ると早速シロに与えてやると約束した。

けれども彼女はまたたびにも興味を示さず、但、前足を折りまげてねているばかりの日々だと、私が垣根の修理をしていると叔父が出て来て言った。それから一週間もすると昼の二時頃、にゃんと一言、か細い鳴き声を出して私の家の玄関の前に座り込んでいる。

私はシロがわざわざ弱った体を引きずって、我が家にいとまごいに来たのだと一層、不憫な気持ちになってシロを抱き上げてやった。

随分と体が軽くなり、思わず強く抱きしめてやった。「シロよ、頑張るんだよ、又、以前のように元気になってくれよ」と私も悲しそうな声を出してしまった。その三日後、真ちゃんが家にやってきて、シロが食べるようになり以前のように元気になりつつあると報告に来た。私はああ、良かった、良かったと素直に喜んだ。シロは時々我が家の庭にやって来て雀や鳩やネズミを捕まえては叔父の家の庭先のたたきの所に並べた。

この行為は叔父達一家を私が養ってやっているのよと言う行為だと、何かの本に出ていた。シロはシロなりに考えているのだ。

シロは我が家で子ネズミを捕らえて来ては前足でいたぶったり、口にくわえたりしてまるでリンチのような扱いをする。

そうゆう光景を見ていると猫はやはり、ライオンやヒョウの性質と同じだと妙に感心してしまう。シロが我が家に初めてやって来てかれこれ二年、叔父の家に宿替えしたのは十年の時は過ぎ去って行った。

その間に家人は盲腸炎で入院したり、私と一緒にハワイへ観光旅行をしたり、近くの理髪店が火事になったり、私達も年を取った。

叔父達も年をそれなりに取った。その他いろんな事があった。さすがのシロも老いた猫になって運動量も少なくなり、庭の松の木に登り付く事もなくなってしまった。雀や鳩やネズミを取って来る事もなくなり、日長一日、叔父達の誰かに抱かれて眠り込んでいる日が多くなった。それでもシロはオシッコやウンチをしたくなると我が庭にやって来て、前足で土を掘り返し、用をたすと盛んに土をかけて匂いがしないようにする。教えもしないのによくやるわいとシロの仕種に感心したりする。我が家の庭は五十坪ばかりだったが、全部シロの為のトイレの役目をしていて、随分と贅沢なトイレだと苦笑してしまう。庭には十坪ばかり畑にして、大根やねぎや夏になればトマトやナスを植えておかずにしている。そんな畑にもシロはトイレ代わりにしているが、私はそれ位は大目に見ている。

だが家人はそれが気にいらなく、シロがトイレ代わりにしようとすると、庭先に飛び出し、「こら、家の庭はお前のトイレではないんだ、馬鹿猫め」と怒鳴るのだった。

又、台所で家人が魚を焼いていると、排気口から香ばしい匂いがふりまかれると、シロがやって来てにゃんにゃんと一きわ大きな鳴き声を出して座り込んでいる。家人は、へん、そんなに鼻が病めるのかと悪態をついて、戸を開けるとし、し、しと手を挙げて追い払おうとする。私は時折、叔父達の家へ行くと、こたつから顔だけ出しするてシロが寝込んでいるが、真ちゃんが二階から下りて来ると、すっくと立ち上がり、今まで聞いた事のないような甘い声で、にゃんと鳴くのだ。叔母にきくと、どうやら真ちゃんとシロは恋人同士のような関係になっているとの事。彼も四十才近くになったが、結婚は未だしていない。

真ちゃんは中々の好青年で優しく猫を扱う事には慣れているらしい。だが清潔好きの真ちゃんは自分の部屋には絶対にシロを入れないらしい。そんな時、シロは真ちゃんの部屋のドアの前で、何時までも彼が出てくるのを待っている。好青年の真ちゃんも何か面白くない時があると、叔父や叔母にキツイ言葉をし、例えば「うるせいなあ、俺には俺の生き方があるんだ、かまわないでくれ、当分結婚なんかする気持ちなんてないんだ、少しは黙っていてくれ」と毒舌をいう。さんざん文句たらたら人間様に言い、ひょいとそこにシロが居ると優しく抱き上げ、「お前の方がよほどいいよね可愛い可愛い」と優しい言葉使いで愛しそうに抱いてやるのだった。それから半月後、シロが餌を食べなくなったと叔父がすっかり白くなった頭でお茶を飲みにやって来てそう言った。動物病院へ真ちゃんが連れて行って、注射をしてもらっても一向に良くならないとの事だった。十二、三年も生きて来たのでそろそろお迎えの時期を迎えたのかもしれない。動物病院から帰って来て一週間後、シロは死んだ。病院の話では猫エイズだと言った。死んだ時、真ちゃんが優しく抱いてやっていたが、手の中でがっくりと首をたれ、死んだと言う。私は真ちゃんからネルの布に包まれているシロを受取り、我が家の庭に連れて行った。そして私は庭を一周し、「ほら、お前が好きだった庭だよ、良く見ておくれ」と声を少しつまらせながら言った。

それから真ちゃんに、シロの子猫達が埋まっている側にシロを埋めてもいいかと聞いた。

「いいよ、元々の飼い主がお宅の家だったから」と言ってくれた。丁度、我が庭には水仙が咲き誇っていたので花束にし、シロが埋められたこんもりとした墓に添えてやった。

真ちゃんは何処からか大きな石を、墓石代わりに小山に起き、持参した線香とロウソクを上げた。それから皆と共に手を合わせた。

毎日、私達を喜ばせ、愛されたシロは旅立ってしまった。しばらく寂しい時が過ぎて行くだろう。お盆には必ず線香とロウソクを叔父達一家と上げてやるつもりだ。

了

一滴

妻と日曜日に近くの公園へ行った。家から歩いて十分位の所だ。

日ざしが短くなっている十月の昼下がりだった。落葉樹、ブナ、銀杏の木が公園の中心にある噴水を取り囲むように茂り、少し銀杏の葉が黄色くなりかけていた。

噴水は模造大理石の円形の真ん中にあり、生き生きと天空に水を吹き上げていた。

若い恋人らしいカップルや中年の所在なさそうな男が煙草を吸いながらその模造大理石に座り込んでいた。私達も座った。乳母車を引いた若い夫婦が林の中から噴水に向かってゆっくりと歩いている。乳母車には可愛い男の子が消防自動車の玩具をしっかりと抱きしめて微笑している。若い夫婦も微笑している。噴水のほとりまで来ると、若い妻が乳母車から二、三才だろうか男の子を抱き上げ地上に降ろした。男の子は危なっかしい、ヨチヨチ歩きをし、若い妻が向き合って、おいで、おいでをしている。平和な光景だ。

男の子の顔は日ざしを受け、すべすべしてピンク色に輝いている。生命そのものの輝きだった。私はその時、軽い嫉妬に似た感情を持った。その若夫婦が羨ましく思った。

私達には子供がなかった。私が二十五才、妻が二十三才の時、平凡な見合い結婚をした。

けれども子供は授からなかった。病院へ行って検査を受けた。私は正常だったが妻は卵管に障害があって、受精困難との結果だった。年を重ねても私は仕事も忙しく、さほど子供を欲しいとも思わなかった。しかし五十五才になった今、こうして秋の柔らかな日ざしの中で、無心によちよち歩きをしている男の子をぼんやりと眺めているうちに急に自分の子供が欲しくなった。心の隅に或る説明しようのない寂しさのようなものが占めた。

自分のＤＮＡ、子孫を残したいという気持ち。妻は一度、若い時、子供を産めない体だった事を小さな声で詫びた。その時は、いいよ、いいよ、これから二人して仲良くやって行けばいいんだからと微笑しながら慰めた。けれども定年まであと五年だと思うと、心の中に喪失感に似た隙間風のような思いが通り過ぎていく。

五十九才になった。社員六十人ばかりの商事会社で何とか部長になったのは順当だろう。

定年まで後、一年もう一頑張りだ。いつものように出勤して自分の席に着くと、机の上に赤い薔薇の花が一本、花瓶に差して置かれている。置いてくれたのは井上愛子だと思った。以前会社の飲み会で彼女が何かの会話の流れの中で、「部長さん、お花は何が好きですか」と聞いてきた事があった。「花は何でも好きだけど、特に言えば赤い薔薇かなあ」と呟いた事があった。良く気のつく子で私は優しい言葉を掛けてやる事もあった。

愛子は二十三才の若さだ。いつも瑞々しいくっきりとした眼をし、丸型の血色の良い顔色をしていた。紺の制服の胸は豊かに膨らみ、腰も丈夫な赤ちゃんを産めそうなふくよかな感じがした。薔薇の花を飾ってくれるなど彼女以外にはないと思った。きっとあの事で恩義を感じているのだろう。市内のアパートで一人暮しをしているという。

二ヵ月前、彼女の父が交通事故で亡くなった。夏の暑い盛りだった。日本海側の人口三十万余りの当地から約三十キロ程離れた海沿いの、砂丘地帯の村に愛子の家はあった。家は代々農家で西瓜、薩摩芋、枝豆などで生業を立てているという。私は会社代表として社員達の香典袋を預かり、一人車を走らせた。葬儀は十一時からだった。塵っぽい市街地を抜けると、やがて道の両側にニセアカシヤの木々が立ち並び始めた。さぞかし春先には甘い香りがするだろう。車は海の見える砂丘地帯に入った。そこには一面にハマナスが青々と群生していて、赤、白の花を可憐に咲かせていた。愛子から貰った地図を頼りに村中に入り、一本道を走らせると一番海辺に近い場所にポツンと古ぼけた農家が見えた。家の前に大きな花輪が二つ立てかけてある。慌ただしく人が出入りするのも見えた。私は額の汗をぬぐい、空地に車を停め、黒いネクタイをぐいと締めてから降りた。何とかセレモニーホールでの葬儀ではなく、自宅での葬儀だった。玄関先で座り込んでいた初老の男に香典を頭を下げて渡した。中に入ると大きな仏壇の前に柩が置かれ、喪服姿の男女が三十人程静かに座っていた。愛子は私を見つけると、ハンカチを手にしながら濡れたとても美しい大きな眼で哀切な顔をし、頭を下げた。「飯島様、遠い所よくいらっしゃいました、さあ、どうぞ」と窓際の畳に座布団を持ってきて私を座らせた。窓からは意外に涼しい風が私の頬を撫でた。やがて挨拶もなしに坊さんの読経が始まり、皆は頭を下げたり、眼をつむったりしている。大体が年寄りだった。若い者は村を捨てて都会に出ていっているのだろう。

読経が終わると待ち構えていたかのようにマイクロバスが横ずけされ、柩は村人達によって運び出された。この家の長男と言う四十才位の男が、型通りの挨拶をし、やがてお伽が始まった。愛子は十人程の人とマイクロバスに乗り去っていった。

お伽の料理は田舎らしい、ごてごてと刺身やフライや茶わん蒸し、その他良く分からぬ食べ物が眼の前にあり、元々少食だった私は半分残した。

二時間もした頃、白い布に包まれた骨箱を愛子を先頭に火葬場に行った連中が帰って来た。愛子の喪服姿は美しかった。私を見ると軽く頭を下げた。

葬式は滞りなく終わり、村人達は散り始めた。私は仏壇に向かって頭を下げ、手を合わせた。私の横に惚けたような老女が首をうなだれてじっとしていた。

愛子は「こちら会社の飯島部長様、わざわざ遠い所から来てくれたのよ」と声を掛け、母ですと告げた。老いた母は私の方を向き、涙で霞んだ眼をして、何度もしつこい程、頭を下げた。私が帰り支度をし、家を出ようとすると愛子が走り寄って来て、

「本日は暑い中、誠に有り難う御座いました。どうぞお気をつけてお帰り下さい」と言った。そして車の側まで来て、私が走りさるまで頭を下げているのがバックミラーに小さく見えた。

五日後、彼女は何事もなかったように出勤して来た。元の明るい表情をし、私の席の前に立つと「有り難う御座いました。父も喜んでいると思います」と香典返しの包みを差し出した。そして「これ、つまらない物ですが、どうぞ」とビニール袋に入った物を机の横に置いた。「これ家で獲れたものですがどうぞ」と愛子は軽く頭を下げると、少しはにかみながら自分の席に戻って行った。ビニール袋の中には水で良く洗ったらしい、キュウリが五本、入っていた。家で妻に塩もみしてもらって食べた。一口食べると、瑞々しく噛み心地がさくさくとしていて、とても美味しかった。

その頃、妻との夫婦生活は彼女が閉経してから痛がるようになり、淡白な妻はもう性には興味がなかったようだった。それより親しい友人と食べ歩きしたり、画廊巡

りに興味を示していた。いつの間にか一階に彼女、二階に私が寝るようになった。

いよいよ定年近くの五ヵ月前になった。なぜか無性に愛子と、何処かのレストランで夕食を共にしてみたくなった。愛くるしい、良く気のつく彼女を好ましく思っていた。

気持ちがつのった。他の十五人いる女子社員は無表情で灰色の顔をしているような気がした。思い切って私は内線電話で愛子に僕の退職祝いに出来れば、今日、夕食でもどうか嫌だったならいいんだと小声で連絡した。耳元で一瞬、とまどったような雰囲気が感じられたが、すぐに小さなささやくような声で、「ええ、よろしいです。私も部長さんとのお別れに一度位は御食事してみたいなと思っていましたから」

私には幾分、声に甘えのようなものが含まれているように感じられたのは自惚れだろうか。家に電話を掛けると留守番電話だったので夕食は同僚と済ますと連絡した。

午後四時になり、席を立つと彼女の席に近寄り、メモを渡した。

「六時にS駅の前にある『ガスライト』というレストランで待っています。応じてくれて有り難う」私は五時の退社時間が待ちどうしかった。心が弾んでいた。久しぶりの高揚感に満ちていた。心の中にその時妻の存在はなかった。

S駅はこの街の駅から二つ先の場所で、社内の連中の眼を避ける為だった。

私は終業時間になると、そそくさと立ち上がりタイムカードを押し、外に出た。

愛子は未だ机に向かっていた。「ガスライト」には前に妻と何度か来ていた。

少し後ろめたいような感情がかすかに心をよぎった。店内はマホガニーで全体が出来ているような落ち着きと上品さが漂っていた。水曜日なので店内は空いていて、私は店の奥の窓際の席に座った。真向かいのコンビニエンスストアの照明が眩しく感じられる。

若いウエーターがすぐにやって来てレモンの浮いている水の入ったコップを置き、注文を聞いたが、連れが後から来るからと断わった。二十分もすると愛子が入って来て、店内を見渡し、軽く手を挙げた私を認めると頭を下げながら近寄って来た。

「すいません、仕事が長引いてしまって」と息を弾ませた。白いブラウスを着ていて胸のふくらみが眩しかった。私はウエーターを呼び、舌平目のフルコースを頼み、愛子に注文を聞くと部長さんと同じで良いと言う。少し甘口の白ワインを一本頼んだ。

　ウエーターが「こちはらボルドー産の１９８０年物です」と微笑みながら言い、互いのグラスにゆっくりと注いだ。とくとくと心地好い音がした。二人はグラスを合わせ、乾杯した。良く冷えていた。店内はほの暗く、テーブルの中央にキャンドルライトがオレンジ色に揺れていた。私は愛子さんのこれからの幸せの為にと言い、彼女は飯島様の定年後のお幸せの為にと言ってくれた。彼女の食べっぷりは良かった。次々と出てくる料理を一つも残さず食べた。一種の逞しさのようなものを感じた。

「君って、健啖家だなあ」と少し呆れたように言うと、彼女は一瞬、恥ずかしそうに下を向き、すぐに顔をあげると「だって私、百姓の娘ですもの」と笑いながら、ほんのりと桜色に染まった健康な顔を見せた。休日になると決まって家に帰り、母と共に農作業に汗を流すのだと言う。長男はいるが農家を嫌って東京で所帯を持ち、帰って来る気はないという。「じゃがいも、薩摩芋など秋の取り入れは大変ですけれど私、そういうのって大好きなんです。土から薩摩芋を掘り出すと、大きくて、とても旨そうなんです。そんな時、何とも言えない喜びを感じてしまうんです」

　彼女は酔いが回ったせいか、饒舌になっていた。そんな愛子をとても可愛らしく思った。

「今、つき合っている男性はいるの」私は何気なく聞いてみた。彼女はちょっと下を向き、「はい、以前おりましたが、酒癖がとても悪く別れました」とさばさばした口調で言った。

　ディナーが終わり、二人は外に出た。すっかり暗くなっていたが昼間の暖かさの余韻が漂い、それに心地好い酔いがなおさら温もりを感じさせた。

　通勤時間帯も過ぎて人通りも少なかった。Ｓ駅に向かう途中、愛子が少し足をもつれさせて、私に寄りかかって来た。衝動的に私は肩を抱き、ビルとビルとの狭い路地に連れ込み抱きしめようとした。愛子は少しあらがったが、やがてふっと力を抜いて来た。

　私は抱きしめた。そして俯いている愛子の顔を右手で正面を向かせ、眼を閉じている彼女のいつもより紅の濃いふくよかな唇にくちずけした。優しく柔らかく、甘美なワインの香りがした。私は幸福な気持ちに包まれていた。二、三分もたったろうか、彼女は突然、「いけませんわ、こんなことして」と言い、私を両手で押し退けた。でもその声の甘さが含まれているように思われた。「私、帰ります。今夜は御馳走様でした、有り難う御座います」と言い、意外にしっかりとした足取りで私から逃げるように表通りに歩いて行った。

私は柔らかいワインの香りのした彼女の唇の甘さに、今まで感じた事のない快楽に近い感情を心の中にほのかに燃やしながら、しばらくたたずんでいた。

ふと、もしかすると愛子はわざと強く酔った振りをして私に体を預けて来たような気がした。見上げるとビルの谷間の空に星が一杯瞬いていた。

その後私はいつものように会社で仕事を続けていた。愛子は以前と変わらずに机の上に季節の花を飾っていてくれた。書類を届けに来る時、以前より伏目がちになり何か羞恥のようなものを感じさせた。一層、愛子がいとおしく思われた。

三月になった。会社では早めの形ばかりの送別会をやってくれた。街の中心部の居酒屋で開催され、最初に若い男の社員が「部長さん、長い間、本当に御苦労さまでした、これからは第二の人生を楽しんで下さい」と音頭を取ってくれたが時間が経るに連れて社員同士勝手なお喋りに興じ、私は一人取り残されたようで寂しかった。

唯一人、愛子だけが軽く頭を下げながら、瑞々しい瞳に寂しい色を浮かべてビールを何度も注いでくれた。部長さんではなく「飯島敏夫様、本当に良く会社の為に勤めてくださいました。どうぞお元気でお過し下さい」と悲しげな表情を浮かべた。

そしてささやくように「実は私ももう少ししたら会社を辞めることになりました。家の母が脳卒中で倒れ、病院に運ばれました。いずれ家で養生することになります。杖をついて何とか歩けるのですが私が介護しなければなりません。兄達は当てになりません。幸い農協の人が手伝ってくれる人を世話してくれるので、キャベツやジャガイモを作りながら何とか生活していくつもりです。あんな田舎の百姓家、婿に来てくれる人もいないでしょう、もしかすると一生結婚出来ないかもしれません」

愛子は俯き加減だった顔を、急に私を見据えるように上げ、悲哀に滲んだ顔をして、頭を下げると去って行った。眼に光るものが宿っていた。私は愛子への哀感の思いが溢れて来たが思い切るしかなかった。

定年後、これといった趣味のない私は、近所のＤＶＤショップへ行き、昔、観た映画を借りて来たり、たまに妻と近郊の温泉に行ったりした。思ったより退職金が少なかったので海外旅行も香港に一回行ったきりだ。これといって何の変哲もない日々が続いた。

秋の気配のする日だった。朝食後の一時をキッチンの椅子に座って妻の入れてくれたお茶を飲もうとした。すると握ろうとした右手が少し震えた。口に持って行こうとすると震えは強くなり、お茶をテーブルにこぼしてしまった。それでも両手で何とかお茶を飲もうとした。すると左手も震えだし、ぶるぶると湯飲みを何とか口元に持って行き、やっと飲んだ。妻は洗い物をしていて気ずいてはいない。長年の会社勤めの疲れが出たのかと自分を納得させようとした。それからの二、三日は手も震える事もなく一安心していた。

ところがそれから五日後、今度は夕食を食べる時、右手に持った箸が細かく震え出した。

妻は私の異変に気付き、「貴方、どうしたの、その震え」と眼を丸くしてぎょっとさせて私を凝視した。「いや、少し前から両手が震えるんだ、ただの疲れかも知れない」「いいえ、貴方、明日、掛かり付けの川田医院へ行って見て下さい。心配だわ」

妻は憂いの眼で私を見ていた。翌日、近所の川田医院へ診察を受けに行った。

いつも風邪などで世話になっている六十代の先生だ。頭はすっかり銀髪になっていて眼の優しい先生だった。私の話を一通り聞くと、手を真っ直ぐに伸ばしてとか、少し歩いてみてと言った。先生は眉間に皺をよせて少し難しそうな顔をした。

「飯島さん、一度大学病院の神経内科に行ってみたらどうですか。それもなるべく早く」

川田先生は紹介状を書いてくれた。早速、翌日の朝、車で大学病院へ行った。

九時半に病院の一階の神経内科の診察室の待合室に座った。周囲を見ると真向かいに四十代と思われる男性が車椅子に座りながら、虚ろな眼でぼんやりとしている。側に付添いの中年の女性が下を向いて長椅子に座っている。又、隣の私と同年輩の男性がトイレでも行くのかよろよろと緩慢に立ち上がり、両足を小刻みに床を擦るようにしてゆっくりと歩いて行った。私の名前がようやく十時半に呼ばれて診察室に入った。

入口のドアに二診担当、川上と札が掛かっていた。五十代の眼の鋭い精悍な感じのする先生だった。紹介状を見、立ち上がると、私と少し押しくらまんじゅうをして見ませんかと言った。先生はぐいぐいと全身で押して来る。私は負けじと押し倒れそうになりながら耐えた。次にベッドに寝て下さいと言った。仰向けになった私を歯車の付いたローラーで両膝や頬や足の裏をなぞった。それが済むと私の眼をじっと見、「うん、パーキンソン病の初期の疑いがありますね。すぐにMRIを撮りましょう」とメモ用紙に何やら書き、看護師を呼んでメモを渡し案内するように言った。私は看護師の後からついて行き、エレベーターに乗り、暗い廊下を歩きＭＲＩ室に心穏やかなく、中に入った。

年配の撮影技師らしき男の人がいて、下着姿になって下さいと事務的に言った。

私は服を脱ぎ、頭からピンクの検査用の布を被せられ、眼の前にある奥がドームの形をしたベッドに仰向けに寝かされバンドで体を固定された。ベッドはゆっくりとドームの中に動き、やがて止まると私の両耳にカチカチとした無機質な音が十五分位だろうか続いた。やがて又、ベッドは元の位置に動きだし、停まりバンドをはずされ、私は床に立った。

男は元の神経内科の待合室に三十分程待つように言った。

又、待合室の前に不安な気持ちで待った。待ちくたびれた頃、看護師に飯島さん、中へどうぞと呼ばれた。中に入ると川上先生が蛍光板に張りつけられた十枚以上の私の脳の写真を真剣な表情で見つめていた。先生は向き直ると、「やはりパーキンソン病ですね、この病気ははっきり言って中々直らなく長期に渡るのが普通です。レボルトとドーパミンと言う薬を出して置きますから今日からでも飲んで下さい。これから転びやすくなったり、歩き出す一歩が出ないような時もあるかも知れません。それから無理にでも一日の内、三十分は散歩して下さい。辛いでしょうが旨くこの病気と付き合って下さい」と気の毒そうに言われた。私は診察室を出ると急に体に虚脱感を覚えた。虚ろな感じのまま薬局で薬を貰い外に出た。空は晴れていて残酷なように澄み切っていた。

私はリハビリの為、毎日午後三時になると杖を突き、妻と公園へよろよろと散歩に行った。今日は日曜日だ。靴の下で銀杏の葉がかさこそと枯葉の音を立てた。小春日和の暖かい日だった。公園の噴水の周辺には、いつもと変わらぬ若者達や仲睦まじそうな若夫婦が乳母車に幼児を乗せて、にこやかに微笑んでいる。私はその幼児を見て強烈な嫉妬を感じた。ああ、私も何としてでも子供を持ってみたいものだと。それは本能のような感覚だった。鮭は子孫を残す為、死に物狂いで己の生まれた川を遡上し、交配して静かに死んで行く。鮭が羨ましかった。雨の日はスポーツ店から届けてもらった室内用の固定自転車でペダルを踏んで、少しでも脚の衰えを防ごうとした。ハンドルの前には計器板が付いていて距離数、スピード数、カロリー計などがペダルを踏む都度、表示される。

私は精一杯頑張ろうと思った。ペダルを踏み続け、回転させた。こんな病に負けてたまるかと思った。やがて冬が来た。努力にもかかわらずベッドに就く日が多くなり、死んだように冬を過ごした。一ヵ月に二回、妻の運転で大学病院へ診察を受け、薬を貰った。

正月が来て、いつものように年賀状が一月元旦の早朝、届いた。職場仲間からの年賀状は愛子からの他、一通もなかった。もう退職した人間には関係ないと思っているのだろう。

いささか寂しい。愛子は几帳面な丁重な筆書きで「新年おめでとう御座います。お元気でお過しですか、当方は母の介護をしながら、いささか侘びしい日々を過ごしております。お近くにおいでの折は是非お立ち寄り下さいませ。奥様にもよろしくお伝え下さい。失礼します。井上愛子」私は嬉しかった。私も昨年の暮れに年賀状を震える手でやっと書いた。

自分は、今、パーキンソン病で苦しんでいること、又、出来るものならば再びハマナスの丘を訪ねて海を見て見たいものだと思っておりますと簡単に書いて妻に郵便局へ出して貰った。正月も十日も過ぎた頃、愛子から葉書が届いた。

「前略飯島様、大変な御病気になられたこと、本当に驚きました。でもこれだけ医学が発達している世の中、きっときっと良い治療法が見つかり、御元気になられるでしょう。どうぞ気だけはしっかりなさって下さい。いつか又、ハマナスの丘においで下さい。季節柄、風邪などお引きにならぬようお気を付けて下さい。失礼します。かしこ」

私はその一通の彼女からの葉書を抱きしめるように思いながら、何度も読み返した。

一月の末、一個のこぶりのダンボール箱が届いた。愛子からだった。

箱の表面に張ってあるガムテープをカッターナイフで開けると、中に封書と十二個の表面が赤茶けた旨そうな薩摩芋が入っていた。奇麗に洗ってくれていて、土、一欠片も付いてはいなかった。封書には、「前略、飯島様、つまらぬものですが、どうぞ御賞味下さい。そして一日も早く御元気になられますよう、心からお祈りしております。井上愛子」と簡単にしたためられていた。私は昼食代わりと妻に言い、薩摩芋を大きなステンレスの釜に入れ、ガスを付け四十分位で焼き上がった、熱く湯気の立った所を食べた。

以前、在職中、愛子にきゅうりを貰った事を懐かしく思い出した。ほくほくと黄色い、栗のような食感がした。心の中がほんのり温かくなった。愛子の人を思いやる心、特に私だけを思ってくれているように、自惚れた思いを感じてしまった。彼女には簡単な礼状を震える手で書き、出しておいた。その日から私は後日決行しようとする或る密かな企みを抱くようになった。妻は私が病を得てからは一階の互いのベッドで寝るようになった。

又、春が来た。妻が友達とのお茶会やコーラス日、外出した午後、家に鍵を掛け、留守番電話にした。私は恥ずかしいことだが、ベッドに入り、パジャマのズボンを下ろし私自身を震える手で淫する。中々逞しくならない。私はその時、愛子のふくよかな乳房、豊かな腰を思い浮かべる。すると段々と己自身は固くなり、やがて絶頂を迎えるのだった。先端からとろとろと量の少ない、一滴、一滴が湧き出る。

その時、今、私は生きているんだ、生きているんだと確かめるように言い知れぬ満足感を感じてしまうのだった。若い時はすぐに天井まで届くのではないかと思われる程の勢いと量だったのに。いささか寂しい。密かな淫らな行為は、妻の眼を盗んでそれからも時々行った。やはり愛子の体を思い浮かべる時に限って私は逞しくなった。

初夏の頃、妻が体の不調を訴え出した。左足の関節がだるくて動かしにくいと言う。

日に日に痛みが増し、医者に行くと慢性関節リウマチだと言われたと、暗い顔をして帰って来た。当然、私の世話にも影響する。家事もやっとこなしている。

私の症状も進み、首から上が絶えず小刻みに揺れ続け、足の運びも摺り足でやっと家の中も歩いている。このままでは夫婦共倒れになってしまう。

妻の為にヘルパーさんに来て貰うことになった。私は大学病院の神経内科に入院することになった。タクシーを呼んだ。私は狭いながらも我が家の庭の沈丁花のかぐわしい香りを、胸一杯感じながら、ああ、又、再び家のこの花の香りを楽しむ事が出来るだろうかと哀切な気持ちになった。タクシーに乗り込んだ私に、ガラス越しに妻が、「貴方、頑張ってね、私も調子の良い時に見舞いに行くから」と泣き出しそうな顔をした。

「お前も大変だろうが気をつけてな」とやっと言った。後部座席から振り返ると、我が家と妻が小さく、小さくなって行く。大学病院のB棟三階の十五号室の五人部屋の窓際に私のベッドが与えられ、いつ直るか判らない、いや直らないかも知れない状態に置かれた。

同室の患者達も皆、パーキンソン病らしく私と同じような症状を示しており、気が滅入った。広いガラス窓から射し込む日ざしがぽかぽかと陽気な程温かいのに。

私はベッドに寝ながら又、或る企みを考え始めていた。起き上がると杖をつき公衆電話のある談話室までよろよろと歩いて行った。震える左手で受話器を耳に当て、契約しているA保険会社へ電話した。十八才の時から掛けていた保険を解約したいから、申しわけないけれど病院へ出向いてくれないかと。三日後、保険会社の中年のセールスガールが訪ねて来て解約申込書にサインをしてくれと言われた。同室の患者達に知られないように杖をつき談話室に一緒に行った。私は震える手でやっとサインをした。知らぬ内に解約金の額は意外に多額になっており、九百二十五万円になっていた。セールスガールに私は懇願した。本来ならば銀行振込になるのだろうが、是非、病院へ現金で持って来てくれと真剣に頼んだ。彼女はちょっと難しそうな顔をしたが、携帯電話をバックから取り出すと会社と交渉を小声で始めた。やがて電源を切ると、私に笑顔を向けてくれ、今回は長年、お世話になりましたから現金をお持ちしますと丁重に言ってくれた。

私は一時、形の荷が降りたような気になった。書類上の手続きがありますから一週間後に紙袋に入れてお持ちしますと又、丁重に頭を下げて去って行った。

季節は八月に入っており、窓からの太陽の輝きは膨れ上がったように強く、椅子に座り込んでいる私を熱く火照らせた。思いえがいている一種の切実な賭けがうまく成功するかどうかは判らなかった。私はやっと立ち上がるとエレベーターで一階の売店へ行き、便箋とボールペンと切手に封筒を買った。病室に戻り、ベッドに入り、備えつけの食事用の台を引き寄せ愛子への手紙を書いた。

「拝啓、愛子様、御元気でお過しのことと思います。こちらは日々病状が進んで行くようで、心細い毎日を無為に過ごしております。実は勝手なお願いなのですが、少しは元気な内に又、青々とした、ハマナスの浜辺が見たくなりました。そして貴方に会いたくなりました。御都合の良い日が御座いましたら、是非おうかがいしたく切に願っております。はなはだ失礼かと思いますが、どうぞよろしくお願いします。病身のお母さまをお世話なさり大変でしょうが、どうぞ御身、大切になさって下さい。それでは又、飯島敏夫」私は乱れた文字で書き終えると、封筒に入れベッドから降り、よろめきながら一階に行き、病院の出入り口の自動ドアを通り抜け雨風避けの柱の立ってある所にある、小さな赤いポストに祈るような気持ちで投函した。強烈な日ざしでくらくらと目眩がした。

三日後、愛子からの手紙を看護師が届けてくれた。

「前略、飯島様、御手紙、嬉しく読ませていただきました。病状がすぐれない事、本当に大変ですね。私も御見舞のお手紙を出そう、出そうと思いながら、つい失礼しておりました。私は今、母の介護をしながら村の人に手伝ってもらい、畑仕事を何とか続けております。もし飯島様の気分転換におなりになられるようでしたら、どうぞ遠慮なく、おいで下さい。私もお会いしたいです。詳しい日時が決まりましたら、どうぞ御気軽にお電話下さい。お待ちしております。はなはだ簡単ですが、どうぞくれぐれも御自愛下さいませ。乱筆にて失礼します。井上愛子　追伸、当地は海水浴場ではないので、夏もいたって静かで波も穏やかです。それに丁度、満月で夜、浜辺に出てみると海が黄金色に染まり、美しく見とれてしまいます。一度、飯島様にも見せとう御座います」

私は恥ずかしいほど愛子からの手紙を胸に強く抱きしめた。

四日後、例の保険会社のセールスガールが紙袋にお金を詰め込んでやって来た。

九百二十五万円と言っても案外軽かった。私は手提げバックに入れベッドの隙間に隠し込んだ。翌日のお昼時、談話室の電話のある所へ又、杖を付いて歩いて行き愛子に電話した。すぐに、はい、井上ですと意外に明るい声が受話器から聞こえた。母の介護をしたり畑仕事をしているのに、会社に勤めていた頃と変わらぬ調子だった。

一瞬ためらったが、もし愛子さんの御都合が良かったら明日にでもおじゃまして良いかと言った。すぐに受話器の奥から快活な声で「ええ、いいです。何時でもどうぞ、丁度ハマナスの花が赤、白に咲き乱れております。きっと貴方様なら美しいと感じてくれると思います」私は明日の三時頃おじゃましたいと言った。

彼女は「以前、父の葬儀の時においでくださったように、むさくるしい家ですが、どうぞおいで下さい。私も夜など寝つけない時、もう一度飯島様に会えたらと、不思議にも夢見心地で思っておりました。それでは明日お待ちしております」と少し、しんみりとした口調で言い、電話は静かに切れた。翌日、昼の味気ない病院食を食べるとポロシャツと麻のズボンをはき、ベッドの隙間に隠しておいた手提げバックをよろける足取りで持ち、ナースステイションの婦長に少し外出してくるからと言った。「飯島さん、大丈夫ですか、一体どちらにいらっしゃるのですか。気を付けて下さいね。あまり遅くはならないように」「ええ、今日は体の調子が良くて少し気分転換して来ます。なるべく早く帰るようにしますから」声を振り絞るように、言い、逃げるようにエレベーターで一階に降りた。病院の外に出、焼け付くような陽光の粒子を体一杯に浴びながら、額に汗をかき送迎用に待機している一台のタクシーによろよろと乗り込んだ。

中年の実直そうな運転手に愛子の所へ行く簡単な手書きの地図を渡した。

車内はエアコンが良く効いていて汗が引いた。町中を抜け、しばらくするとニセアカシアの林の中の道を走り続けた。やがて瑞々しいハマナスの赤、白の群生している砂丘地帯に入った。海岸近くに懐かしい愛子の家が孤立して見えた。でこぼこした砂地を揺られながら彼女の家の前に着いた。運転手には少しばかりのチップを払った。

彼は何度も頭を下げながら去って行った。ふらつきながら手提げバックを持ちながら玄関に立った。海から潮の香りがした。既に車の音を聞きつけたのか、玄関は開け放たれ愛子が愛くるしい顔をして立っていた。瞳に懐かしさが溢れているように思えた。

「あの、失礼かと思いましたが、是非お会いしたかったのです。勝手なお願いで申しわけありません」くちごもりながら言った。彼女は紺の作務衣を着ていた。

「遠い所を良くおいで下さいました、お待ちしておりました。相変わらず汚い所ですけど、どうぞ御上がり下さい」彼女は私の手にした手提げバックを一瞬怪訝そうに見た。

よろよろとしながら私は客間に通された。愛子は冷たい麦茶を出してくれた。

コップを震える手で持ち、口に運んだ。喉にごくごくと染み渡った。テーブルの上に上品な器に厚く切った羊羹が乗っていた。「御病状はいかがですか、とても心配しておりました。どうぞ、ごゆっくりしていって下さい。母は今、奥で寝ておりますから御遠慮なく」

「有り難う、でもそう長くはしていられないのです。病院の規則が喧しくて」

「そうですか、とても残念ですわ。せっかくお会い出来たのに」と心残りそうに言った。

それから愛子は今年は季節の変動なのか、トマトやナスの出来が悪くて困っていますなどと話した。私は病院での生活が退屈で仕方のない事や病状が余り思わしくないことなどを話した。雑談めいた話をし、そして私は突然、痛む両足を無理にきちんと正座すると、「お願いです、一生のお願いです、これから言う事を願う事ならば聞いて下さい」声を震わせ真剣に言った。そして手提げバックを差し出して、

「この中に九百二十五万円が入っています、こんな金額でお願いを聞いていただけるとは思いませんが、失礼を

顧みず頼むのですが、私の子供を生んで下さい。とても足りませんが養育費の一部にして下さい。私には時間がないのです。どうぞ私の生涯を掛けてのお願いです」我ながら卑屈と思いながら土下座して眼に涙を浮かべて必死に頼んだ。

愛子はほっと息を飲み込むようにし、丸い眼をして私をくいいるように見、じっとしていた。やがて一言、二、三日考えさせて下さいと意外に静かな口調で言った。

そしてお金はどうぞこのままお持ち帰り下さいと言ったが、私は無理にでも置いて行きますと涙声で言った。喉がからからに乾いたようになり、もう一杯頂けますかと掠れた声で言った。冷たい麦茶を飲むと重大な事を言った安堵感のようなものを感じ、又、妙に弛緩した気持ちになった。愛子は遠慮がちに、お金は一応預かって置きますけれど、と小さな声で言った。そろそろ病院へ帰らねばなりませんからタクシーを呼んでくれませんかと、ささやくように言った。愛子は黙って立ち、電話で地元のタクシー会社に連絡してくれた。やがて車が到着し、私は彼女に深々と頭を下げると外に出た。

急に暑さが身に染みた。彼女は黙ったまま、玄関先で頭を下げて見送ってくれた。

顔は伏目がちだった。病院に帰ると夕食の五時半頃で婦長に怒られてしまった。

夜、中々寝つかれず、何度も寝返りを打った。心の中に愛子が願いを聞いてくれるだろうか、それとも自分は大それたことをしてしまったのだろうかと自問自答し続けていた。三日後の朝、朝食を食べ終わった頃、看護師がやって来て井上さんという人から電話ですよと告げに来た。慌ててよろよろと立ち上がり、杖を突きながらナースステイションに、歩みの遅いことにはがゆい思いをしながら歩いて行った。胸が不安と期待で高鳴った。

震える手で受話器を取ると、意外にさばさばしたような明るい声で愛子の声が聞こえた。

たった三日しかたっていないのに随分と長かったような気がした。

「飯島様、おはよう御座います、例の話ですが私、決心がつきました。体の方も貴方様を受け入れるのに良いような感じです。よろしければ明日の夕方、五時半頃にでもおいで下さい。でもくれぐれも御無理なさらぬよう気を付けておいで下さい」愛子はそれから少し沈黙し「私も恥ずかしいことですが何故か貴方様の子供を欲しくなってしまいました。どうかしているのでしょうか」と恥ずかしそうに言った。

「そうですか

有り難う、本当に有り難う、きっと明日うかがいます」私の声は滑稽な程、うわずり受話器を持った手が一段と震えた。

「それでは何もありませんが、質素の夕食を用意しておりますから、どうぞ」彼女の声は優しさを残して消えた。又、杖を突きながらベッドに戻った。胸の中は愛子が私の切なる願いを聞いてくれたという喜びで一杯に満たされた。

その夜はまんじりともせず、眼が冴えて又、良く寝る事が出来なかった。朝方近くになってやっとうとうとした。当日、落ち着かなく、午後三時頃まで無為に過ごした。

そうだ、体くらい奇麗にしておかねばと病院のヘルパーに無理を言って、介助してもらいながら風呂に入った。下着も新しい物と変えた。四時半になると以前のようにポロシャツと麻のズボン姿で、今度はナースステイションに逃亡する囚人のように一言も告げずに、エレベーターで一階に降り、又、送迎用に待機しているタクシーにやっと乗り込み、若い運転手に地図を渡し、愛子の家に向かうように言った。会社の制帽を少し斜めに被ったその若い運転手はCDを掛けてもいいですかと言った。了承するとスイッチを入れた。

すぐに軽やかで時には騒がしい知らぬモダンジャズの響きが車内一杯に膨れ上がった。「私は、マイルスデイビスの全曲が大好きでしてね。一日、これを聞かないと調子が出ません。お客さんはどうですか、嫌なら消しますが」といかにも口笛を吹きそうに楽しげに言った。私も嫌いじゃない、鳴らし続けて良いよと答えた。

マイルスデイビスの何曲か判らぬが、ある時はしなやかにサックスが流れ、ドラムが力強く響いた。私の心も次第に不思議な高揚した感情になって行った。

タクシーは例のニセアカシアの林の中の道を通り、やがて左手に海が見え始めた。

夏の海は未だ熱気を帯びて濃いコバルト色に眩しく輝いていた。そして車は群生するハマナスの赤、白の花がガラス越しに見えた。少しバウンドしながら砂丘地帯に入った。

愛子の家が見えた。玄関先に横付けして貰い、若い陽気な運転手に幾らかのチップを払った。彼はにこやかに笑うと、頭を下げ、軽快にエンジン音を響かせて去って行った。

愛子の玄関口を振り返ると、まるで今か今かと待っていたように彼女がさっぱりとした白いユカタ姿で童女のような微笑を浮かべて立っていた。顔にほんのりと薄化粧をしており、ふくよかな唇に濃いめの紅が鮮やかに瑞々しくくっきりと引かれていた。

「飯島様、お待ちしておりました。さあどうぞ中へ」彼女はよろめく私の手を取り、家の中に入れてくれた。腕時計を見ると丁度五時二十分だった。客間に通され、又、前のように冷たい麦茶を出してくれ一口飲むと、体に染み渡って気分を落ち着かせてくれた。

愛子はテイブルをはさんで差し向かいになり、きちんと正座し、「飯島様、これから敏夫さんと呼んで宜しいでしょうか」と静かに小さな可憐な声で言った。「勿論、敏夫と呼んで下さい、何だかその方が一層親しみが持てますから」

「そうですか、それでは私のこともこれからは愛子と呼んで下さい。お願いします」

私は強く何度も、ええ、そうしましょうと頷いた。すると彼女はたおやかに微笑し、私をじっと見た。眼の底に静かに燃えるような輝きがあった。開け放たれた海側の縁側から潮の香りを含んだ微風が部屋に入って来て、二人を包んだ。柱の時計がこちこちと静かに時を刻んでいた。私達はしばらく何も喋らず、唯、じっとしていた。

やがて愛子は敏夫さん、母の夕食をさせますから、しばらくお待ち下さいとそっと立ち上がり奥の部屋に消えた。ユカタの裾が少し乱れ、白い陶磁器のような、なめらかなふくらはぎが豊かに一瞬見えた。私は落ち着きなく、さっぱりと整頓された部屋を見渡したり、次第に海に落ちて行く赤く熟した柿のような太陽を眩しく見つめたりした。

小一時間もしたろうか、愛子が奥から現れ、「質素な食事ですが、もう少しお待ち下さい」と恥じらいを含んだような眼をし、再び冷たい麦茶を出してくれ再び奥の部屋に消えた。私は夢見心地で時を過ごした。やがて彼女は朱色のお膳を二つ運んできてテーブルに置いた。お膳には炊きあがったばかりの御飯と白身の刺身と輪切りにしたトマトとなすの漬け物が乗っていた。それに豆腐の味噌汁が旨そうに湯気を立てている。又、白い器に半熟の卵が乗っていた。「このお刺身は近くの漁港で今朝、獲れたヒラメです。おいしいですよ、私がさばいたんです」なるほど、ヒラメを山椒に添えて醤油にひたして口の中に入れると、柔らかくほんのり甘い味がした。旨いと思った。私達は口数少なく、黙々と食べた。時々箸が震えて、刺身を旨くつまめない時など、愛子が自分の箸で宜しいでしょうかと言って、挟んでくれ私の口にそっと入れてくれたりした。味気ない病院食と違って、この上もなく美味しかった。彼女の心を籠めた気持ちが素直に胸に伝わってくる。

食事を終えるのにひどく時間が掛かってしまった。愛子はそんな私に合わせてくれ、ゆっくりと箸を運んでくれた。食事を食べ終えると、彼女はお膳を下げて奥の部屋に消えた。

再び現れた時は盆に熱いお茶を運んで来て、私の前に置いた。縁側から見えていた太陽は西の水平線に落ちて、薄暗くなりつつあった。今度は見上げると天空に満月が銀色の光沢を放ちながら現れた。雲一つない薄墨色の空に満月は何か、威厳を感じさせるように美しく輝いていた。私は少しさめたお茶を又、小刻みに震える手で啜った。

苦味の中にほのかに甘みのようなものが感じられた。

「今宵の満月は特に奇麗です。きっと敏夫さんが来てくれたせいかも知れませんね」

彼女はうっとりとするような声で、そう言い満月を見つめた。二人は静かに黙って時が止まってしまったかのように眺め続けていた。やがて愛子は裾を押さえながら立ち上がると、今、母を寝かし付けますから少しお待ち下さいと又、奥の部屋に消えた。

私の心は今まで感じたこともない、安らぎに満ちていた。聞こえてくるのは細やかに、穏やかに打ち寄せてくる波のかすかな音しかなかった。しばらくすると愛子が現れ、少し波打ち際を車で走って見ませんかと何か一つの決心をしたように言った。

私は自分でも驚く程、反射的に立ち上がり、彼女に手を引かれながら外に出た。

昼間の焼け付くような空気は去り、爽やかな潮風が海の方から吹いて来た。

愛子は私を家の裏に連れて行き、軒下に寄りかからせた。裏には車庫があり、戸を開けると彼女は中に入り、やがて軽やかなエンジン音がして、黄色い軽の四輪駆動車が現れた。

そう言えば会社勤めをしていた頃、自分の家に帰るのに車を使っていると言っていたことを思い出した。愛子は私の眼前に車を停めると降りてきて助手席に肩を貸して乗せてくれた。そしてしっかりとシートベルトをしてくれた。彼女の体を揺れ、ユカタの胸元が乱れて月光の中に淡く白い谷間が見えた。

「私、これでも飛ばしやなんです」と微笑みながらアクセルを勢い良く踏んだ。

愛子を見ると、ふくよかな唇が月光に照らされて、紅色が濃くあやしく見えた。

車は少しバウンドしながら、すぐに砂浜に出て波打ち際すれすれに走り始めた。

ほとんど揺れず、なめらかに滑るように走り続けた。何処までも何処までも波打ち際は続いていくように思われた。愛子の裾が大胆にも大きく乱れ、逞しい太股が剥き出しになった。まるで私を挑発しているようだった。どれ位、走ったかさだかではないが、次第に気持ちが高ぶって来るのを押さえ切れなかった。やがて車は静かに停車し、エンジンを切ると静寂の中に波の打ち寄せる静かな響きだけが聞こえた。人影はまったくない。

私はこの世に愛子とたった二人だけ存在しているような気がした。彼女は車から降りると、助手席に来て、抱くように波打ち際に降ろしてくれた。彼女の体の温かさが染みた。

そして手を引いてくれて、「少し波足を浸してみませんか」と言った。

静かに白波が両足をひたひたと濡らした。未だ昼間のぬくもりが感じられた。

愛子は「私、少し泳いで来ます」とユカを脱ぎ捨てた。下着も何も付けてはいず、全裸になった。豊かな乳房を軽く揺らしながら彼女は海に勢い良く飛び込んだ。

私は波打ち際に座り込み、天空に輝く満月の光を全身に浴びながら、彼女が波間に時々顔を出し、岸辺に沿ってクロールで泳いでいるのを唯、無心に見ていた。

夜光虫が神秘的な青白い光をちかちかと放っていた。やがて海水を滴らせながら愛子は海から上がり、私に向かって来て真正面に立った。月光が水平線から一条の金色の帯を私達の所まできらめかせた。愛子の体の全てが金色に輝き無限に美しかった。微笑んでいる愛らしい顔、豊満な乳房と腰とすらりとした脚。まるでギリシャの美しく神々しい女神の裸像のようだった。彼女は私に近ずき、立たせてポロシャツやズボンや下着を脱ぐのを手伝ってくれた。そして静かにささやくように、仰向けに寝せてくれた。そして全身を傾けて来て、強く抱いてくれた。密着した全身は濡れていたが、不思議にも胸と腰はほのかに温かく感じられた。耳元で、敏夫さん、愛しています。前からずっとでしたと吐息をもらすようにささやいた。それからふくよかな熱の籠った唇でくちずけしてくれた。

私自身は夢心地になってしまい、なかなか固くならなかった。やがて愛子は立ち上がると、腰をかがめ、私自身を口にそっと含んでくれた。

すると次第に固く逞しくなった。それを確かめると、私自身を己の中に入れた。そしてたおやかに腰を動かし始めた。私は両の手でふっくらとした乳房を柔らかく揉み続けた。

弾力があり若さがみなぎっていた。急に淫らになり、ああ、敏夫さんと何度も喜悦の声を上げ顔を左右に振り始めた。体の芯に電流のように言い知れぬ快感が貫いて、そしてやがて頂点に達し、一滴、一滴と絞り出すように注ぎ込まれた。私は果てた。生まれて初めて甘美な至福の喜びを感じた。

愛子は、ああ、敏夫さんが私の中に入っている、入っているとあえぎながら言い、そして静かに倒れるように又、私に覆い被さって来た。仰向けになった私の眼に天空の満月が祝福してくれるように、澄み切って輝いていた。夢のような時を過ごし、そっと私達は無言で立ち上がり、衣服を身に付け、再び車に乗り彼女の家に向かった。

波打ち際を疾駆する車の中で彼女の心と体に満足し、自分も一つの大切な勤めを果したような気がした。家に帰ると、愛子は恥じらいを含んだ声で、

「病院ではとても心配しているでしょう、それに言いたくはありませんが奥様も。今、タクシーを呼びますから」

彼女は家に入り、そしてすぐに出てきた。

私達は自然に強く抱き合い、接吻した。愛子の全身の温もりがした。やがて遠く、ハマナスの丘からヘッドライトを輝かせながら、タクシーがやって来た。

運転手は中年の無口そうな男だった。時間はもう十時を過ぎていた。彼女に支えてもらいながら、やっと後部座席に座った。車は動きだし、ガラス越しに愛子が微笑みながら頭を下げてくれた。私は右手を挙げてそれに答えた。病院に帰ると、夜間入口の受付の守衛に、「一体何処へ行っていたのですか、もう大騒ぎですよ、御自宅にも帰っていないというし、奥さんが心配してましたよ。警察へ捜索願いを出そうかと相談していた所でした」と、こっぴどく怒られた。三階の病棟のナースステイションでも夜勤の看護師に又、酷く叱られた。電話を借り、家に電話し、おろおろ声の妻に詫びた。病院を抜け出した訳は一切喋らなかった。罪悪感もあったが自分の行為に悔やむことはなかった。自分のベッドに倒れ込み、薄暗い天井を見ながら、深い満足感で満たされた気持ちになり、やがて深い眠気がして来た。

十二月になった。私の症状は急激に進み、もはやベッドに寝たきりになった。

この病気は個人差があり、進行の程度も皆まちまちだ。妻は時折見舞いに来たが、自分もこの所、調子が悪いと言い、そそくさと帰っていく。病室の窓の向こうには葉

を落とした木々が陰鬱に立ち並んでいる。小雪も舞い始めた。そんな或る日、ベッドでうつらうつらしていると、そっと肩を揺する者がいた。眼を開けると、愛子が赤い薔薇の花を持っていとしそうに、私を覗き込んでいた。

白いセーターに紺のスカートを履いていた。胸のふくらみが懐かしかった。一旦、病室を出て、花瓶に花を差して来て枕元に飾ってくれた。そして私の右手を自分のスカートの腹部に触らせて、

「四ヵ月目よ、エコー検査で男の子でしたので敏夫と名付けます。大きくなったら立派に自立させて、出来れば一緒に農業をやりたいと思います。心配しないで」

私はじっと手を彼女の腹部に触り続けていた。何か一つの生命が胎動しているように思われた。愛子はハンドバックから一枚の書類を取り出した。それは産婦人科の医師の証明書で、妊娠四ヵ月と記されていた。

了

北上　実（きたがみ まこと）　本名：久島 勝司　1943年生まれ

『私のおふみさん』　「新潟日報」短編文学賞受賞(1981年)
『妹　幸恵』　「文芸思潮」奨励賞受賞(2012年)
『青い手』、『トカ・トカ・トントン』　「文芸思潮」エッセイスト受賞(2013年)
（上記3点、前著書に収載）
『土の唄』　「文学界」同人誌賞受賞
『チンドン』松岡譲賞受賞（第12回）

北上実　短編著作集

2025年3月30日発行

著者　北上　実

発行者　柳本和貴

発行所　(株)考古堂書店
〒951・8063
新潟市中央区古町通四ノ五六三
http://www.kokodo.co.jp

印刷　ニシダ印刷製本

ISBN978-4-87499-020-9